彭家發著

特寫寫作

臺灣商務印書館發行

徐序

在新聞學的範圍內著書立說，彭家發先生選擇了其中一個最困難的主題——新聞寫作。在這個主題範圍中，他選擇特寫的報導，這更是一件極富挑戰性的工程。

這是我在大學新聞系三度擔任過「新聞採寫(二)」的講授後所產生的一個看法。這當然是我個人條件所造成。我在這個科目的講授中所受到的挫折，超過我在其他學科中的遭遇。第一個難題是：爲目前這群倚賴慣了教科書的學生推介一本基本讀物。在圖書館的目錄卡裡，中英的新聞寫作「教本」固然不少，即使在臺灣甚至每年都有此類著作從印刷廠裡滾了出來，我就找不到符合這個科目的要求的作品，英文書裡面，甚至那册一、兩年便要印個「新版」、Mac Dongall 所著的特別取名爲「解釋性」報導的標準教科書，也難符合這門課的要求，即使把它翻譯爲中文。許多其他以「特寫寫作」爲題的著作，實際上主要討論的是基礎的新聞寫作，要不然，則是範圍太窄太專，像Meyer 的「精確新聞報導」（政大的主要參考書之一）。可見爲這個科目寫一本合適的課本是多麼不容易。

一個教師既然不滿意別人寫的教本，就應該自己來編寫。我沒有這樣做，因爲我的能力不比別人高，不敢接受挑戰，由自己來生產一册教科書。我的辦法是從當時報刊中尋找素材，套在自己的「理論」（？）架構中，拿到教室裡來討論，然後指定作業。有的學生能適應，有的比較不能。

彭家發先生講授這門課時，克服困難的方法是自己動筆，寫成講義，並且計畫印成書本，除了幫助學生之外，也可以幫助同僚。

彭先生是今天國內新聞學府中很少數有足夠的條件來這樣「自己動手」的教師之一。他在正式教育過程中接受過新聞學的基本訓練，在美國深造返鄉之後，一直擔任報紙的編採工作，同時在臺、港大專新聞系科講授寫作課。多年來爲臺北市經濟日報採訪專門問題並寫專欄文章，這一份工作，「彭記者」的成功是有目共睹的。這是他能以這個主題從事著述的「實力」所在。他從經驗與學養中發展出了原則，而自己所寫的報導恰好可以用來當作實例，給學生作爲學習的範本。這是本書一個獨特的優點。

修讀「新聞採寫(二)」的學生（和他們的教師），對於「純新聞」以外的其他方式的寫作和報導方式所襲用的一大串名稱，一向是感到非常困惑的。「特寫」、「專訪」、「解釋性報導」、「深度報導」、「報導文學」……等，說法雖異，可能是指同一種東西，也可能分別是指鹿，或者指馬，或者既指鹿也指馬。在彭先生之前，似乎還沒有人來爲這些不同種類的報導形式整理出一個足以令人信服的體系來。現在本書則爲它們建構了一個理論上的「單一向度」（unidimensional）準則，以「純事實取向」和「小說式取向」爲兩極。「精確新聞」和「社會寫實文學」分別位於兩個極端，二者之間則爲「調查報導」、「解釋性報導」……以至「新新聞」。這樣一次整理，可以引導我們走出陷身已經很久的迷陣。

除了上述那些獨特的優點之外，在本書中，我們還發現彭家發先生驚人的綜合能力。他對中、美兩國有關新聞寫作主要書籍和論著的觀點，作了一次很週延的整理。這是一個十分繁重的任務，在本書出現之前，似乎還沒有任何作者曾經如此認眞地作過這種努力。而今天我國整個新聞學術界如果欲從量的膨脹進入質的提昇，則需要有更多這般敬業、這般實在的工作者的投入，不只是新聞採訪寫作這個科目而已。

本書關於「特寫」的歷史發展及各種形式報導的結構分析也都比其他同類著作處理得詳盡，並展現了卓越的洞察能力。書中這些特點俯拾卽是，且讓讀者諸君自己去採擷吧。

徐佳士　民國七十五年三月於臺北市木柵

自序

印刷媒體，尤其是報紙，除了圖片漫畫、廣告或「工商服務稿」之外，一般內容，大致可以分爲純新聞、特寫（稿）與評論文字三類。

就記者的立場來看，評論性文字，通常出自主筆之手，只有在很特殊的情況下，才偶有機會寫寫「短評」、「話題與觀念」等一類意見文字。純新聞的寫作能力，則是應付工作要求所不可或缺的本領。而特寫寫作，却是最適合個人發揮的。理由十分簡單：

——以目前而言，純新聞雖然仍佔據了報刊的大部分篇幅，然而隨着大衆傳播科技的革新，電子媒介突破性的發展，印刷媒體擔負純新聞報導的任務，已因時效性的限制，而相對減弱。爲了迎擊這項挑戰，傳統的印刷媒介，已開始漸次走向新聞報導「特寫化」途徑。現代社會日益複雜，深入、詳盡而周延的報導，事實上是傳播媒體的一項時代使命。

——特寫通常爲署名作品。記者若想名字爲人熟悉，非「依賴」特寫不可。一個記者的名字爲人知曉之後，如果他的寫作能力、題材與專業道德受到肯定的話，以後與採訪對象接觸時，較易受到信賴，採訪也可能較爲順利，社會人士的評核，也較易獲得準據。

——特寫可以調劑純新聞寫作的枯燥，令記者有較廣大的心靈活動空間。配合新聞的特稿，尤能顯示記者的才華。一篇及時、優美而受人傳誦的特寫，給予記者的安慰與報酬，是無法言喻的；而由于內容「馬虎」而獲至的「訕笑」，則往往是策勵記者的最沈重敎鞭。

——每一專勤路線的新聞，都難以避免有「淡季」。當報社每晚（日）有發稿字數要求時，一篇優良的特寫，往往可以使個人達到「字數標準」，或使得版面活潑可愛，彌補缺稿的「難堪」。不過，由于受到篇幅的限制，很多時，記者若想特寫（稿）及時見報，恐怕還得「爭取」一番。而「爭取」的條件，則是「及時」把稿件送到編輯枱上。因此，除非碰上重大新聞，編輯在協調之下，預留版面的位置外，記者必須在趕發新聞之後，立刻擬寫特寫；否則時間一晚，其他稿件已經把版面塡好，恐怕就有「遺珠之憾」了。

能「及時」將稿件送到編輯枱上的要訣，只有一個，就是寫得「快而好」。要特寫「快而好」，則對特寫寫作的「技巧」，非熟練至一定程度不可。

著者自新聞記者轉而專任政治大學新聞系敎職後，敎授以特寫爲主要內容之採訪寫作一科。在搜集敎材之餘，驚訝的發現，關于特寫的敎材，雖有若干英文課本，但與其他傳播書籍比較，近年作品，已不多見；而中文敎材，則只占採寫書中之若干章節，擴充而成一書者，似尚未得見。

基于敎學的實際需要，除了每日收集報章上的「活敎材」，提供學生參考、研討之外，並決意以往昔在經濟日報服務時，所寫的特寫（稿）爲主要例證（不足之處，旁及其他資料），以特寫寫作的原理及個人寫作經驗爲經緯，將資料落實在可行的法則中，作一番整理和歸納的工作，嘗試寫作一本可以適合新聞相關科系，第二階段新聞寫作的課本，並期能抛磚引玉。

本書共分十章：

第一章泛述特寫這種形式的稿件的流行，以及我國新聞版面特寫內容之興起，這是一項簡史的整理。

第二章探討特寫的定義和學者對特寫的分類，旨在歸引一項思考程序，顯示特寫素材的多樣性。

第三章縱述特寫的一般性結構，嘗試在現有模式中，研究一篇特寫寫作的可能遵循方式。

第四章着重特寫與各類報導文體的探討，其中牽涉及新聞文學、新新聞、調查報導及精準新聞報導之整理介紹；這數種文體，將是影響特寫寫作至深且鉅的採訪與報導方式。

第五、六章是以一種「現身說法」的方式，希望以一己的寫作經驗，提供實在的尋找特寫線索路向，以及各類引（導）言寫作的變化。這也是想證明一個想法——特寫的導言，並無「分工」或「專業」。一般性的導言寫作方式，照樣可以應用在不同性質的寫作範圍。

當然，純新聞之所以要有導言，是希望藉「重點先行」的結構，節省閱讀時間，方便讀者，並使編輯易于規劃版面。而特寫「導言」，因爲全文結構關係，其作用旨在以一段「啓首語」，來鋪排後文，吸引讀者閱讀興趣，非如純新聞導言之嚴謹。因此曾經有人認爲特寫是毋用導言的。基于此一原因，本書嘗試以「引言」(Intro, Introduction) 來稱特寫之「啓首語」，以別于純新聞之導言。

著者在寫作經濟性特寫時，曾經刻意地嘗試以純新聞導言，來配合特寫的引言，獲得肯定反應，特于此章一一列出，或許可以爲一些「趕時間」的報業同人，提供一項運用上的「腦力激盪」。

第七章寫特寫的「軟體」部分，扼要的談談寫作的措詞用語、標準體例，以及標點符號之運用。希望透過這種「美容法」的介紹，可以減少寫作時的「噪音」。

第八章依例敍述採訪與訪問的技術，提供切身體驗的經歷，令本書組織結構較爲完備。

第九章以舉例的方式，比較專欄和特寫兩者的「血源」關係。

第十章介紹特寫寫作中，可能牽涉到的三個法律觀點。希望藉着報紙審判，誹謗與隱私權三個名詞的介紹，側述「新聞道德」幾點零碎而基本的準據。

附錄一章，是著者未在本書其他章節所引用的特寫（稿）。這是著者任經濟日報記者及駐港特派員時，所寫的部分稿件。除了臺北與香港外，尙包括美法德非等國家地區人士的採訪接觸，讀者或許從這些稿件中，自我斟酌這種文稿下筆時的角度取向。另外，並從若干成功的名著中，試列舉些充滿人性的段落，以爲特寫注重感性面的例證。著者甚願這番整理工夫，能引起新聞學者在這方面更濃厚興趣，對中國歷代文獻作出精密的分析與歸納，研擬出一種更適合國人閱讀和寫作的新聞報導方式，走向「本土新聞寫作」的大道。

本書在寫作過程中，最要令我感謝的，是徐師佳士給我的寶貴意見，並允賜序。他的指導與勉勵，將使我永誌不忘。

我也得謝謝賴師光臨，沒有他的支持和愛護，本書恐怕仍難以付印。

內人汪琪，曾分擔我部分的工作「壓力」，旣抱歉又感謝；此書構思之初，女兒肇華，還是個哭娃娃，而今已背着小書包上小學了。她的成長與本書的脫稿，稍緩我對父母溘逝的終身之痛。謹以此書獻給我的父母。

本書部分手稿，曾請政治大學新聞系紀效正、常子蘭、朱家瑩、張欽發等諸同學繕正，一併誌謝。此書雖歷若干時日之收集和整理，並致力于吸取前人之經驗；惟誤漏之處，應由作者負全部責任。

彭家發　民國七十四年九月一日誌于木柵綠漪山房

目錄

第一章　特寫的流衍……一

一、特寫的濫觴……一

二、特寫的發展……三

三、我國特寫的興起……四

第二章　特寫的定義、類別與署名……二〇

一、特寫的定義……二三

二、特寫的類別……二五

三、特寫的署名……二八

第三章　特寫的結構……三二

一、特寫的本質……三二

二、特寫導言與結語……三六

三、引介……三八

四、敘述（內文）……三九

五、雜誌文章、專題報導與特寫寫作……………………………………四二
六、特寫分類寫作……………………………………………………………四八
第四章　特寫與報導文體…………………………………………………七八
一、前言………………………………………………………………………七八
二、精準新聞報導……………………………………………………………七九
三、調查報導…………………………………………………………………一三八
四、解釋性報導………………………………………………………………一四二
五、深度報導…………………………………………………………………一四七
六、評估報導…………………………………………………………………一五〇
七、人情趣味故事……………………………………………………………一五二
八、新聞的文學，「文學的新聞」——新聞文學之正名定分…………一五五
九、報導文學…………………………………………………………………一六〇
十、新新聞……………………………………………………………………一六七
十一、社會寫實文學…………………………………………………………一七三
第五章　特寫的線索………………………………………………………一九九
一、前言………………………………………………………………………一九九
二、報社的指定作業…………………………………………………………二〇〇

三、從報上已刊載的新聞中尋求路向……二〇二
四、從突發的新聞中獲得線索……二二一
五、從預知的「例常新聞」中發掘資料……二二八
六、從「新聞稿」中剔出撰述的要點……二四二
七、從期刊雜誌中篩淘寫作素材……二四七
八、從官員的談話中獲得靈感……二四九
九、從紀錄文書中擴展寫作範圍……二五四
十、從廣告中擷取題材……二五七
十一、資料的組合……二六二
十二、大塊假我以文章……二七四
十三、結語……二七七
第六章　特寫引言舉隅……二八三
一、前言……二八三
二、提要式引言……二九八
三、警句式引言……三一七
四、搥擊式引言……三一九
五、描繪式引言……三三一

六、對比式引言……三三三
七、提問式引言……三三九
八、引語式引言……三四〇
九、條件式引言……三四八
十、背景式引言……三五九
十一、結論式引言……三六四
十二、雙重式引言……三六七
十三、直呼式引言……三六九
十四、小說式引言……三七三
十五、類比引言……三七七
十六、懸疑式引言……三七八
十七、自述式引言……三八三
十八、虛構式引言……三八九
十九、打諢式引言……三九八
二十、斷音式引言……四〇一
二十一、「六何」的引言……四〇四
二十二、結論……四一三

第七章　特寫的「軟體」……四一二
一、措詞用語……四一三
二、寫作體例的標準化……四二九
三、標點符號的應用……四三七
第八章　特寫的採訪與訪問……四五七
一、採訪與詐術採訪……四五七
二、訪問……四五九
第九章　專欄與特寫……四七二
一、前言……四七二
二、一般專欄……四七二
三、個人專欄……四七三
四、專欄與特稿……四七六
第十章　隱私權、新聞誹謗與報紙審判三詞淺釋……五一三
一、隱私權……五二三
二、新聞誹謗……五二六
三、報紙審判……五三〇
附錄一、作者其他特寫（稿）彙編……五三五

(一)、香港……五三五
(二)、美國……五四四
(三)、法國……五五一
(四)、西德……五五三
(五)、南非……五五五
(六)、沙烏地……五五七
(七)、希臘……五六〇
(八)、西班牙……五六二
(九)、印度……五六五
附錄二、成功的特寫……五六八
參考書目……五七三

第一章　特寫的流衍

一、特寫的濫觴

潘重規（民七三：一七四）指出，史記八書彷彿是新聞紙專欄——禮書是禮俗專欄，樂書是音樂專欄，律書是軍事、氣象專欄，曆書是曆法專欄，天官書是天文學專欄，封禪書是宗教專欄，河渠書是地理水利專欄，平準書是財政經濟專欄。如果將特稿視爲廣義的專欄形式，則上述八書，實亦人、事、物、時之「特寫」無疑。

以此而論，則後漢書「嚴光傳」、杜牧「阿房宮賦」、柳宗元之「捕蛇說」與蘇軾之「方山子傳」等篇，就更富于特寫內涵。

不過，嚴格的說，近代報業源起于歐美，追述特寫之濫觴，似應以此爲起始。

類似特稿一類寫作，在美國早期報紙中，開始爲報人所注意者，首推一七〇四年創辦「波士頓通訊週刊」(Boston News Letter)的約翰·甘倍爾(John Canapbell)。他在寫作新聞時，常注重所謂「富于人情趣味的故事」。該報的李察·卓普爾 (Richard Draper) 曾坦率表示，遇到新聞缺乏之時，卽刊登一些「耐人尋味的文字」以娛讀者。

又如一七二一年創刊的「新英格蘭新聞報」(New England Courant)，在內容上，摒棄報導英國政治、宮廷與歐戰新聞的「倫敦公報」(London Gazette) 模式，而以艾廸遜 (Addison) 主編的「旁觀者」(spectator) 爲藍本，以文藝及富有趣味的娛樂文字，服務社會。該報率先將「有趣的論說」，與「創作的和剽竊的詩歌」，稱爲「特寫材料」。

另外，班哲明·佛蘭克林 (Benjamin Franklin) 于一七二九年自凱末爾 (Samuel Keimer) 手中，購得「賓夕凡尼亞公報」(Pennsylvania Gazette) 後，立刻中止該報過去所揭櫫的「一切藝術與科學的總傳習所」的目標，停止文學與科學百科辭典的連載，並轉而叫出把讀報成爲「一種適意而有用的娛樂」的口號。因此，在十八世紀的八十年代中，警廳記者採訪得來悲歡、離合的人情味故事，實在已蘊含了濃厚的特寫色彩。

迨至十九世紀初期，輕鬆的論說、詩歌、逸事和各式各樣的雜著，幾已成爲特寫的主要範圍。然而，若以美國的報紙來說，南北戰爭之前，新聞報導的方式，仍以事件發生的時間順序爲主，此即美國人所謂之「英國式的新聞寫作」(the British Style of news writing)。當時流行以「正金字塔」的新聞結構，來報導新聞；不但導言、內文、甚至段落都沒有明顯的劃分，連標題也只是籠統的說明消息的大概性質，例如「前線新聞」、「災禍新聞」之類。

一八六一年，美國南北戰爭爆發，北方的「論壇報」(N. Y. Tribune)、「前鋒報」(The Herald) 和「紐約時報」(New York Times) 等各大報章，紛紛派遣「特派記者」在戰地採訪。初時，長篇軍事新聞的報導，仍用往常一貫方式。不過，有時因爲新聞的尾段實在太重要了，卻硬要塞在最後，顯得頗不適宜。

另外，由于戰爭關係，電報電線時遭損壞或截斷（註一），新聞的傳送經常受到阻延，至而遺漏，使得編輯頭疼萬分。其後，紐約一些報紙，終于採取斷然的措施，要記者將重要消息，作出數行的「提要」(Outline)，排在新聞的前端（註二）。不久，各報競相效尤，甚至連「表明新聞性質」的標題也取消了，而改以「提要」代替，包括何人、何事、何地、何故、何時與如何五W一H的導言，開始廣泛被應用。內戰結束，這種「提綱挈領」的方式，更應用到非軍事的新聞上，復經美聯社大力的提倡，稱之爲「美聯社導言」(The AP Lead)，終而成爲「美國體」(The American Style）的「倒金字塔」(Inverted Pynamid) 新聞寫作的方式。

二、特寫的發展

不過雖然如是，一八七〇年，紐約「太陽報」(The Sun) 新主人丹納 (Charles A. Dana)（註三）却在新聞方面爲了吸引讀者，主張刊登一種最新、最有興與最生動的特寫，稱爲「人情趣味的故事」(Human Interest Story)；以「詼諧的警察」、「迷路兒童」一類的短文，透過雋永的文藝筆調，觸發讀者的興趣、好奇、哀憐與共鳴。因此，結構上具有「懸岩」(Suspending) 效果的「正金字塔」式寫作方法，可說一直沒有遭受「遺棄」。

十九世紀的後期，報紙的「星期版」(Sun Day Issue）盛行，使特寫的寫作體裁，又再獲得長足的發展。

紐約「世界報」(The World) 在普立玆(Joseph Pulitzer)的主持下，率先把星期版擴充到二十頁，其中滿載着激情和輕鬆可讀的新聞故事與特寫，以迎合讀者的口味。此舉獲得空前的成功，讀者反應熱烈，使該報的銷路，急劇上升，引致全美各報競相效尤。

報章的銷路，刺激了星期版的擴充，星期版的擴充，又使得特寫稿需求日增。在這種互爲表裏的情形下，一種名爲「特寫供應社」(Features Syndicate)的新行業應運而生。由于這些供應社能使稿源無缺，星期版的發展，又向前邁進一步，由是特寫稿的內容，更分門別類，日趨廣雜。

一九四九年史尼德 (Snyder, Aouis L.) 與摩利斯 (Morris; Richard B.) 兩人，曾編有「新聞名著精粹」一書 (A Treasury of Great Reporting)，其中許多篇幅，都是劃時代的好特寫。例如：懷特的「日蝕記」(Mangner White, "Rehearsal for Blackout")，威爾斯的「坦克的眞面目」(H. G. Wells, "Unveile the Tank")，「十二鈔改變世界」("Twelve, Seconds that Changed the World")（作者不可考），雷諾玆的「巴黎的陷落」(Quentin Reynolds, "And so Paris died") 與哈格夫的「對美國的讚禮」(Marion Hargoue, "Glory for Mei-kua") 等篇目，都是一時之選。賀亨堡教授歷年來所編著的「普立玆獎新聞報導」各篇 (The Pulitzer Prize Story)，亦足借鏡。

三、我國特寫的興起

我國近代報業之發皇，肇始于外人在華創辦之報刊（註四），我國報章之有特稿形式的寫作，亦自此時開始。

咸同之際教士東來日衆，創報傳教之風益盛。這些刊物內容，除宗教教義的傳布與道德論說外，尚包括中、外新聞，天文、科學、歷史、傳記和博物。而記載傳述方式，大多屬于正「三角形」，或略述重點後再以「正三角形」展述的正、倒三角形「折衷式」。這樣的一種報導方法，卻在無形中，暗合了特稿的佈局形式。

例如一八七二年在上海創辦的「申報」第一號（四月卅日），有一則選自于香港「中外新報」的消息，內容講述一名七歲女童被拐，卻又傳奇性地再與家人團聚經過（註五）。這則非純淨新聞的報導，共五百多字，並無分段與標點，但寫作方式，顯然具備特稿雛型。全文如下（標點係作者附加）：

『陸明，南海人，居恩寧里。一女名奇玉，年七齡，於正月被匪人拐去。陸只此女，痛思之如摧肺肝。然既大索無踪，亦無何如何；不圖合浦珠還，竟有出於意外者。先是，陸有姊出黃，嫁姓黃賈於英德，遂挈家往焉。黃姊不歸寧者，已逾四載矣。春仲，黃由英德罷肆，攜家歸順，往西南。蓋黃有姊出嫁於西南李某也。因過省之，黃妻見李家一女，年約六七齡，眉目端好，意為李家之孫女行也。注目不移，方欲詢係何人？李妻問：「此女好否？此女三十金買來者也。」黃妻意為戲言，因問，果係孫女否？李妻曰：「此女來踪可異，然初不及知也。正月中，有男女兩人經此，言係夫婦，託本境王媼攜此女來求售，索價五十金，還以二十。伊夫妻言，此女好眉目，若貨之娼家，無憂不得七八十金，徒以親生，故不忍耳！問其賣女何為，則曰，以家難，故離桑梓，欠缺盤纏，不得已，以骨肉委人家。言畢，淒然。老身憫之，卒以三十金成價而去。後問此女，始知非其所生。」黃妻驚曰：「吾弟陸明有一女，與此女面目略相似，以今計之，年當七齡。我於其周歲後，猶及見之，嗣往英德，不相見者，將五年，未審其作何狀。」李妻曰：「此女果係省垣姓陸。」黃妻問女曰：「汝家居恩寧里否？」女曰：「然。」又問：「汝母左手有枝指乎？」曰：「然。」黃妻驚曰：「果吾弟之女也。」問其何至此，則亦糊模不能盡言。蓋爲匪人拐後，甜言慰之，使認爲女而貨之也。時黃李夫妻，皆稱異事。返省後時，攜之歸家，陸見之恍如夢寐。得其故，夫妻皆喜極而泣。吁！匪人之拐良子女，擢髮亦不勝計。然鮮有骨肉團圓，若此女之奇者，特詳之以紀珠還。

選香港三月初九日新報　』

又例如：一八六四年第二份在香港創刊的中文「華字日報」，其中有一則「賊刧富戶」的報導，亦近乎特稿形式：（原文沒有標點，文中「□」則表示字體已模糊不復辨認）（註六）：

「石門上文告鄉，唐某家頗饒裕，久已著名於閭里。前月二十七夜三更時，賊匪五六十人，明火持械行刧其家，斬關入室，如入無人境，傾箱倒篋，被掠一空。乃賊匪仍不滿意，既出，即在其里再刧二家，所得三家衣物銀兩皆藏以布袋，束以繩索，從容呼之去。計三家被刧，所失贓物，約值三千餘金。聞唐某向在佛山北勝街開設興記行，素稱殷庶，以故賊垂涎之者，已非一日。按文告一鄉，屋宇甚爲稠密，村中街道首尾銜接，幾至棟宇相望□□。文告族人大人多，殷戶亦復不少。彼鄉約有三千餘人，而竟爲彼數十賊人明目張膽，一夜迭刧三家。當被刧時，鄉人則已鳴鑼呼援，而鄉中竟無一人出而捕賊，所以賊匪竟至紆徐不迫，刧之之易，儼如探囊取物。論者謂彼鄉富室居多，經刼之後，若不議立章程，預爲防備，賊必復至，非止此一刼已也。」

不過，「眞正」具有特稿寫作形式的報刊，當首推梁啓超所辦之「新民叢報」。（附錄一）梁氏有感于：「中國報館求一完全無缺，具報章之資格，足與東西各報相頡抗者殆無聞焉。」遂于一九〇二年（遜清光緒廿八年）一月一日，創「新民叢報」雙週刊，每月初一及十五在日本橫濱發行。內容多達二十五個類別。其中圖畫、時局、史傳、地理、農工商、名家談叢、雜俎（新知識）、中國近事、海外彙報與餘錄等門類（註七），不論在內容和結構上，已與現時所謂之特稿，相當接近。自玆以降，我國報刊內容，相繼改革（註八），特稿式寫作形式，廣爲報章所採用。

民國七年，新聞學者徐寶璜指出，中國報紙之「特約通訊員」，「就發生之新聞貫穿以己見，以成其通信，且署名于前。」「特約通訊員中頗有能者，每能發現政治之黑幕，與推測政治之前途，而以有趣之文字揭布之，引起時人之注意。」（註九）

儲玉坤（民卅七：二七七）解釋說：「特約通訊（Special correspondence）就是在某一地方，發生了極重大的事情，特約通訊員或特派記者，卽往發生事件的地點，作多方面的調查與訪問，並搜集各種資料，把事實的經過，原因，及其可能的後果，寫成一個詳細的報告。一般地說來，特約通訊稿和『特寫』的作法，完全相同的。」

例如，下面一則論陷後的濟南，就是一篇特約通訊稿的寫法：

「敵人的從容而得濟南，進城時不過一萬多人，這約一萬人的敵軍，只在濟南住了四天，就開拔南下了。城內就由一千左右的日本警備隊駐守，直到現在濟南還是由他們駐守着。

但，濟南的大商鋪裏卻留下了許多穿軍服的日本商人，他們是被征調入伍的商人，到了濟南，就霸佔住商業不再想走了，也有一部分是隨軍來的商人，他們是來收拾軍部打下的贓物的。

緊跟着軍隊後面，就運來無數的貨物，在這許多貨物裏，最多的是鴉片，白面，其次是白糖和布匹，於是一切商店都被迫着開門營業，被迫着銷售這一切貨物，顧客除了冬天的西北風之外，恐怕就再沒有別人了。

現在給一般農民以絕大損失的，是原有山東省一切紙幣，概不准通用（在山東發行的紙幣有山東省庫劵及民生銀行的二種）。通用的只有法幣和老頭票二種，不過老頭票不能使用得開，一般民衆都認爲就是將變爲廢紙的東西，都不敢收受，因此，雖然幾次的經僞省政府及日本軍部的申令，老頭票就是日本人使用，也得打一個九五折。

可是這一危機，也就此逐漸顯露出來，現在山東一般未被佔領的縣鄉的法幣，已漸行減少，甚至已被視爲珍寶；敵人已在淪陷區域，大批收買法幣。

現在在濟南的一切原有銀行，是都倒閉或焚毀了。在中國銀行舊地，卻樹立起了朝鮮銀行濟南事務所，同時，濟南的大麵粉廠成記和惠豐，被接收而開工了，成大紗廠也被接收開工了。

僞省府成立後並沒有公布任何法令，只有在成立統稅局的時候，出了一張公賣大煙的布告，大煙每燈一元，領執照十元，這筆錢就是僞省府經費來源之一。至於其餘的經費均出在苛捐雜稅上，日軍剛進城的時候，就收了八萬房捐，現在正進行一切其他捐稅。

僞省府的實力就是原有濟南的警察。槍械已被日軍繳去，現在僅拿着一根三四尺長的木棍在街頭站站而已。最近成立了一個所謂「宣撫班」，收買大批落後青年，將作爲「宣揚日本王道」之用。又在籌備一個「模範學院」，那自然又是和北平的「新民會」一樣的奴隸養成所了。

在濟南共有三種報紙，濟南日報晚報及天津庸報，都已是敵人的東西，報上除對中國政府造謠以外，什麼消息也沒有，就是「皇軍」的「勝利」消息也沒有，大概沒有什麼「勝利」可說了罷，說到日軍士氣，實在使「皇軍」威風掃地。最近，時有日軍士兵自縊。更有許多士兵，向居民流着眼淚說：「回不去了！」

眞是，日本人自己比我們看得清楚。日本的一切輜重給養，完全安置到黃河北岸的鵲山，黃河上架着十二道浮橋。濟南每天戒嚴，原先是晚九點，現在提早到六點，一到晚上，日軍全部匿居在商業和大陸二銀行裏，連步哨也不敢派。

因爲在城內有着我國武裝的便衣隊，雖然已爲日軍及漢奸活埋了一二百；而濟南城外，廣大的四圍却都閃現着中國游擊隊和民團的槍尖，日本人自己懂得自己的命運：

「回不去了！」

民國十一年，上海「中國新聞學社」的任白濤（民廿二：八一）將報紙文字，分成論說文、記事文、特殊文和趣味文四類。就現在的新聞寫作來看，他所謂的「特殊文」，應包括著名專論、特寫及副刊上的文字，而趣味文則包括較輕鬆及有人情味文稿。（皇甫河旺：民七二：七〇）

民國二十九年，趙君豪（民廿九：四四）在「中國近代之報業」一書中，介紹新聞稿寫作時，初次正式提到「特寫體裁」一詞。

迨至二次大戰前後，新的「新聞信」(News Letter) 大量湧現，與「新聞雜誌」一樣，用文藝的筆法，以豐富的第一手資料來報導「內幕消息」，吸引廣大的讀者。此中文章，已完全屬于特寫的角度。

其時，儲玉坤（民卅七：二六八）即曾對「特寫」(Feature article) 的旨趣加以解釋，並將之分成五類：(A)非人的描寫兼記敍文 (The impersonal narrative-descriptive article)；(B)訪問記 (The interview story)；(C)個人經驗談 (The personal experience story)，包含「懺悔」(Confession)；(D)人物素描 (The personality sketch)；(E)指導文字 (The how-to-do-something article)。儲氏以爲特寫的旨趣，在增加讀者的興趣；所以寫成特寫，應注意下列幾點：(一)文字通俗易曉；(二)文筆生動活潑；(三)富於趣味；(四)全文以一千五百至二千字爲最相宜；(五)分段敍述；(六)富於熱情感人；(七)予讀者以深刻的印象。

大戰時間，美國戰地記者歐尼派爾之報導，固膾炙人口，而我國在抗戰時期，戰地記者的特稿，亦風靡一時，下面兩則戰地特寫，充滿血淚之情：

例一、閘北大火記

「保衞大上海，」現在不是空喊的時候了！要緊急執行着「保衞大上海」的有效工作！

「焦土抗戰，」我們還未作到驚人的程度；敵人的「焦土侵略，」可說徹底的施予我們了！

不信，睜眼看看！登高一點看看！走到蘇州河邊看看！

我們英勇的將士，在滬與暴敵苦撐了兩個半月，因爲大場一個據點被敵突破，閘北我軍顯然陷於三面被包圍的狀態中，若不及時撤退，勢必中敵奸計。

敵機瘋狂了

我們有計畫地撤退，早在前天夜間實行了，敵人昨天整整搜索了一天。晨五時許，就派出大批飛機，約達四五十架之多，在滬西梵王渡、大西路、中山路、虹橋路一帶盤旋偵炸，並用機槍不斷掃射。一直到午後五時半光景，才紛紛飛去。

敵機在滬西轟炸時，除在租界區域內炸傷居民百餘人外，最慘的是白利南路上的申新紗廠，雖在砲火中渡過了兩月多，勞資雙方仍努力維持着工作。想不到在我軍撤出整個閘北的時候，還遭受了敵機這樣慘酷的轟炸。

因爲敵機的整日威脅，救護人員不便工作，所以申新職工死傷的確數，到晚間還沒有人知道。據逃出的工友說，至少有一百多人。

記者昨晚七時前往調查時，有許多女工還逗留在梵王渡鐵柵門附近的馬路上，向探捕們訴苦：「先生，做做好事吧！讓我們幾個人過去。我們的爺爺因爲年老沒有逃過來，一天沒有吃，晚上還沒地方住，我們接他過來好不好？」

「那有什麼辦法，這裏過了六點鐘，誰也過不去，就是讓你們過去，也過不來了。」幾個華捕很同情而沒辦法地回答。幾位女工們雖然絕望了，仍彳亍不肯走開。

瀰天的大火

公共租界工部局的救火車與救護車也馳去了好幾輛，但是停留了好久，眼看着瀰天的大火延燒，而沒有辦法去撲滅；分明有好多工人在申新紗廠裏呻吟，也不能越鐵柵而去營救，到底還是空車開回去了！

無量數的旅客們，多在旅行社買好了車票，有的來趕六時整的京滬車，有的想搭七時半的滬杭車，都在梵王渡折回了。

虹口、楊樹浦、閘北、江灣……淪爲戰區以後，有錢的人家可以逃到租界，或者散往各地。惟有許多貧苦的市民，逃既無錢逃，租界居亦不易，於是迫不得已，只有暫住在靠近租界的滬西近郊。

不料，我們軍隊撤退第二道防線後，敵機竟施瘋狂地轟炸。尤其是許多的平民草棚，好像這羣野獸的眼中釘，轟炸還覺得不夠，竟低飛用機槍掃射，迫得成千累萬的貧民扶老攜幼地逃向租界來。

在敵機凌空肆虐的時候，租界方面還可以冒險地自由來去，所以逃入租界的有五千多人。等至敵機散去。鐘敲六點的時候，租界各處鐵柵都封鎖了。迫得約莫一萬五千多難民走投無路，只有蹲在地上等天亮。飢寒交加，敵機來襲，誰也無法避免！

敵人轟炸難民還不夠，凡在蘇州河北岸的民房，都成了敵人洩憤的對象。在所謂「威力搜索」的情勢下，我們商民不知幾千萬間的房屋，都被敵人縱火焚燒了！

悲壯的鬬士

記者於昨午後五時許，在新垃圾橋前北望時，敵人引起的火焰高達數丈，整個北區都在紅光的圍繞中。在煙霧瀰漫中，仍不斷有機槍與手榴彈的射擊聲。我們掩護退卻的隊部，仍有數百人堅守着蘇州河北岸四行倉庫等據點內。敵人雖用火力威逼，但是我們的英勇將士，早把生死置之度外，決不會屈服的！相信在敵人冷不防的時候，還會殲滅他好多個。昨晚聽說他們只請求軍部補充他們一週的食糧，一切就不必顧慮了。這樣的壯烈精神，將予敵人以巨創！

沿蘇州河西行，在烏鎭路橋的北面，福源福康錢莊聯合倉庫，江蘇銀行第一倉庫，交通銀行倉庫幾所大房的後邊，都在少數往來梭巡的敵兵監視下，起着無邊無緣的大火！

一座火山口

在新聞路橋的南岸，記者正在視察時，忽然蘇州河裏飄來了一隻難民船，滿滿地載了約莫有二十多個人，由一個「道士」裝的男子與幾個帶輕傷的婦人駁動着。

「喂！你們從那裏來？」記者驚駭地問。

「先生，救救我們呀！我們房子燒光了！」一位老年婦人大聲着哀呼，沒有顧得切實回答我。

「你們到那裏去？」一位同行的友人又問。

「到那邊去，」這句話剛剛答出，船就匆匆開去了。記者又繼續前往麥根路，蘇州河北岸的「同德洋棧」的房子，正像一座整齊地的火山在爆發着，三五個敵兵很得意地看這蔚藍天色陪襯的金黃色火花，不知愉快到何等地步！

宜昌路橋北的中央造幣廠建築，敵機敵兵均未毁滅。可是近旁的「大隆鐵廠」早經炸毁了！附近的平房也於昨晨十時燒光了。

記者驅車歸來時，半個大上海還在敵火包圍延燒中。

例二、張姑山的殲滅戰（中央社記者范式之）

當我們開始度着這十月的日子，江南前線的戰事，敵人被阻於隘口馬迴嶺一帶，以右翼及正面進攻德安的企圖是幻滅了，於是乃改從一〇六師團全部及一〇一師團之一四九聯隊由敵酋松浦中將率領於十月四日起，沿瑞（昌）武（寧）公路及公路以東的山地向南進犯，企圖由德安西方萬家嶺，張姑山，長嶺一帶突破我軍陣地，以一種迂迴的方式，攻略數月不克的德安。

是十月六日的黃昏時分，張姑山萬家嶺長嶺及嗶嘰街一帶陣地都已被敵攻佔。我改守佛天壠張家凹之線，七日敵更向南進攻，激戰頗烈，我江南最高指揮官察知敵人進攻計畫，卽迅採反攻包圍戰略，將全線有力部隊如王耀武部，馮占海部，歐震部及傅立平部等分布於兩翼，當敵於七日正向南進攻之際，我軍卽開始反攻，經七、八、九、三晝夜的激劇戰鬭，卒將敵寇全部包圍殲滅，這比美台兒莊的江南劃期勝利，終於全國一致熱烈慶祝國慶聲中，傳遍了每個黃帝子孫的耳鼓，他不但提高了全國民衆慶祝國慶紀念的熱情，並且堅定了每個民衆對於最後勝利必屬於我的信念。

在這次偉壯戰役中，有許多中華民族的好男兒已用他們的血和肉寫下了許多輝耀的史詩，南昌各醫院在這個時候也迻來了大批負傷將士，因此，在一個溫和深秋的早晨，記者便到××等醫院，訪問這次主攻奏效激戰最烈的王耀武部的常唐兩團長三位營長和十餘位連排長及士兵。

恬靜的病室躺上了二位翡髯滿面的將士，雖然睡在那兒，可是英偉的儀態和高大的驅幹，還是很快的映入我底眼簾，經友人吳戾天介紹以後，他們是那麼殷勤的招待着。

首先，我向他們表示崇高的敬意，他們的態度是那麼地謙虛，接着，一幅驚心動魄的戰爭圖畫便從他們的口中清晰地熗映在我底心靈。

贛西北是江西最高的地帶，沿着幕阜山和九宮山脈，連綿不斷的數百里。地方是那麼荒僻，有許多山名連當地老百姓也不知道。

七日的晚間我們唐團長便奉令攻擊張姑山，常團長攻擊長嶺，在我們當面約有一聯隊的敵人，山勢是那麼險峻，在沒有星月的深夜，天在下着大雨，將士們一步步的匍伏前進，夢想「支那軍人」不敢進犯的「皇軍」都在工事內高臥，這樣一些敵人很快地被我們肅清了。後面的敵人立刻反攻，在黑夜中混戰的結果，雙方死傷都很重大，可是我們既佔的幾個陣地並沒有失守。

天明了！（八日）敵人的進攻更爲兇烈，自上午至黃昏，敵機數十架（純一色的新轟炸機）低空助戰，擲下無數的燒夷彈，遍山的野草，都着了火，士兵們到山下挑水和用小便將火熄滅，同時我唐團等攻擊亦甚爲得手，幾小時苦撐的結果，戰局穩定了。

夜的序幕已展開，我們清查人數，第二營傷亡殆盡。晚上我們再度進攻，這時張姑山只剩下最後一個高峯尚在敵手，山勢非常陡峭，我唐團攻擊稍受頓挫，可是士兵們還是前仆後繼的衝鋒，敵人只好放射噴嚏性瓦斯。這時我們更挑選敢死隊曾排長雲飛，他勇敢地帶着二十幾個弟兄摸入敵人的陣地內，一陣手榴彈將敵人消滅，而在進攻敵人左翼的郭排長清厚，他更爲奇特，他輕輕地摸到敵人工事面前，將帶去的輕機槍，放在掩蔽部槍口上用槍向內射擊，這是一個班的掩體，不消說這一班敵人是消滅精光了。後來我們這兩位英勇的將士不幸都受了傷，尤其是郭排長傷了四五處還堅持着要在前方野戰病院療治，不肯來後方，俾便傷愈後卽可迅轉前線繼續殺敵。

這張姑山最后的高峯，用了我英勇將士們無數的血肉，奪到了！敢死隊的弟兄們犧牲了過半，這兒在嗶嘰街之北，敵人後方的交通有被我們截斷的可能，所以敵人不得不用全力分二路反攻，一路進攻這最高峯，另一路則沿嗶嘰街大路反攻。九日的早上，敵機擲下無數的瓦斯彈整個守軍殉國了。他們直到最後的一剎那，不曾後退一步。

這時我唐團長生海負傷，繼任的于代團長清祥在二小時內亦陣亡，營長尹本提胡雄鄧希文都先後負傷，營長王之幹耿之仁陣亡，四團人苦戰四晝夜，大部分是壯烈犧牲了！可是，也正由於他們——每一個將士——都抱着「只願沙場爲國死，何須馬革裹屍回」的有進無退有敵無我的犧牲決心和精神，將奪回的張姑山始終確保在我們手裏，由增援的歐軍截斷了敵人後方的交通掩護着右翼的友軍由楊眉尖公母嶺進攻王家山，老虎尖，左翼的友軍由馬鞍山進攻雷鳴鼓，於九日下午先後攻至指定地點，將敵一〇六師團及一〇一師團之一四九聯隊全部包圍在內，包圍圈逐漸地由大縮小，至九日夜我軍由四週白刃肉搏前進，血戰竟夜，終於十日拂曉將敵寇全部殲滅，突圍北向楊坊街竄出者僅千餘人。我共生俘敵寇五十餘，獲砲十餘門，機槍百餘挺，步槍千餘支，其他軍用品及文件無算，完成了江南劃期的勝利。

唐常兩團長都傷在腿部和脚部，筋骨都打斷了！現正在接骨，大概不致殘廢！這樣一直談了一點多鐘，看護士再三進來警告他們要少說話，記者也就興辭而出。再走到其他各位將士的病室，他們都生龍活虎似的將那些壯烈的戰況告訴我，他們都說，許多負輕傷的將士還繼續在部隊中服務，死也不肯到後方來，這中華武士道的精神是到處充溢着，大中華的戰士們是愈戰愈勇了！（十月十六日浙贛車中）

五十年代以後，由于人情趣味、解釋性報導、深度報導、新聞文學、精準新聞報導與調查報導等一類深入寫作方式，漸次由大學課堂，推展到實際應用上去，特稿非惟在報章上「絡繹不絕」，而寫作的層次，亦日漸提高。

且自廣播與電視普及之後，基于競爭的策略，報紙開始雜誌化的傾向，更注重娛樂性、解釋性與資料的深入報導，加强運用文藝的寫作技巧，以期吸引更多的讀者。多元化社會的新聞報導，尤重背景的深入分析，特稿在本質上，正符合這些要求；因此，特稿的重要性，正與日俱增。故而陳世敏等（民六八：一二三）經研究後指出，臺北主要日報，應「增加專欄、特寫等解釋性材料」。

附註

註一：摩斯 (Morse) 于一八四四年，成功發出第一個電報。一八五七年，敷設第一條越洋電纜。

註二：一八六五年四月十四日，紐約美聯社（創于一八四八年七月）駐華盛頓的一位記者，報導美國總統林肯被刺的消息時，一反過去的寫作方式，直接了當的劈頭便說：「總統今晚在戲院遭槍擊，可能傷勢嚴重。」新聞學者卡爾・華倫(Carl N. Warran) 在所著之「現代新聞採訪」 (Modern News Reporting) 一書中，認爲這則報導，係現代新聞導言的最初形態。

註三：丹納會在「論壇報」任職二十年，其中擔任總編輯達十五年。於一八六八年，以十七萬五千元，自比奇 (Moses S. Beach)手中，收購「太陽報」，並使「太陽報」起死回生。

註四：「察世俗每月統紀傳」(Chinese Monthly Magazine)，爲我國近代第一本雜誌，于一八一五年（清嘉慶二十年）八月五日，由英國傳敎士馬禮遜(Robert Morrison)在南洋馬六甲 (Malacca) 創刊，除運銷馬六甲、婆羅洲、檳榔嶼、安南（越南）、暹羅（泰國）、吉隆坡等華僑薈萃之地外，並運銷廣東一帶，將西洋現代的報業觀念，傳入我國。

註五：「中外新報」，亦稱「新報」，于一八六〇（清咸豐十年）創刊于香港，係世界第一份中文報紙。見林友蘭（民六六：七〇～七）：香港報業發展史。臺北：世界書局。

註　六：同上，頁九十五。

註　七：此外尚有論說、學說、政治、教育、宗教、學術、兵事、財政、法律、國聞短評、輿論一斑、問答、小說、文苑、介紹新著等內容條目。

註　八：其中最顯著者，厥爲一九一一年（遜清宣統三年）五月十八日成立之「時事新報」。它闢公布欄、改革版面，加強副刊，直接帶動我國報業的內容和形式，作更進一步的改革。其時各省報紙，有所謂「時事新報式」行語，可知該報的革新，對我國近代報業影響之大。

註　九：徐寶璜（民七：一〇一）：「新聞學大意」，刊于東方雜誌，十五卷十一號。上海：商務印書館。民國二十四年左右，申報和晨報已有「自由農場參觀記」、「中國銀行儲蓄部開幕記」一類特寫。

附錄一：

刊于日本明治卅五年二月八日（清光緒廿八年元月一日）之新聞叢報「中國近事」欄。（此報由藝文印書館彙印成册）

中國近事

◎兩宮召見情形　當兩宮回京時，太后自入正陽門便哭，直哭入大內。文武大小臣工以次召見，太后云：去歲之亂，皆因我誤聽人言，以致上危宗社，下害生靈，至于棄却爾等而去，非我本意也，言罷。大放哭聲，殿上殿下，同聲爲之一痛，悲止，又曰我與汝等皆從憂患中更生，不容須臾忘也，此次歸來，要勵精圖治，但我年已衰頹，汝等相助爲理，當興者興，當革者革，破除一切情面，勿狃于往日之積習，而圖目前之苟安，戒之戒之。嗣後每召見臣工，必哭，臣工除痛哭外，無敢發一言進一策者，某日召見滿漢御史，言及去歲之亂，歸咎于端剛，忽有某御史率爾對曰：剛毅爲國而死，也算得大清忠臣。太后默然良久，曰：我年近古稀，精神大不及曩日，擬與中外臣工參酌應行事宜，俟政務稍見就緒，便退處深宮，聽皇帝自爲之矣。

第二章　特寫的定義、類別與署名

報紙的傳統任務，除了供給讀者宜予閱讀的各種新聞、用廣告提供市場行情外，最有意義的，莫過于能快速地透過特寫稿的「大塊文章」，報導平衡意見，闡述和評估，輔以評論，而促成建構的動力；其餘則可以在漫畫、塡字遊戲之類的題材外，以輕鬆優雅的筆調來娛樂讀者。在此方面，特寫也是「始作俑者」。

費特勒（Fedler，1973:199-200）即認爲，特寫著重描寫和引號的應用，它的寫作更爲不重視形式，是主觀的和經驗的體裁。所以他覺得「新聞在告知，特寫重娛樂」，但兩者在寫作形式上，仍有其相互變通的境界。例如：

新聞——

一名少女昨日駕車時，因爲誤解了某些指示的意義，竟以每小時三十哩速度，撞向另一部轎車，使得兩車嚴重損毀。

這宗交通意外，發生在七十二號公路。當時，一名駕車男子，因爲機件故障，而將汽車停在高速公路上，並作出求援訊號。

一名少女適時經過，見狀遂上前詢問是否可以幫點什麼忙。那名駕車男子便請她以每小時三十哩的速度，來推他的車子，使它的引擎能夠再發動。

該名少女聞言，便將車子倒退，再以時速三十哩的速度，向前衝上去。結果從該輛車子的尾部，衝進了車底。

兩名駕駛者都沒有受傷，但兩部車子都需要拖車拖走。

特寫——

「我幫得上忙嗎？」那名少女問。

「當然，」那名男子說。他的新車昨午在交通繁忙的七十二號公路上拋錨。他花了將近四十五分鐘的時間，仍無法將車子的引擎發動；無奈之餘，他將一塊白色手帕縛在車門上，希望有人過來幫忙。

不久，那名少女駕駛着一輛藍色舊轎車經過。「我該做些什麼呢？」她問。「想我爲你叫一部拖車嗎？」

「不必，這部車以前也試過拋錨。你只要以每小時三十哩的速度來推它，它就可以再發動。」那名駕車男子說。

「沒問題，我會照做。」那名少女點點頭說。她等另一輛車子通過後，十分小心的沿着路邊，將車子倒退了一百碼。上了檔（波），踩足每小時三十哩的油門，就這樣衝進了那輛轎車的尾部。

兩名駕駛者都沒有受傷；但兩輛車子都要拖車拖走。

非常明顯，就上述新聞內容來說，當然以特寫形式來處理，會較爲趣味化。

在傳播科技一日千里的衝擊下，報紙已漸次放棄與其他快速電子媒體，作「時間」的競爭；轉而作版面「空間」的角逐。因此，歐美報紙，現時多致力于特寫的深入報導，短欄新聞已不多見。近年來，傳播學者對于傳媒之「議題設定」(Agenda setting) 功能，尤給予肯定而積極評價，特稿的本質又合乎此一趨勢，並且歷久彌新。

此在社會步向多元化之際，將更明確的顯現其特質。大衆傳播媒介，屬于社會制度的一環，社會發展趨向多元化後，報紙編採路線，勢必分爲「新聞報導」與「問題發掘」兩大層面。加强發揮傳播媒體所擔負的守望、「教育和提供決策」參考的功能。

以問題爲導向的報導，旨在延伸事件之深廣度，從不同角度切入新聞，嘗試爲讀者解析剖視，發掘新聞的幕後，也提供前瞻性、預警性的思考理路，而特寫無疑是最能發揮此項功能的文體。

一、特寫的定義

「特寫」係從英文 "Special Feature/Feature Article/Story" 一詞繙譯而成，以別於社論、短評(Review) 的意見與純新聞 (Straight news) 之「事實」寫作。"Feature" 這個字，有許多「系族」的用法。例如，歐美報界每指當日報紙最大一則「重點新聞」，稱爲「猛稿」(Featured News) (註一)，"to featurize" 則係要求報導內容「顯示特色」，而 "Featurized News"，則係指「特稿化新聞」，亦即對人情趣味、生活瑣聞等報導，加點鹽醋，賣弄點花招，輔以新聞擴大、補充、側寫或作出透視，激發好奇心，吸引讀者注目。

雖然有學者曾將人、事、時、物、地等一類單獨報導的稿件，稱爲「特寫」(Feature stories)，而將配合新聞，作出解釋性或分析性的文稿，名之爲「特稿」(News Feature/Feature News)（胡傳厚，民五七：一三一），亦即新聞特稿。但國人在實際分類上，又有人將「特寫」名之爲「特稿」，而一般編輯亦未將這兩名詞，作嚴謹的區分，只沿用報館或一己習慣，「隨意」將記者所寫的這一類性質稿件，名之爲「特寫」或「特稿」，或交互使用，漫無法則。甚而，晚近臺灣某些報章似已棄用「特寫」一詞，而一律以「特稿」或「專訪」(Exclusive Interview)代替，亦有乾脆只以「本報記者□□□」字樣來表示特稿的形式（註二）。

事實上，國內新聞學者，對于「特寫」或「特稿」一詞，因所執著之角度不同，所作的解釋，亦未盡一致。

——「特寫乃以時宜性的事實，配合背景、意見，用技巧的筆法來報導、解釋、指導或娛樂讀者的文字。」（王洪鈞，民五六：一一一）。

——「特寫新聞通常是較富于人情味，較多于描述性，較偏于內幕性、趣味性、享受性、刺激性、建議性與專門性的寫作。」（林大椿，民五九：一九）

——「特寫在以前一般人的觀念，認爲它的功能只係補助普通新聞之不足 (Side-bort)，祇有解釋與補充作用，或者是以一種文藝性的描摹，以代替平淡的簡單報導，用以滿足讀者的知情慾。可是今日報紙上的特寫，則無論專電、特欄、政治性的集會、外交使節的往來，甚至一個座談會、音樂會、體育會、辯論會，無不可爲特寫的資料，此即藝術與工藝特寫 (Arts and crafts)。它的作用是在將該項消息作全面而深入的報導，以增加新聞的完整性、活潑性，把原來的新聞價值更爲提高。

如一則火災消息，只報導時、地、人、起火原因、施救經過、焚屋若干、災民多少及如何安置，作平鋪直敍的記述，只能給讀者一個『知』字，而很少能激發讀者的同情心，或作爲『前車之鑑』。若能採用特寫方式，將當時最驚險、最緊張、最悽慘的一段，或救火員個別有突出的表現，或事後擇其中最淒苦的單位加以描寫，必可贏得讀者『另眼相看』，或者可達到一項社會教育的目的，與暗示當局或居民應作某種程度的有效救濟。」（胡殷，一九七三：一四七）

——「特寫新聞，也可以說是新聞的加强報導，如大故事中的小故事，大時代的小人物，小故事中的大故事，大人物的小故事，凡所謂新奇之事物，以特寫寫出。」「一份報紙中，除了報導新聞的事實以及表示意見的社論或專欄之外，其他的報導都可以稱爲是特寫新聞。它是新聞的擴大、補充，偏重于描寫的筆法所寫成的一條趣味性的新聞，它的性質多是富于人情味新聞、生活瑣聞、以及描寫新聞等。」（戴華山，民六九：三〇三）

——「新聞特寫，旨在解釋新聞、分析新聞，也爲了增强新聞報導的效果。發揮高度的文字藝術性，以誘發閱讀興趣，以爭取讀者的心。」「特寫有一最大特質，是必須依附新聞而產生；沒有新聞，就沒有特寫。」（註三）「新聞特寫，只不過是將新聞素材嚴格選擇，然後加工；運用藝術性的表現，在眞實性之外更增加了美感，以增進閱讀的興趣，以擴大新聞的效果。」「文字必須力求優美精練，切忌拖泥水。」（季薇，民六九：廿六～七）

根據諸學者對特寫（稿）的定義，似可以歸納爲三點說明：

㈠持廣義看法的人認爲，報紙上的「讀材」，只要是用闢欄處理的文字，都可以概括地稱爲「特寫（

稿）」，甚而，專欄、特寫原無重大分野。

㈡主張嚴定界限的人，則大加反對，覺得「特寫（稿）」該有它特殊的明確意義。這一派人士認爲，除了編輯處理的形式不同外，「特寫（稿）」是一種深度報導，並强調寫作面、趣味性和意義，它的取材、結構和下筆角度，都與純新聞和評論不同。如果硬將編輯在處理版面編排時，用花邊框起來的闢欄文字，都廣義地和「特寫（稿）」扯上關係，事實上是不相宜的。例如「工商新聞」稿，亦多作闢欄處理，難道此種以宣傳爲目的之「新聞廣告」，亦可列爲「特寫（稿）」？

㈢就學理而言，不妨將發掘事實(Popularizing Facts)而來的人、事、物、時（例如季節性報導"The seasonal story"）、地的特別報導，稱爲「特寫」，而將補充、配合新聞，將新聞作進一步解釋和分析的報導，稱之爲「特稿」。不過，如果報界在應用上，已養成「不成文」法，則固亦可不必將此兩詞，强作區分。

不管「特寫」也好，「特稿」也好，它的寫作目的，在求對所報導的事實，作進一步的描述和解釋，以滿足人們對好奇、狐疑、恐怖、驚愕與駭異的事物，能夠得到更深、更廣的了解。本書原則上將「特寫」與「特稿」，在類別上作學理性區分，惟在寫作及其他相關論題上，「特寫」與「特稿」，原無太多差異。

二、特寫的類別

特稿的類別，亦由于角度的分歧，往往各異其趣，一簡一繁，每成强烈比對。如早期的外國學者中，美國威斯康辛大學的派特遜（Helen M. Patterson）只將特寫總括的分爲：知識性、實際指導性和娛樂性三種（註四）；而德州大學的雷狄克（Dewitt C. Reddick）却將之分爲十一大類，包括新聞、奇異事物、人物、冒險故事、歷史故事、商業新聞、「如何做」（亦即應用性文稿 "The utility article"）、風土人情、自我改進、爭論性問題和親身經歷等特寫。其他如柏德（Georgette L. Bird）分特寫爲人物、自白、訪問、散文式、程序式和集合式等六種；龐德（F. Fraser Bone）則分爲記事、人物、科學、爭議、社會問題、經濟特寫、冒險和用法要領（The Constructional or process feature）等八種。于一九三五年出版「記者與新聞」（The Reporter and the News）一書，將特寫形容爲「雜貨店」的波達(Philip W. Porter)與盧克遜（Norval N. Luxson）兩人，則將特寫簡簡單單的分爲：

一、感受性特寫（the impressionistic feature）；

二、新聞特寫（the news feature）；

三、「你手寫我口」捉刀作品（ghost writing）；

四、短篇特寫（short feature）；

五、雜誌稿或週刊稿（Magazine article or Sunday newspaper article）。

一九六一年，甘倍爾（Laurence R. Campbell）與華世禮（Roland E. Wolseley）兩人經過研究後，在「如何採訪和報導新聞」（How to Report and Write the News）一書中，又將五類特寫重新定名爲：

一、人情味特寫；

二、傳記性特寫；

三、歷史性特寫；

四、解析性特寫；

五、如何做特寫（how-to-do-it）。

我國新聞學者，對于特稿的分類，亦仁智互見。

例如，朱耀龍（民六九：二八〇～三）即將特寫分作五類：㈠不尋常情況：如奇聞異事，巧合，珍奇異人。㈡尋常情況：如熟悉的人物、地方、景色、道旁的公車票亭和臺北街頭，經年累月的挖掘馬路等。㈢戲劇性的情況：如暴富，愛國獎券得主，連體雙嬰的分割，遺失的護照，貧富之間，狗英雄，落水狗，危急和營救，命途多舛等。㈣指引（Guidance）：如失戀指南，食譜，節食，慢跑，迷你馬拉松，禮儀，投票須知，冬令進補。㈤參考資料：如統計算學，紀錄，歷史紀要，類比（Analogies），古今的比較，人物資料。

陳諤（民六〇：二九八）則將特寫分為三類。第一類是正常脫胎于新聞的特寫，亦即配合時效性新聞的特寫。內容多為事實的補充，事件含義的分析或說明。也可能是記者的印象，或是有關人物的自我表白。

例如，臺北市公車處提出公共汽車加價案，記者可就此問題，寫一篇「怎樣有效改善公車」的特寫，把調整票價、政府投資、企業化經營、開放民營等方案提出來，最後可歸結到怎樣才能解決市民的問題。此類特稿題材，較為「硬性」。同時，因為已有新聞作為「新聞栓（依據）」（News Peg），因此，行文多取「平鋪直敘」方式。（註五）

第二類特寫，並非脫胎于新聞，但于新聞有部分關連。例如某名人患了膽結石開刀，則記者可藉機訪問這方面的權威醫師，談談膽結石的形成、症狀、治療、與及一般人在飲食方面應注意之點。

由于取材的角度不同，若不寫「主新聞」之程序，轉而專注意有關場面之色彩、氣氛、與情緒之「色彩特寫」(color story)，亦屬此一特寫類別。色彩特寫主要讓未參加的人，了解當時現場情況，也讓參加過的人，能回味和對照當時的經歷，以融客觀、主觀、經驗與情緒於一爐。

第三類則為與新聞無關的季節、問題及軟性題材的趣味特寫，如中秋節、公害的探討，與飼養寵物、種花之類特寫卽是。

天地間皆是新聞，有新聞就有特寫(稿)的素材。學者對特稿的分類，旨在誘發吾人發掘題材的靈感與及各類題材的寫作方法和應注意的事項。類別本身，反而並非為主要課題。吾人應從前人的類別中，擷取經驗，除了緊記類似題材，更新角度、雕琢成新品之外，尙要隨時、空之不同，發掘新問題，追索新穎的故事，不以主題過大，而「心生恐懼」，亦不可因問題微小以至忽略。文必有「論點」(issue)一氣呵成，或出之于訪問，或取之于旅遊見聞，用「大事精寫，小事趣寫」的方式，方能不落俗套，才不至有「天下特寫一大抄」之譏。

三、特寫的署名

報刊新聞不署名，中外皆然，但由于大衆傳播媒體的競爭日烈，印刷媒體想藉個人聲望，增加對讀者號召力，因而美國「新聞週刊」(News Week)、「時代雜誌」(Time) 與其他報章，便逐漸採用署名文章。

我國早期報紙的社論是署名的，但新聞版面，則無署名文章。至抗日前後，各報章之地方通訊版，出現了署名的「報導（告）文學」。自後純新聞仍不署名，而特寫（稿）則施引署名制度。

目前報章上所慣用的「署名文章」(Signed Column / The by-line articles / stories / by line)，包括專欄、短評、專訪、漫畫、文告、圖片、方塊小品、副刊稿件與特寫等項，以別于一般「不署名的新聞稿件」(Anonymously Written Material)。

習慣上，報刊只用「特寫（稿）」來表示文稿性質，例如：「本報記者□□□特稿」。署名的用意，在表示負責、權威、獨家、榮譽和經過設計。理論上，記者的特稿愈寫得出色，對他的採訪工作，愈有幫助。

不過，爲了報導或採訪上的某些緣故，有時在報刊上，只用「本報記者」，而不用記者的本名。其中最主要緣故，係爲防特稿見報後，記者與採訪單位，有某種程度的「摩擦」，以致產生往後採訪上的「困難」。或者，記者不欲將消息「來源」透露出來，避開同業競爭，或免除其採訪對象（單位），受到不必要的困擾。又或者特稿內，「揣測」成分甚高，記者爲保持其「尊嚴與誠信」的形象，故亦不願透露姓名。

一般說來，特稿的署名方式，通常不冠其在報館內的職稱，而只用「本報記者□□□」，或只用記者的原姓名，而不冠「本報記者」四字。集體採訪時，則用「本報記者集體（聯合）採訪（專訪）」等字樣（註六）。惟近日有些特稿，可能爲了表示「權威」之故，在記者姓名上，冠以「本報專欄組副主任」、

「本報駐□□辦事處主任」之類職稱。嚴格的說，此實係「踵事增華」，無甚必要，反而使「記者」的崇高地位，在不知不覺中，間接地受到影響；使讀者誤會，以爲這類人位在記者之上，其所寫之稿件，「當然」較普通記者來得「權威」。此種風氣，應當不值得鼓勵。

當然，「職稱」的積極意義，意指著年資，責任，工作的性質和範圍，甚至「能力」。不過，歸根究底，這只不過是一個行政上的「歸類」，以便劃分責任的層次。在採訪和報導的當兒，不管具備怎樣的一個行政職稱，記者就是記者，他所負擔的角色，仍是從事新聞工作的「專業人員」（註七）。

記者在寫特稿時，應在稿紙右邊空白之處(Margin)寫上姓名，使編輯直覺地知道，這是一篇特稿，而不會一時大意地與其他新聞稿混在一起，以致遺失，甚或錯過截稿時間，而刊登不出來。（註八）

另外，特稿稿紙上寫上姓名（註九），一方面係負責的表示；另一方面，編輯人員係特稿的「第一個讀者」，也是爲特稿撿「破爛」的「守門人」，遇有稿件晦澀不明之處，編輯即可直接而快速地逕向記者查詢，使排印工作，不致受到躭擱（註一〇）。

附註

註一：此係香港新聞界對重要稿件之通稱。意即權威、獨家、精彩之新聞稿，有類我國所習稱之「一版頭題」(Front Page Story)。借用「猛稿」詞作爲"Featured News"中譯，似甚恰當。

註二：也有用「電」、「專電」，甚至「現場採訪」等，作爲「特稿」的代名詞。

註三：怎麽樣的新聞，才應該配合新聞稿呢？季薇（民六九：廿八～九）指出，一般有三種情形：㈠新聞的本身相當複雜，在程序稿寫完以後，還有許多材料可以利用，丟棄太可惜，但程序稿又容納不了太多。於是，考慮以特稿來補充。㈡新聞本身相當有趣，而又切關大眾生活。㈢新聞本身相當重要，為廣大讀者及家庭所關心。

註　四：這三類的特寫，可細分為：當前問題，不尋常與突出的事物，神秘與災禍，羅曼史與性別，探險與開墾，競爭與比賽，童年、少年與成人生活，動物生活，娛樂與嗜好，熟悉與顯要的人物，社會福利，以及成功和快樂等十三個項目。

註　五：「平鋪直敍」的特寫寫作結構，簡單的說是這樣的：

引言
引介（如有）
小高潮
環節（如有）
小高潮
環節（如有）
結尾

註　六：目前各報特稿的署名方式，大致分為⑴「集體採訪」；⑵兩人聯名（例：「本報記者□□、□□□專訪」）；與⑶單獨署名等三種，視各報作風而定。兩人聯名的特稿，或兩人合作而由一人署名的特稿，若其中有一人較「資深」時，習慣上，較資深記者的名字先排，或者只由他掛名，而稿費則均分（如有）。當然，也有透過協議和安排，來決定由誰來署名的。

註　七：至于特派員，特派記者，特約記者與駐□地記者等名稱，為記者的類別，與行政職稱不盡相同。

註　八：一般而言，記者上班後，先發新聞稿。新聞稿發畢後，方發特稿。碰到重大、難寫、資料繁多、需要查證、欲搶先發布或稿件字數可能較多時，也有先行在「規定」的上班時間前，先行回報撰寫，一到上班時間，立即發稿，以免躭誤新聞稿的寫作，同時又可有較充裕的時間，去思考和組織特稿的內容。

註　九：記者是否署名，大部分由記者決定，有時則由編輯或總編輯決定。記者如果不欲署名，仍應在稿紙上寫上姓名，並註明請用「本報記者」字樣，也可略書數語，以為解釋。另外，此亦方便編務行政組同事核算稿費。

註一〇：除非預先報導留有版位，否則在正常的編排作業中，截稿時間前一小時，是特稿的截稿時間。超過了此時間，即有排字、編輯和組版上的困難，特稿可能無法配合排印。

第三章　特寫的結構

一、特寫的本質

美國德薩斯大學教授雷狄克（Dewitt C. Reddick），曾經在「現代特寫寫作」(Modern Feature Writing)中，指出特寫的本質有三點（王洪鈞，民五六：一〇九～二〇）：

㈠、特寫不是小說，必須以事實爲根據，但在若干撰述的技巧上，則可以師法短篇小說的寫法。

㈡、特寫不僅限于事實報導，同時可作有限度的評述，但它跟社論或短評，卻在寫法與效果上完全不同。

㈢、特寫必須與新聞一樣具有高度時宜性，但特寫內容與結構不必跟新聞寫作相同。

上述三點特寫的本質，給特寫的結構，引伸了一個路向：

——就特寫（稿）的撰寫動機而言，應以善意的「同情心」，亦即「感人性」爲出發點，反映社會眞象，筆調幽默，濃淡適宜，諷刺則重意會而不溫不燥，文筆高雅，避開人身攻擊，以求發揮高度啓發性。所以程之行（民七十：五三）認爲特寫爲「純文藝」與「新聞報導」的「變體」(Variation)，特寫可在抒情、記敍、描寫和說明文之間求新求變（註一）。用純文學的散文筆法，來寫新聞特寫（稿），會產生「接枝式」文體——「敍事」、「說理」、「抒情」兼而有之，此亦特寫（稿）之獨特形式。報上的特寫，又有「美化的報導」之稱，意指記者在題材選擇、資料搜尋，與乎布局思考、寫作技巧的要求等都在求眞（內容）、求善（布局）、求美（文字），做到合「情」（感情）、合「理」（理智）的境地。

——就語文符號的「報導」(Informative)、「抒情」(Expressive)與「指引」(Directive)三大功能來說，特寫（稿）寫作全用得上，而且往往混合使用，產生「複合功能」(Compound Function)，增加趣味性。

——就特寫的整體結構而言，常用的結構，以線條圖形表示有如下數種：

(一)正三角式

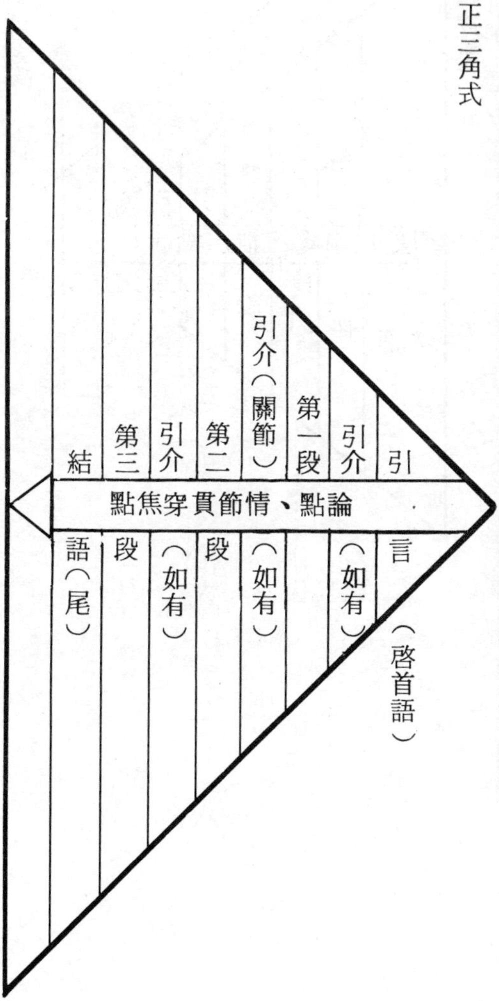

(二)折衷式

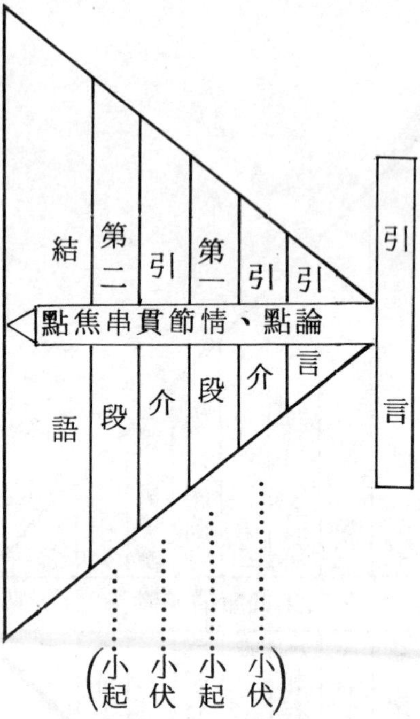

(三)背景式

在此一形式中，「最新發展」，反成「次要背景事實」。此為時代雜誌慣用之形式。

(四)闡釋性報導

引言
引介（如有）
第一段
引介（如有）
第二段
引介（如有）
第三段
結語

說明：

內文包括——

1.重要事實

2.最新發展

3.意見

時代週刊在創之初，即已推行「有實無名」的闡釋性新聞報導。

(五)林大椿（民五九：八四）曾提出一個組合「五W一H」的W_x形結構，用圖來代表是這樣的：

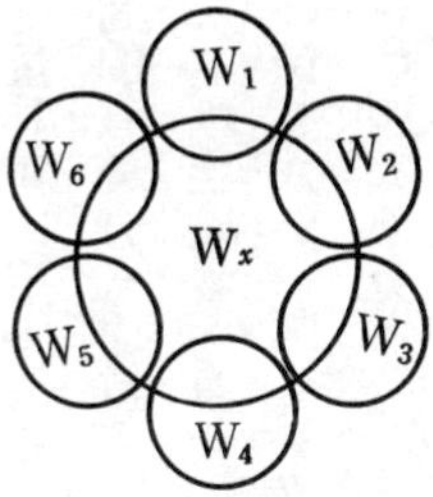

說明：

W_x：特寫的中心主題。

W_1……W_6：指的是人、地、時、事、原因、情況與及物等素材。（註二）

林大椿認爲特稿結構，應以一個突出的「何」爲主題中心(topic)，再以此「何」以外其餘之何來作補充和陪襯，並衡量其間比重，注意特點，擷取精華（註三）。

就三度空間的報導方式而言，人、地、時、事、原因與情況，應屬于「事實」或「背景」範圍，而「何義」(so what) 則相關著「意義」的詮釋，故亦屬W_x的範圍。

王洪鈞等（民五六：一二一～四）曾將特寫的內容結構分爲：導言、引介(Bridge)、敍述(Body)、與結語(Conclusion) 四大部分。

茲就此一結構再行申述。

二、特寫導言與結語

導言，本書稱之爲「引言」；結語，亦即杜斐(Thomas G. Duffy)在「特寫寫作」(Let's Write A Feature, 1969)所謂之「結尾」(Ending)。

特寫（稿）的導言與結語，是一篇特稿的兩大支柱，兩者的處理手法亦非常相似。（引言的重要及變化，詳見本書第六章所述。此處所伸述的，是引言的構思。）

當然，從理論上來說，引言應該是經過一連串的步驟之後才決定的。這些步驟通常自挖掘到新事實開始，找出故事中心結構，組織起全文寫作大綱，再從大綱裏，翻尋出新聞性強、角度新或蘊涵趣味的引言，由引言引出結語大概。因此引言和結語必須產生貫繫全文主題的作用，並且不管是一句話或一段話，都應有完整的思想。引言的型式不須作機械式的分明，但必須要有突出的特色。一篇不落俗套的特寫，即在于新事實、新問題與新特色的發掘。縱使是資料的運用，也應考慮如何把繁瑣生硬資料，化爲可讀而有趣的語句，又或從呆板平淡的材料中，擷取其最富戲劇性的角度。

一個資深的記者，即使在表面看來並無重大意義的瑣事中，亦可能發掘得「潛在但被疏忽了」的特點，而寫出優美作品。

不過，將特寫引子趣味化，必定要留意環境的「接受性」，否則，可能白費工夫。而環境接受性的「測知」，似可以用派克遜所提出的「興趣環」(Rings of Interest)，作爲衡量的一個準則。

派克遜所謂之興趣環，一共有三個，亦即編輯政策 (Edition Policy) 、假想興趣 (Presumable Interest) 與讀者興趣(Reader's Interest)。

編輯政策是報社的立場，或預期取得傳播效果的新聞處理方針。從事新聞工作者都知道，在寫作上任何「花招」，都不能與此違背，否則可能遭受刪改，縱有很好的內容，亦無法表達。

假想興趣，則是撰稿人主觀的判斷（學養＋經驗＋實徵研究＋靈感），信心十足地認爲他的表現手法，已實實在在地掌握住讀者興趣傾向。當然——也非常不幸，撰稿人對讀者興趣的揣摩，最後必得爲「第一個讀者」的上級主管或編輯的「認同」，如果有所爭議，撰稿人也就可能面臨改寫，甚或壓稿不發的命運。

讀者興趣，通常以調查研究的純理論出發，分析題材中，有那些經研究，爲讀者列爲主要興趣的要素（例如金錢、新奇事物），而後予以選取利用。

特寫結語的功能在概括全文中心，加强讀者的印象，並與引言產生「前呼後應」的作用，使全文一貫。結語應避免夾雜「社論化」(Editorialization) 的個人意見，而設法以具體事實來描繪、來說明，給人一種「言有盡而意無窮」、「紙短情長」的韻味，而非戛然「中斷」的匆促感覺。

一般而言，結語有兩種型式——「提要式」(Summary ending) 與「峯迴路轉式」(Snapper/unusual twist ending)。

提要式結語，不單與引言相互呼應，並且能將內文（敍述）作一簡潔的摘要，加强所欲强調的事項。峯迴路轉式結語，則除與引言相互呼應外，尙在結語裏，顯示出事件中，另一些尙未在特稿提出的特色，或者引發某些新問題；不過，這些問題或特色，都應與通篇故事相關連(Duffy, 1969: 35-50)。

爲了使結語能集中在另外的特色或問題上，有時候，也會在峯迴路轉式結語的前面，以一小段提要，先將前文作一簡單的總結，並藉以突出結語之雋永。這兩種型式的結語，都可以用：輕鬆的對話、問題的建議與期望、引用某人的語句，或述說一個小故事等方式來達到最佳效果。可能的話，最好在寫引言時，即想好結語的寫法，如此可免「下筆千言，離題萬里」之弊。

三、引介

並非每則特寫都要引介，但有時引言與內文故事，可能出現不銜接或協調現象，爲了講求引言的變化與效果，此時便須藉數行或一小段文字，把引言與內文圓潤而巧妙地聯接起來，使讀者能順利地由引言邁入本文，並在刹那間，鈎出全文大要的一個輪廓，讓讀者知道下面賣的是什麼「藥」。因此，有人將引介稱之爲「輔（副）導言」(Sublead)，或「第二導言」(The second lead)，而將「主導言」稱爲「第一導言」(The first lead)。

爲內文「鋪路」的描寫、解釋、與人物的履歷等，通常都利用引介來表達。有時，當「引介」的作用，在于產生內文「塲過塲」的聯接功能時(Liasion)，可利用每段前之一小段作爲「關節」，使前段與後段連成一貫，或輕易地互相「淡入」。引介是一個「看不見的鈎」，如果運用得當，則可使「零碎」的段落，「串」成一篇暢順的作品，亦可使寫文章時，心中礙滯之處，得以豁然開朗。

四、敍述（內文）

「敍述」占了特寫篇幅的絕大部分，它的任務，在於陳述事實，提供完整背景。爲使行文不致枯燥（尤其是人物傳記），最好能襯托些趣味性的「小」故事（不管有否「大道理」），與若干「活潑有力的佳句」(Punch Lines)，使通篇特寫能「見樹又見林」；而不是「拉長了的新聞」、「資料的堆砌」，更不會有社論式說教的「枯燥」、專論的「嚴肅」、和短評的「神龍見首不見尾」。

敍述段落要層次分明，但不應過長，並且須湊合整篇論點而出發。段落與段落間，只要排列緊湊、有系統、合邏輯形式(Logical order)卽可，固不必如純新聞寫作之依重要性來羅列，但應顧及讀者由視覺經驗和聯想能力而來的「形式感」，以及全篇的統一和調和；並且在原則上，應將有趣味或懸疑性强的材料，適當地錯落到全篇各個適當段落，務求各段都有峯濤起伏，而又能相互呼應。

敍述的每一段落，仍應遵守「整體分段法」(Block paragraphing)，使每段有每段完整意義，最忌含混籠統，並避免作無謂重複。超過千字的「長」稿，則應在適當的段落前，加上小標題，一方面令讀者易于閱讀；另一方面，又可借用爲文章的「引介」。每段字數，通常以一百五十至二百字爲合，超過三百五十字，就會減弱「閱讀速度」。

敍述段落的安插，在形式上通常有將重點排在各段之首的「倒三角式」（附圖一），每段各有重點，但以懸疑式正三角形結構來表達，着重起伏的「高潮式」(Highlight method)（附圖二）（高潮後，就是「情節」的轉換），與按時間順序來排列的「順序式」(Chronological method)（附圖三）三種。「順序式」，亦即折衷式結構的內文排列形式，通常以「追述法」來表達。

附圖一

附圖二

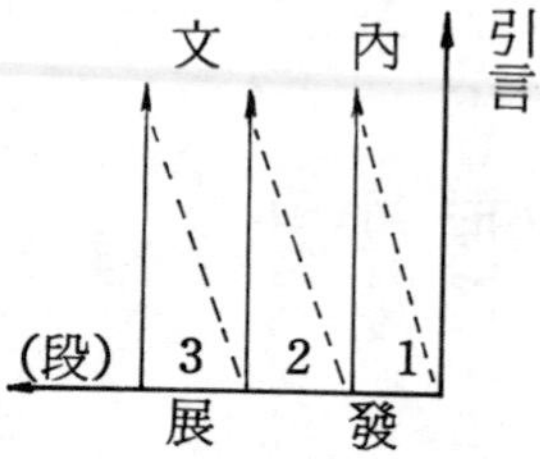

附圖三

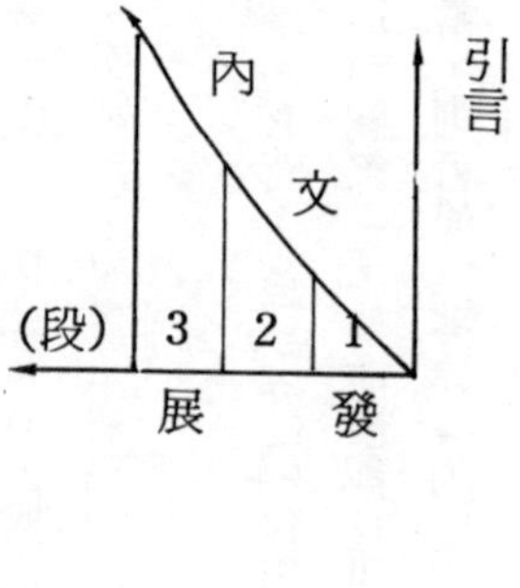

當然，除此三式外，按空間位置的順序，人物談話的交叉引用，或先敘一般說明，再層入分析，又或先敘總綱，再寫分目（反之亦可）的方法，也是經常爲記者所採用的。

不過，特寫（稿）資料的安插，仍應有所變化，方不至泥于僵硬的結構，使報導千篇一律。例如：採用正三角形的寫作結構，固然依時空順序，一層層往後描述，但有時爲求變化（而又適當），則可以酌情使用「插入法」，在中間插入一些相關的其他情節，以收襯托之效。又或者全文雖已交待清楚，但爲了強調某點事實，于是適度地用「補敘法」再追加一段，至於因爲時間順序非關重要，或情節間缺乏因果關連，於是乾脆以「花絮式」散敘法，將欲引用之散雜事情，作簡潔的併列敘述，俱是「同中求變」、「異中求同」的可行辦法。

所以，特寫（稿）有所謂「三S魅力」，亦卽「題材入世」(Sociality)、「情節引人」(Suspense) 和「轉接緊湊」(Speed)。在適當題材上，特稿最好尙能配以照片與圖表，使重點突出而動像化，使該欄在版面中，脫穎而出，令人「刮目相看」。

引言、內文與結語，有如文章之起（引言）、承（引介）與轉（內文）、合（結語），一定要轉折得宜，「設情體位於始，酌事取類於中，撮辭舉要於終。」（劉勰：「文心雕龍鎔裁篇」），方能點石成金。敘述如是談些抽象理論，應具實例說明，以幫助讀者了解，但應「適可而止」。例如，舉例說明一件較爲複雜的事物時，頂多只舉兩個例子卽可，再多就顯得繁贅了。

如果配合新聞的特稿，在內文中，一定要將新聞程序稿和特稿素材，作細心妥貼的安排，並作出取捨。凡與主旨無關，或與原意不合的內容，都應明快地「割愛」，方不致「小材」大用，「大材」小用——

亂用資料了（註四）。姚朋（民四七：四八）曾經指出：「封面頭題的重大新聞，並不一定包含有專欄（特寫）的質素，也許一欄的小花邊新聞裏，反而蘊藏着專欄的材料。」我們可以在新聞中將主要的五W一H交待清楚，而將五W一H更深一層意義在特寫中表達，或者將五W一H素材，適當地分配在新聞與特寫之中。其中應用之法，應視特寫素材而定（註五）。

至於特寫稿的長度，一般視內容重要性，材料的多寡與版面的大小而定，大約以八百、一千、一千二百至千五爲合，太長了，寧可分次刊登。對資料重要性之安插和所費筆墨，尤應在引言、內文與結尾的行文上，與內容輕重相配合，注意適度的平穩「均」勢，亦卽在「形式的美」上，不使首尾無力，中間過重，亦不應過於頭重、中虛、尾輕或將所有重點都放在結尾上，而顯得「突異」。

五、雜誌文章、專題報導與特寫寫作

雜誌文章（註六）、專題報導與特寫，三者非常類似，都是較具系統形式的報導。就刊登的形式而言，雜誌文章無疑專門刊登于雜誌上，專題報導與特寫，則多刊登於報章上。不過就字數多寡來比較，理論上，雜誌文章通常應屬最長，報刊特寫最短，專題報導則可能介乎兩者之間。

雜誌文章、專題報導與特寫在功能上，都應具有知識性，注重新發生的事情。在行文的格式上有點「像」散文，但並非就是散文，起碼它不像散文般，可爛漫的使用感嘆語句。三者都會摻雜着撰稿者個人的意見，題材通常較具聳動性但帶有故事的趣味；而目的都在希圖透過報導內容，作深入、有條理分析，灌輸讀者新觀念。

觀念的孕育，一方面固然要靠悟性和「新聞感」，但如能以知識爲基礎，留心觀察，隨時分析事實，注意他人的觀念和體驗，則自有「萬物靜觀皆自得」之妙。文章有了觀念，方能獲得論點而言之有物，產生較强影響力。

另一方面，在理論上觀念亦可透過「創意」(Idea) 的思考程序，而獲得啓示 (Hint)。

關于創意的思考表達法，較受重視的有英國心理學家載勃諾博士 (Dr. Edward De Bona)，所提出的「載勃諾理論」。此一理論，亦卽所謂之「水平思考法」(Lateral thinking)。

簡單的說，載勃諾認爲，大多數的人，都是根據傳統知識、舊體驗理論來觀察、連貫或思考某一件事，他將之名爲「垂直思考法」(Vertical Thinking)。因循這種正面、「一貫到底」的思考方式，其所獲得的「結晶」，可能不是「創意」，反而會成爲阻礙創意的「絆脚石」。

因此，載勃諾主張，與其利用垂直思考去產生「創意」，不如用「脫離窠臼」的水平思考法，來得有效。水平思考法是對某一事件，完全脫離既存觀念，而重新思考與檢討的一種方法。

載勃諾曾將水平思考法，歸納出三個原則：

㈠、瞭解、體認植基于舊觀念的「潛在意識」，會阻礙新創意的產生；因此，必須完全脫離垂直思考法的領域，去觀察事物。

㈡、不可把某一件事情，在同一角度上繼續觀察、或思考下去，應從各方面觀察、或完全改變對某一件事的看法。

㈢、多利用偶發的構思，誘發出人意表的思考結果。

載勃諾曾以一個很有趣的故事，說明垂直思考法與定義思考法的不同之處：迫債的高利貸，看中了欠債商人的女兒，于是提出一項解決債務的陰謀——他在庭院的石地上，檢起黑、白小石子各一顆，放在袋中，由那位姑娘抽取一顆。如果她抽中的是白石子，則可免除債務，但如果抽得黑石子，則只好委身相許了。當然，那名狡詐的高利貸，放在袋中的兩顆小石子，都是黑色的。也就是說，他的勝算是百分之百的。幸而，那位姑娘也洞悉其奸計。

載勃諾說，如果按照垂直思考法，那位姑娘可走的途徑有三條：⑴拒絕抽選石頭；⑵把兩顆黑石一齊取出，揭發高利貸的詐騙；⑶隨便抽出一顆石頭，認命算了。

不過，那位姑娘却機智地做出了一項出人意表的行動：她從容不迫的隨便從袋中取出一顆石子，可是在還沒有看清楚到底她抽到是白，還是黑石子之前，那顆石子却被她「不愼」掉在地上的碎石堆裏。當然，在袋中的另一顆黑石子，就成了「掉落地上的是白石子」的鐵證。在衆目睽睽之下，那名高利貸逼得啞子吃黃蓮，答允取消債務了事。

載勃諾解釋說，採取垂直思考的人，會從那名姑娘「必須取出石子」這一方面去思考，將注意力集中在袋中那顆黑石子上面，冷靜地面對事實，然後經過周密的思考檢討，而採取行動步驟。然而懂得水平思考的人，却會從「剩下的石子」，另闢蹊徑，從另外一個角度來觀看事實，而獲得突破性的構思。

水平思考法與垂直思考法，都是一種精神態度，一種運用頭腦的習慣，在思考過程中，後者由理論來支配頭腦，前者則是「頭腦的意志」，便是「理論的本身」。

不過，觀念必得要靠題材來表達。因此，題材的選擇，是寫雜誌文章、專題報導與特寫的第一步。有了寫作題材，觀念方能得以「借題發揮」。當然，不同性質的雜誌（例如財經、娛樂專業雜誌）與報紙，其所需求的文章與專題或特寫可能不同。但一般而言，正如西諺所說：「只有壞作家，而沒有壞的題材。」有「中國亨利．魯斯」之稱的雜誌創辦人張任飛先生嘗說：也許是日常瑣事，暗示了創作；也許是一句話，觸發了靈機。一句很平常的話，如能平實寫出，使人產生「深得我心」的舒暢，便是「大塊假我以文章」的寫照。

有了題材之後，需要編列採訪大綱(Outline)，作爲收集資料，與進行採訪的依據；計畫文章的字數、內容深、廣度與重點、特色。較特殊的特稿（或專題），尚得考慮應以何種報導體裁，達成寫作目的。例如以解釋性報導方式進行，抑或用新新聞體裁報導？

譬如，以「校園安全」爲題材，則可自校園開放的觀念和做法，現時校園安全的問題和嚴重性，當局和關係人士的意見，以至未來應採取的措施等，撰寫一系列的文章和專題。就其中「校園安全問題和嚴重性」此一分目，可以編列簡略內容大綱如下：

(1)校園安全遭受到什麼問題？根據資料，在某一特定時間內，發生了多少校園事件？嚴重性如何？

(2)引起校園安全的原因何在？一般學校的預防措施如何？是否「心有餘而力不足」？

(3)受害學生之心理、生理康復情形如何？

(4)其他。

因此，撰寫長稿的步驟，大致可歸納如下：

⑴先有中心思想，獲得題材，再透過想像(Imagination)，界定蒐集資料範圍。

如果係一般性題目，爲免重覆和「老生常談」起見，應多找資料，多作採訪、再採訪的「二級採訪」，以期獲取更多意見，延伸題目的範圍，更新角度，添補資料，以視能否就目前情況，以一個有意義的新方向，來再予探討，並能突出重要部分。有時，由于題目談得過多，而一時間事態的發展，又尚未有更進一步消息，則暫時「按下不表」的情形，並非罕見。

一名謹愼的記者或撰稿人，總會建立一己的「題庫」、「人材庫」，以及新聞曆，以確切掌握新、舊題目、採訪對象和適切的時宜性。能發掘更多的採訪對象，能多與相關人士聊天、討論問題，是擴展視野、重組題目的好辦法。

⑵透過調查、訪問、觀察、思考、研究，以及適當的報導體裁，搜集正確資料。

⑶透澈了解所獲得的資料，參照前時所定之採訪大綱，決定通篇結構的初步形式。

⑷將所得資料的主要內容，按其不同主旨，分類寫在若干張小紙上。

⑸就如洗樸克牌一樣，將小紙片作排列組合，可以合併的部分，先行合併，修正採訪大綱；擬好寫作的內容大綱，決定資料排列的先後次序，使通篇段落條理分明而緊湊。

⑹決定最後要撰述的大約字數，將具有特色，蘊含新問題與新聞性最强的部分，選作爲引言或首段。

⑺決定引言和結尾的形式和重點。

⑻構思若干「佳句」，分散在不同段落中。採訪時所獲得的重要語句和關鍵性字眼，亦應分列入各大綱段落中，以收一貫之效。

⑼運用創造力（Creativity）、聯想力，專注寫作。寫時不妨感受點壓力，從而導引自己的特殊習性。

⑽整篇稿子寫好後，再改正錯別字，刪掉不必要的部分，並在說明不清之處，略加增補。——斷斷續續地想一下、寫一下、停一下，或寫一段改一段之法，很可能打斷思潮，抹煞了創造的意願和潛能，似不足效法。惟爲了方便刪改，可取「一段一稿紙」的方式，免去剪貼、刪補等「改一段而動全文」之苦。

一篇報導高爾夫名手謝敏男的特寫，記者所得到的資料，可能是這樣的——

⑴球僮出身，小學畢業。

⑵小學畢業後，父親要他在家種田。他不肯，常溜到附近的淡水高爾夫球場爲人撿球。

⑶有一度，他想當厨師，曾到淡水的英國領事館厨房學做菜。後來，他的母親嫌他在厨房的工作，又受苦又受氣，心疼之餘，將他領回。從此改變了他的一生。

⑷他第一次參加業餘賽的情況。

⑸最近，他創下一項世界紀錄：在連續三次公開賽中，都得第一名，並在十二天比賽中，一直保持領先。

⑹在他成長過程中，曾受到許多「貴人」相助。

⑺……。

上述⑴⑵⑶段，因爲說的都是謝敏男的童年，可以合併。合併的好處，在能歸類統一，並駕馭報導的繁、簡、快、慢。第⑸段新聞性强，可以用作引言；而第⑶、⑹兩段，則正適宜加插些小故事。

正如雷狄克所說，一個好的寫作大綱，能使作者在思維上，在邏輯的順序，幫助作者選擇恰當資料，來加强重點、表現任何一個概念，以及令文章自然發展。

一篇沒有大綱的長稿（不管是採訪大綱或寫作大綱），很容易流於「敷衍了事」，或者只能「想到什麼就寫什麼」。如果時間許可，特寫（稿）寫好之後，儘可能先放在一旁，過一陣子，重新再看一遍。此時，由于時間的「冷却」作用，人會變得冷靜，對於文中的論點和措詞用語，也較能作客觀的處理。

六、特寫分類寫作

姚朋（民四七：四八）指出，人物、問題與興（趣）味，爲報紙專欄（特寫）題材的三大來源，本章亦擬按此架構，討論特寫（稿）的一般撰述形式（註七）。

㈠人的特稿

不僅雷狄克强調「人的特稿」(Writing about People)，新聞先進華遜教授(Elms Scott Watson)亦曾撰有「人情味構成特稿」一文(The Human Touch Makes The Feature)，明顯指出人情味對特稿的重要。

人物一類的特寫，通常由事而及人，按姚朋分類，大致分爲成功的人，克服困難的人，冒險的人，有奇特職業的人，顯要的人，有特點的人（例如百歲人瑞），與其他具有新聞性而足以構成話題的人（例如小人物成功史）等七類。

寫人的特稿時，應摒除成見，不諱言事實（缺憾，亦可引起同情與關懷），可作適度的側面描寫，予以欲揚先抑（對比法），或「烘雲托月」，但避免不當渲染，文句籠統、空洞而不親切，並貴能「柳暗花明，峯迴路轉」，由前節啓示後節，「大情節」引伸出「小情況」，從「小故事」的「伏筆」中，不著痕跡地引出「大啓示」，也不必用什麼議論，重覆報導中的知識或敎訓，只是使人在不知不覺間，將所有細節連貫起來，串成一頁形象、活動而感人的記憶。除了親身訪問之外，此類特稿，尙可適當利用各種資料，加以裁切編纂，以加强受訪者的介紹、生活瑣事、習慣、順境、逆境、遭遇、失敗、失望、挫折、灰心和處世風格等之類有趣的描寫。如是會場側寫，則應避免姓名的堆砌。

人的特寫，通常經過專訪的過程；其中內容上，往往是新聞（事）與特寫（資料）的混合，在寫作方式上是特寫的折衷。原則上，「專訪」應要求「獨家」，並且最好能有受訪者的生活照片，起碼有「不呆板」的人頭照片(thumnail)來配合提出「專訪」的現場證據，並透過受訪者的表情（肢體語言），使段落動象化和充滿趣味、版面活潑醒目。未經過專訪過程的人物介紹，要注意側寫資料的運用。

爲了通俗有趣起見，人的特寫可用「故事」方式表達，亦即「題材故事化」，使報導中的背景，接近讀者生活體驗，而報導中的人物，就像你所熟悉的親朋戚友。有時，爲了加强懸疑性，可以適當地，在若干段落中，安排一項「威脅」，或不平常的故事，令讀者喘不過氣來，誘發出「欲知後事如何」的衝動。

另外，人的特寫要特別善用「人稱的變換」。一般說來，敍述部分，應用第三人稱的口吻，來介紹「場景」，而于適當之處，則可透過直接或間接引語，用第一人稱來增加現場眞實感，使人物的形象和口語「躍然于紙」上。但若以「筆者以爲」、「記者覺得」等一類口語，則應小心使用——最好是避而不用。

(二)討論問題的特寫

一般討論問題的特寫，它的「意識中心」(Center of Consicous)，是有關大衆的「共同問題」。因此這類的題材，往往是私人，但深具社會性的「個人問題」，也可能涉及某類深入而專門的題目。寫這些問題時，首先要對問題相當了解，資料充分，並在搜集資料、引用資料時，秉持客觀公正的態度。

討論問題的特稿，很多時是配合新聞的解釋（附錄一）、分析性（附錄二）與反應性特稿（附錄三），以加深讀者對新聞的認知。

此類特稿，通常以事件爲中心，以人物爲輔材，綜合資料（或舊聞活用）而寫作，通常來說大約有如下數個類型：

一、用一段引言，把內容主旨，訪者與受訪者背景，作概要說明，再以「一問一答」方式(Answer and Question)來編輯與報導（附錄四）。這種方式，有人稱之爲「花花公子訪問法」，爲求內容正確，通常會作多次改寫，並一再與受訪者求證。文中每一問一答，自成段落，而每個問題，都在擔負「引介」的功能。

二、針對某一問題，報導「正面」（贊成）與「反面」（反對），甚至「中立」者的意見，然後提出結論（註八）。此種「平鋪式」材料組織法，一定要注意「正」、「反」與「中立」意見間的適當比例，但不能扭曲。例如，正面意見占三分之二，則我們不能爲了刻意求公允，而將比例減去三分之一；又或者缺乏中立者意見，而在意義上，並不重要，但爲了結構「完整」，而刻意將三分之一篇幅，報導「中立」者意見，都是「以字數害意」的作法，因此，在選取訪問對象，或者報導某人意見時，應特別注意其代表性。（見附錄五）

三、正反雙方針對同一事件的幾個論點，展開爭辯，而用「引水歸渠」之方法，將材料系統化。

四、對一個問題，收集七、八種意見，就每一種意見主旨，加以正確、扼要的敍述。記者同時可提出他個人看法、歸納、評論每種意見得失，他所贊同或反對的意見，亦可以另行提出一個新意見，有人稱此種資料配插方式，爲「萬箭穿的法」。（附錄六）

具有解釋新聞意義的特稿，除了就事論事，引用檔案資料之外，屬於個人接觸的「活資料」，固可加以適度的取材和表達，但應避免過分主觀，以及將任何情況都推在所謂「權威人物」的學者專家身上。

㈢趣味特稿

趣味特稿，題材甚廣，例如配合時間（如中秋節日）、空間（如古蹟的描寫）、休閒活動（如賽車）、名人趣話、有趣逸事、冒險、民俗以及物的介紹（如太空梭）等，都會是很好的素材。寫作方式，應力求趣味化和顯淺易懂，善用比喻，並儘量在不平凡的角度或偶發事件中，尋求不平常素材。

林大椿敎授曾以五W一H來作爲特寫（稿）的分類，甚爲暢順，樓榕嬌（民六八：一一四～八）將新聞（記敘文）描寫技術，分爲空間與時間兩系類，亦頗多可取之處：

——空間觀察，分爲全體觀察與局部觀察。

㈠全體觀察，包括：

A著意于提綱挈領，而非巨細無遺之「鳥瞰法」。

B將一事件之各個要素，先行作正確而縝密分類，經詳細觀察這些「局部」之後，按其間相互關係，妥置各要素的位置，然後再予以綜合成一整體的「類括法」。

C以層次分明的結構，依眼光注視所及，逐項報導之「步移法」。

㈡局部觀察法，包括：

A將觀點集中在一特出事物上，全力敘述此一部分，始終不移，而以其他事物作淡然陪襯烘托的「凸聚法」。例如，以六何中之一何爲重點，而以其餘五何作爲陪襯（近林大椿教授說法）。

B對範圍極大之主題，專寫一部分，而不論此部分是否爲最重要之一環的「臠嘗法」（摸象法）。運用此法時，應捨棄其他部分，以免含混。

——時間觀察

㈠按部就班，依事前（醞釀）、事發（實況）、事後（結果）三者因果關係，順序白描的「俯察法」（類似正三角形式）。

㈡先寫事後，再寫事發，然後及于事前，倒敘而上的「仰視法」（類似倒三角形式）。

㈢先扼定當前的事實（經過），再補寫事前（因），事後（果）的「平視法」（類似折衷式）。

當然，題材分類，事實上並不重要。這樣造法，只是爲了提配作者，要運用才思，積極而主動地搜集相關的資料。特寫也非一定要如上述般寫作不可；但是若干「入門初階」，確能使初上道的人，寫得穩健而不會失常。

撰述特寫一類稿件，尙會碰到「引用資料」與及引用採訪對象話語與所謂關鍵性字眼的問題。一般說來，引用檔案資料，除非有實際必要，否則可以省去資料來源的引述，而不露痕跡地將資料改寫，搬動段落，轉換句語（尤其是句首），以配合、溶入採訪卽境或採訪對象的「口頭資料」中。

至于在引用受訪者的語句時，務必將事實和意見分開。受訪者所陳述的，若係一般客觀事實，在引用時，可以不加引號（「」），若係對于事實的評論或意見，則應加上引號，以圖客觀、傳神和眞實。因此，在引用受訪者的話語時，應把握其口語，以求靈活和動象化。

在引號中的話語，以精簡、達意、明快、淸晰與扼要爲主，不宜過于冗長，尤其在採取「中間插入法」，以引語貫串前後文關係時，更應以兩三句爲度，方能畫龍點睛，表現講者態度，顯示「權威性」和產生衝擊力。

另外，有一個很壞的作法是：一味用括號引述受訪者的話語，而沒有將這些話語，作有意義的鋪陳，串成一個意見。一篇討論事態的特稿，引語過多或毫無引言，也都是不平衡的。

初入行的撰稿者，要練習特寫（稿）寫作，似可依下列建議，進行自習——

㈠、在求「專」方面：

可多閱讀自己所喜愛看的某類特稿，例如體育、法律、政治之類，以增加該方面之「專業」知識；另外，又可多看自己心目中的「名記者」專稿，藉收揣摩、琢磨之效。

㈡、在一般寫作鍛鍊方面：

1.多留意各類特寫，以及配合新聞之特稿。了解每篇特寫之所以成為一篇「特寫」的原因；至于配合新聞的特稿，則更應注意為何該則新聞，要用特稿來配合？在內容上，它與該則新聞的資料，是作怎樣分配的？

2.找題材相同的兩篇特寫（稿）來作比較。比較的角度有三方面——

(a)兩篇特寫（稿）的論點、取材角度如何？有什麼不同之處？原因何在？

(b)兩篇特寫（稿）的結構如何？有何不同？資料如何安插？優劣如何？

(c)兩篇特寫（稿）如何尋找和接近消息來源？文中又如何利用這些資源？

3.正如傅斯年生前所說：「上窮碧落下黃泉，動手動脚找資料。」——實際動手嘗試寫作。鍾嶸「詩品序」曾論詩有三義：一曰興（文已盡而意有餘），二曰比（因物喻志），三曰賦（直書其事，寓言寫物）。他認為，「宏斯三義，酌而用之，幹之以風力，潤之以丹采，使味之者無極，聞之者動心，是詩之至也。」寫特寫（稿）何嘗不然！

附註

註一：程之行也提出「純文藝」與「新聞報導」的不同點：(1)純文藝（例如小說）重想像，新聞重事實。(2)純文藝中之小說、戲劇，需要把事件概括化，使之出現「情節」(Plot)，新聞則憑事實加以報導，但尋求高潮(Climax)，作為一種「氣勢」(Tempo)。(3)純文藝不重實際效能(Utility)，新聞則負有「傳播效能」，給予讀者以「報酬」(Reward)，越快越好。

註二：林大椿慣將五W一H，稱爲六W，亦即以"how"中W代替H。

註三：劉光炎認爲特寫一如西洋「短篇小說」(short story)，應剖取最精彩的一個橫斷面來描寫，而非全部資料（見劉光炎：一六五）。他指出，一名優秀特寫作者，具備了「特寫與主筆」的雙重身分。所以他認爲，特稿（專題）的寫作過程是：採訪→分析所得資料→客觀研判→透過醞釀期，構思成熟→落筆撰寫　（必要時提出客觀主張）。

註四：吾人在引進新聞學「技術」(know-how)的時候，囫圇吞棗地連「狗咬人不是新聞，人咬狗才是新聞」也一樣照單全收了幾十年。似乎應該細心、耐心地想想：「狗咬人（瘋狗？）是新聞，人咬狗則是否應在新聞之外，更應配以尋找眞象的特稿。」

註五：新聞特性，原有影響性，顯著性，時效性與接近性四項。近又有人提出「新聞本質四元說」之議。第一元爲「影響性」(significance)，包括「衝擊」(impact)、「聲勢」(magnitude)或其他特殊因素。第二元爲「常態」(nor - mality)。其意則謂「奇特」(oddity)、「衝突」一類新聞，有著更大的「報酬」，眞正爲「常態的」(normal)，反倒淪爲「次要」。第三元爲「顯著性」(prominence)，包括「已知大事」(known principals)與「未知大事」(unknown principals)。而第四元則爲「反應報酬」(response reward)，包括人情味，社會新聞一類「立即報酬」(immediate reward)，與政治、經濟新聞的「延遲報酬」(delayed reward)，見馮國扶譯（民六九：七二）。不過，任何一元的特性，都可能在某段時間內，因爲某些特殊的環境因素（比如同業間的不良競爭），而出現一窩蜂的取向。例如，扒糞之風盛，則新聞價值之衡量及刊登，會趨向于衝擊力強的「影響性」，以聳人聽聞，而置其他物質于次要地位。近年來宣偉伯認爲新聞本質，已由提供資訊而轉變至分享體驗，因此報導要正確和負起責任。

註六：此處擬將「報紙雜誌化」一詞略加解釋。一般雜誌以內容多樣化爲號召，因此「報紙雜誌化」通常有三種意義：

一、報紙主要功能雖在報導，但在報導新聞的同時，也不忽略其他的功能，注重內容多元化，與深、廣度，加強解釋和分析。例如發展新聞評論，使讀者不僅知道「是什麽」，「是怎樣」，也了解「爲什麽」和「該怎麽辦」。

二、雜誌編輯處理的特色，在依文稿性質分欄，並且在目錄中一一開列。報紙若作分欄處理(Departmentalization)，（例如國際政治版、國內政情版等）則以「報紙雜誌化」名之。

三、此外，報紙版面，若注重美工處理，亦可以稱爲「雜誌化」。報紙雜誌化固是潮流所趨，但它之所以受到重視，主要還是因爲它不失爲迎擊媒體多元化的一項有力「武器」，與它並肩作戰的「報刊圖片化」，已經「失去光彩了。」

註七：劉光炎（一〇二～三）曾指出，我國古代私人著述中，類似專訪、特稿一類寫作的例子有：趙歧「三輔決錄」（專紀一地），陸機「建康宮殿記」（一地中專紀一事），陸賈「楚漢春秋」（專記一時代），「晉八王故事」（一時代中專記一事），劉白「烈女傳」（紀一類一物），陳壽「益都耆舊傳」（于一地或一時代中紀人物），江統「江氏家傳」（專爲一家或一人作傳），法顯「佛國記」（游覽見聞）等等，俱可用作參考。

註八：報導純正面意見，純反面意見，或再反面意見，再提結語的型式，包括在此一型式內。

附錄一：特寫結語形式舉隅

(A)提要式結語

紐約商人看我嬰兒用品工業

盛讚富潛力・有意大量採購

來臺尋求嬰兒用品工業投資機會的美國紐約越江產品製造有限公司(Cross River Products,Inc.

N. Y.) 董事長勞勃．李(Robert E.Lee)在參觀了我國若干製造工廠的生產狀況之後，肯定了我國在發展嬰兒用品工業的潛力，決定再進一步與我國業界洽商投資或貿易的事宜。(引言)

勞勃．李來臺考察的主要目的，係希望能在臺購買、投資或合作生產嬰兒車、嬰兒床、童用餐椅、兒童學步車，以及各種攜帶嬰兒的設備等，然後運銷美國；可能的話，也在臺灣銷售。(引介)

他尋求的產品，主要係塑膠和木造的成品。因此在品質的要求方面，特別嚴格。

明年一月，美國聯邦政府對兒童用具將會通過一項特別法案，以加强保護兒童的安全。此項特別法案將規定，若在兒童的用品中，一旦發現有能令兒童易于拆卸或嘴嚼諸如接頭、螺絲釘帽等的附件時，美國聯邦政府有權令製造或進口這些能危及兒童健康的廠商，收回所有的商品，停止其繼續流通出售，而收回商品所負擔的一切費用，悉由製造商或進口商負責。此舉使得兒童或嬰兒用品製造商或進口商，不敢掉以輕心。勞勃指出，目前我國廠商所生產的嬰兒及兒童用品，並未特別注意這一個問題，許多兒童或嬰兒用品的附件，尚有稜角的地方，並且十分脆弱，很容易危及兒童的安全。所以他强調，在將來與我國廠商作大規模交易時，一定得先改善這些產品的安全度，以符合美國市場的需求。

勞勃．李毫不諱言，使得他來臺尋求合作機會的主要原因，係由于我國現階段勞工的特性。他說，企業主在投資生產時，對于勞工的考慮有下列數點：一、勞工的供應來源，二、勞工的技術水準，三、勞工的成本。他認爲，在勞工的供應方面，我國的來源穩定而充足；在勞工的技術水準方面，我國的工人，已達到一流的技術水準，並且勤奮的工作，使得生產力非常之高；在勞工的成本方面，同美國的勞工比較，相對來說，是十分的相宜。

據他的分析，一般來說，平均一名美國技工的一小時工資，幾乎等於我國一名普通工人的二日薪酬。美國的某些勞工法又規定，凡達到某一定數目的勞工，必預指定一名工頭（Foreman），來「督工」，以輔導員工的操作。所以，開個玩笑來說，有時十個操作員工之中，其實只有六個員工眞正的在工作，其他四名則只是站在一旁，作壁上觀而已。由是，生產的總成本，通常都會不切實際的增加。

所以勞勃感慨地說，一件產品，旣可以照他的觀念和要求達成，並且卽使連運費計算在內，生產的總成本尙比在美國本地生產的來得便宜。

何況，商品的生產，又可以作彈性的因應，而又不需對生產的資本財的投資，作過分的考慮。

縱然見慣了紐約市的繁榮，第一次來華的勞勃李，不得不佩服我國經濟的成長和建設的蓬勃。

勞勃李對臺灣的印象最深刻的有三個，第一個是到處都在建設；第二個是全臺灣，似乎沒有什麼游手好閒的人，每個人都有他的工作，不像紐約的停車場上，整天都坐着「不工作」的人；第三是我國不分老少，似乎全都在動。（以上八段爲內文）

勞勃李已決定購買若干兒童及嬰兒用品，先在美國試銷。據他表示，該公司向臺灣的預期購買量，最低限度是二百萬美元一年。展望將來，中美商人在嬰兒用品工作的合作發展上，必有輝燦的成就。（經濟日報，民67.11.16.，第2版）

(B)峯迴路轉式結語

香港的「包收呆賬」公司

前一陣子，國內爲「呆賬」的問題，曾引起了一場爭論。由於金融市場的蓬勃、外貿的擴展，香港的商界，近年來也出現不少「呆賬」，使得一些有組織的「包收呆賬」公司，應運而生。（引言）

正如武俠小說所描寫的一樣，我國古時已有「包收呆賬」的類似機構。明清之際的鏢局，除了接受委托，將客戶托運的物品，運到指定地點外，有時亦兼爲客戶代收呆賬。因此，我國古時的鏢局，已具現代保險公司和「包收呆賬」公司的雛型。（引介）

目前香港的「包收呆賬」公司，一共分爲兩種。一種是主要是在香港地區內包收呆賬，一種則屬國際性的包收呆賬。

在香港地區包收呆賬的公司，業務範圍較窄，數量也較多，在當地報章的廣告欄上，通常會有這些公司的地址。它們大多數與某家私家偵探社合作，服務性質亦和私家偵探差不多，專門接受委託，偵查債務人的下落，以及追索債款。而追討範圍，通常只在香港，但必要時亦會伸延到海外的華僑社會。包收呆賬公司在接受委託後，會先在香港調查，有了眉目之後，再通知海外華僑社會中的聯絡員或分社，由他們接手調查，或「想個辦法」。

另一種國際性的包收呆賬公司，實際名稱爲「債權代理公司」，它的主要業務才是專門接管債權人的應收款項，這類性質的公司，最初靱始於美國，然後擴展到歐洲，成爲一在保險公司以外，「保證」債權人能收到債款的新興行業。

有些美國廠商，在接獲海外訂單後，因爲怕外國買方無力付款，有時會委託債權代理公司負責收款。債權代理公司在接受委託之後，會查閱雙方所訂合同，並利用各種通訊網，調查海外買方的信用狀況。如果買主的資料可靠，受委托的債權代理公司，便會立刻接受委託，有時尚會卽時提供資金，以貼現方法先行向廠商貸款。因此，大型的債權代理公司，通常獲得銀行的支持，提供貼現的資金。

由于貨款已由債權代理公司先行「墊付」，因此，海外買方的應付款項，就由該公司代收，而非由買方直接支付給廠商了，所以以這種方式支付款項的一項缺失，是有時令買方分不清楚，究竟誰是眞正債權人。此外，服務費用和較高的貼現率等，亦會增加廠商的成本或降低了利潤。而此種方式最吸引人之處，厥爲較易獲得週轉資金，並且減少了令人頭疼的呆賬問題。

香港目前只有三數家這類國際性包收呆賬公司，業務亦僅屬初期發展性質，並沒有擴展到經營貼現資金的範圍。

在香港經營這些公司的都是外國人，他們大都應邀爲某些外商作「債權代理」人，並負責搜集香港商情，提供給客戶。

一般來說，目前香港的債權代理公司的組織和業務，都比香港本土的「包收呆賬」公司來得健全，起碼，本土的「包收呆賬」公司，通常都得與私家偵探社聯絡，亦有的屬於私家偵探社者，他們所使用的「收債」方法，有時會使人產生各種不良的聯想。（以上八段爲內文）

除了銀行之外，香港有爲數甚多可以接受存款的私人財務公司(Deposit Taking Co.)或稱爲(Financing Co.)，專營地產、股票、黃金、存放款項、押滙以及私人借貸等。此種環境結構，促成了「包收呆賬」公司的出現，而外商對大陸市況的缺乏了解，亦誘導了國際性債權代理公司在香港的設立。（結語）（經濟日報，民69.11.17.）

附錄二：特寫稿類別舉隅

(A)配合新聞之分析性特稿

臺灣投資環境港商多不清楚

我駐港一些單位，資料不全，人力缺乏，表現太差。甚至有些港商根本還不知道我們在港有好幾個聯絡辦事處呢。

如何吸取可能陸續流出的香港資金，已成國內有關部門的熱門話題。在香港，一般未雨綢繆的工商業界，固然也有分散投資的打算；不過，要令得他們坐言起行，看起來還需要經過一段期間的思考摸索，方能在克服各種困難和障礙後有所行動。

雖然華盛頓與北平的關係，已逐漸冷却，我國與華府的往還，正日漸提昇；但從戰亂中成長的港商，對于時局的變幻，總抱着一種無奈而又祈求「奇蹟出現」的心態。「等最後一分」的，大有人在，這是第一個障礙。

不少港商也曾與國內有過貿易的來往，不過，雙方似乎都欠缺更進一步的瞭解；甚至，有時更有着不必要的誤解，這是第二個障礙。這種障礙的存在，殆有二個因素。一是一般的港商，「習慣」了港式的自由貿易，面對國內某些法令規章時，便覺得有難以適應的苦惱。二是目前我國的投資條例和手續，的確亦稍嫌繁雜了些，令得投資港商，頗有頭昏腦脹，無所適從的感覺。所以，甫接掌主理港商回國投資事務的香港「九龍總商會」理事長周載郎認爲，要協助、鼓勵港商回國投資，精簡法令和手續，應係當務之急。他認爲目前香港地產仍在不景氣中，復甦待時，資金抽調恐仍未流暢；在現階段是簡化法令、手續的最佳時機。

香港遠東貿易中心負責人秦儷韓亦表示，該中心已經與港商作進一步接觸。他覺得港商的考慮，主要在于投資環境和外匯的管制問題。此外，港商也常常要求在臺灣的祖國政府先擬訂一個鼓勵投資計畫，讓他們考慮投資的方式和報酬率的大小，而後再據以從長計議。目前世界正呈普遍性的經濟緩滯，港商縱受鼓勵到臺灣投資設廠，也一定要考慮市場的銷路、限額、關稅保護和競爭對手等問題。至于資金的調動，港商長期以來，即享受着不受管制的自由，因此一旦準備向外投資，則投資地點對外匯的管制程度，自是一個首要考慮的因素。

一九六八年，香港左派大肆騷動，就當時的情形來說，中共的壓力，已明顯的成爲「近憂」，惟當時的香港資金，大多流向美、加等地，我國並未適時的爭取吸引，僅在香港各處，協助了「臺灣民生公司」的發展。一九九七年距今尙有十五年，對港商的心理來說，這乃屬于「遠慮」。爲有效的使港商能「不顧投資者產生投資興趣，未投資者投資，已投資者擴大投資」起見；一個改善臺灣僑外投資環境，加强在港宣傳推廣雙管齊下的長遠計畫，似是刻不容緩的事，否則徒屬臨時抱佛脚，事倍而功半。

我國駐港一些單位，普遍存着兩種現象：資料不全，人力欠缺。港商有所諮詢時，有時會找不着資料，有時，又會發現資料不是過於簡短，就是繁得不知如何入手，最壞的是，有些港商竟不知我們在港有好幾個「聯絡辦事處」。這些現象，使得很多港商，寧可親自到臺摸索，或者直接委托在臺律師辦理各類事項。人力問題，嚴重地影響着服務的素質。令人不解的是，一般機構又都不常聘用受過國內大專教育返港的畢業僑生，以致在對僑商的服務上，當地的僱用職員，有時難免因對臺灣的陌生，使其回答不能滿足業界的要求，吸引香港資金回臺投資，駐在香港的有關單位，打的是頭陣，强化這些單位的功能，亦應馬上進行的。（民71.3.26.，經濟日報，第2版）

(B)配合新聞之解釋性特稿

裴恩博士讚我飛機製造工業

以製造F—五E噴射戰鬥機聞名國際的美國諾斯洛普公司(NORTHROP CORPORATION)總裁裴恩博士(DR. THOMAS PAINE)，此次來華參觀我飛機製造廠後，對我國現階段製造F五E噴射戰鬥飛機零組件的品質及技術，認爲已經達到令人最滿意的水準。

他在接受記者訪問時，進一步解釋他所謂的「令人最滿意的水準」。

裴恩博士說，他這句話基于三個考慮的因素：第一，所製造的飛機零組件，合乎該公司所嚴格要求的品質；第二，在價格方面，符合經濟的要求；第三，在交貨方面，一定要準時送達。目前，中華民國製造的F五E噴射戰鬥飛機零組件，無論在品質上，在價格上，都符合該公司的嚴格要求，並且一直準時交貨，甚至提前交貨。所以無論在那一方面來說，諾斯洛普公司當局都十分滿意。

裴恩說，目前該公司在英國、加拿大、西班牙、挪威等地都有合作生產飛機零組件的伙伴，在東南亞地區的，則僅只中華民國；而在各個國家中，尤以在中華民國生產的，最令他感到放心。因爲訂單交給了中華民國之後，一切幾乎都可以高枕無憂。但是，如果和其他的國家，例如英國，來合作生產製造，總要牢牢的盯着他們，一旦遇上工人罷工示威等，交貨的日期就大有問題，而要擔心飛機的製造受到障礙。所以，現在該公司在製造飛機時所使用的某些零組件，大部分是中華民國製造的。

一般人相信，裴恩博士這次前來我國訪問，與F—五G飛機的銷華有關。關于這一問題，裴博士表示，他只是應命，將F—五G噴射戰鬥機的性能，提供中華民國當局參考。至于有關銷售商談、數量、日期及裝備等，則係中美兩國政府所作的決定，他本人並不牽涉任何的立場。

不過，站在個人的觀點，他覺得F—五G，很適合中華民國的需要。因爲F—五G，能夠攜帶F

—五E所攜帶的麻雀式空對空飛彈(Sparrow Missile)，而它只用一個强力引擎，比雙引擎的F—五E的威力，大百分之六十以上。而且，F—五G的引擎，與美國海軍目前正在發展的F—十八式最新高性能噴射戰鬥機的引擎，係同一系列。所以，如果我國有了F—五G之後，將來採用E—十八系列飛機，會有許多便利。

裴恩認爲中華民國的經濟，穩定而又迅速發展，使得製造飛機工業所需要的有關生產和科技，都能互相配合，所以在飛機製造工業的發展上，是深具潛力的。他認爲我國的飛機製造工業，由裝配到製造簡單的零件，以至目前能自製複雜的零組件，均令人感到非常之安慰。

裴恩博士在到臺之前，曾先到韓國訪問，並曾以「科技時代」(The Age of Technology)爲題，作了一次公開的演講。問及他對於中、韓兩國空軍軍工業發展方向的印象時，他認爲中、韓兩國，在經濟方面，有某些程度的競爭，但防衞方面，有其脣齒相依的關聯性。他覺得目前中、韓兩國，在發展空軍軍力及軍工業政策上，所作的決定，都是十分之正確。

在私人的情感上，裴恩博士十分之熱愛中華民國。他認爲所有稱爲中華文化的，都在臺灣保存起來，而中華文化又是極博大精深，令人目眩神迷的。

裴恩博士此行，亦曾與有關人員，討論過F—五E的生產細節，他說，一切都非常之良好，他看不出有什麼特別的大問題。

參加了中華民國的雙十國慶大典後，裴恩博士將于十三日離開臺灣，繼續前往日本訪問。但是他表示，明年六月左右會再來，因爲此地「老朋友」太多了。(經濟日報，民67.10.13.，第2版)

(C)對新聞作反應之特稿

美商對我信心堅定 投資意願有增無減

一宗大規模採購計畫可資佐證

美僑商會會長派克自美作證歸來後，一再强調中美經貿關係前途樂觀；美國駐華大使館商務官雷恩凱博士，在最近的美僑商會午餐月會上，亦表示自去年十二月十六日以後，他並不察覺到在臺美商有撤退資本的跡象，而且他相信他們仍將按照原訂計畫，進行各項的擴大投資。這些出自「外人」口中的話，是否只是一顆糖衣藥丸？

全美最大食品供應公司之一的尼亞加拉貿易公司 (Niagara Trading Co., Inc.) 負責人保羅·史耐德 (Paul L. Snyder) 在獲悉此一疑慮後，不禁莞爾一笑說：「我此次來臺灣設立聯絡辦事處，大宗購買中華民國的農業果品、電子產品、紡織品類等，就是支持派克和雷恩凱二人論點的最好證明。」

史耐德說，在紐約，一般民衆和州議員都相信卡特總統爲了彌補他的錯誤，將會設法採取一些中美兩國同時感到滿意的措施，以繼續維持中美兩國的實質商務關係。這一氣氛，使得一般美國人，對于臺灣前途及商業活動充滿信心。他本來早就與臺灣作了一段很長時間的生意，爲了證明他對我國的信心，于是決定親自來臺。

史耐德指出，他個人相信卡特總統低估了中美兩國商人的歷史、經貿關係及力量，忽視了這一因素，而貿然的採取不顧一切的作法，實在是政治自殺，自毀前途；因此，他相信沒有其他人會傻到這一地步。

另一方面，史耐德指出，我國四季都有不同的果品，並且供應正常，這些罐頭果品在美國都很受歡迎，所以擴充市場的潛力甚大。

史耐德表示，一般美國人對中共並無特別好感，他本人就十分之反對共產主義，所以他極不願和中共做生意。

史耐德建議我們說，目前我國最需要做的，是向美國當局明白地表示，到底什麼是我國最優先考慮的？什麼對我國是最重要的？我們最需要又是什麼？如果一般美國人不了解，他們就無從幫助我們了。他指出，目前我國表示得並不夠清楚。

史耐德十分喜歡中國菜，但是他以爲中國菜是講求烹飪的技巧，因此要大量開拓市場的可能性不大。不過，他建議我國可向冷凍肉罐頭類進軍國際市場。

促成史耐德來華的有二位中國華僑。一位是夏威夷貿易中心（Center of Trading, Inc.）負責人蔣彥祁，另一位是夏威夷執業律師李福星，他們爲史耐德提供我國一切經貿和投資資料以及安排來臺的一切事宜，對于推行國民外交，確盡了一番心力。

尼亞加拉公司預備在臺及東南亞各地，大宗採購農產品、電子製品、紡織品及其他物品。據透露，年購買量將達一億美元。該公司倡先到臺來推展中美經貿關係，當可窺見美國朋友的一番心意。（經濟日報，民68.2.26.，第3版）

附錄三：特稿中之問答式材料組織法

旅美博士葉德斌談美市場及貿易動向

最近應邀擔任美國內不拉斯加州新成立的「對外貿易諮詢委員會」委員的葉德斌博士，銜着新命，帶着爲祖國促銷的心願，趁着好不容易得到的假期，甫抵國門，卽接受外貿協會安排，以「如何在經濟成長緩慢過程中，加强拓展國際市場」爲題，發表演講；並與我五大貿易商、中信局、物資局及主要外銷公司負責人舉行座談會，爲的只是「身在他鄉，心懷祖國」。

畢業于臺灣大學的葉德斌博士，目前正擔任有着十五年歷史，成員達二百家的美國「中西部國際貿易協會」執行董事。過去，更曾任美國施樂百公司及美國「北方石油化學公司」市場分析、企業策劃的職務。他在接受記者訪問時，就美國市場及貿易動向等問題，提出了他的看法。

問：美國經濟復甦的緩急，各國均甚爲注視。您對這一問題，有何高見？

去年經濟衰退原因

答：一九八二年美國經濟可以說十分蕭條。雖然國民總生產毛額降低的幅度，僅只是百分之一．

七，但是四年來持續的經濟成長停滯，市場十分虛弱，失業率達到空前紀錄。有許多人將美國經濟不景氣，歸咎于七九至八一年間的過高利率，但我個人以爲，更重要的一點是基礎工業的衰退。例如鋼鐵、汽車和石油化學等工業，過去都是美國經濟發展的支柱，但由于過去十年間，企業界對該等生產資材的忽視，形成了目前生產力低，成本高的現象。產品價格相對提高，消費者裹足不前，造成惡性的循環，市場欲振乏力。不過，雖然如此，但諸如電腦、電子玩具等新興行業，仍有較佳表現。簡單的說，美國目前也處于一個新舊企業交替的狀態。今年美國經濟將比去年好，但成長幅度，可能不會超過百分之一·五至百分之二。要想經濟景氣能眞正回升，可能還須一段較長日子。

美漸重視出口貿易

問：據說美國政府目前也大力提倡外銷，他們的目標在那裏？

答：由于美國資源豐富，國內市場吸納量大，過去除幾家大企業之外，其他中小型企業，對外銷向不重視。近幾年來，一則美國國內市場漸趨飽和，再則加上經濟嚴重不景氣，促使某些州政府鼓勵外銷，以拓展市場。去年十月份，全美並經立法通過「對外貿易公司法案」。這一法案的主要精神有二點：①准許銀行投資外貿公司：過去規定銀行不可參與投資外貿公司，新法案則容許銀行，最高可持有貿易公司百分之四十的股份。目前已有許多大銀行，正積極進行籌組與投資地區性或專業性的中小型貿易公司。據了解，目前已宣布投資或參與貿易公司者，已包括有大通銀行以及總行設在加州的太平洋國家銀行。②取銷反托辣斯法案條款中，限制同性質企業，攜手合作的限制，新法案將准許在外銷上，生產同一類型產品的公司合作。該法案通過後，光是過去一年，美國已出現了幾家新近成立的大貿易公司，如 G.E. Sears Control Data 等。這些公司的營業方針，都以專業產品（如電腦）的出口爲主。

大貿商應如何推動

問：您對我國大貿易商的看法如何？

答：據我所知，當初我國政府希望以日韓兩國綜合商社成功的例子，鼓勵國內廠商成立大貿易商，以帶動對外貿易的成長，但成立以來，由於各種因素，而沒法達到預期效果。我以爲目前臺灣貿易商林立，規模小、競爭力弱，並且互相競逐，是一種不正常現象。因此，輔助較具規模的專業貿易公司，仍是最佳的途徑。例如，由政府輔導，綜合銷售同一類商品的貿易公司，而組成大貿易商，則能集中力量，把握市場動態，建立良好行銷系統，將該類產品，朝爭霸世界市場的目標前進。我以爲急就章之法，可由政府推動組成一個包括政府單位、企業人士與學者專家的專案小組。由此一小組來通盤分析諸如我們的外銷特點，對外貿易環境等等，作爲今後我國大貿易商執行的策略。最重要的一點觀念是，我們也得建立以「市場需求爲導向的行銷體系」，否則我們將無法在國際市場上競爭。

對經長的客觀評價

問：據說，經濟部長趙耀東先生的明快作風，亦曾博得美國友人讚譽。您在美國時，有否聽聞他的風評？

答：從過去一年中、外的報導來看，我覺得趙部長在現階段的環境下擔當重任，是一個非常恰當的人選。例如，他對華同事件的決斷、國營事業合併的執行等，充分表現出他基本觀念的正確。一個企業團體，不管公營或民營，它的極終目的是在為股東大衆，創造最大財富。這些股東，也許是民營事業的投資者，也許是一般納稅人（公營事業）。凡不符合此一原則的企業或計畫，都必須加以整理。這也是世界先進國家、企業經營的最重要目標。（經濟日報，民72.1.6.，第3版）

附錄四：特稿中之平鋪式材料組織法

我推行品管蔚然有成
美商頒獎狀表示激賞

年營業額超過一百八十億美元的美國施樂百百貨公司（Sears Roebuck & Co.），目前將一份「鞋類供應廠商優異獎」(Award of Excellence)，頒給九年來一直為該公司提供各式鞋類設于清水鎭的興利工業股分有限公司，以獎勵其多年來對于提高銷美鞋類品質方面，所作的貢獻。在我國要求提高外銷商品品質的努力下，這項成就確實難能可貴。

全美國、亦是全球首屆一指的美國施樂百百貨公司，頒授這一類獎狀所考慮的標準是：「在數百家交易有年，而商品品質及交貨均能使其滿意的供應廠商中，選出最滿意的數家，發給獎狀，以資鼓勵。」在此一嚴格的挑選方針下，一九七七年度該公司發給鞋類供應廠商的優異獎狀一共只有八份，其中美國國內廠商佔了四份，義大利廠商佔二份，遠東地區佔二份，一份頒給韓國，另一份即為我國興利公司所得。

據悉，外國廠商與施樂百公司直接交易，頗為不易。生產供應廠商，必得首先獲有相當信譽，再由該公司直接派出各種技術生產專家，到現場考核，認為合格後，才開始正式的交易。

興利公司負責人表示，過去九年來，施樂百一直都派遣專家，來指導該工廠，如何在鞋類的生產過程中，作各項的抽驗，以測量其「適穿性(Wearability)」，以及嚴格實施各個生產階段的品質管制。

施樂百公司在九年前給興利公司的第一張訂單是美金八千元。以後，由于該公司對我鞋商的信心增加之故，交易額不斷的激增，截至去年為止，該公司與我國鞋商的交易額，已以億元美金計算。雖然如此，該公司一直都沒有忘記加强商品品質的提高。比如，凡到興利公司視察的施樂百公司的品管人員或買家，總免不了提出他們對改進產品品質的看法，使得該工廠的生產技術及品管，都能漸漸的符合施樂百公司的要求。

主持頒獎儀式的施樂百公司國際商品部總經理威廉·葛蘭(William Grant)，在頒獎時即指出，興利公司多年來，一直提供該公司顧客滿意的鞋類，維持了該公司對顧客所承諾的品質保證，是興利公司獲得他們頒獎的最大原因。

一般來說，推動顧客買鞋的要素有三個，即喜歡適合與價格。多年來一直為施樂百公司來我國視察鞋類生產品管專家高文(P.H. Koehzmann)表示，中華民國鞋類在這三方面都有長足的進步。不過他認爲，目前一般外商來臺購買鞋類，似乎仍偏重于對價格的考慮。從長久的觀點着眼，中華民國廠商似乎仍應朝高品質的產品着手，並且致力于發展款式新穎的流行鞋類。

高文說，與中華民國鞋商長久的交易中，唯一要加以强調的，似乎是準期交貨的問題，如果這個問題，能特別的受到重視，則中華民國的鞋類外銷數目將會更爲提高。

我國鞋類外銷，已有十三年歷史，目前我國全國鞋廠亦已多達五百餘家。在各方面努力下，我國鞋商能有此令譽，委實令人感到興奮。

不過，成功的得來，永不容易。據興利公司表示，該公司爲了應付施樂百公司的要求，特別裝有閉路電視，以視察全廠各部門的工作狀況，有時爲了趕時交貨，甚至不計運輸成本的增加，改用空運。該公司的產品，全部外銷美國，有時在生產規模的限制下，爲了履行對施樂百公司交貨的承諾，只好忍痛放棄其他的訂單，來維持信譽。

負責籌策推展對外貿易的外貿協會秘書長武冠雄，主持貿協多年，目覩我國的外銷廠商，第一次獲得外國買家的眞誠讚賞，心內亦有說不出的興奮。如果我國外銷鞋商能不斷的努力進取，相信「臺灣鞋足踏天下」的盛況，理應指日可待。（經濟日報，民67.11.6.，第2版）

附錄五：特稿中「萬箭穿的」材料組織法

外商保險經紀人看——

開放國外保險業來臺經營

美國政府希望我國准許美國保險公司在臺經營保險業務的消息傳出後，雖然引起了國內保險業界的焦慮，在臺的外商保險經紀人的看法，也並未一致。外商贊成者認為：開放外國保險公司來臺經營，可以影響本地保險公司的經營作風，並且在感受競爭壓力之下，更可以刺激他們快速進步。

反對者則認為：一味指責我國保險業界不長進，是不平的。因為光復後臺灣開辦保險業務，尚不足二十年，在多種限制下，劈荊斬棘，才有今日的成就。二十年的日子，對開創保險業務來說，一點也不算長。因此政府應該多給保險業界更充分的時間，與更多的輔助，來扶掖他們。這比「寧給外族，不給家人」的作法，會使我國保險業界的發展，來得更快、更有效果。

某些外商更指出，我國保險業界的負責人，其實是最精明能幹的，他們默默地工作，有見識、有毅力。所以他們每次出席國際會議，都有很突出的表現，並且有不少的老成新秀，被選為保險業務國際組織的主持人，這都是有記錄可查的，只要假以時日，伴隨經濟的成長，中華民國的保險業務，必然蓬勃發達。

美商萬年能保險經紀人有限公司（Marsh & Mc-Lennan Taiwan Limited）董事長鍾錫基，是站在贊成者的立場。他表示，從發展我國保險業務的觀點上着眼，他是贊成開放外國保險公司，在國內直接經營業務，以帶來國內保險業界的進步和發展。

他認爲，開放國外保險公司來臺經營業務，可以爲我國保險市場，帶來新的觀念，新的作風和新的技術。在彼此交換衝擊之下，可以產生推動整個保險市場的效果。不過，他指出，對于外商保險公司的業務範圍，以及接受那些外商的申請，那倒可以進一步討論。

英商芝傑集團 (Inchcapl Group) 的班道斯保險經紀人有限公司(Bain Dawes Insurance Broker Ltd.) 負責人王緒嘉則係站在反對者的一面。他說，鑑于目前我國保險業界的處境，他認爲尚不宜開放給外商直接來臺經營保險業務。

他指出：雖然接受外商來臺直接經營保險業務，可以帶來一些新氣象，但是目前我國的保險市場非常有限，而一般國內保險業界吸引保戶的方法，主要是從保費的折扣及其他利益着手，外商挾其優越的條件及雄厚的資金而來，必會引起國內保險業界的惡性競爭，而讓外商坐收漁人之利。

王緒嘉認爲，要改進國內的保險業務，其實也不一定需要讓外商直接來臺開辦業務。因爲目前全世界的再保和分保市場，都集中在紐約和倫敦，外商在臺開設的保險公司，仍要向這兩地進行再保和分保，這與經由本地保險公司向紐約和倫敦分保和再保，又有什麼不同呢？

王緒嘉深信，保險業務與經濟成長是成正比的，經濟成長的大，保險業務也趨着作比例的擴展。目前我國經濟成長快速，保險業務一時尚未能配合，但是假以時日，這種情形，必會被市場的需要糾正過來。

美商强森海京保險經紀股份有限公司臺灣分公司 (Johnson & Higgins Inc. Taiwan Branch) 總

經理岑維德（Uvaldo Champion），對于這一爭論的問題，採取了保守的態度。他認爲財政部保險科的官員，對這一問題，會有更確切的了解，他了解主管當局，對這問題要採取的決策和措施，深具信心。（經濟日報，民67.10.20.，第2版）

附錄六：「物的特寫」舉隅

颱線是怎樣形成的？

氣象人員細說因由

〔本報記者周梓萱專訪〕昨天中午十二點半到下午一點之間，北部地區忽起一陣強風，頗有天地變色的氣氛，許多民衆以爲是龍捲風，或是早來的颱風，中央氣象局特別正名說這種現象叫做「颱線」，是臺灣地區極爲少見的一種氣象。

「颱線」對一般人來說，是個陌生的名詞，不如颱風、龍捲風讓人耳熟能詳，因此，氣象局發言人姚慶鈞昨天特別解釋，颱線絕對不是颱風，和龍捲風的形成原因有相同之處，卻不如龍捲風那麼複雜，龍捲風是一種最劇烈的天氣現象，到目前爲止氣象學家對它的瞭解還很有限，但它必會出現漏斗狀的雲，像人類神話中天上的龍自雲端垂下頭到地面汲水，昨天並沒有這種現象，所以也不是龍捲風。

那麼「颮線」究竟是什麼呢？它必須有一個顯著而强烈的鋒面爲要件，如果把鋒面比做一張紙直立著向前移動，鋒面前有很不穩定的暖空氣，當這個鋒面快速移動時，接近地面的部分受到地面的阻力，速度就慢了下來，而鋒面上層部分仍然很快就會向前突出去，有如一個「包」，鋒面移動的速度愈快，這個「包」伸出去的部分就愈長，所以稱做「颮」，而颮這個極端不穩定鋒面前緣的暖濕空氣，又會形成一個個「雷雨胞」，連起來就成爲「颮線」(Sauall line)，這種「颮線」的特徵是帶有非常强的下沉氣流(Down Draft)、陣風、閃電和大雷雨，時間不會長，經常很快就會通過。

姚慶鈞說，以臺灣地區的天氣形態來說，在冬半年（也就是冬、春兩季裏），因爲天氣主要受鋒面影響，所以出現「颮線」的機會比較多，夏半年西南氣流旺盛，就不太容易有颮線。（民生報，民73.4.6，第1版）

第四章　特寫與報導文體

一、前言

一九三七年十月出任美國新聞週刊(News Week)發行人的摩爾(Malcolm Muir)，曾倡導「三度空間編輯公式」(Three dimensioned editorial formula)，認爲新聞報導，必須在內容上，將新聞事實本身的深度與廣度表現出來，並應注意新聞背景的分析與新聞意義的解釋，使新聞更富意義，更有可讀性。

美國戴維斯(Elmer Davis)則于一九五三年將「一度空間報導」之「事實」(Facts)，加上「背景」(background)與「意義」(Meaning)稱之爲「三度空間報導」(Three-dimension reporting)。

這種「立體式」的寫作方法，亦卽麥杜高、柯普爾兩人，先後所謂之「解釋性報導」(一九三八)與「深度報導」(一九六四)的架構。由于此種報導方式的出現，使得民意調查專家蓋洛普(George H. Gallup)在一九五五年曾作出預測說，從一九五五年至七五年的二十年間，報紙可能發生的最大變化，就是五W一H的公式，將要被打破。

特寫(稿)寫作，無疑屬于「三度空間」的報導模式；亦卽將六何作更有系統的整理。「事實」卽「何人」、「何事」、「何時」、「何地」，「背景」包括了「何故」、「如何」與「何數」(how much/

how many)，「意義」亦卽「何義」(So what)（但「何義」的表達，並非用「夾敍夾議」方式）。

現代美國新聞學教授丹尼斯（Everette E. Dennis），將上述「事實」的報導，列爲「描述性報導」，闡釋「背景」的報導，爲「分析性報導」，而表露目前和長遠意義的「何義」，則是「因果式報導」（李茂政，民七四：一二五）。

自人情趣味之非純新聞寫作方式，受到重視而獨樹一幟之後，因社會環境之變遷，傳播理論之演進，採寫技術之更新應用，各類新聞報導文體及方法，漸次出現。然而經緯雖多，要之不外「純事實」與「小說式」兩種報導取向之比例。例如：精準新聞報導爲「純事實」取向，新新聞則全然爲小說取向；調查報導之「純事實」取向，重于「小說式」取向，報導文學之「小說式」取向，重于「純事實」取向；而人情味故事與評估報導，則介乎「純事實」取向與「小說式」取向兩者之間。

不管取向如何，各類報導文體，從寫作觀點來說，都可以成爲特寫體裁。列表說明於後（見80頁）。以下各節，將就上述各類文體，逐一加以說明。

二、精準新聞報導

精準新聞報導，起源甚早，遠在一八一○年，美北卡羅萊納州一家報館，卽曾進行全州郵寄問卷調查，探詢農產品以至民生福祉的情形。一八二四年，已有些報紙，嘗試此法，以預測總統選舉。其後民意測驗日趨發展，精準新聞應用日廣。第二次世界大戰以後，社會科學益形發達，美國社會學者，乃有特別重

純事實取向 ←——　——→ 小說式取向

精準新聞
調查報導
解釋性報導
深度報導
評估報導
人情味故事
新聞文學
報導文學
新新聞
社會寫實文學

說明：箭頭所指爲取向强度，愈靠近箭頭，取向强度愈强。

視以「社會調法」(Social survey)，以及其他實驗法，去研究社會問題，解釋社會現象，遂濫觴了「行爲科學」(Behavioral science) 重視客觀，而避免主觀價值的研究路向，並掀起計量研究(Quantitative research)

的熱潮。採用「量化」(Quantification)的統計方法，來搜集資料，分析結果，並加以驗證。然後做出報導，已成報刊上的一項主要內容。其中屬政治報導的民意調查報告，以及用此法來探討問題的各種報導，更是耳熟能詳。

七十年代初期，美費城詢問報(Philadelphia Inquiry)記者史弟與巴勒(Jame Steels & Don Barlett)，率先叫出「精準新聞報導」。梅爾(Philip Meyer)在一九七二年，所寫成的「精準新聞報導」(Precision Journalism)，則備受各方注目。在書中他指出，將調查、實地實驗和內容分析等社會科學研究方法(Social Science Methods)，應用於新聞搜集和報導上，可使報導內容客觀精確，也可使記者免除直覺判斷，而致報導錯誤。

一般的研究設計，通常有：(A)問題爲導向的研究(Problem-oriented research or Exploratory study)一般係用「敍述性研究」(Descriptive studies)，來搜集現存問題的資料，提出合理可行的解決辦法。(B)以學術探討爲主的研究，此種研究，通常用來求證假設(Hypothesis Testing)，以研究變項（數）間相關因果關係，因此又名爲「變項導向研究」(Variable-oriented research)。問題導向研究與變項導向的研究，事實上是相輔相成、兩法並用的，而一般精準新聞報導亦以此爲主。

至於研究的進行，大致可分「調查研究」(Survey research)、「實地（田野）實驗研究法」(Field experimentational research)與「內容分析」(Content analysis)三個方向進行。

I 調查研究

爲尋求「事實」(Fact-finding) 而作的直接實地調查研究，一般稱爲「社會調查」，目的在觀察事件自然發生的基本關係。通常的研究步驟是：透過事實的觀察，構思想做的研究主題 (Conceptualization)，確立研究的目的與希望獲得的資料，成立假設——文獻探討(Literature Review)——作「先導研究」——確定所欲研究的問題 (Research Problems/Questions) 與目的——決定訪問的對象，評估「觀察值」可否來自樣本——抽樣 (Sampling)，設計問卷 (Questionnarie) ——「測試」(Pre-test) ——收集資料 (Data Collection)，進行訪問——登錄整理資料(Coding)——統計分析——解釋成果 (Interpretation)，即估計、檢視「假設是否成立」(Estimation and testing hypothesis)、歸納結論 (Conclusion)，進行建議、預測——將資料寫成新聞報導，並配合必要、易懂的圖表 (Graphic)，以數據(Data)支持結論，幫助讀者了解。文獻探討，尚包括理論架構的依據或提出。

(1)抽樣：

抽樣是從總體中，抽取一部分，而以此部分代表總體的方法。適當的抽樣設計，可以增進調查結果的精確度。常用的抽樣方法，可分爲「隨機」(Random) 與「非隨機」(Non-random) 兩大類，細分之則有：

(a)「簡單隨機抽樣」(Simple random sampling)，亦即在選定的「母體群」(population/universe) 中，隨機抽取定數的「樣本」(Sampling) 來進行研究，此是最基本、最簡單方法。

(b)「分層隨機抽樣」(Stratified/Proportional sampling)，即在母體群，將其構成之基本單位，分成若干具有特殊共同點之層(Stratum)(組)，然後再按每一層作隨機抽樣，各層所抽出的樣本數，與總抽樣之比，應等於該層個體總數在母體群中所佔的比率。

(c)區域抽樣（Area sampling），亦卽以地區爲單位，按抽樣的設計，隨機抽取樣本，但要有詳細的地圖作爲根據。

(d)間隔抽樣（Rotated random/ systematic/quasi-random sampling）方法是：①將母體群各個分子編號；②將已決定的樣本數（T），除母體群總數，所得出之商數，卽爲間隔距離；③以隨機抽樣法，從間隔距離的數字中，抽出一個號碼（例如間隔距離爲「5」，「1」至「5」有五個數字，從中抽取一個卽可），以決定母體群第一個樣本編號(n)；④然後以第一個編號爲起點，以間隔距離爲常數(K. constant)，按間隔距離抽樣，至抽滿樣本數爲止。其抽樣程序，可以下列方式表達：

$n+0\cdot K$　　$n+1\cdot K$　　$n+2\cdot K$　　$n+(T-1)K$

（第一個樣本編號）/（第二個樣本編號）/（第三個樣本編號）/……/（最後一樣本編號）

(e)「任意抽樣」(Convenience sampling)，亦卽隨便找到什麼人，便問什麼人。此種「取樣」方式，與「街頭抽樣」(Street-corner sampling)，以某團體總數爲研究樣本的「集體抽樣」(Group cluster/sampling)，與「就地取材」的「現存資料利用法」(Available materials method)，都有很大漏洞，萬不得已時，方予利用。

(f)「立意抽樣」(Purposive sample)，卽依據研究目的，而設計所要抽取的樣本。

(g)「配額抽樣」(Quota sampling)，將母體群細分爲若干具有「控制特徵」（如男、女，年齡，教育程度、各類職業）的「次母體群」（如職業收入等級），然後按研究者擬定的比例配額標準，抽取訪問樣本。有時，尚可將樣本單位選擇，加以若干限制（例如規定地點抽樣）。這種抽樣法雖然方便，但因爲不是「機遇抽樣」(Probability sample)，所以代表性難以鑑定，是一大缺點。

不管以那一種方法來抽樣，研究者都會設法減低，因可能的樣本影響因素，而產生「抽樣偏差」(Sampling bias)的「樣本誤差」(Sampling error)（註一），以及提高樣本代表性的「外在效度」(External validity)。當然，代表研究者本身和受訪者是否可靠的「信度」(Reliability)，亦理應不能忽視。

要抽取理想的樣本數，通常視研究問題的性質，母體群之同質性(Homogeneous)或異質性(Heterogeneous)，與母體群的大小而定。「調查研究」(Survey Research)一書，列有「簡單隨機抽樣法樣本大小」一表，對於決定抽樣大小可提供一個簡單概念(Backstrom, 1974:33)：

差誤隱涵度 ＼ 樣本數(i) ＼ C.L.	信賴水準（95％正確）
10％	9,604
20％	2,401*
3％	1,067
4％	600
5％	384
6％	267
7％	196

* 也有學者指出，一般而言，全國性的調查，至少要一千兩百至一千六百個樣本，而地區性的調查，有六百至八百個樣本則可（李瞻，民七三：六四）；但實際上，很多調查，都是以「三十樣本數以上」爲準則。

由於抽樣的用意，是以樣本來「推知」母體群，是一種「推論統計」(Inferential Statistics)；簡而言之，亦卽以樣本之平均數（$\bar{x}$）（統計量），推知母體群的平均數（μ）。研究者所希望達到的效果，最理想的地步，當然是樣本的平均數，就是母體群的平均數。不過旣然是推論，則樣本平均數，很可能落於母體群的平均數之左邊或右邊，亦卽$\bar{x}$大於或小於μ。

爲了達成以樣本推知母體群的研究目的，以免錯的「離譜」，在一般研究中，遂訂立一個可接受的範圍，稱爲「信賴水準」(Confidence level, C.L.)，亦稱爲「自信度」，一般定爲95％。也就是說，以$\bar{x}$估計μ，其與μ「錯開」的範圍，要有95％機率落于可接受的範圍內；相對的說，其落于不能接受的範圍，僅能爲5％。再從另一個角度來「設限」，則所估計的$\bar{x}$值，若係比眞正的μ爲大，則不能大於一個標準差。反之，若係比μ爲小，則不能小於一個標準差。這兩個一左一右的數值（$\bar{x} \pm t$值$\times \frac{S}{\sqrt{N}}$），無形中成爲一個「界限」，不能越「雷池」半步，稱之爲「95％信賴界限」(Confidence Limits)，在此兩界限之內的區間，就稱爲「95％信賴區間」(Confidence Interval, C.I.)，亦卽不論$\bar{x}$與μ的實際差距爲何，但μ在此一區間的可能性，有95％機率信心（把握）。

至於「樣本誤差隱涵度」(Tolerated Error)，則指可能的隱涵的抽樣誤差。例如，某項研究所獲結果爲32％，而誤差隱涵度定爲2％時，則其實際百分比，可能處於29％至33％（31％±2％）之間。一般而言，研究之精確度越高，樣本之誤差隱含度要求越小。

「精準新聞報導」一書第三百三十八頁，提供了一個計算「樣本誤差」（E）的公式：

$E=(100)(1.96)\times\sqrt{\frac{pq}{n}}$，其中1.96爲$Z$值（查表），$p$爲抽樣的比例，通常爲0.5，$q$

則爲（1－0.5）由公式可知，倘若n增大，而P、q不變，則「樣本誤差」便會變小，但這並非說樣本變大，意見分歧隨卽變小。通常來說，在任何測驗中，「樣本誤差」若不超過2％，則訪問意見的準確度，已十分可靠。

柏德(Parten)更曾提供一個在競選期間，候選人得票比率，已經知道（或推知），而選樣人數又已確定的選票「標準誤」(Standard Error, S.E.)百分比計算法，可以作爲推求「贊成」、「反對」一類「兩值分配」(Binomial data) 的誤差計算參考。公式如下（註二）：

$$\sigma_{P.C.} = \sqrt{\frac{P.C.(100-P.C.)}{n}}\ (\%)$$

$\sigma_{P.C.}$ ＝選票標準誤的百分比

P.C. ＝在選樣中，預知得票（贊成）的百分比

（100－P.C.）＝失票（反對）百分比

n＝選樣總人數

楊孝濚更指出，若樣本數比例，係母體群百分之五以上，依照此一比例來抽樣卽可；若係低於百分之五，則樣本數應在五百以上，以符合「大數法則」(Law of large numbers)，減少抽樣誤差。樣本在五百以下者，屬於「小樣本」，樣本在一百以下者，僅能作「先導研究」(Pilot/before study)，無法完全代表樣本的形態，而樣本在三十以下者，在統計學上，只能在「個案」或「特殊」研究中採用了。

⑵問卷設計：

問卷，係目前資料收集（Data collection）中，最流行的一種工具。在格式上，可以分爲擬好答案，讓受訪人選擇的「構定封閉式問卷」(constructed/closed-ended question)，與讓受訪人對所問問題自由作答的「非構定開放式問卷」(unconstructed/open-ended question) 兩種，一般的情形則是兩種格式合併使用。問卷的發出和收集，可以利用訪員 (Interviewer) 訪問、郵遞及電話訪問(Telephone Interviewing)。重點集中調查、深度訪問 (Depth Interviewing) 等數個方式進行。

問卷內容，約有四個類別，通常交互使用：

(a)「個人基本資料」(Demographic)。諸如受訪者的年齡、性別、教育和職業之類「事實問題」(Fact question)。

(b)測量受訪人對某類問題的意見和態度的項目(Opinion question)。例如對某一類措施，贊成或反對。十分贊成，抑或勉强贊成；中立，抑或强烈反對。

(c)測量受訪人對某項消息或知識了解程度的項目 (Information question)。例如問：「您知道臺灣目前已有公共電視嗎？①□知道②□不知道。

(d)測量受訪人自我認知與評價的項目 (Self-perception question)。例如問：「您目前閱報的習慣是：①□每天看②□很少看③□從不看。」

爲了便於統計分析，在設計問卷或登錄資料時，都會將資料歸類(Categorizing/Classification/Grouping)，用數字 (Number) 或符號(Code)來代表資料。幫助資料歸類的工具，稱爲「測度（量）與量表」

(Messurement and Scale/Variable)，一共有四個類別——

(a)「名目標尺（變項）」(Nominal Scale)：如以「M」代表男性，「F」代表女性；「1」代表教師，「2」代表農民；也就是說，這些資料，係歸屬於某種特定類別。「M」與「F」，「1」與「2」之間，並沒有次序、上下或好壞差別。此種標尺，屬最基本的量化分析。

(b)「次（順）序標尺」(Ordinal Scale)：如以「1」代表月薪新臺幣一萬元，「2」代表月薪新臺幣五千元，「3」代表月薪新臺幣三千元。這種標尺，除了以數字或符號來代表資料的名稱和類別外，尚顯示出資料之間的次序、上下或好壞之別，但其中間隔是不相等的，不若「名目標尺」與「次序標尺」在選取符號或數字來顯示資料時，有次序、上下的限制。即如上述例子，我們可以「3」、「2」、「1」來分別代表月薪一萬、五千與三千五，但不能寫作「1」、「3」、「2」，或「3」、「1」、「2」。

(c)「等隔（距）標尺」(Interval Scale)：這種標尺與「次序標尺」相類似；所不同的，是資料次序的間隔是完全相同的。最經常用的是「拉卡五等分態度量表」(Likert's Five Point Attitude Scale)。例如：

極贊成 ——1——2——3——4——5—— 極反對

（贊成）（無意見）（反對）

在統計分析時，除了知道受訪人贊成或反對外，尚可得知其意見強度。要注意的是，在上述間隔中，前數與後數差額均為「1」（如2減1，3減2），順序的間距是相等的；但間隔間大小量(Magnitude)

的差異，並不一定相等。另外，「零」（0）亦可用作任何資料的代表，但不具備數學上「沒有」（true zero）的意義。

(d)「比率（等比）標尺」(Ratio Scale)：與「等隔標尺」相類似，所不同的是，在此標尺中，間隔係比例上的等距，而零（0），則具備數學上「沒有」的意義。例如一百五十公斤，七十五公斤、0公斤，都是「比率標尺」。此種標尺，屬最精確的量化分析。

在研究過程中，所取得的資料，要區分爲「應（依）變項（數）」(Dependent Variable)和「自變項」(Independent Variable)。「應變項」是研究中的「目的因素」，亦係決定自變項的「效標」(Criterion)，因此又稱爲「效果」(Effect)。「自變項」則係影響「應變項」的「變項」(Variable)，因此又稱爲「因」(Cause)，或「處理（影響）因素」(Treatment)。至于所謂因果關係，要合于三項條件：(1)兩變數間，要存有依存關係；(2)兩變數的發生，要有先後之序，卽一爲因，一爲果；(3)兩變數間沒有其他第三因子干涉。不過，在複雜的社會情況下，往往很多個因，只出現一個果，或許多果，却都由一個因形成。

例如：研究「僑生在臺對環境的適應」，則「僑生在臺的適應程度」爲「應變項」，而諸如「語言能力」、「思家」和「程度不足」等一類測試是否影響「僑生在臺的適應程度」的變項，卽係「自變項」。選擇自變項的主要依據，通常係以理論或已知的結論爲基礎，而判斷其對應變項的可能影響力。因此，應變項和自變項的關係，並非機械式的確定，而是視研究性質而互作應變項/自變項之應用。一個變項的「值」(Value)，稱爲「項類」(Category)。例如變項爲「每月收入」，它的項類卽分成「一百萬元」、「五千元」等類。

問卷設計所用的文字，要使受訪者易懂易塡，意義明確，並且絕不能引導受訪者作出已定或期待獲得之答案。

通常，在問卷設計完成後，研究者會按抽樣比例，找一小群與抽樣特質相類似的人，先行「測試」，以發現問卷的缺點。

楊孝濚（民六三：六）指出，取得上述各類標尺資料後，在進行統計分析時，其統計分法，可按箭頭前進指向，作各項選擇：

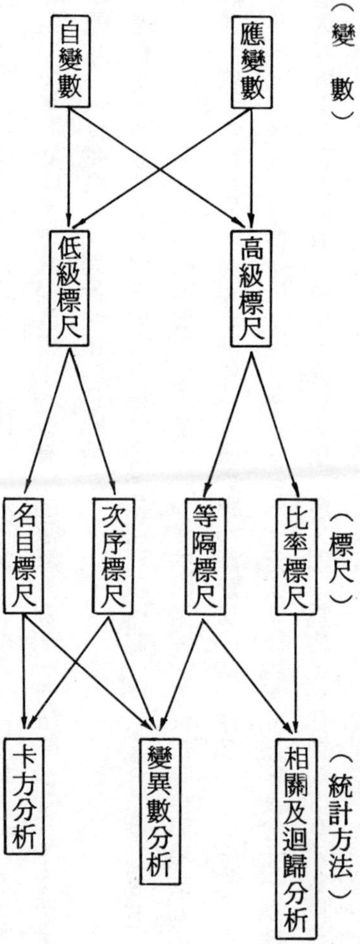

例如：應變與自變數同爲名目標尺時，利用卡方分析資料，當應變數爲等隔標尺，自變數爲名目標尺時，用變異數分析，而當應變與自變數同爲等隔標尺時，則用相關分析方法。

(3)統計方法釋義：

人文科學之應用統計學(Statistic)，是基於或然先機率理論(Probability)，而進行實驗研究(Empirical study)，希圖將複雜的社會現象，透過統計方法，簡化爲數字的記述，裨能進而推研其中「因果關係」(Cause and Effect Relationship)。精準新聞報導，在取得「原始資料」(Raw Data)，知道受試者的「原始得分」(Raw Scale)後，必須進行統計分析，使資料的意義，透過系統性的組合，而得以表現出來。可用之統計方法非常之多，但有幾個常用而簡單的統計方法，却是基本而必須知道的——

(a)百分比(Percentage)，即求一項資料，在該類總和性資料中，所佔的比率(Ratio)，而以一百作爲單元(Unit)。它的計算公式是這樣的：

$$P=\frac{S}{N}\times 100\%$$。

說明：P＝百分比　S＝某項資料總和　N＝全部資料總和

目前一般精準新聞報導，亦以百分比之計算及分析，最爲常用。

(b)中(位)數(Median, Md)

用曲線(Curve)繪畫圖表，以明瞭資料分佈情形，通常可發現兩種情況：一種是向中間集中的，稱爲「趨中性」(Central Tendency)；另一種則趨向於分散，稱爲「分散性」(Dispersion)。計算顯示中點所在的中數，是希望在一組連續性質資料中，求得其總數最中間位的數字(此點上下個案數量完全相同)，因而得以檢視資料的趨中性。例如：甲班有五名學生(奇數)，他們的採寫測驗成績分別爲：85、83、81

、78和76。光用眼睛作機械式的檢視，就會知道81為中數。但若全班人數為偶數時，則中數會有兩個。比如同上例，乙班有六名學生，他們採寫成績分別為：88、84、80、78、75和66，用同法檢視，則中數有兩個，卽80和78。此時應將80與78相加除2（80＋78/2），所得平均數79卽為中數。由此，我們可以比較甲乙兩班的最中間分數，因而得知那一班有更多學生，獲得較高分數。如果在計算中，碰上分數相同，要用如下公式計算：

(A)　$x_L + \frac{0.5N - cf_L}{f}$

如果分數為一個間隔數，則要將公式轉化為：

(B)　$x_L + \frac{0.5N - cf_L}{f} x_i$

說明：x_L ＝含中數的眞正下限(Low real limit)

f ＝人數

cf_L ＝累積人數(cumulative frequency)的下限

N ＝總人數

i ＝間隔數

例如有下述資料：

又例如有下面資料：

x（分數）	f（人數）	cf（累積人數）
9	2	51（N）
8	6	49(51 − 2)
7	12	43(49 − 6)
[6]	[10]	[31](43 − 12)
[5]	12	[21](31−10)（L）
4	9	9(21 − 12)

$N = 51$

「中數」之計算如下：

①先求N之半數：$\frac{N}{2} = \frac{51}{2} = 25.5$

②由(A)得知中數在[31]這一類別中。

③代入公式①計算：

$$\left(\frac{6+5}{2}\right)(x_L) + \frac{(0.5 \times 51) - 21\,(cf_L)}{10}$$

$$= 5.5(x_L) + 0.45$$

$$= 5.95_{\#}$$

x^*	f	cf
81～100	3	36(N)
61～80	9	33
41～60	5	24
21～40	16	19
20以下	3	3(L)

$N=36$

代(B)公式可求得中數如下：

① 36/2＝18

② 18落入19這一類別中

③由 x 項得知間隔距離爲20

④ $\left(\frac{21+20}{2}\right)+\frac{(0.5\times 36)-3}{16}\times 20(i)$

$=39.75$ ※

* 注意分數的全距(range)排序，係由大而小，由上而下。

(c)平均數

「平均數」(Mean/Average, $\overline{X}$/M)指「數學平均數」(Arithmetic Mean)而言，用以測度在均勻型態下，資料的趨中性。計算公式是：

$$\overline{X}=\frac{\sum x}{N}$$

$\overline{X}$ ＝平均數

$\sum x$ ＝各個數目的總和

N ＝總個數（$\sum$，Sigma ，總和之意。）

例如：甲班有學生四名，採寫考試成績爲67、73、76與81，則甲班學生採寫成績，平均分爲：

$$\overline{x}=\frac{67+73+76+81}{4}=74.25※$$

若乙班人數相等，但平均分數只有七十分，則兩平均數相比較下，就可以知道甲班學生平均採寫成績，要比乙班爲高。

如果歸類資料，其數位爲一間隔（組）數，卽應先歸類（Classification/Grouping），再求此一間隔數之「組中點」（Midpoint），然後再行計算。（例如第96頁之資料及計算）

有時，按照某些研究設計，「平均數」會用作某一群體中立的價值觀。另外，當平均數不能提供有效幫助時，例如，兩組內容完全不同的變數，而有着相同的平均數；此時，只好以「標準差」，來測量兩組歧異之處。

每日看電視時數	組　中　點	人數
1 ～ 2	1.5 ($\frac{1+2}{2}$)	3
2 ～ 3	2.5	5
3 ～ 4	3.5	7

$$N = 15$$

在此資料中，平均每人每日看電視時數爲：

$$\bar{x} = \frac{(1.5 \times 3) + (2.5 \times 5) + (3.5 \times 7)}{15}$$

$\simeq 2.77$ 小時※

(d)「衆數」（Mode, Mo）出現最多之量項（Measure）。例如全班有五十人，在某次編採考試中，分數由六十至九十分不等，但獲七十五分者有二十人，獲八十分者亦有二十人，則七十五分與八十分同爲這次考試分數的「衆數」，亦即最多學生獲得此項分數。這種資料，只宜用於獲有「全樣數據」（可觀察主題）的「敍述統計」(Descriptive statistic) 方面，「次數」(Frequency) 與「差距」(Range) 亦然。

(e)「標準差」(Standard Deviation, s/σ)，用以顯示個別資料和平均數的離差，差距越大，顯示資料分離性越大，反之則否。它的公式是這樣的：

$$S = \sqrt{\frac{\sum_{i=1}^{N}(x_i - \bar{x})^2}{N}}$$

說明：$\sum_{i=1}^{N}(x_i - \bar{x})^2$ ＝個別資料 x_i 與平均數（$\bar{x}$）差距（$x_i - \bar{x}$）的平方總和

〔按：（$x_i - \bar{x}$）^{2} 係避免負數〕

N＝總數（如係抽樣，則應用“$n-1$”計算）

例如：從98頁的計算中，可知該五名八十歲老人每周打太極拳的標準差爲〇・四九。

倘若另五名六十歲老人周一至周五打太極拳的標準差爲〇・三五，則我們可以知道，八十歲老人從周一至周五，每日打太極拳時數甚不一致，而六十歲老人則較爲劃一（因爲八十歲老人之標準差大于六十歲老人之標準差，0.49＞0.35）。若是歸類資料，也要先計算組中點及其平方再另以公式計算。

標準差的平方（s^2），即是「變異數」(Variance)。

五名八十歲老人周一至周五打太極拳時數：

星期	一	二	三	四	五
時數	2	3	2	3	2

說明：欲求這些五名八十歲老人每周打太極拳的標準差距，

則可以下述方式進行：

①求 $\overline{x}$：

$$\overline{x}=\frac{2+3+2+3+2\text{（時）}}{5\text{（日）}}$$

$$=2.4\text{（時／日）}$$

②$$S=\sqrt{\frac{(2-2.4)^2+(3-2.4)^2+(2-2.4)^2+(3-2.4)^2+(2-2.4)^2}{5}}$$

$$\simeq 0.49$$※

③在圖表上標準差的分布是這樣的：

-0.49　$+0.49$

1.42	1.91	2.4	2.89	3.38
-2σ	$-\sigma$	$\overline{x}$	$+\sigma$	$+2\sigma$

(f)「變異系數」(Coeffecient of Variability, V)，是標準差和平均數的比率，以視察不同單位資料間的相對變異程度，此是平均數和標準差所看不出來的。計算方式如下：

$V = S / \overline{x}$

例如：有下列資料：

某五受訪戶所訂閱雜誌份數和每月看雜誌日數：

受訪戶編號	1	2	3	4	5	$\overline{x}$	S
每月看雜誌日數	2	3	1	4	1	2.2	1.29
訂閱雜誌份數	1	2	0	3	2	1.6	1.01

說明：

①此五戶每月看雜誌日數的變異系數爲：

$$V=\frac{1.29}{2.2}\simeq 0.59_{※}$$

②訂閱雜誌份數的變異系數爲：

$$V=\frac{1.01}{1.6}\simeq 0.63_{※}$$

③比較兩者的變異系數，可知此五受訪戶接觸雜誌的差異程度：他們每月看雜誌的「日數」，要比他們訂閱雜誌的「份數」爲多（每月看雜誌的變異系數小於訂閱雜誌的份數，0.59 < 0.63）

上述百分率、平均數與標準差等，通稱爲「單因素分析法」(Uni-Variable Analysis)，爲一般精準新聞報導的主要內容。下面所述，則較趨向于學術研究範圍。

(g)常態分配與標準化常態分配

爲了檢視所得資料，是否有著某種的意義，我們往往會問：這些資料是否爲「常態分配」(Normal Distribution)？如果與常態分配比較，這些資料是一幅怎樣的情景？以推知樣本與母體群間，或樣本與樣本間，是否存有差異。

所謂常態分配，必須是下述一個型態：

①常態分配的曲線，是一對稱的倒鐘形，中間點爲平均數，亦爲中數，其（$\bar{x}$）兩旁所佔面積比率，各爲百分之五十，而且形狀完全一致；左右伸延的曲線部分，雖然逐漸狹小，但卻永不與底線相交。

②在常態分配中，平均數（$\bar{x}$）與標準差（s）的間區分配百分比是這樣的：

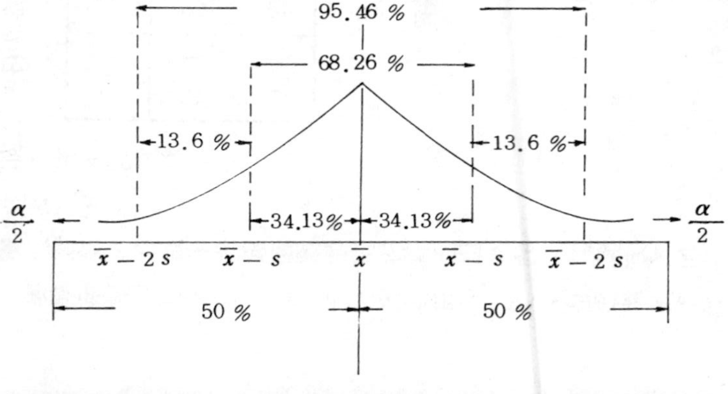

事實上，常態分配是一個理論上的資料分配，應用時，通常要經過標準化的過程，使之成爲「標準化常態分配」(Standardized Normal Distribution)，其中常用的有Z檢定和t檢定。

甲、Z檢定(Z Test)

Z分配係令平均數（$\bar{x}$）爲「0」，標準差（s）爲「1」爲準，通常在母體群之標準差（σ）爲已知時使用。方法是先求取Z值(Z Score)，然後依Z值檢視其間有否差異存在。

求Z值的公式是這樣的：$Z=\frac{x-\bar{x}}{s}$。Z檢定可作多方面的應用，例如：

(子)已知在常態分配中某一特定數字，而欲知道這一特定數字，在Z分配(Z Distribution)中，所佔的區域比率。舉例如下：

資料：已知受訪戶每月收入平均數（$\bar{x}$）爲八萬元，標準差（s）爲四萬元。某受訪戶甲之收入爲十一萬元（x）。

問題：此一受訪戶之收入，在此全部受訪戶中，如以百分比顯示，會是最高收入的百分之幾?

計算：①$Z=\frac{110,000-80,000}{40,000}=0.75$

②查Z值表得知$Z=0.75$* 時，爲 0.2734 亦即 27.34％。（統計書籍皆印備Z值表）

③ 0.75 爲正數，故在平均數的右邊，而此區佔整個區域的 50％，故用 50％－27.36％＝22.66％。

答案：故知此受訪戶之收入，是屬最高收入的百分之二十二點六六。

用圖示如下：

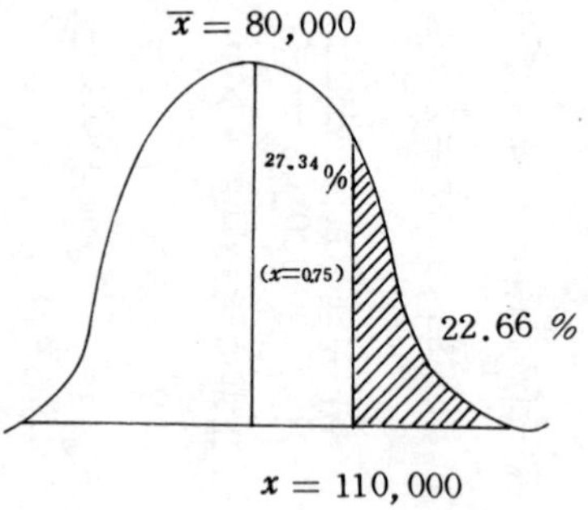

*查Z值表時，先找縱列之0.7，再找橫列之0.05，在兩數交滙處，即係Z值。

(田)已知在常態分配中某些特定數（組）字，而欲知這些特定數（組）字，在整體中，所佔的百分比，舉例如下：

問題：同(甲)，但欲知道收入在四萬至六萬元間受訪戶，佔全部受訪戶百分之幾。

計算：

①$Z = \dfrac{40,000 - 80,000}{40,000} = -1.0^{*} = 19.15\%$（查Z值表）

②$Z=\frac{60,000-80,000}{40,000}=-0.5=34.13\%$（查 Z 值表）

③$Z=34.13\%-19.15\%=14.98\%$

* Z 值爲負，顯示在平均值左端

答案：在全部受訪戶中，收入在四萬至六萬元間的受訪戶，有百分之十四點九八。

㈥ Z 值計算公式並可以作移項計算。例如：$X=ZS+\bar{x}$。不過，更多情形，是將之用作「樣本與母體群」(Sample and Population) 間的「差異性分析」(Test of difference)，以檢定兩者在百分比率 (Proportion) 之間，是否有所差異，而檢視樣本是否來自所屬類別母體群（註三）。此種檢定，一般稱爲「單樣本差異百分率分析」(One Sample Test Difference of Mean)。做這樣的檢定時，樣本數一定要在三十以上，通常將「顯著水準」（α）定爲0.05（Z值 1.96），而計算公式則爲：

$$Z=\frac{P_s-P_u}{\sqrt{P_uQ_u/N}}$$

說明：P_s ＝樣本百分比

P_u ＝在母體群中，該類樣本所佔的百分比

Q_u ＝$1-P_u$

$\sqrt{\frac{P_uQ_u}{N}}$ ＝百分率標準誤 (Standard error)

例如：

資料：已知抽樣訪問人數共 869 人（ N ）。樣本男性氏例爲 54.1 %（ P_s ），母體群男性比例 52.5 %（ P_u ）。

問題：檢視樣本與母體群，在性別變項 (Variable) 的男性類別上，有否顯著差異？

計算：

$$Z = \frac{0.541 - 0.525}{\sqrt{\frac{0.525 \times (1 - 0.525)}{869}}} = 0.94 \quad P > 0.5^{*}\text{（不顯著）}$$

答案：0.94 ＜ 1.96，而 $P > 0.05$ 。因此結果並不顯著 (Non-significant)。也就說，在此研究中，性別變項上的男性類別，樣本與母體群並無顯著差異存在。又因性別只有兩個項類，非男卽女，故如男性在樣本與母體群間的百分比不顯著，女性也極可能不顯著，其 Z 值爲 -0.94 。在實際計算上，只須算出其中一個性別的 Z 值，再將此值的正負號改變，絕對值不變，卽可求出另一性別的 Z 值。

在精準新聞報導上，所謂數值機率 (Probability)，指的是計算所得之值，在一百次檢定中，得到此值的機會率。如果將機率水準(Probability level, P) 定爲小於百分之五（或百分之一），則表示計得此值的機率，小於百分之五（或百分之一）。如此我們方有信心說，此值是罕見的，是由處理效果產生的。靠運氣 (by chance) 碰上的機率相當的低；因此，此值是可靠的，有意義的，亦卽所欲檢定之兩變項間，有顯著 (Significant) 差異存在。

同理，如果 P 大於百分之五，則表示在一百次計算中，得此值的機會，大於百分之五。在此情形下，我們覺得，此值可能靠運氣，偶然就碰上的機率相當大；因此，此值是不可靠的、無意義的，亦即所欲檢定的兩變項間，可能並無顯著差異性（not/non-significant）存在。就實驗的情況來說，觀察次數愈多，各「組間」所表現的差異量愈大，或各「組內」的變異程度越小；則計算所得的差異量，越可能是顯著而有意義，而並非機率所造成。

不過，上述的 $H_0 < H_1$ 的「統計假設」（Statistical hypothesis），在「假設考驗中」（Hypothesis testing），很可能犯了一個錯誤：即當我們說 H_0 爲「假」時，因爲這是一個「在不易觀察的情境中，以部分已知的資料，來解釋或預測結果」的「推論統計」，所以當不該拒絕 H_0 而拒絕了時，亦即錯誤地接受了 H_1；則我們便犯上了統計學上所謂之「第一類型錯誤」（type I error, α）。反過來說，不該接受而接受了 H_0，則係犯上了「第二類型錯誤」（type II error, β）。

犯第一類型錯誤的機率，通常用 α 來表示，習慣上稱之爲「顯著水準」（Level of significance）。在一般「寧棄毋錯」的研究裏，認爲犯第一類型錯誤，是比較嚴重的，所以必須盡量避免，爲了嚴謹起見，「顯著水準」通常都訂在0.05 或0.01 作爲犯第一類型錯誤的「冒險」準則。更精密之研究，偶而也有採用0.025或0.001的水準，超過所定的顯著水準，便視爲不具相關的意義。

乙、「史刁頓 t 檢定」（Student T Test)（註四），係用 t 分配（t Distribution）來作均衡依據。通常用於樣本較小（甚而三十以下），而母體群的標準差（σ）又尚未得知的差異性分析（Two Sample Difference Test），當某一自變項區分成兩個類別時「例如人口自變項分成男女性別、已婚和未婚），會用 t 檢定，以衡量應變項，是否因自變項之變動而有顯著差別。

t檢定是用兩樣本平均數的差距，與兩樣本標準差差距來計算t值。它的公式是這樣的：

$$t=\frac{\overline{x}_1-\overline{x}_2}{S_{\overline{x}1}-\overline{x}_2}$$

說明：$\overline{x}_1-\overline{x}_2$＝兩樣本平均數差距

$s_{\overline{x}1}-\overline{x}_2$＝兩樣本標準誤(Standard error)差距

例如：

資料：小芬（女）與「大明」（男）分別從事某行業的經營。兩人在十個月內，每月的盈利紀錄分別是這樣的（單位：十萬元）

大明：1、2、3、4、4、5、5、8、9、9。

小芬：4、6、7、7、8、8、9、10、10、11。

問題：男性或女性經營此一行業，是否有所差別？

計算：大明：$n_1=10$　$\overline{x}_1=5$　$s_{\overline{x}_1}{}^2=7.2$

小芬：$n_2=10$　$\overline{x}_2=8$　$s_{\overline{x}_2}{}^2=4$

$$s_{\overline{x}_1-\overline{x}_2}=\sqrt{\frac{n_1\times s_1{}^2+n_2\times s_2{}^2}{n_1+n_2-2}\left(\frac{n_1+n_2}{n_1n_2}\right)}$$

$$=\sqrt{\frac{10\times 7.2+10\times 4}{10+10-2}\left(\frac{10+10}{100}\right)}=1.12$$

$$t=\frac{5-8}{1.12}=-2.67$$

∴　查 t 值表（t-value）在 0.05 α　Leval 中，“雙側”(two-tailed) 檢定①，自由度②(degree of freedom, df)爲 18 時（ $n_1+n_2-2=10+10-2$ ），則 $t \leqslant -2.101$ ，或 $t \geqslant 2.101$ ③，而 $t=-2.67<-2.101$ 。（統計書籍皆印有 t 值表）

答案：從計算中所獲得的資料顯示，兩性經營此行業的成效並無兩樣。

說明：

①：常態分配，有左右兩「側」，名之爲 "Tail ，光做一側測試，稱爲「單側」(one tail) ，因爲 x 可能大於或小於 μ 之故，t 檢定通常是「兩側」(two-tail) 測試，而將 α 分爲兩個「臨界區」(critical region/region of rejection) ，亦卽將 α 分爲2（ $\frac{\alpha}{2}$ ）。

②：自由度的解釋，相當理論化，應用時，只要能計算應用卽可，但可以作一簡單解說。如有4（ N ）個數目，分別爲2，3，5，6；則總數之和爲16，若以「16」爲必要條件，而將任何三數相加，則第四個數值，也受到限制。比如：$2+3+5+x=16$ ，則 x 之值，受到限制，故此四數相加的自由度，只有三個（ $n-1=4-1=3$ ）。因此，凡是“$N-1$”的計算，稱爲「損失一個自由度」，餘可類推。

③：作 t 檢定時，得先定一個「虛無假設」(Null hypothesis, Ho)，與一個「對立假設」(Alternative hypothesis, H1)，然後將計算所得 t 值，與 t 值表所列 t 值比較，以檢視其顯著度。這些假設的

習慣寫法是（以上題爲例）：

H_0：$\mu_A = \mu_B$　H_1：$\mu_A \neq \mu_B$

例如：本題假設，H_0爲不管男性或女性經營都是一樣的，而H_1則爲兩性經營並不一樣。則從所得結果而論，因爲計算所得之t值，在顯著水準之下，所以必然接受(Accept)「虛無假設」，拒斥(Reject)「對立假設」，亦卽男、女兩性男經營並無不同。

丙、F檢定（註五）

與t檢定原理類似，F檢定(F test)係應用「單因子變異數分析」(One-way analysis of variance)的方法，透過F值（比率）(F-ratio value)的計算和比較，從而檢視應變項在不同自變項類別之間的差異，是否顯著，並且可按計得之F值，與F統計(F-statistics)表列值之大小比較，將顯著度列爲：不顯著、顯著、極顯著等顯著度。F值的計算公式是這樣的。

$$F=\frac{S_1^{2}}{S_2^{2}}\qquad S_1^{2}=\frac{SS_1}{n-1}\qquad S_2^{2}=\frac{SS_2}{n_2-1}$$ SS：變異數

t檢定有「虛無假設」與「對立假設」，F檢視則常設「虛無假設」，認爲一「次樣本」(Sub-sample)之平均數，並沒有差異（H：$\mu_A=\mu_B=\cdots\cdots\mu_K=\mu$），然後以計算出之$F$值，根據自由度與「信賴水準」（通常爲百分之五），與F值表(Tabled value)作比較，如適值所計算的F值等於或大於F分配(F-distribution)，卽表示差異爲顯著。

一個研究實例是：當人口變項，如年齡、教育程度、收入、行政區別等，分成兩個以上類別時（如年齡分爲20—30，31—40，41—50），通常會用F檢定，來審視差異是否顯著。

查F值的時候，只要先定出α leval 爲0.05/0.01，並找出S_1^2的自由度（df_1，$n-1$），與S_2^2的自由度（df_2，$n-1$），然後卽可按表查得。（統計書籍皆印有F值表）

上述各類檢定如有顯著差異時，可用「雪菲蘭檢定法」(Scheffe's Method, S法)，以F值是否顯著，來探求這一差異，是由那些類別造成的。

尙須一提的是T檢定和F檢定，其所用變項，應爲等隔標尺。另外，Z檢定與T檢定之應用，端視研究性質內容，樣本大小，標尺種類和母體群的標準差（σ）是否爲已知而定。

(h)卡方分析（Chi-Square Analysis, X^2）

在現在的傳播研究中，尤其調查研究資料，絕大部分利用這種統計方法，來檢視名目標尺的應變項和自變項之間，是否沒有關聯(No Relation)、是否爲獨立(Independence)的兩變項。

當卡方的分析結果不顯著時（P大于百分之五），就顯示應變項和自變項間是獨立的，不存有關係的，倘若卡方分析結果顯著時（P小于百分之五），則表示應變項和自變項之間，有某種關係存在，這種關係，可從資料分佈的百分率顯示出來。假若計算出來之卡方值不顯著，則在統計學上所得的百分比差別，是偶然的，不可靠的；若係顯著，則是眞實的，可靠的。（統計書籍皆印有卡方值表）

卡方分析的原理，係用實際資料的「觀察值」(Observed Value, O)與理論上的（機率）「期望值」(Expected Value, E) 的差距作比較，假使兩者間差距爲零，則表示應變數和自變數兩者間之完全獨立無關，倘若兩者間差距愈大，則表示兩變數間越有關聯。卡方的計算公式是這樣的：

$$x^2 = \sum_{i=1}^{K} \frac{(O_i - E_i)^2}{E_i}$$

$$期望值 = \frac{行（縱）總和（R）\times 列（橫）總和（C）}{全體總和（N）}$$

說明：O_i ＝某一間隔（Cell）觀察值

E_i ＝完全獨立狀態下，某一間隔期望值

K ＝間隔總數

例如：在一項「接觸傳播媒介與參與公共事務之關聯性研究」中，收集到下列「高、低」與「經常接觸與偶爾接觸」的「雙項方形表格」（2×2 Contingency Table），亦即「交叉表格」（Crosstabulation Table, Crosstabs）的四個間隔（Cell）資料，欲用卡方確定公共事務參與（應變數），與傳播接觸（自變數），此兩變數間，是否有關聯性（Association）？則其計算方式有如一一一頁表一。

要在文字上，要解釋此一卡方計算的意義，有兩種方式：

甲、一般研究報告

從「公共事務參與」的指標看（見表一），一百名受訪人中，高度參與公共事務者四十人，經常接觸傳播媒介，佔全部受訪人數之百分之六十。僅有十人（40%）係經常接觸傳播媒介，而不熱衷公共事務參與。也就是說，經常接觸傳播媒介者，與其參與公共事務的傾向，有極明顯相關性。

表一：

公共事務參與＼傳媒接觸	經常接觸		偶爾接觸		列總計	
	人數	%	人數	%	人　　數	%
高	1 40	80	2 20	40	60	60
低	3 10	20	4 30	60	40	40
行　總　計 (Column, C)	50	100	50	100	100 N（全體）	100

A：①間隔：$0 = 40/E = \dfrac{50 \times 60}{100} = 30$

②間隔：$0 = 20/E = \dfrac{50 \times 60}{100} = 30$

③間隔：$0 = 10/E = \dfrac{50 \times 40}{100} = 20$

④間隔：$0 = 30/E = \dfrac{50 \times 40}{100} = 20$

B：$x^2 = \dfrac{(40-30)^2}{30} + \dfrac{(20-30)^2}{30} + \dfrac{(10-20)^2}{20} + \dfrac{(30-20)^2}{20}$

$= 16.667$

C：$df = (R-1)(C-1) = (2-1)(2-1) = 1$

D：查 x^2 值表得知 $df = 1$，$x^2 = 16.667$　$P < 0.001$（顯著）

不過 x^2 在實際計算時，可免算「期望值」，而選用下列公式計算即可：

$$x^2 = N \left[\sum_{i=1}^{I} \sum_{j=1}^{J} \frac{f^2{}_{ij}}{f_i \cdot f_j} - 1 \right]$$

上式代入公式計算：

$$= \underset{(N)}{100}\left(\frac{40^2①}{\underset{(C)(R)}{60 \times 50}} + \frac{20^2②}{\underset{(C)(R)}{60 \times 50}} + \frac{10^2③}{\underset{(C)(R)}{40 \times 50}} + \frac{30^2④}{\underset{(C)(R)}{40 \times 50}} - 1 \right)$$

乙：精準新聞報導：

【本報訊】經常接觸傳播媒介的人，會較偶爾接觸媒介的人，更能參與公共事務。

一項名爲「接觸傳播媒介與公共事務參與之相關性研究」的報告指出，在受訪一百名民衆中，高度參與公共事務者占四十人，爲全部受訪民衆的百分之六十。他們在回答問卷時，承認經常接觸傳播媒介。此項研究計畫，係由□□大學教授□□主持。

……。

除了用百分比來解釋，應變項與自變項之間的密切關係程度，亦卽關聯性外，尚可以用卡方的「影響係數」(Coefficient of Contingency, C) 來表示自變項可以解釋應變項變異程度的百分率——變異程度越大，自變項對應變項的影響力也越大。影響係數的公式是這樣的：

$$C=\sqrt{\frac{x^2}{x^2+N}}$$ （C值通常以0.16爲度）

以上式代入公式計算：$C=\sqrt{\frac{16.667}{16.667+100}}\simeq 0.378$

自變項（接觸傳播媒體），可以解釋應變項（公共事務參與）之變異程度爲百分之三十七點八，這已經是一個十分理想的數字（$0.378>0.16$）。

卡方除雙項式分析外，尚有多項式分析 (N×M Chi-square Analysis)，其原理相同。

(i)簡單相關及迴歸分析 (Simple correlation and region analysis)

「卡方」是利用資料間百分率的分佈型態，來解釋應變項和自變項間獨立性與相關程度。「變異數分析」(ANOVA)，則係利用資料間平均數分佈型態，來解釋應變項在不同自變項之間的差異程度。「相關分析」(Correlation Analysis) 與「迴歸分析」(Regression Analysis)，則係透過資料分析，檢視應變項與自變項兩變項之間關聯程度(The degree of correspondence)，以及從自變項「推測」(Predict)應變項的可能程度。若變數間的改變有共同傾向，如某一變數增加，另一變數亦隨之增加，這顯示兩變數間有著正相關；反之，若變數間的變動方向相反，即爲負相關。不論正或負相關，都顯示變數間存有强烈的依存關係。相關與迴歸分析同爲傳播研究中常用的統計方法之一。玆以實例說明如下：

甲、相關分析

相關係數越高，顯示兩者關係密切。相關係數分成正負兩種。正相關係指一個變數增加，可使另一變數增加；負相關係指一個變數的增加，反使另一變數減少。

資料：在一項街頭調查中，訪問了五名路人（總數，n），他們的月薪（自變項，x）和對公共電視節目的喜愛程度（應變項，y），分別以「等隔標尺」登錄：

「1」：三萬元以上　「2」：二萬元至三萬元　「3」：一萬元至二萬元　「4」：低於一萬元

「1」：很喜歡　「2」：喜歡　「3」：不喜歡　「4」：很不喜歡

問題：此五名受訪人的經濟能力（每月收入），與他們喜歡公共電視(Public T.V.)節目的傾向，有否關連？計算過程如下：

人　數	月薪程度(x)	喜歡度(y)	x^2	y^2	$x \cdot y$
1	1	3	1	9	3
2	2	2	4	4	4
3	2	2	4	4	4
4	3	1	9	1	3
5	4	1	16	1	4
$n=5$	$\sum x=12$	$\sum y=9$	$\sum x^2=34$	$\sum y^2=19$	$\sum xy=18$

說明：①就節目本身來說，喜歡度平均數（$\bar{y}$）爲1.8，亦即處於很喜歡（1）與喜歡（2）之間，顯示出此五名受訪者傾向於喜歡公共電視節目。

②不過加入了經濟能力（月薪）此一自變數以後，要用「相關係數」（Correlation Coefficient, r）來決定其相關程度的精確性。

計算 r 的公式是這樣的：

$$r=\frac{N\sum xy-\sum x\cdot\sum y}{\sqrt{N\sum x^2-(\sum x)^2}\cdot\sqrt{N\sum y^2-(\sum y)^2}}$$

（$\sum xy$＝兩變數間乘積的總和）

代入公式計算：

$$r=\frac{5(18)-12\cdot 9}{\sqrt{5\cdot 34-(12)^2}\cdot\sqrt{5\cdot 19-(9)^2}}$$

$$=-0.943$$

經濟能力和公共電視的喜歡程度爲－0.943，爲負相關。〔正相關（Positive Correlation）最高值爲＋1，負相關（Negative Correlation）最高值爲－1〕也就是說，經濟能力越低，越喜歡公共電視節目。

③要了解「經濟能力」究竟能影響（決定或推測）公共電視節目的喜歡程度有多大時，可以計算其「決定係數」(Coefficient of Determination, r^2)，它的計算公式是這樣的：

$r^2 = (r)^2$

代入計算：$r^2 = (-0.943)^2 = 0.8892 = 88.92\%$，亦即公共節目的喜歡程度（應變項 y）有 88.92%，可由「經濟能力」（自變項，x）來決定。

④再要進一步檢視公共節目的喜歡程度是否在不同經濟能力（月薪）之間，有顯著差異時，則可以 F 檢定測試，所用公式是這樣的：

$$F = \frac{r^2}{1 - r^2}(N - 2)$$

代入公式計算：

$$F = \frac{(-0.943)^2}{1 - (-0.943)^2}(5 - 2)$$

$$= 24.0758$$

$P < 0.05$（顯著，S）

∴公共電視的喜歡程度在不同的經濟能力（月薪）有顯著差異。

〔$1 - r^2$，名之為"非決定係數"(Coefficient of nondetermination)亦即自變數，不能影響應變數的比率部分。〕

答案：此五名受訪人的經濟能力，與他們喜歡公共電視的節目傾向，有明顯關聯；不同程度的收入，對公共電視節目的喜愛亦有所不同，月薪越低，越傾向於喜愛公共電視。

乙、迴歸分析

又例如有下述一個問題：憑上述的統計數據(Data)，是否可從某類觀衆的每月收入（例如一萬元至二萬元間），而推知(Predict)他們對公共電視節目的喜愛程度？

答案是可能的，但要利用「迴歸方程式」(Regression Equation)：

$$y = a + bx$$

說明：y＝某類觀衆對公共電視的可能喜歡程度

a＝常數(Constant)

計算公式：$a = \dfrac{\sum y - b\sum x}{N}$

b＝迴歸係數(Regression Coefficient)

計算公式：$b = \dfrac{N\sum xy - \sum x\sum y}{N\sum x^2 - (\sum x)^2}$

X＝某類觀衆的「等隔標尺」

計算與答案：

① $b=\dfrac{(5\times 18)-(12\times 9)}{(5\times 34)-(12)^2}$

$=0.6923$

② $a=\dfrac{9-(0.6923\times 12)}{5}$

$=0.138$

③ $y=0.138+(0.6923\times 3)$

$=2.215$

∵次序標尺「喜歡」（2）、「不喜歡」（3）的分界點爲 $2.5\times\left(\dfrac{2+3}{2}\right)$，而 $2.215<2.5$，故 2.215 之值仍落在「喜歡」這一個項類內。

∴可以說月入在一萬至兩萬元間的人，對公共節目是喜歡的。

如以圖表示，上述相關係數一如第一一八頁圖表所示。

一般來說，相關係數在0.30～0.70之間，已顯示一個「相當關係」(Moderate relationship)，高於0.7表示相關性非常之大，低於0.3則表示相關性甚低。不過，由於係抽樣統計，因此任何相關係數，都應以抽樣數的大小，來決定它是否具備特殊的意義。

如果要比較兩個相關係數，以測量兩者間是否有所差異，則可用下述公式，轉爲Z值計算：

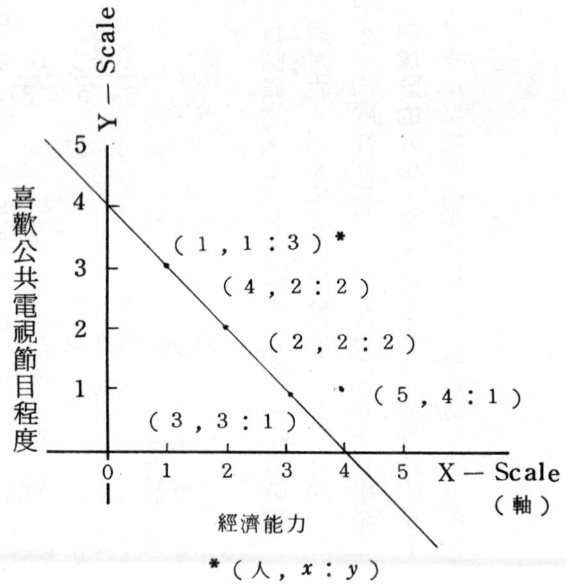

$$Z = \frac{Z_1 - Z_2}{\sqrt{\frac{1}{N_1 + 3} + \frac{1}{N_2 - 3}}}$$

舉例說明：

資料：在一項政論雜誌接觸頻率，與投票行爲的相關分析研究中，在城市訪問了五十人（N_1），兩者之相關係數爲0.62（r_1）。另外，又在鄉鎮訪問了四十人（N_2），兩者之相關係數爲0.54（r_2）。

問題：此兩相關係數之間，有沒有顯著差異？

計算：①查 r 換 Z 轉值表（Transformation of r to Z），得

$$r_1 = 0.62 \quad Z_1 = 0.725 \quad r_2 = 0.54 \quad Z_2 = 0.6042$$

②代入公式

$$Z = \frac{0.725 - 0.6042}{\sqrt{\frac{1}{50-3} + \frac{1}{40-3}}} = 0.378 \quad P < 0.05\text{（顯著）}$$

答案：政論刊物接觸頻率，與投票行爲之間的相關係數，有明顯差異。從相關係數的資料中，得知城市投票行爲，受政論刊物接觸頻率的影響，較鄉鎮爲大。

丙、變異數分析

變異數分析，是測驗兩組（或以上）不同的自變數類別，是否對應變數造成不同的差異。其計算公式，非常複雜，以 F 值爲最主要的分析資料。若 F 值爲顯著時，即計算而得之 F 值，大于表列之 F 值，顯示不同組別的自變數，對應變數會造成差別。反之，若 F 值不顯著時，即計算而得之 F 值，小于表列之 F 值，則表示不同組別的自變數，不會令應變數造成差別。

舉例說明——

資料：在一項以五等分拉卡態度量表的問卷調查中，一共訪問了9個人（N），所得資料如下：

每月收入	高（x_1）	中（x_2）	低（x_3）
	NT$22,000以上	NT$12,000～18,000	NT$7,000～9,000
對公共電視喜愛程度（「5」為最喜歡，「1」為最不喜歡）	5 5 4 （$n=3$）	3 4 3 （$n=3$）	2 1 2 （$n=3$）
平平數	$\overline{x_1}=4.67$	$\overline{x_2}=3.33$	$\overline{x_3}=1.67$

$N=9$

問題：每月不同收入的人（自變數），對公共電視的喜愛程度（應變數），是否會造成差異？

計算：(a)公式

單項變異數的公式，是這樣的：

變異來源 (Source)	變異數（離均差平方和）(Sum of square of deviations from the mean, ss)	自由度 (df)	平均變異數（變異數估計值／均方）(Mean Square, MS)	F 值
自變數類別（組）間差異效果：月入高低 [Between (Groups) Effect]	組間變異數（BSS） $\sum \frac{(\sum x_{ij})^2}{nj} - \frac{(\sum\sum x_{ij})^2}{N}$	J（組數）-1 （B df）	組間平均變異數（BMS） $\frac{\text{BSS}}{\text{B } df}$	$F = \frac{\text{BMS}}{\text{WMS}}$
自變數類別（組）間誤差 [Within (Groups) Error]	組內變異數（WSS） $\sum\sum x^2_{ij} - \sum \frac{(\sum x_{ij})^2}{nj}$	$N-J$ （W df）	組內平均變異數（WMS） $\frac{\text{WMS}}{\text{W } df}$	
全體總計（Total）	總變異數（TSS） $\sum\sum x^2_{ij} - \frac{(\sum\sum x_{ij})^2}{N}$	$N-1$ （T df）		

(b)代入公式計算：

$$1.\ \sum\sum x^2_{ij} = (\overset{x_1}{5^2 + 5^2 + 4^2}) + (\overset{x_2}{3^2 + 4^2 + 3^2}) + (\overset{x_3}{2^2 + 1^2 + 2^2}) = 109$$

$$\begin{array}{l} \quad\quad\quad\quad\quad\quad\quad\quad x_1 \quad\quad\quad\quad\quad x_2 \quad\quad\quad\quad\quad x_3 \end{array}$$

2. $\sum\sum x_{ij} = (5+5+4)+(3+4+3)+(2+1+2)=29$

3. $TSS = 109 - \frac{29^2}{9} \simeq 15.56$

4. $\sum\frac{\sum(x_{ij})^2}{nj} = \frac{(5+5+4)^2}{3} + \frac{(3+4+3)^2}{3} + \frac{(2+1+2)^2}{3} \simeq 107$

5. $BSS = 107 - \frac{29^2}{9} = 13.56$

6. $WSS = 109 - 107 = 2$

7. $B\ df = 3-1=2$ / $W\ df = 9-3=6$ / $T\ df = 9-1=8$

8. $BMS = \frac{13.56}{2} = 6.78$

9. $WMS = \frac{2}{6} = 0.333$

10. $F = \frac{6.78}{0.33} = 20.54$ #

(c)檢查顯著度

當$F_{2,6}\left[F\left(\underset{行}{\overset{B\,df}{J-1}}\right),\left(\underset{列}{\overset{W\,df}{N-J}}\right)\right]$，$\alpha$為5％，表列之$F$值所需顯著度5.14

而 $20.54 > 5.14$（甚顯著）

答案：每月收入不同的人，對公共電視的喜愛，會造成差異。根據平均數計算所得，此九個人當中，每月收入高的人（$\bar{x}_1$為四・六七），喜愛公共電視程度最高，中等收入的人次之（$\bar{x}_2$為三・三三），收入低的人，在這些受訪者當中，喜愛公共電視的程度最低（$\bar{x}_3$為一・六七）。

單項變異分析、卡方，與簡單相關與迴歸分析計算法，屬「雙因素分析」(bi-variable analysis)。目前常用的相關係數是皮爾遜積差相關係數 (Pearson Product Moment Correction Coefficient)，與「斯皮爾曼等級相關」(Spearman rank correlation)，而「多因素分析法」(Multi-variable analysis)之複迴歸分析 (Multiple Regression) 亦為常用的統計方法。斯皮爾曼等級相關，是以計算t值來檢視顯著水準，特別適用于兩變項（x・y）均為次序標尺的資料。檢視次序標尺排序的一致性，則可用「肯德爾和諧係數」(the Kendall Coefficient of Concordance, W) 計算出x^2值，以α來檢視其顯著水準，亦即$\alpha < 0.05$方予接受。

(j)其他統計

其他在傳播上，可能應用之統計，尚有「因素分析」(Factor analysis)，「因徑分析」(Path Analysis)、「逐級回歸分析法」(Stepwise regression analysis)。「Q類」(Q Sort)及「共變數（量）分析」

(Covariance Analysis) 等方式，可參考各傳播研究方法書籍；惟主要之集中量數、變異量數、常態分配與相關係數等「描述」(Description) 原則，已在本章介紹一、二，在實際應用上，亦以此類最爲常用。

Ⅱ實地實驗研究法（註六）

利用實驗室的「控制」(Contral) 情景，避免干擾現場的突發事件，以期獲得事象（變項）變化的直接因果關係。透過「是什麼」(what) 與「爲什麼」(why) 的尋求，進而根據原因，去預測結果的研究法（註七），稱爲「實地（田野）實驗研究法」。

「實地實驗法」應變項，事實上稱爲「反應變項」(Response variable)，而自變項則稱爲「實驗變項」(Experimental Variable)。張春興指出（民六九：一六—三），如將實地實驗研究改用變項研究的觀點陳述，卽係：

「在控制的情境下，實驗者有系統的操縱自變項，使其按照預定計畫改變，而後觀察其改變對依（應）變項所發生的影響。如經分析發現依變項的改變，確是由自變項的改變所引起，而且改變的情形，又依隨實驗者系統操縱自變項的方式，具有密切的關係（正或負的關係），於是自變項與依變項之間的因果關係，乃告成立。」

張春興認爲，實驗（田野）研究的一般程序，大約分：⑴確定研究問題，⑵陳述研究假設，⑶設計實驗進程，⑷確定研究對象，⑸選擇研究工具，⑹進行實驗觀察，⑺整理分析資料和⑻撰寫研究報告。

其中，尤以第⑹項進行實驗觀察時，控制情況，更是實地實驗研究法的「關鍵變項」(Keyvariable)，否則無法得知應變項和自變項之間的因果關係。簡單而言之，實地實驗研究分爲「控制組」(Control group)與「實驗組」(Experiment Group)。在實驗過程中，除了控制自變項系統的變化外，其他可能影響應變數實驗結果的各種變項，諸如實驗情境（刺激變項）、受試者之年齡、性別一類可以經由辨認而得知的「外擾變項」(Extraneous Variable)；與受訪者之性格態度之類僅能憑個人外顯行爲去推知的「中介變項」(Intervening Variable)，都加以控制，僅留下選擇的自變項（或處理因素）對應變項發生的影響，以產生實驗效果，亦卽「處理因素效果」(Treatment effect)。因此實驗控制有一個「最大最小」原則(Max-inircon Principle)（註八），卽落實自變項，使之發生最大變化，其他干擾變項則減至最小。有時爲了使變異量成爲最大起見，會選擇自變項的兩個「極端值」(Extreme value)，取其「理想值」(Optimal value)，甚或選取幾個具有代表性的值，來作爲實驗處理的條件。

實地實驗研究，通常用變異數分析之F值或t檢定來作統計分析，而以「等隔標尺」爲應變項的測度標尺(Measurement Scale)，以「名目標尺」、「次序標尺」爲自變數的測度標尺。同時，如果應用兩個以上的自變項時（註九），每組(Cell)人數必須相等，方能符合變異數分析的條件。

實驗控制的方法有多種，常用的有事前先行排除干擾因素之「排除法」(Elimination Method)，把干擾因素當做自變項來處理的「納入法」(Building-it-into Method)，將參與實驗的受試者，以隨機分派(Random Assignment)的方法，分別插入「實驗組」和「控制組」的「隨機法」(Randomization)，使實驗與控制兩組受試者，各方面條件儘量相等的「配對法」(Matching Method)，以及在實驗之後，採用「統計控制」(Statistical Control)方法，把影響變項的因素分析出來之「共變數分析法」(Analysis Covariance)（張春興，民六九年：一六五）；不管用那一種方法，都應注意實驗的穩定性（Stability），亦即信度或一致性(Consistency)。

洪瓊娟（民六十八年：五四）指出，美國「邁阿密前鋒報」(Miami Hearald)，曾在一九六八年，做「黑人調查」時，曾應用實地實驗研究，安排了一個「前測」(Pre-experimental design)——「後測」(ex post facts designs)的「實驗設計」(Experimental design)。研究黑人在馬丁·路德·金(Martin Luthur King)被刺後，黑人對暴動態度趨向。

前鋒報將金氏遇刺前，已接受訪問的人，列爲「實驗組」，在金氏遇刺後，再重新訪問一次；同時又抽樣選取另外一批人，視爲「控制組」，進行相同問題的訪問。「控制組」的目的，在避免受訪人因曾經受訪，或有時間思索，或有機會閱讀該報之報導，而產生態度偏差。實驗結果，實驗組第二次受訪時的答案，與控制組的答案，十分接近，金氏遇刺後，黑人並不比以前更趨於暴力行動的主張。這種實地實驗研究法，係精準新聞報導所可以效法的。

實地實驗的設計，有時會用些符號來表達，使人一看就明瞭其特徵所在。茲簡略列舉一例，並加說明如一二七頁。

實地實驗的「效度」（內容正確性），向爲實驗者所注重。例如：⑴實驗所得資料，是否能說明抽象概念和現實事物之間，已建立一套相互對應的規則（此時稱爲「概念效度」"Conceptual Validity"）。⑵實驗所得資料，能否據而作預測根據，（此時稱爲「預測效度」"Predictive validity"）此等效度的高低，通常會左右了實驗的評價。

A	R	x_1	y_1
		x_2	y_2
B	M_R	x	y_1
			y_2
C		ⓧ	y_1
			y_2

說明：

① x：研究者用以操縱(Manipulate)的自變項。

② y：應變項（測驗得分）。

③ R：隨機分派至實驗組受測。

④ M_R：先把受試者配對（區組化），然後隨機分配至各實驗組受測。

⑤——：由此實線所隔開的各組，能力相同。

⑥-----：由此虛線所隔開的各組，能力並不相同。

⑦自左至右的排列，表示時間、次序或先後。

⑧同一橫行之 x 或 y，則表示這些 x、y 是加諸同一組列受試者的應變項和自變項。

Ⅲ內容分析法

分析是根據一定量樣本的性質，來推算有關母體(Parameter)全體，或用以檢定假設是否成立。而內容分析法，則係利用客觀與系統的方法，根據選定的研究目的，自研究範疇中，分析傳播內容訊息(Message)的特徵，並自分析的結果作成推論。它是一種以傳播內容上「量」之變化，來推論「質」之變化的「量化」過程。因此，一般來說，內容分析的「研究設計」(Research Design)有「定量分析」與「定質分析」兩個途徑。定量分析是在「研究範圍」(Research Population)中運用「頻率分配」(Frequency Distribution)的研究基礎，將所研究的傳播內容，按「說什麼」(What is said)，與「如何說」(How is said)兩個「實質」(Substance)及「形式」(Form)的指標，作成窮盡(Exhaustive)、互斥之類目(Categories)（註一〇），以及符號（Symbols）、單字（Single word）、語幹（Theme）與語句（Item/sentence）等一類，屬於明顯的（Manifest）「語意區度標尺」（Semantic differential scale）的「分析單元」（Unit of Analysis），以間隔抽樣（Rotated sampling）來加以統計分析，以視其出現或重複頻率的高低，强度（Intensity）大小，敍述的形式（Form of Statement），設計（Device）的取向（Direction/Orientation）（通常爲「贊成」"Pro"、「反對」"Con"，「强弱」"Strength-Weakness"、「道德與不道德」"Morality—Inmorality"等標準），價值（Value/Goal/Wants）的表露，以及行動的手段等項。因此，在選樣時，要特別注重隨機、完整性（Completement）、特殊資料，和樣本是否夠大的問題。特殊資料尚可包括人的特性（Traits）、角色（Actor）、權威當局（Authority/source）、來源地（Origin）與特定傳播目標（Target）。

定質分析則偏重於分析較爲特殊的傳播內容（例如講詞或專文），通常以「語意環境」（Context）作爲類目。不過，定質分析時，往往將傳播這一個行爲，作爲一整個分析元素，以尋求傳播者的動機，甚至他所希望達到怎樣的一個效果；傳播內容本身，反倒成爲研究的輔助題材。例如波斯灣運油通道受到戰爭威脅，並在美國雷根總統的競選演講中提及，乃據而研究雷根的中東政策，此亦傳播學上所稱的「隱喻傳播」（Meta communication）。

用以研究之媒體，其選樣的日期（如每隔若干時日抽樣一次），務必注意其廣泛涵蓋性，而不能限於局部。某些媒體出版特性，尤須給予特別考慮。例如分析日、晚報內容，其抽樣間隔，即不能是「7」的倍數，因爲，凡含「7」數的，會因循環而同於一日；因此，抽樣就發生偏差，6以下的抽樣間隔，就不會有此問題。

楊孝濚（民六九年：八一六一九）曾將內容分析設計模式，分成六大類型態。歸納起來，此種模式的基本結構是這樣子的：

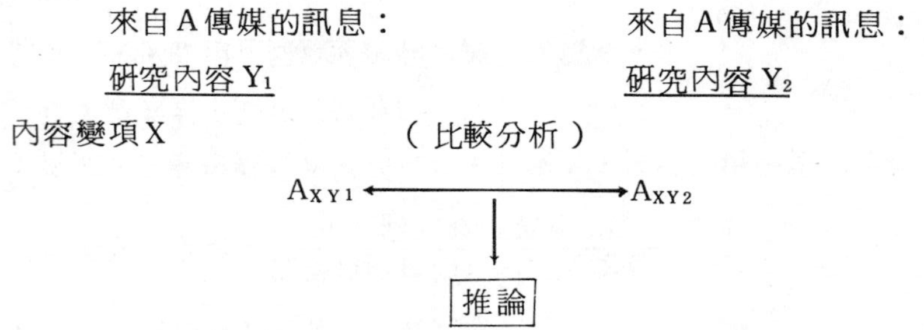

因爲參與內容分析的「評核員」(Coder/judge)，在圈選評核分析內容之類目及分析單元時，基於觀點的相異，在「相互同意度」(Agreement) 上，不可能達到百分之百。因此，內容分析要求計算評核員，評核意見之相互同意度。並據以計算出此一研究的信度(Reliability)。評核員相互同意度（亦即一致性）越高，信度也越高，反之則低；而信度之高低，則又嚴重的影響了內容分析的精確性。研究者本身的信度，如能與評核員的信度比較，則內容分析將更爲精確。一般而言，信度在0.8或以上，應屬可以接受的信度。0.75以下，則應予修正。另外效度之穩定性，可用「重測法」(Test-Retest method) 或「分半測試法」(Split-half method) 來求取。

相互同意度的計算公式是這樣的：

$$\frac{2M}{N_1+N_2}$$

說明：M：兩評核員所完全同意（類名分類）之數目

N_1：第一評核員應有的同意（類名分類）之數目

N_2：第二評核員應有的同意數目

至於信度公式，則係

$$\frac{n\times(\text{平均相互同意度})}{1+\left[(n-1)\times\text{平均相互同意度}\right]}$$

說明：n：參與內容分析的總評核員人數

$$\text{平均相互同意度}=\frac{\text{每對評核員相互同意度之和①}}{\text{相互同意度個數總和②}}$$

①例如，若評核員爲A，B，C，D四人，按排列組合法，會有AB，AC，AD，BC，BD，CD 等六對平均相互同意度。

②按上式，此相互同意度總和之數，即爲6。

洪瓊娟（民六八：五四）亦指出，「邁阿密前鋒報」記者，曾利用官方公共紀錄，經過用內容方析，找出事實資料，推翻過去「當黑人遷移至一個純白人居住區時，該處房地產價值立即下落說法」，指出這些住有黑人的白人地區，要較純白人區或正在改變的區域，房地產價格終究要高些。因而改變了邁阿密讀者，對事物的傳統看法。此係內容分析應用在精準新聞報導的一個好例子。

Ⅳ電腦報表上，其他參考性統計資料

一般等隔標尺（變數）的資料，都可以劃記成「次數分配」(Frequency Distribution)，描述某一變項大概趨勢。因此在電腦報表上，尙有下面幾項參考性的統計資料。

(甲)全距

製作「次數分配」的第一步，卽爲求取全距(Range)。公式是：

全距＝分數的最大値－分數的最小値

有了全距，卽可據實際的需要，而定出理想的組距(Class interval)。

例如，在一項學科測驗中，最高分數爲80，最低爲35，則全距爲45（80－35）。若以3除之，則可將分數分爲十五組（45／3），以5除之可得9組，以3或5來作爲組距，端視研究需要而定。

(乙)偏態與峯度

一般而言，除了文字解說外，通常可用繪畫的「圖示法」(Graphic methods)來輔助統計資料的表達，例如，以圖示法之分配曲線(Distribution Curve)來了解次數分配的集中、分散、偏態和峯度的情形，一如前面所述，集中是指大部分分數，集中在那一中心位置。分散是指各分數離開平均數的遠近情形，各分數離開平均數越近，表示分數越集中；反之，則越分散。

偏態（Skewness）是指次數分配曲線左右對稱的情形。從偏態中，可知大部分人得分偏高或偏低。偏態值爲正時（正偏態），表示大多數人分數偏低；此時，在分配曲線上，平均數（$\bar{x}$）落於中數（Md）的右邊，偏態值爲負時（負偏態），表示大多數人的分數偏高；此時，在分配曲線上，平均數落於中數左邊。

峯度（Kurtosis）是指次數分配曲線與常態分配比較，是高狹（Leptokurtic）抑或低濶（Platykurtic）。峯度之值越高，表示得分等於平均數的人越多，而高低兩極端之分數，亦較常態分配曲線爲多。

至於電腦報表上所列之"Minimum"爲研究者所用「變項」（標尺）登錄代號（Code），亦即「問題答案」之「最低數字」；"Maximum"則爲「最高數字」，由研究者自行訂定，目的用一數字符號，代表某個變項，以便登錄，並無實質意義。

"Absolute Frequency"（絕對次數分配），係每一變項實際次序分配，"Relative Frequency"(PCT)（相對次數分配），則係此一變項之次數分配，在全部分配（Total）中，所佔的百分率。"Sum"（總和）係每一變項實際次數分配，乘以每一「變項登錄代號」之和；這些，亦僅具參考價値。

"Adjusted Frequency"（PCT）係指將"Missing cases"（空項）數目扣除後，所計算得的，每一「絕對次數分配」，在不包括「空項」數目之總數中，亦即"Valid cases"「答項」所佔的百分率。此一百分比，往往是研究者所據以選寫報告資料，最具實質意義。「空項」通常指變項（問題答案）漏塡與沒有意見一類情形，一般以「9」、「99」一類數字來代表。"Cumulative Frequency"（累積次數分配），係「調整次數分配」變項百分率，累項相加所顯示的情形，通常亦只作參考之用。（林清山，民七二：二七一九）（見附錄二）

V 結　語

報導資料之取得，通常靠觀察、訪問和研究「三度板斧」。由于用社會調查方法，去研究社會問題，不一定會得到理想結論，並且更由于時間、金錢、學能、觀念和設備等各種因素，一般記者在撰寫特寫（稿）專題一類性質的文稿，大多仍採用類似「圖書館式」(Library research method)「質」的研究法(Qualitive Research Method)，根據觀察、訪問與圖書（檔案）資料，去討論問題。例如，依照社會科學原則，去解釋社會現象，或歸納社會現象，而推斷出若干原則。但越來越多的數據式報導，明顯的表示出，精準新聞報導方式，已成為一種新聞報導的主要方式之一。

要做精準新聞報導，記者當然最好能具備社會研究方法的基礎，自己設計、完成研究，並運用良好的寫作能力，把所得調查結果，寫成易讀易懂，具有吸引力的報導。不過較具規模的研究，所負擔的人力和財力都非常龐大，或許並非個人或普通傳播機構可以負擔的。然而，假若退而求其次，從學者專家的研究報告（甚至電腦報表），加以摘要報導，則記者只要具備「能看資料」的學養能力即可。另外，時至今日，由於電腦應用之日趨普遍，許許多多統計上的工作，已由電腦「代勞」，「害怕」數字的記者，似亦不必過慮，照樣可以從資料堆中，撰寫優美的精準新聞報導。

精準新聞報導的寫作，並應注意下述六點：

㈠明瞭「實徵研究法」(Empirical Research Method) 的缺點所在。目前西歐部分主張「批判研究法」(Critical Research) 的學者，認為實徵研究法是缺乏確切的理論根據，來作為研究的出發點，其次則是貌似客觀，而實際上却並非眞正客觀。一般研究，只注意到社會現象與人類的表面行爲，而未能探測到眞正問題癥結所在。（汪琪，民七三：二五〇）

㈡所作的研究，或所據以作爲報導的研究報告，應具時效性，並且是大衆所關心的時事話題。

㈢行文力求簡短、清晰、平實、深入而淺出，維持語言與數字運用的一貫流暢。約以千來字爲度，直接引述數據，注意可讀性，儘可能轉變枯燥無味的資料爲有趣的比喩。必要時，寧可以簡明統計圖表作補充說明；或以圖片、漫畫、刊頭等來調節視線，美化版面，行文應力求清晰、通俗化，去繁馭簡而保持內容正確性。不過，記者亦不應過分强調趣味性，而忽略了研究報告，對社會的貢獻及影響。

㈣如係闢欄，盡可能另有新聞配合，幫助讀者了解。

㈤注意抽樣的方式和代表性，與問卷、量表的信度和效度，以及資料搜集的信度問題，並了解各類研究方法的優點和缺點，從而評估整個研究所具的意義，作爲撰文時，下筆角度的參考。例如：

調查研究——優點在於透過樣本的抽取，故能以較經濟的成本大量收集資料，倘若樣本係依抽樣原理抽取，問卷設計完善，研究者、訪員夠水準，則所收集到的資料，具有高度代表性和正確性。反過來說，這些優點，也正是調查研究的缺點所在。比如，問題本身設計不當，研究的層面不夠深入，訪員的態度影響到受訪者答案，訪問技巧不夠純熟，樣本差誤與主事者的學養，都足以影響調查研究的結果。

實地實驗研究——優點在於具備精確、客觀與可重覆驗證三大科學條件。它能作系統的操縱要研究的自變項，控制干擾變項，運用隨機取樣與分派原則，提高實驗效度，「實驗情境」因而得以簡化，而使變項間因果關係得以確定。

顯然的，這些優點，亦正是它的缺點。比方，作業程序中，實驗情境不單人工化，並且不易控制，自變項的操縱，亦頗受人爲因素的限制；另外，樣本間是否各方面條件都相等的「可比靠性」(Comparability)，更是個影響成敗的關鍵問題。

內容分析——雖然可以藉以預測消息來源（Sorce）的傳播行爲之意向，以及與受播者之間關係。不過，由於文辭意義的多義性，與研究者、受訪者「選擇性理解」（Selective Preception），不單標準類目難以統一；所得資料，難免流於零碎而缺乏深度。

(六)注意研究者的「權威性」，嚴核資料產生的過程，亦即研究方法及程序；並依循「研究目的」而審視研究結果，不爲「統計數字」所騙，亦不爲了强調結論，而忽略了資料取得的方法。除了探求「量」的分析外，尙須注意「質」的解釋。一般據資料而解釋的方法，大約有(a)演繹、歸納與類推之「邏輯解釋」(Logical Explanation)。(b)數理之「或然解釋」(Probility Explanation)。(c)「功能解釋」(Functional Explanation)。(d)「事實解釋」(Factual Explanation)。(e)「發生解釋」(Genetic Explanation)。(f)甲因產生乙果之「因果解釋」(Causal Explanational)。因此，在摘取研究報告內容來報導時，不能「斷章取義」誇大其詞或作過度解釋，有時，寧可稍作保留。賴國洲（民六九：八七）曾指出，對一篇具推論分析的報告，僅報導其百分比、平均數是不足的，而硬將敍述性數字，率爾據而推論或預測，將是笑話。

至於計算錯誤，圖示不當，百分比運用欠妥，或將巧合即說成因果關係等研究技術陷阱，尤應冷眼衡量，方不至「誤己誤人」。

(七)勿忘據所得資料，數據作必要解釋，指出某項數值的價值、影響，以及未來的發展趨勢。在此過程當中，萬不能誤解、扭曲統計數字所代表的意義——例如，由統計方法所得的數字，並不能解釋個別差異——因此，統計事實可能並非事實眞象，而是在此一次調查中，某一群被訪人，在此一時刻內，趨向于某答案——如是而已。

㈧除了結論之外，樣本大小，選擇樣本量的理由，有效問卷回收率，各項意見百分比，固應列爲報導主要內容；卽使非研究或報導主題的其他相關數字，例如整個研究動機，目的，設計過程，研究步驟，抽樣方式，研究與結論的弱點和限制，可能的誤差與研究的效度和信度等，亦應在可能範圍內，適當而生動地予以報導，惟不能分散了正常的注意力，以致「喧賓奪主」。

下面一則取材于民國七十三年八月十五日臺北市某報章的一則精準新聞報導，其標題、導言一開始卽用「多數」兩字，沒有報導抽樣人數，以及問卷回收率，會給人一種以偏蓋全之感（後文較爲清晰）——

讓汚染空氣者付出代價！

多數民衆主張開徵汚染稅

【臺北訊】一項調查報告指出，多數民衆認爲採取空氣汚染稅來控制空氣汚染，由汚染者付款的原則非常公平合理，卽使開徵汚染稅會影響物價，也值得國內採行。

這項稱之爲「空氣汚染防治之租稅政策研究」，是由政治大學財政研究所的涂明福所完成，共計訪問了兩百四十位臺北市民，但約有三分之一的民衆完全不瞭解「空氣汚染防制法」，百分之八十八點八的民衆認爲，臺北市空氣汚染的最主要來源是機動車輛排出的廢氣。

在空氣汚染防治政策裡，有一種稱爲空氣汚染稅的政策，其稅率是根據每個廠商汚染物造成的社會損害而訂，以鼓勵廠商減少廢氣的排出。

接受訪問的民衆有百分之四十一認爲，就空氣汚染稅政策與我國目前採行的罰鍰政策比較，汚染稅的效果較大。

至於汚染稅稅率的課徵，一半以上的民衆認爲應該因地制宜，各地方根據實際需要訂定不同的稅率。

另外，認爲臺北市的空氣汚染程度嚴重而不能忍受的民衆，高達四分之三，他們同時認爲，一般企業在空氣汚染防治上的表現都不積極，主要是政府主管機關督導不力，而且民衆的環境意識不夠，且很少檢舉所致。

就改善空氣品質與促進經濟成長兩項目標之間的關係而言，百分之八十九點六的民衆認爲，可以兼顧並進。

百分之七十三點八的民衆表示，在選擇房宅或居住地時，當地的空氣汚染程度常常被列入考慮。

(九)精準報導中之六何指的是：

——何事：是個什麼性質的調查研究？研究的結果如何？

——何人：何人（或那一機構）主持？以那些人爲特定研究對象？

——何地：進行研究地點及範圍。

——何時：什麼時候做的研究？

——何因：爲何要作此一研究，目的何在？

——如何：數據（how much/how many）之解釋，研究所用之方法與取得這些數據之經過。

——何義：資料分析的結果，與整個研究所顯示的意義，此爲最重要之一環。

當然，若依情形而論，精準新聞報導，當以數據的解釋，以及整個研究所顯示的意義，最爲重要；但在完成寫作之前，仍應對其餘之何，檢查一遍，看看有否遺漏，或所佔的比重是否恰當。

另外，值得注意的是，研究報告的寫作方式，往往依邏輯次序作排列，將分析結果放在較後的章節。但摘要的精準新聞報導的寫作方式，仍應採取純新聞倒三角形的寫作形式，其導言寫作要點亦同。若有必要，應以特稿來配合報導，妥善處理資料之安插分配、解釋、比對背景、賦以意義、批評與糾集其他意見，加强報導效果。

三、調查報導

調查報導在一八八〇年就有人使用。當時紐約世界報（World，一八六〇年由費城人 Alexander Cumming 所創）記者比利（Nelli Bly），即曾僞裝精神病者，揭發紐約瘋人病院的惡劣情況。一九〇〇年左右，調查性報導，屢次揭發美國工廠、機構各種弊端。例如辛克萊（Upton Sinclair），曾以「叢林」（The Jungle）一文揭露食品工廠的黑暗內幕，而震動社會。我國名女記者孟莉萍，亦曾化裝採訪妓女生活，以

「流鶯曲」數篇特寫，引起大衆注目。由於這種報導需要相當時日的調查與研究，才能得到全部有關的情況，發表後引起迴響的延續新聞亦多，因此，有人稱之爲「研究報導」(Research reporting) 或「一個時代的深度報導」（錢震，民五六：二九九）。

時代週刊曾經指出，在一個錯綜複雜的時代裏，深入報導往往比快速報導更爲迫切。因此，在精準新聞報導日漸普行之際，由美聯社提倡、强化傳統新聞搜集、尋找更廣泛資料的「調查報導」(Investigating Reporting)，亦同樣備受美國新聞界推崇。從事調查報導的記者，往往從新舊的消息來源中，反覆查察，希望發掘出新聞。有時甚至雇用私家偵探、律師等一類專業人事，來搜集敏感消息（例如商業上的腐化。）這類報導，多具有要求改革的傾向。

美國哥倫比亞大學曾對調查報導作過闡述：

「爲了研究的目的，應視調查性的報導，爲發掘新聞就裡的報導，以揭發、或引起大衆對某些行爲，或情況的注意；而這些行爲或情況，則應係大衆所關心的。調查性報導，不一定限于揭發犯罪或貪污，它亦可呼籲大衆，注意某一貧民窟的情形，或不敷應用的醫院設備；亦可探討諸如饑餓、環境污染、貧窮問題，以及緊張的種族情勢等較大的社會問題。這些報導，有時會成爲社論罵戰的焦點，但報導時必須以活生生的事實作根據。」

紐約時報總編輯盧森桃 (A.M. Rosenthal) 更認爲，調查報導應該涵蓋民衆生活，與政府施政方針等各種事項。肯定「評估報導」價值的尼爾遜，則强調在調查報導的採訪過程中，記者應在追新聞，而非等新聞。他認爲調查報導，可補充客觀報導之不足。比如，客觀報導注意政府官員的公開言行，調查報導則可注意其私下、但負有公共責任的言行；倘若客觀報導記載政府官員的行動，則調查報導可發掘導致這些官員行動的原因。

發掘「內幕新聞」(Inside story) 之調查報導亦需要有檔案資料支持。徐佳士曾指出，調查報導有四個主要條件：

(1)須一個或兩個以上的記者合作完成；
(2)有計畫、有目標的去進行採訪；
(3)深入而廣泛的發掘和探討；
(4)所有內容均需要有事實根據。

徐佳士認爲，調查報導不應以揭發或扒糞爲滿足，而應就相關問題，作全面性深入瞭解，然後將眞相有系統的報導出來，其情形一如法官之查案。事實上，記者進行調查之時，必需滲透入所要調查的新聞中，在不計其數的採訪裏，由旁觀者成爲當事人，甚至成爲新聞來源，以尋找第一手資料。

用調查報導方式處理「水門事件」的「華盛頓郵報」(Washington Post) 記者伍華德(Bob Woodward)與柏斯汀 (Carl Bernstein) 固然名重一時，調查美國通用汽車公司零件不合規格的美國年輕律師師納德（Ralph Nader），亦曾以「任何速度都不安全」(Unsafe any Speed) 一書，聲名大譟。不過，記者在進行調查報導時，切忌只圖本身名利，而應以伸張正義的崇高使命自任。調查報導之發軔，總免不了有「先入爲主」之弊，「過度」的報導，往往使人有「偏見」的感覺；另外，採訪過程中，人事之膠葛，消息來源的取得技巧，以及匿名的消息來源的處理，都應特別愼重，否則便會失去讀者的支持。

調查報導在收集資料的基本技巧是——

對某事起了「疑心」——經過深思熟慮，覺得可作進一步採訪報導——尋找背景資料，理出一般頭緒，作「可行性」的研究和規劃。例如：事件可能會是怎麼回事，那些參與的人可能有問題，此事可從那一角度去採討，對社會發生何種意義。——直接（間接）觀察相關的事件現場——到資料室等相關單位，尋找更多資料，如傳記、指南、索引，與必要而正確統計資料。更可訪問學者專家，或從二手消息來源（記者的代理記者）扒出更多內幕——再將事件及資料，重頭再作一個總評估，決定應否作此項調查報導。如果答案是肯定的，則應開始組織整個事件，並設計好問題路向。——訪問（如記者會、特定對象、街角訪問）——再加强有關公、私文獻的收集——寫作——修改細節——完成寫作。

從事調查報導，一定要對當地法律，有透徹了解，並熟悉「公共紀錄」(Public Records) 及檔案，方能找出所需資料，而又不致觸犯法律。例如在資料公開的法例中 (Open records laws) ，可以用正當理由，獲得什麼資料，怎樣的內容可以透露，什麼樣的「作業資料」(Working papers)（如內部備忘錄），不能公開引用，方能站穩立場，不致因「報導」而招來「橫禍」。當然，記者亦應在必要時，就文件所記載的時實，再細加推敲和謹愼求證，方不致墜入「理性的陷阱」，而致報導錯誤。

至于進行調查計畫應注意的其他事項尚有（李瞻，民七三：五〇—二）：

㈠密切與編輯商討，訂出可行性研究計畫。

㈡注意細節，小心引句錯誤，確保報導的公正和平衡。

㈢量力而爲，調查題材，要在時間、金錢與能力的範圍之內，「好大喜功」，反而不美。

㈣向最可靠的消息來源收集資料，並仔細求證消息的正確性，從各種有關說法中，判斷何者的解釋最可相信。各類證明文書，尤應多方搜集，能確定某事、時間、地點和日期的人物，尤應確切掌握。

由于調查報導會由兩人以上共同達成，爲了行文不致「支離破碎」，最好由其中一名文筆較優美的記者，擔任綜合與改寫的「滙稿」工作，撰寫後再由其餘一名記者再加以核對，提高報導的可讀性。

上述各項步驟可歸納成一四三頁圖表。

四、解釋性報導

十九世紀末葉，純淨新聞報導，奉客觀性爲圭臬（縱然客觀標準，時有仁智之見）。不過，由於新聞報導的片段取向方式，墨守成規的結果，使得報紙的新聞，大多免不了流於公式化，零碎、乏味，讀來不知底蘊。

第一次世界大戰爆發，美國的報紙與通訊社，因爲奉行表面的事實報導（Facts reporting），竟令讀者對於潛在的戰爭危機，大多數茫然無知。

因此，一九二三年創辦「新聞性雜誌」（News magazine）的亨利．魯斯（Henry Rabinson Luce）在創辦「時代雜誌」（Time）時，即鼓勵記者去採求訪問事件的背景與意義，亦即除報導事實之外，尚應作爲一個「闡釋者」（Interpreter）。

一九二九年發生「經濟大恐慌」（The Great Depression），又因報紙未有在事前作出深入觀察，了

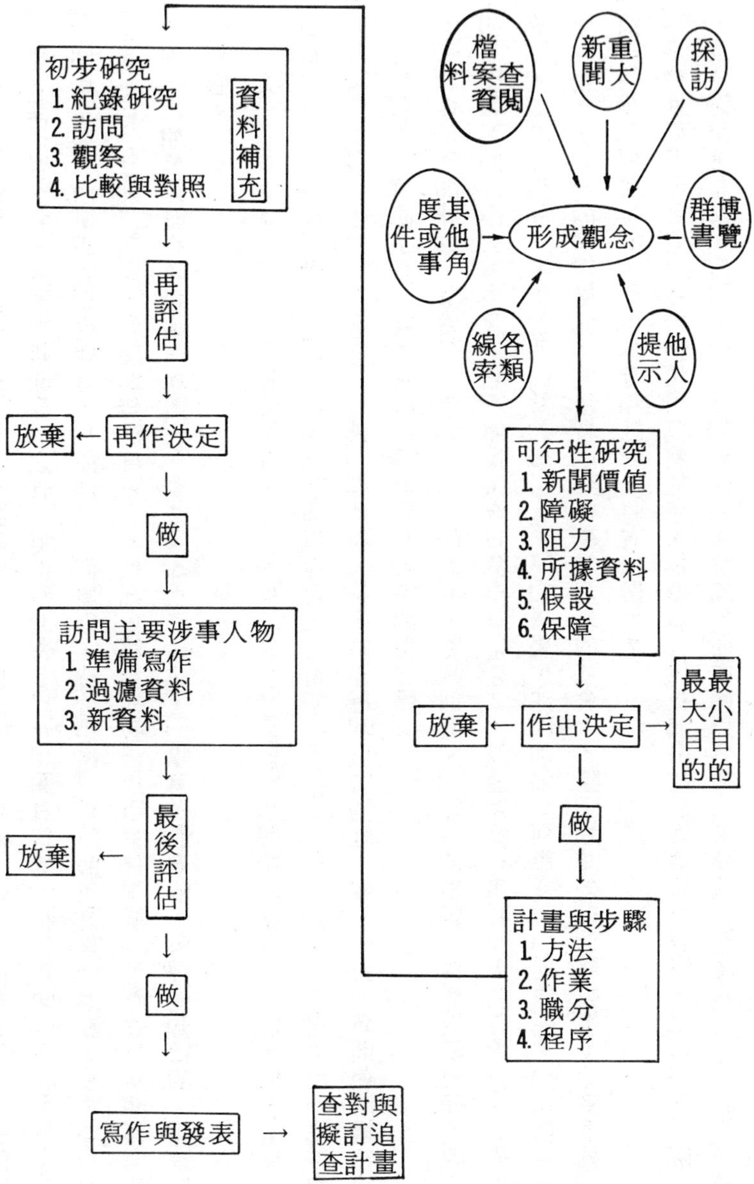
查閱檔案資料
重大新聞
採訪
其他角度或事件
形成觀念
博覽群書
各類線索
他人提示
可行性研究
1. 新聞價值
2. 障礙
3. 阻力
4. 所據資料
5. 假設
6. 保障
放棄
作出決定
最小目的
最大目的
做
計畫與步驟
1. 方法
2. 作業
3. 職分
4. 程序
初步研究
1. 紀錄研究
2. 訪問
3. 觀察
4. 比較與對照
資料補充
再評估
放棄
再作決定
做
訪問主要涉事人物
1. 準備寫作
2. 過濾資料
3. 新資料
放棄
最後評估
做
寫作與發表
查對與擬訂追查計畫

解當時經濟長退的動向、起因，以及可能的延續時間，致使民間手足無措。這兩次慘痛的教訓，更使得報業之作者深切覺悟到，除純淨新聞報導之外，提供新聞背景以及相關資料的「預告新聞」(Dope story)，實亦同樣重要。而所謂客觀性報導，只能作爲一個原則，倘若事事但求將顯而易見的事實(bare and bald/dead-panfact)加以報導，新聞卽無深度可言。何況，解釋亦必得以事實爲根據，並不違反新聞報導的客觀原則，正如美國紐約時報編輯馬凱 (Lester Markel) 所說，「事實是看到的，解釋是知道的，而意見則是感到的。」。

一九三八年，美西北大學教授麥道高 (Curtis D. Mac Dougall)「解釋性報導」一書面世，至第二次大戰結束時，「解釋新聞」一詞，已成爲新聞寫作之流行術語 (Journalism Jargon) 。自美國「底特律日報」經理丹尼爾 (Dericle Daniels) 打破「客觀報導是走向正確和眞實的唯一途徑」這一新聞報導鐵律後，目前許多報導，實際上是「客觀報導」與解釋性報導的混合體。

解釋性的新聞報導，其實是加强「六何」的報導，將片面的、「點」的事實，擴展爲線與面的報導。比如，從報導的寫作方式來說，它不僅提供今日的事實(Fact)，還連繫此一事實昨天的背景(Background)與成因，並且提供此一事實的明白意義 (Meaning) 和後果，亦卽加强「何事」，「何故」，「如何」與「何義」(So What) 的深廣層面，使讀者處身在複雜多變的社會中，除了知道外在世界發生了什麼事外，還知道事情是如何發生的，對于本身和社會又將有何影響？

解釋性報導的好處，在於能藉更完整故事，爲讀者提供更充分的原因與背景資料，協助讀者了解、回憶，或透過正確註解，新聞分析，發掘更深入的意義，從而探究新聞的影響及可能趨向。至於最新知識的介紹，與人、地、時、事、物等均有名詞的正確註解，更是解釋性新聞的重要功能之一。

因此，王洪鈞等（民五六：五六—六二）採取克雷夫明教授（H. Krieghbaum）的說法：「解釋新聞寫作可以從一個單字，一個片語的解釋，到整篇文章背景的闡述。」就形式上，將解釋文字，分爲穿插於新聞中的文字，與補充新聞的獨立闢欄兩類。穿插于新聞中的文字，又可分成字詞解釋、整句解釋與整段解釋三種，另外編者安插之「按語」，雖不屬新聞本身，但作用却在於解釋新聞本身的特色，亦勉可算爲解釋文字的一種。但目前多已改爲直接撰寫的方式處理，亦卽先將新聞寫出，再在內文適當段落，說明該則新聞的意義。如果該則新聞有若干含義，而又未能判別何者爲正確時，則應在解釋中一一述說明白。

補充新聞的獨立闢欄，包括社論、專論、專訪、特寫、專題、花絮等項目，以及史地、政情、經歷、制度等背景性資料，此是一般人所體認的解釋性報導的主要印象。爲了更生動確鑿起見，這一類闢欄，除文字之外，通常尙輔有圖、畫、照片與圖表配合。

由于「解釋」這一詞義，經常給人一種「在新聞中滲入自己的主觀和偏見」的批評；因此，賀亨堡認爲，當一項報導本身，已能夠將意義解釋清楚時，卽無需再用解釋方法；同時，假若在報導中，只是倒敍以往的日期、一段以前的行動或決定時，也不應視爲一項解釋。

因此，解釋文字，除了在報導的內文予以闡述外，最佳做法，還是作特稿闢欄處理。此時，在特稿起首，卽應讓讀者了解其意義；例如，不管直接或間接，都應使讀者强烈的感到：「本文將……的意義闡釋如後。」記者名字，也應放在特稿前面，作爲一種公信的表示，新聞本身，除非也要，否則也不必在特稿內，再次複述。

二次大戰之後，傳播工具發展迅速，價廉而普及。像廣播、電視、電影效果的日新月異，「大衆雜誌」(Mass Magazine)，「高級雜誌」(Class Magazine)與各類「專業雜誌」(Special-interest/selective/professional magazine)相繼冒生，使報紙的報導方式及內容，飽受改革的壓力。解釋性報導雖然廣泛地爲報紙擔當「穩住陣脚」的重任，但因爲受「解釋」一詞的定義所影響，解釋性報導漸次被新聞學者冠以「深度報導」(Depth Reporting)的「筆名」；擾攘多時，這個「筆名」，却有「後來居上」之勢，並且經過專家的「美容」後，面目一新。

依照「字典意義」(Dictionary meaning)，「解釋」(Interpret)一詞，係「依照自己的信仰與利益的判斷進行解釋」。這樣的一個「內延意義」(Connotation)，恰爲新聞報導的一大禁忌，使得某些歐美報業人士，據而堅持不應在新聞報導中，假「解釋」之名，而摻雜自己信仰與利益的主觀意見。爲了不在「電視挑戰」之下多生枝節，許多學者專家於是放棄從「解釋」的定義上，界劃什麼是「解釋性報導」，轉而從它的「運作意義」(Operational Defination)上着手。美聯社「解釋寫作與可讀性委員會」認爲，解釋新聞的目標在使一般讀者易於了解。賀亨堡說，新聞寫作中，包括一種說出新聞意義的責任；但並非說，記者有權評論這個新聞。民意測驗專家蓋洛普(George H. Gallup)則指出，人們希望藉記者之助，了解新聞及其重要性；因此，解釋必是無偏見的。

受了定義的影響，新聞學者從此轉用「深度報導」，來說明報導方式——要作深入的發掘與表達，不要落入「解釋」一詞的字義陷阱。高普魯(Neale Copple)終於在一九六四年，以「深度報導」(Depth Reporting: An Approach to Journalism)一書，爲「深度報導」正式取名定份，並且作了極詳細的研究。

五、深度報導

高普魯認爲深度報導，是將新聞帶入讀者所關心的範圍以內，告訴讀者重要的事實，相關的緣故，以及豐富的背景資料。他引用「聖路易郵訊報」(St. Lauis Post) 總編輯葛樂里 (Crawley) 的說法，闡釋深度報導的意義包括三點：

㈠給予讀者新聞事實的完整背景。

㈡寫出新聞事實和報導新聞發生時，週遭情況的意義所在，以及由此等意義所顯示的新聞最可能的演變。

㈢進一步分析上述兩點所獲得的資料。

因此，高普魯所指的深度報導，事實上，已將「背景性報導」(Background Reporting)、「人情味報導」(Humanized Reporting) 與「解釋性報導」等三種相關的新聞寫作方法，融合在一起，這也是他用「深度」(depth) 這一字眼，而不名之爲「背景敍述」(backgrounding)、「特寫化」(featuriging)、「人情味化」(humanizing)、「解釋性報導」、「調查報導」，與「指引性報導」(orientation) 等名稱的重要原因。

背景性的報導，是指在表面的新聞之外，從檔案資料中，舊聞活用，加入相關資料，將一件剛發生的新聞與過去的事實連貫起來——但可能只以能找到的資料爲限，而缺少將一則新聞的各個角力融合爲一體的活動力。

人情味報導和特寫化大同小異，目的是把新聞主題，寫得栩栩如生，使新聞在讀者的心中產生相關意義，引起讀者共鳴——但這只是合於深度報導的表達方式，仍非深度報導的本身做法。

解釋性報導之「解釋」，是觀察所涉及事實的形容，它可用背景資料來支持，可以闡述原因，亦可以比喻來帶助讀者瞭解，但它是客觀的估量，不應摻雜個人主觀的意見。——就定義的延伸來說，深度報導無疑更上層樓，成為一個「種類」(Class Name)的總稱，而置解釋性報導為隸屬于此一「種類」（深度報導）的一個「分子」。

高普魯認為，深度報導與一般「表面化報導」(Surface Reporting)（或「膚淺報導」"Shallow reporting"）不同。它先由埋首在資料堆中的研究，或訪問學者專家的準備工作做起，經過策劃和後勤配合，透過集體的採訪行動，不惜時間和金錢的虛耗，務求做到「華爾街日報」(The Wall Street Journal)所標榜的「報導必須完整和有深度，主要問題不能懸而未答，有趣和重要的『邊角』(side angle)，不能不予發掘，背景、分析和解釋應不可缺；具體的，應取代一般的；精確的，應取代含混的。」因此，施長要（民六十六：三九）指出，深度報導，在時間上，不只要把握現在，尚得追溯既往，推測未來，在地點上，不單要掌握現場，還要注意地點的「伸延」及「波及」；在人物上，要當事人直接、間接有關的人，都是採訪對象；在事件上，凡是與新聞本身相關的「特點」和「細節」都需網羅殆盡；另外，新聞發生的遠近原因、旁因，以及即時與將來長遠的影響。

奉行深度報導的人，除了有能從多角度觀察新聞的「新聞鼻」之外，尚應練就敏銳思考力，蒐集資料的習慣，事事求證，接受、培養新觀念，以及隨時留意讀者的心理。高普魯（一九六四：七）曾經列出八點深度報導寫作的要點，摘要簡述如下：

㈠列述報導綱要，發現寫作重點。因爲，如果不能把要點寫出，整篇就會成爲敗筆。

㈡導言要有助於新聞報導的推展。換言之，要爲往後的「情節」留下伏筆。

㈢找出結尾之處，以便預知新聞寫到何處卽應結束。

㈣如果認爲有所助益，先將結語寫出。

㈤留心內容的每一個高潮，俾能在說明要點之後，不再拖拉不停。

㈥留意枯燥呆板的部分，試看能否加插軼聞趣事和好的例子，使報導生光增色。

㈦注意承轉之處。一項複雜的新聞，如因承轉不當，會令讀者迷失其中。

㈧已完成之作品，要多唸幾遍，直到確定全篇已整理就緒，並可以自然的表達出來爲止。

高普魯曾强調（一九六四：一五一—二三），邁向深度報導的寫作有五個路向：(a)背景資料的提供；(b)人情味的加强；(c)解釋；(d)調查性報導；(e)釐定報導取向。然而，誠如華爾街日報前總編輯波道夫(Robert Bottorff)在他書中序言所說：「……深度報導是許多因素的綜合。它並不能適用于每一個事件，也不該如此企求。……雖說事實是一種主要成分，但僅憑事實推砌，並不就是新聞報導的深度化。更需要的是從不重要的事實，提煉出重要的來，然後將重要的事實，好好組織起來，才能給讀者對一個新聞的全盤了解。……用字遣詞也很重要。如果行文晦澀，用字混淆，則雖有了再重要的事實，再好的結構，也可能無助于讀者。」

高普也特別指出，卽使其他各報、電台和電視台都報導過的事件，也可以作爲深度報導的題材。比如愛奧華州罕普頓城的「德蒙因斯紀錄報」，就曾經有過一則成功的報導例子——該處發生了一宗車禍，四名青年當場罹難。當地報章、電台和電視台已廣爲報導；但紀錄報記者仍另闢蹊徑，花了十八小時，鍥而不捨地深入訪問罹難的親友及鄰居，而把此四名遇難前年出事前三小時的眞實生活，作出動人的追述，結果引起讀者廣泛的注意。

六、評估報導

繼「新新聞」之發軔，「調查報導」之漸次普及後，美國凡德比大學 (Vanderbilt University) 的尼爾遜 (Michael Nelson)，又欲肯定「華盛頓月刊」(The Washington Monthly) 的報導模式，追溯這些研究發展趨勢，進而希圖綜合百家所言，截短取長，創立一個新的綜合報導模式。他曾擬稱這個模式爲「評估報導」(Evaluative Journalism)。

尼爾遜指出，十九世紀早期的（美國）報紙，完全係偏私的政黨的宣傳新聞，至一八〇〇年代後期，日益發達的電訊服務，增加、普及了報刊的報導範圍。報界爲了「面面俱到」，爭取不受明顯政治偏見的讀者，於是採用不杜撰，摒棄個人意見和判斷，强調中立、均衡，直接表明事實的客觀性新聞報導模式。不幸的是，政治新聞的客觀報導，却明顯的集中在官員言行、國會辯論與總統候選人的談話的題材上，無形中限制了公衆對有關政治和政府事務的見聞。

尼爾遜認爲，「水門事件」的爆發，給予美國報界的震撼，是再次深切體認客觀報導的限制。因而一再思考，希圖透過寫作上的改革，在保留某些客觀報導特性的同時，突破客觀報導的死胡同。新聞記者於是無奈地重新檢討過去黨派報紙時代，某些已被束之高閣的原則。調查報導這一趨勢，使得黨派報紙揭發醜聞的「古老任務」又再恢復；另一方面，伍爾夫「新新聞」，又在大聲疾呼要尋求事實的客觀報導，表達作者的主觀意見，並採訪其他層面，以反映眞實情況。

不過，調查報導雖在尼克森一案成功出擊，但若輕率地專用它來揭發定義含混的醜聞，就會犯了濫用醜聞的危機。何況，醜聞既非政府所獨有，通常亦非政府的代表性問題。一旦錯誤地强調「醜聞」，會造成洩密、或被人誤會專門以衝突性的問題來譁衆取寵。新新聞在報導中，插入個人的判斷，可能是個令人一新耳目的報導方式。然而，由於撰稿者使用小說作家的技巧，往往將虛構的故事，與讀者據以獲知事實，而又並非杜撰的新聞報導，混爲一談。更壞的是，如果記者曲解了「報導並不等於眞實情況」的眞義，誤以爲「事實不重要」，則讀者所看到的，只是一頁頁可能連記者都沒有聽過的話，或者記者明知事情仍未發生，却因爲「想像」的關係，而斷然將之當作主要事實來敍述和描寫。

尼爾遜認爲，如果要發展一個擁有所有新聞報導模式優點的新聞報導綜合體，則非走「華盛頓月刊」發行人皮特斯(Charles Peters)所倡導的「價値取向新聞學」，亦卽「評估報導」不可（註十一）。

皮特斯不但讚同客觀報導中，「事實至上」的原則，並且要求「比客觀報導更接近事實」；因爲正確的客觀事實，雖不一定可以構成一則好報導，但若欠缺正確的客觀事實，則必然不會是一則好的報導。另一方面，皮特斯又秉持「新新聞」的主觀論調，認爲記者除速記新聞之外，尙應在新聞的報導中，作自我判斷，爲讀者提供意見與分析。將事實和意見，分開在新聞和意見版刊登的傳統方法，只能爲讀者提供欠缺判斷的新聞，以及未經過新聞採訪過程，而遽爾下論的社論。

評估報導亦與調查報導一樣，要求記者發掘「新聞背後的故事」。不過，它更進一步要求記者，探討所報導事件的普遍原則。比方，此類事件是在什麼情況下發生的？爲什麼會發生？多久發生？發生時可能出現些什麼樣情況？而對於檔案文件的蒐集、分析與研判，更是從事評估報導的主要工作。

根據尼爾遜一己的研究，認爲在政府各個層面中，影響人民最大的，不是總統、選舉、政策內容，或政治話題，而是影響人們每日生活的政府官僚機構（例如國稅局）。皮特斯的信念，則認爲在美國政治體系中，最重要而不變的「東西」，厥爲支配這些官僚機構運作的習慣、常規、和壓力。評估報導的「威力」，既能在扒官僚機構的糞中顯示出來，則無形中亦有幫助讀者了解政府機構的消極意義。由於這種瓜藤相纏的關係，評估報導的報導形式，目前已在報導美國政治新聞時，被一般印刷媒體廣泛地採用，並且方興未艾。

七、人情趣味故事

人情味故事（Human Interest Story）在美國報業史上，是「便士（廉價）報紙」（Penny Paper）的產物，亦係現代報業的特色。爲這類故事命名的，是一八六〇年美國「紐約太陽報」（New York Sun）發行人查理士·丹納（Charles A. Dana）的傑作。

這類故事包括經過發掘的人情、趣味故事，以及博人一粲之瑣聞、集錦。美國海德教授 (Grant M. Hyde)曾經指出，人情趣味故事本身就是一個觀點 (a Point of View) ，也是一種寫作方式 (a kind of Writing)。

新聞學教授艾迪斯坦 (Alex S. Edelstein) 與阿米斯(William Ames)曾提出「人情味的新聞寫作」一詞(Humanistic newswriting) ，把報導焦點集中在個人身上。他們認爲這種個人化的寫作方式，是希望讀者藉由報導，而了解別人的生活經驗。「人們能夠更了解別人，他就不會感到孤獨，他也更能面對各種事件的發生。」（李瞻，民七十三）

當然，一些學者認爲上述的說法，易使讀者將人事的認識，產生以偏蓋全的弊病。因此，他們認爲，特殊個別的報導，應由特殊性而走向一般化，亦卽不能先憑某兩件選取的事件，卽用以描敍、肯定事實的方向與眞相。

一般說來，「人與事」的人情趣味寫作方法，要注意下述五點。

(1)必須是主題新穎的「土產」(Localize) ，並且是善意 (Good Will) 的眞實敍事。

(2)不受新聞記事的拘束，導言講求變化，靈活運用，高潮隱藏在後的正寶塔式佈局形式。

(3)去繁馭簡，故事採單線發展情節，緊湊、懸疑但不曲折，文句簡潔而精鍊、突出，最好從趣味中引出原則。

(4)掌握同情、幽默，人性光輝面和感人氣氛，但不能歪曲眞相、揑造、誇張(Over-Writing)。如果故事中有社教意味，最好以「小故事大道理」的內涵，來啓發讀者的「共鳴」 (Self-Identification) ：亦卽訴求于「易得性」（Availability），使讀者不花腦筋，卽可了解「這個故事教訓我們……。」在談論人物的時候，可以借用「性格刻劃」（Characterization）例如流露人類仁慈、慷慨美德；與「個體性刻劃」（Individualization），例如外貌（如左頰有一塊疤痕）、動作（如講話時揚起一道眉毛）等方法，使之栩栩如生。

(5)可適當地使用親切、生動、自然的對話，作爲行文的「穿針引線」；只要通俗易懂，方言、俚語偶爾亦可酌情在此類故事中使用。

優良的人情味特寫，必然感人肺腑。例如，民國五十三年元月，一名初中一年級學生□□□，被一輛十二路公車，撞死在臺北市伊通街車站附近。某報記者卽掌握其母悲慟情形，寫了一篇令人十分感動的特寫，充滿强烈人情味，其中兩段是這樣的——

「兒呀，回來吧！跟你的媽媽回來吧！」

靜寂、黝暗的長春路、伊通街口，六日深夜，迴蕩着一句句淒涼的呼喚——這是死於車禍的□□□母親，她不相信她的愛子就這樣死去。她哀傷悲泣的說：「我的孩子是不會死的，他就是死了，我也要把他的魂找回來，我的寶寶怕黑夜，我要陪他到天明！」

……。

當晚，她不肯吃，不肯睡，拿着一張□□□生前的照片，癡癡呆呆的在呼喚着：「我的寶寶。」擺在她面前的，是一堆□□□生前所穿的衣服，她拿起衣服吻了又吻，嗅了又嗅。她又哭了：「我的寶寶你不冷嗎？你在那裏，媽媽要替你穿衣服，你在那裏？」

照片裏的□□□望着她微笑，那可愛的肥胖小臉孔，似乎有點强作笑顏來安慰她的媽媽，但他不會說話，永遠再不會跟他所愛的媽媽說話了。

………。（李勇：新聞網外，頁一五七—八）

八、新聞的文學，「文學的新聞」——新聞文學之正名定分

自從人情趣味故事普遍受到歡迎之後，新聞寫作又不得不逐漸恢復接受文學的寫作形式（註一二）：借用小說、散文、戲劇與詩歌等技巧，與濃厚的文藝筆調，如對話、內心獨白，刻意描寫與戲劇性挿話等感情或思想表達的方式，謀求新聞報導與文學的相互爲用，「軟化」硬性新聞，增加現場感。使新聞生動、多樣、有趣、易解（而不至於誤解）；亦卽加强可讀性與完整性，以引起讀者閱讀的興趣和傳播效果。未料這一新聞報導與文學的「混合體」（註一三），雖被籠統的冠以「新聞文學」(Journalistic Literature)的稱呼，但由於新聞與文學本質上的差異（註一四），不但使得此一稱呼之界定聚訟紛紛，時有仁智之見；並且，由於界定之雜沓，此一類別之涵蓋範圍，亦無法獲得一致見解。

例如，如果「望文生義」，往往會從新聞的文學定義出發，認爲新聞既是任何爲人類所關心的事物，作客觀、正確而不失時效的事實報導，文學則係藉文字組織，表達作者個人思想感情的藝術形式作品，而在表達作者個人思想感情的過程當中，又得運用個人觀察力和想像力；因此，「新聞文學」是文學的一種，作者運用觀察力和想像力，以新聞事件爲背景的報導作品（註一五）。陳諤亦曾這樣的解釋：「新聞文

學是文學的一種，藉特有的文學組織，迅速傳播大衆的思想、感情與事實，以促進相互的了解。」（註一六）統而言之，持這種見解者認為，「新聞文學」既不是純粹的「新聞」，亦不是純粹的「文學」，而是「文學的新聞」。

歐美大專院校新聞科系的課程，則又給予「新聞文學」以研究為主的不同實質內涵。彭歌（姚明）（民五八：一）指出「新聞文學」在美國大學新聞院系課程中，往往有兩種內容。一種是「新聞的文學」，另一種則為「新聞的文獻」。「新聞的文學」在理論上，旨在研究如何提高新聞寫作的質，使新聞具有文學價值，在整個文學領域中，成為一種特殊的文學形式；在實用上，則趨向於探究新聞寫作與小說，散文等一類作品，究竟有何不同？應該具備些什麼特色？在寫作時所受的限制條件又是什麼？而「新聞的文獻」（註一七），則以研討新聞學範圍內的重要著作為主，有如目前國內大專院校新聞傳播科系所開設的「新聞名著選讀」。

受了這項課程綱要的影響，彭歌（民五八：九十）在所著之「新聞文學」一書中，進一步解釋說，「新聞文學」與一般文學不同，它必須根據客觀事實，而非出於作者想像——因此，報紙上戲劇性極高。人情味極濃的新聞，應該可以產生有價值的文學作品。此外，新聞寫作，要能達到新聞文學的標準，必需讓大家都能了解，都感到興趣（註一八），並在文中蘊含「歷史感」和「啓發性」。

定義的分歧，連帶影響「新聞文學」範疇的劃分。陳諤（民五五）列舉新聞文學的文字包括新聞、特寫、專訪、花絮、評論、專欄和藝文七項。荆溪人（民六五：二三）則參酌各人的說法，認為廣義而言，凡刊載於新聞紙上的文字，都與新聞文學有關，就連廣告的用語，也可納入新聞學的範疇（註一九），視新聞文字，爲文學的一種；卽如電影爲第八藝術一樣。狹義的新聞文學，則是研究有關新聞寫作與文學技巧的運用，以達成更完美的新聞寫作。因此，狹義的新聞文學，包括了新聞採訪與寫作、報導文學、副刊研究和言論作法。

樓榕嬌（民六八：二）所講的新聞文學的範圍，亦不出上述「新聞文學」所要研究的類別。樓榕嬌認爲，新聞文學是日常生活的文學，「擇重要事實的報導，站在搶先的時機上，而爲社會服務工具。」

不論從定義或範疇上的界說來看，甚或特從實際執筆者而言，「新聞文學」的作品，不一定光由記者來撰寫，文藝作家或其他各行各業人事，都可以從事「新聞文學」的寫作，只不過是，記者比較專業，也有較多的機會。正由於這個緣故，越多人留意「新聞文學」，就越易濫用與「新聞文學」相關的名詞。例如「歷史小說」、「社會寫實文學」、「新聞小說」、「報導文學」、「傳眞文學」與「報告文學」等，紛紛出籠，令人困擾不休（註二〇）。尤其是「報導文學」一詞，更橫生枝節，學者專家爲了解釋它，竟又再大費唇舌，而結果到後來却只是在實質上，就「新聞文學」的涵義來循環論證一番（詳見下章各節）。

那麼，怎麼才算是「新聞文學」呢？

皇甫河旺（民六九：四五—七）認爲：

新聞文學取之於新聞方面的是：⑴當前發生的事實。⑵公正、客觀的報導態度。⑶採集事實的過程。新聞文學取之於文學方面的是：⑴須有主題，亦卽有深度的思想和獨特角度，來對事實作全面探討。⑵用文學的表達技巧，雕琢有吸引力、有說服的感人文字。

因此，「新聞文學」必須符合五個條件：

㈠須具新聞性。亦卽寫作的題材，至少是新發現的事，發展中的事，或者從一個新角度，來描寫一個存在已久但不爲人所注意的事實。

㈡必須將新聞中，斷、續、孤立的事實的前因後果，貫串起來，並旁及其他相關層面，完成「立體式」的報導結構。

㈢在撰寫時，必須經過收集檔案資料，與外出觀察、訪問和調查的過程，並以較高的寫作技巧，將資料寫「活」，使讀者有所知之外，尙能有所感。

㈣以公正、客觀態度選取資料。

㈤須適當的運用小說的情節或說故事的技巧，來表現事實，並藉想像力，賦作品以熱熾的感情和生命（註二一）。（當然，新聞文學對讀者的最大功能，仍是知識的導入，而非感性的喜悅。）

從這一層次的範圍來看，似乎可以確定，特寫、專題報導和副（附）刊（Supplement）上之「人情味故事」、「解釋性報導」一類深入報導，都該是「新聞文學」一顯神威的舞台。

附帶一提的是，已故新聞先進林友蘭，曾提及「新聞報導小說化」一語，其後則轉變成業界所稱之「新聞小說」。（法國報章對社會新聞報導，已與小說寫作方式無異。）

所謂新聞小說，係指以小說方式來記載新聞。持此論者認爲：歷史小說是以小說的方式來記載歷史，而歷史是過去的新聞，新聞是現在的歷史，歷史與新聞根本爲一體之兩面，其間僅在于時效性差距，然則新聞小說爲何不可以以小說方式來記載新聞？

雖然在閱讀和評價歷史小說時，似乎沒有人嚴肅到非把它視作正式史實不可。但一部歷史小說的寫作，絕不僅僅是記載的複印，它把握着歷史的全面印象，透過選取與史實的比對，摘取更爲直接楔入眞理的途徑，將史料賦以小說的栩栩如生面目。所以「當歷史家正爲他仔細搜集來的資料，作一磚一瓦的考證時，小說家用一把大刷子和一些生動的顏料，過去的那個時代的全景，就一刷而就了。」——這也是歷史寫作和小說寫作可以調和的主要據論。

歷史小說可以成立，以小說方式來記載新聞的「新聞小說」，理可按此「類推」而得以成立。但是，它畢竟採取了小說的表現方式，似不必一定要將之視作正式新聞的記載來看待。

以小說的方式來記載新聞，最大的效能，是儘力以一種整體效果，把新聞事實的人與物，活生生的呈現在讀者面前，給讀者一種更深刻、更難忘的全面印象。

新聞小說在把握了新聞發展的主線後，卽可突破新聞寫作的限制，利用小說創作技巧，融報導、解釋、評論于一爐，將新聞所顯示的意義，生動而具體地披露出來。

二次世界大戰末期，以戰地記者身分隨美軍登陸意大利西西里島的海爾賽（John Hersey），卽以此種筆法，將當時實際戰爭情形，寫成「阿丹諾之鐘」（A bell for Adans）一書，而獲一九五四年普立兹獎，並被譽爲「最佳的關于美國與第二次世界大戰的小說」。

陳勤（民五二：卅九）卽依此而言，認爲「凡以報導、解釋或者評論新聞爲目的的文學作品，就是新聞文學」。他認爲，人情味新聞的寫作，因爲要絕對忠于新聞事實，難免失之于「片斷」，與不能特別有力地暗示出新聞的深遠意義。而用新聞小說的方式來寫作，雖不若有眞名實姓之具體，但它却能把片斷、不關連的人情味新聞統一起來，產生整體效果，所以，從這一角度而言，他稱新聞小說爲「人情味故事寫作的另一新方式」。

這種以文學創作的技巧，處理人情味濃郁的新聞，兼顧「小說新聞性，新聞小說性」的寫作技巧，萌芽的結果，使東南亞華人地區的「新聞小說」，至今仍然是某些大報「偶然」點綴版面的主要素材（見附錄四、五）。

論者有謂新聞小說的撰述技巧，似乎比近似散文形式的新聞文學，更不易駕馭。一名有志于新聞小說的記者，除了有着靈敏的新聞鼻外，尙須兼具「小說家和詩人的一切才具」，無怪乎林友蘭有「學密契納似較學根室爲難」之嘆！〔密契納(James A. Michener)于二次大戰時，藉任南太平洋海軍修史官之便，以戰區眞實體驗，寫成「南太平洋的故事」(Tales of the South Pacific)，獲一九四七年普立茲小說獎。但眞正以新聞故事，而寫成成功的小說的，應是刊于一九五三年八月的「生活雜誌」上，有關韓戰的「獨孤里之橋」(The Bridge at To-ko-ri)。〕

九、報導文學

「報告文學」一詞，曾在抗日期間流行一時，內容並非一定屬於新聞性質，有强烈的現實性和批判性，撰寫者亦並不一定爲新聞工作者。當時，有人批評此等作品爲：「文句的雕琢重於事實的推敲，宣示主觀的看法而不顧新聞『客觀性』的原則」，「時效」方面也不被重視。（程之行，民七十：五六）

近數年，臺港兩地文壇，忽然又注重起報導形式的作品。在臺灣，中國時報所舉辦的「時報文學獎」

，設有「報導文學」一項；而在香港「青年文學奬」中，則設有「報告文學」。這也許是在社會多元性發展之下，傳統文學方式，未足以表達變動快速，日趨繁複的現實，致而欲倡導直接、迅速的報導文學，藉以滿足大衆需求。

究竟什麼是報導文學呢？

根據張系國的解釋，報導文學是『包括「報導」和「文學」兩個意義。所謂「報導」，是指客觀的原則，而「文學」則是主觀的見解。』因此，張系國解釋說，在史記遊俠列傳中，太史公將搜集得到的資料，用一己主觀的意見，選取其中若干人，作爲他心目中遊俠的定義，實在是一卷非常優秀的報導文學。而近期西方所謂的「非小說」，則係一種「比較活潑的歷史傳記」，或「個人化的歷史」，以「客觀事實加上主觀見解，從而產生一種獨特的意念」，因此之故，亦非常接近「報導文學」的定義。張系國以爲，「如果報導文學單獨是報導事件和資料搜集，便無從產生獨特的意念；如果過於强調主觀性，則這種獨特的意念，便成蹈空的形式，都不能算是報導文學作品。」張系國强調，「報導文學」不是「純文學」，「它不只是個人的哲學觀、人生觀、政治觀，而應該有更落實的社會面。」不過，與任何文學形式一樣，「報導文學也許有更大更直接的宣傳」，但也須在宣傳和生動上取得均衡（註二二）。

胡菊人則認爲，報導文學除了「一定得爲客觀事實、外在社會現象」外，「作者可以下評論與感嘆，但必須以大衆事實、大衆現象、社會問題爲主材」，「以評論爲次，否則變成論文。」（註二三）

趙滋蕃（文壽）說，報導文學是以眞人實事爲題材，綜合了文學的生動性，與歷史的眞實性，而成的一組特殊作品，具有文史不分家的特質，並與文學調查報告具對等性質。「調查報告尚眞，文學尚美，報

導文學的藝術特徵，乃統一了眞與美這兩種不太調和的素質，另行創造發展出來的一種文體。」（註二四）

孟瑤與姚朋（彭歌），及陳奇祿諸人都曾對報導文學的架構，提出他們的看法。

孟瑤認爲，「第一手資料或現身說法這一類的報導最可貴，因此『報導文學的「眞」很重要』，在文學方面，『要達到一般文學「美」的標準』，至於『善』這方面，作者應該有他選擇的主題。」（註二五）

姚朋則主張，「報導文學所要求的，首先是事實，而且這個事實必須有報導性──我們不知道的事實，經過報導後爲我們所知；或者我們所知不深，經此報導的發揮，啓發我們更深刻的了解與思考。」所以姚朋認爲，報導文學「不是純粹表現事實的報導」，「必須深入人性」，「從人的言行中或個別的事件、問題上，探求更深的社會意義」，「表現整個生活的變動」。因此，「報導文學不應該全憑想像，必須注重知性，不忽略感性；重視事實，而更重視事實之後的意義。」他甚至認爲，報導文學的作者，「應具有史家一樣的精確思維，同時也應懷有文學家們所擁有的廣大的寬諒與同情心。」（註二六）

陳奇祿覺得「報導文學應該具有可讀性，使讀者覺得好像自己參與一樣的去瞭解，引起共鳴。」（註二七）

至於報導文學的寫作技巧，姚朋指出，「現在的報導文學，都採用了科學的『田野調查』方式，在表現上吸收許多新聞報導方法。」（註二八）

陳奇祿認爲報導文學要用文學的技巧來報導事實，這和寫報告不同。例如，「引一個資料：臺灣有多少人口？有多少什麼病？那一年有多少人口？那一年有多少什麼病？列成一個表，人家看了後，不但一點印象都沒有，更不會引起共鳴。如果用文學技巧來報導，幾句話就能給人一個深刻印象，而且容易瞭解。

因爲事實上，這個統計數字，今年多少？明年多少？這些統計數字的本身並不重要，而是整個的比例，比這數字還重要。所以有時愈是準確的數字，愈是令人不相信。」（註二九）

胡菊人主張，報導文學除以「文學方式」來表現外，應用「文學筆法」寫出人物、對話、場景和氣氛。不過，胡菊人強調，報導文學雖然可以用散文或小說筆法，但它絕非就是散文和小說。因爲「散文可以表達作者主觀的情感思想，甚至主觀到僅是夢中的幻想，可以只寫個人的一時感緒，瑣碎私事。」但報導文學則不行，它應該爲大衆所關心的事情與問題。而小說則可以是「虛構」的、「幻想」的「假人假事」，亦可以不問所表現的內容，是否爲眞實，爲公正客觀。但在報導文學而言，除要求「眞事眞人」外，公正客觀爲第一要義。

胡氏同時認爲，報導文學與學術論文有所不同，前者應該是描述性、具象性和呈現性的文學語言，而後者却是分析性、總結性、綜合性、抽象性文字和解釋性語言。（不過，胡氏曾提及「研究性報導文學」一詞。他解釋說那是學術與文學的結合。此類作者須具備兩種才華。第一種才華係懂得爲學的方法，亦即收集圖文資料、實地調查訪問、搜羅各方意見等等。而另一種才華，則係將上述這些素材活象化的本領。）（註三〇）

聯合報副刊主編王慶麟（瘂弦）亦曾對報導文學表示過意見。他認爲報導文學應是最富生命力的散文，它應從人性的基礎出發，來描述現象和事件的背後，使現實藝術化，而非資料的堆砌，或照相式的反映現象。

而所謂「報告文學」，據港版「現代中國報告文學選」編者解釋，是這樣的：「新聞文藝或稱報告文學。」「它，並不是純文藝，乃是史筆。它的成分，要讓新聞佔得多；那麼藝術性的描寫，只有加强對讀者誘導的作用，並不代替新聞的重要地位。」因此，在此選集中，有歷史掌故與反映社會現況的見聞及感受（註三一）。

惟胡菊人則在定義上，直覺地將「報導文學」與「報告文學」視爲一物。胡氏認爲，「用文學筆法寫事實便是報告文學。這樣說，在中國可以推溯很早。中國史學有個傳統，以文學方式表現歷史。」「假定你能掌握這些古史的寫作方法，用來寫你現在眼前的社會現象，便是報告文學了。」（註三二）

樓榕嬌（民六八：九七）則認爲，報告文學在新聞上來說，是新聞的文學化；在文學方面，是寫實主義擴充到新聞去。她指出報告文學有三大要點：

㈠報告文學是新聞資料的文學化，以文學手腕來處理新聞，但不能滲入想像與創造人物，它要不離眞與實。

㈡報告文學作品有時雖不免誇張，但只是一種藝術手法，在不違背眞相內容之下，增加文學氣氛。

㈢報告文學所受新聞時、空的限制，較報章爲寬；有時可加上作者的意見，但這些意見應以幫助讀者了解爲主。

從上述諸家述說內容中，不難窺見，儘管名稱各異，解釋亦各執一端；惟就整體而言，所謂報導文學、報告文學也者，除資料的搜集過程外，在若干層次上，實亦「新聞文學」之「綽號」或「筆名」而已。

如果硬說稍有不同之處，則新聞文學應以具有新聞價值的眞人眞事爲題材，而報導文學則可隨時於現實生活中，取其有典型意義的事物來寫作。

德國文學家 E.E. Kihch ，曾經指出，從事報導文學寫作者，應具備三項原則：⑴不能歪曲所報導對象的意志；⑵作者應有强烈的社會感情；⑶作者應顯示出一種對人類生活遠景的强烈企求。這三大類似「文以載道」的原則，誠足爲訓。

潘家慶亦指出（民七三：四〇一一），我國報導文學努力方向，應以建立社會責任爲第一要務，包括：⑴建構社會正面的、建設性的社會價值體系；⑵認同社會大衆（問題）；和⑶加强社會服務。因此，報導文學亦應「有所寫、有所不寫」，「有所先寫，有所後寫」，而非「爲寫作而寫作」。報導文學的發展主流，也和新新聞的遭際有異曲同工之處——跑到小說作家的筆桿上去了——試看下面陳銘磻之「最後一把番刀」數段（摘錄）：

當那扇竹窗被學生的手輕輕的吻回牆上時，熊熊的火燄中，我恍若從謝老先生那張刻烙兩道黥紋，皺紋深深的臉上，看到一則古老的傳說。

他拿起竹管短旱煙吸着。

「你的意思我懂了，學生早上已經先來同我談過了，你要問我有關這種……這種叫『觀念』的，我實在很頭痛，不過，我很願意同你談我那把番刀的故事。」

這時，學生爲我和老先生倒來兩杯茶水。

「日據時代，我同雅爸（父親）都是山上的挑夫，在日本鬼子的統治下，我們生活得很黯淡，日本鬼子害怕我們隨時抗暴，彈藥也不敢叫我們挑，他們要部落裏的壯丁全部出動開路鋪石子，我那時才十幾，每天要挑起碼十幾趟的大石塊到李棟山的路上去。老師，李棟山你去過嗎？」「還沒上去過。」

「李棟山是個古戰場，那裏埋了許多我們族人同日本鬼子的屍骨。」老先生取下短旱煙，敲了敲煙灰，繼續說：「日本鬼子不但要我們開路鋪石，做爲他們侵略桃園和臺北山地的陣地，並且還不准我們擁有私人武器。他們是奸詐的，他們利用我們族人上山作工的時候，到每一戶人家搜查，誰家如果藏有番刀或槍械，一律要處刑。你知道嗎？老師，番刀是我們用來吃飯的工具，怎麼可以隨便被人拿走呢？那時候，我記得有不少婦女因爲拒絕交出番刀，結果被他們處以殘酷的極刑，唉！」

「日本人是怎樣處置他們呢？」

「這個……唉！他們拿我們的番刀砍掉她們的手指頭。」

……。「那時候，我雅爸也有一把犀利的番刀。一天，他趁着挑過石塊後的休息時間，帶我到竹林砍麻竹，預備搭牛欄，不幸被日本兵發現，把他逮到總部，逼他繳出番刀，我雅爸不肯，最後被他們關進設在酋長的看守所，折騰成跛脚的人。」

「番刀呢？」學生搶着問。

「其實那把番刀在我雅爸被他們發現時，已經很快的藏入竹林裏的一個小秘洞，一直到後來才被我拿出來。」

「爲了一把番刀，就值得你們把命豁出去嗎？」

「因爲族裏的人早已私下聯絡好，有朝一日一定要幹掉所有的日本鬼子。如果沒有番刀，我如何保護自己？如何維護家園？……。李棟山那一次戰役，我就用這把番刀砍殺了不少日本兵。嘻嘻！那時我還不到二十歲咧！」

……。

「這把番刀陪我渡過好幾十個年頭，可是有一天，當我要把它交給我的大孫子時，他竟然說：『這是什麼時代了，還用番刀！』」

「那把番刀現在還在不在家裏？」

「我已把它扔到山頭的湖裏去了。既然他對山上的工作沒有興趣，留下番刀還有什麼意思。……」（高上秦主編：時報報導文學獎，頁二五六—九）

十、新新聞

「新聞文學」與純新聞報導，分庭抗禮，負擔了報導的主要任務。至一九六〇年代，又在美國冒起「新新聞」（New Journalism）（註三三），也有人稱之爲「新派報導」。爲「新新聞」吶喊的，是美國一位編輯伍爾夫（Tom Wolfe），他在一九七三年時，編了一本選集「新新聞」（The New Journalism）（註三四），爲「新新聞」打響知名度，民國六十四年底前後，我國開始有爲之廣爲推介（註三五）。

「新新聞」是對已有的新聞報導方式，作更大、更明顯變更，力求擺脫正統新聞報導的一切規則（例如嚴守中立與客觀報導），而毫不受拘束的運用主觀、創造性與坦率的方式，甚而以第一人稱的參與者角色（participant-advocate），來從事報導和評論。屬於「新新聞」派人士，大都認爲客觀、公正與平面式新聞報導的「老套」，實不能把今日社會的眞象告訴讀者，只能就變亂的事實，作聳人聽聞的描寫。他們認爲報導是無法絕對客觀的，縱然記下所有的事實，亦不能等於眞實情況，而創作既然可能導引出眞實情況，則記者在報導時，理應可以依賴某些主觀性的創作技巧，把內容作系統的安排，來表達主題，讓讀者有一個接近「眞相」的印象。例如：一幕接一幕的情節，對話式的內容，獨白、個人或綜合的、觀點的舖陳與情況細節的描寫等，都可以作爲寫作的規範。

對話的使用，可使整件新聞的發展，更有韻律，並使說話者躍然在目，拉近時空距離。獨白則表達了新聞來源的內在思想。周延、整體的描寫，使報導充滿現場感。這派人士認爲，讀者讀完一篇文字後，其所得到的感情，即是目的，用什麼手段來達到這項目的，皆無所謂。

「新新聞」一書，特意從各個不同角度及方式，選取青年與種族問題，戰爭、政治、金融市場、社會犯罪、藝術、演藝人員和體育等廿三篇作目，以表現在那個期間內，美國生活方式的變化。

這些作品的內容，雖然既是客觀又是主觀，是單純的意見亦是綜合意見的報導；是新穎的報導方式，而又夾雜舊式現實手法，但却在在顯示了「新新聞」的目的，以服務社會爲直接責任，主動發掘社會問題、民間疾苦，表露事件影響和意義，不在於「娛樂」讀者，不單純報導事實，亦不在乎「修理」某人或某個機構，而在於抨擊制度，籲請讀者注意，要求改革，並協助社會大衆，解決問題。伍爾夫推崇巴爾扎克、狄更斯和杜斯妥也夫斯基等人貢獻，他認爲這些作家以文學寫作的技巧，表現在報導的題材上，其成就遠超過十九世紀的新聞記者。因此，伍爾夫編「新新聞」一書的構寫，就是冀圖透過「舉隅」的方式，將小說家的寫作技巧，大力引入新聞報導的寫作中，增加新聞的魅力和生命力；希望記者不必在事象發生之後，才予以報導和評論，在事前即可利用一己的知識和判斷來「預測」，並且應該充分地運用想像力和情感，讓自己置身其中，鼓吹改革的主張。

「新新聞」一書出版後，其之所以引人注意，是因爲它既收納事實的陳述，也重視社會科學調查資料與技術的應用。然而在佈局及形式上，它大致仍爲小說式結構，與文學無法分離；因此，美國新聞界並沒有把這種寫作方式，當作典範來學習，反倒是文藝界頗受到一定程度影響。所以「新新聞」的「記者」，大多數爲小說作家。譬如「新新聞」一書所收集的卡波提(Trumer Capote)所寫報導堪薩斯州一件慘案的「冷血」(In Cold Blood)，與梅勒(Norman Mailer)所撰寫，描述群衆反越戰示威的「夜行軍」(The Armies of the Night)，都曾運用「田野調查」的方式，來搜集和處理資料；並且反過來以新聞報導手法來寫小說。所以卡波提稱「冷血」爲「非虛構小說」(Non-fiction Novel)，而「夜行軍」的副題(Sub-title)，却是「歷史卽小說，小說卽歷史」(History as a Novel, the Novel as History)。

一九五九年十一月十五日，紐約時報裏頁非重大新聞版內，「破例」在裏頁非重大新聞版內，刊登了一條犯罪新聞。標題是：

富農一家四口被殺

H·W·柯勒特夫婦及兩子女

在坎薩斯家中同遭謀殺

一向極少刊登社會新聞的紐約時報之所以「破例」，主要是因爲遇害的柯勒特生前，曾是艾森豪總統委派的聯邦農田信用委員會的工作人員，才摻登這則遠在千里之外，由合衆國際社所發的犯罪新聞。然而，此則新聞，對在寫作生涯中，始終以新聞文學的方式，探尋着「寫作途徑」的小說家，卡波提來說，却產生了觸電般的感受。不出一天，他就趕到了坎薩斯州西部的豪康鎮，開始在這個小農村中，作一連串的訪問——包括柯勒特一家的友人及鄰居，並向當地警局追尋新聞線索，決心對遇害者與兇手雙方的來龍去脈作深入的探究。其後五年半的時光，他把所有時間都用在調查被害者一家與理查·希柯克與貝利·史密兩名兇手的身世（兩人最後被判死刑），與慘案發生的眞實經過。

卡波提曾說，他動筆寫這本書之前，一共記下了六千多頁筆記。任何人，即使與這件謀殺案，僅有一點點蛛絲馬跡的關係，都逃不過他細心的採訪；遇害者與兇手雙方的一切，更是一點、一線地深入追究，謹密分析，最後貫穿成全面報導——「冷血」一書於一九六六年一月面世——它是一樁多重謀殺的經過與後果的眞實報導。

卡波提在「作者致意」上說，「本書所有資料，除我自己觀察所得外，均爲得自官方記錄與本人訪問直接與案情有關人士的結果。」而寫作的動機之一，是反對死刑。

「冷血」運用了內容眞實的新聞寫作技巧與抒情的散文筆法，客觀、强調地描寫書中人物的言語、動作和情感，企圖創造一種新的、嚴謹的「非虛構小說」報導文學體裁；目的在「試圖應用一切的小說創作方法與技巧，來寫一篇新聞報導，以敍述一個眞實發生的故事，但閱讀起來，却如同一部小說一模一樣。」——這是他爲「非虛構小說」所下的註脚。試看下面這一段細密、紮實而又充滿懸疑的描寫：

邁阿密海灘。海洋大道門牌三五五號，是家名叫「斛斗」的小旅社。一幢方式建築物，粉刷得半白不白的，另外披掛着一些紫色的裝飾物。紫色招牌上書寫着：「空房出租——收費低廉——供應海灘用具——海風宜人。」在這條灰白色、慘兮兮的街道上，儘是這種洋灰、泥土兩造的旅館。在一九五九年十二月裏，斜斗旅館所標榜的所謂海灘用具，不過是旅行社後頭，一塊沙灘上豎起的兩把大太陽傘而已。在這天聖誕節的中午，狄克與貝利就在傘下躲太陽。他們在斜斗旅社已經住了五天，租了一間雙人床的房間，一個禮拜十八塊錢。

狄克穿着泳褲；但是貝利則像在阿卡波哥一樣，拒絕露出他那受過傷的腿，他怕海灘上的人看了會不舒服，因此他穿得整整齊齊的，連鞋襪都沒脫的坐在那兒。他今天感到相當合意，在狄克站起身來表演健身運動——拿大頂，以便吸引女人時，他閱讀「邁阿密先驅報」打發時光。這時他在裏頁偶而讀到的一則消息，大大地吸引了他的注意。那是一樁謀殺案的報導：克里夫．華克夫婦及他們四歲的男孩、兩歲的女兒慘被殺害。每名遇害者雖未遭綑綁或封嘴，但均被〇．二二口徑的獵槍射穿頭部。慘案發生於十二月十九日晚間，塔拉哈賽城附近華克夫婦的牧場住屋裏。

貝利打斷狄克的健身運動，大聲朗讀這則新聞之後，問道：「上禮拜六晚間咱們是在那兒的？」

「是塔拉哈賽吧？」

「我問你呢。」

狄克仔細地算了算：星期四晚……。「沒錯兒，是塔拉哈賽。」狄克說。

「也未免太巧了！」貝利又看了一遍那則新聞，說道：「我要是猜錯了才怪呢！這準是一個得了精神病的傢伙幹的。他一定是在報上看到了在坎薩斯發生過的事了。」（楊月蓀譯：「冷血」，頁一八二—三。）

雖然某些正統小說家仍擺出排拒姿態，但伍爾夫却所「堅持」他的「新新聞」，是一種文學「新」形式。這種新的形式，對於事件背景的提供，提有幫助。因此大多數學者認爲，新新聞的報導方式，雜誌比報紙更爲適合。

目前，「新新聞」的「報導」方式，仍備受攻擊：

——一般來說，只要不扭曲原意，記者在報導時，扼要地歸納受訪者的談話，或稍作潤飾，是常有的情形。不過，新新聞的報導方式，記者幾乎要費盡心血，「構思」切中核心的奇聞秘辛，或令人吃驚的引句，來「撰寫」報導，不免太過傾向個人色彩，最後可能流于虛矯。例如，報導時所慣用的內心獨白，往往是記者爲求內容生動與戲劇性的「砌詞」。而記者不在現場，只憑空想像，由未經證實的來源，或以第三者而非當事人的談話，加插某些「場景」，重新組合事件發生的次序，把讀者帶入精心「編織」的「故事」中，終究違反新聞業的道德信條。因爲，不管怎麼說，這篇報導是如何得來的，總應給讀者一個交待。如果「新聞」與小說「混」在一起，畢竟會令新聞傳播的獨立性，飽受損害。

——在題材上，新聞寫作重傳播效果還是表達技巧？報導題材以「社會死角」爲重，抑以社會大衆利益爲先？（潘家慶，民七三：四〇—一）

——記者報導，須以事實爲依據。「新聞求眞」（Journalistic truth）的觀念，卽不容虛構的情節，在新聞報導中出現。惟若特寫（稿）一類非純新聞寫作，苟基于某種原因，而事前又作出聲明，如「□□□（化名）」，或「本文不良少年□□□姓名，純屬虛構」，則報導中主角（Man in News）或可以一個化名，代表「百千化身」。新新聞作者却往往以「克服作家的瓶頸」，與保護消息來源爲藉口，濫用虛構人物，使大多數新聞學者，不管直接或間接，始終將這種詡爲「以更大的實體，配合觀察到的『眞實』」的報導方式，排拒于「正統新聞報導方式」之外。

十一、社會寫實文學

社會寫實文學，又有人稱之爲「紀實文學」，若從樓榕嬌的報告文學觀點出發，則又牽涉及以社會人生問題爲主題，用「純文學」方式來表現的「社會寫實文學」。不過，社會寫實文學的素材，也並不一定是新聞事件，所採用資料，亦可以不經過採訪的步驟。這與同樣屬於文學藝術創作，但必得以新聞事實爲背景的「新聞小說」（例如「社會傳眞」）亦不盡相同。

顏元叔曾在「社會寫實文學及其他」一書中，從「擺脫任何政策的、或理念的成見或視角，就事論事，捕捉當前的社會人生眞象」的社會寫實主義（Social Realism）觀點出發，對社會寫實文學，作過深入的解說（註三六）。

顏元叔認爲，文學能夠反映人生眞象，因此必須寫實；文學能夠反映整個社會的人生眞象，因此必須社會寫實。寫實是知性的，文學是感性的。因此，「通過寫實文學，可藉理性與情感溶合的方式，去了解、體驗、脈動人生的完整知識。」

而所謂的「社會人生」，顏元叔認爲其中含義有三點。第一，所描寫的人生，應具有社會性，如非屬隱士生涯之類。第二，所描寫的人生，應具有社會代表性，如非屬一人之私，而無共同性的人生。第三，探討個人與社會（群體）間交互的關係。換言之，「社會寫實文學的焦點，是個體與群體的關係及處於群體內的個體反應」，並「要從平常人生，平常事物」，去探討、揭露那「不平常的人生內裏」，「令心態與表層相互呼應」。不過，「與純情小說或其他類似的作品相比較，社會寫實文學不只是描述人的情感層面，也不只著力於永恆的人性現象；它必須著力於認知，認知某一特定時空的現象與問題——經濟的、政治的、社會的等等問題，縱然『社會問題』並不等於『社會現象』——因為這些現象與問題，構成了達呈人性人情的格式；對這些形式缺乏確實了解，人性人情無法表現其時空性。」比如，大學生畢業後大量赴國外留學這一個社會問題，顏元叔認為，從事新聞報導或社會調查時，所著重的將是造成這個社會問題的各項原因，這個社會問題的內涵，以及它所造成的社會性後果。但假使是一篇文學作品，則除了要知道上述各項的知識，作為一個完整的背景外，所要描繪的，却是某一位典型的、將要留學的人。從他的內心狀態，國家民族意識，直到與家人、情人的告別，都是這篇文學作品的主幹。值得一提的是，顏元叔認為在社會寫實文學裏，「造成作品懾人力量的戲劇性或戲劇場面不多，所以要依靠『不太戲劇化』的普遍情景，作為寫實文學的主幹。」

顏元叔曾歸納社會寫實文學的題材為兩大類，一類是以社會問題為背景，去探討其間的人性運作，另一類是描繪並無問題存在其間的一般社會人生。但他一再强調，「社會寫實文學的重心，在以社會問題為背景，描寫在這種社會問題裏際現或表呈的人性。」

顏元叔所持的理由是，「假使社會寫實文學的主要關懷，在於呈現社會問題，則它類似社會問題的新聞報導或學術性的社會調查，而它的實際功效未見得能賽過新聞報導或社會調查。因為後二者以它們的形態論，本身具備一種令人信服的精確性或科學性，而文學作品則不得不為虛構，固然虛構本身有說服力，當讀者脫離虛構世界，他很可能產生疑慮，因而可信性大減。此外，文學作品以其必須保持客觀寫實本質，也不能提出解決問題的方案；而即使利用可行的手段，譬如借用書中人的口吻，提出方案，總令讀者有不正式、不愼重或不可靠之感。此外，寫實文學若欲眞正處理社會問題，使不能不慫恿行動，提出方案，結果變成一種小說化的宣傳而已。」

所以顏元叔主張，「在考慮一篇作品，是否爲社會寫實作品時，端視其是否眞正具備社會寫實性，以及是否有其應有的藝術性。換言之，在全篇上，是否具備有機統一性；在局部上，是否具備生動性。」此外，顏元叔並認爲，「社會寫實作家應該有著寫會史家的基本立場，那便是保持距離，保持冷靜，保持客觀，保持廣角度，來觀察社會，求取社會的眞象。只有當眞象獲得之後，作家付予的情感，才是有合理基礎的情感，才是眞情感，否則便都屬濫情。」顏元叔指出，「我國當代的社會寫實主義小說」的作家行列中，其中有八位相當有代表性，他們是：陳若曦（如「尹縣長」），陳映眞（如寫短篇「那麼衰老的淚眼」），王禎和（如短篇「嫁粧一牛車」），黃春明（如「鑼」），張系國（如「棋王」），楊青矗（如「工廠人」），王拓（如「獎金二〇〇〇元」）與王文興（如「家變」）。

曾經有人指出，「虛構的小說，可能比眞實的故事，更有力量」。但實際上，客觀、事實、時效與搜集資料過程，新聞與文學，有着天生不協調的地方。因此，雖然在寫作技巧取向，取材範圍或深廣度上，社會寫實文學的內涵，可供特寫（稿）借鏡之處雖多，但一名非小說家，亦非歷史家的新聞從業員，在行文寫作之際，仍應明瞭及嚴守文藝小說與新聞報導之實際分野。

爲新聞界觸目的普立茲獎，一九八五年度的申請人數多達一千五百多人；爲此，評核委員特增設解釋性新聞與特別報導獎，這對嘗試在適當題材下，以各種文體來寫作特寫的記者而言，是莫大鼓勵，也是嚴厲的挑戰。

附註

註一：樣本愈大，外在效度越高。而不同環境下之研究程序，受訪者知道訪問目的、答案，受訪者心理因素，與研究人員的偏見等一類「非抽樣差誤」(Non-sampling error)，亦不能忽視。

註二：見閻沁恆（民六一：四八）：大衆傳播學研究方法。臺北：臺北市新聞記者公會。

註三：也可用平均數來計算其差異性。

註四：史刁頓(Student)非「學生」之謂。

註五：F分配(F-distribution)之F值係由費士亞爵士(Sir Ronald Fisher)的計算而來。F值的數學解釋是：自變項對應變項之效果變異數，與自變項內的變異數（差誤變異數）的比率。此比率要達到某一顯著程度，才能證明自變項對應變項效果的顯著性。

註六：以人爲方法，操作研究因素，從而觀察其變化情形，稱爲「實驗」(Experimentation)。在研究時，研究者對研究環境、情況及其他因素，作嚴格的控制操作，稱爲「實驗觀察研究」(Laboratory Experimentation)；而研究者在比較不易控制的現實情況下，儘可能做到控制各種情況，操作一項（或多項）自變項，以觀察應變項的反應或變化的研究方法，則稱爲「實地（田野）實驗研究法」(Field Experimentation)。「實驗觀察研究」與「田野實驗研究」雖然名稱不同，但事實上並無重大差別，而只是在研究過程中，相對的（非絕對）控制程度之不同而已。由於「實地實驗研究法」往往趨向於「社會環境」(Nature/social/setting)，以增加研究結果的「社會價值」(Social meaning/value)；因此，又稱爲「社會實驗研究法」(Social Experimental Research)。

註七：甚而控制原因，以期產生預期結果。

註　八：“Maximincon” 一字，係 “maximize, minimize; control” 三字縮寫組合而成。

註　九：應用兩個以上的自變項，可同時測度此兩個自變項對應變項的「交互作用」(Interaction)。

註一〇：定類目時，應先參考以往既在的研究 (past study)。拉斯威爾 (Harold Lasswell) 與聯納(Daniel Lerner)所作之「世界注意力調查」(World Attention Survey) 的「威達」研究(Revolution and Development of Internation Relations, RADIR)，與麥紹倫(David Mc Clelland)用兒童書本分析現代化社會「成就動機」(Achievement Motive)，已被譽爲內容分析的典範之作。

註一一：皮特斯以律師身分參政，早期積極支持甘迺迪的總統競選，曾於一九六一年組織「和平視察團」(Peace Corps of Evaluation)，目的在集合一個職業觀察員的幕僚，到世界各地觀察，然後將其所見，向華盛頓方面報告。成員中，不乏經驗豐富的記者。此一觀察團，一直維持至詹森政府任內。一九六九年，皮特斯創辦「華盛頓月刊」。

註一二：廣義來說，任何形式的「書寫語文」(Written Language)，都是「文學」。新聞報導本身當然是「文學」，只不過是「倉促完成的文學作品」(Journalism is literature in a hurry.)。此處所謂文學概念，係指文學寫作的理論與法則而言。

註一三：有人認爲，採用文學寫作的技巧，來處理新聞素材，則這一報導的結構內涵，是一種「結（混）合體」，而非「化合體」。舉例來說，宋詞雖係唐詩之「詩餘」，但宋詞已無唐詩的結構形態。因此我們說，宋詞係宋代文學的「化合體」。但在特定題材上，新聞寫作之應用文學技巧，非但沒有一定型式它可以就中結（混）合詩詞、小說、隨筆、散文和論說一類文體，並且頗留其釜痕原貌，另外，亦可以收集學術論文、調查報告，或各類研究資料。因此，這種表現的形態，是文學上的一種「結（混）合體」，而非「化合體」。另外，馬驥伸認爲（民七七：十一十三），新聞文學所涵蓋的範疇中，至少可以分爲報導性和評論性兩種體裁。他將「介乎新聞報導與純文學創作之間的一種寫作方式」，稱之爲「報導性新聞文學創作」；但就其所列舉之取材眞實、題材大衆化、深入觀察蒐集資料、客觀處理、文學技巧的運用、作者思想與情感發抒以及創意的表現等基本原則來說，與皇甫河旺爲「新聞文學」所下之界定，似無太多區別。

註一四：例如：(1)新聞講求事實(Facts)。文學注重主題構想(Idea)的創意活動和豐富的想像力(Imagination)。(2)新聞力求公正客觀，主要目的在報導；文學作品著重作者的主觀意識。⑶新聞重視事件所發現的時效，文學則無時效限制。

註一五：見徐木蘭（民六十）：「與新聞文學相關的問題」，新聞學人，第一卷第四期（一月號），頁四十一—二。臺北：國立政治大學新聞系。

註一六：見陳諤（民五五）：「文學與新聞文學」，報學半年刊，第三卷第六期（六月）。臺北：中華民國編輯人協會。

註一七：此處所謂之「新聞的文獻」，不應與「記錄文字」（documentary）或「事況程序」(documentation) 兩詞相混淆。前者指報紙所刊載的文稿，並非由編採人員所撰寫，而係官方文件或重要官員演講的文字，可作日後參考之用。後者則係在撰寫「程序新聞」時，除導言之段落外，其餘段落，以情況發展，與事實記錄，交互穿插報導之技巧。

註一八：胡適亦曾謂「文學有三個要件：第一要明白清楚，第二要力能動人，第三要美。」因此，他認爲中國近世文學之大病，在於言之無物（感情和思想）。見胡適：「文學改良芻議」，與「什麽是文學」兩文，載於中國新文藝大系論戰一集。臺北：大漢出版社。民六十六年。頁七五、二八八。近年來美國某些記者，又懷念起新聞來，他們利用散文的特質，亦即個人化的敍述口吻，以及匠心獨運故事架構，去探討日常生活主題，稱爲「文學新聞」(Literary Journalism)。

註一九：在黃天鵬編的「新聞文學講義」一書中，亦採廣義說法，似乎報紙上的鉛印文字，都可算是新聞文學，連電訊亦包括在內。

註二〇：此處須作兩點說明：

⑴音樂會、畫展與作家動態一類屬「文藝新聞」。以攝影、圖片等加強新聞報導，或配合「新聞文學」作品，可歸屬於「新聞文藝」。

⑵歷史小說、寫實主義小說與新聞小說等類，容許與新聞、文學有關，或與「新聞文學」相類似，但却不一定是新聞文學。

註二一：新聞文學具有強烈的人情味，較能吸引讀者，傳播效果強，令人產生共鳴，進而促進和諧向善之社會。故重視新聞文學的寫作，即係邁向「個人新聞事業」(Personal Journalism) 的開端。不過，記者與作家在事業的性質和任務上，仍是不相同的。

註二二：見高上秦（民七十二）：時報報導文學獎，三版。臺北：時報文化出版公司。頁十三—四。

註二三：見皇甫河旺（民六九）：「什麼是新聞文學」，報學半年刊，第六卷第五期。頁四十五。臺北：中華民國新聞編輯人協會。

註二四：同上。

註二五：同二一，頁五。

註二六：同二一，頁六。

註二七：同二一，頁九。

註二八：同二一，頁八。

註二九：同二一，頁十。

註三〇：胡菊人，明報日報（香港），一九七八年十月一日、二日及十六日。載於皇甫河旺（民六九）：「什麼是新聞文學」，報學半年刊，第六卷第五期。頁四十五。臺北：中華民國新聞編輯人協會。

註三一：曹聚仁（一九七三）：現代中國報告文選甲編。香港：三育圖書文具公司。頁十二。

註三二：同註三〇。

註三三：徐佳士認爲，「新新聞學」的正確翻譯應該是「新的新聞寫作或報導方式」，但爲了方便，他曾稱之爲「新新聞」。見方村（徐佳士）（民六九）：「符號的遊戲」。臺北：九歌文庫。頁六五—七。

值得注意的是，在報業史上，亦有「新報業」(New Journalism) 一詞不應混淆。因爲英美十八、九世紀早期之小型「意見報」，多由官方經費補助發行，稱爲「黨派報紙」(Partisan Press)。迨至一八八三年，美人普立玆 (Joseph Pulitzen) 買下「紐約世界報」(The World)，一八九六年，英人哈姆華氏 (Alfred C.W. Harmswooth) 亦即北岩勛爵 (Lord Northcliffe) 創辦「每日郵報」(Daily Mail)，採用企業經營道路，內容上則係「新聞報」(Newspaper)，此爲英美兩國新報紙的崛起，英國文學家安諾德 (Matthew Arnold) 亦稱之爲「新報業」。美報業史專家莫特 (Frank L. Mott) 認爲此種報紙的特色有：(1)確立新聞報導政策，(2)爭取獨家新聞，(3)鼓吹自由思想，(4)擴展篇幅，滿足讀者需要，(5)採用插圖，力求版面美觀，(6)採用推銷技術，增加發行量，開拓廣告來源。新報業的誇張編採手法，因紐約世界報星期刊有漫畫「黃仔」(Yellow Kid) 之故，遂名爲「黃色新聞」(Yellow Journalism)。

註三四：Wolfe, Tom. The New Journalism, Harper & Row, Publishers, 1973.

註三五：徐佳士認爲，「新新聞」其實並不「新」。早在二十世紀初期美國社會主義作家艾普敦・辛克萊，就曾以小說「叢林」一文，來暴露芝加哥屠宰場黑幕。該文在技巧和目的上，都吻合「新新聞」要求。見註一一。

註三六：顏元叔（民六七）：社會寫實文學及其他。臺北：巨流圖書公司。頁三十一—六十五。

附錄一：「港僑回臺購屋」之小型問卷調查特稿、及問卷

(A)特　稿

港僑購屋團來了！

選屋看地十分香港化

喜居樓上一廳三房・近臺北最受歡迎

房價百廿萬台幣・貸款五成較能接受

【本報記者陳侃、彭家發專訪】

香港租期問題引起香港居民共同注意之後，第一支回國置產的旅遊團，昨天抵達臺北，將以五天

時間察看房產地理環境。

繼這支團體之後，陸續將有二千餘人組團來臺，作同樣的察看。

爲了加强我國當局和業界對香港華僑購屋意願的瞭解，從而眞正能掌握今後香港資金流動意向，本報記者昨日在臺北近郊的楓橋酒店，向首批來臺擬購房地產的十九位香港華僑，進行一次全樣問卷調查。

根據記者調查的結果，此次來臺的十九位香港華僑中，差不多都是廣東人，而且大部分對國語是「識（會）聽唔（不）識講」，因此，在他們購屋的意願中，希望能找到適合他們語言及生活習慣的環境。

從所得的資料中，我們不難發現，這一批港僑心目中所謂的理想臺灣房子，應該有如下條件：

一、地點：最好是臺北市，否則要在臺北附近，幾乎沒有人考慮其他縣市。

二、格式：獨院或大廈。四層高的公寓，亦會予以考慮。

三、大小：由十四坪至四十二坪左右，最受歡迎的是，二十坪至三十四坪之間。有人喜歡二個廳的，也有人需要二至五個房間的。不過，仍以一廳三房最受歡迎。

四、位置：大多數選擇樓上住宅，其次係店鋪，亦有一、二戶人喜歡一樓的方便。

五、房價：有想買十五萬港元的（約合新臺幣九十萬元），也有要五十萬港元的（約三百萬新臺幣），而以十五萬和二十萬港元（約新臺幣一百二十萬元）上下的，所求最殷。

六、目的：港僑來臺買屋的目的，大都考慮作爲自用。而想藉以保值和收租的，亦十居其九。除了一、二位港僑之外，想在購買房屋之後，來臺居住的，超過受訪問人數的八成。

七、貸款：在受訪人數中，百分之九十，希望能得到貸款。所需求貸款的數額，由五成至八成不等，而以希望得到五成的貸款居多。

八、購入：港僑所獲知臺灣房地產的資料，有從僑委會得到的，也有從我國業界在香港舉辦「第一屆臺灣房地產展覽」時得知的。不過，在購入房屋之前，絕大部分都希望自己親自到臺觀察後，再作最後決定。

從上面的具體意見中，我們不難發現，受生長和居住環境的影響，港僑在選購房屋時，仍然「十分香港化」。例如，港式的都市生活住慣了，所以在選擇房屋的地點上，仍以各大臺北市區爲優先。在買屋的考慮上，他們也確切表示，以地理位置爲第一順位的考慮，其次爲價格，再其次爲交通。此大概一般港人都喜歡開車，所以交通的考慮，並非最爲重要；而一般中上人家，在香港經濟趨于低迷今天，亦得考慮購買能力。所以港僑所想買入的房子，大都在十五至二十萬港元之間，這是他們所普遍承擔得起的。

有趣的是，港僑在此地樓宇位置的選擇上，幾乎與香港模式無異，大都要樓上住宅；也許在他們心目中，樓上較有防盜的「安全感」吧！在接受訪問的港僑中，其全家人口由三至十人不等，而以四人及六人最多，所以他們希望能在臺得到比在香港居住時，更爲寬敞的居處。

在接受訪問的港僑中，以從事商業者居多，其他亦包括有工程人員、銀行及公司職員與退休人員等，這些都係香港社會裏，中等或以上收入的人士。他們對港九前景的看法，大部分抱持懷疑態度，部分則表示甚難樂觀。因此，他們認爲目前港九投資大衆的心態，多數只是暫時表示觀望。至於詢及對回國投資的意願時，僅有一位表示暫時未有，原因是目前所得資料，尚未充足。

他們認爲，定居與投資的先決案件，應建立在自由與安定的前題上，大部分接受訪問的人士，都有在臺投資的考慮。

在他們提出的建議中，除了希望政府與臺灣地產商對於回國購買房屋的華僑，能提供較多的貸款外，並建議政府對於簡化出境手續，應考慮再予加强。

至於有意在臺投資的人士，則希望政府能繼續簡化投資法令，和放寬資金滙出的限制。

第二批來臺預備購買臺灣房屋的港僑一行四十餘人，將于本月廿二日到達臺北，我國房地產商人，行將有一筆爲數可觀的交易。不論從任何一個角度去看，港僑來臺置產，除却一「害」（日後炒買）之外，都是獲益面大。比如，隨着置產資金流入，因而活潑了房地產市場；連帶地、建材、裝潢、家具、防盜用具、家電和汽車等市場，亦可趨于活絡。

值得注意的是，就訪問所獲答覆來看，港僑在考慮在臺置業之同時，大都有在臺居住的意願。就目前政府的規定來說，僑胞置業與居住，係二件不同的考慮。這點，我有關當局似應對僑胞作一必要的說明，至于以後如何調協這一情況，亦有賴我有關當局的大力改進。

另外，港僑買屋之後，所可能引致的問題，亦該加以特別重視。例如，好開汽車的「香港仔」，會否使得停車位置已一寸難求的臺北市，更爲擠塞，並且令得交通更紊亂？

「買樓的香港華僑」乘興來了，我們會令他們敗興而返嗎？

（經濟日報，民71.11.9.，第3版）

(B)問卷

(a)第一頁(封面)

經濟日報社舉辦

小型問卷調查：　　　　No________

港僑來臺購屋之意見探討

各位女士、先生：

您好！本人陳侃、彭家發是臺北經濟日報記者，今日特別前來歡迎各位，隨團服務，並且將各位的熱情和誠意，報導給本地同胞知道。希望透過我們的報導，使我國公、民營單位，更能加強對各位的服務和配合。爲節省諸位的時間起見，請將下列各項問題填妥，即時擲回，俾便統計整理。

謝謝合作！

附：

(1)本問卷免填姓名

(2)資料保密，僅作參考

(b)問卷內容

敬請各位僑胞填答下列問題：

～選擇題每題只可作單項選擇，請以√號作答～

㈠在臺北，您理想中的房子是：

A．地點：臺北市＿＿＿(1)　臺北市附近＿＿＿(2)　其他縣市＿＿＿(3)　無意見＿＿＿(4)

B．格式：大廈＿＿＿(1)　別墅式＿＿＿(2)　唐樓＿＿＿(3)　其他＿＿＿(4)

C．大小：約＿＿＿呎＿＿＿廳＿＿＿房

D．位置：樓上＿＿＿(1)　地下＿＿＿(2)　店面＿＿＿(3)　其他＿＿＿(4)

E．樓價（約）：＿＿＿萬港元/新台幣

F．買屋目的：保值＿＿＿(1)　收租＿＿＿(2)　自用＿＿＿(3)　營業＿＿＿(4)　其他（請填寫）＿＿＿(5)

G．是否需要貸款：要＿＿＿(1)　不要＿＿＿(2)　無所謂＿＿＿(3)

└→貸款額約爲樓價之＿成(%)

或新臺幣＿＿萬元

H．是否想在臺定居：是＿＿＿(1)　不是＿＿＿(2)　無所謂＿＿＿(3)

I．在臺北買房子您最大的考慮是：（例如樓價、地點……請詳細填寫）

＿＿＿＿＿＿＿＿＿＿＿＿＿＿＿＿＿＿＿＿

＿＿＿＿＿＿＿＿＿＿＿＿＿＿＿＿＿＿＿＿

＿＿＿＿＿＿＿＿＿＿＿＿＿＿＿＿＿＿＿＿

J．您在臺北買房子的途徑是：自己參觀選購＿＿＿(1)　僑委會協助＿＿＿(2)　親友介紹＿＿＿(3)　其他（請填寫）＿＿＿(4)

K. 您認爲在洽購房屋的過程中，將會碰到什麼問題：

____

____

二回臺投資意願：

有 ___ 計畫與行業 ______________
  1

____

沒有 ___ 原因（問題）______________
   2

____

三我對港九前景的看法是：______________

____

____

四您以爲港九投資大衆目前的投資心態是：__________

____

五對我政府的（任何）建議：______________

____

六個人基本資料：

A. 您的職業是：________ B. 全家人口：________ 人

C. 籍　　貫：________ C. 每月固定收入：______ 港元

E. 您的國語程度是：流利 ___ 了解 ___ 不了解 ___
　　　　　　　　　　　　1　　　　2　　　　　3

F. ⑴在港的房屋是：租用 ___ 自購（供）___
　　　　　　　　　　　1　　　　　　　2

⑵大小：____ 呎 ____ 廳 ____ 房

⑶地點：__________

⑷位置：_____ 樓

～　問卷完！謝謝作答　～

註：港人慣稱四層左右的公寓爲唐樓

附錄二：電腦報表上，常用之各類百分數舉隅

CATEGORY LABEL	CODE	ABSOLUTE FREQ	RELATIVE FREQ (PCT)	ADJUSTED FREQ (PCT)	CUM FREQ (PCT)
	0	8	1.9	15.4	15.4
	5	1	.2	1.9	17.3
	6	11	2.6	21.2	38.5
	7	30	7.0	57.7	96.2
	8	2	.5	3.8	100.0
	9	377	87.9	MISSING	
	TOTAL	429	100.0	100.0	

附錄三：聯合報記者翁台生、楊憲宏所做的本國「調查採訪」

煉銅三年焦土一片．二氧化硫危害四鄰

反污染設備操作失當．開工第一年腐蝕損毀

【本報記者翁台生、楊憲宏調查採訪】臺灣金屬礦業公司去年出版的一本簡介，其中有一張三年前拍的「禮樂廠全景」的彩色照片，只見這家煉銅廠座落在青山翠谷之中。如今禮樂廠四周的青山與翠谷已經不再，代之以象徵死寂的焦褐色。

一位礦冶專家針對禮樂廠下了一句很沉痛的評語：「煉銅三年，焦土一片。」

在禮樂廠停工前，經過北濱公路禮樂廠房旁的水湳洞、哩咾，一股強酸味撲鼻而來；張眼望去，禮樂廠的廠房，一棟棟好像浮沉在瘴氣中的古堡，讓你鬱悶得透不過氣來。

一位最近曾進入禮樂廠參觀的學者說：「參觀完了，我實在不敢相信禮樂廠才運轉三年；從工廠內部的設備維護狀況看來，簡直像已經營四、五十年的老廠。」

禮樂廠所排出的二氧化硫氣體，長久吸入，對人體肺部為害很大，立即影響是造成慢性支氣管炎。動物實驗曾指出：二氧化硫可能是一種「助致癌物質」——能幫助致癌物質引發人類癌變。因此，美國聯邦所訂出的排放標準只有五PPM（百萬分之五）。臺灣地區所設的標準則高達六百五十PP

M。近兩年來，禮樂廠排出的二氧化硫經常超過二千五百PPM。

很多人感到不解的是，爲什麼三年前會讓這麼一家汚染嚴重，沒有反汚染設備的工廠開工。事實上，禮樂廠並不是沒有反汚染設備，只是它的反汚染設備由於操作失當，在開工的第一年便壞掉了。

臺金公司對禮樂廠的書面簡介中，提到「製酸」這一項，其實就是禮樂廠的反汚染設備。由於進口銅砂的主要成分是硫化銅，在製銅、焙燒、吹煉的過程中，硫會氧化成二氧化硫，這是製銅必然有的副產品；假如直接排放出去的話便是汚染。臺金公司當年設計「反汚染」時，爲這些二氧化硫想了一條出路——「製酸」；用「水洗滌法」把二氧化硫轉化成硫酸，這樣既可以解決二氧化硫的排放問題，還可以做出硫酸這種工業必用的原料。

禮樂廠的英文簡介資料中，說明經「製酸」這個步驟之後，禮樂廠「高四十米的烟囱所排放的氣體，二氧化硫的含量可降低到六百PPM。」

這位資料說明一個事實，禮樂廠爲對付二氧化硫問題，設廠當初已考慮了「反汚染」，而且這個「反汚染」設備的能力已合於國家標準。但事實並非如此，究竟問題何在？

一位瞭解臺金公司內部作業的金屬專家說：「禮樂廠營運錯誤，把這套合格的反汚染設備弄壞了。」營運錯誤的關鍵在，二氧化硫從銅砂焙燒爐、電爐及吹煉爐產生後，經由一個攝氏三百五十度的管道輸送。這個管道中含有二氧化硫與水蒸氣，在高溫下，互相作用的機會不大；不過一旦溫度下降，二氧化硫就會與水蒸氣結合，形成稀硫酸與稀亞硫酸；這兩種化學物殘留在管道內的結果是：腐蝕管道的鐵質。禮樂廠過去「製酸」這個步驟由於進口的硫化銅砂，含硫量規格不一，以致，未能經常維持營運，時而停工，管道便是在這樣做做停停下，被殘餘的稀硫酸腐蝕。管道弄壞了之後，禮樂廠的二氧化硫排放就此失去控制。

一位工廠反污染設計專家指出，禮樂廠最近投資三億買「排硫酸冷却系統」零件，雖可置換目前損壞的管道，達到反污染的水準，但只要禮樂廠在營運處理方面，未能全面改正，這套新設備恐怕又會給弄壞。（聯合報，民72.10.2.，第2版）（節錄）

附錄四：刊於香港報紙之「新聞小說」

荃灣菜農殺妻案

第一回：蠱惑仔拜會探長　提供線索
警探荒山探奇案　毫無頭緒

從前，荃灣（香港）地區發生一宗菜農殺妻奇案。這宗命案發生了七年以後，才無意中被警方偵破，偵破這案的，全憑負責查案的探長精明過人，如果粗心大意的警探，這宗案永遠成為無頭公案。現在兇手仍逍遙法外。

這宗離奇的殺妻案，被揭發的時間，大概是於一九六五年左右。當時，有一個「蠱惑仔」（小流氓），由於犯了行劫罪，被法庭判入獄，現在剛從獄中出來，便特地拜訪一位探長。

當時，這位探長是駐守荃灣區，他是一個非常精明能幹的警探，他的俱樂部是設在荃灣衆安街一家公寓裡。俱樂部是警探憩休和聚會場所，又是午膳的地方，同是也是探長接見「蠱惑仔」和線人的場所。

那天，那蠱惑仔來到俱樂部拜訪探長時，探長見他滿臉于思，衣衫不整，便給了他五十元，叫他買套衣服，進理髮店理髮，還勉勵他今後要重新做個好人。

那蠱惑仔感激之餘，便對探長說：「咩咋，你時常都關照我，我好多謝你，現在我告訴你一件事。」

「什麼事？」探長問道。

「昨晚，我到荃灣山邊一條偏僻的村落探訪老友，當我在一間石屋外經過時，無意中聽到屋裡的叔嫂吵架，當時我偷聽到那嫂子破口大罵小叔，說：『如果我將你哥殺妻那單嘢爆了出來，你就週身蟻。』我祇聽了這幾句，我不知道對你有沒有幫助？」

探長聽說，起初亦不以爲意。因爲一般的蠱惑仔，每逢向警方打秋風後，都會對警探胡謅一番，提供一些所謂「秘密」貼士，其實那些貼士都是「山埃」。故此，那探長聽了以後，祇一笑置之，沒有把它放在心上。那蠱惑仔在俱樂部逗留了一會兒，才告辭而去。

後來，探長獨自思考，他再將這件事研究，覺得的確有點蹊蹺，原因是假如那個蠱惑仔，他打了秋風後，存心要騙騙他的話，大可以編織一個美麗動人的故事，聽來引人入勝,何必祇講寥寥幾句呢。

因此，那晚他又派人找那個「蠱惑仔」，詢問清楚昨晚他所偷聽到叔嫂吵架的說話，以及現場的正確地點等，然後展開偵查。

於是，探長派出幾個幹探，到荃灣山邊現場附近的村落深入調查，另一方面派警探晚上在石屋外伺伏監視。

經過幾日的偵查後，都發覺不到有什麼異様，祇知道這戶人家姓唐，以種菜爲生，還飼養了十多頭猪，他的妻子已返大陸家鄉去了。

附近村民說，這菜農是一個老實人，工作非常勤懇，他每朝一早到田間工作，或者到豬欄餵豬。直至日影西斜，昏鴉繞樹，才荷鋤回家歇息，他有一個弟弟，就住在附近山坡上，也是以耕菜園爲生。

這幾天警探所得到這一鱗半爪的資料，幷沒有什麼特別之處，故此，參與查案的警探們，都不免有點氣餒，同時對這樁命案的眞實性，開始發生動搖，欲知後事如何請看下回分曉。（香港快報，'84.2.6.，第7版）

第二回：警探埋伏石屋外　追查命案
菜農深夜祭猪欄　事有蹊蹺

警探對這樁殺妻案的眞實性開始動搖的原因，因爲他們從村民所得來的消息，那個菜農的妻子已經返大陸去了。那麼，這樁命案的受害者是誰呢？答案是不知道！

就是探長本人，心裡也有點動搖。不過，憑着他多年以來在警界鍛練得來的第六感，令他直覺上覺得這件事有點蹊蹺，因此，他鼓勵他的手下，不要灰心，繼續偵查下去。

那些奉命執行任務的警探，雖然心裡不大情願，但是有誰人敢公然違抗探長的命令？他們惟有繼續到荃灣山邊現場附近村落偵查。

就這樣伺伏了幾日，一樣毫無動靜，忽然有一晚發生了一件奇怪的事情。

就在一個春雨綿綿的晚上，那時候已經更闌人靜了，荃灣山邊現場一帶，一片沉寂，一個埋伏在屋外的警探，由於埋伏了好幾個鐘頭，不免腰痠背痛，心裡非常煩悶。

這時，他聽到門兒呀的一聲打開，還看見有人從屋裏探頭出來，四面張望一番，然後走了出來。

那警探恐怕對方發現自己的踪跡，連忙躲進竹林裏。那竹林就在石屋斜對面的二十米之遙，他隱蔽身子後，再繼續窺伺。

未幾，他看見有一個男子，手裏挽着一籃子的東西，從屋裏走了出來，一直朝着他藏身竹林那邊過來，那兒有幾間猪欄，那人一直走到一間已廢置的猪欄前面才停下，然後又轉頭張望一番，態度有點神秘。

那神秘漢因沒有發現什麼，便將籃子放在地上，同時把猪欄的木棚除下來，這個猪欄顯然已廢置許久，裡頭沒有猪豖。但毗連兩個猪欄，飼養着十多頭猪。

那神秘男子從籃子裡取出一碟燒肉，一隻鷄和酒水，擺在猪欄前，同時見他跪在地上，對着猪欄，又跪又拜，他膜拜完畢，又點燃香燭冥鏹等。

當那人燃燒冥鏹時，發出熊熊火光，不但照亮那猪欄，還照亮那神秘客的臉孔。

「他不是那個姓唐的菜農嗎？」警探不覺一怔。

「他爲什麼趁三更半夜携備香燭和三牲菓品到猪欄拜祭？」警探自言自語地說。

那警探雖然滿腹疑團，可是他仍不動聲色，繼續觀察下去。

那菜農拜祭完畢，將三牲菓品放入籃子裡，然後挽着籃子，走進入屋子裡，那警探再埋伏在竹林一段時間以後，後來知道那菜農已經呼呼入睡了，他才躡手躡足離開那村子，返俱樂部向探長報告所見的一切。

第二晚，那警探又到現場石屋外監視那菜農的行動，一連兩晚都沒有什麼異樣，可是第三晚又出現奇事了。究竟發生甚麼怪事，欲知後事如何，請看下回分曉。（香港快報，'84.2.7.，第7版）

第三回：爛賭婆通宵賭錢　氣煞丈夫
菜農錯手殺妻子　鑄成大錯

第三晚，又出現奇事了，那警探又發現那菜農携着一個籃子，從屋裡出來，同時走到那荒置豬欄前，將籃裡的三牲果品擺在地上，然後燒香跪地拜祭，聲淚俱下，看他神情，顯然很傷心。

後來，那菜農又走到不遠處山邊去。那山邊小徑旁草叢中，有一座金塔，他又將三牲擺在金塔前拜祭一番，足足折騰了一個多鐘頭，才拜祭完畢，返回家裡。

事後，那警探返俱樂部，對探長報告。探長聽說，喜形於色，知道現在該是行動的時候。

他瞥了窗外一眼，這時就快天亮，街道上不時傳來汽車疾馳而過的聲音。他見那警探，臉露倦容，便吩囑他回家歇息。

第二天晚上，九個探員，突然接到上峯的命令，必須在子夜時分，返警署候命，有任命要執行。就在這晚零時零分，九個探員齊集CID（刑警）房。等待探長傳達任務。不久，探長來了。大家跟隨他進入探長辦公室，只見枱上擺着一張荃灣山邊現場的簡圖，圖中畫着幾間石屋，豬欄和竹林。等大家坐下，探長便告訴各人這次的任務，然後將探員分爲三小組，面授機宜，依計行事，其中一組共五個探員，負責拘捕兇手，另一組兩個探員守着村口，以免兇手逃脫，另兩個探員，負責對付兇手的弟弟和嫂子，探長部署就緒，在凌晨二時出發，他們分乘四架汽車，到荃灣山邊現場採取行動。

當五人小組探員抵達石屋時，只見屋門緊閉，便猛力拍門，拍了很久，那菜農才出來開門，探員立刻一湧而入，將他逮捕。另一組警探也將兇手的弟弟和嫂子拘捕。這次行動中，非常順利，沒有遇到任何抵抗。探長將一干人等，帶返警署調查。

初時那菜農被盤問時，還想抵賴，他口口聲聲說沒有殺害自己的妻子，可是當探長質問他，何以深夜拜祭豬欄，要求他解釋，他無詞以對，最後，他經不起警方疲勞審訊，終於承認他殺死了妻子。

那是七年前的事情。那時候，他的妻子嗜賭如命，整天在外邊賭錢，也不幫丈夫耕菜園和養豬，亦不理家務，有時還在外邊賭錢賭通宵，她的丈夫不免說她幾句，她也反唇相稽，夫妻常爲這事吵嘴。

有一次，他的妻子又賭到深夜才回家。這一次，那菜農忍無可忍，他摑了妻子兩巴掌。那女人老羞成怒，跟丈夫動起武來，他當堂大動肝火，把她推近床邊，緊扼她的頸部，由於他用力過度，錯手把她扼死了。等到他發覺時，已經太遲了。

事後，他通知弟弟和嫂子，他們知道大錯鑄成，也沒有辦法，惟有夾手夾腳，將屍體搬到豬欄埋葬。弟弟手足情深，自然不會將這事張揚出去，兇手對村民說，他的妻子已經返大陸家鄉去了，故此，村民都深信不疑。

事隔二年，那個屍體已經腐化了，祇剩下一副骸骨。那菜農才將猪欄的泥土翻起，將骷髏和骸骨，撿入金塔裡，並將金塔葬在山邊小徑旁，就這樣過了七年。

其實，那菜農是深愛他的妻子，自從錯手殺死妻子後，他良心上常受到譴責，精神痛苦不堪，甚至午夜夢廻，故以他時常深夜帶備香燭到猪欄祭妻，無非想減少心裡的痛苦。

後來，警方再到猪欄和山邊，將死者骸骨起回，作爲法庭的證物。

至於兇手的弟弟和嫂子，經調查後，認爲他們與案無關，事後把他們釋放。（完）（香港快報，'84.2.8.，第8版）

附錄五：

民七十三年二月廿二日，我國調查局高雄市調查處破獲龐大軍火走私案，八名歹徒被捕。國內除以巨大篇幅報導主新聞外，尚配以有力特寫，其寫作方式，已是「新聞小說」的手法。

十面埋伏•三波攔截　兩車相撞•五袋槍械

林邊海岸月黑風高•浪淘淘　槍械走私破案一刻•心跳跳

調查局高雄市調查處破獲龐大軍火走私案時，正是月黑風高的晚上，私梟摸黑帶着五支衝鋒槍上岸，把子彈上膛，要不是調查處選擇抓人時間正確，要不是「撞車」恰是時候，使衝鋒槍無法發揮作用，否則這次任務能否成功實在難說，或者造成調查人員相當重大的死傷！

參與行動的調查員回憶起當晚情景，都不禁捏把冷汗，暗呼僥倖。

高雄市調查處展開這次行動是根據檢舉，部署時間長達五個月，到各地埋伏守候十次以上，單單埋伏在水利村卽有六次。水利村海邊是塊沙地，沙地上遍地野草，間雜着猪槽、墳墓，調查人員埋伏時，躲在猪槽內、野草間，更在沼澤上挖沙坑，人藏在坑內監視海岸。

十九日前四天，高雄市調查處又接獲密報說，私梟走私槍械卽將接駁上岸，於是處長葉肇祥開始策劃，副處長鄭明順奉派爲現場總指揮，四十多位幹員前往現場，分成三波攔截，擇定的突擊時間在私梟送貨上來那一瞬間。

調查處如此計畫，是考慮到私梟手上可能擁有槍械，如果私梟岸邊拒捕，將發生槍戰；若私梟上岸時就圍剿，歹徒可能因熟悉地勢，擇地抗拒。調查處要想在黑夜攻下如同碉堡的地點並不容易。於是選在私梟搬貨上車未開動前一剎那發動攻擊。

這項選擇是雙方優劣情勢逆轉的關鍵，歹徒五把衝鋒槍竟無用武之地了。

十九日下午六時四十七分，陳丁居兄弟駕運的舢舨趁著天色已黑，抵達岸邊，調查人員按捺住心跳，在埋伏地點等著，眼看著五袋槍彈被搬上車，歹徒也進入轎車，轎車已經發動，準備要走了。

六時五十二分，鄭明順下達第一波攔截命令，一位年輕調查員從草叢中衝出，扳住車內方向盤拉轉，想逼使裕隆車駛離小路，再包圍擒捕。林貞伯等人看到車窗內伸進一雙手，大吃一驚，用力擊打，迫使調查員離開車身，然後猛然踏油門往前衝。

第二波攔截並沒有成功，被裕隆轎車閃過了；第三波攔截由五、六輛趕到現場的車隊交叉急駛，林貞伯等人閃過一輛，車內拿衝鋒槍的歹徒也已打開安全栓，準備射擊抗拒。這時，調查處一輛一千六百西西轎車對準裕隆轎車頭正面撞上，轟的一聲，兩輛轎車內的人都感到猛烈撞擊，而歹徒手上的衝鋒槍安全栓在撞擊中竟然扣上了，並掉落車內，來不及射擊。

歹徒在撞車後，棄車棄貨奔逃，黑夜中不知逃了幾個，但調查人員還是在現場逮住紀國雄、林貞伯，又循線捕獲陳義芳、王萬福等人。

一位高級調查員分析說，當時若讓歹徒手上衝鋒槍擊發，至少有五位調查員中彈，若不是攔截時機選得正確，再加上適時撞車，扣上衝鋒槍的安全栓，這次任務勢必慘烈萬分，槍戰無可避免。

感到遺憾的是主嫌犯王水龍、陳水居兩人未能捕獲，還得佈網追查，才弄清楚整個走私過程及細節，並查出供貨來源，以防制槍彈再走私進口。

在初步偵查後，調查局發現這次走私大批槍械事件與叛亂尙無多大關連，而是私梟及黑社會人物要這批槍械，並集資走私，企圖取得槍枝及攫得暴利。

此案眞相雖有大白，但仍令調查人員有些不解之處是，黑社會人物眞有必要取得衝鋒槍嗎？其用意何在。此外，菲律賓人民軍是反政府的組織，與虎克黨有關，虎克黨又與共產黨組織有所牽連，這批槍械貨源是值得重視的。（聯合報，民73.2.22.，第5版）

第五章　特寫的線索

一、前　言

除了配合新聞的特稿外，其他特寫（稿），在時效性上，雖然不如新聞之强烈，但多數的特寫或特稿素材，都跟新聞有著密切的關係。經驗豐富的記者，皆可以從新聞資料中，尋找出特稿寫作的「線索」。例如，社會新聞的記者，就往往可從警局的檔案中，發掘得人間悲、歡、離、合等人情趣味極濃厚的個案資料，配合原本並不十分令人注目的新聞，譜成動人的特寫。

又例如，謀殺、大火和乾旱等重大新聞，都可以在合情合法的範圍內，透過特稿來加强報導，或提供諸如兇嫌的身世，防火知識與海水淡化等側面新聞，使報導的內容豐富而充實。

一般說來，除了報館（Assignment）的指定作業外，細心而觀察力敏銳的記者，都可以從新聞的報導、期刊雜誌、官員的談話、新聞稿件、廣告和預期發生的靜態新聞中，尋找出可資寫作的題材，加以發揮。下面的十一個例子，可以說明獲得專訪和特稿寫作題材的來龍去脈，以及如何的去撰寫邊欄。

新聞天地雜誌的封面，有一句十分精闢的標語：「天地間皆是新聞，新聞中另有天地」。專訪與特稿的寫作題材，亦復如是。至于「運用之妙」，固然「存乎一心」。如何的活用原則，「撒網捕魚」，仍賴各人自己的體驗和機緣。

二、報社的指定作業

專訪、特寫與特稿，有很多時，因爲配合新聞的需要或其他原因，而由總編輯、採訪主任或副主任指派訪問，或撰寫邊欄特稿。

例如，民國七十二年元旦，一共有二天假期，採訪單位，循例休假，而報紙仍得照常出版。爲了充裕新聞版面，並使工作人員，同樣獲得假期起見，各報多實行「留稿」的方法，預先作好元旦「季節性」的專訪，並寫成特稿分配各版備用。

以經濟日報來說，一方面因係經濟的專業報紙，社會和突發性的新聞壓力不大。另外，財金經貿在一年伊始之際，又是舉國上下所注意的熱門新聞。因此，在版面的設計上卽以比較不具時間性的專訪稿來配合，乃有訪問南非駐華大使館商務參事凡維索（VAN WEZEL），與大韓民國駐華大使館參事崔俊鎬的特稿，以中、斐，中、韓的經貿前景與回顧爲主題，並且在除夕前留交採訪主任備用。此兩篇訪問稿，以「外國經貿代表看今年雙方貿易」作爲專題，與其他國家配合成爲邊欄。玆舉訪崔俊鎬參事一文如后：

韓國駐華大使館參事崔俊鎬：

中韓貿易仍待加强

大韓民國駐華大使館參事崔俊鎬說，過去二、三年來，中韓兩國的雙邊貿易，都呈顯著的下降。從資料的統計數字來看，支持了他的說法——中韓雙方貿易，處在一個增長倒退的階段中。

中、韓雙方的貿易總額，去年一至十一月之間，只得三億九千五百一十萬美元，比去年同期之五億三千二百七十萬美元，減少了一億三千七百六十萬美元，減幅達百分之三十四．八三之鉅。按照我國的資料，在此一期間內，我國入超達三千九百三十萬美元。不過，可能基于FOB/CIF計算的差異，或來源產地的採證不同，崔俊鎬參事認爲，自去年十月開始，我國一直處于出超狀況。他並進一步，將這一現象，解釋爲我國對韓國採用某些限制進口措施的結果。

崔俊鎬說，例如去年七月我國限制韓國的鋼板輸入，就很可能是我國出超的原因。他指出，本來依照中韓會議的決定，我們原准于去年開放韓國生鐵進口，但不知何故；我國經濟部將此一提案，延後施行。另外，按去年決議，韓國本可向我國出口汽車二千四百輛，但到年底爲止，仍沒有一輛韓國轎車進口。崔俊鎬說，據他所知，到目前爲止，韓國對我國進口的貨物，並沒有給予任何的限制。他覺得保護國內市場，各國都會有相同傾向。不過，他希望是一種漸進方式，而非突如其來的禁令。

崔俊鎬在接受記者訪問時，曾概略引述前經濟部長張光世的話，認爲爲提高產品品質的競爭力，中韓兩國在國際市場上，彼此作善意的競爭是無可避免的。他同意這個看法，並希望中韓兩國，仍一本傳統友誼，互相幫助，互相信賴，開誠布公的去討論問題。

展望今年中韓雙邊貿易前景，崔俊鎬認爲在世界經濟好轉、油價穩定的情形下，發展中的國家，都應有改善經濟的能力。他認爲中韓雙方，都應注意先進工業國家的動向，亦希望中韓雙方的市場，作進一步的開放，不存有任何的限制，互相加强採購彼此的產品。他建議，如果我國的出口廠商，要拓展韓國的市場，則最佳之法，莫如親到韓國拓銷。要進口韓國商品的業界，則可與此地綜合商社及使館聯繫。（經濟日報，民72.1.6.，第3版）

三、從報上已刊載的新聞中尋求路向

從各類已刊載的新聞中，只要稍爲留意，卽可發掘得可以作爲專訪與撰寫特稿的題材。此類題材最多，眞可說「沛乎于新聞之間，俯拾卽是，訪之不盡，寫之不歇」。例如，民國七十一年八月十七日，經濟日報第一版頭題，有如下一則新聞報導：

在臺北設境外金融中心●央行外滙局正積極籌備

〔本報訊〕中央銀行一位高級官員昨天指出，根據財經部門初步研商，在臺北設立「境外」國際金融中心，原則應屬可行；央行外滙局目前正積極規劃籌設有關事宜，九月份將可提出研究報告。

中央銀行昨天舉行記者座談會，央行外滙局長俞政在本報記者詢及國際金融中心籌備問題時，作上述答覆。

俞政表示，中央銀行日前曾邀請財政部及外商銀行人士開會。外商銀行人士對臺北籌設金融中心均表示興趣，並認爲條件上應屬可行。

我國籌設國際金融中心，主要係仿新加坡的「境外金融中心」(Off-shore Center) 方式籌備。

俞政分析指出，根據初步研究，國內成立金融中心的有利因素，是政治安定，經濟成長率高，國內市場日趨可觀，電信效率不錯；國內欠缺的因素則是外滙操作人才尙欠缺。

他認爲，臺北金融中心若成立，將有相當的誘因，吸引亞洲美元在此地進行借貸。

他進一步認爲，以我國的經濟條件與金融情況，像倫敦或紐約形式的金融中心，將很難達到，但我國將有能力籌設類似的新加坡形式的金融中心。

記者卽可依據上述「主新聞」的報導，就內文未有報導，或者報導不清之處，詳加解釋，或配以適當資料，卽可寫成一篇引人注目的特稿。

例如，從上述「主新聞」中，什麼是「境外金融中心」？而將要採取之新加坡模式又是怎樣的，「境外金融中心」與「金融中心」又有什麼分別（解釋）？採用星洲模式是否可行（分析）？這些都可以作爲特稿的素材。舉例如後：

如何發展境外金融中心

與金融中心不一樣

在臺北設立自由貿易區 (Free Trade Zone),與將臺北發展成地區性金融中心 (Financial Center) 的話題,已經熱鬧過一陣子。最近,央行一位高級官員更加指出,根據財金部門初步研商的結論,進一步在臺北發展境外金融中心(Off-Shore Center)原則上應屬可行,央行外滙局目前且已積極規劃籌設事宜。這都是令人興奮的好消息。

從理論上來說,金融中心和境外金融中心,會是兩個在操作籌碼上,有某種程度重疊,但並非完全相同的運作架構。金融中心的「定義」和成立條件,比較簡單。據「外滙市場」(Foreign Exchange Markets)一書作者漢斯·雷爾 (Heinz Riehl) 所下的「定義」,認爲「有鉅大金融交易的城市或國家」,卽可稱爲「金融中心」。而一般國際「金融中心」的必備條件,只是「政局穩定,政府甚少,甚或沒有限制資金的流入與滙出」而已。但所謂的「境外金融中心」,則無論在「定義」上或成立的條件上,都顯然的繁雜得多。

從上述「金融中心」的「定義」,引伸「境外金融中心」的「定義」,似係專指:「用不受美國政府法規所限制的境外美元 (off-shore dollar),在境外美元市場 (off-shore dollar market),以境外利率 (off-shore rate) 進行鉅額金融交易的城市或國家。」而稱得上爲境外金融中心的,起碼有六個相關的條件，包括——

起碼必備六個條件

一、最低額的課稅。例如，對非居民存款所得的利息，不予扣稅。

二、最低限度，非居民的資金，不受兌換條例的管制。

三、有一個多體系的金融基礎。

四、政治穩定，資金不會被沒收。

五、有連繫主要金融市場的精密通訊網。

六、地理位置和時區得天獨厚。

新加坡條件很優越

就亞洲一處來說，香港雖取消了扣除外幣存款所得利息的稅款，亦將港元存款利息所得稅，由百分之十五減爲百分之十；但完全符合上面六個條件的，目前只有新加坡一地遙遙領先。

新加坡有着健全的金融體系，高度發展的通訊網，安定的政治環境，良好的地理位置與適中的時區；使新加坡可以在一個交易日內，與歐洲及遠東的市場完成交易。由于本身條件的優越，使新加坡政府，早在六十年代的初期，卽積極採取激勵政策，協助亞洲美元市場(Asian Dollar Market)的成立。不過，眞正促成亞洲美元市場在新加坡成立的最主要因素，却是新加坡政府決定免除非居民 (non-resident) ，在特許銀行的外滙存款利息所得稅。此舉吸引了美元及其他通貨的借貸，移到星洲內舉行，因而形成了穩固的市場基礎。美國商業銀行 (Bank of America) 係星洲境內，第一家被准許從事境外交易的銀行。

資金進出完全自由

另一個促成星洲亞洲美元市場成功的重要因素，係新加坡政府保證資金可以完全自由地進出美元市場。當然，爲確使流入市場的資金，不影響國內貨幣管理起見，星洲當局亦規定參予操作的金融單位，必須爲亞洲美元交易，另設一套名爲「亞洲通貨單位」（Asia Currency Units, ACU）的記帳單，以記敍存貨記錄，並得遵守銀行法與貨幣管理局的規定。每月亦須將財務報表，呈報貨幣管理局。ACU金融機構的業務量，由星洲貨幣管理局，就其資產及負債的大小加以限制（但可申請提高限額）。不過，這些機構却不須在星洲貨幣管理局，存入一定的最低現金準備，亦不須維持一定比率的流動資產，對ACU金融機構的操作，幫助甚大。

ACU金融機構，尙可經營外幣證券投資，外滙交易，開發以外幣計值的信用狀，並承造票據貼現或保證。非ACU金融機構，可向ACU金融機構借存款項，但借款須轉換成新加坡幣，以融通境內的需要。ACU金融機構，尙可利用自己的ACU貸放，ACU盈利所得，只須負擔百分之十的營業所得稅。如果經由國內單位貸款。反而得納稅款百分之四十。不過，星洲當局亦規定，非居民不得向ACU金融機構融通外幣，財務公司、貼現所亦不得向ACU金融機構存借。

我可仿新加坡模式

根據統計，目前星洲已有一〇三家金融機構在操作ACU，其中十三家是當地銀行，其餘的皆係外商銀行，可知星洲外資銀行的龐大。至一九七九年底，亞洲美元市場的交易額，已達三百八十億美元之數，成績斐然。

此地一位曾向財經當局表示過意見的外商銀行負責人說，鑒于我國目前的各項條件，要發展境外金融中心，仿照新加坡模式，的確係一個可行方向。不過，他也認爲我國當局，若要採取星洲相同的激勵措施，例如大量開放外資銀行來臺開業，准許美元自由進出等手段，都得以非常的胸襟，與各方面達成協議，否則曠日彌久，終于研究還是研究，提議還是提議。（民71.8.20.，經濟日報，第2版）

此後，相關于境外金融業務的研討會，陸續舉行，記者更可以多方收集資料，大幅度擴充內容，撰寫更詳盡的專題（special report）。下面的「專題特寫」是一個實例：

競相設立的境外金融中心

正當自由貿易區的「龍穴」「呼之欲出」之際，廿九名四十五歲以下、遴選自國內各金融單位、並曾在國外進修過的資深專業人員，已在臺北徐州路的語言訓練中心，日以繼夜地，接受密集的英語訓練。當這項課程結束後，受訓諸人，將由我金融當局，派赴美國華盛頓大學作短期進修；並再安排在美國著名金融機構內，實習國際金融業務的各項操作。這項週詳的安排，目的在使這廿九名「準境外金融業務操作員」，「西天取經」之後，成爲建立我國境外金融中心的主要「軟體」。

財政部已于日前正式表示，該部已經擬訂「境外金融管理條例草案」，仿效新加坡境外金融中心制度，准許專營境外業務之外國銀行，在臺設立分行，對金融中心之存款利率不加限制；又採取免除存款準備、給予財稅減免等與其他中心相同的獎勵手段，藉以鼓勵著名的國際貨幣經紀商，來臺開設分支機構，活躍境外金融業務。

臺北外商銀行對于我國財金當局這一項突破傳統障礙的「大作爲」，亦寄予無限的關注，並且一再表示出極大的支持態度。本（十一）月初，菲律賓首都銀行臺北分行，即曾舉辦一項爲期一日半的「多元化銀行業務與境外金融業務」研討會，美商太平洋國家銀行馬尼拉分行副總裁格年賀，應邀以「境外金融業務——問題與機會」爲題，發表演說，傳遞專業的經驗。

美商花旗銀行臺北分行副總裁季彬，更在最近召開的第六屆中美工商聯合會議上，明確的指出「中華民國境外金融業務成功之先決條件」，應盡量開放自由，而且獎掖條件，還得比其他中心更具吸引力，方足以抵消外人對于臺灣海峽對峙情勢的考慮因素。

「臨床實驗」的結果，境外金融中心的設立，已公認係一帖便利和增加外滙資金取得，而又不擾亂一國信貸秩序的「大補劑」，它的「副作用」，只係使正呈「老化」的國內金融體系，獲得新陳代謝的力量。根據上述的演講專題，以及其他相關資料的整理，我們似乎可以解答一個萬方矚目的問題——「臺灣製造」的「境外金融中心」，已在試管內培育，將來的它能否「招財進寶（島）」，吸引外國銀行前來設立分行，而在世界金融市場上，佔一席之位？

十大條件·益處甚多

所謂「境外金融中心」（Offshore Center），係指「透過境外金融業務的操作，利用境外銀行體系，亦卽國際銀行設備，用不受美國政府法規所限制的境外美元(Offshore Dollar)，諸如歐陸美元、亞洲美元等外在美元，在境外美元市場，亦卽歐陸美元市場和亞洲美元市場之類的外在美元市場(External Dollar Market)，以境外利率(Offshore Rate)，又名外在利率(External Interest Rate)，進行鉅額金融交易的城市或國家。」

應該解釋的是，境外美元係相對于「國內美元」(Domestic U.S. dollar)而言。前者泛指美國以外地區，金融機構帳簿上的美元資產或負債，後者則專指美國國內金融機構帳簿上，以美元爲單位的資產或負債。另外，合乎發展條件的國家或城市，都可以開放和安排境外金融業務的操作，至于能否成爲「中心」，則一般視其重要性而定，通常沒有客觀標準。

開辦境外金融業務的益處，綜言之有四大點：

一、引進更多外資銀行，從而便利貿易與資金之流入。

二、爲國外融資者大開中門後，地主國可方便的得到較優惠的融資。

三、創造就業機會，並使國內金融人員，國際金融交易的訓練。

四、增加稅收和外滙。

至于缺點方面，曾任美商太平洋國家銀行駐臺代表的格年賀，只半開玩笑的說：「除了外商銀行一致抱怨要做更多業績，和賺更多錢外，我眞的想不出有什麼缺點來。」

不過，綜合專家的意見，一個成功的境外金融中心，起碼得具備十個相關的主觀條件：

一、與各地金融市場——尤其外滙市場，關係必需極其良好。

二、有着連繫金融市場的精密通訊網。
三、廣泛而健全的支援服務（例如法律顧問）。
四、訓練有素的操作人才。
五、有一個多體系的金融基礎，財經當局能讓市場，盡可能自由操作。
六、鼓勵性的稅繳條文。比如，最低的課稅額，對非居民存款所得利息，不扣繳稅項。
七、與鄰近國家關係良好而密切。
八、最低限度，非居民的資金，不受兌換條例的管制。
九、政治穩定，資金不會被沒收。
十、地理位置和時區得天獨厚。

美元為用．源遠流長

事實上，境外金融業務的操作，已有數十年的歷史。英國倫敦開其端後，由于條件之優厚，瞬即發展爲世界第一大的境外市場。自此以降，境外金融中心，卽一如雨後春筍地，在世界各個重要地區發展起來。尤其是在六〇年代的當兒，業界爲了規避蘇聯銀行，在美國境內，成功的搜刮美元起見，急令美元紛紛「逃亡」國外，在其他地區暫求棲身之所，而造成所謂的歐陸美元這種「奇異的新貨幣」，後來成爲了境外金融業務的主要籌碼。其後雖有歐陸馬克、歐陸瑞士法郎等名目加入，然而在碼注上，則與歐陸美元幾不可同日而語。現時所指稱的歐陸美元，在觀念和操作上，和亞洲美元，並無二致，同係指儲存于歐洲或亞洲，並自歐洲或亞洲放款至世界各地的美元。

緊隨倫敦之後的境外金融中心，諸如巴哈馬的拿梭、開曼羣島和荷屬西印度羣島之類，都是逃稅天堂。透過紐約、芝加哥、舊金山和洛杉機總行的操作，在初期，這些中心大都只作些法律和會計等「虛設行號」(Brass-Plate Operations) 的業務。一九七七年前後，這類境外金融中心的資產與負債，雖一度達到世界總額的百分之十四・五左右，但一九八一年，已經萎縮至低于百分之十了，由于這些中心，本質上，只能發生傳統的「便車」(Vehicles-of-Convenience) 的作用，一般金融專家認爲，這些中心的業務，實在難展鴻圖。

爲了不受國內嚴厲銀行法的限制，德國于六〇年代，亦在盧森堡設立境外市場的灘頭堡，並成爲僅次于倫敦的歐洲第二大境外金融中心。不過，七〇年代的後期，盧森堡市場，一般亦只集中在歐陸馬克的操作業務。

在亞洲方面，新加坡、香港、馬尼拉和巴林，係境外市場的四大天王。其中尤以星洲市場的成就，最爲人所豔羨。十四年前，亞洲美元市場，只是美國商業銀行新加坡分行經理希爾登(Arie Heerding)的一項小小的構想，不料經過新加坡政府與銀行界一番努力後，終于使星洲脫穎而出，並與紐約、倫敦和香港分庭抗禮，成爲世界第四大的金融中心。一九八一年底，星洲「亞洲通貨單元」(Asia Currency Unit, ACU) 交易額，已由一九六八年之三百萬美元，增加至八百六十億美元，傲視同儕。

希爾登當時的想法，只是希望在星洲建立一個亞洲美元市場，與倫敦相輔相成，以便利亞洲的存款人和貸款人。因爲星洲與倫敦的時差，達十六個半小時。星洲銀行于下午三時三十分停止營業後，倫敦的銀行，正好是早上九時開業，使得星洲銀行的外滙交易，要延到第二個營業日，方能在倫敦結算。這對亞洲銀行業來說，非但不方便，也往往因而吃虧。

新加坡政府雖然體認出由于亞洲地區的發展，跨國性企業集團必然日漸增多，隨之而滙集的强勢貨幣，將是隨時「摸彩中奬」的財富，不過星洲却有着四十年的外滙管制，資金進出皆不自由，非居民存款利息所得，要扣稅百分之十，銀行界對這種金融業務，也缺乏經驗，因此對設立亞洲美元市場的建議，態度十分審愼。

星洲模式．循序改進

一九六八年五月，美國商業銀行新加坡分行首先獲准辦理「境外金融業務」(Offshore Financing Business)。同時爲了協助亞洲美元市場的實現，星洲政府立例特准「非居民」（包括外國公司、銀行和機構）儲存在星洲的資金，可以自由進出（但不可兌換新加坡幣）。另外，在特許銀行的外滙存款利息免稅。銀行承辦「境外金融業務」時，必須取得特別許可，並另設一套有別于普通銀行業務的亞洲美元配賬單，以確保國內貨幣的管理。「境外金融業務」營利事業所得稅稅率，爲百分之十，普通銀行業務，則課百分之四十。

初期的「亞洲美元市場」存款，係以「非銀行」客戶爲主。第二年以後，新加坡政府才逐漸增加核准新的銀行機構，辦理「境外金融業務」，並正式稱這羣機構爲「亞洲通貨單元」。根據最新的統計，截至本（十一）月初，一共有一百四十三家機構，操作「境外金融業務」，「亞洲通貨單元」存款，已超過一千億美元，其中銀行同業存款，超過百分之七十，與當初情形，已不可同日而語。

早期的「亞洲美元市場」，星洲居民及公司均不准參予，一九七二年八月，始准在新加坡註册的公司，保留外幣資金，但不可超過三個月期限。一九七三年七月，新加坡居民及公司，正式獲准以「亞洲美元」方式存款，但個人不可超過新幣十萬元，公司行號不可超過新幣三百萬元，特准的信託基金，則不可超過新幣五百萬元。一九七六年二月，上述限額分別提高至新幣二十五萬元和五百萬元，信託基金不變，一九七七年一月，新加坡居民的限額，再提高至新幣五十萬元。至七八年六月，一切限制均告廢除，允許個人或公司以任何貨幣存款或滙出國外。不過，亞洲通貨單元對星洲居民的貸款，仍以三百萬美元爲最高額。

新加坡「亞洲美元」的資金來源，主要來自英國、中東產油國及美國，亞洲地區的存款，約僅佔百分之二十而已，但大部分資金却使用于亞洲區域內，而亞洲的主要貸款客戶，則包括了中華民國、香港、韓國、日本及東協五國。

初期的「亞洲美元市場」，雖僅限存款業務，但星洲當局却一直在計畫引進新的信用交易籌碼，以擴大「亞洲美元市場」的規模。因此，新加坡元的「可轉讓銀行存單」、以美元計價、利率浮動或固定的「可轉讓銀行定期存單」、「亞元公司債」、「浮動利率本票」和「銀行承兌滙票」等金融工具，先後發行，承銷力十分強大。

油元充斥・巴林心動

一九七五年快將結束的時候，巴林貨幣局突然宣佈，該國將發牌給世界上一流大銀行，准許他們到巴林設立分行，對非巴林客戶，提供金融的服務。此舉明顯的象徵了「境外金融業務」，又進入另一個嶄新階段。

一方面由於巴林政府感覺到本身油元的收入，有日益漸少的趨勢，得以開發另一種的收入來彌補；另一方面，一九七三年後，阿拉伯國家的油元財富，亦該有一除倫敦、星洲以外的境外金融市場，從事阿拉伯地區的境外金融業務，而不受當地金融條件的管制。在此之前，秘魯一直係阿拉伯國家的金融中心。不過，受七三至七四年間的政治不穩定的影響，秘魯在國際金融業者的眼光中，已漸漸失去昔日的光彩。

剛開始操作時，巴林的境外金融業務，只得二十億美元，八一年底，已增加到五百一十億美元，估計目前已多過香港市場了。巴林市場只有二項主要的法例：境外金融業務收入，利息全免；境外銀行業務，不得與當地居民往來。至八一年底，起碼有六十五家持牌銀行，經常從事這種操作，在其五百多億美元存款中，同新加坡一樣，百分之七十存款，屬于銀行同業間的存儲。而資產中，百分之六十至七十係屬阿拉伯國家集團，尤其沙烏地阿拉伯，更是最大客戶。

不過，由于巴林的境外金融業務，趨向于吸引油元爲主的緣故，論者有謂該中心的境外金融業務，終受油元和中東局勢的左右而減縮。業務上的操作，亦將停留在行庫的模式，以補充國內銀行尚未操作的業務爲主。

菲境急追・美人爭霸

有百利而未見一弊的境外金融業務，終于引起菲律賓的注意。一九七七年，馬可仕總統親自簽署「總統文告一〇三四號」，要求有關單位負責人必需做到：一、吸引外商銀行到菲律賓開設分行，從而獲得菲國所需求的投資，並創造就業機會；二、將馬尼拉發展成爲國際金融中心。

爲達到上述目的，到非國設立分行的外商，准予辦理「境外金融單元」的業務，國內銀行，則准予辦理「外滙存款單元」的業務。

可以用「三頭馬車」，來形容非國的外滙體系——

「境外金融單元」：可操作任何外幣，但不能以披索交投。可接受非居民的支票和定期存款，境外市場可以自由借貸；但若貸款給居民時，得經過中央銀行的批准。

「外滙存款單元」，可操作任何可兌換的外幣。可接受居民和非居民存款，以及參與境外市場的貸借。不過，除國內出口或已在投審會登記的廠商的短期貸借外，境外市場的貸借，得經過中央銀行的批准。

「三百四十三家銀行」：只能用列作「準備通貨」貨幣操作。可接受居民和非居民的存款，但不能在境外市場借貸。

另外，這三種運作單元，如果向居民貸放長期款項時，一律得經非國央行批准。早期非律賓境外金融業務的收入，曾賦收百分之五的利得稅，八一年初，爲了加强競爭條件，已經予以廢除。

非國境外金融業務，雖已由七六年之十億美元，增加至目前之三十億美元，其中第三世界的融資，更高達十億美元。不過業者認爲，人才的缺乏、通訊設備的落伍以及政治前景隱誨等因素的影響，已使得非國的境外金融業務，蒙上了厚厚的一層陰影。

值得一提的是，六〇年代的後期，國際金融業界，已深切體會到金融事業，不單係支援經濟體系的一環，卽使其本身的各項操作，亦可獨自發展成一偉大的企業。隨着這一體認的加深，各國無不競相以發展一個現代化而具備多種功能的金融中心爲目標。在這種壓力下，韓國、日本和澳門，大有躍躍欲試之勢，而有着四百十五億美元資產的香港，雄踞四方的倫敦，富于彈性的星洲境外市場，已被迫作「保衞戰」，抵抗四面的衝擊。

美國是最令人刮目相看的「後起之秀」。去（八一）年十二月，她才開始「國際金融設備」的業務，藉着先進的通訊系統，五個月後，卽有三百家「國際金融設備」單元，參加操作，總資產額超過一千億美元，這是星洲市場，費了近十三年氣力，仍未徹底得到的成就。市場人士已預測，美國「國際金融設備」的業務，除了使倫敦「冷汗直標」之外，其餘巴哈馬和開曼羣島等歐陸美元主要市場，亦將被迫「俯首稱臣」。

臺灣市場・獎勵須佳

從國家的長期利益着眼，我國創設境外金融業務操作，固然可以獲得各種理想的益處，例如：提升國內金融體系的操作層面；發展銀行間外滙市場，醞育另一通貨的滙市；使我國金融業界，獲得諸如債項管理之類的高級金融知識，銀行集團業務得以擴展，爭取跨國公司來臺開設分行；吸引資金的流入以及贏取國家的令譽等等。

不過，若以其他市場的成功因素來比較，就目前我國內情況而言，要實行境外金融業務操作，尙得大刀闊斧地，突破傳統市場的約束，成就方可指日而待。因此，除了實行資金自由流動，不課征任何稅項，革新通訊設備，改進出入境手續和充實各種支援設備外；並得提出較其他中心更具吸引力的獎掖辦法。否則，我國的市場，將步其他境外金融中心的浮沉歷程，又豈待龜著。

格年賀曾很誠懇的說，他認爲我國境外金融業務開辦後，運作的功能，起碼不會比馬尼拉差，但要小心避免馬尼拉在創設此項業務時，所碰到的一切困難。這是有關單位所應注意的。就某一層面而論，與其說我國境外金融業務，係向亞洲現存市場「挑戰」，則毋寧說它將註定擔負調和與補充亞洲地區金融業務的傳統使命。就如慕尼黑、法蘭克福、倫敦、米蘭和阿姆斯特丹諸市場，在歐洲地區內，相輔相成一樣。（民71.11.28.，經濟日報，第11版週日特寫）

值得一提的是，從已刊載的新聞中，尋找題材的時候，必得詳細閱讀相關的新聞，隨時留意新聞的發展和變化，卽使最細微部分，或者已是重覆多次，「司空見慣」、新聞價值已經遞減的新聞，亦不能錯過，否則如入寶山空手回。

例如，民國七十一年十二月十四日，經濟日報第三版，有一則兩欄題，並不怎樣醒目搶眼的港僑來臺購屋新聞：

港僑購屋團　昨搭機抵臺

【本報訊】香港華僑回國購屋旅遊團一行十三人，昨（十三）日中午搭機抵達臺北，隨卽展開參觀洽購的行程。

這一批回國購屋的旅遊團，仍由香港騰達公司安排。騰達公司已有數次同類經驗，並準備于農曆年前後，在港舉辦第二屆臺灣房地產展覽。

據瞭解，前兩團的港僑來臺的目的，大部分在瞭解國內情況，繼後登記來臺的港僑，購屋的實績，可能增加。

昨日隨團來臺的港僑中，即有建築業界在內。……………………

第四團港僑購屋旅遊團，將于下星期一（二十日）抵臺。

稍為留意當時港僑來臺動態的讀者都知道，這在同（民七一）年來說，已是第三團次的港僑購屋團了，而且才只得十人，與前二次相比，這類新聞的高潮，似乎已接近尾聲。然而如果看得仔細，就會從新聞中，發覺此一購屋團中有位香港築業界，此係前兩團所沒有的。記者即應攫住此一新聞特色，訪問那位香港建築商人，從另一角度去探討臺港建築動向。舉一實例如後：

港僑返國購屋蔚然成風
建商也擬同來一展鴻圖

懂港人心理蓋「華僑村」．自信必有銷路

在「香港租期大限」的憂慮下，香港僑胞來臺購屋，顯然已蔚成風氣。從市場的需求着眼，精明的香港建築業界，是否會放過這次可望而又可即的機會呢？一位最近隨購屋團來臺的香港建築商的答案，將使臺北近郊的未開發空地，立刻湧現「港廈千萬間」的絢燦美景。

參觀了臺北附近七個工地之後，這位香港商人，腦海裏就是甩不掉構建「華僑村」的興奮。他有一大堆充分而又具說服性的理由：

——港人都喜聚居在一起，這次團友的買屋選擇，不就又一次證明這點嗎？

——香港有兩種人，一定希望在中共「收回」香港之前，設法逃離「虎口」的。一種是五、六十歲，曾受盡中共政治迫害的「老」人；另一種是三十來歲，用脚（偸渡）來反共的年輕人。雖然他們的購屋選擇，可能受到經濟能力之限制；不過，十四至十七坪的港式屋邨，應該甚具市場潛力。何不來個「九龍城」、「太古城」之類的屋邨，給他們建造一個「小香港」？

——臺北的房地產價格，該是可以考慮的時刻了，近郊的開發，更可自由企劃。利用先進預鑄房屋設備，大量建造十來層高的公寓，何愁不價廉物美？

——一向習慣于買賣「樓花」（預售房屋）的香港人，不一定光對臺北已建好的樓宇感到興趣呀！只要買賣手續與香港相差無幾，或者來得更仔細一點，彼此訂明用料、規格、大小、實用坪數、「交吉（樓）」日期等要件，不就比現時某些臺北建築業界的作法，更令他們放心嗎？

——一般來說，臺北建築工人和施工的配合，可能未盡理想；但香港物業市場的長期不振，已令到爲數甚多的建築師、室內設計家等一度「意氣風發」的「高薪」人士閒置甚久，早有躍躍欲試之意，他們也有意「把香港搬到臺灣」來呀！

——資金方面，更可以作一個新的嘗試：在香港「集資」，在臺北「融資」如何？

雖然，當這位經驗豐富的港商，被告知目前大約有四十八萬個房屋單位仍然空置的時候，亦不免馬上「臉色一沉」，不過，他仍充滿自信的說，待這些房屋渡過消化期之後，虎視眈眈的香港建築業界，將像旋風一樣的，捲向臺北。理由是，很多他的同業，都感到香港房地產已經回天乏力。有人材，沒出路，有出路、有資金，沒去處，來臺求發展之心已蠢蠢欲動。他這次就是「奉」同業友好之命，來臺北作一次較深入的觀察；回去之後作一個簡報。所以，他的港臺入出境證，是十次來回的。

談及香港的房地產現狀，這位早期畢業於臺大土木工程學系，並在香港從事建築達二十餘年的僑商表示，他個人的看法，香港屋市實在無法樂觀。據市況的估計，起碼百分之八十的建築工地已陷于停工狀態。私人的屋宇，未動工的暫時延後，已動工的不是把工程拖慢，就是點綴式的動點小工，寧願過期受罰，而不願負擔屋宇落成後，所必得支付的員工薪餉、物業稅和龐大的利息重擔。最令人憂心的是，香港政府有關部門和承建商洽商後，也同意他們暫緩建蓋地下鐵路車站上蓋的商場大廈，以免虧累過甚，致使新建地下鐵路車站工地，已經停止或施緩施工時間。

香港房屋建構的程序，有三個步驟。首先由業主買入地盤，再請持牌（有執照）的建築師規劃（建築圖），最後由建築商承標建構。由於目前着實無屋可建，連左派集團的香港置地公司，亦聲言停止新工事，等待香港空置樓宇經過「消化期」再說。因此，若干著名的建築師事務所已宣布大幅裁員，留下來的，明年也要九折支薪。這種景況，和過往數年間的繁榮盛世比較，眞有天壤之別。

這位香港建築商，曾爲香港房地產不景氣的惡性牽連，描繪了一幅生動畫面：

一九九七年快將到來的陰影——中共「取回主權，掛五星旗」的口風轉硬——碰上世界經濟景氣低迷——在安逸環境下，過慣現代工業社會生活方式的香港人，前景感到悲觀，心生恐懼——數病併發之下，外則出口萎縮，內則港元波動，物價上漲，股市下瀉，房地產全面滯銷——于是，相關行業不振，銀行金融機構資金積壓，週轉不靈。房地產價格下跌，藉以抵押的商人，借不到大錢；銀行資金縱然寬裕，亦不敢貿然多借。

一般相信，上述情形的症狀，將於明年以後，相繼出現。據說曾有一位香港華僑，竟要求以一間香港樓宇，換一間臺北房屋；在市場情況的考慮下，這個要求「沒有被答應」，然而，香港房地產的前景，以及民心的去向，由此可見一斑。

經過數日來的考察，這位香港商人發覺臺北某些普通房屋，用料十分之差，但那些六、七百萬元的高級樓宇，不論在用料和設計上，已超越了香港同類型樓宇，而價錢仍比香港合理。他也注意到臺北的住宅，大都相當注重裝潢，這是國民生活素質提昇的一個可喜現象。

香港無線電台在拍攝楚留香的時候，據說其中很多參與工作的人員，都是臺灣大專院校相關學系的畢業僑生；在香港建築業界的圈子裏，也有甚多鼎鼎大名的建築商，是臺灣大專院校的專業人材。他們要向國內地產進軍，其「轟動」的前景，該不下于楚留香劇集。（民71.12.23.，經濟日報，第3版）

四、從突發的新聞中獲得線索

突發性的重大新聞（Spot News），未發生之前，可能全無預兆。及而發生之後，又或許因新聞價值高，需要卽時作特別的版面處理。通常，加一則特稿來配合新聞，是一般報紙所慣用的方法。不論字數多寡，一個配合得宜的邊欄，確能使報紙版面活潑緊密，亦可從而看出一報記者和編輯人員的「功力」。不過，此類新聞的發生，因爲來得突然，致使在撰寫特稿時，可能由于時間急迫，而未暇詳翻檔案資料；或根本無資料可查，使特稿的撰述，頗費思量。此時，正如歐陽醇的口頭語：「勝負在今朝，關鍵在平時。」平時對各事各物，能多接觸、多留意，「事急」之時，一定有意想不到收穫。

例如，民國七十一年，九月七日晚，經濟日報國外新聞組，於稍早前收到法新社來電，謂香港謝利源金行（銀樓）突然歇業，與該店有財務關聯的恆隆銀行及各處分行發生擠提。當國外新聞組卽將電訊譯畢之際，香港的長途電話已至，將此一新聞發生的經過詳細報導，補充法新社電訊內容甚多。而電話接聽後，截稿時間卽至。爲了應急，只得以最快速度將新聞稿寫完；再就平常對謝利源金鋪的認識，以及在香港時的見聞，撰寫小特稿一則，用以配合新聞。

此則新聞見于翌（八）日經濟日報第二版。由於新聞價值重大（註一），因此編輯用四欄的標題，把法新社電訊與香港電話報導合併擴大處理，因版面限制，特稿延遲至九月八日在經濟日報刊出。茲將新聞及特稿輯錄于后。

新聞：七十一年九月八日，經濟日報第二版——

香港謝利源黃金珠寶店昨天宣告倒閉

香港恆隆銀行及其分行發生擠提現象

【法新社香港七日電】香港謝利源黃金珠寶連鎖店今天突告倒閉，據報導共持有該店一億二千萬港元（二千萬美元）黃金券、支票及定單的顧客，聞訊後競相向謠傳與該店有財務關聯的銀行擠提。

恆隆銀行發言人證實，數以百計焦急顧客擁塞其兩處分行櫃台，要求提淸帳號存款。不過他表示，該銀行與此一百十五年老店間絕無關聯。銀行當局並備妥一億港元應付擠提。

【本報香港七日電話】香港恆隆銀行總行和廿八家分行，今天突然發生擠提現象，被客戶提出七千多萬元港幣，幸好恆隆銀行資金充足，暫時還沒有發生問題。

香港銀行界都表示願意支持恆隆銀行，應付客戶擠提的情形。其中，實力相當雄厚的渣打銀行已準備抽調五億元港幣支援，必要時還可以再追加十億元。

據恆隆銀行調查，引起這項擠提事件的禍首，是謝利源金行。

由於香港地區連日來金價猛漲，不少人都拿黃金向金行拋售，前幾天，謝利源金行已買進不少黃金，現金一時週轉不靈，唯恐還有人前來拋售，到了昨天只好關起大門，暫時停止營業，使人產生錯覺，以爲謝利源已經惡性倒閉。

謠言一時傳及香港。謠言還指出，謝利源已積欠恆隆銀行一千多萬元港幣，使恆隆銀行的客戶心生恐懼，紛紛前往各地分行提款，終於爆發了此一擠提事件。

擠提最嚴重的分行是九龍元朗分行和粉嶺聯合墟分行。因爲這些地區的客戶多是知識較低的鄉下人，缺乏正確的判斷力。

今天上午十點鐘左右，已有近三千人湧到元朗分行提款，秩序大亂，警方雖出動大批警員前來維持秩序，情況仍無法改善。

總行接得消息之後，曾三度派出專車運款到元朗分行支應，三次共運到的現款計一千多萬元港幣。

擠提的情形馬上蔓延到恆隆銀行其他分行，聯和墟分行有近千人前往提款。連市中心地區的一些分行也有數百人提款，使總行的運款車疲於奔命。

本來恆隆銀行打烊的時間是下午五點鐘，今天特別延長了一個小時。

在今天一天之內，恆隆已付出了七千多萬元港幣，是香港銀行界非常罕見的現象。

恆隆銀行爲了避免以後發生擠提現象，高級人員紛紛出面闢謠。恆銀董事總經理莊榮坤一再對外宣佈，恆隆銀行和謝利源一向限於金錢往來，但仍未收效。

今天下午三時多，莊榮坤和恆銀高級主管以及香港政府銀行業監理處高級官員舉行緊急會議，研究因應措施。

香港署理財政司程慶禮也出面發表聲明，指出香港金融業結構非常穩固，恆隆財務極爲健全，希望大家不要誤信謠言。

恆隆的客戶有百分之九十是定期存款，本來在未到期之前可以拒絕支付，但是恆隆爲了表示本身的實力，仍照常付款。

這一擠提事件雖是被謠言引起，但其實與香港未來的前途有關。由於香港新界租借期限還有十五年。目前人心動盪不安，任何風吹草動，都會釀成大波。

特稿：民七十一年九月九日，經濟日報，第二版。

香港謝利源・百年老店

經營改路線・出問題！

老闆來臺灣？但未露面

香港謝利源金鋪歇業的消息傳出後，不僅震撼了港九，在臺灣也一樣受人注目；因爲自政府開放觀光護照之後，很多到香港觀光的人都到過這家百年老店，而且印象深刻。

創立於一八六七年（清同治六年）的謝利源金鋪何以會歇業？從其近來經營的方式來看，不難看出一些蛛絲馬跡，由此亦足堪國內業者參考。

謝利源的招牌，係黑漆金字，象徵着可靠的信用，極受港人信任。自香港景福珠寶店，被傳出售中心灌鉛的金條買給臺灣觀光客後，臺灣到香港觀光的人，轉向謝利源金舖買金條首飾更衆。

到過香港的人，都會從電視上看到謝利源的廣告。片中所插播的詞句：「買謝利源金券，保款增值笑哈哈」，更是家傳戶曉，幾比楚留香主題歌「河山飄我影蹤」更「耳熟能唱」。

爲了吸收存款，轉投股票和房地產，謝利源金行，早在一九八〇年開始，卽推行一項「千足黃金儲蓄服務計畫」，港人只要向該公司購買一錢千足金，卽可領取存摺開戶，隨時可按卽時掛牌的價格，買賣黃金。這一計畫在金價步步上揚的時刻推出，果然大受市民歡迎。據業內人士估計，謝利源金舖在這一方面的營業額，超過一千多萬港元。至于轉投資方面，謝利源亦獲利不貲。在乘勝追擊的策略下，該店又推出一項鑽石保值計畫，顧客購買鑽石，可在六個月後三十日內，隨時以原有價格，將鑽石售回給金舖，並獲得百分之五的利息。在利率高漲的當兒，最大的受益者，當然亦係謝利源了。

不過，近來香港地產業黯淡，利率下瀉，而金價猛漲，遂令不少市民，天天拿黃金向金行拋售，或持黃金存摺簿要求兌現，使謝利源週轉困難，被迫暫停營業。

據香港傳來消息，謝利源金舖負責人，刻已在臺北避不露面，希望這一事件不要再在臺北重演或發展。

又如七十一年十二月四日，經濟部長趙耀東在參觀資訊展時，被記者圍著詢問一些國內經濟問題。他透露經濟部將公布尚未繳清前（七十）年，特案融資貸款的廠商名單，以資警惕。名單既然還沒有公佈，可資寫作的材料自然也相當貧乏。但是呆帳問題的本身卽是由來已久，牽連甚廣，也是許多人所關心的問題，由於趙耀東的一席話，這個問題也有了新的意義與發展，於是立刻把握時機和外銀負責人與正在場「

聊天」的外銷業界作進一步討論，寫成一則簡短專訪稿，與新聞合併刊登。

去年獲得特案融資到期廠商
將公布少數未繳清者名單
外銀不因呆帳影響近主動提供大額融通

【本報訊】經濟部長趙耀東昨日表示，將公布尚未繳清去年特案融資貸款的廠商名單，以資警惕。他表示，去年底公布的中小企業特案融資辦法，至今尚有新臺幣二億元的欠款未還，他認爲這些少數欠款的廠家是害羣之馬，無法原諒縱容，因此決定公布名單，以供今後融資借款時做警惕之用。

趙耀東是在參觀資訊展後，對記者們做上述表示。他沒有進一步說明將在什麼時候公布。

【本報記者彭家發專訪】在呆帳陰影下，外商銀行雖然外滙頭寸累積，已再不敢對融資對象掉以輕心，但爲創造業績，消化累積頭寸，積極而主動的向潛力優厚的產業，提供大額融資。

就目前國內的情況來說，資訊工業的外銷潛力，相當深厚，若干外銀卽以此一產業，作爲爭取融資的對象。例如，日前有一家以生產電子計算器爲主的著名電子公司，因爲接獲大批電腦終端機輸歐訂單，便立卽引致若干外銀興趣，主動派員上門與公司負責人洽商，並且盡可能提供優厚的服務和條件。

國內某些銀行，也同樣在爭取外銷潛力優厚的產業，作爲融資的對象。不過，一般說來，國內銀行的信用額度比較緊縮，並且往往須要批准手續，在時效上較爲落後。外銀的作風則比較乾脆，並且在手續費、資訊提供和其他服務上，盡量給予方便。

由于外銀轉以產業的外銷潛力爲融通的主要考慮，這種「集中化」的競爭，可能會越演越烈，並且將影響到其他產業的融通服務。

一位外銷業界表示，他已經「有資格」選擇外銀或國內銀行所提供的融通服務。他考慮的主要條件包括效率、外滙情報、費用、額度、銀行所在地區，主動服務的項目等。這位外銷業者預測，明年國外經濟，復甦有限，在競爭壓力下，臺北將是「借方市場」。（經濟日報，民71.12.5.，第2版）

五、從預知的「例常新聞」中發掘資料

套用章回小說的用語來解釋，所謂「例常新聞」(Routine Work/General Assignment, G.A.)，是「合當有事」的同義詞（註二）。一個資深的記者會隨時注意到，諸如節日、每季外銷統計等靜態的「例常新聞」，而其新聞公布的時刻，大都「可以前知」(Predictable)（附錄一）。只要記者能「心裏有數」，平時做好採訪用的新聞曆，便可以預先計畫專訪或特稿的內容，卽時或事前事後（註三），配合這一類的新聞，並且可以內容作多樣變化，而不流于形式。

例如，民國七十一年九月下旬，前三季的經貿情況和統計數字，都由財經單位，陸續公布。負責採訪外商銀行的記者，可從外商銀行業務的角度出發撰寫特稿，檢討其外銷貸款的業績，並兼論「預售外滙」的情況，使內容更爲廣泛。例如下述之一篇特寫：

外商銀行當年何等風光

而今業績可謂一落千丈

辦外銷貸款，出口業紛紛轉向

一度在外銷貸款餘額方面，遙遙領先本國銀行的外商銀行，似乎已經風光不再。

根據統計，外商銀行的外銷貸款餘額，由七十年十二月與七十一年一月之間的六億零四百萬美元，直線逐月縮減，至本年七月，已由六月份之四億零一百萬美元，急降至三億六千九百萬美元。八月份，雖因新臺幣滙率持穩而略爲增加至三億八千一百萬美元，所增亦不過爲一千二百萬美元，比起最熱熾時期，眞不可同日而語。

就外銷貸款餘額來說，去年八月是外商銀行自六十九年八月以來，外銷貸款額的「全盛時期」；六十九年八月，外銀的外銷貸款餘額，爲一百四十八億三千九百萬新臺幣，以後逐步上揚，至七十年八月已達二百六十一億六千四百萬元新臺幣，比六十九年八月的同期，增加了一百一十三億二千五百萬新臺幣，業績增幅超過百分之七十六。

可惜此後世界經濟不景氣，嚴重影響了國內的對外貿易。另一方面，美元利率又連續處于百分之十六至十八之間，出口業界于是紛紛轉向，盡量向臺幣市場尋求融資，外銷貸款遂一落「百億」。外銀外銷貸款，通常以美元來融資，而以新加坡美元利率爲加碼的準則。美元利率處于高檔，業界當捨美元要求臺幣，甚至在操作的策略上，亦以借臺幣、兌美元，來償還欠款了，在這一情形之下，一度頗爲興盛的「預售外滙」（Pre-Export Loan, PEL）亦受到影響（註四）。

所謂預售外滙，係指廠商在接到訂單而缺乏資金時，可先憑買方開出的L／C，按交易額向外滙指定銀行請求融資。爲了使業界達成出口的目的，融資銀行在經過審核後，如果客戶的徵信調查沒有問題，卽將該融資請求，作爲一項借貸個案處理。方法是依據L／C上的美元數額，以新臺幣全數、或按一比例借出。借出時的兌換率，以當日美元兌臺幣的卽期價格爲準，通常按市場利率，加碼一·五個百分點爲貸款利率。還款日期，亦以L／C上期限爲依據。廠商在完成交易條件後，再以所得外滙，還給融資銀行，其中銀碼的差額，再明細計算。

若以臺幣計算，今年八月，外銀外銷貸款餘額約爲一百五十一億六千三百八十萬元，比去年同期，減少了足足一百一十億元，減幅高達百分之四十二。不過，目前一般外銀仍可爲每日一百萬美元的貸款配額，尋得出路。

一位外銀主管指出，九月份以來，因新臺幣滙率持穩，以新臺幣替代美元的趨勢，已告緩和，但他們擔心，由于美國的貨幣供給額，又出現紅燈訊號，利率又不可能大幅降低，倘若國內外利率差距

再擴大，世界經濟惡劣情況不能改善，則外銀外銷貸款餘額的前景，並不樂觀。（經濟日報，民71、10、1、第2版）

此外，多回顧一下「歷史上的今天」，往往也有意想不到的收穫。一位受過良好訓練記者，當他奉命接跑一條新路線時，下面三點事前準備功夫，不可或缺：

㈠虛心請教前任同事的意見，最好請他來一個「簡報」。

㈡翻查相關的資料檔案。

㈢把重要事項，或得加强注意的問題，逐日擇要記于記事本上，以便「按圖索驥」，則起碼不會遺漏重大新聞。

例如，帶動臺灣經濟起飛，有「自由中國歐哈德」之稱的尹仲容先生，于民國五十二年一月廿四日逝世，至七十二年一月廿四日，恰爲逝世二十週年紀念。如果記者養成每年、每月、每週、每日紀事擇要的習慣，緊隨新聞不捨，則必能想起此一日子的意義，適時擬就仲容先生的紀念文章，顯出新聞時效性的特色。下面一篇「專題式特寫」，可以作爲一個參考例子。

尹仲容的「經濟隆中對」

紀念前經濟部長尹仲容辭世廿週年

每當新年伊始之際，關係萬方福祉的經濟問題，總會引起各界人士的極度關注；而其中又以經濟發展路線，最受大衆矚目。長期以來，決策階層、學者專家、以至企業各界，對這些問題，又都是聚訟紛紜，仁智互見。

比如，論者雖不同意在經濟發展過程中，將經濟的穩定與成長，作斷然的機械式劃分，但兩者之間的比重衡數，亦卽在權宜的策略上，以「安定中求進步」爲導向，抑或以「進步中求安定」爲取捨，在執行與協調之間，如何「使國家經濟在持續不斷成長之中，對國民生活不利的影響減至最小，而使有利的因素發揮到最大」，仍有兩難之爭。

又例如，處于目前經濟景氣低迷的當兒，究竟應該採用那些卽時的措施，以紓解工商業的困境，通常亦各囿立場，蔽于己見。綜言之，工商業界總希望有關當局，能提高融資額度，降低利率，調整滙率，一切以促進外銷爲大前提。學者專家的意見，雖略同于工商業界，但希望主政者，更著眼于長期性的革新政策，有步驟的發展策略性工業，更新設備，重視市場的功能，從而創設良好的投資環境，助長經濟結構轉型，迎擊衰退，等待黎明。至于備受壓力的政府官員，雖不排斥各種意見，但在一貫施政方針上，仍以「長期穩定物價」，計畫工業升級，爲財經金融的最高指導原則。

受命於危難之中的尹仲容先生

就在「闔言爾志」、「各伐其善」的時候，總會有人，又提到那位帶領經濟發展、「既有理想，又長實務」的尹仲容先生——爲了紀念他的功蹟，我們稱譽之爲「自由中國的歐哈德」（西德經濟復興時期的經濟部長），爲了推崇他的睿智和人格——「全心全意爲國家做事，不怕譭謗，不怕困難。任何決策以國家利益爲前提，決策前著重研究和分析，決定後，便全力推動；一經發覺錯誤，立卽改正。鞠躬盡瘁的決心，大公無私的作風，好學不倦的生活，敏捷的思想與獨立的判斷。」——我們美之爲「尹仲容作風」（高希均教授語）。談到當年尹氏實際主持美援會，大力支持新興民營企業，使紡織工業形成領導部門，進而帶動輕工業全面發展的過程，我們又名之爲「尹仲容時代」。

一般人皆謂尹氏主政最大的成就，莫如在通貨膨脹餘威猶存、經濟發展尚在萌芽之際，以短短五年的時間，把執行了將近十年之久的外滙貿易政策，一舉改革成功；並同時改變相關制度，革除了貿易商頂讓牌照的惡習。這項措施的成功，使出口獲得鼓勵，非必要的物資進口則受到限制，國際收支于是逐漸平衡；因而簡化滙率，以達到單一滙率，廢止限額申請，以達到自由申請的目標，乃得以通過實施。

其實尹仲容于民國三十八年六月以後，負責掌管「臺灣區生產事業管理委員會」時，即能在「失利之際，危難之中」，與乎資金、外滙、原料和器材俱缺的情形下，一面使生產多元化，一面開拓對外貿易，穩住臺灣經濟陣脚，爲以後的政經發展，奠立了不移基礎。是以從經濟、金融、外滙和貿易等各方面的策論來看，尹氏「定大計、決大疑」的全盤性籌劃，實可以媲美千古傳誦的蜀相諸葛亮的「隆中對」。

「隆中對」·定大計·決大疑

尹仲容認爲五十年代前後的臺灣經濟發展背景，有三個特色：

——日據時代，日人在臺採重農抑工的殖民地經濟政策，以農產加工爲主，臺灣工業基礎，只在「工業日本，原料臺灣」之下發展。

——光復之後，原有的稀少而殘舊的生產設備，一方面飽受戰火摧殘；而中共進一步的叛亂，又肇至臺灣產品行銷大陸受阻，本省經濟備受打擊。

——政府遷臺，臺灣人口陡增，失業問題尤其嚴重。在「生之者寡，食之者衆」的情形下，因而外則國際收支不平衡，內則通貨膨脹趨烈，政府收支預算大失。

尹伊容認爲振衰起敝之道，端在對症下藥。他因此從財經的理論出發，開出控制預算、平衡國際收支、增加就業和擬行社會保險制度等三大「經濟處方」，亦卽：

㈠以租稅外債爲消極的開源手段，裁員減政爲節流的積極方法，控制國內預算。

㈡藉外援外債與出口補貼、差別滙率等消極性的「適應技術」，與乎增加輸出，開拓市場的積極方法，作爲增加收入的開源手段；輔以管制外滙，減少進口的救急措施，以及增加本省需要品或替代品生產等積極性的節流方法，平衡國際收支。

㈢用增籌資本的途徑，促進生產，擴大就業機會；並擬行社會保險制度，消除不充分就業的現象。毋庸諱言，任何「理想式」的解決方法，在實行的時候，相互之間，往往顧此失彼，甚或矛盾重重，尹氏固亦有「惟中庸爲難能」之嘆。然而，尹氏之所以受到世人的推崇，卽在于他肯說老實話，引用翔實的資料，讓大家明瞭當前處境，信任政府的對策，以採取同舟共濟的合作態度，安定臺灣的經濟。

歲月不居，時節如流。仲容先生于民國五十二年一月廿四日逝世，眨眼間，又屆二十年。特願在世人又一次追懷他的時刻，以「高山仰止，景行行止，雖不能至，而心嚮往之」的虔誠，從他的言述中，勾引提要，進而一窺尹氏的經濟思想和政策。

特重多元化經濟理論的適應性

過去，曾有人批評尹氏是「極端的管制主義者」，後來因爲他數度施行因應性的措施，又有人說他是「自由經濟的擁護者」。

實則上，尹仲容固善于在某一學派的經濟理論下，採用對應而又一貫的調和政策，但他永不奉承某人的學說爲圭臬，而守經不變。他曾經說過，他的基本經濟觀點是「如何在現實環境中，切實有效的解決問題。」「目的在爲國家謀求最大的經濟利益，決不拘泥于某一個學說。實際問題千變萬化，決不是引用某一個學說，守住某一個主張，一成不變所能應付的。」「至于自由與保護，對于這些過了時的理論，更是一無成見。自由有利則自由，保護有利則保護，政策貴在解決問題，應當因時、因地、因事而制宜，豈可一成不變。」「經濟之道非他，要在細察國內外環境，根據事實，不能僅憑理論，如宋襄公之作戰耳。」此種觀點，普遍見諸于尹氏的經濟作爲之中。

例如，尹氏雖同意英國經濟學大師凱因斯(J.M. Keynes)對經濟發展的看法，認爲其道無他，「乃在獲致充分的生產和充分的就業」；但是爲了避免誤解和曲解，尹式進一步闡釋爲「充分而有效的生產，和充分而有用的就業」。這個更爲周延的說法，充分表達出他所持的「生產如果沒有效率，則無非浪費資源和人力；就業而無用途，則又何異於救濟」的觀念。

凱因斯學派理論不適用於臺灣

凱因斯學派的理論，前一陣子曾在這兒起了一陣子哄鬧。就尹氏的觀點而言，他在二十年前，早已肯定的回答，凱因斯的理論並不能適用于臺灣。他當時的理由是，凱因斯以增加消費來促進投資和生產的理論，是爲應付一九三〇年代英美式的經濟蕭條而發。而「近十餘年來對於落後國家的經濟開發，已發展有不少理論」，用不著去回到三十年代，適合英美式經濟蕭條的理論。

尹氏不否認消費能刺激投資和生產，但他以爲投資和生產這一過程，有賴于諸如機器設備和技術人才等生產能力的建立。在三十年代英美凱因斯式的社會中，這種生產能力，「已經大量『閒散』在那裏，而且遍及各業，用不著再從頭利用資源去開發、去製造、去訓練。只要貨幣、財政政策一調整，馬上就可以使它們轉動起來。而今天的臺灣，並沒有大量閒散的生產能力遍及各業，正需要以有限的可用資源去建立起生產能力。此時而主張以增加消費方式，來刺激投資，則有限的可用資源已消費了，用什麼來供應投資方面的資源需要？」

尹氏以爲凱因斯式分析所說的，以消費來致富的「富」，指的是未發生大量失業以前的所得水準，而所謂「致富」，只是恢復前此的高所得水準。尹仲容就當時（民國五十一年）本省平均每人所得水準，按當年價格計算，只得新臺幣五千零八十五元四分這一數字來看，則臺灣仍該屬于「貧窮」一類，而一個窮國却萬不會由消費而致富。因此，就當時的情形來說，他認爲「與其談貶值以求經濟發展，不如多談無通貨膨脹的經濟發展；與其鼓勵人民的消費口袋，不如鼓勵人民的投資口袋。」尹氏以爲要想達到這個目的，只有利用賦稅政策一途。

論者有謂仲容先生曾著有「呂氏春秋校釋」一書，受總覽九流百家，截短取長的「呂氏春秋」影響甚深，他所持的因應性經濟觀點，或許溯源于此。

厚植國力早日收京的經濟方針

認識尹仲容的人，都會被他那種憂時傷國的情操所感動。因此，他常常「要求」大家緊束腰帶，儲積資本來投資生產事業，穩定臺澎，作爲提前返回大陸的保證。從下面摘錄的三段演講、書函和談話中，我們已可深深的體會到，尹仲容的財經方針，無時不以厚植國力，早日收京爲鵠的：

——「我們必須認淸，我們現雖處于這戰時孤島上，幸而享有安定，但險惡的日子可能就在面前，我們從事生產事業的人們，決不應該作沒有根據的過分樂觀。相反的，我們應該處處小心，隨時警覺，面對現實，用我們全力去從事增加臺灣生產，以完成我們的（復國）任務。」

——「中日邦交，已慶恢復，惟在大陸版圖未收復前，其貿易範圍，當不如往日之旺盛，此則深望東邦有識之士，勿沾沾于細利，勿因細利而資敵，更勿忘消滅共產威脅，建立東亞和平之圖，經濟應以政治前提爲歸趨，政治南轅而經濟北轍，顚覆是懼。」（民國四十一年）

——「反攻大陸是我們的最高政策。但反攻只在口頭上喊是不行的，我們應有具體的措施。徵收國防特別捐就是具體措施之一。」「準備反攻在在需要錢。錢從什麼地方來？」「我們只有根據『取之民，用之于民』的原則，反過來採取『用之于民，取之于民』的辦法。」

臺灣經濟發展存有階段性弱點

尹氏一向以爲臺灣是一個以輸出爲導向的海島型經濟區域。他曾將臺灣比喻爲一個淺碟——少一分則見底，多一分則容納不了——來說明當時民國五十一年左右臺灣的產品，用于輸出的佔百分之八十，用于內銷的不過百分之二十，以致「從世界規模看，太小；從國內經濟看則太大。」若輸出市場一有波動，我國經濟發展，即備受打擊。尹氏以為臺灣經濟發展所碰到的階段性循環弱點，就其大者而論約有如下數端：

——社會經濟制度與經濟政策，始終缺乏清楚的觀念，因而欠缺一套適當各方兼顧的制衡制度，作為政府施政的規範，並據而決定經濟發展方針。

例如，政府在全盤經濟發展過程中，究竟扮演什麼樣的角色？究竟應該做些什麼？對民營企業及私有財產制度，以及財富分配的容忍程度究竟有多大？這種觀念若糾纏不清，則政府對經濟發展，便不能有長期、堅定而一貫的目標和努力。有的只是臨時應付，頭痛醫頭，與搖擺不定的設施而已。因而，我們始終未能建立起一套完善的經濟制度與組織，一方面，將妨礙經濟發展的力量，減至最低，他方面則消除許多過分的、不必要的優待鼓勵辦法，摒除可能妨礙經濟發展的特權階級，使經濟活動的單元，都能站在公平競爭的立足點上，追求與本身努力大體相稱的經濟利益。

——缺乏全面性的社會革新運動，因而文化、社會與政治三方面皆未能密切配合，俾形成一套適合現代經濟發展的觀念和作風，由社會內部產生自動自發的推動力量。職是之故，政府部門的行政效率，未能配合現代化工商業的需要，直接與人民接觸的公務員，缺少執法的能力，亦少瞭解立法的精神。普羅大衆，缺乏接受新事物的勇氣與自覺，缺乏合作精神，充滿偏狹的思想，安于舊有的生活和生產方式，形成中小企業的比率過大，妨礙生產。工商界則鮮具冒險犯難、眼光遠大、熟悉幻變的國際市場，而又富創業精神的大企業家和領導人才。更糟的是，某些違法犯令、投機取巧的敗類，竟嚴重的影響了經濟的環境，令得經濟發展的進度，只能作鋸形斷續式的推進。

——生活水準普遍提高之後，未能與生產之增加相適應。換言之，亦卽消費的增加，超過了生產的增加。過高的消費水準，導致國民儲蓄停滯，從而資本亦未能累積爲再生產之用。

——人口政策闕如，因而未能消除人口增加，對資源所產生的壓力，可資利用的資源，逐逐趨減少，不能應付人口增加的需要。

——爲了遷就一般的經濟環境，外滙貿易管制，仍然存在。因此，每次外滙制度的改革，皆只能恢復部分價格機能，其餘部分，則仍由管制和行政決定來代替。滙市始終未能反映出價格的眞實結構。

——未給予製造工業應有的重視，工業發展的本身也缺少遠大的計畫。規模龐大，產品具有高度競爭力量，足以在國際市場上立足，領導臺灣經濟起飛的工業，始終未能成功的建立起來。業界亦過度斤斤計較于國內市場的行銷，無法打開外銷優勢。

針對這些現狀，尹仲容遂有促進貿易、發展工業等的經濟大計提出，散見于各篇書牘之中。

經建之途在發展重點外銷工業

綜言之，在不遺忘自由經濟制度，兼顧動員時期戰時經濟體系的考慮下，尹氏認爲釐訂經濟目標，應朝積累資本，增加生產，保護資源，減少消費，避免浪費與公平分配的方向前進。尹氏並不贊成管制經濟，因爲他認爲管制的後果，會流爲集體主義和官僚制度。這兩個東西的結合，「足以摧毀自由經濟制度的個人自動精神」。然而，他認爲有某些措施，在現實多方面顧慮的情況下，要用平時正統經濟學的眼光來「淸議」，多是不通的。因此，他認爲只要方針正確，政府必須把定主義，鎭靜應付自私無理的責難；「否則朝施夕改徒滋紛擾，而經濟困難亦無從改善。」附帶一提的是，擇善固執雖是尹氏的負責表徵，但過而能改，更是尹氏令人欽敬的地方。例如民國四十九年八月，尹氏曾禁止中藥進口，事後發覺不對，便立刻再度開放，並坦白承認錯誤。

與經濟目標相配合的，厥爲經濟發展之途。尹氏認爲，人才欠缺的落後國家，固可由政府權充領導階層，策劃全面經濟發展計畫，解決一般性的經濟困難，從事個別企業投資，創辦民間不能辦、不願辦的新事業，改革舊事業，主動的開展對外貿易和發掘投資機會。不過，根本的作法，仍在推動科技的研究，普及民間的教育，以培養人才，吸納新技術。

尹氏一向主張改良農業，發展工業，公民營事業平等競爭，引進僑外資金和技術，爲計畫經濟的蒿本。所以在他的藍圖中，帶領臺灣經濟起飛，有二個重點措施：

（一）透過政府領導、策劃、扶植和獎助等條件，配以銀行及資本市場的協助，以整個國家的經濟力量，集中投資于兩、三個諸如化工、紡織等有發展前途的外銷工業，使其設備、規模、技術、品質及成本，都能在國際市場上，佔長期優勢；再將其所賺得的利潤，重投于事業上，藉以刺激其他經濟部門擴充，並隨之現代化，加速經濟發展。尹氏曾强調，「創辦這種工業，必然困難很多，利潤很輕。創辦人必得具有百年大計的胸襟，和規模宏遠的打算，不圖近利，不畏近難」。「假如在開始的時候，沒有企業家願意承擔，政府便應自行承擔起來，這是政府在促進經濟發展過程中，所不可避免的責任。同時，假如政府給與辦理這些工業的企業家以利益，使他們能快速的發展下去，希望社會也不要眼紅，以爲他們在享特權。」（明瞭尹氏心意的人，當不致譏此爲「五鬼搬運」之術也。）

（二）運用租稅政策，一方面控制消費，增加一般的儲蓄；他方面減縮諸如修築華麗住宅別墅、廟宇祠堂等非生產性的投資，使經濟資源流到生產事業上，供應工業資金的需要。

二十年來尹氏讜論精光迫人

尹氏曾經說過，「資本可以從經濟發展過程中創造出來」。他著重資本的創造，也擔心資本的浪費，和資本的消化不良。所以，他主張新投資機會，都得作長期有系統的研究，注重成本、技術和條件的配合。另外，要將各種工業，逐業作出檢討，並與國際標準，詳作比較。如果技術落後，高價引入國外技術。如果管理落後，高價引進國外的管理方法。如果是設備陳舊，即刻籌集資金汰舊換新，免被淘汰。

在「臺灣生產事業之現在與將來」一文中，尹氏曾極力主張建設臺灣，應置可以創造市場、又易于轉變調節、能爭取外滙之電氣化學工業于最優先地位；而以肥料、棉織爲其基礎，節省外滙支出，並且以上述基礎工業，擴充其他關係工業，進而帶動經濟的前推。

尹氏在世時，亦每以「臺灣工業發展的逆流」而一飯三吐哺。他曾鞭辟入微的說：「臺灣目前有若干工業單位，設備簡陋，規模狹小，技術低劣，管理無能。主持人又往往缺乏現代企業精神與道德，不重視事業之長遠發展，祇圖謀短期利益，以致產品品質低劣，成本高昂。」因此，他亟亟呼籲：㈠嚴格規定經營各類工業之最低標準，開放設廠限制。㈡取標賣辦法，分配進口原料，對質優價廉產品，按其生產力的大小，優先充分供應原料。㈢規定每一類工業保護期限，過了期限，則開放限制，僅以伸縮關稅稅率的操作，平衡若干對省內工業不利的因素。㈣從速制訂「防止獨佔及聯合獨佔」的單行法律。上述四點，亦即尹氏工業政策三大「不怕主義」——不怕規模不夠、效率低落之廠商遭受淘汰。鼓勵小廠合併小廠，不怕企業擴大。正規經營企業，僅可依稅法課稅，工業利潤越大，愈容易吸收資金及企業人才，工業亦愈容易發展，不怕企業獲利。「嫌窮怕富」心理，不但妨礙投資，且足以沮喪企業家精神。

尹氏雖然說過，「政策貴在能適應實際環境，並非一成不變者。環境如有變遷，政策亦須修改。今日認為正確之政策，明日未必可以採用。」不過，二十年後，重溫尹氏讜論，證諸于現實環境，風簷展讀之下，仍感精光迫人，不敢仰視。

作為一個政府公務員，尹氏認為他有義務將他的辦法與意見公開，也該有著權利，接受各方面的批評與建議。由于他不斷的發表意見，無形中教育了社會大衆，給社會灌輸了許多現代的經濟觀念，臺灣經濟發展，方得奠下深厚基礎。「尹仲容時代」自有其歷史時空的背景，然而在緬懷先生之德的同時，我們是否也該有著「余亦能高詠」的使命感，以慰先生于九泉之下？（民72.1.23.，經濟日報，第11版，週日特寫）

六、從「新聞稿」中剔出撰述的要點

私人行號、公關公司、廣告業界和政府部會機關。都會依本身的情況，發布新聞稿件，其目的不外是宣傳和統一新聞發布，以達某種溝通的目的。一位勤奮而細心的記者，即可憑這些「送上門來」，「得來全不費功夫」的「新聞稿」，找出值得作專訪和撰寫特稿的要點。

例如：民國七十二年一月十日，我國外交部向各傳播關構，發出第八號新聞稿，內容如下：

新　聞　稿　　　中華民國七十二年元月十日第八號

美國內華達州貿易訪問團一行十七人，由該州前州長，現任拉斯維加太陽報副總裁兼總經理歐卡拉漢先生率領，定本（元）月十日來華訪問八天。

他們在訪華期間將拜會我政府官員，並參觀我國文化及經濟設施。

他們預定元月十七日離華。

（附名單、團長簡歷及行程）

從經濟日報一類的專業報刊角度來看，這則「公文」式新聞稿，當然會引起我們注意兩件事：

㈠美國內華達州貿易訪問團一行十七人，由前州長歐卡拉漢(Former Governon of the state of Nevada, Honorable Mike O'Callaghan) 率領，來臺訪問八天。

㈡訪華期間，他們將拜會我政府首長，並參觀文化及經濟設施。

不過，更能引起我們注意的，除了「貿易訪問團」這一令人「望文生義」的團名外，其附于新聞稿後的行程表，尤使一位細心、勤奮的記者「如獲至寶」，篤定地獲得專訪的線索。

茲將該行程表與經濟「相關」的內容，撮要于下，以爲印證：

中華民國七十二年元月十一日（星期二）

下午　三時　　拜會經濟部工業投資聯合服務中心黎主任昌意

四時卅分　拜會經濟部張次長訓舜聽取經濟部簡報
中華民國七十二年元月十二日（星期三）
下午　六時卅分　中華民國商業總會、臺灣省商業會暨臺北市商業會聯合晚宴
中華民國七十二年元月十三日（星期四）
上午　九時　拜會外貿協會武副董事長冠雄
參觀外貿協會展示場
中華民國七十二年元月十四日（星期五）
上午　十一時　拜會臺北市進出口公會陳理事長茂榜
陳理事長暨夫人宴
中華民國七十二年元月十五日（星期六）
上午　九時五十分　參觀中國鋼鐵公司
十一時　參觀中國造船公司

這樣的一個行程表，已明確的顯示出，內華達貿易訪問團，對中、美的經貿關係十分重視。經濟日報應就此一角度，擴大處理，加强採訪和報導。

由于經濟日報各採訪路線，「分工」甚爲仔細，筆者經研判和取得專線同仁諒解合作後，爲爭取時效，仍決定以元月十四日，當訪問團拜會臺北市進出口公會時，進行撰寫特稿的專訪。經過一個早上的「枵腹採訪」後，結果如願以償，取得寫作的素材，附錄如下：

美國向我展開貿易出擊　內華達州當先鋒隊

歡迎我拿半成品去加工，可突破配額障礙

美國內華達州一支由前州長、前參議員助理、國際貿易專家、公共關係人員、房地產界、建築商、律師和投資與財務顧問等「亦官亦商」的美國貿易拓展「先鋒隊」，正在臺北作自本月十一日起至十七日的一週訪問。

這支十七人的內華達貿易發展訪問團，在這短短數天之內，分別拜會了經濟部、工業投資聯合服務中心、商業總會、臺灣省及臺北市商業會、外貿協會、北市進出口公會等機關團體，馬不停蹄地，希望達成該團此行的使命——促進內華達與臺北兩地的貿易。

隨團來臺的旅遊與貿易專家潘德里接受訪問時說，內華達州在傳統上，一向與中華民國非常友好。卽如新州長白賴仁（Richard Bryan），一月三日甫到任，因爲知道有貿易團要來臺訪問，便立卽在數日之內，準備一大疊向我政府首長致意的信函，托他們帶到臺灣來表達心意。潘德里說，我國當局亦已邀請白賴仁州長于今年十月十日國慶時，前來參觀國慶活動。他相信，白賴仁一定會應邀前來。

潘德里說，這次內華達州貿易訪問團來華，一共有二個主要目的。其一是考察我國的經貿環境，並邀請我國業界到內華達州考察，共同研究可行的合作計畫；其二則是希望彼能透過各種瞭解，發展

內華達和臺灣兩地的觀光事業。

潘德里指出，根據內華達州政府的統計，每年從臺灣到內華達（按拉斯維加在州內）觀光的人數頗爲可觀。他們除了觀光和玩賭之外，其實也可對商業有所貢獻。

潘德理認爲，基于稅益的考慮，我國在內華達州建立發貨倉庫，是非常划得來的，但這件事已經談了好幾年了，不知何故，還只是說說而已。

根據一九四九年內華達自由港的州法規定，凡是轉運到其他地方的私人貨物，在內華達州的貨倉存儲期間，一律不予課稅。在儲存期間，這些貨物可以分裝、加工或者製造成品。一九六〇年的立法，又使得經由內華達州，運往他處出售的「過境貨物」，在內華達州免徵貨物稅。因此，一位團員認爲，我國紡品成衣輸美，如欲突破配額束縛，其實可以在內華達州以半成品方式加工製成成品，再運銷歐美。另一位團員更認爲，我國家電用品和兒童用品，都爲內華達州居民所喜愛，只要拓銷得法，前景也一定樂觀。

不過，這位團員說，我國資訊及電器用品，雖已具備精美條件，可以在國際市場上和其他產品競爭，他還是要忠告我國業界，品管一定要做得好，並且，趁我國推行轉業產型升級之際，「從根洗脫」長期以來臺灣製品是廉價貨物的形象。另外，他十分同意日前經濟部長趙耀東所說，要拓展國外貿易，得打從今天就開始，排除一切困難，建立一個强有力的國際行銷系統。否則，我國產品的銷售，就要長期「寄人籬下」。

這一個包括各個專家的貿易訪問團，另一個主要目的，是在招攬我國業界前往內華達建設發貨倉庫。雖然他們並未下單採購，也不曾推銷什麼，然而他們那一陣旋風，却給我國朝野上下，留下極深刻印象。我國致力外貿推廣人士，似亦可像他們那樣組織「外貿拓展先鋒隊」，周遊列國，以積極而善意的態度，專門從事「國貿公關」，「遊說」各國，爲我國業界「登陸」而舖路。（民72.1.18.，經濟日報，第3版）

七、從期刊雜誌中篩淘寫作素材

只要多動腦筋，隨時留意，並作不同角度的比較、分析和研究，則相關的期刊雜誌，實蘊涵着無窮盡的題材，可供撰寫特稿，或作進一步專訪之用。舉例來說，依據民國七十二年十一月，中央銀行經濟研究處編印之中華民國臺灣地區「金融統計月報」內的外銷貸款餘額數字，即可分析臺灣前三季的外銷融資情形，以及外銷的展望，寫成特稿。下面是一個例子：

外銷融資　前三季變化多

國內銀行承做額度・大幅增加
食品罐頭脫穎出・紡織仍居首

根據最近一期中央銀行發行之臺灣地區「金融統計月報」的統計數字，本年度一至九月首三季之外銷貸款餘額，總數爲新臺幣三千四百四十四億零九百萬元，比去年同期之三千五百三十八億零二百萬元，少了九十三億九千三百萬元，減幅百分之二．六六，顯示我國外貿境況，在今年首三季中，雖仍受世界經濟持續低迷的沖擊，但所萎縮的程度，已獲得適當的調整。

本年首三季之中，國內銀行的外銷貸款餘額，總數爲一千八百三十五億七千九百萬元，比去年同期之一千三百六十六億五千四百萬元，增加了四百六十九億二千五百萬元，增幅超過百分之三十四．三。相反的，此地外資銀行的外銷貸款餘額，却只得一千六百零八億三千萬元，比去年同期之二千一百七十一億四千八百萬元，減少了五百六十三億一千八百萬元，減幅幾達百分之三十。

值得一提的是，今年九月份，本國銀行的外銷貸款餘額，已由八月份之一百八十九億六千二百萬元，陡增至三百零六億六百萬元，增加了一百一十六億四千四百萬元，增幅高達百分之六十一點四。若以去年同期之一百五十六億七千四百萬元比較，則增加了一百四十九億三千二百萬元，增幅更高達百分之九十五點二六，幾爲等額之增長。顯示了我國業界一年來外銷貸款的融通，已有越來越依賴于國內銀行的傾向。這可能是美元長居高檔，使融通成本（利率）過高所致。

從另一角度來看，本年九月，外銀在臺分行的外銷貸款餘額，只得一百四十六億九千三百萬元，比八月份之一百五十億一千六百萬元，減少了三億二千三百萬元，減幅雖只有百分之二．一五，但已可顯示出外銀的外銷貸款業務，着實碰到業績增長的困難。

另外，若與去年九月同期之二百四十一億三千一百萬元比較，則外銀的外銷貸款餘額，已減少了九十四億三千八百萬元，減幅高達百分之三十九點多。不過，若與本年六、七月間近百分之九的減額比較，跌幅已顯著減緩。

國內銀行本年首三季的外銷貸款餘額，除其他項目外，在大宗主要商品中，以紡織業一類爲最多，達五百零七億一千八百萬元；其次爲鋼鐵業，達二百零七億三千六百萬元；再次爲食品罐頭業，達一百九十億五千八百萬元。這與七十年度同期的貸借情形，差別不太大。

外資銀行方面，本年首三季的外銷貸款，除其他各雜類外，在大宗主要商品中，以電子業一類爲大宗，達三百零九億七千七百萬元；其次爲鋼鐵業，達二百五十九億九千八百萬元；而紡織業類，則以二百五十二億一千二百萬之數額，居第三位。不過，去年度同期，這一類銀行外銷貸借餘額，以其貸款幅度的大小來列等，其順序則係以塑膠業爲第一位，紡織業次之，電子業又次之。

上數的計算數字，吻合了目前我國外銷的業務，仍以紡織、鋼鐵和電子業爲主的說法。可喜的是，食品罐頭業的出口，已有脫穎而出之勢。（民71.11.11.，經濟日報，第2版）

八、從官員的談話中獲得靈感

官員的談話，往往涉及某些大衆關心的問題。從他們直接與間接，明顯和隱喻的口風中，機伶的記者，立刻可以獲得進一步專訪和撰寫特稿的靈感。

例如，民國七十一年九月三日，財政部常務次長嚴雋寶，曾對臺灣津津合發興業兩家國內公司，就其積欠外商銀行巨額貸款一事發表意見，認爲應由債權銀行自行解決，財政部工業局不便進一步過問。此則新聞見于九月四日聯合報北縣版第二版：

津津合發興業兩家公司　積欠外商銀行巨額貸款

嚴雋寶表示應由銀行自行解決●財政部工業局不便進一步過問

【臺北訊】財政部常務次長嚴雋寶昨天表示，九家外商銀行與津津食品等公司的債權債務問題，應由各債權銀行自行設法解決，或按法律程序要求清償，站在財政部立場，不便進一步過問。

嚴雋寶指出，津津及合發興業兩家公司積欠金融機構的貸款，爲數甚鉅，其中包括許多國內銀行、外商銀行，及租賃公司等。各債權銀行應聯合組成一個評估小組，對該公司的財務與營運狀況進行評鑑，如認爲還有發展前途，應協力支持該公司渡過難關，否則應自行設法解決，或尋求法律途徑要求清償。

嚴雋寶說，金融機構在辦理放款時，對有關徵信調查、信用等級的評估等，均應按照一定的程序辦理，使貸款風險降至最低，如果仍發生問題，金融機構自應承擔其辦理徵信調查未盡翔實產生的風險。此爲銀行經濟實務上的細節，財政部不能過問。

幾家外商銀行代表日前曾到財政部，希望財政部能夠出面代爲協助解決。

財政部證管會日前也曾邀集各債權銀行代表與津津等公司會商。證管會曾要求合發興業公司能提出一套改善財務及營運計畫，並希望各債權銀行暫勿尋法律程序解決，使津津公司所負債務能緩期清償。

津津食品與合發興業兩家公司，均爲股票上市發行公司，股票面額十元，但津津每股市價已挫跌至三元三角左右，合發興業也只剩下每股六元左右。

【臺北訊】經濟部工業局已向美國花旗銀行等九家外商銀行臺北分行表示，津津及合發興業公司的債權債務問題，工業局愛莫能助。

據悉，花旗銀行在發現津津公司與合發興業公司清償債務有問題後，曾試圖與工業局接觸，尋求解決途徑，但已被工業局婉拒。

據了解，美國花旗、美國商業、美商瑞年、英商建利、英商駿懋、荷商荷蘭、德商歐亞、法國興業與法商百利等九家外商銀行臺北分行，最近察覺津津與合發興業公司資金週轉困難，償還債務令人懷疑。他們指出，這兩家公司的財務報表有問題，無法反映實際損益情況。

外商銀行人士認爲，津津與合發興業均爲股票上市公司，其經營不善，政府主管當局似有督導不週之責。因此要求我主管單位財政部及證管會協助解決。

津津、合發興業兩公司所積欠的鉅額債項，不但在當時轟動金融界，社會大衆亦甚爲關注。債權銀行在呆賬的恐懼心情下，固希望我財政、金融當局，協助調解雙方的困境；社會大衆則心裏明白到，這項債務的解決方式，勢將影響到債權銀行的放款政策，最終可能波及臺省整個的經濟前景。因此，凡是有關該兩公司債項的消息，也會使人「刮目相看」，新聞價值甚高。

下面一則特稿，即在記者得知官員談話後，立刻走訪若干家貸放給津津、合發興業的外商銀行，並配以資料寫成。

津津合發影響到企業的債信?

一家外銀負責人認此係個案及徵信問題

津津食品公司和合發興業公司的債務，使臺北九家外商銀行感到極大的困擾，如果得不到淸償，造成對外商銀行的傷害，是否會影響到我國企業在國際金融界的債信?據一家外商銀行負責人的看法，認爲不致於此；這位外商銀行負責人的理由是，津津案屬於個案，且其中有銀行本身徵信作業的問題。

臺北外商銀行的做法，是追求業績成長，在一切爲業績的努力下，他們甚至放寬貸放條件，加大過濾客戶的篩孔，以爭取市場佔有率。前一陣子的歐銀旋風，就曾在國內的金融機構，吹了個天翻地覆。現在畢竟得到了教訓。不過以他們的盈餘來說，這種做法仍有其可行性。

根據央行所作六十九及七十年度外國銀行在臺分行的盈餘比較，除設行未滿一年的英商駿懋銀行在七十年度稅前盈餘有新臺幣二百萬元的赤字外，美商美國商業銀行減少了八千一百萬，亦即百分之三十七·九外；其餘七家和津津與合發兩公司往來的外商銀行，則都獲豐厚的利得。

佔有天時（歷史悠久）、地利（有第一信託支撐）的美商花旗銀行，盈餘幅度固達到百分之六十·三，約一億四千七百萬元，即美商瑞年銀行，亦自六十九年度一百萬元的虧損，成功地賺進一千九百萬元，創下盈餘幅度百分之二千的驚人記錄。歐銀集團，更轉虧為盈，化腐朽為神奇——

英商建利銀行，由一千六百萬的赤字，轉為三千六百萬元的盈餘，增幅為百分之三百二十五。

德商歐亞銀行，由二千九百萬的赤字，轉為二千四百萬元的盈餘，增幅為百分之一百八十二．二。

法商百利銀行，由九百萬元的赤字，轉為五百萬元的盈餘，增幅為百分之一百五十五。

荷商荷蘭銀行，由九百萬元的赤字，轉為五百萬元的盈餘，增幅為百分之一百四十四。

法商興業銀行，由四百萬元的赤字，轉為一百萬元的盈餘，增幅為百分之一百二十五。

不過，津津與合發興業的債務問題，亦暴露了外商銀行，光求業績成長的後遺症。一位資深的外銀負責人說，在經濟好景的時候，當然以利潤為優先。可是，在淡市的當兒，不謹慎就會得不償失了。

據瞭解，在上述九家外商銀行中，較大的銀行，雖然與津津公司有着十多年的往來，但仍小心的予以徵信調查，貸款額低，並且要求抵押。不幸的是，正如法國興業銀行總經理藍克讓所說，銀行業界就像羊羣一樣，競爭者往那兒跑，大夥兒就往那裏鑽。某些初到的外商銀行，入境不問俗，非但唯「資深」外銀是瞻，更且不顧一切，因而才有今日「輕信反求人」的局面。

外商銀行對我政府抱有怨言的，是公司法與對會計師的管理。

一位外銀負責人說，根據我國公司法第三百九十三條的規定：「登記簿或登記文件，公司負責人或利害關係人，得聲敍理由，請求查閱或抄錄」；不過，但書補敍：「但主管機關認為必要時，得拒絕抄閱或限制其抄閱之範圍。」更不幸的是，這一但書，卻往往成了有關單位的慣用藉口，使得徵信的程序，倍加困難。

另一家外銀在內部的作業上，將國內的會計師分爲數組，分別賦以可信度的範圍，然後據以衡量文件可信性，再決定貸放的額度。這種作法，對我國會計師這一專業尊嚴，實在係一大諷刺，但也怪我們沒有建立健全的會計師制度。（民71.9.8.，經濟日報，第2版）

九、從紀錄文書中擴展寫作範圍

會議紀錄、公文書信上，往往是「淘沙見金」，發掘事實（Popularizing facts），得到寫作題材的好方式。此種情形，多至不勝枚舉。例如，民國七十一年十月廿七日，「立法院議案關係文書」（第一屆第七十會期第十一次會議）中，時任立法委員的鄭余鎮，曾就津津合發事件，對經濟的後遺症，向行政院提出質詢。其中有謂：

「目前外商銀行對本地廠商服務態，已今非昔比，尤其對本地廠商放款條件更爲苛刻與無理，經常對本地放款戶强制催收，使得放款額度稍高的客戶，即時要償還一部分貸款。財務稍差的客戶現在要全部償還貸款，否則得提供足額不動產抵押並要分期償還。試想，一般廠商所貸到的資金，不是已經投資就是採購了原料或更添機器設備，剩下的資金可能用于一般業務週轉。如果外商銀行要他們還債的話，那麼只有從週轉金及其他業務收入挪用還債，所以廠商近來普遍發生週轉不靈的現象。就是僥倖挨過難關，其營業也欲振乏力。何況不景氣的加深，近月來廠商之營運更趨慘淡而叫苦不已。如財經當局不及時扭轉外商銀行催收的現象，相信在今年年底有更多廠商會關閉，其受害不僅是廠商，而且是銀行，最後吃虧的還是臺灣經濟發展。」

鄭余鎭並提議：「應協調外商及本國銀行，對財務危機之廠商，儘速放寬貸放催收條件，對於有無財務危機之鑑定，財經單位應協調外商銀行成立仲裁機構，做合審核，以防止濫無標準。」

負責相關路線的記者，即可根據此一質詢的內容，走訪外商銀行，予以求證、引申、甚或反駁，都將是一篇吸引讀者的特寫。下面即是一篇從上述觀點出發的一篇特寫：

由津津合發事件後——

看外銀放款心態的改變

津津合發事件之後，外商銀行的授信條件已不若以往那樣寬了。

一位外商銀行主管坦率的指出，他相信在整個經濟不景氣的影響下，不論本國或外資銀行，都會相對地採取嚴謹而保守的放款政策，避免壞帳和呆帳風險；所不同的，只是程度上的些微差別而已。什麼是程度上的差別？

一般而言，目前我國的外商銀行，大致可分爲甲、乙兩類。所謂甲類銀行，係指歷史較久，知名度高的銀行，與我國關係密切，早期即已來臺開設分行，這種銀行，以美國大銀行居多。另一種乙類銀行，則主要係指六十九年前後，方來臺設立分行或辦事處的十來家外商銀行。這些銀行的總行，分布在歐、美和亞洲等地，在臺分行的規模較小。

甲類銀行的貸放政策，一向較為慎重，只求逐步穩定的成長。由于歷史淵源和銀行的背景，與我國大企業的關係，十分良好。這一類銀行，比較不用擔心壞帳和呆帳。他們往往依據顧客的行業、政府扶助的策略、企業聲譽和規模，市場佔有率以及主持者的信用和關係等，去選擇客戶。這些資料，可以從相關的企業資訊中得到，也可經由總行，或其他「深交」的往來銀行同業的推介，而主動的去尋找「潛在的顧客」。當然，在任何的授信過程中，這些銀行仍免不了對客戶作嚴謹的徵信工作。另外，亦會視借貸款的額度，對于企業的動產，要求作全部或部分的抵押。目前，國內有名望的大企業，幾乎全被這類銀行所羅致。

處于經濟不景氣的當兒，這種銀行相互間的競爭也十分激烈。相對的，服務的態度亦「被迫」提升，形成隱約的「貸方市場」。在這種情形之下，銀行對客戶所提出的要求，亦「盡量」設法「遷就」。乙類銀行的放貸作風，則一向偏于積極。業績成長的壓力，不免有「行險以僥倖」的「拚命」心態。由于大客戶都被甲類外銀「吃」掉，只好「有酒食先生饌」，退而尋求中小企業的客戶，或者，隨甲類銀行的放貸動向而跟進。

諺云：「上得山多終遇虎」，津津與合發興業事件擴大後，這類銀行有如「驚弓之鳥」，在放款態度上，立時作一百八十度的改變。

目前若干屬于這類型的銀行，幾陷于「停頓作業，整理內部」的「苦」況。同業間的消息是，這類資本較小的銀行，受壞帳和呆帳的連續打擊，滙進來的二、三百萬美元的資本額，大致已經見底，所謂「黃台之瓜」不堪再摘。因此，只有採取消極的不貸放主義，以避免損失。至萬不得已而貸放時，亦必極度小心，眞是「一朝被蛇咬，十年怕草繩。」更有人指出，若干這類銀行的總行，已派出專員到達此間，一方面「視察業務」，改進和重整內部的作業；另一方面則考察此地的經濟境況，以訂立投資政策。據悉，或由于服務年期的屆滿，或由于內部負責的重新分配，若干此類銀行的中上級主管，本年內，將有幅度頗大的調動。

一位這類銀行主管，對津津合發興業事件，大爲抱怨。他說，他剛來之時，實在攪不清楚我國政府所謂的「策略性支持」。某些行業碰到困難，會得到當局的大力幫助；而在另一個情況下，則又會「袖手旁觀」。比如今次津津合發事件，以當初這二公司的「聲勢」，以及先進外銀對他們的「信任」程度而言，他滿以爲跟進政策，該沒有什麼危險。不料，事發之後，當局却出奇「冷靜」，使得他大爲狼狽，此後在貸放時，就顯得戰戰兢兢的忐忑不安。

據外銀表示，三個月來，貸放市場雖較熱絡，但最高額的平均放貸，大約只限于二、三百萬美元之間，離理想甚遠。本年年底前，並將有若干「新」的外資銀行來臺設立分行，在市場的有限範圍之下，一種新的競爭，將會從多方面發展外，若干外銀，亦希望自由貿易區和境外金融中心能早日成立，以開創另一個局面。（民71.11.4.，經濟日報，第2版）

十、從廣告中擷取題材

讀報的人，經常會從報章雜誌上，讀到陳情書、道歉、敬告讀者、嚴重警告、開會演講等啓事和廣告，只要隨時留意，自然可以適時發掘到寫作題材，配合新聞發展，使新聞版面更具吸引讀者的魅力。

例如，民國七十一年十二月十三日，經濟日報第四版右下角，由一幅佔四分之一頁，由泰國盤谷銀行臺北分行刊登之大幅廣告，公布十一張該行收到的僞造信用狀 (L/C, Letter of Credits) ，揭露不肖份子的翻新施騙手段。(該則廣告見二五八頁)

不過，讀者雖然在廣告中，得知不法商人的劣行，但究竟引騙過程如何，却茫無頭緒。關心這一新聞的工商業界，自想再進一步，了解整個事程的經過。記者卽可本此一線索，向刊登廣告的盤谷銀行，作進一步的訪問，寫成特稿，向讀者交待，滿足他們的需求。下面是一個實例：

僞造信用狀・花樣翻新

不景氣時期・不可大意

泰國盤谷銀行・揭發行騙案例

本月十三日經濟日報第四版右下角，有一幅佔四分之一頁版面，由泰國盤谷銀行臺北分行刊登之廣告。廣告中，列具十一張金額由四萬九千餘美元至二十三萬八千五百美元不等的僞造美商信用狀。這一則廣告，引起本地外商銀行的極度關注。

就國內的情形來說，某些不肖廠商，以假造信用狀方式，或以塗改信用狀金額或內容的手法，向

近有不肖份子僞造信用狀，本行已通知臺北市銀行公會與有關單位，並敬請各外滙指定銀行及各有關公司行號嚴加注意，謹防受騙。僞造信用狀名單如下：

開狀銀行 **Issuing Bank**	信用狀號碼 **L/C No.**	金 額 **Amount**	出口目的地 **Export Destination**
American Commerce Bank New York	11636	US$49,250.	New York
American Commerce Bank New York	11641	US$49,375.	〃
American Commerce Bank New York	11645	US '59,200.	〃
American Commerce Bank New York	11662	US$99,370.	〃
Bank of New York, N. Y.	610165	US$238,500	〃
Mandt Bank Buffalo, New York	16583	US$50,000.	〃
Mandt Bank Buffalo, New York	16589	US$114,900.	〃
Mandt Bank Buffalo New York	16590	US$105,600.	〃
Mandt Bank Buffalo New York	16591	US$54,000.	〃
Mandt Bank Buffalo New York	16592	US$52,500.	〃
Overseas Investment Bank Ltd., Los Angeles	82/658	US$150,830.	Los Angeles
Overseas Investment Bank Ltd., Los Angeles	82/659	US$149,740.	〃

泰國盤谷銀行臺北分行

Bangkok Bank Limited

TAIPEI BRANCH

信用狀通知銀行以外的其他銀行申請押滙或外銷貸款的行騙事件，已時有所聞。不過，以日前盤谷銀行所遭遇到的事件來看，不肖分子的施騙行爲，似有不斷翻新趨勢。

據泰國盤谷銀行臺北分行經理陳海洲的說法，歹徒行騙的過程大致是這樣的：

行騙者先用該行的電傳電報機(Telex)的號碼，向該行自行僞造一則美國銀行的信用狀。然後，再到該行以信用狀受益人（出口廠商）查詢該僞造信用狀，是否已經抵達。由于盤谷銀行的確收到該則「信用狀」，因此只得按往例開列一封「通知函件」。但因爲所收到的僞造信用狀上，並沒有該行與往來銀行客戶的密碼，所以只好按例加註「非正式」（UNOFFICAL）字樣，表示只係一張函件，並未正式成爲契據。

在上述情形之下，一家銀行一定會以求償銀行(Claiming Bank)的身分,向償付銀行(Reimbursing Bank)，或開狀銀行（Issuing Bank）要求函證，並據以開發正式信用狀，其電文往來時間，大約得化一個星期的時間。意圖行騙的歹徒，遂有充裕的時間，四出行騙。

以這次事件來說，歹徒取得「非正式的函件」後，立即以此和廠家接洽，表示手上有此一張「L/C」，並願意轉讓給廠家，由廠家持用。急于打破外銷困境的廠商，在「利益」的誘惑下，一時不察，遂上其大當，任由歹徒騙財騙貨。等到銀行查明，廠家又發覺受騙之時，歹徒早已逃之夭夭。

雖然盤谷銀行在刊登廣告之前，已有三名與這宗行騙事件有關歹徒被捕落網，等候法律給予應得的懲治，而盤谷銀行本身亦沒有遭受怎樣的損失，但有廠商因此受騙。盤谷銀行除把所發生事件通知臺北市銀行公會及報警處理外，仍希望藉廣告的效用，提醒廠商注意，免招損失。

陳海洲表示，在所發現的僞造信用狀事件中，以五萬到二十萬美元，最爲常見。他呼籲廠商今後在處理這種數額的信用狀時，應特別小心。

盤谷銀行在發現這些僞造信用狀之後，已指令國外部門單位，對非往來的客戶，停發「非正式」的信用狀函證，免爲歹徒所利用。不過，陳海洲認爲，加重刑罰的消極制裁手段，或可以產生阻嚇的效果，但積極的做法，仍得靠政府有關當局，協助工商業界紓解銀根的困境，協助業界促進外銷，帶動經濟提早復甦，如此，則廠商不會「求狀若渴」致爲歹徒所乘。另外，經濟好轉，某些人爲財犯法的動機，將可能減至最低限度。（民71.12.30.，經濟日報，第3版）

又例如，民國七十二年一月四日，經濟日報第五版，有由外貿協會刊登的演講啓事：

外貿協會專題演講會啓事

題目：如何在國際經濟復甦遲滯中有效開拓外銷市場。
主講：美國北方財團公司總部企業計劃部處長及美國中西部國際貿易協會執行董事葉德斌博士。
時間：72年元月5日（星期三）上午9時30分至12時。
地點：台北市敦化北路201號（台塑大樓）9樓902演講室。
備註：現場分送有關資料，歡迎廠商踴躍派員參加。

根據此則啓事，記者亦可以找到訪問的對象（演講者），就中、美市場問題，請教一、二，寫成特稿，使不克參加聽講的讀者，亦能得到先進的經驗。（此一專訪，見本書第三章附錄四：「旅美博士葉德斌談美市場及貿易動向」一文）

十一、資料的組合

多項相關資料的組合（Composite and Sectional Stories）。如果剪裁得宜，不作「斷章取義」和牽强附會，則仍會寫成一篇好的背景、解釋性特寫。寫作時應注意「論點」的所在，與「論證」（evidence）的效力，否則會流于空洞，强詞奪理。下面係一個用資料的拼湊，而寫成的特寫——

(A)一般組合

中共藉開放廣告騙取外滙

廣告本來並非係共產國家所容許的，蘇俄卽使有廣告，亦爲清一色的人事廣告。典型的蘇俄廣告，不單措辭含糊，並且千篇一律。例如：「閣下欲長壽、美麗、莊重、爲人誠實，請喝茶」之類。

美廣告商一廂情願

在資本主義的影響下，一向以爲「廣告是走資派玩意兒」的中共，反倒學會了利用商品廣告來套取外滙。根據合衆社的報導，去年十二月十四日，「北京日報」曾以整版，刊出朋馳牌（Benz）貨車的廣告，收費九千美元。十二月廿四日，「北京電台」又公布說，該台將于每日播出七次，每次十分鐘的商品宣傳廣告。外國商品的收費，每分鐘六百九十三美元。此外，十二月卅日，「新華社」宣稱成立「中國電視服務公司」，爲「外國電視工作者提供服務」。

中共能有這種「認識」，說起來，眞應感謝美國資本主義者對「大陸市場」的幻想。

自美、中（共）建交的聲明發表後，紐約時報立卽興致勃勃的報導說：「最能代表美國生活的可口可樂，正在往中國的途中。」一時間，一個想像中的九億人口市場，給美國廣告界，掀起了一廂情願的自我樂觀。

一八五三年，美海軍中將彼利（Perry），率艦在浦賀海外，鳴砲示威，打開了日本的鎖國政策，被迫與美國通商。一百二十六年後，心癢癢的山姆叔叔，又幻想着以廣告的魅力作先鋒，搶建大陸的灘頭堡。他們認爲，可口可樂、柯達底片、電子錶、雲絲頓香烟（Wiston）、運通銀行（America Express）的旅行支票，以及泛美旅行團（Pan Am）等廣告，都將是打開大陸市場的無聲大砲。

營業額宣稱超過十億美元的麥甘（McCannerickson）、Y&R（Young & Rubicam）與O&M（Ogilvy & Mather International）等三大美國國際廣告公司（Transnational Advertising Agency 簡稱 TNAA），在一九七九年，都曾與大陸做過生意。那是中共委託他們，在海外製作和刊登廣告。這一「現象」，使美國「廣告世紀」雜誌（Advertising Age）「樂觀」的報導說：「對中共感到興趣的美國廣告商，正步入高潮。」

當然，中共也有若干「幻象」，使得美國商人迷惑上當。

經濟統戰性廣告中心

「北京評論」曾巧妙地把廣告不能在大陸流行的原因，歸咎于林彪和四人幫，說他們在當權的時候，認爲「廣告係資本主義者的商業行爲」，而予以全面的禁止。該雜誌又報導說，自林彪和四人幫垮台後，「實用派」的鄧小平，不再以爲廣告係「資本主義和帝國主義的廢物」，認識到某些國外的廣告技術和內容，亦可以引進來加以應用。因此自一九四九年以後，廣告「再度」在大陸獲得注意。爲了經濟統戰，中共並特別將上海市闢爲廣告中心，准許外國商品設置有中英文字樣的廣告牌板，成爲大陸廣告的主要「特色」。

根據統計，一九七七年大陸的個人所得，只得三百九十美元左右，不過一些美國商人預測，在一九八〇年代的初期，中共在購買外國技術和資本財方面，將超過三百億美元，而在八五年間，單獨向美商購買商品的數額，會在一百二十億至一百五十億美元之間。這一「幻想中的財富」，使得面臨經濟成長減緩的美國商人，垂涎三尺。O&M香港辦事處負責人富萊頓(Charles Fullerton)就曾經這樣說過：

「就現時香港人寄送東西到大陸的生意額來說，的確無法作爲要在大陸推展廣告的藉口；但有遠見的廠商會着眼于未來，着眼于八十年代的初期，而早早建立產品的知名度。」

可口可樂的一位人員，亦持相同的看法，他以爲：「進入大陸市場的方法，是不時走一步、不日走一步。」

沒有消費者怎有效果

美國著名的DDB(Doyle Dane Bernbach)廣告公司一位負責人也預測說：「長期來說，大陸和日本一樣。那裏將是一個消費者經濟。但那得花一段很長的時間，去建立信任和尊重。在起初五或十年間，可能一點效果都沒有。這是一項長期性的投資，而目前的接觸是第一步。」

這些醉迷的山姆叔叔，曾經組成一個「教導團」，化了二周時間，在上海和北平，教導中共如何利用廣告，將產品向美國促銷。

從去年一月至九月，中共在傳播媒介上的幾項措施，亦被敏感的美商，視爲中共政策改變的一個跡象，而寄以希望：

——一月，第一次准許大陸生產的牙膏，在天津日報上，刊登廣告。

——二月下旬，准許外國商品，在上海「文滙報」及其他報章上，刊登廣告。「文滙報」過去一向認爲廣告係資本主義的玩意。

——三月，首次准許大陸生產之幸福可樂，在「上海電視台」中，插播現場廣告，並且以當時出賽之女籃隊主將及隊員爲模特兒。

——四月，「廣州電視台」首次插播電子錶廣告三十及六十秒。稍後，又插播萬寶隆三次十五秒的香烟廣告。

——四月下旬，「上海廣告公司」和日本得臣公司(DENTSU)，同意彼此在交換市場情報、輸出入商品廣告的專案研究，以及購買廣告的時間和位置上，互相合作。隨後，日本產品的霓虹招牌，卽在上海出現。

——五月，O&M獲中共授權，以寄賣方式，在世界各地出售大陸製造的地毯、白蘭地以及專利藥品；並協助大陸商品，在奈及利亞（NIGERIA）。

——六月，在杭州的「世界杯羽毛球賽」中，第一次准許萬寶隆香烟、七喜汽水和軒尼斯白蘭地（HENNESSY COGNAC）等廣告牌板，樹立在體育館的四週。

——九月，爲可口可樂製作廣告的麥甘國際廣告公司，達成與中共「上海廣告公司」合作的協議。

美國專家提出了警告

習慣于「研究分析」的美國人，對于大陸的「表象」，亦有很多存疑的地方。例如：

大陸人民，是否眞能感受外國廣告的影響？消費主義，是否能在大陸，成爲一個普遍運動？

西方式廣告，如何能在大陸市鎭的一般民衆心目中，做成一大突破？

消費品廣告與工業廣告的比重如何？

中共在「開放投資」和「引進技術」的當兒，能否忍受足以破壞共產意識形態，諸如商品化的媒介，利潤動機，階級衝突等自由市場制度，以及西方價值及生活的方式？

自詡爲「大陸市場專家」的美國麥哥羅曉（Mcgraw Hill）出版公司，就曾向美國商人提出警告說：「的確，大陸可能係美國廠商一個新而重要的市場，但是認識一個新而重要的市場是一件事，最重要的係成功地分享這一市場。向大陸售賣工業產品，會遭遇與美國市場同樣的困難。而且不同的語言、文化、政治、經濟及外貿制度等，更會增加貿易方面的障礙。」

雖然「奢侈」商品和帶有「性」的廣告，仍不准在大陸刊登，但在這短短的一年間，廣告已爲大陸帶來了問題。例如「上海電視台」揷播電視機的廣告，可是由於舶來品的供應不足和大陸產品品質的不良，使得購買者怨聲載道，並且對大陸產品失去信心。

香港有一位經濟學者，對美商的「熱心」表示大惑不解。因爲據他的估計，大陸上有百分之六十三的消費者係農民，並且相對地遠離外商活動中心的北平、上海和廣州。而且大陸上，除了中共幹部外，幾乎大部分係無產階級的勞動者和民兵。這些人頂多需要一部脚踏車、一台收音機、一個手錶、或者一部縫紉機。一個普通勞動者，要買一部脚踏車，得化上六十七日的薪酬。加以大衆傳播媒介的分布不均，報紙的短絀，廣告牌板的有限位置，集中在公共場所，而仍在起步階段的電視等等不利因素，美商得化多少時間和成本？

說穿了不外各懷鬼胎

其實，說穿了，不外是各懷鬼胎。

一位香港廣告商說得好：

「大陸開放外商廣告的原因有二個：其一是對日本商品，諸如電視機、冰箱和手錶的需求；其二是希望能賺取更多外滙。」

在一九六二年成立的「上海廣告公司」（文革期間，停止了所有活動），一九七九年的外商廣告營業額，估計可能超過六十五萬美元。對中共而言，這將是一筆無本生利的可觀收入。

至于美國人打的如意算盤，起碼有二個。一個係市場的佔有，另一個係將大陸來作一試驗。目前，雖然萬寶隆（Marlboro）、總督（Viceroy）、庫爾(Kool)與健牌(Kent)香烟等，可以用外幣在旅店和「友誼商店」買到。但是美國人最終的夢想，係將萬寶隆世界(Marlboro Country)，牛仔（Cowboy），麥當奴的金色拱橋（McDonald's Golden Arches），以及可口可樂的微笑，搬到大陸去，而成爲家喻戶曉的東西，做其九億人口的生意。

另一方面，如果這一「敲磚」成功，則「大陸模式」，可以鼓勵第三世界各國，在資本主義和社會主義之間，以及在自我封閉和對外開放之間，找出一條中間偏右的路線，亦卽係「南斯拉夫型」的經濟政策。

用廣告費進行統戰

到過大陸的人，都會注意到北平、上海和廣州火車站的廣場一帶，增加了不少諸如三洋牌錄音機、雷達錶、萬寶隆香烟和可口可樂等大幅的外商廣告牌板。不過目前大部分的廣告，仍是來自上海的消費品。例如「大地牌雨衣」、「雪蓮牌毛衫」、「天鵝荷爾蒙雪花」面霜等等。在外商廣告中，日本廣告佔了百分之三十，香港廣告佔了百分之四十，而香港的廣告，主要係外商的代理。

本來，中共在香港向來重視廣告，藉廣告來推銷產品，更重要的是利用廣告費賄買媒體進行統戰，對重利的傳播媒介施予壓力。最近，其在大陸政策的運用，主要係藉四化的口號，欺騙國際，賺取外滙。

唯恐連個「馬屁股都騎不上」的美國商人，似乎忘記了共產主義的本質：不但人民沒有消費的能力，而且由于沒有穩定的政治制度，任何的政策和計畫，都可能在任何時間，因當權者的失勢，而化爲烏有。

(B)花絮式的組合

香港二三事

中共公司無獨立財產・美國銀行無以融資

中共參加國際貨幣基金爲會員後，將在國際貨幣基金中，佔有五億五千萬單位的股款攤額，可在需要情形下，例如出現國際收支赤字時，最高可獲得相當予攤額百分之一百四十的特別提款權（卽國際貨幣基金保證的透支額）；如果以公定的會員攤額伸算，中共另外可以透過基本的程序，就本身攤額向世界銀行取得貸款三十餘億美元。這對渴求外滙的中共而言，的確是一個夢寐以求的資金來源。

在較早前，中共爲求獲得外滙，曾經不止一次的提到，每年要安排一百萬名次的熟練工人出外工作。因爲據估計，一名在海外工作的熟練工人，每年可獲約六千美元的工資，如果强迫他們將薪金收入的三分之二滙回大陸，中共每年卽可獲得四十億美元的外滙，可見中共對外滙的需求，已到無所不用其極的地步。

根據國際貨幣基金的規定，基金成員，都要向組織提供眞實的國民收入、貿易數字、外滙儲備、收支預算等財經資料。據香港金融界人士預測，中共今後將會加强編造數字和虛構成就，以資敷衍。

不久之前，美國銀行（香港分行）助理副總裁威廉博士，曾經在「美國（香港）商會月刊」撰文指出，由于美資銀行在法定借貸額的限制、以及缺乏中共財政資料的影響，使得對中共融資的進行十分困難。

在美國法定借貸限額之下，一個客戶的貸款，不能超過該銀行資金存額的百分之十與其公積金的百分之十。因此客戶借貸總額，每依銀行之大小而定。以美國銀行爲例，最大的貸借額，據悉可達三億五千萬美元。以中共需求外滙的數量來說，此一貸款額很快便會滿額。所以中共實在未能作大額的貸款。

最致命傷的是，到目前爲止，仍無方法證明大陸的某一地區、某一「部」或某個「公司」的「獨立財產」，可以供作還款之用。在商言商，當銀行界得不到借款者的財務狀況時，對于借款的考慮，自會越加謹愼。中共的借款一向都係由僞「中國銀行」作「保證」的。

據了解，目前除了兩筆較少額的貸款由美國芝加哥第一國家銀行借給福建地區外，似乎尚未有其他的借款交割。不過，威廉士以爲這並不表示中共並沒有向美國借貸。因爲貸款給中共的價錢及結構等問題，都有某一程度的「敏感性」，而借貸雙方，又每喜保持機密之故。

香港掛廣州長途電話·要一兩天始能接通

據報導，中共預算在短期內，將停止簽發「產品來源證」予外地在大陸設廠的廠家，如果此一消息屬實，則中共之不可相信，又獲得一個有力證明。在中共「補償貿易」的誘惑下，有些香港商人，尤其是成衣製造者，在大陸「特區」設廠生產，然後憑中共簽發的來源證，將產品轉銷英、美、義大利等西歐國家，博取較高利潤。縱然一般人對此一消息仍屬信疑參半，但對有切身利害的廠家而言，已經是當頭的一棒。

凡是到大陸投資的商人，或多或少都遇到一些令他們發愁的「意外」事件。最近，香港舉辦了若干有關大陸與香港間經濟關係和前瞻的座談會，會中的工商界人士和學者專家，曾將與大陸交易時所遇到的問題，歸納為下列幾點：

一、大陸所謂開放的四個經濟「特區」，各自為政，洽商途徑各異，而「特區」本身又缺乏長遠及互相配合的發展計畫，港商急予套回利潤，而中共則欲謀求工業技術，凡此種種先天缺陷，皆造成中（共）港兩方合作的困難。

二、洽談生意手續繁複、花費時間長，往往談了一、二年也沒有什麼結果，這種作事慢吞吞的慣性，使不少可能投資者望而止步。

三、工人效率低，品質差，交貨期不準，缺乏時間觀念。

四、電力、交通運輸和貿易通訊等設備，遠遠追不上需要。由香港撥一個長途電話到廣州，有時幾乎得等上一、二天，使得習慣于即時傳遞的外商叫苦連天。

五、產品設計落後，資料缺乏，主事人對外間情況不熟悉，對市場反應和需求置若罔聞。

六、各部門之間的分工不妥善，一宗貿易，往往有多個部門嚷着要辦，使外商無所適從。

這六個缺點，經與會專家研究，在今後幾年都難於扭轉，因此無論中共如何叫囂，有眼光的投資者，仍將會抱持十分謹愼的態度。

根據報導指出，去年廣東地區與港澳工商界簽訂的各類「補償貿易」合約約千餘份，參與合作的港澳公司逾八百家，貿易總值約二億五千萬美元，而至本年三月底爲止，「深圳特區」約有一百六十家工廠在開工。由此可見中共與港商，目前仍只限于小規模的貿易。香港去年對中共的出口貨及轉運貨品總值，估計爲十九億一千八百萬港元，大陸輸港的產品總值，則爲一百五十一億三千萬港元，逆差達一百三十二億一千餘萬港元之鉅。號稱香港四大工業的電子、玩具、塑膠和紡織，都不能在大陸佔一錐之地，只能「利近圖遠」，對八億人口的「潛在市場」存着幻想的外商，上述的情況，無疑是一貼「降火的清涼劑」。

中共的迷湯中有毒．上榖哭訴無門

租金高昂，是在香港設廠的一個大障礙。最近美國就有一間藥廠，因爲香港租金太貴而將工廠搬到新加坡去。中共「經濟特區」最能誘惑港商的地方，是廉價的土地，使一些競爭能力不强的毛織、揷頭裝配和工人手套等小型工廠，到「特區」發展而得以維持下去。不過，一般小廠商仍然表示，當中共未有「明文而完整」的商業法則之前，非不得已，他們仍會在香港作苟延殘喘的打算。不久前，一名香港電視機代理商，無故被中共終止國內提貨合約，另一家小型旅遊機構，合約亦突然被終止，負責人更被冠以「債務未淸」的罪名，遭中共扣押。這種哭訴無門的慘狀，更加深了上述人士的執着。只有「行險以僥倖」的「水客」（單幫客），鋌而走險地，將冰櫃、風扇、收音機、錄音機、手錶和電子計算機等「奢侈品」，走私到大陸去，以圖厚利。據中共透露，自去年三月深圳口岸「開放」以來，港粵邊境的文錦渡「海關」，已破獲了五十多宗較大型的「走私」案。

在經濟統戰的技倆下，中共一再「舊瓶裝新酒」地向一些自以為「看準機會」的商人，不時灌點「穿腸」的迷湯。最近「中共海關總署」卽曾正式「宣布」，臺灣直銷大陸，或原裝經港澳以及外國港口轉運至大陸的貨物，不徵收「進口關稅」。事實上，由臺灣貨品運銷至海外，再運銷至大陸，中共仍視為「國貨」複進口而徵收進口「關稅」。這種荒謬的規定，實在貽笑天下，而明眼的商人，無不看出這只是中共的花招而已！

其實，除了香港租金高昂而外，若能動動腦筋，與我國距離最近，有近六百萬人口的香港，才應該是外銷的第一站。最近我國有二家廠商，就以「實際行動」，不動聲色的，進一步開拓了這個「市場密度」極高的市場。

其一是嘉德玻璃事業股份有限公司所產的玻璃和玻璃馬賽克，產品品質為香港建築商所接受，價錢則比其他外國貨便宜。因此，產品的市場佔有率，約佔百分之七十多。最近，該公司一位負責人跑了香港一趟，面對面的和客戶直接接洽，並解決了若干香港代理商不能解決的施工技術問題，使此地商人和生產工廠間有更直接了解，結果獲致超過千萬臺幣的訂單。該公司負責人自豪的說：「我們生產的產品，大陸現實仍是無法生產的。」大陸生產的建材，以特殊價格，佔踞了香港市場，嘉德公司能從夾縫中找出路，成功的在香港市場中佔一席位，很值得國內廠商三思。

臺灣產品吃香．銷港大有可為

另一個例子，則是打響招牌的「臺灣廣良興牛肉乾」店舖。以前僑生回港，大都喜歡買廣式口味的永來香牛肉乾。之後，新東陽的知名度亦漸爲港人熟知。但台式當街燒烤牛肉乾的玩意，在香港仍是新的嘗試。隨着香港經濟的發展，人民生活寬裕之後，對于非必要的民生品的消費，亦會相對的提高。廣良興牛肉乾店舖，卽看準港人的消費力，決定在九龍旺角彌敦道附近的黃金地帶，開設了卽時燒烤的牛肉乾店，果然香味四溢，顧客盈門。目前的售價係三十多港元一磅。據一位內行人士觀察，該店一日幾可售出二百市斤的牛肉乾。這對認爲臺灣口味食品不能推廣于外的人，實在係一個很好的機會教育。

最近香港一機構，將若干蚊香，作了一個詳盡的併類試驗。臺灣產的蚊香，不論在價錢上、成分上，以及不含ＤＤＴ數量成分上，都脫穎而出，我國生產蚊香的廠家，實可以作爲一番。

十二、大塊假我以文章

有人類就有新聞，只要隨時留意，將「靈機一動」，則特稿題材，就會「得來全不費工夫」。例如，民國七十一年前後，因爲香港租讓年限的問題，攪得滿城風雨。港僑一方面渴望知道英、中（共）對此一問題的態度，而另一方面，則總不免有「避秦」之想。時值國內房地產的低潮，國內業界欲招攬港僑回國購屋的行動，已一步緊接一步。就此一問題來撰寫特稿，將會引起國內業界的注意。例如下面一則特

香港華僑來臺買房子．風氣旺盛

臺灣地產業界爭取香港僑胞回國置產，已從零星的個別招攬，轉向更積極的爭取行動。若干有實力的建築公司，已參與一項「房屋百貨公司」的計畫，與香港房地產界簽訂物業代理合約，向香港僑胞推銷各類型屋宇，並提供入境、選購和簽訂契約等多項服務。

由港商代理推銷．提供入境等多項服務

欲在臺灣置產的香港僑胞，可藉報紙或電台的廣告地址，與在港的代理商接洽。代理商即時提供臺灣全省各地的房屋資料，包括各類房屋的型式，四週環境、交通、建材、面積和價格等基本資料。如果一切滿意，買方和代理商可同往香港律師樓辦理訂購手續，通常先繳房屋總價款的百分之二十（港元）。隨後，即由代理商負責爲買方辦理赴臺手續。有些代理商則只要求買方，先付訂金一萬港元，甚或五千港元，即願爲買方安排簽證和旅程。也有些代理商對尙持猶疑態度的買家不代爲辦理赴臺手續及有關事項，但介紹與在臺的建設公司聯絡，俟抵臺時由公司派員陪同前往參觀二、三個地盤。這項服務，通常收費一千港元。

已繳付訂金的買家，由在港代理商委託旅行社代辦入臺簽證，有個別的，也有七、八人一團的。到臺後，在臺的建設公司除派員到機場迎接外，並安排三天的食宿，通常會住於高級的觀光旅館內。

在這三天行程中，建設公司亦會派員陪同買家參觀已選定房屋，商討裝修和設備等細部事宜，不中意時也可另選其他的房屋。如果一切滿意，即可在指定律師處公證，或法院公證之下，簽訂購屋合同。

想來臺灣買房子．洽詢的非常踴躍

買方可在臺逕付未繳付的其餘款項。有些公司尚應允協助買方，向臺灣土地銀行辦理部分貸款，使習慣于「租樓供屋」的港人，能減輕一定程度的負擔。買方也可以在回港之後，按購屋合約之規格，繳付房屋餘款總價的百分之八十（港元）。房款全部繳足之後，再辦妥華僑身分證明及印鑑證明，即可由指定律師及專業代書代辦過戶手續，購屋手續即告完成。

在整個交易過程中，香港代理商只收取房屋總價款的百分之一手續費，其中包括赴臺費用，並扣除先前所交的一萬或五千港元的訂金，惟不包括律師和代書等費用。不過，如果赴臺參觀房屋後，未能達成買賣交易的話，則一切費用，得在已付訂金內扣除。

據香港代理商表示，目前問津的人並不算少，查詢資料的，尤爲踴躍。在香港買房子，會有年期的限制，例如七十五年、九十九年之類，而臺灣則沒有這一項規定，這是很令港人興奮的地方。

如果將來把房子又賣了．資金可滙回香港否

當然，與其他的投資者一樣，港僑也亟欲知道，「萬一」把在臺灣的房子賣了，所得到的資金，是否可以透過某些手續，將之滙回香港！關于這點，香港代理商的答覆是模稜兩可的，通常的答覆是可以透過某些途徑，或某些安排，把資金滙回香港；例如，由臺灣某些商號（或某些銀樓）開具港（

美）元支票，由持票人在港兌取。據說，滙款問題是大部分有興趣買家最關心的問題之一。

由于臺港往來的便捷，也有不少買家，趁赴臺之便，透過私人關係，或逕自與臺灣建設公司洽購。臺港建設業界，要以成功的合作來開拓香港市場，似乎還需要繼續做一番努力爭取的工作。（民71.5.6.，經濟日報，第2版）

十三、結　語

總之，尋求專訪與特寫素材亦一如歐陽醇在探討「如何獲得新聞線索」時所列舉：各個機關、團體的公共關係室或新聞室的書面參考資料、記者會、酒會、宴會、甚至車站、碼頭、機場等公衆場合的所見所感，都可以成爲新聞線索的來源。記者要作專訪和撰寫特稿，亦可以透過上述途徑，獲得寫作的題材。當然，一位細心的記者，也絕不會放過廣播和電視的快速報導，隨時撈取專訪特寫的題材，配合新聞的最新發展。

例如，民國七十一年九月十六日，中午十二時卅分，中國電視公司在播報午間新聞時，報導日本首相鈴木善幸，在全國轉播的電視記者會上宣布，龐大的赤字預算，已使日本面臨財政的緊急狀態，並且呼籲日本國民，共同負起協助政府，挽求財政危機。

爲了適時配合新聞，記者便可訪問第一勸業銀行臺北分行的負責人，寫成一則簡短新聞，補充同日國際新聞外電不足之處。（見附錄一）

當然，要發掘撰寫特稿的線索，平時多收集各類相關的資料，從資料中尋求題材，自會事半而功倍。

附註

註一：新聞價値高之理由起碼有六點：

㈠當時香港一九九七年租約期限的問題，已引起港臺和世界各國注意。其內部問題與金融動向，均爲大衆關切。

㈡凡到過香港的臺灣人士，對謝利源珠寶行一定不陌生。

㈢當時已有消息說，謝利源的負責人謝志超，已逃抵臺北（事後證明此說屬實）。

㈣八月中旬的亞信擠提風波，記憶尤新。（「擠提」與「擠兌」兩詞，嚴格的來說，應有所不同。擠提通常指金融機構不被信賴，存款民衆一窩蜂要把存款提出；擠兌是對某一貨幣不信賴，持有者一窩蜂要求金融機構兌換成另一種貨幣。）

㈤世界經濟持續不景氣之下，是否已明顯影響到一向令人豔羨的香港金融業務？

㈥知名度如此高的一家珠寶行，何種原因致令經營失敗？

上述六點理由，完全符合「時宜性」(Immediacy)、「接近性」(Proximity)、「顯注性」(Prominence)與「影響性」(Consquence)等新聞價值的判斷標準。

註二：香港人稱之爲「例牌新聞」。「例牌」爲廣東話，原係指酒樓菜牌(mannu)其上所印列之菜名，因係排印，故歷久不換。另外，客人點菜，慣點某些菜者，又以「例牌菜」名之，取其「有例如此」之意。香港新聞界遂以司空見慣、經常發生之新聞，例如交通事故、搶刼等等，名之曰「例牌新聞」，甚爲傳神。

註三：由是我們似可以將此類特寫，細分爲三大類：

㈠先於「預知新聞」而見報的「前導特寫」；

㈡配合新聞，同時見報之「即時特寫」；

㈢追踪性之「後續特寫」。

註　四：「預售外滙」與「出口廠商押滙前短期週轉貸款」不同。前者已見文中解釋，後者是銀行爲便利廠商融通的需要，而特地開辦之貸款。出口廠商得以出口單據，向開辦此一業務的銀行，申請短期而又有一定限額的押滙款項。華南商業銀行，即曾于民國七十二年二月六日，開辦此一業務（該日係農曆春節前行庫加班之星期日，見七十二年二月六日經濟日報第一版）。其重要貸款規定如下：

——對象：凡依法登記之出口廠商，其業務及信用情形正常，並與該行往來良好者，得於出口押滙單據未備齊，而急需週轉時，憑出口單據向該行申請本貸款。但必備之單據包括信用狀正本、輸出許可證海關回單聯，而其它未齊單據應於十天內補齊。

——金額：最高不得超過押滙金額的七成。

——期限：最長不得超過十天。

——利率：按該行短期放款基本利率計收，目前爲年息十・五％。

——償還方式：貸款項下之信用狀押滙款應優先償還這項貸款。

——各營業單位依本要點，得爲借戶向總行申請本項貸款額度，且營業單位亦核准額度內先行撥付這項貸款。

——本項貸款額度有效期間訂爲六個月，借戶如有信用貶落或履行不能之虞時，應即終止其額度之使用。

附錄一：

【本報訊】日商第一勸業銀行一位負責人昨（十六）日說，日本首相鈴木善幸所謂的日本財政預算赤字，已面臨緊要關頭一事，僅是日本內政問題，對于貿易和國際經濟體系，並沒有直接或即時的影響。

這位負責人認爲，造成日本財政赤字的主要原因，是由於世界經濟持續不景氣，該國稅收減少，而政府的開支却並未減少。另外，日本政府又一直發行公債來彌補赤字的支出，於是越發越多，幾至不夠償還的局面。

這位負責人說，要解決此一問題，也實在並不容易。目前日本直接稅多，而間接稅少，要增加稅收，馬上便會受到各方責難。不過，他以爲到了最後關頭時，日本政府可能會藉增加稅收的最後手段，來解決困難。（民71.9.17.，經濟日報，第6版）

附錄二：從警局檔案資料而發掘到的人情味特寫（摘錄）

粘勝嘉逮住粘居才

同姓同窗十八年際遇兩樣．此情此景一霎時心情迥異

【本報記者陳志成、陳緯世專訪】十八年前，粘居才和粘勝嘉同時從鹿港初中畢業。兩人九載同窗，離情依依，昨天晚上，警員粘勝嘉在埔心鄉柳溝邊一家小吃店，一把逮住涉嫌福興農會搶犯的青年。

這名青年，竟然就是粘居才。

粘警員看到嫌犯面熟，再細看，那模樣似乎就是國小、國中同學粘居才。但仍半信半疑：「你不就是粘居才嗎？」

粘居才楞了一下，粘警員再問：「你認得我嗎？」「你就是粘勝嘉。」霎時，粘勝嘉抓住人犯的手軟了。而粘居才，則淚流滿面。

這就是兩個好朋友，分手十八年後應有的情景？

粘勝嘉和粘居才分住福興鄉下粘村與頂粘村。國小六年，都在管嶼國小就讀。當時，兩個小毛頭就很投緣。粘勝嘉記得五、六年級的導師施啓發很嚴，很認眞。他却特別疼愛粘居才，因爲「他很乖，數學成績最好。」

粘勝嘉忘不了，惡補到八點鐘，與粘居才在星輝下踏上歸途。路上，兩人各說將來理想，說要一起創立事業。

友誼，在携手同歸和星月話語中滋長。

初中三年，兩人同居不同班，但仍互相關懷，同時嬉戲。

畢業後，粘勝嘉上了精誠高中，粘居才讀鹿港高中。兩地相隔，失去聯繫，然而，粘勝嘉常想念，當日到居才家，他父親，把剛撈起來的鮮魚請伊吃，還讓他帶回家。

久別離，再加上男孩子當中的矜持，誰也沒再找誰。只是，彼此輾轉聽到，粘勝嘉考入警察學校，在縣內服務。而粘居才職業換個不停，過去一兩年來在溪湖一家鞋廠工作。

昨晚，兩人終於重逢了，粘警員親手逮到粘居才，於法，不能放走他。於情，不斷的拿手巾，擦掉居才身上的滿身冷汗。

因爲，居才眼看警方起出贓款，無可抵賴。畏罪，而汗流不停。

第六章　特寫引言舉隅

一、前言

一篇文章先有開始，然後才有中間和結語。說人的文章「不好」是「有頭無尾」，或者「虎頭蛇尾」，可見再不好的文章，還是有個「頭」的。

不過，萬事起頭難，寫文章亦一樣。據說蘇東坡爲韓愈寫廟碑，竟至搜索枯腸，繞室苦思半天，才落筆寫出「匹夫而爲百世師，一言而爲天下法」這兩名句。

「舊約創世紀」首句：「起初上帝創造天地」，與我國啓蒙三字經第一句：「人之初，性本善」，以及千字文的：「天地玄黃，宇宙洪荒」，既簡潔，又磅礴，因而名垂千古。

大凡文學名著，都不乏著名的啓首語：

——「話說天下大勢，分久必合，合久必分。」（三國演義）。

——「祇園精舍的鐘磬，敲出人生無常的響聲；沙羅雙樹的花色，顯示盛極必衰的道理。驕奢者不久長，猶似春夢；强梁者必消逝，恰如輕塵。」（日本歷史演義「平家物語」）

——「人一生戀愛一次是幸福的，不幸我比一次多了一次。」（藍與黑）

這些開頭，就給人不同凡響的感覺。

一般來說，功用等同純新聞導言的特寫（稿）引言，主要亦在負擔「報導」(Denotating)，以及「解釋」(Interpretating/Explanating) 兩項任務（註一）。報導性的特寫引言，以通俗、趣味與行文明快流暢爲主。解釋性或分析性的特稿引言，主要在配合純新聞報導，故以脈絡清晰，顯淺易懂，獨特遠見爲準。雖然在分析的條理上，會帶有主觀成分，但所據論的內容，仍應以客觀爲要件。

特稿（寫）能否「攫住讀者」，一方面固受該文的通篇結構，標題的雅達，字號的大小，題材的選擇，時效的適切，可讀性的高低，文筆的暢順，欄數的多寡，版面的處理，甚至作者的名字等可讀性因素所左右；另一方面，特稿（寫）的導言，已直接成爲引發讀者興趣不可或缺的「觸媒劑」。

誠然，一如史蒂萊曼(Steigleman, 1950) 在「特稿寫作」(Writing the Feature Article) 所一再强調：「寫作無章法」(Writing is not a Matter of Rules)。對于小部分本是「天縱之資」的「天才型」記者來說，寫作當然沒有「公式」可循，也不用熟記「範例」。不過，在「每分鐘都是截稿時間」的壓力下，主要爲配合新聞而寫的記者特稿，幾乎盡成了「急就章」之作。這種時間的壓力，往往使大多數從事「我手寫我口」的記者，常有「下筆爲艱」之歎。

在這一情形下，「安于現狀」、或爲「時間所迫」的記者，在撰述新聞稿的時候，大多只求掌握「六何」的重點，從中加以組合、排列和刪減，便算「完事」，少求寫作上的進一步變化。因此，在多數情形下，縱各報的「立場」不盡相同，但同一新聞的導言，幾乎「千篇一律」。

例如，民國七十一年十二月七日下午，一輛載有一千四百餘萬新臺幣（約合三十六萬美元）的世華商業銀行的運鈔車（解款車），在臺北市民生東路郵局，第八十七支局收取款項時，被歹徒在郵局內停車場刼走，成爲轟動一時的大刼案。十二月八日，亦卽刼案發生之翌日，臺灣中央日報、聯合報及中國時報，均在社會新聞版上，以頭題報導此一新聞，其中導言部分，都甚爲平穩，而少特色——

中央日報：

（本報訊）臺北市民生東路昨天下午發生運鈔車搶刼案，兩名年輕歹徒，騎機車偷襲運鈔人員，刼走一千四百餘萬元並駕運鈔車逃逸，看守運鈔車司機徐致中被歹徒以鈍器打倒，臺北市松山分局會同市刑大隊已出動全部警力追緝兩名涉嫌的年輕歹徒。

聯合報：

臺北市民生東路臺北郵局第八十七支局昨天下午發生臺灣地區有史以來最大的刼鈔案；世華商業銀行一輛裝載一千四百多萬元現款的運鈔車，在郵局停車場內被兩名年輕歹徒刼走。

中國時報：

（本報訊）一輛載運著一千四百餘萬元的世華銀行運鈔車，七日下午四時卅五分前往臺北市民生東路郵政局第八十七支局準備取款時，被兩名合乘機車的歹徒持槍械將車刼走，歹徒搶刼時並毆擊護款的司機，幸未造成傷害，他們駕着運鈔車往內湖方向逃逸。

上述三報的導言，都以「六何」爲取向，但重點不盡相同。其中中央日報首句，則重在「何事」、「何地」；聯合報的導言首句，除着重「何事」、「何地」外，更有背景性的提示，指出此是「臺灣地區有史以來」最大的刼鈔案。中國時報則比較注重「誰」，所以導言首句以「何人」出擊，並立刻予以「描繪」（載運着一千四百餘萬元）。廣義的說，這樣形式的導言，已和「一品鍋」的導言（見本章第廿一節）並無兩樣了。

簡單的說，特稿（寫）的引言體裁，可用新聞或掌故之類的方式表達，最具變化特性，亦是記者最能「舞文弄墨」，最能顯示「功力」的地方。

用新聞來作特稿引言的體裁，我們姑名之爲「新聞體」（The news style）——亦卽是說，從特稿素材中，找出讀者印象最深刻的新聞，作爲特稿的引言，以求獲得良好效果（附錄一），也就是說，特稿旨在配合新聞，加强新聞的解釋和分析，所引用的新聞，大致上來說，在新聞比重上卽該是「轟動一時」的「熱門新聞」，否則易流于過分主觀性的推斷。

尋求「轟動一時」的新聞特色，可從新聞之時效性、鄰近性、顯著性（例如名人動態、社團重要行動）、影響性與趣味性等層面來着手。趣味性又可從懸疑性、詭異不尋常、「煽情」（例如用「引語」或「描述」令新聞充滿活力），對比（例如貧與富）、性別與突出（例如 GNP 之急速成長）等角度來衡量。

史蒂萊曼就有一則以新聞爲引言的例子——

「數週前，紐約報章上，有兩段簡短報導，其中主角之一的威廉·史密夫被發現死在通往布倫橋小徑下的一所髒陋破屋裏。（新聞）

在這則小故事的後面，隱藏着超過半世紀成功與失敗的辛酸。」

下面一則特稿，它所採的引言角度，卽是「新聞體」——

卡特政府再不要擴大對華創傷

美僑商會下任會長羅伯・派克談臺北美商對中美關係的心聲

自卡特宣布與中共于明年一月「建交」後，在華投資和經商的美僑，無不被這突如其來的消息震撼了。他們不知道卡特這一輕率的舉動，會爲他們帶來怎樣的一個後果。他們感到有負于這裏的友人，他們感到所處的地位尷尬。然而他們確信，只要美國政府不再把「創傷」擴大，中華民國的前途，仍然是光輝燦爛的。

卽將于一九七八年一月一日接任臺北美僑商會會長的羅伯・派克（Robert Parker），在聽卡特總統宣布與中共「建交」聲明的錄音帶時，曾激動得淌下淚來。

十二月十六日那天，派克在獲悉卡特的魯莽行動後，一面立刻撰寫聲明，代表五百多名在華投資經商的美僑，向卡特提出質詢；另一方面，又接受美國哥倫比亞廣播公司（Columbia Broadcasting System，卽 CBS）記者的訪問，表明在臺美商的態度。此一訪問的錄影，(CBS) 以兩分鐘時間在美國 CBS 電視網播出，澄清了不少外界對臺灣當前諸如「已亂成一片」、「美大使館已遭焚毀」等謠傳；並且從他的口中，加深了美國人對臺灣的良好印象。

酷愛中華民國的派克，在獲選爲美僑商會會長之後，曾經標示了：「團結在臺美商，繼續增進中美兩國的雙邊貿易；與中華民國政府密切聯繫，維持並改善此地的投資環境；以及透過各種努力，加强美國上下，一致體認中華民國，係美國最友好忠實的朋友」等三大目標，作為他在未來一年內，努力的方向。

記者于日前走訪了這位來自德克薩斯州的律師，請他對這三大鵠的，作詳細的說明。在嘉新大樓的聯律國際商事顧問有限公司的辦公室裏，派克用爽直和堅定的語句，說明了五百多名在臺美商的心聲。

派克說，目前談增進中美的雙邊貿易，仍將着眼于中美貿易差額的平衡問題上。談到這一問題，他有很多的感慨。因爲，美國最大的逆差，是石油的購買額，而一般大衆，一方面是省不得汽油；另一方面，因爲汽油上並沒有標明進口的地區，大家對于美國與石油輸出國家間的巨幅貿易差額，視若無覩。相反的却是「黑狗得食，白狗當炙」，當美國人看到市面上都是進口貨的時候，因爲是「親身的感受」，因此便大聲疾呼，急躁的認爲非設限不可。

派克認爲，中美兩國都應盡量的開放自由市場，諸如降低關稅、開放進口等等。他相信，無論中美那一方開放市場，都會使雙方共同得益的。目前一般美國商人，都希望我國的進口，能以FOB爲計算價格的準則，而非用CIF加百分之二十爲計算的基礎。此外，高達幾及百分之一百二十的稅率，亦使一般美商認爲這是他們的產品未能與日本產品競爭的主要原因。

至于與中華民國政府密切聯繫，改善投資環境方面，派克表示，這已經是行之有素的了。現時一般美商所努力的，就是希望能誘掖美商來臺設立分公司，以替代部分的代理行號及經銷商店，使得美商能直接來臺經營業務，提供更好的服務，和更有效率的營運。派克以爲，目前欲來臺設立分公司的美商，他們通常的考慮是，是否能透過合法的途徑，把在臺灣的盈利，作更大比例的滙回美國去。因爲美國有法令規定，絕對不能以非法的途徑，把國外分公司所賺得的利潤，運回美國。

談及在臺美商如何加强美國上下對中華民國的認識時，派克表示，在臺的美商，曾不斷而積極的以一切可行的辦法，提醒美國人的注意，中華民國才是美國的正式友好盟邦。

派克說，過去他們曾經寫信給卡特總統及有關的國會參議員、衆議員、州代表及一切有關人士等，極力强調中美關係的重要。對於來華訪問的每一個美國人，他們亦盡量與這些人接觸，希望透過這些「媒介」，向美國本土傳達在臺美商的願望。在他們與安克志大使的每月午餐會，在臺的美商也盡量與安克志大使討論這些問題。

派克指出，臺北美商同人曾經表示過，他們無意過問美國政府的決策，不過他們極力强調，美國與中共的任何聯繫，不能以犧牲臺北的利益爲依歸，都應以中美共同防衞的協定，給予臺灣的高度保護。他說，在臺的美商，都深切的體會到，現階段的情況是，中共對美國的要求，大于美國對中共的需求。而且各種事實都在證明，中華民國才是美國的誠實盟友。

派克在一九六四年的時候，曾以一個業餘記者的身分，來華訪問。他說，在那時候，他就對臺灣有一份執着的情感。他曾告訴記者說，他覺得能在中華民國的臺灣居住，是一件很愉快的事。

從他的職業觀點說，派克覺得我國的商事法，不論在體制和內容上，都十分的完整，中華民國政府對于在臺的美商亦十分的尊重。

派克說，舉凡美商有什麼意見，我國政府都能很耐心、很公平的去聽取；美商有什麼提議，我國政府通常亦會審愼的去考慮採用。若有什麼商事消息，我國有關當局亦會將必要的情報，盡可能的告訴他們，使得在臺美商的商務活動，都能順利進行。

派克對蔣經國總統所提出的減少貿易差額和誘掖外人投資兩項指示，十分欣賞，認爲係一項睿智的決策。他對艾德蒙公司的順利轉移，亦由我國華僑繼續經營，亦覺得有無限的安慰。

明年一月，派克將正式擔任在臺美商的精神領導人物，際此中美關係錯綜複雜之際，他對中美商人的溝通合作，決盡一份貢獻力量。（民67.12.28.，經濟日報，第2版）

需要討論的是，一旦以新聞作爲特稿（寫）的引言體裁，便需別出心裁，講求變化，否則特稿（寫）的引言，又將「同一模式」，使讀者看起來，頗有似曾相識之感。如果這一「面熟」的印象，不能收到加深讀者記憶的積極效果，便會使得讀者產生厭膩，反而不美。

例如，民七十二年元月七日，一名名叫徐鎭廷的青年，因爲涉嫌殺害臺北市合江街一對羅姓夫婦一家四口，而爲臺北市警方追緝。經過二十三日逃亡日子後，終于遭到警察圍捕，而在其家附近一間穀倉中，自殺身亡，成爲七十二年元月，臺北市最大一宗治安新聞。中央、聯合和中國時報三報在處理此宗新聞時，都以特稿來配合新聞，它們的引言是這樣的：

中央日報：

臺北市合江街羅宅一家四口血案，在警方確實掌握各項有力人證和物證情況下，兇嫌徐鎭廷昨日在一次圍捕行動中，面臨「無路可逃」的困境中，而畏罪自殺身亡，使這件震驚社會的羅宅血案至此可算告一段落了。

聯合報：

臺北市合江街滅門血案，兇嫌徐鎭廷已自殺死亡，在「死無對證」的情況下，這件慘絕人寰的命案算不算「偵破」？警方如何移送？檢察官將如何認定？

中國時報：

臺北市合江街滅門血案兇嫌徐鎭廷，逃亡廿三天後，於昨日下午因被警方圍捕而畏罪自殺，雖然警方已掌握他涉案的有力罪證，但徐鎭廷的死對追查全案事實眞相却有相當的困難，這是警方偵破重大刑案中少有的事，也是一樁憾事。

很明顯，中央日報和中國時報，比較着重在「兇嫌」自殺身死，而案得結束這一點上。聯合報雖較爲著重在法律認定上的推敲，但仍以告知「嫌犯」死亡爲啓首語，三報實乃「殊途而同歸」。

用一則類似、或相關的故事，作爲特稿（寫）引言的體裁，可稱之爲「掌故體」（The Anecdote Historical/Literary-Allusion Style）。此種體裁，多用於人、事、物、時、地的特寫中。

下面的特稿引言，就是一個例子。

英國駿懋銀行臺北分行　協助英商在臺灣打天下

在中國歷史上，東漢明帝時，有印度僧以白馬自西域馱經至洛陽立寺，而使佛教東傳的故事；一九八一年春夏之際，英國著名銀行家，以同樣的精神，自歐西「捧」著駿懋銀行（Lloyds Bank International Ltd.)，前赴臺北創業，成爲在臺灣設立分行的第六家歐洲銀行。

駿懋國際銀行于一九七一年，由駿懋歐洲銀行及倫敦南美銀行合併而成，總行設在倫敦，並在西歐、拉丁美洲、美國、中東與東南亞等全世界四十七個國家內，設有分行、辦事處、子銀行及轉投資事業。據統計，該行分行總數，共達二千八百多個，形成一個巨形的「分行網」，從事各項金融業務的操作。一九八一年，該行資本及資產總額，已達一百九十六億英鎊，準備總額十三億英鎊。「行齡」只有十三年的駿懋銀行團，目前已是世界上最主要的銀行團之一——在英國排名第四，在全球五百家大銀行中，排名第四十五位，全部員工約六萬餘人。

駿懋銀行也是全球首先將歐洲美元，引入世界貨幣市場的少數銀行之一。因此，該行除多次擔當遠東地區、歐洲、拉丁美洲及紐西蘭等地的國際投資計畫財務顧問外；近年來，更以其充裕之歐洲美元，向東歐地區的國家貿易銀行提供融資，幫助該地區的經濟發展和特定投資計畫的施行。

當駿懋銀行準備繼日本、韓國、新加坡、馬來西亞、菲律賓與香港之後，在臺北成立亞洲地區第七個分行時，隆重、審愼而轟動的籌備過程，使得當時總行董事長亞歷山大爵士(Sir Lindsay Alexander)欣然放下「日理萬機」的繁忙工作，專程自英趕往臺北，主持盛大的開幕典禮。

亞歷山大爵士曾親自向訪問他的記者表示，駿懋銀行所以決意在臺北設立分行，完全基于下述三項考慮：

一、臺灣政治穩定，中華民國政府一向施行自由貿易政策，並保障私人企業。

二、當世界各國的經濟及其對外投資事業因受石油價格波動，而飽受各種影響的同時，臺灣的領導者，卻能使影響減至最低，並使經濟的發展，持續成長。

三、臺灣的製造商及貿易商，能運用機智並善用機會，不斷突破局限，尋求新的海外市場，擴大各國的貿易及經濟實質關係。與美國、日本等傳統貿易伙伴，固然一向良好，而近年來拓展對歐洲的實質經貿關係方面，也進展良好。

亞歷山大爵士說，分析過上述的條件之後，駿懋的董事相信，臺灣的經濟將繼續保持穩定和繁榮，因此，他們就來了，這是深思熟慮的。

英籍黎巴嫩人大偉．戴陽（David Dayan）領導下的駿懋銀行臺北分行，從設行之日起，除一般外商銀行的服務項目外，主要的營運方針，更包括了協助英國出口商人在對臺灣輸出商品時，獲得英國出口信用保證局（ECGD）提供的低利率長期貸款，以增加對臺灣產品的輸出；另一方面，則協調許多國家的出口保證機構，提供臺灣主要建設所需的資本財。當然，民營企業在工業投資，及對外貿易方面的冀求獲取的週轉資金，也在大力融通之列。

銀行業界相信，駿懋銀行在臺北成立分行，對促進英國與臺灣、歐洲與臺灣間的實質貿易，有著必然的貢獻，目前是「邊走邊等著」（Walk and Wait）世界經濟的快速復甦。（民72.2.5.～7.，歐洲日報第7版）

除了上述兩種特稿（寫）引言外，利用「概括論調」（General Statement）的引言來表達，亦甚爲普遍。

所謂「概括論調」，是指將引言所引用的內容，盡量和大衆意識扯上關係，引起讀者注意和共鳴。特寫的原始功能本在於娛樂，「概括論調」的引言，最易引起讀者興趣，而完成娛樂讀者的任務。史蒂萊曼的例子是——

「有人類就有賭博的衝動。

「當洞穴人冒險尋找食物的時候，他就將生命作孤注一擲，和同類、動物與自然賭一賭……。

「現代人並沒有喪失一丁點這種冒險犯難的勇氣。幸而，在社會上，類似這樣的投注機會，已被導引在正當的用途上。」

當然，如果以「概括論調」的語句，爲引言的起始，繼以一「特殊」相關的景況來銜接，先提「結論」(Conclusion)，再以「證論」(Evidence)來支持，則我們又應用上了史蒂萊曼所列舉的「演繹體」(The Deductive Style)。

例如——

「打自第一位移民在維珍尼亞定居時起，美國就一直被人認爲是世界的大熔爐。(起始)

「美國人在海外，經常就被問及，美國的獨特風格在那裏？

「美國的西部平原吧(結論)！牛仔的獨特生活、語言和民謠，最接近美國人的特殊風格。(事實)

「雖然今日的牛仔，乘坐吉普車、汽車，甚而飛機。他的刻板形象，只能在好來塢救美的牛仔片中驚鴻一瞥。然而眞正的牛仔，在我們的生活中留下痕跡，那的確是『美國土產』的獨有標誌。」

和演繹導言相對的，則是先提證論(或事實)，然後導向結論的「歸納體」(The Inductive style)。自玆衍變，我們又可採取先描述特殊、個別情況，再歸結到一般通則的方法，來撰寫特稿的引言。

例一：

「兩名目不識丁的田納西州山地居民，使得美國的司法，陷于死結。（事實）

「這兩名堂兄弟被控殺死一名稅務官。當美國高等法院主審這宗案時，美國的拘捕和提訊制度，連帶受到徹底的檢討，迫使高等法院另外開庭，作出決議，方使司法恢復正常。（結論）」

例二：

「爲了取得申請爲聯邦顧員的第一手資料，紐約一家報紙的主編，塡了一份表格，申請政府報業人員的工作。他的申請表被退回，上面寫作『經驗不足』字樣。（事實）

「讀者先是發笑，繼而以一種懷疑眼光批評，一個人爲什麼有能力主持一張市區報紙，而竟然看不通納稅稅表，去年到底生產了多少籮穀，或者包裝航運貨物的新規定。

「從這位編輯的經驗裡，我們可獲得政府新聞人員任務的新觀念。（結論）」

又比喻，「用途說明」式的引言，亦通常適用于「如何做」之類指示性的文稿體裁，重點在引發使用人的興趣，使之迅即閱讀，並明白物品、機具、器材的使用要領和益處。

例一：

「畜養豬隻的科學方法也許多達十二種，我仍打算告訴大家，我豢養得獎豬隻的新方法。這一方法所費的工夫，並不見得比我以前只能養到病豬的舊方法，更耗勁兒。」

例二：

「我並不是一名機械技師，但我却可以使得我的轎車行駛六萬里，而仍不需作大規模翻修。我是這樣維修的……。」

從經驗印證理論而言，當特稿有了通篇結構之後，功能在「略示題意與捕捉讀者興趣」的第一段特寫（稿）「引言」，最令刻意求好的記者「搜索枯腸」。為了便于研究特稿（寫）「引言」的寫作技巧，本文特就其主幹和流變，在下述各節，羅列二十餘種類型的寫法（註二）。

附錄一：報章體釋義

本章所謂之「新聞體」，是指特稿內容之取材角度而言，與所謂之「報章體」（新聞體）(Journalese)並無任何指涉。

文章的「體裁」，是指內容表達的方式，由字、詞、句、段與標點符號湊合而成的總體表現。文章的「結構」，是指起、承、轉（鋪、敍、過）、合（結）一類的布局形式，亦即敍述層次的「段落功能」。目前我們一提到「新聞體裁」，對新聞寫作稍有認識的人，大概都會知道所指的是：那種報紙上常用的報導方式。在寫作上，它注重可讀性，要求清晰、易懂和趣味化。

我國用口語化之白話文寫作，起于通俗之章回小說，「五四」雖提倡「國語的文學、文學的國語」，但一般辦報的文人，在過往五、六十年中，仍慣以一種半文半白、夾敍夾議的「春秋筆法」來寫作，時人謔之為「報章體」。五十年代，在臺的撰稿人，始漸次摒棄此種「不倫不類」的寫作方式，陸續以白話文寫作，泛指文白並用之「報章體」一詞，遂成過去。

西洋人士所意指之「報章體」，並非半文半白之「體」，而是「一種和普通文章體裁不同的寫法」。這種寫法，亦不受到重視。韋氏大字典對此一種寫法所下的定義曾是：「多數報章雜誌的寫作與用字體裁，行文方便而千篇一律。」(A style of writing and diction characteristic of many newspapers magazines, etc., facile style, with hackneyed expressions and effects)

一九六九年出版時曾風行美國的「蘭燈大字典」(The Random House Dictionary) 的解釋，倒反令人啼笑皆非：「若干新聞記者所用，咸認是標準新聞文體的一種寫作成說話方式，其特色是新語、最高級字眼、錯誤或不平常的措詞法。」還不如一九六一年出版的韋氏國際大字典第三版的解釋，能說明新聞寫作與一般寫作不同之處：「一、報紙特有的寫作風格。二、簡單而非正式的寫作，通常句子結構鬆散，資料處理，經常出以聳動主義、思想和推理淺薄。」

梁實秋教授認爲「報章體」的特色在簡練、通俗、清晰、標準，意義最切近現代新聞寫作的要求。

附錄二：

海外新聞報導方式與國內不同。以香港爲例，當法院未明判前，涉案之兩造，在報導上，每作下列方式處理——

賭債爭執因兩男子動武

兩敗俱傷兼惹官非

（特訊）兩名男子，疑因賭債起紛爭，終於演出全武行，兩敗俱傷，其中一人更被人用摺椅擊穿頭部，血流披面，其後有人報警，兩傷者雙雙送院，輕傷者被扣留調查，重傷者留醫治療。

案中所牽涉之兩人，六十一歲的重傷者李鏡權，是一名大牌檔伙記，卅五歲的輕傷者陳河容，是鷄檔的小販，據悉，兩人是因賭債之事，先只口角後動武引致血案者。

發生此案之現場，是在旺角新塡地街四四二號的一檔鷄檔內，在昨午四時許，有人往上址向人追討賭債，豈料一言不合下，兩名男子即告動武，由檔內追打於街外，此際，有人更奪得一張摺椅，猛然向另一男子襲擊，至其人頭部穿破，血流如注。

由於發生血案，有人報警，由救護車到場將兩傷者送院，警方仍在調查此案。（合）（香港華僑日報，民74.1.28.，第1版）

二、提要式引言（The Summary, Capsule Intro）

一般新聞特稿多採用此一類引言，亦即將文中最主要的事實，直接抽繹出來，綜成一個强有力的引言。此種引言，可以細分爲七個類別。

㈠事實提要

下面的特稿引言，就是一個例子。

中美磋商新關係昨告段落
兩天開會七小時結論若何？

中美兩國代表，經過二天總共約七個小時的中美新關係磋商後，隨着美國代表團的離華，這一舉世觸目的歷史性會談，已暫作第一階段的結束。中美雙方昨日會後，都曾就第一階段的會商，作了一個廣泛而簡單的說明。彼此雖然都表示已更進一步瞭解對方的立場，但是更具體的內容，却仍然未有透露。

這一會談，究竟獲得怎樣的一個具體的結論？相信大家都非常關切。

就雙方簡單的說明中，我們大致可確定的似乎是：①雙方都就自身的基本原則和立場，向對方「說明」，使彼此先有個必要的了解。就所謂的基本立場而言，我國代表，自始至終都十分堅定。蔣總統經國昨日接見美國主要談判代表時，所指明的「持續不變」、「事實基礎」、「安全保障」、「妥定法律」，以及「政府關係」五大談判原則；以及蔣彥士部長、錢復次長對我方基本立場的三大具體聲明中，都可窺見。此三大聲明卽是：一、美方必須承認我國是一個獨立主權國家的事實；二、美方應立卽經由適當的立法，對我國安全，繼續提供具體有效的保障；以及三、中美間的各項安排，只能建立在政府與政府間關係的基礎之上。這些基本立場，我國必將會極力堅持。比較一下美方代表，在抵華時所發的聲明，和該團團長克里斯多福的離華聲明，則美方在接受我方立場的態度上，似乎有了點「彈性」的轉變。在抵華的聲明中，他們用了「在非官方的基礎上」的詞句，但在離臺的聲明中，並未用到這些詞句。

②中美雙方似乎均未寄望在這一次會商中，即可達成具體的協議，所以彼此都有「繼續磋商」的打算。克里斯多福離華聲明的末段說：「我們矚望，在未來數週內，在此間（臺北）和華府繼續舉行此種（中美）會談」。一般相信，他所說的數週，應該是明年元月中旬左右，而我國代表將可能前往華府磋商。

③除了在基本的立場之外（這也是最重要的問題），其他文化和經貿關係，可能並不構成此次中美整個談判的障礙，彼此都有意盡力維持此一彼此受惠的傳統關係。

④雖然雙方談判，在各自的立場下，進行磋商，彼此都心情沉重，恐怕有負使命。所以縱然雙方代表的談判氣氛，尚算「和洽」（參謀總長宋長志語）、「不錯」(Fine)（美國駐華經濟參事賴偉恩語）等等，但在嚴肅的基本問題上，則仍然是各持立場，針鋒相對地「以認眞和禮貌的方式進行」。

⑤這兩天的會談的確只是一個「開始」，因爲我國代表在某些基本的立場問題上，有最高當局的授權，而美國代表團在一些節骨眼的重要問題上，似乎還得向卡特總統作更進一步的報告，才能決定。

綜觀此次的中美會談，所謂基本問題，將是我國的法律地位，安全保障，以及政府對政府的平等交往原則等三大重點。若能在這三大基本立場的問題上，獲得重大的突破，則其他問題，將不難達成

協議。（民68.12.30.，經濟日報第2版）

由于這類導言，一開始卽用簡練的語句，直接鋪陳事實重點，俾讀者卽時獲得一個鮮明的印象，因此有名之爲「直陳式引言」(the Straight/Direct Intro)，通常在「單一事件」(Single element/The story of one incident) 中使用。

(二)時間提要

時間提要（註一），一定要注意「時間」在這篇報導中，所明顯具有、或潛在的重大意義。下面的特稿引言，就是一個例子。

達曼商人談中沙貿易　貨樣不符仍是老問題

四月，臺北的商展特別多。

來華參觀和接洽生意的外商，一批接着一批。

遠從沙烏地阿拉伯來的「駱駝客」，一團就來了七個，還有一、兩個人要跟着來。他們想「馱」回去的貨品有：電器產品、機器、五金製品、廚房用具、家庭用品、農具、紙張和抽水機等，希望儘量達成多項交易。

曾經來華多次的米亞沙・阿賽夫 (Merza A. AL-Saif) 是這一次沙烏地阿拉伯達曼採購團的領隊

，也是該團唯一能用英語交談的發言人。

這位經營尼龍及紙袋製造廠的經理，在中泰賓館，接受記者的訪問時，表示了他個人對臺灣產品和市場的看法。

米亞沙認為，沙烏地阿拉伯是個貿易的好市場，目前這個國家所需要的民生物資，大部分都靠進口供應，使得這個石油豐富、資金充裕的地區，充滿了來自世界各地尋求貿易的商人。中華民國、香港、大韓民國、日本、新加坡和印度的產品都在爭取市場，其中尤以日本和韓國的拓銷最為積極。

中華民國的商品，客觀的說來，並不遜于其他國家。可惜貨不對樣和不能如期交貨的老問題，一直使得這些遠方買客，憤懣不平。

米亞沙以他最近和我廠商交易的廚房設備和冷氣機為例，說明了這兩個問題對他的困擾。

上次他來臺採購廚房設備的時候，有一家廠商便和他接洽，帶他到工廠參觀，展示精美的圖片和型錄，盡力說服他達成交易。他也仔細地，檢驗過當時廠商所提供的樣品，覺得品質很不錯，價格也公道，于是便和該公司簽約成交。以沙烏地阿拉伯商人的貿易行為而言，他們通常只訂明要購買的物品和數量，頂多是兼附物品的式樣圖片，至于物品的質料和其他詳細的內容，一向甚少詳列于購買單上。也許，這是宗教的影響吧，他們要求商人要本乎良知來從事買賣貿易，並且要絕對信守承諾。米亞沙覺得中華民國人民，誠實可靠，因此就萬分放心。

不料貨到之後，卻大失所望。所有的貨物都與在臺灣所看到的、所摸到的，完全不同，並且品質奇劣。原先，他又以為這些廚房設備，是整批的運去，卻沒有攪清楚在運寄時，是將整個櫃子拆散成塊，以節省空間和運費。在沙烏地阿拉伯似乎很難找到這些設備的安裝工人，即使找到，也加重了成本，在售出的價格上就高于他國的產品，而使得無人問津。他是代理人，可是他的買家看過貨後，都搖搖頭，使得他不知所措。

「我眞的不知怎麼辦，」喝過一小口從沙烏地阿拉伯帶來的熱咖啡後，他說：「這些廚房設備，現時都放在倉庫外，任由日曬雨淋。」他這次來臺灣的目的，除了採購外，就是希望透過外貿協會的調解，向該廠商要求百分之五十的賠償。「縱然能收回百分之五十的賠償，」他說，「我付了百分之二十五的關稅，又喪失了百分之十的可得利潤，實際上我是損失了百分之八十五。」

上次在臺中向另一家廠商購買的冷氣機，由于交貨遲緩的關係，也使得他的銷售計畫大受影響。「他都快氣死啦！」一位會計小姐，一面替米亞沙整理文件，一面插嘴說，「從六月訂的貨，到十一月才送達，貨物送到時，已經是多季，冷氣機根本沒人買。」這位小姐，來自臺中，是米亞沙上次到臺中採購時和她邂逅的。這次米亞沙也要到臺中採購，所以也請她幫忙作翻譯。「他作生意是小器了點，對人倒不錯。」據說她上次幫了米亞沙兩星期左右，米亞沙付了她一萬多臺幣作爲薪酬。

「他們偌大的一個工廠，却似乎沒有人懂英文。」米亞沙繼續說，「我寫了好多信給他們，促他們早日將貨運來。結果是石沉大海，渺無音訊。」此外，他又抱怨某些機器的說明書上，並不見得都附有英文，又沒有附帶備用的替換零件，使得裝嵌、操作和修理都有問題。

最近我外貿協會，對于外銷貨品都加以檢驗，目的在杜絕不法商人的詐欺，維護商譽及保持外銷貨品的水準。不過，米亞沙似乎對于貼有檢驗標籤的貨物品質，仍未十分滿意，並希望我出口商，更能精益求精，與各國商品競爭。

米亞沙以爲價格和價格的遞升，以日貨爲例，並不能絕對的決定市場，但是質料之拙劣，却是喪失市場的致命傷。「只要中華民國的出口商，能改進外銷貨品的品質，我相信十年之內，你們一定能趕上日本人。」這位僕僕于東南亞作貿易買賣的商人，似乎對我國產品仍深具信心。「不過你們要當心印度，最近他們的外銷品，無論在價格和質料上，都令人發生很大的興趣。」看着他手上厚厚的一疊準備與我外銷廠商交涉賠償的文件，可知他對違約造成的損失極爲重視。

我國對中東市場之拓展一向十分重視。中沙雙邊貿易金額，今年預計可達十億美元。行政院院長蔣經國先生，亦一再指示對沙國貿易要遵守品質第一，信譽第一信條，以維持國家尊嚴，增進中沙友誼。

可是，貨不對樣，規格不合，交貨遲緩和船運糾紛等老問題，似乎仍然未能徹底解決。

達曼採購團曾于民國六十五年一月一行十七人，到臺採購。這次來臺的人數，雖未如上次之多，但是，他們却準備留臺五十多天作環島採購，可見他們對貿易的誠意。最近，我國對冒用商標及不合水準的出口商，曾嚴予處罰，顯示我國對整頓出口商的決心。雖然米亞沙的觀點，有其本身的主觀立場，仍願我與沙國進行貿易的廠商，對于前述問題，多加注意。（民67.4.11.，經濟日報，第2版）

㈢原因提要

原因提要（註四），旨在將事件中之「爲何如此」披露出來。下面的特稿引言，就是一個例子。

香港電子玩具啓用測試設備

擺脱廉價形態邁向高級發展

爲了提高香港電子和電動玩具產品的品質，以符合美、加、歐、澳等國的「無線電干擾法例」的規定，香港「標準及檢定中心」，將步日本及南韓之後，于本年年底在新界沙頭角地區，啓用一座籌建了四年多的「無線電干擾測試實驗室」，來加强檢定電子和電動玩具的品質，是否符合外國法例的規定。

這個即將啓用的「無線電干擾測試實驗室」，佔地二千餘呎，全部設備耗資二百多萬港元，並以國際電工組織和美國聯邦通訊委員會的標準爲藍圖，目前已接近完建階段。一名「聯合國工業發展組織」的專家，將應邀來港協助未完成的籌建工作。一位廠商表示，當測試實驗室啓用後，將意味着香港玩具業，逐漸脫離生產廉價玩具的形態，而以更高級的電子產品，來爭取國際市場。

根據香港當局的統計，在過去十年內，香港玩具出口總值增加了四倍以上，而今年首七個月的出口增幅，比去年同期高出了百分之二十四，達五十億港元之鉅。不過，一般廠商都體認到，要維持美好的前景，玩具製造廠必得與電子工業，有着更密切的合作。

在九龍美麗華酒店舉行的第六屆「香港玩具及禮品展覽會」，甫于上旬結束。據該會負責人表示，在專程前往參觀的四百六十多名中外玩具買家中，計估已達成七千五百萬港元的交易額，而大約百分之六十至七十的訂單，爲玩偶及玩具車等傳統玩具，至於各類電子玩具及遙控玩具汽車等，已經增加至百分之三十至四十左右。這位負責人預測，本年香港玩具的出口增長額，將達百分之三十至百分之四十。

不過，由于兩伊戰事的持續，石油供應可能出現預期的不穩定，加以此地原料供應的存貨減少，許多玩具商都擔心塑膠原料的價格，終將連續上升，帶動玩具出口成本的增加，而影響到玩具出口的放緩。

最近，香港硬膠粒批發價，平均每磅港幣二元五角，不碎膠粒則係二元二角五分，比上月平均價格漲了百分之十，而一般原料供應商都預期此一價格短期內可能再漲。此地塑膠原料進口商，收到加拿大杜邦廠開來的價格，已升至每噸九百八十美元，同時並暫停接受十二份的訂單，使本地廠商備受壓力。一家大型的玩具製品廠發言人表示，膠粒價格的回升，就目前一般玩具生產而言，尚未產生即時影響；原因是目前海外新訂單，尚未大量回增，而歐美方面的訂單，仍以前訂價格成交之故。

去年，香港的玩具業增長率佔高達百分之五十四·二，出口貨值約佔出口總值的百分之九·二，係香港一項重要出口商品。要保持這一優良趨勢，香港玩具廠商，曾極力使產品高度多元化，減低生產成本，改良品質，擴大市場，並不斷創新玩具設計。「無線電干擾測試實驗室」的成立，除提供電動、電子玩具製品的無線電干擾度的檢定外，同時亦負有支援廠商，發展高級電子工業技術和加强控制玩具品質的使命，這將使港產電子玩具，在國際市場上，更具競爭性。（民69.10.25.經濟日報，第2版）

情況提要，是以一種「突出」的情況，襯托出內文的「氣氛」。下面的特稿引言，就是一個例子。

㈣情況提要

江河日下的香港金融市場

港幣大跌，股市虛弱，利率居高，信貸過多

這幾個星期以來，香港金融市場一直「江河日下」。不但港元滙率一個又一個新低點的大幅下跌；卽一度被業界戲稱爲「吸水（錢）紙」的股市，亦將持續劇挫，欲振乏力。

據統計，港滙由年初之八十八點二降至最近之八十二點水平時，實際上對美元已貶值了百分之十七，卽對新臺幣亦貶值了百分之十六。金融界人士，大都將港元的疲弱，歸咎于香港經濟貿易的遠景不明朗。

從香港香港政府公布的數字來看，今年一至七月，香港的商品貿易總值爲一千四百三十七億九千一百萬港元，其中進口貨品總值爲七百七十九億二千二百萬港元，而出口與轉口貨品總值只得六百五十八億六千九百萬港元，貿易逆差已達一百二十億五千三百萬港元，只比去年全年貿易逆差少了十四億港元。因此，縱使對美國貿易，有着六十八億六千四百萬港元的出超，亦難挽救港元的疲弱。這一情況，亦解釋了爲何美元對西歐各主要貨幣雖告回落，而獨對港幣却節節上升，以致港府當局將美

元作試驗性之拋售，亦于事無補。

不過，由于目前港美利率相差達二厘之故，也有人將港元積弱的一部分責任，歸之于國際貿易商，以及利用美元保值或收息的操作者。持此論者因此建議港府當局，採取類似我國的外匯操作措施，即與美國貿易的港商，得憑正式貨單購買美元結算。惟大多數業界認爲香港係一個外匯自由市場，此法似甚難施行。據報導，中共因爲上海寶山煉鋼廠的「下馬」，已答允給日本賠償四千多萬美元。大陸向在香港攫取美元外匯，如果此說屬實，則港元的疲態，起碼在今年內不太可能有轉機了。

利率的高漲和港元的疲乏，使得股市人心更加虛弱，恐懼性的拋售，打擊了整個向來是「虛火上升」的股票市場。連續的低挫，一舉打破了恒生指數的千四阻力線，使技術走勢派大吃一驚。據估計，目前很多股票的市價，已低于其資產值，而這一現象，起碼得在三至六個月之後，方有好轉的希望；難怪某些市場分析者，已將下跌阻力線，移到一千一百五十點之處了。

目前香港經濟的最大失調，仍係地產業的畸形發展，以致工業相對衰退。最近此地又有一間紗廠，由于東主立意轉業經營地產而結束營業，以致千餘名員工因遣散費問題而一再產生糾紛。另外，九龍一個新邨的商場，業主聲言租約屆滿之後，將不再續約，提出以每方呎三千八百港元至九千四百港元之價出賣，很給社會人士一種「搶帽子」的感覺。港府的高地價政策，使得大地產公司每年利潤，幾達百分之二百以上的增長。大勢所趨，工業資金轉向地產、人才流入地產界，股市所集資金，轉向地產，銀行信貸膨脹之後，投入地產。而港府府庫的盈餘輕易的超過百億港元。一般市民所能「分享」的，是百分之十四的通貨膨脹率、貴租金、高樓價和工業的衰退。

較早之前，新加坡房地產大漲，工業資金轉投入了地產，使整個新加坡經濟出現了不平衡的跡象。新加坡政府乃立即採取措施，提高買樓定金至百分之十，分期付款的首期亦增爲百分之二十，以掣肘炒樓的投機者以及抑壓地產商的暴利；同時保護幣值，減低通貨膨脹和內部過熱的消費，保障廣大人民生活。果然，穩定了房地產的價格，眞正要買樓自住的人，得以用較合理的價錢，買到住宅。香港不少工業界人士及壓力團體，亦曾見賢思齊，一再要求港府管制貸款，壓抑地產投機，甚至對某一行業徵收額外稅款。不過，在所謂自由經濟制度之下，港府却儘量採不干預的政策，這些提議仍只是提議而已。

爲了避免外匯風險，香港地下鐵路公司日前已取消了一九七九年的二億美元債貸，而以另外一宗十億港元貸款代替。此外，港府原則上，已決定將九廣鐵路局，改成公共法團，成爲商業經營機構。按國際慣例，關于香港租界問題，最遲應于明年得有一個較明確的答案。港府此舉，亦曾使敏感的股市人士，感到一九七九年的壓力。

日本銷港汽車的數量，今年首次下跌，且跌幅達百分之二十之鉅，車商對第四季的銷售額，並不看好。但在港元弱勢的影響下，日本汽車在九月份開始，已平均漲價百分之三。一般車商預測，英國車亦將減銷百分之四左右。

面對港元的下跌與股市的虛弱，香港遠東與金銀證劵交易所兩金融機構，已暫停批准新股上市。也有業者呼籲約束信貸，重提取消外幣存款百分之十五利息稅的建議。惟目前香港財政司彭勵治在一個經濟學會演講中指出，高通膨率、內部消費過熱、港幣衰弱、信貸過多、利率高漲、貿易赤字擴大等，仍將係香港經濟上的隱憂。香港煤氣公司在公布業績時，亦指示港幣的疲弱，已嚴重影響了香港經濟，煤氣漲價，只是遲早問題。

在目前的情況下，卽使最樂觀的人，都會相信香港的利息，短期內仍將居高，港元對美元的弱勢，仍會持續，對其他歐洲主要貨幣，亦可能會再下跌，股市則仍然虛弱，香港的整體經濟未必立刻萎縮，但累積下來的不利因素，似乎會有加速發作的可能。（民70.9.30.，經濟日報，第2版）

㈤地點提要

地點提要在以一個地點的特徵，作爲「顯著」的因素，從而引起下文。下面的特稿引言，就是一個例子。

對美貿易的有利據點——內華達州

在此轉口貨免稅、過往商旅多、拓銷產品成交機會大

提起美國的內華達州，一定會使人立刻聯想起以賭聞名于世的拉斯維加斯——那裏每年都有來自世界各地和美國各州的「消費者」，傳奇性地豪氣一番。去年一年，到賭城的，卽達千萬人之多，其中有不少工商界鉅子。他們約同貿易伙伴，帶着厚厚的一疊旅行支票，邊賭邊談生意，一擲千金毫不吝嗇。至賭興闌珊之時，一大批的貿易，可能就已成交。

賭博帶給內華達州每年幾億萬元的收入。去年光是此項收入，已經超過十億美元（全部收入爲廿九億元）。

對內華達州政府的經濟發展局負責人來說，觀光、賭博、貿易該是該州三顆經濟的骰子，他們希望這三顆骰子都能開出最大的點數，但是；目前最欠發展的，是貿易這一環。

懷着發展內華達州國際貿易的希望，內華達州二十二位工商業鉅子和州政府代表組成的美國訪問團，來華訪問，並且有備而來，在數天的逗留期間，除參加我國第六任總統、副總統就職典禮外，卽馬不停蹄地拜會我國政府首長、工商業界領袖及各國工商業組織團體，希望這番努力，能使我國業者了解內華達州業者欲與我國擴大貿易關係的誠意。

內華達州經濟發展局局長顧德銘是這次貿易訪問團的領隊。他帶來了一大堆有關內華達州的資料，甚至連名片也印有中文名字。他在接受記者訪問時，提出了他對擴大中華民國與內華達州貿易關係三部曲的看法：陳列館——貿易中心——世界貿易市場。

「內華達州雖小，但是能成爲國際貿易新市場的機會，非常之大。」顧德銘說，「支持我這個看法的事實有二，一是稅制，一是旅客的特性。」

「首先我要指出，內華達州的稅制是全美最自由的。舉例來說，如果你們將貨物先運到三藩市，然後運往各州出售，當你一將貨物從貨櫃裏取出來，你就得馬上交付貨物稅。但是如果你先將貨物運至內華達州，再行運往各地出售，情形就大不相同了。根據一九四九年內華達州自由港的州法規定，凡是運轉至其他各地的私人貨物，在內華達州的貨倉存儲期間，一律不予課稅，並且在儲存期間，這些貨物可以裝嵌、加工或者製造成品，一九六〇年的立法，又使得經由內華達州運往他處出售的「過境貨物」(In-transit goods)，在內華達州免徵貨物稅。這些法令，使得若干類的廠商，收益大增。前幾年日本商人，即看中了此點，將冷氣機運往內華達州伺機向其他各州出售，結果大大的賺了一筆。將來，這個法令為國際貿易商普遍認識時，內華達州即可發展成一個國際貿易市場。目前內華達州內的貨倉與運銷事業，已經有大量增加的趨勢。」

「其次，那些腰纏萬貫的工商業鉅子，以各種藉口，到拉斯維加斯呼么喝六，醇酒美人的享受一番之後，會不會想到要買點東西給自己的家人？或者參觀一下世界各地的產物，稱心合意的順道作他一筆生意？如果內華達州政府能透過世界各地商人的合作，在內華達州內創造一個國際貿易的環境，彼此都有益處。」

顧氏覺得我國商人富有積極進取之心，講求互惠，不像日本人那樣，為求利潤便斤斤計較。他也比較過我國產品和其他各國產品的優劣。他覺得我國的產品在質的方面，並不亞于其他各國，而且改良得很快，價格也公道。所以內華達州的經濟發展局覺得和我國商人共同發展國際市場，是彼此得利而且容易成功的事。經過他們在內華達州粗略調查的結果，發現「臺灣製造」(Made in Taiwan)這幾個字，竟是我們貨物的弱點。因為我們製造的貨物，「展示」得不夠，所以一般人不敢肯定它的品質，貨品因而未能暢銷。這和十年前日本貨的情形一樣。不過這十年來，由于日本貨的大量外銷，一般美國消費者，對于它的品質，都有某一程度的認識。為此，內華達州的經濟發展局，推出了陳列館的構想。

顧氏指出，在內華達州適當地點（例如拉斯維加斯）設立中華民國商品陳列館，是擴展中華民國與內華達州貿易及國際貿易關係刻不容緩的事。有了陳列館，中華民國的產品及經濟成果都可以實實在在的展示在商人和消費者的眼前，使得美國和世界各地的商人更能進一步了解我國產品情形。有了比較後，印象自然深刻，貿易的交投活動就會大為增加。

在參觀過外貿協會十三樓的陳列品後，這一批心急的內華達商人，一致地指出：把那些陳列品通通搬過去就可以了。在他們看來，我們在那邊開設一個陳列館來擴展外貿，是一件並不困難的事，問題在于我們的組織與決心。

不過顧氏以為陳列館不過是一個起點。第二步該是永久性的中華民國貿易中心的設立，最終的目的則是朝世界貿易市場中心的建立。

經過幾天來在臺灣的親身觀察的結果，大部分團員都一致推崇我國的經濟成就與建設。而且對我們的前景深具信心。一位與日本客戶常有來往的潘德里先生對記者說，他組團到日本考察時，除了工商界人士的招待外，就從未得過什麼官員的接見。但是這次他們二十二人的團體，却數次會見了政府首長，表示我國十分重視外貿。他們認為，這樣發展下去是很有前途的。談及中、日兩國商人的不同點時，潘氏半開玩笑的說：「日本人太愛面子，中國人太好相處」。他說你跟日本商人解釋一件事，不論他明不明白，總是說：我了解，我了解。到了最後，如果他攪不懂，却又會說：我全不了解。所以你又得重頭在解釋一次。中國商人辦事，總有商量的餘地，不會逼人太甚。其實有時和美國人交易，你就是不能讓他，一定要和他們據理力爭。

卡璐小姐是內華達經濟發展局地區觀光委員會的副主任。她這次隨團前來，目的在了解我國的觀光事業。在這幾天的遊覽中，眞是對臺灣喜歡得不得了。因此，當其他團員在應酬或參觀的時候，她却躲在觀光局，盡量在搜集資料。她希望數個月以後，能將內華達、亞利桑那、科羅拉多、新墨西哥及猶他等五個地區的旅遊事業人員，組成一觀光團，再度來華考察，討論加强觀光事業合作的問題。

內華達州的人，據說十分討厭共產黨。有一個團員就曾這麼說過：「內華達是個特殊的地區，當地的居民都習慣了自由自在的日子，難道他們要過什麼都沒有的生活嗎？」（民67.5.24，經濟日報，第2版）

㈥人物提要

人物永遠是新聞不可缺少的重要素材，所以西諺說：「人、名字，俱成新聞」（Man makes news/name makes news）。人物也當然是特寫題材中，最常見的內容。藉着人物的報導與描寫，經常可以襯托出人物以外的其他意義。

下面一則刊于民國七十四年四月十六日，由中國時報王秋霖撰寫，刊於中時第五版，題爲「泰雅族的最後一名女巫」的特稿引言，就是一個例子。

山地名字叫「沙巴苦奇巴夷」的八十七歲陳彩嬌，如果南澳山地巫師制度不再存在，那麼這位臉上有著明顯刺青的老太太，將是南澳泰雅族千百年來最後一名女巫師，目前也是碩果僅存的一個。

這名住在山地南澳鄉南澳村中正路卅巷二十三號的女巫師由一堆雜亂的器物中，摸出一只小袋子，裏面只有一根小圓木棒，一個鋁製的小圓柱短套，還有一些她認爲有「靈」附著其上的藥草，除了藥草之外，她的法寶都被她那雙充滿皺紋的手摸得光滑無比。

如果以現代文明觀之，自古以來，山地巫師制度，顯然荒誕不經，但以文化觀點看，這名老巫師却是泰雅文物的活寶，由她身上仍可尋及古老山胞信仰的影子。

陳彩嬌透過譯者，以山地土話說，巫師這門本領是她的母親傳授給他的，而其母親又受傳於她的祖母。其實泰雅族山地巫師只有女的，在過去的時代每個部落都會有一至二個，當時山胞的觀念中，巫師就是醫生。（下略）

附帶一提的是，「人物」的意義，不論在新聞導言或特稿的引言，其涵意皆十分廣泛。除「人」之外，尚可泛指「機構」（如商店、政府部門）、「群衆」（如暴徒）、「性別」（如吉卜賽女郎）、「宗教」（如佛教徒）、「職業」（如教師）、「年齡」（如役男），以至動、植物、建築物、颱風名字、艦隊、武器，甚或人造衛星等，都可以包括在內。

㈦數字提要

實實在在的數據，雖然很多時會略呈「沈悶」。但對某些感興趣的「特定讀者群」(target audience)而言，明確的數字，反而會給他們一種立刻而鮮明的理解。

下面的特稿引言，就是一個例子。

臺灣與大陸對港貿易的比較

臺灣成長率升高　大陸反日益減退

根據最近一項統計，本年一月，香港對臺灣的貿易額，出現了六億三千八百萬港元的逆差，顯示近期的臺港貿易，已呈大幅增長。就整體貿易而言，臺灣亦已成爲香港的第五大貿易夥伴。

對香港最具「經濟壓力」的中共，目前雖仍係香港第二大貿易夥伴，但一月份香港對大陸的貿易逆差，却只有十三億一千八百萬港元，較去年同期之十三億二千五百萬港元，已減少了七百萬港元。這一數字，顯示了香港與大陸貿易的增長，已略有減緩的趨向。

本年一月，臺灣的貿易總額爲十一億九千萬港元，較去年同期增了百分之四十一；其中由臺灣進口額爲九億一千五百萬港元，較去年同期增百分之五十七；香港出口額爲八千萬港元，較去年同期增百分之十四；而臺灣轉口貿易則爲一億九千六百萬港元，較去年同期，只增百分之三。

在香港對臺灣的進口貿易方面，以鋼鐵的增幅最大，達百分之一百八十二；其次爲成衣，增幅爲百分之百；再其次爲紡織紗、布料及製成品，增幅爲百分之七十八；至於鐘錶則增加百分之四十八；蘋果增加百分之七十三，通訊器材增加百分之十六；電動機器及用具增加百分之三十七。

香港對臺灣的輸出，以人造牛油的增長率最高，增幅達百分之七百三十三；依次是製造電路的電動器具，增百分之一百九十一；鐘錶增百分之五十七；錫增百分之卅六。不過，紡織紗、布料及製成品，則下降百分之三十；棉布跌百分之二十四；廢紙及紙漿跌百分之廿七；印刷品跌百分之三十五；辦公室文儀用具跌百分之六十一。

至于兩地轉口貿易，只有木板增加了百分之一百四十六，其餘全面減退，包括鐘錶跌百分之四十，塑膠原料跌百分之四十九，而紡織紗、布料及製成品，則下降百分之十一。

以一月份的貿易額來計算，臺灣已列爲香港進口市場的第五位，出口市場的第十六位，而轉口貿易，亦排爲第六位，貿易關係的進展，正保持着穩定的成長。（下略）（民70.5.12，經濟日報，第2版）

三、警句式引言（The Proverb Intro）

根據行文本身的情節，用句「開門見山」的警語或大衆熟悉的成語來作比喻，加强引言的影響强度。下面的特稿引言，就是一個例子。

引進歐洲調味佐料臺灣是最理想市場

博尼克希望我有簡便提貨辦法

中國菜固然馳名天下，中國的食品，也因近年我國罐頭加工的改進與發展，漸漸開發出了一個十分穩定的市場，前途可觀。可以說，國外有中國人的地方，就有唐人街；有唐人街，就有各式各類的中國罐頭食品。

博尼克（Horst Donik）係西德史都博（Stubo）連鎖企業的負責人，商品運銷四十五個國家，代理的廠商達一百四十三家。他走遍天涯，嘗過各國的菜式，但對中國菜特別欣賞。他留意到，無論在什麼地方，當他走進中國餐館的時候，總碰到不少像他一樣膚色的外國人，在那裏大快朵頤。可是，令他不解的是，在超級市場上，伸手在架上取中國罐頭食品的，却幾乎是清一色東方人。

一生從商的博尼克，從職業的經驗上，馬上推想到問題可能是出在調味的佐料上。爲了好奇，於是，他搜購了多種的罐頭食品，逐一嘗試，果然證實了他當初的推論；這些罐頭食品對於口味濃的外國人，的確好像少了一點什麼似的，不單是味道不夠好，而且味道也不夠重。

因爲他本身就是西德哈拿（HELA）公司的代理，負責推銷該公司出產的調味佐料，不禁心念一動，就在本年六月初，前來臺灣，作開拓市場的試探。這一趟旅程，就決定了他開拓臺灣市場，引進歐洲調味佐料的雄心。

博尼克在接受記者訪問時表示，他參觀過我國的罐頭食品加工業，覺得我國這一工業正在蓬勃發展，如果我國外銷廠商能用歐洲調味佐料來調味，使罐頭食品，更能適合外國人的口味，我國罐頭外銷食品，當能大量提高國外市場的銷售額。

博尼克說，他所謂外國人，其實包括了我國年輕的華人在內。因爲他們久居外國，所喜愛的食物和味道，其實已經和外國人差不多了。

談及臺灣本地市場的開拓，博尼克亦同樣充滿了信心。他認爲目前臺灣的西餐廳、觀光飯店，已多至令人吃驚的程度，佐西餐用的調味品，一定有銷路。他的代理商又兼售各種歐洲食品，這在觀光旅遊業發達的臺灣，又是一個極有前途的市場。

博尼克說，他曾經估計過，在觀光飯店進進出出的旅客，幾乎十之六、七是外國人。據他的了解，一個初次來臺的旅客，無疑必會遍嚐中國菜而後快，但住久了以後，就會很自然地想吃一吃自己國家的口味。這時候，就會很自然的走到一間有歐洲食品的西餐館去。

博尼克深信，由于風氣的影響，及生活方式的改變，西方式的食品，也漸漸為時下一般人所能接受。因為西方式的食品，較為省事省時，又有迎合「試一試」的好奇心理。

博尼克同時指出，如果從市場上加以考慮，臺灣也是一個理想的地方。他說，日本的市場密集，競爭大，成本又高；韓國的外匯管制方式，似乎不太有利于外人投資；而香港的罐頭食品加工業，又不夠發達，只有臺灣是最理想的市場。

最令博尼克擔心的是，某些食物辦理通關，通常要二三天，使得易壞的食品，在酷熱的天氣下，招致不必要的損壞，他希望我們海關當局，能夠有更簡便的提貨辦法。（民67.8.22，經濟日報，第2版）

四、搥擊式引言（The Punch Intro）

以一種活潑有力、爆炸性的筆法，緊扣讀者的心弦，使引言充滿動感、與自然色彩（Color），引起讀者興趣。這一類引言，在社會新聞的人情趣味特稿（寫）中，較有發揮餘地。搥擊式引言，不一定就是「主題句」，它與理論上應散落在全文各段落的「有力短句」(Punch lines)也不相衝突。如果主題句不在引言，則最好將之「埋藏」在中間的適當段落中。

下面的特稿引言，就是一個例子。

中共承製牛仔褲交不出貨

港商投機吃足了苦頭

亟亟想與中共進行「補償貿易」的香港牛仔褲出口商人，在這兩個月中，急的雙足亂頓，吃盡了中共生產技術落後的苦頭。

由于牛仔褲在美國又再度暢銷起來，一般美國百貨公司存貨不夠，只好急急的向香港廠商求援，更由于香港輸美牛仔褲有一定限額，各製造廠商無不希望在此兩個月內，完成所有訂單，把今年的配額攤銷掉，令得香港的十幾家製衣工廠，出現了爭奪熟手工人的現象。各工廠的人事部，出盡各種手法；一面把所有機器，用作縫製牛仔褲，另一方面又要請到足夠的工人開工生產。目前一位縫製牛仔褲的熟練工人，除了月入不貲之外，只要做滿兩個月，第三個月起，即加發勤工獎金每月四百港元。另外，如果能爲廠方介紹一名熟練工人，亦同樣可以得到獎金。

一些曾將若干牛仔褲的外銷訂單，撥到大陸成衣廠縫製的商人，滿以爲胸有成竹，一定能如期縫製好所有外銷數量，拔其頭籌。不料到了最後的一個配額季節，大陸的製衣廠非但不能如期如數的完成生產指標，連其中一些早期運到的牛仔褲，亦有許多不合規格，令香港成衣出口商人，急得如熱鍋上的螞蟻。

一位曾與大陸製衣廠有過生意往來的香港牛仔褲製造商說，他的老闆曾委托大陸製衣廠，訂製重磅牛仔褲兩百打，言明一個月內交貨，不料到期之時，該廠只能交出二十打，與原來數額差了一大截。不過一般來說，除了部分不合規格之外，大部分手工，尚稱滿意。據大陸製衣廠的解釋，不能如期交貨的最主要原因，是因爲一般工人欠缺了車縫技術，那完工的二十打，完全係工人自己摸索而製成。

在這種情況下，該廠老闆接受大陸方面提議，派了四名技術熟練的管工，前往大陸工廠去指導生產。孰料一個星期不到，那四名管工，便急急的從大陸返回香港。他們向廠方報告說，大陸工人的生產技術和工作情緒，超過了一般人所能想像的壞，他們除了工作極不積極之外，幾乎每一縫製的步驟，都要一再指導和糾正，使四位管工忙得不可開交，每日筋疲力盡還縫製不了幾條牛仔褲。他們相信這二百打貨，是無法如期合格完成的，因此建議老闆，在香港向其他工廠補單趕製，另外設法解決問題。

香港織布廠商，現在擔心牛仔布會因需求的大量增加，而使價格上漲，減少了廠商的利潤，使得生意更爲難做。不過，一般製造廠商，在獲知大陸的製造能力後，表示寧可出高薪在香港招請女工，也不願忍受因不能如期交貨，所帶來的損失。（民68.10.12.經濟日報，第2版）

如果此類特稿（寫）的用意在「突出」(Salient) 一件事情（例如：貿易出口突飛猛進或一落千丈）、

一種現象、或一個人物的特殊現象時，則又可歸類為「突出式引言」(the salient-feature lead)。

下面的特稿引言，就是一個例子。

香港對日貿易也吃苦頭　逆差日增導致港幣疲軟

對我貿易政策動向正予注意

港元匯兌率指數在去年（七九）年底時，只有八十八點二，比起去年年初之九十五點九時的最高點，跌幅達百分之八，疲弱的原因，專家認為，一方面係因內部經濟過熱，大幅度增加了進口的貨品；而另一方面，出口的增長却逐漸放緩，使得貿易赤字，不斷作巨幅增長。

維持港元穩定的趨向，是以較高的利率，在短期內，支持港元在一定的水平，令港元和其他貨幣匯兌，不致挫落；此外，是刺激和鼓勵出口，藉以增加收入，平衡貿易賬項。不過，這兩項都不易為。

根據香港政府的統計，去年首十個月內，香港對日本的出口總值為十九億零二百萬港元，較七九年同期，下降了百分之十五（如果將去年香港的通貨膨脹因素計算在內，則實質的減幅更大。）。轉口貨值為十八億四千六百萬港元，亦較七九年同期減少了百分之十五。但另一方面，日本輸港的貨物，却達二百零四億七千七百萬港元之鉅，較七九年同期，躍升了百分之卅一，使港日兩地在去年首十月的貿易逆差，高達一百六十七億二千九百萬港元。

在各種主要出口項目中，減退幅度最大的是電動機械及電器用品，較七九年同期降低了百分之四十七；次爲成衣，跌百分之十六，再次之則有魚類海產，跌百分之三十四；玩具、體育用品、紡織紗及布料，同跌百分之三十三；珍珠及寶石跌百分之二十；家具跌百分之十九，首飾及金銀器跌百分之十。唯一增加的只有鐘錶（增百分之十三），以及非鐵基本金屬廢料（增百分之四十一）兩項，顯示了香港對日本的出口呈全面的減退。

轉口方面，也出現了全面的減降。唯一有增長的主要項目，是電動機械及電器用品，增幅爲百分之二十五。至于在港日轉口貨品中，佔最大比例的珍珠、寶石、紡織用紗、布料和成衣等，都作不同程度的下跌。

至于日本對香港的出口，則成了一個强烈的對比：紡織紗及布料，增加百分之二十五；電動機械及電器用品，增百分之二十五；通訊及錄音設備，增百分之卅四；鐘錶增百分之二十九；鋼鐵增百分之四十九；汽車增百分之九十四；一般工業機械及設備增百分之二十八；特殊工業用機械，增百分之三十三；唯一減少了的是塑膠原料，減了百分之二。

日本係香港最大的供應國，而又係香港出口貨品的第四市場；從上述的百分數字中，不啻顯示了日貨的競爭力。從港日兩地貿易的項目來看，香港希望擴大對日出口，緩和逆差，短期內，恐怕仍是困難重重，對我與日貿易的政策動向正寄予密切注意。（民69.1.16.經濟日報，第2版）

當所謂的「特殊現象」，令人有着某一程度突如其來的詫異時，則此類「突出式引言」，又可名之爲「驚駭式引言」(The Astonisher/Stunt Intro)（註五）。

下面的特稿引言，就是一個例子。

從兩個事例來看——

中共的「兒戲經濟」

不久之前，在中共叫囂臺灣與大陸「通商」的誘惑下，有一位外商，想向大陸購買一種發電用的燃煤，聲言要運往臺灣，結果被中共嚇退。這證明，中共所謂與臺灣通商，是一種統戰技倆，做做政治口號，騙騙海外華僑與混淆國際視聽而已。

高唱通商口號　事實却有陰謀

這位外商要求的燃煤數量是二千五百萬噸，與中共幾經「磋商」後，負責的幹部，答應以低于國際價格二美元，亦卽三十八．五美元一噸的售價，將二百五十萬噸燃煤優先分配給他轉買，但附有四個條件：一、要附繳十分之一價款，亦卽九百六十二萬五千美元作爲抵押金，如果這批燃煤運往他處出售，則所繳之抵押金，全部沒收；二、要有中華民國經濟部發給之入口許可證；三、要有臺灣銀行發給之外匯證明；此外，四、還得附呈一張由大陸直運臺北的船期托運合約書。

那位外商對着這四個條件，哭笑不得，九百多萬美元固然籌集不易，也賠不起，而其他條件，也使他望而却步。

這一個「故事」，已在此間外商圈子流傳出來，對於想發這種橫財的人，不啻是當頭棒喝。

中共在欺騙國際和人民的宣傳技倆上，永遠把持着「好話說盡」的原則，而到頭來牛皮吹破，落得個貽笑大方。最近香港這名外商的事例，以及中共「千呼萬喚」的「個人所得稅徵收辦法」，卽係二個很明顯的例子。

任何有過納稅經驗的人，在看過中共最近「公布」的所謂個人所得稅徵收辦法後，都會感到啼笑皆非，也爲中共是否能實行現代化而得到了一個肯定的答案。

聲言課所得稅　僅十五人有份

據中共的「公布」，納稅者依其月薪（非年薪合計）分等（非累進）計算，月入八百至一千五百元（僞「人民幣」），納稅百分之五；一千五百零一元至三千元，納百分之十；三千零一至六千元，納百分之二十，六千零一至九千元，納百分之三十；九千零一至一萬二千元，納百分之四十；月入超過一萬二千元者，稅率爲百分之四十五。

從上述數字中，不難發覺，月入一千五百元納稅百分之五，一千五百零一元，則要納百分之十了，而分等差距又那樣的參差，眞是荒天下之大謬。有人因此戲稱這種所得稅爲聊勝於無的把戲。不過中共似乎並不着緊這種虛應一招的樣板文章，因爲全大陸，目前月入達八百元以上的人，尙不到十五人，這對自由世界的人來說，簡直是件不可思議的事情。（民69.9.30.經濟日報，第2版）

驚駭式引言，有時可以奇異的「驚人之語」(Shockers/The Striking Statement)來表達。史蒂萊曼認爲，只要技巧夠，運用得宜，「故作驚人之語」，不但不會失去讀者，還會有着一種强烈的「驅使力」，使讀者被嚇得大叫：「哎呀！」又或者心裡想著：「豈有此理！我要看下去，看你這一筆蛋再說些什麼蠢話！」

我國古時早有人採用這種「明貶暗褒」的技巧，以驚世駭俗的文筆，而名重一時。例如，在廣東坊間小說中，據云明朝中季，有一才子名曰倫文敍者，即曾以一首盡是「反話」的詩句，爲一顯赫家族的主母賀壽，而傳誦一時。那首詩是這樣的：

此姥原來不是人，（什麼？）
天姬七姐下凡塵。（啊！原來如此。）
生下五男皆是賊，（豈有此理！）
偷得蟠桃敬母親。（何不早說，眞是的！）

史蒂萊曼也舉出了若干例子——

「給我兩小時和兩塊錢，我會告訴你如何去裝嵌價值一百塊錢的收音機。」或者：

「我不會做家務，使用工具器材也笨手笨腳。可是，我却能在兩小時內，裝嵌好一部價值一百元的收音機，並且，只是花了我四塊錢。」

一九六九年七月號的中文讀者文摘，曾刊登了一篇題目爲「駝背奇才」（The Electrical Genius of Liberty Hall: Charles Proteus Steinmetz）的一篇文章，介紹電學大師史坦墨玆的生平。其中有段非常有趣的故事——

史氏在一八八九年六月，從德國移民美國之後，在美國通用電氣公司當總工程師。某次，該公司將一架六萬瓩的渦輪，賣了給芝加哥的愛迪生聯合公司。一位負責發布新聞的青年，因爲想不出一條「索然無味的渦輪機新聞」該如何寫法，才可以上報紙一版而苦惱不堪，祇好求助于史坦墨玆。史氏略爲演算了一下，就對那年輕人說：

「六萬瓩的發電機，產生八萬匹馬力的電力，每匹馬力等於廿二個半人力；但是，人不可以一天工作二十四小時，發電機可以。那麼，把發電機折算的人力乘三，也就是每天三班，每班八小時，得出來的數字是五百四十萬個人工。一八六〇年的時候，全（美）國的奴隸總數只有四百七十萬。」

那名青年就憑着這幾句數字的「驚人之語」——通用公司這部渦輪機所做的工，超過內戰時，全美奴隸工作量的總和；而且天天如此——將新聞登上了全美各地報紙的第一版。

這也是一個非常典型的例子。

另外，此類引言，有時可以透過「想像」，運用諺語、歌名、歌詞等文字組合的「遊戲」，而提昇至另外一種表達的層次，稱爲「詩歌式導言」(the parody lead)。例如——

A「戰呀！戰呀！我們是新中國的青年，我們是革命的戰鬥員。」

成功嶺上正在接受寒訓的大專生，昨日唱着洪亮的軍歌，踏着齊一的步伐，以最快速的動作，集在司令臺前，恭聆救國團蔣主任的訓勉。

B「半生讀書空負己，

卅年磨劍志未伸。

神州未復身先死，

壯士遺恨淚滿襟。」

體格向稱硬朗的中視總經理梅長齡，就這樣不甘不願，滿懷酸苦地離開這個他奮鬥了六十年的世界。

C「呀！」

今晨合歡山上登山隊大清早起來，看到一片白茫茫的雪花時，不禁同聲叫了出來。

不過，史蒂萊曼一再强調，上述所提的引言，一定得基于事實，並且在下筆時，實在地反映了作者眞摯的感情。否則，由于這類引言，可應用在學術性之外的任何文章之故，很易流于濫用，與爲文之意不符——讀者氣憤憤地、粗枝大葉看過一篇，而作者却根本沒有把要說的話，充分表達出來。如果內文不能與引言配合，或者過于誇大，則會令引言成了「吹牛的小丑」，嗣後讀者一見作者的「大作」，可能就有「先入爲主」的「偏見」。

另外，「子彈式引言」(The Bullet/Cartridge Intro) 與搥擊式引言，十分類似。所謂「子彈式引言」，只用一句簡短而有力語句，作爲新聞導言，或特稿引言，道出最重要事實。值得注意的是，不管這句話是一句警語、結論抑或表達一種情況，它都要像射靶的子彈一樣，一語中的，「彈無虛發」。

玆舉三個例子，予以說明。

例一（新聞導言）：

「埃及總統沙特已在醫院逝世。」

例二（新聞導言）：

「美國總統威爾遜，今日正式宣布與德國開戰。」

例三（特稿引言）：

香港金市投機買賣風氣極盛

本月十八日，香港黃金市場陷入一片狂亂之中。

黃金價格每兩最高做到港幣二千四百零五元，最低做價港幣二千二百一十元，同一天內，上落差價達港幣一百九十一元，幅度之大，爲韓戰後所僅見。一般投機者每百兩黃金買賣保證金（港幣二萬元），可能就在十餘分鐘內卽告賠光，被迫「斬倉」（殺頭）結帳。

這種投機風氣，一如一九七二至七四年間的香港恒生股票指數升勢一樣，每日都在專家認爲「不可能」的情況下，再百尺竿頭更進一步地，攀升至另一新紀錄，使投機者在一種賭博的心理下，瘋狂地買賣，以至一發不可收拾。

「煲滾水」（燒開水），是目前香港流行俗語，意卽以人爲的方法，把事情弄大，由冷水燒成開水。一般黃金投機買賣者現時的作風，正是如此。「沒事，去玩兩口啦！」幾乎成了近日香港人見面時打招呼的開場白。一「口」指一百兩黃金，平均市價二十多萬港元。通常投機的買賣者，上午「玩」一口，下午「玩」一口，除去費用雜項，順利的話，每月可賺個萬來元港幣。

業界人士一致指出，近來在黃金市場中活動的人士，已多了一批投機的「生客」。由于現在香港金價，已經升至高水平，投機者對價位的輕微上落，不感興趣，要有較大的變動，才有吸引力，這是近期香港金價大升的另一個因素。

為着對付這種瘋狂式的投機買賣，香港金銀貿易場，立刻根據章程，于十九日上午由該會理事長胡漢輝和副理事長、監事長、財務組長，組成了臨時委員會，決定了以現貨來鎮壓期貨投機的方式，來予以調整。會議通過，決定將黃金公會之保證金額，由每百兩二萬港元增至二萬五千港元；此外，規定黃金價格，每兩上漲二百五十港元，就停止交易，並須交割。

最使香港金銀貿易場頭痛的是，有很多「非會員」（例如為人熟悉的財務公司），以各種方法，吸引缺乏金融知識的市民上鈎，輕者是「食價」、「欺騙」，重則乾脆將投資「賭博」人士的保證金一筆捲去，無影無蹤。在十九日當日，就傳有一間以「炒金」為主的財務公司，三位主持人都失去了聯絡。據說，他們於十六日，曾開出千餘萬港元面額的支票給客戶，但所發出之支票，却被全部退回。據悉，造成該公司如此狼狽的原因，係該公司于金價每兩一千九百多港元時，即開始賣空，直至十九日，仍然拋出，遂補不過來。雖然此事日昨已有某一程度解決，仍不失為瘋狂的炒金者的鑑戒。

消息人士透露，近日某些不肖之徒，利用招收金融業務職員及開設投資講座為名，吸收新人加入炒金行列，然一旦成為其客戶後，由于投資者缺乏知識，便祇有任其魚肉。

香港金價的升幅，自本年初以來，已達每兩九百多港元，亦即百分之七十多。一般人的投機興趣正方興未艾，對未來市場，幾乎一致看好，而業界亦預料金價于短期內不會回順。不過對香港金市認識越深的人，都抱有很大戒心，認為國際金價，已呈混亂，「爆炸性」的上升或下跌，隨時可以發生。

香港是一個自由的經濟社會，香港政府可能不會制訂某些法例，禁止黃金的投機買賣。不過，三十年前的香港炒金狂潮，曾經使不少富翁，一夜之間破產，而當年香港股票狂瀉之際，神經失常、跳樓、失蹤等悲劇不斷發生，應使目前的「賭博」者記憶猶深。（民68.9.25.經濟日報，第2版）

五、描繪式引言(The Descriptive/Picture Intro)

對不平凡的人、事、物作清晰、生動、簡潔明快的刻劃，爲特稿（寫）迅速打出一個完美的「有色」畫面。講究詞藻與意境，以增加引言的吸引力爲着眼點，並應避免陳腐的句語與過于專門的名詞和定義，另外，此種「現場傳眞」，必須係記者所見、所感、所聞之眞實事跡。

下面的特稿引言，就是一個例子。

德商歐亞銀行　穩紮穩打在臺北闖天下

【臺北航訊】位于臺北市忠孝東路四段一八〇號的德商歐亞銀行(European Asian Bank)臺北分行辦事處，以柔和的藍色爲配色系列，找不出一丁點兒德國人那種「楞楞正正」的影像；更令人詫異的是，這一分行的總經理，並非日耳曼人，而是安格魯撒克遜的白大偉(David Back)。

一九八〇年十月三十日，歐亞銀行臺北分行正式揭幕，該行董事長，全球第二大的德意志銀行董事長錫爾巴哈(Hans. Otto Thierbach)，親自由德國前來臺北剪綵，並竭力促進歐、亞貿易，爲臺北業界從漢堡打通德國貿易管道爲營運目的。在這一目標之下，熟悉歐、亞貿易事務的白大偉，遂「雀屛中選」，被禮聘爲臺北分行總經理，透過融資的協助，開拓中、德貿易。

與其他歷史悠久的世界著名銀行比較，歐亞銀行的「行齡」，可名之爲「嬰兒銀行」。它是遲至一九七二年，才由歐洲銀行組織（EBIC）各會員銀行——法國興業銀行、義大利商業銀行、英國密德蘭銀行、比利時興業銀行、荷蘭阿姆斯特丹——鹿特丹銀行、以及德意志銀行共同投資設置。因此，有人戲稱之爲「混血銀行」。

除「只此一家」的漢堡銀行總行外，該行目前已在泰國的曼谷、印度的孟買、可倫坡、香港、巴基斯坦的喀拉蚩、印尼的雅加達、馬來西亞的吉隆坡、菲律賓的馬尼拉、韓國的漢城、新加坡、馬來西亞、斯里蘭卡（錫蘭）、澳洲，及紐西蘭等地設有分行，規模之大，足以媲美世界最大的銀行。目前臺北分行，共有五十六名員工，各部門的組織亦與臺北的外商銀行結構無異。僑胞的通匯，幾可透過歐亞銀行，抵達全球華僑所在地。

不過，據該行臺北分行一位負責人表示，僑胞或臺灣的銀行，如欲赴德國開業，該行願負責協助一切，當不致遭遇任何困難。但他認爲，若立心要在德國金融市場上賺錢，則要憑個別的時機和運氣。

目前，德國僅漢堡一地，就有一百四十家銀行，外商銀行又超過半數以上，但德國銀行對準備金及利率的限制頗多，使得外商銀行甚難找得德國客戶，甚至要到鄰近的歐洲各國尋求客戶，才能賺錢維持開支。

去年的經濟淡風，也影響到歐亞銀行臺北分行的業績成長。目前該行的放款政策，也趨於保守，希圖以穩紮穩打的策略，站穩陣脚，並且在收縮信用額度的彈性因應下，協助臺北業界渡過融資難關。

歐亞銀行臺北分行，在臺北營運雖然只有短短兩年的歷史，然而與其他各地分行比較，它的確深深的體會到，臺北金融市場，不單可以「分肥」，而且是塊「上肉」，這是該行上下行員們一致同意的。（歐洲日報民72.1.23.，第5版）

六、對比式引言(The Contrast Intro)

將人、物、時間等巧合的兩個極端情況，如幸與不幸、悲與喜、貧與富、老與少、古與今、動盪與安穩等尖銳的對比，憑記者敏銳的觀察力和學養，尋求出他們的變異性或共同性，並設法使效果上，出現特殊的戲劇性氣氛。

下面的特稿引言，就是一個例子。

香港股市震盪的幕後與影響

正當臺北股市持續盤軟的時候，香港股市卻出現了自一九七三年來的高潮。表示香港股市交投情況的恒生指數(Hang Seng Index)，一週內躍升六十多點，衝破了期待已久的千點大關，並且持續上揚，風聞國際。

帶動這次香港股市急劇暢旺的原因，是香港環球航運集團的包玉剛，與香港置地公司(Hong Kong Land Co.，爭購屬于怡和集團(Jardine, Matheson & Co. 控制下的九龍倉(Hongkong & Kowloon Wharf & Godown Co.) 股權而引起。

九龍倉公司擁有貨櫃倉庫和碼頭，係航運業競想控制的一個事業。在七十年代後期，華資財團在港崛起，親中共的「長江實業」(CHEUNE HONG (HOLDINGS) LTD.)，卽曾于一九七八年間，購入百分之二十的九龍倉股權，並有意繼續增購，作爲長期投資。稍後，該公司却認爲該種票面值每股爲十元（港元）的股票，由于市價不斷上升，已不合投資原則，決定將全部股權售予包玉剛。當時卽有傳聞，謂「長江實業」的作法，只是一種緩和英資方面壓力的一種手法，而將股權「寄存」于和大陸關係良好的包玉剛身上，以確保「利益」。去年十二月間香港置地公司又購入「九倉」股份九百萬股，達到佔股百分之二十的目的，極力鞏固怡和集團對九龍倉的控股權。迨今年五月，包玉剛宣布將其擁有之百分之三十的九龍倉股份，轉入其擁股百分之七十之隆豐國際投資公司(WORLD INTERNATIONAL (HOLDINGS) LTD.) 時，怡和集團遂悚然驚覺，包玉剛實爲九龍倉的最大股東。一幕持續六日，驚動國際，並使香港股市大幅上揚的九龍倉股權爭奪戰，遂告展開。

六月二十日，香港置地公司正式宣布，公開增購九龍倉百分之廿九股權，以使其佔有九龍倉股權增至百分之四十九。收購的條件是以二股六月十六日收盤價為十二元二角（港元，下同）的置地股票，另加面額七十五元六角的無抵押保證債券一股，即共值一百元，兌換一股九龍倉股票。六月十六日，九龍倉收盤價為六十九元五角，此一條件，使九龍倉股值陡然增值百分之四十三・九。如果收購成功，置地在帳面上，得動用卅三億元鉅款。

包玉剛人在巴黎，聞訊後，即兼程返港，並立刻召開記者招待會，聲言為「保持個人及家族利益」，實施反收購行動，呼籲九龍倉持股股東拒受置地建議，並公布以每股一百零五元價格，現金收購九龍倉股權二千萬股，至于九龍倉之認股權證，亦以每張五百元收購，亟亟以快打慢的手法，增購百分之十九的九龍倉股票，粉碎了置地公司的圖謀。

六月廿三日午前，接受包玉剛委託收購事宜的獲多利公司（Wardley LTD.），宣布已完成收購計畫，包玉剛動用了廿一億港元現款（約一百四十七億新臺幣，四億多美元），一舉「贏了」這場舉世觸目的股權收購戰。

有人估計，若以包氏主持的環球航運集團來說，廿一億港元，只是環球航運資產總值的廿份之一，但一日一夜之間，立刻籌集廿億元的現款亦非易事，而且廿億元的年息為二億元，挖股後的年盈利額不過五千多萬元左右，代價奇高；此外，據事後統計，置地公司最少曾將手上一千餘萬股九龍倉股，拋售給包玉剛而獲得十餘億元現款，五億餘元「利潤」；此一「利潤」相當于滙豐銀行半年的盈利。這些「瑣瑣碎碎」的聯想，不禁使人想到爭奪戰中波譎雲詭的一面，值得深思。

雖然在香港英資集團的董事局內，已有不少香港人任董事，而在英資集團的董事會中，亦有不少著名的香港人任董事，但一般人仍習慣以「英資」和「華資」來作爲區分。這次九龍倉股權爭奪戰，很多人亦以華資挑戰英資，來作爲一個具體的形容。包玉剛收購的成功，有些分析家認爲會改變一般人以往認爲英資不能動搖的觀念，因此日後華資收購英資的情形，可能陸續出現。

但也有些人認爲，這次事件，實不能以「華英鬥法」一言而蔽之，其實應視之爲香港英、華資財團的一個重組過程，而促成這種打破傳統界限的觸媒劑，却是與大陸叫囂「四化」有關。

這次包玉剛在短時間內，動用廿一億港元增購九龍倉股票，如此巨額資金從何而來，始終沒有一個明確的答案。雖然包玉剛力言是香港滙豐銀行支持，但因爲滙豐銀行本身，正動用大量資金收購美國密特蘭銀行股權，這個解釋，仍未能滿足一般人心中的疑惑。

有人側面獲悉，這次動用的廿一億港元中，包玉剛出款一億元，滙豐借出四億，而中共集團之「中國銀行」系統，則動用了十六億元。

有消息傳說，總部在香港的董氏航運集團，對九龍倉亦甚感興趣，由於該集團係以梅花作標誌，中共甚爲畏懼，由於其叫囂「四化」，需要航運設備支持，爲免夜長夢多，「中國銀行」系統，遂不惜重資支持與大陸關係良好的包氏航運集團。

包玉剛爲滙豐銀行董事局的副主席，其屬下之環球航運公司，一向固然得到滙豐銀行的大力支持，自中共「四化」計畫展開後，包玉剛以其海上的力量爲後盾，甚得中共方面「借重」。本年三月，包玉剛的環球集團卽與滙豐及中共合資二億五千萬元，組成「國際聯合船舶公司」。本年五月，包玉剛曾到北平與華國鋒「會面」，稍後，又在香港與中共簽訂大宗船舶交易合約。凡此皆顯示包玉剛與滙豐及中共在航運方面的密切，此亦滙豐支持包玉剛的主要原因之一。此外，由于滙豐與中國有百多年淵源，係英資在華老財團，怡和集團與華關係亦屬密切。在中共叫嚣「四化」之後，怡和集團已與中共的關係，比前時更爲開展，滙豐寄望重振昔日在華的關係，透過華資財團的舖路，當然係方法之一。

對包玉剛而言，既與中共有貿易來往，九龍倉的控股權，該是包玉剛所必爭的。有人以爲置地公司亦正因爲看準包玉剛這點，才滿懷把握的向他使出一招。

沒有人會懷疑置地公司的做法，不是經過「深謀遠慮」的。因爲從準備「增購」，到在一個上午，巧妙地把一千萬股，成功地拋售給競爭的對手，如果是沒有事前的部署、保密、經紀默契以及技術上的安排，是無法辦到的。有消息透露，置地公司在該日早晨，先派人與隆豐公司接洽，願以九百萬股九龍倉股票售給包玉剛，但爲負責人所拒，而實在這不過是虛幌一招，減除隆豐公司的戒心；而實際出售一千萬股的經紀，却已「偸渡」成功了。因爲光是置地公司已出售了一千萬股給包玉剛，收購程序，又以先到先購爲準，所以其他散戶沾光的實在很少。

幾乎所有關心香港股市的人都同意，包玉剛雖收購成功，但却是一場慘勝——代價太高了；置地公司表面雖然失敗，却得到實惠——十億港元的進帳；如果對置地公司的推論屬實，它欲擒故縱的擡價手法，和售股的安排，將永留「佳話」。因爲如果置地公司突然拋出一千萬股九龍倉股票，勢必引至九龍倉股價大瀉，只有用上述方式，才能獲得厚利，而它竟然成功了。

不過，在整個事件的過程當中，包玉剛和置地公司同時受到社會一些責難。首先，置地公司一直公開聲稱增購九龍倉股份，但却又暗中將名下一千萬股九龍倉股份賣出，這種明修棧道，暗渡陳倉的操作，對社會民心來說，起碼在道德上，是違反股市買賣常規的。

根據英國法律，若個人或其集團擁有一間公司百分之三十的股票時，則該投資者或集團，便有義務將其餘百分之七十的股份，亦一併購入。而依美加法律，規定增加投資者，除一方面應予世界各地其他股東，有足夠時間，考慮應否將其股票出售外，還得按比例分配方式買入股票，並非採用先到先買的方式來搶購。

在一九七三年香港股市，由恒生指數一千七百點多狂瀉後，爲了加强股市的引導作用，香港成立了一個名爲「公司收購及合併委員會」(The Committee on Takeovers and Mergers)（一般稱爲證監處）並于一九七五年通過各項守則的立法。按該委員會所訂「香港公司收購及合併守則」第三條原則規定，持有一間公司控制權股東，應使所有股東接受同等待遇。不過，這一守則條款，並沒有法律强制權力，違反者只受「公衆表示非議」(Public expression of disaproval) 的「公衆制裁」(Public Sanction)。因此該委員會根據守則向包玉剛提議，以同樣價格，全面或比例向其他股東購進股票，結果被拒，也只能予以口頭上的譴責。

此外，九龍倉股票在置地公司提出增購宣布時，即已「停牌」，代表包玉剛的獲多利公司，係在九龍倉「停牌」情況下購入股票，亦被人所譴責。

九龍倉股權爭奪戰，到目前爲止，已告一段落。現時在香港街頭巷尾所聽到的，是置地公司獲利十億港元的出路。香港及包玉剛與大陸「四化」的關係；公司控制權的明確定義，和恒生指數漲落時

的讚嘆。一千七百多點的期望，又可從街道上，每個忙碌人兒的臉上看出來。（民69.6.27.，經濟日報，第2版）

七、提問式引言（The Question Intro）

在引言中，一下筆卽提出疑問，引起讀者的好奇心，加深特稿的印象，並產生一種尋求答案的期望。下面的特稿引言，就是一個例子。

出口商避免滙率風險的方法

以新臺幣報價可以嗎？

出口商避免匯率風險的方法，除了買賣美元期貨外，以新臺幣報價可行嗎？

美國花旗銀行臺北分行助理副總裁辛紀秀認爲，最好的做法，莫如以新臺幣對外報價，使出口廠商不必爲將來交易完成後的匯率風險擔憂。

他指出：在先進國家裏，出口商的出口報價，大都以本國的貨幣爲計算單位。美國、德國、日本都如此（雖然目前中日雙方在清算時，仍以美元爲換算單位，但這並不影響到以日圓來報價的操作）。

爲什麼我國出口商，一定要甘冒匯率的風險，或增加負擔去預售外匯呢？辛紀秀以爲，讓新臺幣成爲國際外匯市場上掛牌買賣（包括卽期及遠期）的一種通貨，是將這一「燙手的山芋」從我們的出口商轉到外國進口商的一個好辦法。

要使新臺幣成爲國際外匯市場上掛牌買賣通貨的最基本前提，乃是適當地允許新臺幣資金的自由流入與流出，並且允許非本地居民（例如外商），持有某一適當數額的新臺幣現金或新臺幣存款，以使與我國貿易的外商，能以新臺幣支付，這一措施的初期，原則上，可由我國的商業銀行負責兌換的操作，而由中央銀行做爲他們的後盾。這樣一來，可以把傷腦筋而又增加成本負擔的遠期外匯買賣，讓給國內的商業銀行與國外的貿易商，並且透過人才濟濟的外國銀行去操作；二來又可讓我國的貿易商安心的去做他們的生產與銷售工作。（下略）（民67.9.10，經濟日報，第2版）

八、引語式引言（The Quotation/Statement Intro）

引語式引言的寫作方式，分有直接引言（Direct Quotation）、間接引言（Indirect Quotation）、直接、間接引言互用，以及「集體式」的引言四類（註六）。此類引言的寫作特徵是「有聲」，亦即將演說、文告或權威人士重要話語，充滿趣味或有意義的句子，恰到好處地在行文的最前一段，間接、或用直接的引號予以引述，給讀者一個鮮明的印象，與强烈的「現場感」。引言中，最好能道出問題的意義及原因，使讀者能于一開始時，便能窺知全文要旨。不過，在引語式引言中，切忌濫引無謂語句，否則「畫虎不成」，易滋誤會。另外，古老的格言、老生常談的話，在引用時應格外小心，最好能將這類語句解釋清楚，或賦予另一種新的意義，以免引用錯誤，令讀者煩厭。

茲舉例說明如下：

例一（直接引語）——

美花旗銀行副總裁漢斯．雷爾

談我外滙與金融問題

美國花旗銀行紐約總行副總裁漢斯．雷爾（Heinz Riehl）對記者說：「中華民國對于外滙的處理，已經逐步接近建立一個完整的外滙市場，這是我所樂于見到的，也是我這次來臺的主要原因。」

漢斯這次來臺，以他所著的「外滙市場」一書爲講授內容，對二十餘名花旗銀行臺北分行的帳戶管理人員，舉辦爲期二天的研討會，以加强他們爲顧客服務的專業知識；並且，他又會晤了主要客戶的財務決策人，提供他們有關外滙市場必要常識，好使將來我國的外滙市場成立後，使這些決策人，有足夠的知識應變。

漢斯認爲，中華民國一改過去由中央銀行嚴格管理外滙的政策，而逐步發展和改進外滙的處理，是非常之正確的一項措施。

這位國際知名的外滙買賣操作專家表示，中華民國在外滙市場的建立方面，有今天的成就，不能不歸功于二年前開設的中興票券金融公司所作的貢獻。他說，中興票券金融公司的開辦，使得中華民國的貨幣市場，略具雛型，並且在操作的範圍上，已將各項「貨幣市場信用工具」大致具備。到今天，中華民國的外匯操作，不僅比其他亞洲國家領先，即使在操作的信用工具種類上，也較香港的貨幣市場爲多。

談及解決我國目前新臺幣供給額居高不下之道時，漢斯認爲，基于我國外貿的蓬勃，最直接了當的解決辦法，還是透過「公開市場操作」，來吸引多餘的新臺幣頭寸。（下略）（經濟日報，民67.10.21.，第2版）

例二：間接引語——

中共決定在今年春節　對生產階層禁發獎金

鄧小平說：發獎金是浪費

有消息說，中共決定在今年春節，對生產階層不發獎金了。據說鄧小平曾譴責去年發給的獎金，大部分發得不妥當，沒有達到提高生產的應有效果。他認爲：「如果去年節制一些，能少發二十億元獎金（僞人民幣），今年的日子就會好過得多。」

本來就一窮二白的中共，自與越南發生戰爭後，原已空虛的「國庫」，就更爲短絀。于是打響「四化」的幌子，希望別人來扶一把。八〇年代剛剛來臨，患了「經濟貧血」重症的中共，已一而再、再而三的，展開了各項經濟統戰：

——在「廣州交易會大樓」，成立「廣州外貿中心」，加强欺騙外商上鈎。

——宣布計畫在福州琅崎，設立一類似加工出口區的「自由貿易地區」，以與所謂「補償貿易」為主的深圳和珠海「工業特別區」鼎足而立；而位于珠江東岸后海灣的「蛇口工業區」，則將于本年三月開始興建工廠，推行所謂的「合資經營」，利用廉價土地和香港國際貿易設備，吸引需要大規模土地及資本的工業，前往設廠投資。

——委託香港「中國銀行」代「福建省福建投資企業公司」發行面額爲僞人民幣五百元、五千元和五萬元的債劵三種，進一步希圖榨取外滙。

——與日本「東方利市有限公司」籌組「中國東方租賃公司」，準備本年中開業。

一位中共經濟觀察家說：「現在大陸親友向香港求助，除了生油、毛巾和藥物的民生必需品外，還有彩視機、音響器材和電子計算機等物。中共在有意無意之中，並不加以特別限制。因爲這種『協助』方式，在某一程度上，可以降低國內物質缺乏的不滿情緒；以另一面角度來說，這也豈非『中國式的現代化』嗎?!」

雖然：「你投資，我放心。」係現階段中共施行經濟統戰的「最高指導原則」，但精明的資本家，並不是那麼容易上當。目前，中共所謂的「合資經營企業法」仍未正式擬就，他們寧可在香港觀望，以香港來作進可攻退可守的緩衝地帶。「蛇口工業區」所具備的條件，雖然對香港廠商，有某一程度吸引力，但只限于吸引而已，至于是否願作巨額投資，大家仍然心裏有算。

美國雖然宣布給予中共最惠國待遇，但是一般廠商，仍不敢貿然的在大陸加工生產。主要原因是解決不了產地來源問題。假如商品在大陸加工，算大陸製造，經由香港出口就得不到特惠關稅優待。美國買家通常都不願多付超過百分之三十的入口關稅，致令「有點意思」的投資者，萬分頭痛。

據傳，鄧小平曾經指出，中共「四化」的目標，要做到「每人每年收入美金一千元」，達成「小康局面」。他承認這個數字，「還及不上臺灣現在的平均水準」，看來，只會均貧的鄧小平，無論怎樣出國考察，他的經濟常識，比起他的名字，似乎强不了多少。（民69.2.13，經濟日報，第2版）

例三（集體式引語）——

解決鞋類設限問題　不斷與美進行談判

蕭彌敦專程來臺尋求合作途徑

在美國製鞋商高呼加强限制我非橡膠鞋類輸美聲中，與我國鞋類業者貿易達十年以上，又是我國輸美鞋業大宗買主的美國莫斯國際鞋業公司(Morse Shoe, Inc.)的三位負責人，特別遠從麻省的「廣東」(Canton)總公司，前來臺灣考察一週，「看看怎麼辦？」

這三位負責人是執行副總裁蕭彌敦、副總裁柯海博及副總裁賈非力。

蕭彌敦在接受記者訪問時極不贊成卡特總統執政下這種不當的保護政策。他表示，在保護及配額限制的情形下，目前美國人民每年要多花費一千萬美元在鞋類的消費上，這徒然只是加重人民的負擔，別無好處。根據估計，美國的製鞋廠在這數年間，只有關閉，或停止生產，却沒有新的工廠設立，進口鞋類又受到政府的限制，美國人民只能穿貴鞋。

這位和我國長久貿易的美國鞋業界領袖指出，我國的鞋業，在價格方面，固然可取，即使在質的方面，亦是合乎標準，而且我國鞋商亦在不斷改良，實在難能可貴。他表示，作爲一個鞋類進口商人、零售商人和美國的一個消費者的他，覺得我國鞋類的確已符合美國人的心意，若我們能在款式或製造的設計上，能稍加改進，自會百尺竿頭更進一步。

蕭彌敦表示，目前他想不出什麼好的辦法，來解決當前的輸美配額限制問題。不過，他建議我國鞋商，應該會同我政府有關單位，不斷的，百折不撓的，繼續與美國進行談判。

據瞭解，目前美國鞋類生產業者在美國製造鞋後，可將鞋類的樣本和價格，送交美國海關報備，要求非美國鞋商所製的同類，或類似的鞋類，在美最低的售價，不得低于該種鞋類的價格。這種價格名爲ASP(American Selling Price)。

舉例來說，如果美國製鞋商做了一雙鞋，向海關報備的售買價格爲美金十元。只要該鞋商能拿出證據（如廠址、廣告），證明該等鞋類係在美國製造者，美國海關卽予採信登記。如果我國輸美鞋類與該製鞋商所造的一樣或類似，其報關價格若低于美金十元，海關就會課稅至十元。換言之這一措施使我國製造的鞋類，在美國市場售價與在美國製造的同類鞋價格相等，從而降低了我輸美鞋類在價格上的競爭力。

莫斯公司去年向我國採購各種鞋類總值爲三千萬美元，今年的採購值估計最低可達五千萬美元。

不過，據莫斯鞋廠在臺分公司經理白湯姆表示，這個數字，與其說這輸美額的增加，不如說是售價的增加，更屬實際。

在配額的限制下，莫斯公司似乎已經更積極地向香港、菲律賓、新加坡和意大利等地尋求新的貿易市場。據說近年來意大利出產的皮鞋價格和品質都很有競爭性，而菲律賓所製造外銷的童鞋，在價格上已經比我國爲低。（民67.6.1，經濟日報，第3版）

例四（對話式引語）——

對話式引語，又稱爲「交談式引言」（The Dialogue Intro）。此一寫作方式，通常是以對話形態，將引語作直接和間接的交互引用和安插，從而顯出內容焦點所在。例如——

推展密蘇里州與我貿易

龐德州長親自出馬

「這個玉米湯味道眞好。」來華訪問的密蘇里州州長龐德（Bond），在大同公司的午宴上，對中國烹調技術由衷的讚賞。

「州長閣下，玉米都是向貴州採購的。」大同公司董事長林挺生謙和而誠實的說。

這一簡短而風趣的對話，雖然只是昨（廿三）日龐德州長和林挺生董事長，二個小時接觸談話中的一句；但是，它已經道出了我國和美國在經貿關係上，互惠合作的最大益處。

在密蘇里州甚孚衆望，以至兩次獲選爲州長的龐德，在接受記者訪問時，即極力强調中、美傳統友誼，和彼此投資合作的重要性。

龐德州長說，密蘇里州訪華團一行十四人，其中包括了該州參議長麥瑞，以及三年前曾經來華訪問的衆院議長葛里芬，就是爲了表示該州在促進中、美經貿投資合作上，已不只是「州官」的事，連「百姓」也來「加油」了。另外，他的特別助理雷壬鯤，與該州經常來往中、美兩地的李祥麟律師，也一起加入「助陣」，藉着「龍的傳人」，加强觀念的溝通。

龐德州長表示，這次訪華的目的一共有三個：第一是爲促進中、美雙方的貿易，作一個懇談。第二是探求我國廠商，到密蘇里州合作投資的切實作法。第三是推介密州的旅遊勝地，鼓勵我國的觀光客，前往觀光。

龐德州長指出，密蘇里州正以對投資者甚爲有利的投資獎勵辦法，鼓勵投資者前往投資，以發展該州的經濟。比如，該州的稅務法令，幾乎係全美最具獎勵性的。我國在對外投資和貿易的發展上，深具開拓的潛能，因此他希望我國業界，能前往投資設廠，加强中、美貿易關係。

龐德州長認爲，密蘇里州自然資源十分豐富，適合各種的投資。密州地處全國中部，交通網四通八達，貨品暢銷全國各地，政府的管理完善而具高效率，實在是投資的最佳地方。

密州參院議長麥瑞坦率的表示，外國人在密蘇里投資，當然會增加密州的就業機會，但這一來，兩國在貿易上投資的發展上，就可兩蒙其利了。另外，他認爲以我國目前的情況來說，社會進步，生產力提高，受到良好訓練的勞動人員和管理者，素質都非常高。所以，他認爲，這些條件，都已蘊育了我國業界「往外闖」的氣候了。

衆院議長葛里芬更指出，加强中、美雙方的經貿民間關係，也是「臺灣關係法」上所追求的目標，但這三年來，他覺得雙方都有待加强的必要，彼此都要在貿易和工業上，再進一步的聯繫和交投。

密蘇里州訪華團在拜會經濟部和外交部時，曾和我國官員，討論及最近引起蔣總統經國先生和國際人士關切的仿冒商標問題。據了解，我國首長，曾主動的向龐德州長等人，一一解釋，並請他們提供事實，以便查辦。不過，據說這一批友好遠方訪客，在回答問題時，保持着一種適度的和氣，連「孟山都產品」也沒有多提，並沒有使得場面尷尬。

密州的玉米，經過我國廚師的烹調，可以熬出美國訪客擊掌讚賞的鮮湯。從美國引進來的科技和原料，經過我們的「加工」，是否也會使外人「刮目相看」呢？（民71.11.24，經濟日報，第2版）

引語引言，用得最多的要算演說的摘要報導和特稿，且內文仍採用「引語——提要——引語」(Quote-Summary-Quote)的方式來處理。

若是要員政策性的談話，則通常會用：「主張……」、「贊成……」、或「否認……」等「分詞式」(participial beginning)作開始。

九、條件式引言（The Condition Intro）

在具有「預告性新聞」(Advance Stories)特稿（寫）的首段引言中，擬一個可能發生的情況，作爲往後後續（Follow up）新聞的預測，引起讀者的留意。

下面的特寫引言，可以作爲一個例子（如果在往後的磋商中……則這三十年來……）。不過，由于此文長達六千多字，並在週日刊出，這一則特寫可歸類爲「專題式特寫」。

香港二百億美金資金爭奪戰

資金外溢．已成定局

由于中共與英國，在尋求解決香港租約的問題上，產生了「主權」和「條約存廢」的基本歧見，並且在態度上，彼此南轅北轍；使得這一項起碼關乎東亞地區前景的「雙邊談判」，泛露着强烈的失敗氣氛。如果在往後的磋商中，不能突破上述歧見，則這三十年來，港人過慣了的「米字旗下的繁榮」，行將成爲大江東去。

一直密切注視香港資金流向的國際投資人士，已從斷斷續續的市場動態中，證實了香港資金，已透過各種渠道和形態，不斷外溢。

加拿大香港加易投資移民顧問公司指出，香港的游資，已使加拿大的地產業再度復熾。就多倫多一地而言，今年八月份的房地產買賣，一個月內已達一千九百五十六宗，比去（七十）年同期，增加了四百零三宗，增幅高達百分之二十六。平均交易價格，亦由去年同期之九萬二百零三加幣，增至九萬五千八百五十五元加幣，增幅超過百分之六。

多家投資公司，亦首次公開承認，他們將減少在港投資的比例，並將較爲專注于美國的股票市場。投資人士認爲，巨大資金集團，已將本身資金的三至四成，悄悄的轉移到其他地方去。據美國商務部經濟分析局估計，一九八〇年到一九八一年間，流入美國創設或購買當地公司的香港資金，起碼已達三億五千萬美元。這些資金，還是大部分由香港直接付出，其餘則透過美國的金融業務來籌措。大部分市場人士都同意，一九九七年新界租約屆滿之前，香港起碼會有將近二百億美元的資金外溢。

在世界經濟景氣普遍低迷的當兒，這一筆龐大的「潛在游資」，已隱約形成一場國際「奪寶戰」。泰國總理普納在聽過官員的報告說，最近有爲數甚多香港商人，透過當地友人，查詢當地的商業前景後，卽時要求聽取更進一步的資料。工業部長仲哈萬於是在九月二十九日，向普納提出報告，指出實際上，已有若干香港廠商與該部接觸，探詢投資程序。報告同時建議，泰國應趁機招徠香港的資金，到泰國投資。普納總理立刻指示工業部，馬上推行有利措施，吸引香港投資人士。

另一方面，同屬東協五國之一的新加坡，亦虎視眈眈地等待那從中分得一杯羹。該地一位知名的地產經紀商卽曾指出，雖然新加坡的地產市場，目前正在狂跌，但許多業主仍然不肯將手上的物業放手，希望能以更高的價錢，賣給來自香港的華人。這已是一般物業市場的期待心態。

雖然經濟學家相信，香港的游資，將大部分湧向北美各地；但他們普遍同意，新加坡將可成爲香港游資的間接受益人。這些專家自信，那些不願在「主權」變更後，仍駐在香港的公司，或者失去在香港擴充業務興趣的公司，將選擇新加坡作新的投資地區。新加坡國際商會執行理事麥祈連自負的說：「假如目前的（租約）陰影未能消除，更多資金將流入此間，因爲新加坡是沒有任何外匯管制的。

雖然暫時仍未足以取代香港的地位，但是在長遠來說，新加坡崛起成爲金融中心的速度將會加快。」

幸運的是，當各國仍止于着重在「注意」的階段時，我國早已在這場奪寶戰中，踏出了更快的步伐。我們已進展到爲國內自由貿易區的所在地，而大肆展開「拉鋸戰」了。不過，孫子兵法有說：「知己知彼，百戰不殆。」同樣，探討香港資金究竟「花落誰家」，我們好該從香港開埠的歷程中，尋求出港人投資的背景和習性。並且，從「敵對」諸國的「徵資條件」中，「見賢思齊，見不賢而內自省」，則何愁不「雀屏中選」！

港商懼亂·重諾愛國

說來也眞是段宿世因果，香港自一八四一年開埠之後，這個一向爲人所忽視的小島，卽與商業結下不解之緣。十八世紀的末葉，英商在廣州的活動，雖因文化的差異而時起爭端，然而彼此亦因傳統文化的影響，而維護着相互信任的美德，不論貿易額如何鉅大，皆可口頭成交，並且一諾千金，絕不因虧盈而反悔。所以廣東「老式」商人，往往以「牙齒當（作）金使（用）」，作爲一項商界的令譽。時至今日，香港上環南北行的舊式店舖，每年農曆除夕，當一年往來帳目結算清楚後，卽將一個中型的紅燈籠點亮，掛在黑漆金字的招牌底下，以示該店對于帳目處理的明快和誠信。這個活動的廣告，越早掛出，越顯示該店在會計、管理和資本上的卓越能力。據老一輩的香港人說，似乎還沒有發生過「僞掛」燈籠的事實。

不幸東印度公司於一八三四年喪失與中國貿易的專利權後，竟爲圖暴利而加入鴉片烟商的行列，中國的白銀源源流出，民生大困。

清廷有見及此，遂于一八三九年三月，派欽差大臣林則徐赴粵，厲行禁烟，終而爆發鴉片戰爭。結果，滿清連連大敗，迫得以港九的割讓與及新界地區的租借等優厚的權益，向英廷求和。一八九九年三月，英人全面管轄了港九和新界。

英政府在治理香港之初，只把香港當作一個墟集，故採取放任政策，人人得自由來往，惟法律之前秉公處理。例如，初期的香港政府，本有意向清廷借調官員充任裁判司，來管理華人；不過，這一中、英並行的政制，從未認眞施行；更在一八六五年，終因無法有效管制罪案而被迫放棄。是年英廷即修改港督的訓令，明定「任何法例若對亞非人士有所禁制，而歐籍人士則不受其限者，香港總督均不得批准施行。」

在香港政府的開放統治下，只求不受干擾的中國商人，漸次來港聚居，使香港成爲與海外華僑通商的中心地。一八六〇年，停泊在香港維多利亞海港的外洋船隻，尙不足三千艘，至一九三九年，已增至近二萬四千艘了。由于中國係香港的主要貿易國，故而不得不順應中國的體制和習慣，於一八六二年採用銀元制。迨一九三五年，我國政府放棄銀元本位時，香港的幣制亦隨而改變。

第一次世界大戰後，北洋軍閥政府，竟在和談中，不能藉凡爾賽和平條約，收回膠州灣的德國租借地；國民黨又大力號召革新强國。自辛亥革命後，陸續避亂來港的華民，至是無不充滿愛國思想，並洋溢着排外情緒。當時一般中國人都希望廢除帝國主義的不平等條約，因此實行以抵制外貨，來作爲民意的表達。一九二二年海員首先發難；一九二五至二六年間，濟南、漢口及沙基等慘案接踵而至，英國又竭力援助吳佩孚、孫傳芳等軍閥，阻撓革命軍的北伐，因而引發了省（廣東）、港的大罷工，香港有如鬼市。

其後日本侵略中國，第二次世界大戰爆發，我國東南沿岸難民湧向香港，備受流亂之苦。日軍佔領香港期間，貿易停頓，貨幣貶值，糧運不繼。一般居民除飽受生活折磨之外，更朝夕受到日軍的瘋狂殺害，過着非人生活。

手腦並用‧投資投機

抗戰勝利後，外徙的居民紛紛返回香港。大陸陷共之後，逃港人數急劇增加。據估計，一九四九年至五〇年春，約有七十五萬來自廣東、上海及國內其他主要商業中心的居民，移居香港。這一批人卽爲香港的繁榮，奠下深厚基礎。

由于聯合國對大陸的禁運，和韓戰後美國對中共的封鎖，使得五〇年代的最初數年，香港的轉口貿易一度停滯不前。五〇年來後期南來的國內企業家，經過一番奮鬥後，並在港府「實際性的不干預」政策下(Positive non-intervention ，首先成功的發展了勞力密集的出口替代工業；由棉織而漸及于毛織，到六十年代的後期，更擴展至人造纖維及成衣製造業。

據香港政府的統計，從一九五九年開始到現在，香港每年輸出的紡織品和成衣，平均佔港製品出口總值的百分之四十六至五十三之間。雖然世界保護主義擡頭，限額、有秩序銷售等困擾性措施，接踵而至；但迄今紡織品的產銷仍然是香港經濟的支柱。不過，近年來，爲了多變的世界市場，香港的塑膠製品、電子製品、玩具、鐘錶及其他輕工業製品，亦已從中崛起，對香港經濟，有着極重大的貢獻。

掌握世界新式消費產品的敏銳洞察力，擁有適應性的勞工及充裕的資本市場等特質，造成了早期香港的繁榮；並使香港的經濟，在世界不景氣浪潮的打擊下，仍然深具因應能力。如果國際市場上，某一牌子或某一產品暢銷，香港可能在二、三星期之內，出現幾十家製造同類產品的廠商；而在產品周期消失之前，那些廠商也可以在兩、三星期內，變得無影無蹤。

可惜這些天賦的優越條件，受到兩次沉重打擊之後，灰燼之餘，竟大幅改變了多數人的「投資觀」。他們所「垂涎三尺」的，不再是胼手胝足才能賺個「蠅頭」小利的工業，而是幾個「德律風」就可賺個盆滿砵滿的金融市場，以及「一轉手就賺」的房地產短線投機。內部經濟的跛行發展，結果導致了二位數字的通貨膨脹高居不下。

打擊香港經濟的兩隻「巨靈之掌」，包括一九六七年左派嘍囉大暴動，導致資金的嚴重外流；與一九七三年的股市風暴，使正常投資受到無法彌補的損失。另外一九七四和七九年間，兩次的石油危機，以及世界經濟的普遍衰退，也合了香港人的一句口頭禪：「生意淡薄，不如賭博。」投資者和普羅大衆，面對世局的白雲蒼狗，彼此在內心深處，對未來的信心，開始崩潰。這種心態一再表現在房地產的畸型炒賣，以及坑人金融市場的熱熾上。大衆都在想：「就過個快樂的今天吧！」

毫無疑問，「人」對香港的發展，非常重要。有人說：「香港什麼都沒有，有的只是腦和手。」所以頭腦靈活、勤奮耐勞、經驗豐富、精通外語和講求效率的企業家和勞工，實在係香港最寶貴的資本。所以由于上述投資意識的改變，使人想到第一代與第二代居民，已呈現顯著的「代溝」。大致說來，一九四〇年代後期，與五〇年代初期的第一代香港居民，大多數是刻苦耐勞，而且卓具遠識，對香港經濟的奠基和發展，有着不可泯滅的貢獻。一九五〇年代後期，和一九六〇年代的移民，也還力求上進，重諾耐勞，保全中國傳統的美德。可是一九七〇年代之後，上述心態，幾乎作一百八十度的轉變。來港的財團與剛成長的第二代年輕一輩，功利主義擡頭，「金錢掛帥」。他們把香港看成遍地黃金的天堂，蓄意的巧取豪奪，恣意地揮霍。在地價「尺金寸土」的誘惑下，不少第二代的少東，已不聲不響的把整廠生產設備，賣給鄰近地區，放棄上一代辛苦經營的工業生產，將房地產出售，再將本金在熱熾的金融市場上翻手爲雲，覆手爲雨，拚個你死我活。

八大組織．自助人助

在「實際性的不干預」政策之下，合法的企業都可自由設立、自由經營和自由進退。政府只採「中性」的財政和金融政策。除公司利得稅和利息稅，累進至百分之十七，新添生產設備可按較大百分比攤提折舊，在某種情形下，出口工業可獲短暫的利率優惠外；幾乎沒有任何其他的「呵護」和獎勵。任何企業，皆得自力更生。不過，在發展投資環境這一層面上，港府却又不遺餘力，從下述八個官方或半官方的工商組織，卽可見其梗概——

一、經濟多元化諮詢委員會：負責研究如果香港修訂現行政策，或實施新政策後，是否果能促進香港經濟多元化的發展，然後提供建議。

二、簡化貿易文件及程序研究委員會：負責就貿易文件和程序的劃一和簡化問題，提供建議。

三、工商署：由貿易處、工業處和海關及管制處數個單位組成，並派代表在倫敦、布魯塞爾、日內瓦和華盛頓等地。它的職責包括處理海外貿易關係、發展工業、促進投資、簽發產地來源證、管制貿易，與徵收及保障應課稅品的稅收、偵查違禁品等。

四、香港貿易發展局：負責拓展香港國際貿易，並在世界上十八個主要地區設有辦事處。除主辦各種展覽會外，尚以英文出版「香港企業」（月刊）、「香港工商」（雙月刊）、「香港時裝」（半年刊）、以及「香港玩具」（年刊）等四種定期刊物，向海外派發，宣傳推廣。

五、香港出口信用保險局：由政府撥款開設，目的在輔助和保障出口商，萬一遇有風險時，亦獲有起碼保障，不致血本無歸。

六、香港生產力促進局暨促進中心：負責進一步提高香港工業的生產力，向工業界客戶提供科技、顧問、訓練等多項服務。

七、香港工業總會：組織不同國籍的工商業界人士爲會員，以便「諮周善道，博納雅言」。下設的（A）工業設計局，鼓勵工業界改良設計；（B）香港包裝委員會，提高包裝的技術；（C）香港標準化驗中心，提供各類化工試驗、檢查和品管服務。

八、公司註册處：提供公司的註册資料，任何人皆得繳費查詢。

值得一提的是，港府的勞保立法，雖然只作最基本的要求，但亦頗能做到「均無怨」的地步。勞工的工資、休假、賠償和遣散等，都尚能勞資兼顧。民間的福利團體和官方的勞工處，亦扮演着協調的積極角式。

就上述的香港情況，來試論星、泰兩國的投資環境之能否吸引香港的資金，便立刻有着一個鮮明的概念。

星洲自始即積極獎勵外人，直接投資「前導工業」和專案的出口工業。受獎勵的工業，都適用新加坡政府特別頒布的賦稅減免條例。不過，超過獎勵期限後，即將按相當高的累進稅率，繳納所得稅。此外，即使受獎勵的工業，其僱員的工時、假期以及僱用條例，都有嚴格規定，並且得擔負相當員工薪資的十二至十四巴仙的「中央儲蓄基金」。

新加坡也設有「經濟發展局」和「開發銀行」的設立。「經濟發展局」對海外投資者提供情報，並採取有效的步驟協助海外投資者到新加坡設廠，發展「晨曦工業」；必要時更可由「開發銀行」提供一部分資本。爲維持工業秩序和工作報酬的穩定，新加坡政府自一九六五年起；大力推行優于香港的「公屋」計畫，以解決低收入者的居住問題，藉以維持穩定的相對較低工資，作爲吸引外資的條件。最近更特許幾家選樣的公司，試辦性地減少一部分「中央儲蓄基金」的支付，而將其餘款，移作員工福利的開支，用以刺激工作的意願，提高勞工的生產力。當然，不論香港和新加坡，都同樣注重政府部門的廉潔操守，和高度的辦事效率。

以泰拳、浴佛和白象來構成國家形象的泰國，係香港之外另一個華裔僑民最多的國家。在泰國「國家經濟發展院」的悉心策劃下，她的經濟地位，已列爲開發中國家的「中等收入」國家，目前正施行第五期經濟社會計畫，致力于社會經濟開發之平衡發展。

爲達成經建計畫，泰國「促進投資委員會」，曾訂定「扶助投資條例」，鼓勵民間投資生產紙漿、新聞紙、人造纖維、針織、水泥、食品罐頭、電子、電纜、汽車零件、飼料及藥品等工業。泰國政府也特別鼓勵外國企業，投資天然氣之增產，與石油之開發，以因應能源之不足。一九八〇年天然氣開發成功後，現在已作大規模生產。

泰國國家經濟發展，受高人口增加率之拖累甚重。就廣義而言，據泰國國家統計院的報告，去（八一）年未能充分就業人口，竟高達百分之三十二點七，誠令人咋舌。另外，曼谷之陸沉、過于靠近共產國家邊界等，皆爲泰國經濟發展的不利因素。

徵資有路·事在人為

我國在引進僑外資金方面，源遠而流長。自政府遷臺後，卽以獎勵華僑回國投資爲既定的政策。據經濟部的統計，自一九五二年至八一年，該部核准華僑回國投資已有一千五百餘宗，引進金額合共十億零四百餘萬美元。其中又以香港僑資最爲踴躍，核准投資案共達八百九十五宗，計二億七千六百餘萬美元，高佔核准僑資總金額百分之二十七點五。幾達三分之一。卽本年度首三季核准華僑回國投資，新舊案合計，亦已達五千三百餘萬美元，佔核准僑外投資總金額三億二千二百餘萬美元的十六點七。香港一地卽有一千三百餘萬美元，佔僑資總金額的百分之二十五點一。

至于改善投資環境方面，經濟部投資業務處、經濟部投資審議委員會、僑資事業協進會、世華銀行、工業投資聯合服務中心、外貿協會和華僑回國投資促進會等單位和組織，分層負責。此外，在簡化華僑回國投資手續方面，本年七月，已將「獎勵投資條例」作大幅修改，以解決繁複的行政手續，放寬審查標準。

在維繫僑胞的溝通方面，除正常的有各單位管道和刊物之外，尙有「華商貿易要覽」、「華僑年鑑」和「華商貿易」等雜誌書刊的編撰，以促進華僑對祖國最新面貌的了解；並由臺灣經濟研究所進行僑資事業的專案研究，俾能眞正了解僑胞困難，發掘共同性的建議。

即在爭取香港游資方面，經濟部已訂有「爭取港商來臺投資、加强港臺商合作要點」；而遠東服務中心和九龍總商會二個海外輔導功能的機構，三十年前，已在香港「定居」下來了。

再就國內的情況而言，我們掌握着天時（工業升級）、地利（最接近香港的航程，最方便的資金移轉），與人和（血濃于水的同胞感情）的領先優勢，並有着港口、倉庫、運輸、維修、保險、通訊，和金融等配合性的基層結構。這在吸引香港資金的條件上，無疑是立于不敗之地的。餘下來的只是「人謀」的問題。

當然，我們也着實不能避諱，從世界性的通盤考慮中，不少在國外已有了基礎的港僑，在面臨移轉資金的抉擇時，他們會一再受「遠離中共」的觀點所影響，而將美國、加拿大、澳洲甚或英、法等地，列爲第一的選擇順位。不過，起碼在東南亞的戰場上，星、泰才剛起步，而我們已跑過半了；光就這一點來比較，難道我們就沒有信心說：勝利屬于臺灣的嗎！（民71.11.7.，經濟日報，第11版，週日特寫）

十、背景式引言(The Background Intro)

從特稿撰寫的背景「淡入」出發，襯托引言的解釋意味。下面的特稿引言，就是一個例子。

香港股市異乎尋常的蓬勃

正當香港股市急劇上揚之際，以英資爲主的怡和集團(Jardine Matheson)，于本月三日（星期一）股市開盤時，突然透過其財務顧問怡富有限公司，在證券交易所上公開表示，有意購入同系之置地公司(Hong Kong Land)股票、債券及認股權證一億一千萬股，出價最高爲每股三十港元。消息傳出後，市價二十元一角（面值五元）之置地股票，價格急速上昇。甫開市，每股即以高于前週收市價格四元九角之二十七元開盤，升幅達百分之二十二點二。全港股市遂掀起千丈巨焰。

跳過高欄的喜悅和「懼高症」

當天的「置地」股價，終以二十八元五角收市，恒生股票加權指數，大幅增加了五十八點六三而達一五五七·九點，直逼期望已久的一千七百點大關；四個證券交易所的成交總額，更創下十四億二千四百九十五萬港元之空前最高紀錄。翌日，怡和公司宣稱已購得置地股票七千八百三十萬股，連該公司前所購有的「置地」股票，一共擁有百分之四十二左右的股權，「礙于」香港證券監理處對于「控股權」的「干預」（否則全部認購），該公司暫時中止其餘三千多萬股的增購行動；至此，怡和公司對置地股權的增購，暫時「凍結」。它爲香港股市，帶來了跳過高欄的喜悅和期待，也爲香港股市，帶來了「懼高症」的擔憂。

增購風波乎？財團保衛戰乎？

香港人都將此次增購風波形容是怡系集團的「保衞戰」，目的是把同系列公司的股權，布成連鎖防衞，防止產權的被收購。這與今年六月香港九龍倉（H.K. & Kowloon Wharf & Godowon），股權爭奪戰性質不同。不過，可以說是這次事件後的餘波。

有人透露，怡和英資集團的最初目的，是想將怡和、置地及九龍倉三者，組成「鐵三角」，以求聯保聯防。因此，今年六月，趁親大陸的華資集團包玉剛在巴黎開會之際，由置地發難，企圖以快刀斬亂麻手法，以達到牢固地控制九龍倉的目的。孰料包氏的反收購行動積極，怡和集團不得不以連消帶打手法，一方面逼包氏將其家族控制九龍倉之事實表面化，另一方面，「搶閘」拋出九龍倉股份，取得大約十億港元的現金，以徐圖後策。九龍倉之失，亂了怡和集團的計畫，它的忍讓，醞釀了這次護權的成功。

在怡和系列聯手行動的前夕，有消息傳出，屬大陸華資集團的長江實業（Cheung Kong Holdings）準備增購怡和股份，事雖經該公司之否認，但鑑諸怡和在控制了置地百分之三十的股權情況下，突然迫切的準備動用爲數約卅三億港元，去增購更多置地股權，以增强其對置地控制力；此說雖未獲證實，但未必是空穴來風。

怡和付出的代價，是否合算，是一項見仁見智的爭論。不過怡和智囊的招數，則很漂亮。以三十元的股價水平來說，這項行動結果，將置地股票市價總值提高至二百四十九億三千萬港元。根據目前香港控股權爲百分之五十的定義，其他公司要控制置地股權，起碼得付出一百二十四億六千五百萬港元的代價，並且得應付手持百分之四十三股權的怡和，成功機會十分渺茫。此外，怡和購入的七千八百三十萬置地股票，耗資超過二十三億六千萬港元，以優惠利率十三厘計算，年息亦達三億零七百萬元，利息的負擔，必定減少了公司的盈利，相對的股東的受益將會降低。

市民不要鈔票要股票

一九七二年底香港股票最興旺的時候，「魚翅淘飯」是當時的口頭禪，表示暴發市民的一種誇耀心態。及後股市於一九七三年中狂瀉，受打擊的市民，以「廁紙」爲「股」票的代名詞。現在，那些「寧可食無肉，不可居無竹（竹戰）」的香港市民，又紅着眼睛的在叫：「不要鈔票要股票」，可見市況之熱烈瘋狂。

目前，最令人興奮的是，新的一千七百點指數會重新出現嗎（這是一九七三年香港股票的最高點）？而七三年股市狂瀉的陰影，却和這問題，如影相隨，心有餘悸。

恒生指數遽升投機味道十足

樂觀的人認爲，恒生指數一過一千四百點以後，股市便含有極濃的投機味道。在收購合併的利好消息下，股市大可能直衝一千七百點指數。這一數目，將是一個較强的心理阻力線，股市此時上落較大。不過，現在情況和一九七三年時不同，七三年的股市可以說是瘋狂的，缺乏支持力的，因而才會有一瀉千里之局。而現時的股市，則是有實質支持的，尤其地產股更爲强勁。因此他們認爲，股市雖然會波動，但若資金不調離香港的銀行系統，仍用在香港的經濟環節上，則只是導至資金的另一次分配，基本上，不會對經濟產生太大問題，所以像七三年的狂瀉局面，便不會發生。

不過如果資金一旦被抽離香港，後果便不堪設想了。因爲大戶可以翻雲覆雨，相對之下，指數能升至那一點數，已無太大意義。七三年二月，香港股市于一個月內，指數躍升了六百多點，結果據說近五十億港元，被抽離香港，引致股市一瀉千里。

更有人估計，從港紙的貶值、匯率和利率的改變，以及生活指數等來統計，股票升到二千二、三百點，才等于七三年的一千七百點哩！

新公司急着申請上市

較保守的人則認爲，在香港出入口貿易波動，市場消費收縮，工業訂單稀疏的情況下，股市獨自蓬勃，且創下七年來之高紀錄，交投數字龐大，都是不正常的。而且有消息說，已有不少「過江龍」（游資），已經在門口徘徊，準備擇肥而噬了。持這種看法的人士以爲，目前股市與七三年時的唯一不同，是沒有像七二年及七三年年初那樣，許多基礎不穩的公司，迫不及待的在申請上市。他們並駁斥地產股帶動股市大幅狂漲的說法，認爲地產股一直强勁，而香港股市的急升，却是最近數月之事。因此大戶的操縱，實係最重要因素。這種看法，其實是在股市的大起大落中，一種常有現象。尤其是香港，這個投機風熾的地方，某些實業家往往爲將來不景氣作準備，連工廠的資本也投到股市去。

大戶分肥　小戶任人魚肉

悲觀的人，更抱怨政府的放任、外資的擾亂和地產暴利所帶來的財富過度集中，形成大戶分肥，小戶任人魚肉的局面。

在香港買股的市民，通常只有兩個原則，就是「短線投資和跟風買進」。什麼技術性分析，「逢低買入，逢高賣出」等股票行情分析和賣買原則，根本很少人注意和重視，目前雖然沒有人知道大市升到什麼水平方回落，但炒家不甘失去這個「七年之癢」的機會，外資在虎視眈眈，則是個不爭的事實，投資者所擔心的亦在此。

臺灣證管會功能值得借鏡

港都麥理浩最近曾對英商說，世界上沒有任何社會及金融市場，比香港更活躍。對某些投機者來說，會百分之百贊成。但對于眞正的投資的人來說，他們也會懷念臺灣股市的漲、跌停板，證管會的功能和政府對外資投入的審愼。（民69.11.14.，經濟日報，第2版）

十一、結論式引言（The Comprehensive/Interpretative Intro）

記者把全部特稿素材理解之後，以類似結論的筆調，寫出帶有些微「意見」的引言。這種引言，理論上，可使讀者一瞥之下，立即明瞭全篇特稿所要解說的事實。因此，在寫作上，應把特寫素材中最具吸引力、最有解釋意味的部分，簡明的放在前面，以吸引更多的讀者，但更具體、更豐富的解釋文句，應緊接導言之後，作條理分明的插入。

下面的特稿引言，就是一個例子。

中共經濟統戰騙術翻新　對國際淘金者下餌

驅使榮毅仁專程到香港打前站　所謂「中外合資法」自欺欺人

從最近跡象來看，中共的經濟統戰，已有變本加厲之勢。儘管所謂「中外合資企業經營法」毫無一點效用，而「四個現代化」亦已進入多眠狀態，但還是盲目的向外詐取外匯，冀圖以各種美麗的誘餌，騙使妄想「發中共財」的那些國際淘金者入彀。

八月底，中共派遣僞「中國國際信託投資公司總經理」榮毅仁，專程到香港，在表面上，是研究設立分公司的可行性，實際上，是擔負在海外部署經濟統戰機構先頭站的任務，目的卽是推銷所謂「中外合資企業經營法」，吸引投機者去爲中共貢獻外匯。

榮毅仁原是被指爲「走資派」的主要份子，其父榮宗敬、叔父榮德生，在大陸赤化前是上海工商界的顯赫人物。中共尚未蓄意向海外搞經濟統戰之前，榮毅仁命運朝不保夕，自從「人代會」通過「中外合資法」後，因其有資本主義細胞，頓時身價百倍，於六月間終於被驅使籌組「中國國際信託投資公司」，且被逐來香港，作爲中共詐騙世人的工具。

「中國國際信託投資公司」，直屬於中共的「國務院」，榮毅仁雖以「膺此重任」洋洋得意，但在香港亦曾發出哀鳴。例如有人就「中外合資法」提出質疑，榮某自嘆無權解釋，其任務只是推銷「合資法」，居間引介，至於合資後的投資者命運如何，他則不能保證。

事實上，所謂「合資法」，純粹是種欺人的騙局，因爲它只訂有最低投資額不得少於總資本額四分之一，沒有最高投資額的限制，換言之，只要是外匯，多多益善；而且投資人的一切活動，均須受中共「法律」、「規定」的約束。

至于在合資經營的管理上，總經理或副經理都可由大陸人民或外國人擔任，唯獨最高董事長，則必須由大陸人民擔任，卽使純外國投資企業，亦復如此。而投資時，土地問題，則有二種處理方法，一是作爲資金，一是作爲租金；作爲資金時，折價會因各地不同而異，由此，明顯暴露詐取外資不擇手段的眞面目。

據香港一位經濟評論家指出，大陸「合資法」硬性規定不論外商投資率佔多大比例，中共仍不會採用一般國際慣行方法，由股權佔優勢方面決策，並由雙方以協商方式解決問題，而且董事長一職，必須由大陸人民擔任等，都係使外資却步的一個重要因素。因爲掌握決策權力的董事長，必須由中共「任命」，外商在大陸上所須運用的經營方法，無法獲得保證能在大陸設立的合資企業中施行，企業經營的成功機會，卽無把握。「合資法」的規定，顯示出中共只是希望引誘投資者的投資，事實上根本不信任外人，難怪迄今爲止，還沒有外商，願意根據此項「法令」，投資合資企業。榮氏只承認該公司成立個多月來，（與外商）「邊籌備邊洽談，每天總有好幾宗接觸。很多都只在聯繫中。」

名列美國第六大銀行的美華銀行總裁布拉頓，最近訪問大陸之後，發表評論表示，他相信中共近年來外交及經濟政策，由閉關自守演變至較爲開放政策，短期內，尚不至于倒行逆施。不過他指出，中共經濟的發展成效，仍須視它能否有效的運用外國資本及技術而定。

榮毅仁曾公開承認中共的經濟管理落後，倒是說了老實話。三十年來，中共的投資法、稅法、公司法和商標法等，都付闕如，而所謂的「合資法」，其在管理觀念上的落伍，更爲方家所訕笑。試問連納稅標準都沒有一個，誰又會笨得非要在那裏投資不可。中共雖欲早日實行其「四化」運動，恐怕仍是荆棘滿途，兇多吉少。（民69.9.16.，經濟日報，第2版）

十二、雙重式引言(The Double-Event/Dual Saliant Feature Intro)

在複雜的特稿素材中，抽繹出兩件相關的重要事實，適切地安排在引言中。例如下面的特稿引言（①爲第一個事實，②爲第二個事實）。

印尼要加强對我貿易

目前急需漁殖及洋菇栽培人才

臺北印尼商會經濟及商務專員華友，上週去了一趟印尼，自雅加達帶來一個消息，據說印尼當局已經默許有八年多歷史的駐臺北印尼商會，漸次澄清它跟中華民國的關係，而不必再像以前那樣「沉默」的工作。①並且，在貿易的政策上，以後將大力的加强中印雙方的合作，從極端依賴日本與美國進口的貿易型態，轉而分散于中華民國及韓國，以減輕印尼市場所遭受的困難。②

華友表示，以前的印尼貿易，打個比喻來說，是十分之三點五依靠美國，十分之四點五依靠日本，十分之零點五從韓國進口，和我國進行貿易的比例，只有十分之一點五。今後，他們打算將此一貿易額，重新分配，希望儘量減少對日本及美國的依賴，而起碼有十分之三的進口貿易，要與中華民國相互合作。至于對韓國的政策，是希望增加到十分之一或一點五。

華友進一步指出：這一貿易政策的改變，係基于深思熟慮獲得的結論。他說，目前向日本進口的產品，價格偏高，尤其是最近日幣兌美元價格在東京連續上揚後，增加了印尼進口商的負擔。美國的機器及各種設備，雖然十分新穎，但可惜零組件不夠，常常產生缺貨的情形，一旦機械零件損壞，找不到零組件補充，就不能修理，就是火速向美國訂購，也得等上一陣子，招致無謂的損失。相反的，我國却有三項對印尼貿易甚爲有利的條件：一、進口價格低；二、零組件充足，購買容易；三、機器式樣並不陳舊，是前五至十年間的模式，正好適應印尼的市場。

華友同時指出：目前印尼十分的需要海產漁殖業的專才，以發展印尼的漁殖業，例如培養鰻魚的專家，他們眞是需才若渴；此外洋菇的栽培專家之需求亦十分殷切。他個人十分之希望我國能在這一方面提供協助，以幫助他們的發展。據他了解，我國的科技人員前往印尼工作的甚衆，唯獨這類專家，却是求之不易。

談及中、日、韓、美幾國人員在印尼的工作態度時，華友不禁大大的讚揚我國科技人員的精神。他說，美國人就是有種「美國佬」的氣質，韓國的科技人員在印尼工作的不多，未便批評。日本專家做事，總留一手，並不十分眞誠的協助他們發展工業，只希望他們在的時候，印尼要依靠他們，他們走了，工廠就開不成了。只有中華民國的科技人員，能眞眞誠誠的爲他們做事，協助他們，並且與當地衆多的華僑相處得十分融洽。

華友係于一九七五年來華擔任商務專員工作。他表示，這三年來，他從未與我國商人發生不愉快的事，他希望中印友誼及貿易關係，將會不斷的繼續加强。（民67.8.19.，經濟日報，第2版）

不過，雙重式引言係一種「雙頭馬車式」導言，如果運用不當，就會混淆不清，令讀者「不忍卒讀」；故「此兩件相關事實」，一定要在導言中，層次分明地點出；否則，寧可採用「突出式導言」，以其中最具特點的事實，作爲導言所强調的重點。如果另一件事實亦具相當新聞價值，但却與導言所强調者無關，則可採用「竄攀式導言」(The scrambled lead)——第一段導言之後，馬上將此事實安插在第二段落中，而由第三段擔任「引介」任務，將前兩段所敍說的事實，「帶入」文章之內，然後再在內文加以詳細的報導。例如——

市警察第□分局局長□□□，昨夜指揮救火時，不幸觸及跌下來的高壓電線，當場殉職。

昨日颱風溫黛吹襲本市時，木柵動物園旁一棟木屋，亦因電線漏電，著火焚燒，火勢一發不可收拾，全屋被毀，可幸無人傷亡。

十三、直呼式引言（The Direct-Appeal/-Address/"you"Intro）

以直接向讀者交談的方式，用第二人稱之「你」爲稱謂對象，從瑣碎、輕鬆的特稿素材中，點出題意及特稿對讀者的關係，淡化出新聞的趣味和懸疑，引導讀者立刻進入問題核心，並且在往下讀去之同時，令讀者與作者之間迅卽有着一種親切的感覺。

不過，在使用「你」字的時候，應避免刻板格和單調，也不能雜亂無章地把「你」字，堆塞在特稿中。此外，責備或訓話式的口吻，最好極力避免，以免讀者反感，失去爲文之義。下面的特稿引言，就是一個例子。

臺灣產品在海外的橱窗

香港民生公司業務近況

從臺灣到香港旅行購物的人，一定不會錯過旺角、尖沙咀、灣仔及北角的購物中心地帶。那裏林立着各式的華洋商店，也有大間小間屬于中共集團的「國貨公司」，當你再擡頭一望的時候，會興奮得衝口而出的說：「呀！臺灣民生物產有限公司?!」

目前分布于全香港各購物中心的臺灣民生物產有限公司，一共有五間，全部營銷臺灣出產的百貨，從各類罐頭食品、衣布、手工藝品到雲石家具和電子產品應有盡有。香港的居民跑進去走一圈後，出來時，手上拎着的可能係一瓶辣椒蘿蔔、一包鳳梨酥，或者一個迷你塑膠衣橱；外國人逛一圈後，出來時，手上多半捧些手工藝品；那些來自臺灣觀光客出來的時候，會邊走邊說：「那是中華商場嘛！」

臺灣民生物產公司的母公司，是臺灣貿易有限公司與港臺貿易公司。一九六七年，爲了推廣我國貨品的海外市場，便在香港增設臺灣民生物產有限公司，作爲該公司的門市部，由何世禮將軍主持；

三年前何世禮將軍退休，便將責任交與俞伯泉將軍。民生公司經過了十二年的慘淡經營，終于增設了四個分公司，員工達三百人。下個月中，一間裝飾華麗，專營臺灣高級產品新的臺灣民生公司，將會在灣仔開張營業，而取代該區舊的一間民生公司；明（七十）年，另一家新的臺灣民生公司將會在筲箕灣區設立，而取代北角的那一家，仍然維持五間的數目，但新的公司將以銷售高級品爲主。

該公司副總經理林超表示，專售高級產品係一個新的嘗試，希望能打開一條新銷路。他指出，長久以來，該公司都面臨着三大困難：一般貨品的價格不如中共的所謂國貨公司的低，高級產品不及舶來品，另外最頭疼的是租金問題。

香港房租昂貴，是全世界有名的。商業樓宇大都不受法令管制，可以在合約期滿續約時隨意加價。民生公司沒有自己的土地房屋，長期租賃店面房屋，單是租金就是很重的負擔。據說，位于九龍彌敦道的總公司，三年合約期滿後，租金竟漲了百分之一百四十，而將要遷移的那兩家公司，也是爲了租金價格解決不了才決定自置土地興建的。

臺灣民生公司係自行向臺灣廠商直接進貨，價格並不比貿易商進貨低，因此貨品訂價，不會見得比別人特別便宜。

香港是個免稅港，所以有「購物天堂」之稱，各國的觀光客都希望買到價廉物美的外國貨。無可諱言，某些臺灣製造的高品質貨品，和外國的高品質貨品比較起來，仍有差距。相形之下，這些高級貨品，就成了次級貨品了。這一原因，是臺灣高級貨品不暢銷的主要原因之一。一位到港觀光的臺灣居民曾仔細的比對過同一貨品在港臺兩地的售價，發覺香港民生公司的售價，比臺北的高出百分之三十五左右，因而憬然悟出爲什麼香港僑生要大買豬肉乾回港。另一位從臺灣來的太太對陪他買衣服的朋友說：「這套外國料子，在臺北買，非要七、八千不可，香港的外國貨眞便宜。」

據林超說，上述三個惡性循環的困難，使得民生公司的營運，始終不能太如理想。

屬中共集團的「國貨公司」，原則上，沒有太多的困難。他們採取分銷的方式，使分銷店大大小小的分布在港九、新界每一角落，並且透過在港的中共銀行，以低利貸款給店主來購買舖位，免去資金的煩惱。據悉，位于九龍彌敦道的中共「裕華國貨公司」，當年卽由中共銀行輔助，以三千萬港元買入地皮而興建，目前約有員工二百多人。

中共係針對香港市場，把所有貨品盡量向香港傾銷，因此除一些手工藝品外，根本放棄高級產品的市場。而一般貨品，由于大陸人工低廉，運輸便捷，成本偏低，價格自然比較便宜了。一般消費大衆，爲腰包自會多跑幾趟。這一因果關係，使得香港的大陸公司，得以發展起來。

林超說，在目前的狀況下，民生公司的政策係在推廣臺灣產品。他們也注視大陸公司的運營狀況，如同留意其他公司的運營一樣，但若說和大陸公司來一場商品戰，則並非係此時此地所能辦得到。

誠如林超所說，民生公司的運營，在此時的香港，確會有某些困難。不過一般人士，已習慣了把民生公司和臺灣連繫在一起，如同一見到黃字紅底招牌的「□□國貨公司」，就知係大陸公司一樣。據林超說，目前該公司比較暢銷的係食品類，大可以在這方面稍爲加强，採取薄利多銷的做法，推動購買。

此外，臺灣工商業界的適切協助，對本身和民生公司都會有很大的意義。因爲嚴格的來說，民生公司是臺灣產品在海外的一個大窗櫥！（民69.1.21，經濟日報，第2版）

十四、小説式引言（The Narrative/Story Intro）

用一種意外，或一種小說體裁，把握着讀者的注意力。讀者在開始時，「可能」有點「摸不淸」作者的意圖，但生動、奪目和帶點神秘的開始，却緊迫讀者產生繼續往下看的衝動。寫這類引子的作者，必得先練就流暢的文筆，否則會弄巧反拙，使讀者不知所云。另外，這種引言，通常要藉「引介」的牽引，才能順利「轉入」（Transit）正題。因此，這種引言的「引介」也格外顯得重要。

小說式引言，通常以傳記、史實、冒危犯難、自述、人物和經驗談等一類敍述式的特稿最爲適用，此類引言，若要生動有力，則「動感」和話語的適當引述，都是關鍵所在；因爲只有這些「佈景」，方能使讀者，產生「耳聞目睹」的親身感受。

不過，小說式引言，只是小說筆法的一種運用，並非爲小說創作，此點在構思時，不能掉以輕心。下面特寫的引言，就是一個例子。

美國商業銀行的信用卡

一個于思滿臉的山姆叔叔，跑進一所門口貼滿信用卡標誌的商店，搜購一番之後，掏出他的Visa信用卡及護照，簽了一份一式三聯的單據，輕鬆愉快的跑出店門。他就憑了這一張信用卡、護照和少許的美鈔，走遍了世界各地。

自從民國六十二年，美國商業銀行臺北分行，推行信用卡後，信用卡的應用，卽迅速流行于來臺觀光的美國人和與觀光事業有關的特約商店中。據估計，光是Visa信用卡一項的外匯收入，每月卽達七十多萬美元之鉅。

目前，世界上有三種國際信用卡最爲普遍。第一種是舊金山美國商業銀行發行的Visa信用卡，以前稱爲(Bank Americard)，其發行量估計達五千六百萬份。第二種爲行際信用卡協會發行的瑪司特（Master Charge) 信用卡，發行量估計達四千九百萬份。第三種爲美國運通銀行發行的 American Express 信用卡，發行量約有九百萬份。這三種信用卡，都普遍爲世界各地接受。Visa 信用卡，主要用于旅行和娛樂 (T&E--Travel and Entertainment) ，所以深爲觀光客所寵愛，發行量特大。瑪司特與 American Express ，則代表一種信譽，持用者可以用來顯示自己的地位，發行額比較少。

在「卡片」充斥的美國，要申請一張信用卡，是非常容易的事。只要塡妥申請表格，由申請人的銀行，開出無不良紀錄的徵信，發行信用卡的銀行，卽發給申請人一張該銀行的信用卡。往後，發行信用卡的銀行如墊付款項，則向申請人的銀行提領。

據瞭解，目前全世界約有八千多個屬于 Bank Americard 的美國商業銀行信用卡系統。它們一律以藍、白、金（黃）三色依次相間，來作信用卡的表記。最上面是藍色，中間是白色，最後是金色。每個代理銀行，都可以將它的名字作爲所發行信用卡的卡名。每張信用卡的編號一共有十三個，最前面四個號碼，是代表某一銀行的最高授信限額。持卡人不論購物或向當地美國商業銀行借提款項，一律不得超過這授信限額，超過了，便不爲商店或銀行接受。此外，在卡上有效日期的後面印有 BAC (Bank Ameri Card) 三個字母，以辨眞僞。

爲了統一Visa 信用卡的名稱起見，今年十月一日起，全世界的美國商業信用卡，將一律改稱爲 Visa，仍用藍白金三色作爲卡的表記，並且將 BAC 三字母取消，而易以BWG(Blue, White, Gold)。

爲了加强管理，減低信用卡濫用的風險，今年三月，美國商業銀行，已施行電腦作業。特約商店在接受信用卡之前，先將信用卡放在電腦上，檢查該客戶的信用授額餘額，超出了，便不予接受。目前，在紐約的計程車上，都已經有這種小型的電腦設備，信用卡更爲一般人所信賴。

我國對外貿易快速擴展的結果，造成了二個現象，一是我國商人出國公幹或考察者日衆，二是出國人員要求提高外幣結匯金額的呼聲日高。中央銀行爲了因應當前情況，在日前宣佈的八項金融及外匯措施中，第二項提高出國人員日用費用標準；第三項提高出國人員零用金結匯，卽係針對出國人員的實際需要而訂。

將要出國的人員，除了將臺幣兌成美金，或購買美金旅行支票之外，爲了想更安全、更易于攜帶美鈔起見，有人想到：不知可否像外來的觀光客一樣，申請一張國際信用卡應用？

關于這一個問題，美國商業銀行信用卡臺灣區經理蕭繼川，在接受記者訪問時，所給予的答覆是否定的，但他提出了他個人認爲可行的辦法。

蕭繼川表示，他雖然每日都會接獲二十來個要求申請美國Visa信用卡的電話，但是，礙于我國的外匯管制條例，目前，要向舊金山的美國商業銀行申請一張信用卡，十分困難。主要是，信用卡的款項，必須用美金支付，而出國人員能結匯的數額有限。若無其他外匯來源，美國商業銀行會職業性地對這一客戶「不太放心」而拒絕開發信用卡。

就以最近一個赴美採購團為例，國貿局曾經向美國商業銀行洽商，希望能為採購團的團員，申請該行的信用卡，以減除攜帶美鈔的累贅。在美國舊金山的總行，便電令臺北分行調查團員們的信用。調查的結果，雖然都「無退票紀錄」，但是許多團員都不能說明有其他外匯來源。結果，只有五、六個有外匯往來的團員，方申請到Visa信用卡。蕭經理雖然知道他們絕無問題，但也愛莫能助。

蕭繼川個人以為，如果出國人員，眞的希望能申請到一張美國商業銀行的Visa信用卡，有一個可行的辦法是：由出國人員將結匯的美鈔或銀行本票，存入美國商業銀行，同時申請一張限額的Visa信用卡，這樣可能較易獲得美國商業銀行的批准。他呼籲我國出國人員，不妨作此嘗試。（民67.6.28，經濟日報副刊）

值得一提的是，小說式引言與掌故式引言不同之處，主要係前者並不在一開始之時，卽進入高潮。在掌故式引言中，讀者大致可從記者所引用的歷史掌故中，明瞭該則特稿的主旨，以及引言與掌故的相關意義。小說式的引言，則很自然地導使讀者寖和在故事的情節裏，一如臨睡前，以「從前有一次」，為小孩講故事的開場白一樣——懸疑、有趣，而又易於銜接下去。

從下面史蒂萊曼兩則例子裏，我們就知道，一篇好的小說式引言特稿，它的佳句(Punch Line)，並非只局限在某一段落，而是散布在各個令人感到興趣的段落裏。舉例說明如下——

例一：

「二十五年前，一名卡羅拉多年輕商人，被迫取消一名賒欠客戶抵押品的贖回權。不過，他只能得到的，也只是一桶阿斯匹靈。

「他把阿斯匹靈拿走以彌補損失，並且發展成上百萬生意的事業。」

例二：

「一八七五年五月的某一日，一個十二歲的少年，只是站在他父親的轎車上看賽馬。

「半世紀之後，這名少年却將同樣一項賽事，提升至全國矚目的大賽馬。」

十五、類比引言 (Analogy Lead)

史蒂萊曼曾提出一種和「掌故式引言」、「小說式引言」非常類似的「類比引言」。這類導言的寫作方式，與我國所謂「詩之六義」中的「因物喻志，以彼物比此物」之「比」，十分接近。史蒂萊曼曾例舉了兩個例子——

「阿瑟王和他的圓桌武士，雖已不再在全國奔馳，打抱不平，除暴安良。

「然而，約翰．史密夫和他志同道合的十二位朋友，却以另一種較溫和的手段，替代了他們的任務。

『我們幫助那些不幸的小人物，』當有人形容他將是二十世紀阿瑟王時，史密夫笑笑的說。

「那些遭遇不幸的人，可能是一位面對謀殺指控的科羅拉多礦工，他窮得連律師也請不起；也可能是一位因爲指責公司詐騙直接郵購款項，而失去職業的伊利諾州工廠女作業員。」

又例如——

「一位法國哲學家曾經說過，美國社會就像一罐啤酒——泡沫在上層，渣滓在下面，只有清輕的釀酒在中間。

「也就是這些純實的美國中階層人士——亦卽一般的美國人，表現出我們生活的享受和便捷。」

十六、懸疑式引言（The Suspended/Delayed Intro）

運用懸疑與趣味的寫法，開始時僅透露一點點線索和情況，引發讀者興趣，把高潮留在後面。這一類引言，最宜用于「不急于陳述事實」的「軟性」特稿中。由于寫作面廣，變化多端，懸疑式引言，有越來越被記者喜愛的趨勢。不過，如果過度賣弄，不能掌握分寸，則可能「畫虎不成反類犬」。

下面是一則此類引言的實例。

招攬港僑回國購屋　愼防變質砸了招牌

一心一意來臺購屋旅遊的香港華僑，十三日又來了十三人。寒風冷雨，顯然阻撓不了港僑的熱誠；然而，業界却捎來了一個令人心底發涼的壞消息。

自從港僑來臺購屋的熱潮興起後，香港一些旅遊社立刻爭相以此爲號召，紛紛舉辦臺灣旅遊買屋團，招攬旅客。噱頭大了，竟然引起香港某些單位的注意。最不幸的是，據傳曾有些本地旅行社，竟無視旅遊團員的意願，將旅遊港客的行程擅作修改，特意安排參觀本省房地產的節目，剝削了團員的權利，令旅客大爲抱怨。由于過去數年間，在農曆年前後，組團回臺旅遊的旅行社，經常發生問題，甚而詐騙倒閉。因此，據傳上述風言閒語，已引起香港政府某些部門關注。

香港官方電臺所拍攝的「鏗鏘集」寫實電視節目，並曾以「臺灣旅遊觀屋團的背後，究竟是什麼」爲主題，製成節目，將于不久後播出。數度安排港僑回國旅遊購屋的騰達機構，亦在被訪問之列。據說問題十分尖銳。

由某些旅遊社安排的購屋旅遊活動，最令人關注的是，這些負責安排的旅行社，可能根本欠缺臺灣房地產的實務經驗。萬一物業產權和地權都弄不清楚時，吃虧的港僑一定會不甘罷休，將事情鬧大，最終影響到臺灣整個房地產的聲譽。

有人指出，據傳刻下的行情是，一些帶港客參觀房屋工地的嚮導，可如其他的導遊一樣，按人頭給佣。如果做成生意，則更可收到建築公司給予可觀的回扣，由嚮導和旅行社分紅。

據說目前港僑來臺購屋動機，主要在于分散投資，逃避風險，至於將來居留問題，則暫不作最優先考慮，而不久前本地發生數宗大規模的房地產糾紛，已在港僑心目中，留下一個陰影。

因此，一般港僑目前都希望尋找那些信用卓著的臺灣房地產公司，作爲接洽對象，希望他們提供購樓的充足資料；同時更有專業人士，爲他們解釋和辦理買樓的服務。一位港僑表示，他希望能找到一家港臺兩地都均有代銷公司的臺灣房地產公司。因為這樣可以先在港了解合於自己心意的房屋，然後再來臺作實地觀察，就不會「錯得離譜」。不過，他認為我國業界，應盡量透過民營公司，來辦理這些業務。「因為如果係官方機構，萬一出了問題，他們就可以一竹竿打掉臺灣房地產聲譽了。」他擔心的是，萬一摻雜了一些「有用心的中共同路人」，故意從這些事上找渣，民營的就比較好應付過去。

消息透露，星洲政府和業界也在日夜不停的開山劈石，希望吸引香港房地產的投資者，並且已有了與香港各界接洽的實際行動，我國業界，實不能掉以輕心。自律自助，該是我國房地產界，爭取港僑向心的最佳作法。（民71.12.19.，經濟日報，第3版）

使用懸疑式引言的新聞內文，往往會採用短篇小說的排列法來配合，把高潮排在最後，方把懸疑的效果「批露」出來（Play up）。

另外，懸疑式引言，有時也會用「引喻」（Allusive）的方式，先行暗示特稿（寫）內容的特殊性。例如下面的特稿引言。

中共「四化」喊聲更低沉了

這陣子，大陸經濟危機，頭頭們手忙脚亂

當大陸四人幫垮臺的時候，中共曾一再揚言，要實現「四化」的第一個五年計畫。可是，猴去鷄臨，這一個所謂的五年計畫，仍是雷聲大，雨點小，使得中共頭頭，也不得不壓着嗓子，聲調低沉下來。

中共在提出這一構想的時候，亦體認出十年文革的動亂，已使大陸經濟陷于崩潰邊緣，亟需要一段過渡時期來調整一切，才能具體地奢談經濟上的五年或十年計畫。

按照中共的想法，調整期起初定爲兩年，原本訂于今年結束。不過，由于中共內部實在亂得一團糟，因此一般預測中共所謂經濟調整期，就是沒有重大變化的話，亦起碼得從三年延長至五年或七年，亦卽最快亦要拖到一九八三甚至一九八五年，經濟才能冀望按着計畫起步，難怪中共近日矻矻向日本求助了。

據中共的說法，調整期的延長，主要係由于大陸經濟二十多年都持續犯着左傾的錯誤，並且長期片面强調高指標，盲目冒進，置客觀經濟規律于不顧，只求累積而排斥消費；又好大喜功，以致過于重視鋼鐵和機械等重工業，而輕視了輕工業、農業以及交通運輸業的發展，使得整個經濟陷于半死不活的局面。

打倒了「四人幫」後，又急于宣揚大搞不切實際的工程，使得財力的消耗，超過了大陸所能負擔的程度。由于工程過于龐大，造成了財政赤字的出現，乃使經濟潛伏着崩潰危機。

因此，中共提出了經濟上的調整。主要是減少工程的投資，壓縮開支，控制超過能源和原料供應可能的加工業，降低過高的生產指標，以圖解決經濟上長期存着的嚴重失調問題。

不過，據香港一位大陸觀察家的指出，中共之所以將經濟調整期一延再延，除了上述原因外，最重要的還是能源問題。

目前，大陸上，因電力不足而停工的工廠，遍地皆是。製造電視機的「上海無線電十八廠」，每當入夜時分，就得停工兩小時，避過用電的尖峯時間，才能開動馬達；由西德購來全套煉鋼設備的「武漢鋼廠」，裝好了亦不能開工，因爲如果全部開工的話，卽使湖北一省的電力，單供其一廠使用，仍開不了工。

石油的勘採失敗，也使中共陷於進退兩難之局。最近，美國總商會能源委員會一行十人，曾訪問廣東省三天，過港時曾經表示，中共估計，尚需八至十年的時間，方能明確顯示石油勘採的進度。另據一位能源專家金活德（KIN WOODARD）的估計，在這個八十年代的開始，中共原油增產，頂多只能維持百分之八至十之間，仍然只佔世界石油市場百分之一的出口額。

目前，中共仍未有石油及其他天然資源開發條例，獲得與大陸簽約合作開採石油的外資，僅有日本及法國等四家公司。因爲合約上曾錯誤的簽訂，將在渤海灣開到的油，提取百分之四十二，作爲開採的代價；中共現在已不再與任何國家的公司簽訂類似合約，只肯提供勘採權，一待採到油後，另行決定分配方法。

大陸上超過百分之七十，係以煤來作能源。中共原訂一九八五年可以生產十億噸煤，現在已面對事實，改訂爲七億八千萬噸，不過能否達到此一產量，仍係未定之天。爲了節約能源，大陸曾要求汽車貨車要從二檔起動，下坡時放空檔或關上引擎。各機關的電燈儘量少開，街燈大量關閉，各工廠裝上電錶等等。不過，據估計，大陸對能源的有效運用率，始終只有百分之廿七左右，實在非常浪費。

石油勘採的失算，使中共夢想中的龐大外匯收入，失去了依據，使得大批外國訂貨無法償付，內部經建所需的大量石油，亦無法供應。在無法可想之下，只得取消或暫停大批訂貨合約，以及大量停止各項基本建設，這就是這一陣子，中共直在手忙脚亂的主要原因之一。（民70.3.26.，經濟日報，第2版）

十七、自述式引言（The Personal Intro）

在新聞的報導裏，偶然會發現用「第一人稱」，亦即「我」的導言，用意在加强報導的權威性，以一個親身經歷的所知、所見、所感，來引起讀者共鳴。例如，美聯社（AP）記者約翰．勞特域（John Roderick），即曾在北平以「我」爲導言重點，發出過一段報導——

（北平電）這是二十年來，我自大陸發出的第一則通訊。這在數週前，簡直令人難以置信——美國人在大陸竟受到接待。

特稿寫作，同樣可用此種方式作引言，不過要用得恰當。例如下面的特稿引言。

抽絲剝繭看「香港的明天」

我從香港來·來談香港事

說來也眞教人汗顏。算算往來臺灣不覺也有十來年光景，但是一開腔說不了三句，別人就會很有把握的問：「您是廣東人，香港仔？」

「港仔」的「特殊」身分，通常使得我和別人的談話間，隱約有着一定的方向。七、八年前，每當我的港仔身分「曝光」之後，談話對方總會跟着問：「噫，大陸怎樣？」前一陣子卻是：「在香港有沒有看過楚留香？」現在的話題，又總少不了：「香港怎樣？大陸會收回香港嗎？」很自然的就循衆要求，成爲「君自香港來，應知香港事」的發言人。

對于躲避自己不能答覆的問題，香港人流行的口頭禪是——「你問我，我問邊（那）個？」一招即可回敬過去，不過，問起「香港怎樣？」這個問題，可眞抓到我的「癢」處；有如骨鯁在喉，不吐不快。

提起香港在過渡時期的前途問題，我們這批「戰後第一代」的港仔，眞是欲哭無淚。三十年前，大陸陷共之後，一批南來的知識分子充當我們的中學教員。他們努力在培育民族的幼苗，他們用活生生的歷史的事實，教曉了我們民族大義。

龍的傳人用「獅」的護照

隨着知識的開啓，我們對于這個最先啓孕　國父革命思想的「殖民地」，感情複雜而矛盾。想到蕞爾小島的香港，竟能激發出一代革命偉人的思想，我們感到自豪。想到「華僑爲革命之母」，我們趾高氣揚。想到鴉片戰爭的窩囊，我們感到面目無光。拿着「殖民地」的出生紙，我們不知該羞愧，還是該慶幸。實實在在是龍的傳人呀，怎會用「獅」的護照？

無意中經過　國父就讀的香港大學，我們會感到歷史賦予我們的重擔。郊遊到了新界青山的紅樓，我們會靜坐在黃興手植的棕樹旁，緬懷先烈，甚或慷慨激昂一番。

我們會恨殖民地式的教育和措施。我們喜歡學講國語，却沒有膽量不學英吉利文。基于積弱百年的悲憤，我們希望李小龍拳打脚踢東洋人，但在經濟的條件下，又不得不買東洋貨。臺灣棒球獲三冠王的崇譽，我們會大叫「漢家兒郎！」大陸核試，我們會有分不出是「喜」、是「憂」的迷惑。

雖然由於地緣的關係，我們通常不能保全免於「接近中共宣傳」的清白；但是，我們的眼睛是雪亮的。竹幕內三反、五反的迫害「傳聞」不說，我們親身經歷了一九五〇年代後期，大陸難胞的大逃亡；六〇年代中期，共產嘍囉在香港各地的暴亂，七〇年代初期，那從海上漂來的白骨，以及最近邊界的「偸渡」狂潮。這些血淚鐵證，不就說明中共在這三十多年，究竟做了些什麼的嗎？大陸提煉、在香港販售的「冬蟲夏草」，有這麼一句的電視廣告片語：「中國地大、物博、多奇珍異寶」。可惜中共却不能珍視這份得天獨厚的遺產，徒使我們有「雖信美而非吾土兮」的哀痛。

驚弓之鳥蒙「大限」陰影

諺云「美不美，故鄉水，親不親，故鄉人」，當我們經濟能力許可的時候，我們會照那一紙家書的要求，給大陸親友寄送些衣著藥物；當我們有更長假期的時候，也有回鄉探親的意念。不過，就在北上的路途上，我們會突然想起那漫山逃亡的人潮，那遍地的菠蘿（土製炸彈），和那可怖的浮屍。

我們會發出一陣內心無法掩飾的顫抖。

英相柴契爾夫人的北平談判，我們覺得寢食難安。生怕「大好香城淪於竹幕」，忍令「三十年繁華，毀於一共」。是以九月甫始，港人即如驚弓之鳥。股市大幅波動，金價漲跌不定，銀行擠提。整個社會，在「大限」的陰影下，已開始了歇斯底里的掙扎。往日港人賴以自豪的「博殺」（拚到底）精神，和「處處聞啼鳥（痲將）」的逸樂生活，已面臨恐慌時刻。

從歷史角度來剖視，香港確是百分之百「歷史遺留下來」的棘手問題。從當前的局面來衡量，它又直接關係了英國的取捨，港人的意願，中共態度以及臺澎形勢的複雜情況。（中略）

從經貿的觀點着眼，香港爲中共年進四分之一約七十億美元的外匯，確係大陸的一個「聚寶盆」。這不得不感謝英人在香港的建設，以及施行自由貿易政策的成功。所以一些天眞的人士便有着夢幻，以爲只求形式上，「一切維持現狀」，則中（共）、英、港都能獲得卽時而明顯的利益。不過，仔細推敲下來，這個可行性，便會大打折扣，理由是——

五百萬人無一願「回歸」

一、中共雖然慣於以利用價値爲優先取向，但馬、列思想，亦常借用民族「解放」一詞，來欺世騙人。中共若從功利着眼，放棄「解放」港人機會，將如何向教條「交代」？何況，中共在「加入」聯合國時，已遞交一份備忘錄，聲言港澳並非殖民地。現在，原屬中國領土的租借地，到期而竟不收回，又將如何自圓其說？

二、中共在經濟的「政策」上，最爲「打着紅旗反紅旗」。幹部口口聲聲共產主義，却又屢以「

公元二千年，國民所得六百三十七美元」的資本主義「玩意」，來「安撫」大陸百姓。雖然資本主義社會在經濟成長的追求上，已經證實超出共產主義社會一大截，但連最樂觀的人，都不相信中共會在「施政」方針上，大幅滲入資本主義的作法，修訂甚或放棄共產主義的錯誤和偏差。此則在大陸報章已時有透露，一些高幹生活，實際上已染上資本主義的「惡習」。中共亦不止一次公開地指責港人生活「腐化」，可爲例證。因此，爲何獨厚港澳同胞，不拖之一齊下海，而留作大陸人民的「反面教材」。五百萬人，竟無一有「回歸」的意願，中共當局，又豈能不老羞成怒。

三、從港人的自大心理出發，論者俱謂香港的現代化設備，有助于中共四化。但從另一角度來看，投資和設備之過度集中于香港，不作適度北移，則反而礙了中共的四化，香港更罪在壞璧。何況，中共要將大陸現代化的能力和誠意，自始卽令人捉摸不着，又從何化起？

四、再從深圳經濟特區來說，以往有用心的港人，總以爲大陸應將特區界限挪後北移，以廣袤腹地，繁榮香港，分利大陸。但從大陸最近的表態來看，已有將特區界限向前南推，將整個香港涵蓋成一大特區的想法。這樣做法的「附加」作用是：向臺灣作態，成立一個「臺澎特區」如何？另外，大陸在設立其他經濟特區時，本亦寓有萬一香港「人財兩空」時，可以作爲「補充兵」的消極用意。（中略）

縱然英國由談判中而獲得「續管」香港的根據；但一旦中共握掌年老幹部人亡政息後，一紙文書，會否頓成廢紙虛文？又更何況香港係一個百分之百、藉外資而發展的「蕞爾小島」，在外人對中共仍未抱有充分「信心」之前，中共本身就係一大障礙；卽使最優惠條款，亦只能使投資者，略作試探性的「投注」。新的投資不來，既有的投資他去，香港又得回復五十年代的蕭條景況了。

根據一八四三年十月，中（清朝）英所訂的「虎門善後條約」，中國人民根本可自由進出港九地區。「移民」或「非法移民」的問題，壓根兒不存在。對往港華人發給「通行證」，只是中共的無知。然則，今後任何協議，又憑什麼制止大陸難胞湧向香港的浪潮？而本身人口已達五百三十多萬的香港，在土地有限，貿易萎頹的情況下，又再能容納多少人口？

東方明珠黯然失色

就我中華民國的立場來說，民國肇始之後，不平等條約已漸次廢除；南、北京條約早已名存實亡。而且，中共只係一叛亂團體，其與英國所訂的任何協定，自是無效。不過，一九九七年後，香港的現狀，或將有急劇的變遷，對整個東南亞都也將產生某一程度的影響。

臺灣的海、陸交通、貿易、財經、僑務、國防和電訊等方面，會面臨某一程度的衝擊。如何研採因應性的措施來突破，免除中共在國際上的宣傳壓力，似乎比急於吸引港資更為迫切。

百年來歷盡滄桑的香城，有人說它是一塊不倒的牛眠福地。不過，展望將來，這塊東方明珠已黯然失色，令人焦慮。套用章回小說的結語，眞是：香江無辜罹赤浪，太平山下港人愁！香港是否還有明天？且看將來事實分解了。（民71.10.9.民生報，第六版，少部分內文經過節刪，文句稍有更動）

自述式導言，有著濃厚的「色彩新聞」傾向，亦即使新聞的自然色彩「生色」（to put color into a story）。記者以第一人稱，出現在記事之中，表達個人感受與觀點，不只帶出事實，利用詳盡逼眞的描寫，傳達强烈「現場感」，顯示事件當時的氣氛，使讀者如同「看到」、「觸到」和「感覺到」一幅完整、出色與充滿活力的圖畫。

不過，色彩新聞雖然著重對讀者感情的訴求，但並非表示可以憑空杜撰，或「著色渲染」(to color a story)；仍應注意基本事實，恪遵客觀報導的原則。倘若自述式導言，在適合的事件中，運用得當，確可以表現新聞的繽紛色彩。

十八、虛構式引言(The Freak/Oddity Intro)

以奇異或虛構的名稱、故事作爲引言，來襯托特稿，引起讀者的興趣。此種寫法，不論是新聞的導言，或特寫的引言，並不多見。一般來說，這種方式，只宜用于輕鬆諧趣、人情味濃厚的新聞或特寫素材。

下面的特稿引言，就是一則例子。

英國建利銀行臺北分行　在穩定環境中創造佳績

「徵求：駐臺外商銀行，誠聘高級主管。薪優，有各種福利。需有金融相關學位，有實際主事經驗，通曉英、法、德、日任一種外語，懂華語者優先考慮。工作態度熱誠，對事穩重，能與人和洽相處，年齡不超過四十者，皆可申請。」

上述只是一則虛擬的「廣告式」的開場白。自從歐系銀行像一陣旋風「直捲」臺北之後，各個分行都「求才若渴」；不但在金融業的人力市場上，來了個「大兜亂」，也使得有能力、有幹勁、充滿事業野心的年輕金融人員，脫穎而出。

英商建利銀行（Grindlays Bank P.I.C.）臺北分行總經理陳佑民（James Y.M. hen）就是在這種「愛才」的「緊張」氣氛下，被該行首任總經理麥克勞（Roy Mankelow）賞識，經倫敦總行董事會通過，而將之提升爲臺北分行總經理。

一九八〇年八月，以第一家歐洲銀行在臺開業的英國建利銀行，因此，又多了一項率先在該行全世界兩百多家分行中，首次起用當地僱員，擔任分行最高負責人的紀錄。麥克勞離臺前曾表示，重用當地僱員，本是建利銀行一貫政策，只是過去在別的地方，沒有找到適合的人。他對在臺灣設立分支機構的滿意程度，溢于言表。

從建利銀行的歷史背景來說，麥克勞並非只是一味「善意」的恭維。自一八二八年該集團自印度從事國際財務貿易開始，一百五十五年中，分行遍布四十多國，職員多達一萬四千多名，在臺分行人數，也有四十七人，金融業務經驗之豐富，應屬「另一項」冠軍。

建利銀行早在十年前，就與臺灣展開業務關係，最近數年，接觸更爲繁密，終而促成了該集團來臺開設分行的具體行動。自英來臺主持分行開幕儀式的建利銀行副董事長瑞治（A.J.O. Ritchie），並曾就在臺設立分行一事，對記者列舉了三大因素：

其一是，在全球工業化國家，泥陷在經濟衰退的窘境時，臺灣仍能維持百分之七至九的經濟成長率（指一九八〇年前後），顯示臺灣在對外貿易及經濟發展上，潛力龐大。
其二是，臺灣政治穩定，從未發生過罷工風潮，令英國投資者印象深刻。
最後一項是，臺灣近年來，致力于拓展對歐貿易，在北美、東歐、法國、瑞士、摩洛哥、德國、西班牙、希臘、塞浦路斯及義大利等，都有分行及投資機構的建利集團，認爲可在提供廠商金融服務上，大顯身手一番。
開業了二年多的建利銀行臺北分行，除承作一般商業銀行的業務外，更爲客戶提供商人銀行(Merchant Bank) 的服務。根據臺灣中央銀行所作，一九八〇年至八一年度外國銀行在臺北分行的盈餘比較，建利分行由大約四十餘萬美元的虧損，轉爲九十餘萬美元左右的盈餘，增幅爲百分之三百二十之鉅，令人幾不可置信。有人將此一高度的投資報酬率，歸因于臺灣正由開發中國家，邁入新興工業化國家過程中，資金需求殷切，穩定的政治環境，和不完全競爭等三項有利條件。
去（一九八二）年一年，建利分行涉及的工商呆賬，似乎比其他外商銀行都少。這令人想起該行總經理常掛在嘴邊的一句話——「管理，優良的內部作業管理」——這該是銀行經營管理之道。（民72.2.11.歐洲日報，第5版）
不過，特稿的引言，可以虛構，但特稿的內容，應基于眞人實事，絕對不能虛構。以水門事件而聲名大噪的華盛頓郵報 (Washington Post) ，卽因其前女記者庫克 (Janet Cooke) 于一九八〇年九月，僞造了一篇「吉米的世界」(Jimmy's World)，虛構一名八歲黑童吉米吸毒的故事，使得華盛頓郵報「企業形像」大受損害，而她則于退回已獲得的「普立兹特寫獎」後辭職。

庫克只是利用她在華府採訪吸毒新聞時，所獲得的資料而編造；事實上並無吉米其人，令得華府警方，冒了一身冷汗。

撇開其他動機不談，庫克所犯的一個最大錯誤，是沒有作出：「內容屬實，但人物虛構。」的聲明。這一個錯誤，不管有意抑無意，已確實破壞了新聞報導的原則、職業道德、報館聲譽，以及幹記者的資格，是不可以原諒的錯誤。

惟若純就寫作的結構來說，庫克這篇「傑作」，不但內容充實，而且文筆流暢，段落分明，結構嚴謹，的確具有獲獎資格。玆試附此文于後，藉供參考，並引以爲鑑——

吉米是一個有海洛因毒癮的八歲男孩，這個早熟的男孩有一頭褐髮，一雙溫和的棕色眼睛，他光滑而瘦小的褐色手臂上有累累的針痕。

他佈置舒適的家在華府東南區，他坐在客廳裏寬大的敞椅上。他談到生命——衣服、金錢和海洛因的時候，他的小圓臉上幾乎露出天眞無邪的表情。他是第三代的吸毒人，他從五歲那一年起就染上了毒癮。

他交握的雙手放在腦後，脚上穿着一雙漂亮的慢跑鞋。一件名牌條紋運動衫鬆鬆的套在他瘦小的身體上。「不好，是不是？」最近他向去訪問的一個記者說。「我替自己買了六件這樣的運動衫。」

吉米住在一個毒品和金錢的世界裏，他相信這兩者都能帶來美好的生活。有毒癮的人每天都到吉米家的餐廳裏向跟他母親同居的男人隆恩購買海洛因。他們在廚房裏「準備」，在臥室裏注射。每天，隆恩或別人替吉米注射，把一枚針頭插進他的胳臂，使這個四年級小學生像受到了催眠似的點頭。

吉米喜歡這種氣氛，不喜歡上學，小學裏好像只有一項課程能幫助他使美夢成眞。「我希望有一部好車，穿漂亮的衣服，住在一個好地方，」他說。「所以，我很重視算術，因爲我知道我將來能弄到一些東西去賣的時候，我必須會算帳。」

吉米想賣毒品，有一天他要負責海洛因，他說，「就像我家的隆恩一樣。」隆恩，二十七歲，從南部到華府來不久，是第一個使吉米注射毒品的人。「他常常纏着我問打的是什麼針，他們在幹什麼，有一天他說，『什麼時候我才能試一試？』隆恩靠着牆壁說，他的眼睛半閉，但是他的目光很銳利。我說，『好吧，現在你就可以試一試。』我給他注射一點兒，該死的，這個小傢伙居然睡着了。」

六個月後，吉米上癮了。「我覺得我是正在下降的東西的一部分，」他說，「我沒有辦法告訴你眞正的感覺。你從來沒有試過？」

「海洛因跟大蔴煙完全不同。大蔴煙是嬰兒用的。這兒從來沒人吸這種玩藝兒。反正目前也很難買到。」

吉米的母親安德麗認爲她兒子染上惡習是一種生命中的事實，雖然她自己不願替孩子注射，也不喜歡看別人替他打針。

「我眞不喜歡看到他注射，」她說。「但是，你知道，我想反正有一天他會染上這種習慣。每個人都有癮。你住在貧民區的時候，最重要的是存在。如果他長大了要離開這兒，那是他的事情。但是在目前，我們的日子過得比以前好得多。……毒品和黑人早就結了不解緣。」

在華府的許多地區裏，海洛因已成爲生命的一部分，不但影響到自己覺得已經跟周圍的世界隔絕的千萬個青少年和成人，而且向下滲透到像吉米這樣數量不詳的兒童。

在全市各處的街角和遊樂場上，不到十歲的孩子都能正確地說出附近地區裏重要毒販的姓名和各種毒品的時價，對完全外行的人，他們能說出海洛因、古柯鹼和大蔴煙的顏色、味道和氣味。

華盛頓特區的海洛因問題，已成長到有點像流行性傳染病的程度。伊朗、巴基斯坦和阿富汗生產的所謂「金新月」海洛因源源而來，使這個美國首都成爲美國緝毒局所列的六個主要海洛因進口都市中的第四個，「金新月」海洛因的力量比以前在街頭買得到的東南亞和墨西哥貨更强，價錢也比較便宜，這種海洛因容易獲得，使華府的吸毒問題格外嚴重。

美國緝毒局駐華府辦事處主任甘納狄說：「我們對金新月海洛因完全無能爲力，因爲我們跟這個世界的那一部分幾乎沒有外交關係。」他審愼地避免使用「流行病」這個名詞，但是他承認華府的海洛因問題「頗大」。

醫學專家，「哈佛大學麻醉品濫用研究所」所長古拉特博士說，海洛因正在毀滅首都。華府醫藥檢查員羅克說，根據他的紀錄，因注射海洛因過量而死亡的人數已經大爲增加——從一九七八年的七人增加到今年到九月底的四十三人。不過，死神還沒有降臨吉米住的地方。

吉米家的廚房和樓上臥室是衆人聚集的地方。各式各樣的人物猶豫地走進這幾個房間。有些人戰戰兢兢，急於過癮，有些人在注射過以後寧靜而安詳。

有一個穿着白制服的胖婦人，褐色的假髮裏插着一支像髮針似的針頭，她蹣跚地走下樓梯，說她「覺得很好」。一對少年男女悄悄地踏進前門。那個女孩自豪地從牛仔褲後邊的褲袋裏摸出一個注射器，然後跟她男友到廚房裏去準備少量海洛因，互相注射。

在吉米的世界裏，這些都是司空見慣的事情。跟大多數同年齡的孩子不同，他不常到學校裏去，他喜歡跟十一歲到十六歲的大孩子混在一起，吸食大蔴烟等麻醉劑，設法弄一點零用錢。

吉米到學校裏去，只爲了多學一點喜愛的功課——算術。

「如果你想做生意，你必須知道怎樣計算，」他說，他完全沒有想到在別的工作上應用算術。

「那都不是工作，」吉米說。「你必須有錢才能做事，你必須賺現款。必須賣一些別人常常想買的東西。隆恩說許多人常常想買海洛因。我媽媽也這樣說。她要用海洛因，她媽媽也要用。終是有人想用……

「街上的那些傢伙都很精明。你必須知道他們有多少人，每一樣東西他們要多少錢。誰向他們購買，他們在什麼地方……他們很壞，他們也在做生意。沒有人告訴他們該怎樣做。」

在這個城市裏，黑人孩子不論意向如何，都有許多現成的模範——醫生、律師、政治家、銀行總裁，每一種人都有，但是吉米只想做一個公道的毒販。他說他長大一點的時候（「也許到十一歲」），他要到華府公開販賣麻醉劑和經常發生暴行的康東街或別的地方去買賣毒品。他說，如果他有錢，他要買一隻德國牧羊犬、一部脚踏車，也許還要買一個籃球，把其餘的錢統統存起來「買一些『眞貨』——然後把它賣掉。」

他的母親並不太反對吉米的志願，也許是因爲毒品是安德莉的世界的一部分，完全跟她的兒子一樣。她從來沒有見過她父親，她跟兒子一樣，從小跟母親住在一起。她母親跟一個男人同居了十五年，她記得，她母親的男友經常强迫她和她的妹妹跟他發生性關係，吉米是某一次强暴的結果！

吉米出生後她感到絕望和沮喪，她很快地接受了一個經常跟母親一起注射毒品的婦人交給她的海洛因。

「以前我從來沒有體驗過這樣的感覺，我好像是在另一個世界裏，不再有嬰兒，不再有媽媽。……我可以不想它。在我注射過以後，什麼也用不着想了。」

三年後，警察發現她家裏的海洛因窩，許多安德利的海洛因來源也斷絕了。她變一個妓女和專偷商店貨物的小竊，用所得到的收入來維持每天花費六十美元的毒癖。不久以後，她遇見剛到達華府靠賣麻醉劑和海洛因過日子的隆恩。她看出他可以幫助她脫離賣笑和偷竊的生活，所以，在他請她去跟他同居時，她就一口答應了。

「我已經過厭了跟生張熟魏睡覺和在百貨公司裏偷東西的日子。家裏有個男人，對吉米也沒有什麼不好。」她說。

不錯，華府東南區的社會工作者說，這樣多的黑人孩子吸毒是由於家裏沒有一個有權威的男人。

「許多吸毒的孩子的家長都是六十年代的未婚媽媽，她們常常以無所謂的方式撫養子女。」東南區區公所的社會工作者琳達·紀伯特說。

「她們的家裏沒有家庭結構，因此孩子們都跟同伴建立一種關係。如果同伴吸毒，要不了多久這些孩子也會效尤。他們認爲毒品不是違禁品，在這個窮苦的社團裏，只要是能賺錢的東西都是好的。」

在吉米的世界裏，吸毒三十五年以上的人並不少見，雖然醫療專家們說，因吸食毒品過量而死亡的危險性極高，但是他可能會活到成年期。

「他可能已經在接受接近致命的劑量。」「國立痲醉品濫用研究所」的柴可維茲博士說，「大部分要看注射的數量和頻率如何而定？但是我不能不說，他的早死是無可避免的事情。如果目前就接受治療，可能還不太遲，如果在成人前沒有死亡一定會變成一個有毒癮的人。」

在晚間的訪問快要結束的時候，吉米慢慢地變成另一個孩子，安靜而充滿自信的小男人消失了，代替他的是一個神經過敏脾氣暴躁的男孩。

「安靜一點」隆恩在走出客廳時對他說。

吉米撿起了「星際大戰」的死光玩具，開始開關閃光。隆恩回到客廳來的時候手裏拿着一個注射器，他叫這個小男孩走到他的椅子旁邊：「讓我看看你的胳臂。」

他抓住吉米手肘以上的胳臂，針頭滑進吉米柔嫩的皮膚，像能把麥管壓進一個新焙的蛋糕中央一樣，液體從注射器裏出來，被鮮明的血液取代。然後，隆恩把血液重新注射進吉米的胳臂裏。

吉米在整個過程中閉着眼睛，現在他張開眼睛，很快的向四周看看，他爬進一張搖椅坐下來。他的頭垂下來，突然又豎直，這是有毒癮的人所說的「點頭」。

「再過一些日子，孩子。」隆恩說，「你必須學習怎樣替自己做這件事情。」（譯自一九八〇年九月二十八日「華盛頓郵報」）（轉載自聯合報）

十九、打諢式引言（The Gag/Teaser Intro）

用風趣形式、語調、辭句作為引言的表達，以求內容生動有趣。史蒂萊曼即曾引華爾街日報記者，彼德·闞(Peter Kann)的一篇特稿作為例證——

金門——數年前，在競選中，前密西西比州長巴耐特(Ross Barnett)，曾被問及他將如何處理金門和馬祖的問題。

「讓他們比賽釣魚去吧！」他回答說（意即維持金馬的安定）。

下面兩則導言都十分幽默（黃三儀，一九五八：卅四）：

例一：

酒！酒！酒！滿街的酒，却一滴都不能喝。

滿載三十罈紹興米酒的一輛公賣局卡車，昨日駛經長安東路時，因天雨路滑，轉彎過急而傾覆，酒罈全碎，酒流滿街，芳香撲鼻。（註八）

例二：

醬油圍攻河伯，淡水河昨日變色。

因檢驗不合格而被藥品食物管理局銷毀的金光牌醬油二十一萬打，昨日傾倒入淡水河內，河水頓成褐色。

後文則是以「全臺北最高銀行」一句，作爲輕鬆的啓首語，目的在隱喻（Metacommunication）法商百利銀行之「居高臨下」，並用「集語」（epigram）「摘斗摩星，目空今古」，來陪襯其業績成長的趣味性。

法商百利銀行臺北分行

在穩定中成長‧後來居上！

有「全臺北最高銀行」之稱的法商百利銀行臺北分行（Banque Paribas），座落于臺灣臺北市中心區敦化北路的金融大樓（Bank Tower）十一樓。從大廈四週的玻璃窗戶外望，可以俯瞰臺北市整個金融地段，凝神遠眺之際，令人突然湧起一陣「摘斗摩星，目空今古」的氣概。

亞洲第五家分行

總行設于法國巴黎的法國百利銀行，原名Banque de Paris et des Pays Bas，創于一八七二年，由法國的巴黎銀行及荷蘭的貝巴（Pay-Bas）銀行合併組成。設行之初，即以國際性融資爲主要業務。目前高踞法國第一大民營銀行，在全世界大銀行體系中，排名第五十，並在全世界四十九個國家及地區設有分支機構。該行于一九八〇年十一月七日，在臺北成立分行，成爲繼香港、漢城、日本及新加坡之後，在亞洲地區的第五家分行。第一任臺北分行總經理爲畢偉德（Jean Michel Piveteau），開幕之時，總行總裁白納德（Herve Pinet），親臨臺北剪綵，並盡力提供諮詢與財務協助，以促進中華民國與歐洲的貿易，投資中華民國科技工業爲營運鵠的。

臺灣市場深具潛力

白納德曾經表示，百利銀行係以投資性業務爲主的私營銀行，該行在世界各國都以「對等出資」(Equity Investment)方式，與地主國作各項的科技合作。目前以這種方式來投資的事業單位，已超過一千多家。他表示，百利銀行在臺北開放分行之前，曾經做過精密的市場調查。所有評審估計，都認爲中華民國具有最穩定的經濟成長潛力，而中華民國政府在拓展對歐貿易的積極作爲上，更鼓勵了他來臺設立分行的信心。

目前臺北百利銀行分行，由第二任分行總經理柯德培(Pierre Cartoux)全權負責，共有員工六十三人，分別服務於市場組、徵信管理、營業與會計四個部門。這一個組織型態，完全按地區功能而規劃，與總行或其他地區相異。一般而言，營業部是整個分行的「心臟」，負責放款、進、出口押匯與總務等各項傳統性的工作。

一九八二年全球均處於經濟不景氣之中，臺灣亦受世界性經濟衰退的影響，而出現外銷減退、內部市場滯銷、企業遭受困難而發生呆帳等各種問題。使得剛剛「空降」臺北的歐系外商銀行，在飽嘗了二年「甜頭」之後，初次體會到業績成長的困難。

一年之間轉虧為盈

根據中華民國中央銀行的統計，一九八〇至八一年度，在法商百利銀行積極追求業績的努力下，該行的營運業績，由九百萬元新臺幣的赤字(約二十三萬七千美元)，轉爲五百萬元新臺幣的盈餘（約一十三萬一千五百餘美元），增幅高達百分之一百五十。

該行一位高級主管表示，一九八二年亞洲地區五大分行的業績，仍以香港和臺北最令人滿意。其中香港最好，臺北則居其次。他解釋說，這是因爲臺北競爭激烈，而他們又來得較「晚」，客戶較小的緣故。反之，香港雖然員工較少，但業績卻十分龐大。

繼續擴展服務層面

這位主管指出，該行除了作批發的傳統性工作之外，今後將對臺灣中、小企業加强服務，以擴展服務的層面，並從另一層次和「老」的在華外銀作業務競爭。

一位金融界人士說得好，中華民國這塊「大餅」，「確實有得吃，而且好吃」，問題是，要安心上口，得要不斷的奮鬥。（民72.1.22.～24.，歐洲日報，第5版）

二十、斷音式引言（The Staccato Intro）

斷音式的引言，主要係用激動的詞句，吊胃口的方式，夾雜着圓點刪節虛號或破折號之類的標點符號運用，寫成令人「透不過氣來」的引言。由于這種引言，充滿「咄咄迫人」的「動」感，因此，較易用于社會突發新聞上。

例如——

「一陣令人目眩的强烈閃光。轟聲四起。牆壁坍塌。玻璃碎烈。死亡。」

又例如——

「深夜橋邊……一聲槍響……一聲凄厲尖叫……又一聲槍響……撲通、撲通，水花四濺。

今日凌晨，香港警方據報搜索，終在深圳河附近邊界，發現一男一女屍體，兩人胸間均有鎗洞。根據現場的情況，死者的衣着和附近居民的說法，警方初步判斷該兩名死者，可能是被中共民兵射殺的逃港難民。」

又例如下面的特寫引言——

臺北是一塊經濟沃土

法國國家巴黎銀行也來耕耘

悠久的歷史。其密如絲的分行網。一間中型、但裝潢華麗的辦公室。幾名幹練的行員——就這樣，通曉多種語言的法籍華人黃俊傑（Philippe T.C. Hunault），銜著臺北聯絡辦事處經理的使命，在臺北爲法國國家巴黎銀行（Banque Nationale de Paris, B.N.P.）「闖天下」，一「闖」就是一年多。

最近，黃俊傑常說：「我們已積極地籌劃一切，並已向財政部進行申請手續，希望最遲於明（八四）年初，就可以從聯絡辦事處（Representative Office）升格爲分行（Branch bank）。」希望隨著業務的進一步開展，大展鴻圖。

在高棉（柬埔寨）出生並度過童年的黃俊傑，隨家人赴法後，受的全是法式教育；但由于遷徙環境的影響，使他學會了多種語言，包括國語、廣東語、潮州話、閩南語、英語、德語、西班牙語，當然，更流暢的是法語。

大學畢業後，他就到巴黎銀行工作，憑能力和幹勁，獲得公司的重視，語言的天份，又使得他和臺北「結緣」。

法國國家巴黎銀行，是由在一九四六年被法國政府收爲國有的法國商工銀行（Banque Nationale poun le Commerce et I'Industrie (BNCI)）與(Comptoin National d'Escompte de Paris (CNEP))于一九六六年合併而成。目前在全球七十七個國家中，約有二千七百多間分行，資產逾一千億美元。一九八一年十月三日，臺北聯絡辦事處正式成立。當時該行曾將一份「法國國家巴黎銀行在臺灣」的精美小册，派發給參加開幕酒會的人士，其中有幾段是這樣的：

「臺北聯絡辦事處之開設，乃配合法國國家巴黎銀行，拓展業務及提供地區性銀行服務方針，並基于臺灣在過去十年的可觀經濟業績，而作出的決定。

「臺灣經濟是由相輔相成的公私營企業組成的。若干大型機構雖爲國營，但大多數行業均由私人經營。由于臺灣國內市場規模較小，經營的迅速增長，極需依賴對外貿易。……爲使貿易較爲均衡，臺灣政府現正致力加强與歐洲國家的貿易。另一方面，臺灣出入口商亦正在積極尋求新顧客及供應商。

「自七十年代後期起，法國企業家，逐漸察覺到臺灣市場的潛力。目前臺商與法商正合作交流技術知識。」

目前巴黎銀行臺北聯絡辦事處的服務範圍，主要包括：

——由法國總行向臺灣廠商提供出口信貸，以供購置法國工業器材及機械。

——由香港法國國家巴黎銀行，爲臺灣貿易及工業投資提供貸款。

——由香港法國國家巴黎銀行，爲臺灣公私營機構籌集歐洲貨幣之中期貸款。

資產總值居自由世界第四位的法國國家巴黎銀行，臺北聯絡辦事處的開設，使得法國第二大國營銀行的里昂信貸銀行（Credit Lyonnais），也採取積極行動，在臺設立聯絡辦事處。

里昂信貸銀行從一九七一年起，就在亞洲地區建立營業網。目前，該行在東京、漢城、香港及新加坡都設有分行，在印尼雅加達設有辦事處。該行也曾單獨參與多項集團貸款，爲此間公民營企業提供發展所需資金。

中國有句「有土始有財」的古諺，法系銀行「一窩蜂」地湧向臺北，難道臺北是一塊「沃土」嗎？答案應該是明顯而肯定的。（民72.2.18.，歐洲日報，第5版）

二十一、「六何」的引言

在導言的寫作中，包括「何事」、「何地」、「何人」、「何時」、「何故」與「如何」等五W一H的表達方式（附錄一），雖然長期以來，不是被葛洒頓（Charles Clayton）諷刺爲一個「雜拼盤」(Hodge-

Podge)，就是被戲稱爲「曬衣繩導言」(Clothesline)。不過，在一篇不求「花巧」、簡短、紮實的報導中，似應尙有「用武」的餘地。比如，一則一至兩欄的集會新聞，即可用這種傳統式的寫作，在一、二百字內，把新聞主要內容，清晰報導出來。例如：

（本報訊）現代管理學會（何人），爲加强專業人士的意見交流起見（何故），特定于本（四）月四日下午二時（何時），在臺北市木柵政治大學四維堂（何地），舉行一項「經理人座談會」（何事）。該學會主席李德博士，並將以「管理漫談」爲題，發表專題演說（如何），歡迎學會會員參加座談（欲何）。（註九）

六何亦可偶然作爲特稿的引言。下面一篇特稿引言，在形式上雖似「原因提要」，但事實上，引言內却涵蓋了「六何」。

港元總算「强化」起來了

香港股市暴瀉，地產也陷入低迷

爲了挽救疲弱的港元（何故），香港（何地）銀行公會（何人）終于在本（十）月二日（何時）宣布，將最優惠貸款利率由年息十八釐增至二十釐（何事）。此一治標措施，果然收到即時效果（如何）。反映港元强弱的貿易加權匯率指數，翌日即升了零點八而達到八十二點，是港元匯率指數，自一九七一年十二月創立以來，升幅最大的一次，頗有一洗以往疲態的跡象。

較早之前，港府已採取了進一步加强監察金融活動的特別措施，要求各銀行及接受存款公司，每週向銀行監理處呈交港元及外幣結存記錄，以便能更清楚每種貨幣流種走勢，作爲製訂金融政策的參考。就長期的目標而言，此舉可使港府清楚了解每間銀行的流動資產後，要求那些擁有過多外幣資產的銀行，將部分或某一外幣改爲美元，以增加港元的需求量，從而穩定港元。不過，這在某一意義上，等于施行外匯管制的方式，有違港府自由經濟的慣例。因此，業界認爲港府可能不會採取這一措施。

强化港元的措施，的確使港府傷透了腦筋。目前，利率似是唯一收縮信用，對抗通貨膨脹的「迫擊砲」。優惠利率的提升，帶動了香港利率的全面調整，加息後，一般進出口押匯將照優惠利率增加一至三釐；地產、股票的貸款利率則增加三至四釐不等；至於存款公司的定期存息，一個月期者，通常爲年息七釐七五至十七釐八七五，增加了一點一二五釐；而自用住宅的分期償還利率，大約在年息二十釐七五左右；銀行同業拆息，隔夜爲年息十七釐，一個月爲年息十八釐六二五，三個月則爲十八釐半。

在銀行採取嚴謹的信貸政策下，最近此地的進口信貸，特別是進口押匯，業者已多與銀行預先訂購美匯，減少美匯風險。一位銀行界人士預料，下半年度，這種預先購入美匯的商人，將會增加百分之五十。

港元疲弱的部分原因，確與海外（特別是美國）的利率有關。當外國利率水平比香港爲高時（如前時之十八釐），由於香港沒有外匯管制，甚多投資者，即將資金調往外地，求取更高利潤。據港府的統計，今年頭七個月，共有相等於二十七億三千二百萬港元的資金流出。即今年一、二、三及七月，共流出資金六十四億一千四百萬港元，四、五及六月，只流入資金三十六億八千一百萬元；使香港飽受壓力。

不過，業界認爲對港元匯率最不利的因素，是香港出入口貿易的龐大赤字。據港府估計，今年首七個月，香港貿易逆差，高達一百二十億五千三百萬港元。香港財政司彭勵治預測，由于世界經濟普遍不佳，香港今年的本地產品出口總額，可能只比去年增加百分之七，轉口增加百分之二十五，使出口貨物總額的增加只有百分之十二，而進口的增長則比出口爲大，可達百分之十三。一般業界都擔心在高利率、高地價政策的影響下，香港有些工廠將開工不足，導致嚴重的失業問題。今年三月，全港的就業人數約爲二百三十六萬五千人，失業率爲百分之四點一，這對香港而言，已亮起了紅燈的訊號。

加息兩釐後，香港股市立卽暴瀉，一日之內恒生指數劇挫近一百廿點，跌幅爲一九七三年以來之最大者，使一般金融界相信，香港股市，連帶地產業，起碼在今年內，是徘徊而低迷的。（民70.10.14.，經濟日報，第2版）

廣義地說，上述特稿所採的「六何」引言，應屬「一品鍋引言」(Combinations and Hybrids)。史蒂萊曼對，「一品鍋引言」的界說是：「兩種或以上不同引言的湊集，或者溶混在一起。」他認爲越有經驗的記者，越會善用這一型態的引言。評審這種引言是否運用恰當的準繩是：精挑、有趣和適切。

例如，一則「引語」和「概括論調」引言所湊合的特稿引言，會是這樣的——

「就如馬克吐溫所說，人人都在談論天氣（引語），但在談論天氣之餘，他們亦會專心一致地，討論仕女的時裝（概括論調）。」

又例如，引語式引言，通常會與描繪式引語混合——

「『我並沒有盜用公款！』水門集體貪汚案主嫌□□□被捕後，含着淚水，右手緊握着左手，高聲的大嚷着。」

另外，引語式引言，又可與懸疑式引言相混合——

「『天啦！這還得了？』

『他們是人嗎？』

『我希望他們不要碰作一堆！』

自從空中馬戲團于上星期一在此地上演後，數以百計看過表演的觀衆，莫不齊聲叫好，歎爲觀止。」

下面一則特稿，則是用「背景」和「新聞」兩類型態，所湊合成的特稿引言——

香港的地下鐵路

經過了四年的修建，動員了七千多工人（背景），香港地下鐵路（簡稱地鐵）之九龍觀塘至九龍石硤尾的北九龍首段行車線，已于一九七九年九月卅日，在香港地下鐵路公司主席唐信主持下，舉行通車儀式，並于十月一日，正式營運載客（新聞）。這對我國鐵路高低架之爭，似乎很有參考價値。

由于地理關係，據估計，香港人口有百分之八十，係居住在背山面海、人口密度極高的狹長地帶，在四百多萬人口，急需快捷公共交通工具的壓力下，由香港政府任命的費爾文霍士及施偉拔顧問工程公司，經過數年研究之後，終在一九六七年，提出了興建地下鐵路系統的計畫。該公司所持的理由之，一是如果要在市區裏發展道路網，以改善交通情況，則非大量拆卸樓宇不可。在寸土寸金的香港，非但造成財產上的損失，而且曠日彌久，事倍而功半。

香港政府同意這個看法，並在一九七五年正式成立地下鐵路公司，以監督工程的進行，並由唐信任該公司主席。華人包玉剛，亦係該公司五名董事之一。地鐵公司成立後，即分別與法國、西德、日本、瑞典、英、美及香港等工程公司，簽署了廿五個主要土木工程合約，及十個電機與機械工程合約，而地鐵公司，則由香港政府全東擁有。

從香港九龍的觀塘至香港中環的地鐵，全長十五點六公里，預計總費用爲五十八億港元。其中土木工程約佔四十億港元，電機與機械工程約佔十億港元。此五十億港元，以及地鐵興建期間所需支付的十億港元利息與財務開支，係由香港政府作保證，通過出口信用貸及香港與海外貸款籌集而得。至于用作行政管理、土地收購和顧問支付的八億港元，則由香港政府支付，以換取地下鐵路公司相等數值的股份。此外，香港政府于一九七七年七月，批准興建屬新界地區全長十點五公里的荃灣支線。此支線預計于一九八二年年底完成，全部費用約四十一億港元（不包括利息及財務費用）。其籌款方式，亦與前述相同。據透露，香港政府預算在十至十二年間，把所化的成本收回。

爲了應付工務上的未來需要，地鐵公司並成立了一所地鐵訓練學校，以訓練各種技術人員，應付將來的需要。該校已于去（一九七八）年十一月開課，受訓的車務及保養員工、技術學徒等共二百餘名。訓練學校裝有一鐵路管理人員訓練系統，其中一個模型，模擬了整個系統的操作情況，價值二百多萬港元。

香港地質非常複雜，包括大量腐化的花岡岩、堅石，以及前時填海而得的填海土地等。爲了因應地理形勢，地鐵分別採用架空及地下隧道（包括海底隧道）兩種建造方式。

地鐵有二大特點：第一係全部電化自動控制（包括美製全自動收費系統），車速由路軌傳送，每一段路軌的行車速度不同，每小時分別爲八十、六十五、四十及零公里。每一列車有四至六車廂。據該公司車務訓練主任劉德（ROUT）表示：地鐵在理論上，不會發生撞車的意外事件，因爲車行的後段路軌，行車速度減至零，是非常安全的。

地鐵之第二個特點，係每一工程投標者，都可根據技術規範，自由提出自己的設計，不同國家因應不同地質，以各種土木工程技術施工，這等于土木工程的國際賽，而每一種施工方法幾乎全用上了。例如，香港地下水位高，因此很多地段，必須採用壓縮空氣法來鑽挖隧道。

香港新界地區的租期，到一九九七年期滿，距今尙有十八年。地下的投資，曾對這一關乎新界前途的敏感問題，引起一陣激盪。樂觀或短線投資的野心家認爲，地鐵的興建，反映出英國的態度，以及香港政府對香港前途的樂觀看法，認爲中（共）英關係，目前及可見的將來，仍然非常良好。中（共）英都知道香港係一塊「肥肉」，雙方都不會易然採取決斷的手段。在地鐵興建之初，外間一度盛傳中共可能對地鐵有所投資，但據了解內情的人士透露，除了在地鐵九龍灣車廠上，一個名爲德福花園之住宅及商業中心的地皮，有屬于親共企業集團的資金外，並未聽聞中共有作其他的地鐵投資。因此，持樂觀看法的人士，對于香港前途，深具信心。

香港一些經濟學家，關心到如地下鐵等建築的時間長而費用高的公共措施（地鐵顧問公司，建議再開闢港島北岸及東九龍兩支線），會造成香港內部的資源競爭和需求過大，引起經濟困難。一般市民亦擔心地鐵全部完成通車時，公共交通全面漲價以及債務所帶來的負擔（由于預算一再追加，估計八二年借入的款項將達一百一十億港元。）不過，四百七十多萬香港市民，對于這一解決大家交通問題的捷運系統，以及地鐵工程有良好計畫和快速施工的效率，大都有着良好的印象。（民68.10.6.，經濟日報，副刊）

附錄一：

一八六五年四月十四日，紐約美聯社（創于一八四八年七月）駐華盛頓一位記者，報導美國總統林肯被刺的消息時，一反過去按時間順序的正三角形寫作方式，直接了當的劈頭便說：

「總統今晚在戲院遭槍擊，可能傷勢嚴重。」

美國新聞學者卡爾·華倫（Carl Warran）視這一則新聞報導的方式，係現代倒寶塔式新聞寫作結構之濫觴。他認爲這種形式係「標準新聞稿」（Standard news story），整個構造形式的最佳圖形。至于五W一H的說法，究竟始自何人何時，似已難于稽考。一九〇三年美國有一名新聞學教授休曼(E.L. Shuman

），曾經提及五W的答案，應在「新聞的第一段」亦即「全篇故事精華」（The Marrow of the whole story)就交待出來，不過，一九〇二年，英國一名記者、詩人和小說家吉布林(Rudyard Kipling)，已在他的一首有趣小詩中，提到了五W一H——我有六位忠誠助手，（他們教曉我一切）。他們的名字是「何事」、「何故」、「何時」，以及「如何」、「何地」與「何人」。原文是——

I keep six honest serving men, (They taught me all I know)

Their names are What and Why and When And How and Where and Who.

在純淨新聞寫作中，五W一H導言的優點，在于能夠立刻給讀者一個清楚和扼要的報導，流弊則在于報導的寫作和表達流于刻板，以及因爲涵蓋過多的要素，而使起始段落顯得臃腫。有時爲求內容清晰，在內文段落中，往往會作「重點提述」(Recap)，形成重覆。葛迺頓曾指出，五W一H的導言寫作方式，忽略了故事發展的時間順序，會使讀者覺得迷惑，也欠缺身歷其境的參與感覺。

不過，葛迺頓認爲在「例常（牌）新聞」(routine news)，即經常會發生的事件裡，例如交通意外、輕微火警等一類新聞。這種寫作方式仍派得上用場，並將繼續爲各報所採用。

美國新聞學教授瓊斯(John Paul Jones)認爲新聞報導的趨勢，在求對重要事件作更翔實的報導，與更清楚的解釋。他因而主張用一種「新」方法來處理「五W」——亦即把「五W一H」分散在整篇報導裏，以維持讀者的興趣。

導言的精簡洗鍊，是新聞寫作的必然趨勢。至如某些學者認爲在報章上，屬于「短訊」之簡單事實或預告性新聞，可依賴內文，而不必加導言之議（徐詠平：一九七〇：六二），似亦可斟酌採用。

二十二、結論

歐美的新聞學者往往認爲「好的報導，就是好的導言」(Good Reporting Equals Good Leads)。導言本有着「巧笑倩兮、美目盼兮」的魅力，也像賣藝者的開場白，它必須引發人們的興趣，否則觀衆就會掉頭他去。爲了卽時吸引住讀者，「報導些什麼？强調些什麼？」與「長話短說，重點先行」(placing first things first)，似乎是一般導言寫作的不二法門。

此所以美國新聞學教授費達在「印刷媒體的報導」(Reporting for the Print Media)一書中，强調每則新聞導言，都應析取其最有興趣與最具意義的要素來表達。所以他提議用下述四個問題角度來掌握一則新聞導言的寫作方向(Fedler, 1973:27)：

(1)報導中，最重要的是那些事實？

(2)那些事實將會影響及讀者，或者是讀者最感興趣的？

(3)有些什麼新事物，最近有些什麼新聞展？

(4)那些事實是最不尋常的？

爲了記憶上的便利，夏利斯(Julian Harriss)等人，更乾脆以"NEWS"這個字的四字母，作爲衡量導言的一個方法。(1977:78)

N：所述說的事實，是否具有新聞價值(Newsworthiness)？

E：最有趣味的事實，是否已予强調（emphasis）？

W：5W中，最重要之W是否已包括在內？

S：消息來源（source of information）是否已在導言中道出（如有必要）？

本文所述各類不同的特寫（稿）引言，是就引言寫作方式，下筆的角度，與特寫的取材，作一「拋磚引玉」的整理。目的只欲說明，大部分新聞導言的寫作方式，同樣可以用在各類特寫（稿）的引言中（註一〇），就如各式美味，任君選擇，問題只在于撰述者的挑選和運用，以及內文的配合。

當然，一如喻德基（Yu, 1981:30）所指，各類新聞通常以「事實」提要的導言（發生了什麼事？報導些什麼？）爲主。當「人」的因素特別顯著時，則以「人物」提要作導言，原因非常簡單，因爲一般人所關心的是「誰？發生了什麼事，原因何在？」(Who did what and why?)。另外，提要的語句，幾乎是「倒寶塔式」新聞報導的寫作骨幹。

「地點」與「時間」提要，則較爲少用，除非時、地因素特別重要。原因是，這兩個要素，會在導言寫作中，很自然就會安挿進去，而不需特別强調和修飾。「原因」提要亦不常用，因爲在一般的情況中，「原因」不但緊隨導言之後，並且將在整個新聞報導中，作直接或間接的提及。

此外，在無礙興趣的原則下，特寫（稿）這類的內容，與其他媒體內容一樣，負有「傳播動力」（Communication dynamic）的機能。因此，特寫引言，也可藉所謂的「第一印象」（First impression）之利，給讀者一些「不經意」的教育或報酬，使讀者在滿足「原有經驗的重覆感與深入回味」之餘，傳播效果亦得以傳遞。

例如，下述是一則中共經濟失敗的事實報導，但在平鋪直敍之餘，亦能令讀者認清中共眞正面貌！

中共招認經濟破產了！

中共這次召集的「五屆三次人代會」，第一次公開招認了經濟的破產。香港人士一點都不詫異中共會說老實話；因爲情勢極其顯然，紙已包不住火了！

在「人代會」上，中共僞財政部長王丙乾報告說，去（一九七九）年中共的財政赤字爲一百七十億「人民幣」（約合一百一十三億美元），並且預測今明二年的預算赤字，將達一百三十億「人民幣」（八十五億八千萬美元）之鉅。

連年赤字・陰雲密布

王丙乾並承認，爲了彌補去年的財政赤字，已經用罄了八十億人民幣（五十二億八千萬美元）的「歷年累積」，又得向僞「中國人民銀行」透支九十億人民幣（五十九億四千萬美元）來應付所需。至于對外負債方面，到今年年底，據稱會有三十四億美元的借款。

在大陸被視爲經濟專家的薛暮橋對王丙乾的報告作了一個註解，以爲大陸的經濟雖然已從文革崩潰邊緣穩定下來，但是去年和今年的經濟形勢，只是「陰轉多雲」。他將經濟上的過失，歸咎爲「長時期來急于求成，盲目追求生產增長速度，不計經濟效果的錯誤，以致於多年來潛伏着的國民經濟比例失調，一下子暴露出來了。」在「困難堆積如山」的情況下，這幾年的大陸經濟，只能開始分期歸還「十年甚至二十年來，欠下的各種老帳」。從薛暮橋的註解中，可知大陸經濟，起碼在未來數年，仍將不會好到那兒去。

緊縮基本建設規模，財經金融體制資本主義化和發展「經濟特區」，似乎是中共企圖改善經濟劣境的唯一手段。

不過據薛暮橋說，今年中共的基本建設投資雖然比去年減了百分之三十，但由于很多盲目投資的建設已經開始，投資額又難以收回，所以基本建設的投資總額，在最近二、三年內，仍將難以作若干幅度的緊縮。

財經改革「走資」路線

僞「國務院副總理兼國家計畫委員會主任」姚依林，在「人代會」上提出六點資本主義化了的財經體制改革措施。這六項措施包括：一、擴大企業自主權；二、組織行業、地區、主權和隸屬等各種近似商會形式的「經濟聯合」；三、反對「壟斷」，制定重要科技有償轉讓辦法；四、實行由銀行貸款的稅制改革；五、減少口號性指標，實行市場調節；六、擴大外貿經營權，改革外貿管理體制。

要實施這六項措施，似不像說說那麼容易，其推行「經濟特區」制的重重困難，就是一個例子。

（中略）

不論姚依林、薛暮橋如何說法，要挽救中共經濟的破產，只有一條路：走資本主義路線。事實上，薛暮橋已在一再攻擊中共共產主義下的經濟制度，不過他巧妙地將之「歸咎」爲文革的浩刼。

何不「政經學臺北」

一位香港的中共觀察家說得好：中共目前所叫嚣的改革和容許所謂「經濟特區」的成立，實際上已經是「走資」、「走資」又「走資」的了，只差一小點沒有把「社會主義」的帽子，跟着毛像一起拆下來。不過，由于大陸上根深蒂固的各種問題，要想經濟掛帥，恐怕是永遠不可能的事，香港人士倒是實話實說：何不乾脆來個「政經學臺北」呢！（民69.9.12.，經濟日報，第5版）

無可諱言，上述各類引言，或以簡潔有力取勝（如警語、搥擊式引言），或著重文法、修辭以求適切（例如條件式引言），或以引語加强其聲勢，或以具體的描寫，引起讀者注意（如描寫引言），或以懸疑手法，引起讀者興趣，目的在廣求特寫（稿）引言的變化，招來讀者，達成爲文目的。其中，又以提要、懸疑、小說、描繪、引語、對話、提問，與一品鍋等類引言，最爲普遍。其他的類型，有時會受到新聞素材和範圍的限制，採用時應經過縝密的設計和思考，以免引用不當，不倫不類，貽笑方家。此外，必須要强調的是，與其在形式名稱上煞費苦心，不如將心血花在引言的特色上。若能淘挖出引言的特色，行文就會不同凡響。

附註

註一：雖然有學者認爲，特稿（寫）應揚棄純新聞倒寶塔「開門見山」式的寫作，突破以第一個段落爲導言的律則，而將「主題句」安插在中間一個段落中。但在正三角形或折衷式的特稿寫作中，最好仍講求俐落、趣味與多樣化的啓首語句與段落。

註二：本章架構，基本上是以著者（一九八二，二：七～九）所寫之「導言類變舉隅」一文爲主。另外，在報社編撰的作業程序上，爲了方便編輯的發稿，通常將一般新聞稿稱爲「甲種稿」，而將專欄和特稿一類稿件稱爲「乙種稿」。也就是說，除了預發的特寫和專欄外，記者應在一般新聞程序稿撰寫完畢後，再處理特寫稿。一方面固由于發排的時間關係，新聞報紙應以報導新聞爲第一優先；另一方面，在新聞撰寫完畢後，可以更肯定地該則新聞，是否有進一步報導分析的必要，而所餘下的材料，又應如何運用。

註　三：四月份是海外採購商來臺採購的第一季，所以各類商展也特別多。下面一則「聯合採訪」的報導，見于民國七十二年四月六日的經濟日報第三版。此一則報導，可以證明此點。節錄如下——

（本報記者聯合採訪）如果，外商來華人數及詢價信件數量可以視爲出口貿易活動消長的一種先期指標，則今年以來外商訪華人數的增加，可能比目前出口貨物運量、押匯金額的成長更足以顯現今年後三季我國對外貿易的趨向。

交通部觀光局最新的統計，可以充分說明這種「人氣轉旺」的現象：今年一至二月外籍及華僑旅客以業務爲目的入境的人數計二萬五千五百二十五人，比去年同期增加五千五百二十三人，成長百分之二十七點六一。（下略）

註　四：在新聞的導言中，原因往往滲雜了動機的成分。例如——

「爲取得飛龍幫黑社會組織的入會資格，□□中學高三學生李□□，昨日竟故意毆人被捕。他在拘留室對警方說，凡未坐過牢的人，都不夠資格加入飛龍幫。」

註　五：驚駭式導言，經常會用到「股市又創高峯」一類「比較級」的語句。新入行的記者，在純新聞寫作中，往往被要求避免使用「最高比較級」(Super/atives) 的寫作方式。不過，在適當的時候，可作「選擇性」的使用。例如：

「瓶裝飲料工業去（七十一）年的營業額，高達八十億元，創下有史以來的最高紀錄。據估計，今年業界的營業額更將可達到新臺幣一百億元。」

註　六：據黃三儀（一九五八；卅四）的研究，新聞的引語導言尚有一變體，但因爲語句不太自然，目前已不常用，此即「實名導言」。此種導言是以實名詞（子句）（Substantive Clause, That....）爲導言的起首，用「間接引語」的方法，把某些決定、信心和意見表達出來。

例一（決定）：

新店區的違章建築（僭建），應予拆除。這是市議會昨日的決議。

例二（信心）：

「飛虎」有信心贏得第三屆亞洲杯足球錦標賽。這是該隊教練常勝的看法。

例三（意見）：

臺中市所有國民中、小學應立即停課，至亞洲A2型流行性感冒，不再流行爲止。臺中市衛生院□□□醫生，昨日視察該市國校中、小學生患染感冒情況後，作此建議。

當然，在引述別人語句的時候，應特別注意其眞義之所在，更不能斷章取義、曲解、歪解、誤解、汚蔑與以偏概全。

註　七：此與所謂之「假設性導言」(dummy lead) 不同。假設性導言指的是，對同一發展中的新聞，預先擬好若干則導言，視情況的適應性而使用。例如，報導某球隊比賽，爲了趕發稿時間，便預先分別擬好字數約略相同，但勝、負與平手內容不同的導言三則備用。

註　八：民國七十二年五月廿九，聯合報第六版，有一則同類「圖與文」，可以作相互比較——

一輛滿載酒類的卡車昨天在敦化北路摔落好幾打啤酒與紹興酒，弄得滿街「酒氣四溢」，但因破碎酒瓶灑滿路面，交通頓時大亂。

爲了迅速恢復交通流暢，一位正在附近值勤的警察拿起掃帚權充清潔隊員，把擋道的破碎酒瓶掃到中央，留下了這個難得一見人情趣味鏡頭。

註　九：欲何的觀念——「這又怎麽樣啦！」見于美國洛杉磯時報（The Angeles Times）記者，約翰・達特(John Dart)在 Quill 雜誌（一九七〇年五月號），所發表的一篇文章內。

註一〇：由于舉例的範圍，本文有若干較不常見的新聞導言，並未列舉。例如——

1. 多項事件導言(The Crowded/Complex Lead)，此種導言的寫作方式，是把多元事件新聞(A story of se-

veral-incident）的特點，綜合放在第一句或第一段中，因此有人將之名爲「綜合導言」。例如：

兩人死亡，十三人受傷，三百住戶無家可歸，港島春園街低地，全部被淹。颱風溫黛昨午正面吹襲本港時，造成重大的災害。

香港電燈公司兩名技工，在暴風雨中搶修瑪麗醫院的高壓電箱時，不幸觸電殉職。

猛烈的風雨，並摧毀了新界大嶼山四棟木屋，十三人被壓受傷，其中兩人傷勢嚴重。

隨暴風雨倒灌的海水，將春園街全部淹沒，三百名住戶的家園，全部被毀。

2.「柳暗花明」導言

報導歷經困難，仍奮鬥不餒的人與事，最適合用此類導言。

例一：

雖然屢遭中共的陰謀破壞，我國奧委會的會員資格，仍安然無恙，保留了會籍。

例二：

雖然在最初三千公尺中。一直落後，屏東縣長跑選手□□□，終于跑畢全部，在一萬公尺長途賽跑上，勇奪冠軍。

例三：

雖然前面五人都失敗了，廿二歲的雜貨店員陳有爲，昨日成功泳渡維多利亞海港，刷新香港渡海泳的紀錄。

這種導言的主要特徵是以「重提舊事」（Tie-back）爲起始，在語調上運用一種「先挫後揚」的筆法令人產生「即時的同情」。

3.「列表式導言」（Tabular lead）

亦即在第一段即將新聞事件的相關事項，用列表方式列出，使讀者一目瞭然，唯使用範圍有限。例如：

（本報訊）中華民國七十二年度優良國片金馬獎揭曉，得獎者的全部名單（舉例）如下：

最佳劇情片——小畢的故事

最佳劇情片導演——陳坤厚（小畢的故事）
最佳男主角——孫越（搭錯車）
最佳女主角——陸小芬（看海的日子）

以下是一篇表列式特稿——

自由歷程曲折坎坷延宕兩百五十八天

（本報記者蕭美君特稿）胡娜企盼自由的願望終於得償，在過去九個多月（兩百五十八天）當中，胡娜曾透過許多途徑尋求美國的政治庇護，波折甚多。

以下是這起事件的發展經過（均為美國時間）：

去年七月二十日：胡娜代表中共網球隊參加在聖塔克拉納市舉行的聯邦杯國際網賽，胡娜突告失蹤。

七月廿五日：中共網球隊向美國當局要人，不得要領；中共隊當晚倉皇離開美國，飛回大陸。

七月廿六日：胡娜正式向美國國務院申請政治庇護。

七月廿九日：中共恫嚇美國，要美國交還胡娜。

八月二日：中共「外交部」警告美國，如不交還胡娜，將影響美國與中共的文化交流關係。

八月三日：美國國務院拒絕中共的無理要求，表示將依美國法律處理此事。

八月五日：胡娜透過華裔律師劉中原，表明她是怕遭中共迫害才投奔自由。

八月六日：美國國務院展開調查。

八月十四日：十五名美國眾議員連署，促請准予庇護胡娜。

八月二十日：參、眾兩院均通過議案，支持胡娜的庇護要求。（下略）

第七章　特寫的「軟體」

一、措詞用語

報刊文稿之寫作，在措詞用語方面，經歷了「不文不白、亦文亦白」、「語法歐化」，與要求「口語化」和提高「可讀性」三個階段。文白相用情形，目前已普遍不復存在，而語法歐化的弊病，則尚留有後遺症。「我手寫我口」或「我手錄我口」之結果，使得「港澳口語」、「福建口語」、「海外華語」及其他省份之「口語」，混雜在國語內，令語體文的「純度」，受到一定的影響。

就以「秀」一字來說，面貌姣好是「秀氣」，股市向好是「露秀」，「表演」(show)則是「作秀」(港人則譯之爲「騷」)，于是搔首弄姿是「騷」(騷包)，夜總會表演是「科騷」(floor show)，「騷動」也是「騷」。"apartment"爲「公寓」，在香港稱爲「大廈」，美國華僑則名之爲「柏文」。至于「給」字之誤用，「其」字之濫用，已有駸駸然，不可遏止之趨勢。

馬驥伸指出（六八：三），一般所謂報紙新聞報導寫作的語文特性，大致有三個方向：

㈠、用字、遣詞和語法的通俗，亦卽多用常用字、口語化與敍述力求簡單、具體、直接。

㈡、寫作結構獨特，亦卽「倒金字塔式」的內容安排，重視導言，多分段，每段句子不要過多，應多用簡單短句。

㈢、約定俗成的新語詞、流行俚語及方言，與外來語的容納。

基於這些語文特性，在從事新聞寫作時，下述各項，應加以特別注意（註一）：

㈠、用簡潔(Conciseness/Clarity)、平實之語體文。用有力(Forciful expression)、語氣協調之短句，但要「簡而不漏」，否則便流于模稜兩可、或含混(Vague)不清。例如：

⑴與其文縐縐的說：「在衆目睽睽之下，逃之夭夭。」不如用白話文說：「在衆人注視之下，逃逸無蹤。」

⑵混亂中，他被他給打傷了。（模稜兩可——誰打傷誰了？）（註二）

⑶「□□當場身受重傷」。（含混不清——到底傷得怎樣啦？如果傷在頭部，不如寫成：「頭部受到重創」）

㈡、放棄使用冷僻、艱深詞句的習慣，而常用簡單、易認、易讀之字詞。如用「結婚」，不寫「結褵」；用「發抖」，不用「顫慄」。

㈢、用易懂、通俗、確實之詞藻(Accurancy and Truth)，避免誇大、抽象、層次高、主觀、堆砌和以偏概全字眼。例如，與其說：「與會者大約有五、六百人之衆」，不如說：「約六百人出席」。說某人對新職「將勝任愉快」一類主觀、空泛詞句，不若介紹此人對類似工作的經驗和貢獻，儘量用事實來說明。例如，「□□爲□□大學博士，對這項工作，已有二十年經驗。」若說某項計畫「深具歷史價值」，則應進一步說明計畫的內容和影響，以證明「所言非虛」。又若說一個人的情緒變化，也應從他的表情作適當描寫，方不致流于空洞。至于「一致認爲」、「咸感失望」、「普遍不滿」、「喝采不絕」、「偉大的」、「卓越的」、與「無惡不作」、「一般相信」等一類籠統、煊染和極端的詞句，應避免使用，而代之以客觀、眞實與具體的「報告語言」(Report Language)，亦卽「科技語言」(Scientific Language) 來表現「事實眞相」。道德、傳統、權威等高層次的抽象用語，使用時應特別小心。

又如「老處女」、「摽梅已過」、「暗渡陳倉」、「紅杏出牆」、「兩情繾綣」等輕薄女性，或穢言淫語、荒誕不稽之言詞，亦不應在文稿中出現，這都是用詞的「禁忌」(Dictional don'ts)。

㈣、愼用專門術語，必要時應作簡明、扼要解釋；亦不要濫用、誤用名詞，炫耀學識，卻使讀者如墜五里霧中。例如：打籃球之「吃火鍋」、「畢業」一類名詞，已廣爲人知悉，固不用多花筆墨，但如提到「一三一戰術」、「高位中鋒」等術語，並非人人能懂，應以淺顯文字，略加說明。又例如「經濟效益」(Economic utility) 一詞，固可簡單的解釋爲「以最經濟的成本，得到最大的效益。」但若能進一步以比喻作補充說明，則可能更易明白。例如：

(1)「亦卽以最小的代價，得到最大的收穫。」

(2)如果在港澳，說成「等于博到盡」，則可以更入木三分。

㈤、除非必要，否則不必夾雜外文，亦不濫用譯名。例如，科學 (Science) 一詞，已爲大衆所悉，不必再附英文；而「凱司」最好仍以「接吻」兩字代替。

㈥、表明人物時，除了姓名之外，如有必要，可酌情適當地添附住址、職業、年齡、籍貫、綽號、經歷、成就、聲望、家族、人際關係、特徵、習慣、宗教、有趣故事等描述，以增加人物的獨特資料。但要注意不能涉及誹謗，亦應尊重隱私權，對罪犯的報導，更不能掉以輕心。

(七)、短句結構、措詞，應講求變化，避免重覆、雷同。所以，暢順之外，尚得簡練。非必要時，不用「這個」、「這一」、「此一」、「一個」等「定冠詞」(Definite Article)，作爲句（段）首，句中多餘冠詞亦應刪去。例如：「要求有關單位成立一個專案小組處理」，「一個」兩字卽可刪去。同理，若說：「政治大學昨天舉行校慶，由該校校長歐陽勛主持。」最後一句可改爲：「由校長歐陽勛主持」。另外，兩個相聯的句子，最好有不同結構，使行文能有交錯起伏之效。

(八)、刪除贅語

(1)剔除多餘的虛字。例如：「只不過虛幌一招而已」。「而已」可刪去，或改寫成「只是騙人的行爲」。

(2)剔除濫用的口頭語（口語化並不等于口語）。例如：「把車給撞毀了」。「給」字是濫用的口頭語，應該刪去。

(3)剔除重覆之字或動詞(Verb)。例如：「今天起辦理報名手續」（辦理；爲重覆之動詞；手續，爲多餘的字。改寫：今起報名）。又如「定期舉行比賽」。「舉行」，爲多餘的字，應刪去。再如「決定予以收回並予拆除」。「予以」、「並予」均是多餘動詞，應刪去。（改寫：決定收回拆除）。

(4)剔除多餘的形容詞(adjective)、副詞(adverb)與連接詞(conjunction)。例如：這幢高聳的三十二層高大廈。如果語意環境不須作出「强調」，形容詞「高聳」二字，可以刪去」。（改寫：這幢三十二層高大廈）。又如：飛駝在進攻方面，完全占盡優勢。副詞「完全」二字，可以刪去。（改寫：飛駝在進攻方面占盡優勢。）再如：木柵與新店間道路修復。連接詞「與」可以刪去。

⑸剔除多餘片語(phrase)與子句(clause)。例如：所有那些在此次車禍中受傷的傷者（子句），都將獲得賠償。其中子句可以刪去。（改寫：所有傷者，都將獲得賠償。）又例如：此一橫行鄉里（片語），勒索錢財的惡霸……。可以改寫成：這名勒索鄉民錢財的歹徒。

㈨、注意歐化句子。例如：

⑴臺北市的交通有不少問題存在。（「存在」(exist)兩字可刪去。）

⑵花蓮是臺灣東部的小城，它以海景聞名。（「它」(it)字應刪去。）

⑶李太白是中國最偉大的詩人之一。（改寫：李太白是中國的偉大詩人。）（……之一—— "one of the"）

⑷在這一個段落中（改寫：這一個段落）。〔「在」(in)〕。

⑸臺大醫院的醫師們一致拒絕試用這種新藥（改寫：臺大醫院的醫師，拒絕試用這種新藥）。〔醫師們(Doctors)〕。

⑹作爲期五天的訪問。（改寫：訪問五天）〔爲期(for a period of)〕。

⑺不久之將來。（改寫：即將）〔不久之將來(in the near future)〕。

⑻季辛吉將主要地被記憶爲一位翻雲覆雨的政客（在後人的記憶裏，季辛吉只是個翻雲覆雨的政客）。

⑼如果意在强調，又恰到好處，可嘗試用被動（倒裝）(passive) 語句；否則自動語句(active)常較

被動語氣生動有力。例如：「百萬港元刼案疑犯□□，昨被警方捕獲」，會比「警方昨日捕獲百萬港元疑犯□□」來得有力。不過，若說「東方足球隊被陸光攻進十一球」，就不如「陸光足球隊攻進東方十一球」來得有力。又如：「失業率銳降」，不如說：「就業率銳升」更令人注目。

(十)、不濫用、誤用成語，不亂創名詞術語，少用抽象形容詞，亦不用陳腔爛調。例如：

(1)某人會詩、畫、琴、棋，說他「附庸風雅」（誤用）。

(2)一位教員涉及財務不清（後來查無實據），某報標題竟爲：夫子之「盜」也！也有道乎？記者李黯秋失愛犬，竟寫成「喪犬之痛」都是亂創亂套辭語，令人覺得很不舒服。但若將學生投考軍校，譬之爲「帶筆從戎」，則甚爲恰當。另外，有些詞可作反、正之用，非常含混，用時要特別小心。「攪不好」這三個字，卽係一例。

(3)年近歲晚，說成「臘鼓頻摧」，說人兒子傑出，謂「頭角峥嶸」，讚美他人「風度翩翩」、「學貫中西」，都是陳腔濫調。

(十一)、注意音同、義近、形似的錯別字。例如——

(1)音同：睹、賭。睹，目睹。賭，賭博。

(2)義近：絡繹、陸續。兩詞雖義近，但仍有差別，更不能寫成「絡續」。

(3)形似：晏、宴。晏，如晏起。宴，爲宴會。

(4)別字：家具，誤爲傢俱。「不省人事」，誤爲「不醒人事」。

(5)錯字：知識，誤爲智識。

不過，有些成語，雖與原文不符，但已經通用能解，則不妨酌情沿用。例如「不堪設想」（原文爲「不堪涉想」）、「水漲船高」（原文爲「水長船高」）、「雨過天晴」（原文爲「雨過天青」）等都是。

（十一）、除直稱式導言「個人導言」或如新新聞之「特殊」文體，偶爾用「你」、「我」兩字之外，一般應以第三者立場報導事實，避免使用「我、你、我們、你們、他們」一類主詞代名詞（評論每用「吾人」"editorial we" 而不用「我」）。

（十二）、以引述某人談話，爲句首開端時，則每一句首，仍應稍作變化。例如：「孫院長說」、「孫院長認爲」、「孫院長指出」等；並且可用適當副詞加重語氣。例如：「孫院長嚴正（副詞）指出（動詞）」、「孫院長斷然否認」。要說明的是，除非引用語句特別引起讀者興趣，否則不宜在新聞導言中，一開始即用直接引語。

（十三）、如果想用某人的簡略背景，替代其本人時，所用的描述，應與報導內容有關，否則不宜引用。假設：我駐韓大使薛毓麒，回國述職，而韓國六義士問題，尚未解決，則我們可用「剛從漢城返抵國門的薛大使」，而不用「這位年過七十而尚精力過人的駐外使節」。因爲點出薛大使剛剛從韓回國，可以幫助讀者了解「人」與「事」之間的關係。此外，這些資料，應均衡散布在全篇文章中。

（十四）、小心使用武斷語句，以應付瞬息萬變之新聞。如一件新聞主要部分可靠，但枝節不清楚，則應將之沖淡。又如某一事實眞象雖然已經清楚（例如民國七十三年，中央銀行總裁俞國華盛傳將出任行政院長），但未獲有關方面證實，則應用含蓄、隱喻、題有言外之意的方法寫出。此時，最好能引用有關方面或某些相關人士的談話，來證實新聞。

㈥、顧斯理(L.U. Guthrie)認爲句子要講求「意思完整」(completeness)、「語氣一貫」(consistency)、「內容清晰」(clearness)、「用詞簡練」(conciseness)與「含義正確」(correctness)等「五C」。新聞報導的措詞用語亦應視此爲寫作的準則。至于藝文小品所用之「倒掛金鈎」(periodic)(註三),藉懸疑而產生强調效果語句,在新聞寫作中,只偶爾一用。

㈦、在所使用語詞中,有些語詞的「語氣强度」並不相同,令人注意的程度亦不相同,應該特別注意。例如:「萬一有什麼動靜,我們就……。」則讀者注意力,會比較集中有「動」字,對「靜」字則較少注意。這種能給人「動感」的字(A feeling movement),稱爲「能量字」(energy words)。

二、寫作體例的標準化

爲求寫作之正確和注重可讀性,編輯手册(Style/Desk Book/Copy)之印製,幾係一家報社作業的「軟體」,其中有一般性注意的事項,也有特殊規定供工作人員參考遵守。爲免與本書其他各章節重覆,本章只在擬訂特寫(稿)寫作體例的標準化。

㈠人名及職稱

(1)文中第一次提到一個人物時,應適當地寫出他的職(官)銜或身分,並用全銜全名,職銜在前,姓名在後,其後可單稱職銜。例如:景美區區長張道炎(張區長);□□國中校長□□,教務主任□□□。

當若干人同一職銜者，職銜在前，名單在後。例如：里長謝定峯、姜匀白、李一芸等。若人數過多時，則只列舉一、二位具有代表性人物，加上「等政府首長」即可。例如：「□□□，□□等區里首長。」但如果銜名過於繁瑣，可用一般較爲簡潔但爲大衆所習知的名稱（尤其是在導言內）。

(2)沒有職銜者，開始時稱全名。通常姓名之後，不加先生、小姐或女士等稱謂。已婚婦女，可直稱其姓名，或按其意願冠或不冠夫姓。

(3)稱某人妻子，寫□太太。尊稱時可酌用□□□夫人。丈夫、太太兩人同時出現新聞中，則太太可簡稱爲□夫人。

(4)小心使用「權威」、「專家」一類頭銜。博士學位可當作一種頭銜。大學教授、官階要敍明等級，如係將官，其後行文可概稱爲□將軍。大專各等級教員、高中（職工）、國中、國小與幼教教員，一律可稱之爲「老師」。

(5)稱人名，而不用「別號」。如寫「劉備」，不寫「劉玄德」（藝人可稱藝名）。亦不稱「氏」、「君」。如胡適之，不稱「胡氏」、「胡君」。

(6)歐美人名，音譯全名最後一字，以二〜三字爲準。日本人姓名，第一次用全名，此後可用姓。

(二)地名及機關名稱

(1)「省」、「縣」、「市」、「區」、「里」、「鄉」、「鎮」等應寫全名。例如「臺灣省」、「臺北縣」、「臺北市」、「木柵區」、「博嘉里」。要注意的是，臺灣省並不包括臺北市、高雄市與新竹市，故若新聞涉及上述各地時，應寫成「臺灣地區」；如涉及臺灣地區和金門、馬祖等地，則應寫爲「臺閩地區」。因此，「全國」二字，宜有較明確涵蓋，不宜濫用。

(2)臺灣省以外之國內地名，除院轄市外，第一次提到時，應寫出省份來，如「廣東花縣」，但確爲衆人所週知者（如廣州），則可省去（故不寫廣東廣州）。外國地名，除熟知者外（如紐約），第一次提到時，應寫出國名來，如「加拿大魁北克省」。

(3)機構團體名稱，第一次出現時，應用全名。例如：木柵區公所、景美衞生所、武功國民小學。但爲導言或內文之簡潔起見，一般已爲人熟知的機構團體，可使用已習慣的簡稱。例如「行政院衞生署環境保護局」，可簡稱「環境保護局」、標題及後文可稱「環保局」；「國立政治大學實驗學校幼稚園」，可簡稱爲爲人熟知的「政大實幼」。但若名稱並不繁冗，內文不宜再簡略。如「木柵電信局」，不稱「柵電局」。用簡稱作標題時，應特別小心。例如「景文工商」，不要稱爲「景工」，而「臺北市政府警察局木柵分局」，則可稱爲「木柵分局」。

(三)日期、時間

(1)記述國內事情，用民國年曆。例如：「木柵新動物園，係自民國六十六年動工興建。」報導國外事項，可視情況需要，酌用公曆。例如：「夏威夷世界飛鴿大賽，訂一九八五年，在火奴魯魯舉行。」農曆只能在適用情形下，作附帶補充說明。

(2)注意「學年度」、「會計年度」與一般「日曆年度」之不同；若係「學年度」或「會計年度」，應註明。例如：「七十三學年度大學入學考試委員會」；「七十二年度個人綜合所得稅」。

⑶指某一期間，應以文字書寫清楚，而不用破折號。例如：自民國三十五年至三十八年」（不寫「自民國三十五年～三十八年」），「自七月三日至九月十日」（不寫七月三日～九月十日」），「自本月七日至十六日」（不寫「自本月七日～十六日」）。

⑷用「星期」與「周」，不寫「禮拜」。例如：「周一」、「星期一」、「星期天」。

⑸年月日可用「上」（去、昨）、「本」（今）、「下」（明）等字樣，代替所屬日期。例如：「去年」、「今日」、「下月」。惟有特殊意義時（如年度、月份交替、事件期限等），必須加註明確日子。例如：「去（七十三）年」，「今（十）日」，「下（七）月」。

⑹新聞發生之日期，若在截稿以前，或與出報時間相同，應用「□日」，或「□月□日」，而不用「今日」、「周□」（星期□）或「今（□）日」。〔日報當然可用今日（天）、昨日、明日，但不寫「後天」、「大後天」與「前日」。至于「日前」、「日昨」、「上旬」、「下旬」一類日期含混字眼，應該避免不用。〕

⑺早上八時前可說「晨」，下午六時後可說「晚」，早上八時至十二時前爲「上午」、十二時正至一時前爲「中午」，午間一時至六時前爲「下午」。晚上十時以後爲「深夜」，十二時起爲「零晨」，一時以後至六時爲「翌日」之清晨（註三）。

⑻不用標準時間。例如：「下午一時」，不說「十三時」（除格林威治時間例外）。

⑼年、月、日用中文。例如：「七十四年六月十七日」（不寫「七四、六、一七」或「74.6.17.」

）。

⑽外電、專電應寫收得來電日期，如「□日電」，而不用「今日」、「昨天」等字樣。

㈣數字應用

⑴新聞內容須分項列舉時，用「一、」，「二、」，「三、」……，不寫（一）、（二）、（三）……，以求劃一。大項之下再分小項，寫：㈠、……①……②……。

⑵兩位數字寫「十一」、「二十二」，不寫「一一」、「二三」，以求明確。

⑶三位以上數字，原則應寫萬千百十字樣，如「新臺幣四萬五千三百元」，不寫應用數字「新臺幣四五、三〇〇元」，亦不用阿拉伯字。惟在「內文」部分，若有必要，可酌情使用應用數字。寫應用數字時，每三位數字之間，加一個頓號（「、」），而非逗號（「，」），此是中外文之不同處。如「六五四、三二一」，並非「六五四，三二一」。

⑷除壹、貳、拾之外，其餘商業大寫數字，如叁、肆、伍等，應避免使用。

⑸寫百分比，用「百分之□□」。「□□%」、「□□巴仙」，只可斟酌使用。同理，應寫「二分之一」、「三分之二」，非不得已時不寫「½」、「⅔」。

⑹「小數點」用中文之「點」字，不寫「．」號。例如：「三點一四」，不寫「三．一四」。應用數字中的「小數點」，用「．」（非頓號「、」或逗號「，」）。如「七八．三二」。（當然，「四五六、二三一．七八」，最好仍寫成「四十五萬六千二百三十一點七八」。）

(7)體育新聞中的競賽項目，若小數點後有兩位數字（如十一秒五〇），是表示以「電動計時」，不應改成「十秒五」（小數點後一位數字，表示以「手按計時」）。此外，「十一秒五〇」，不能寫成「十一秒五十」，「一分零秒二三」，不可寫成「一分零秒二十三」。

(8)寫球賽比數即可，無需再强調差距。如「□□以二十比十九，一分之微險勝□□」，「一分之微」可以不寫。

(9)有特殊規定的寫法，應該注意遵守。例如：人口出生率，係以「千分之□□」爲計算標準，不可改爲「百分之□□」。

(五)度量衡

(1)儘量用公制。如「公丈」（非「什米」）、「公尺」（非「米」）、「公升」（非「分米」）、「公分」（非「釐米」或 cm ）、「公釐」（非「毫米」或 mm ）。

(2)「里」即「華里」。寫「英里」（非「英哩」或「哩」）、「英尺」（非「英呎」或「呎」）、「英寸」（非「英吋」或「吋」）。寫「英畝」，不寫「畮」；惟「碼」，不寫「英碼」，「磅」，不寫「英磅」。除非慣用，否則寫「英兩」，避用「盎（安）斯（士）」。（英國貨幣爲「英磅」）。

(3)用「海里」，不寫「海浬」或「浬」。

(4)「PPM」爲百萬分之一，「PPB」爲十億分之一。在首次提到時，應註明。"Million" 爲百萬" 10 million" 爲一千萬，"billion" 爲十億。

(六)其他用字

(1)「最」、「甚」、「極爲」一類比較級形容詞，要用得確切；「該校」、「該公司」等「該」字，要儘量少用。

(2)「恭」字不常用。可用「宣讀」代「恭讀」、「請」代「恭請」、「聽」代「恭聆」，但「祝賀」與「恭祝」可以相互爲用。

(3)「予」、「予以」通常可以省略。如：「不予贊同」，可省略爲「不贊同」；「正予以密切注視」，可省略爲「正密切注意」。

(4)除總統「訓示」外，不用「訓」字，而以「指示」、「講話」、「致詞」、「講詞」一類詞語代替。「謁」字、「晉」字亦然，一般場合，可用「拜會」、「拜訪」、「會見」等詞語代替。另外，「頒」，是上對下的意義，不可濫用；「親臨」、「蒞臨」、「親自主持」、「親身接待」，通常只適用于國家元首及行政首長。

(5)「七十歲」以下的人，不稱「老」。

(6)使用「他說」、「他透露」、「他指出」，而不用「他稱」、「渠稱」、「彼謂」與「他表示」。「表示」含有很強烈的猜測意味。另外，「他說、他又說、他指出、他認爲」一類字眼，通常用于致詞的引述，假使不是「政策性」的演講，或只是一般泛泛之論，這些引述，越精簡越好。

(7)統計資料，儘量以圖表代替。

(8)「開鑼」(賣藝)素有「輕視」意味，最好少用。

(9)在自己地方舉行會議，用「在」，借他處舉行稱「假」，但現時已一律採用「在」。另外，應儘量以「在」代替「於」字。

(10)是「二」，是「兩」，最好就口語習慣分清楚，可以通用，但不要「混用」。例如說「兩碗飯」，不說「二碗飯」；說「二十」，不能說「兩十」。

附錄一：新聞寫作之禁忌

新聞寫作有數忌，一忌作無謂解釋，二忌記流水帳，三忌惡語傷人，四忌作不合常理之煊染。

爲求新聞完整性，有時對某些內容，應作必要解釋，但有時解釋是老套和多餘的。例如：

(本刊訊)□□國中爲復興中華文化，提倡倫理孝道，加强德、智、體、群、美五育的觀念，特訂于本月十六日起，一連四天，舉辦「民俗文化周」。

上述這則導言，把某國中舉辦「民俗文化周」的目的，不憚其煩的加以「解釋」。不過這種「解釋」，實在並無必要，新聞重點亦不在這解釋上。所以，「爲復興……特」這二十六個字都可以刪去。

新聞稿亦忌作千篇一律「流水帳」式的寫法。例如，寫一項會議的程序新聞，以「會議于□時□分開始——□□致詞——接著——隨後——最後……。」使得新聞沉悶之極，看不出特點。因此，列表性導言或特寫，只能偶然一用，用時亦應十分小心。

「惡語傷人」亦是新聞之忌。舉凡以圖片、文字，作醜陋之形容，誇張邪惡、穢詞淫語、輕薄女性，都是不可原諒的作法。紐約時報所標示：「所有新聞皆宜于刊登」(All the news that's fit to print)，「它（新聞）不會弄髒你吃早餐的桌布 (It doesn't soil your breakfast cloth)，實在發人深省。

最後一忌是，難以令人信服的繪聲繪影，使可信度大打折扣。例如：「□□被打後，隨即拔出身上配鎗，對準仇家，連開三鎗，□□應聲倒地，血流如注。」除非記者確實在場，否則起碼應在句首，加上：「據目擊者說」字樣。

另外，倘若不得不對某事件表示一己「意見」時，看稿的編輯，總希望記者能多引用「權威」人士的佐證。

三、標點符號的應用

無論任何寫作，要想句語分明、條理清晰、「段貌」眉清目秀，而又能加強感情傳達者，都非靠標點符號的幫忙不可。

特寫雖仍屬新聞寫作之一種方式，但在行文上，卻更具備文藝氣息。因此，在特寫寫作上，標點符號之使用，就更具影響力。

在應用文言虛字的年代裏，我國並沒有所謂「標點符號」(Punctuation) 這一名詞，全仗「也、止、已、矣、云、乎、哉、耶、邪、惡、焉、耳、兮、與、歟、何、何也、而已」等一類字眼來表達感歎、疑問與結束語句的用意。但漢唐之際，一般人在研讀文章時，已好以「圈」（。）「點」（、）作為句讀，以便停頓、斷句和分開段落。語意已盡謂之「句」，語氣未完而應作停頓者，名之為「讀」，「句」圈于字句之旁，而「讀」則點於字句中間。及至清朝，因而有「繡像標點」之稱。

至西風東漸，現代式白話文流行，除了「的、了、吔、哎呀、嗳、嗳哎、麼、嗎、嘛、喲、呀、嗄、咧、哪、哇、呃、唔、啊、哦、喔、呢、呵、吧、哩」等常用口頭字，在文章裏「登堂入室」之外，從拉丁文之「點」(punctum, a point) 衍生之標點符號，亦跟著學人的提倡，而為大衆所採用。

目前我國所使用的標點符號，是胡適、錢玄同、陳望道、劉復、孫俍工和鄒熾昌等學者研究訂立，並由教育部在民國八年頒布，一共十二種。其後將其中「點號」(period/full stop)，分為「逗號」(Comma)，與「頓號」兩個符號，另外，又新添了一個專為外國人姓名用的「音界號」（·）（註五），例如：羅勃·甘迺迪 (Robert Kennedy)，胡佛 (Herbert C. Hoover) 之類，就變為十四種了（宋楚瑜，民七十：四二）。音界號可挪作「著重號」，置于字或句的旁邊，表示特別重要，但在新聞稿中不用。例如：神愛世人。標點符號對于文字的主要功用，歸納起來大致有兩點：

(一)、可以明確地表示作者的原意，避免誤讀、誤解和爭論。換言之，亦即幫助讀者了解原文，節省時間，提高閱讀效果。譬如下面的一句，是大家熟悉的一個例子：

「落雨天留客天留我不留」

這一句，如果不加標點符號，起碼有三個意義上混淆之處：

1落雨天，留客天，留我不留？（客問）

2.落雨天，留客天，留我不？留。（客問，主人答允）

3.落雨，天留客？天留我不留。（客問，主人拒絕）

㈡、使文章生動活潑，文章的層次、段落顯得更清楚，文句的語氣更明朗。例如下面一段：

當衆人在深海中乍浮乍沉驚駭萬狀之際一名船員忽的指著不遠之處大聲的叫道看哩救生艇來了噢上帝感謝您

這一段記述，如果不加標點符號，就顯得平淡無奇，沒有生氣；如果加上適當的標點，例如：

當衆人在深海中乍浮乍沉，驚駭萬狀之際，一名船員忽的指着不遠之處，大聲的叫道：「看哩！救生艇來了！噢！上帝！感謝您！」

兩相比較之下，有標點的這一則，顯得「有聲有色」，給人一個「螢光幕」的感覺。在船員的呼喊中，雖然一連用了五個感歎號（Note of Exclamation），不但沒有累贅的感覺，反而起伏交錯地，將他驚喜感恩之情，表達得淋漓盡致。

㈠常用的標點符號

除了「書名號」（﹏﹏）和「私（專）名號」（例如胡適）不常用在新聞稿寫作之外（註六），通常有下列十一種：

㈠逗號（，）：

逗號（點號，逗點）是句子裏分節分段的「隔斷符號」，用途最廣，也最爲複雜。其簡單用法和應注意之點如下：

1.「主詞」(Subject) 過長，不易與「述詞」(predicate) 一起讀完，應用「逗號」把主語和述語分開，方便閱讀。例如：

我那個上月底才結婚的表哥（主詞），快要出國留學了（述詞）。

2.主詞須加重語氣時，應用逗號標開。例如：

黃帝（主詞），是中華民族的共同始祖。

3.「賓詞」(object)、述詞過長時，應用逗號標開，使看起來比較明白，同時加强對主詞的敍述。例如：

A唐代文成公主遠婚當時尚屬蠻荒的吐蕃（賓詞），奠下了西藏文明的基礎。

B我最愛吃的蘋果派（主詞），竟被貪饞的弟弟吃個精光（述詞）。

4.文句裏意思並列的詞 (terms)、片語 (phrase) 與子句 (clause) 較長時，應用逗號標開。例如：

A同學們應該緊記：貧窮（詞）種因于奢侈，失敗來自氣餒，災害由于疏忽。

B臺灣物產豐富，生活安定，教育普及，自由民主（片語）。

C道安、慧遠、僧肇，以及當時一般的佛學家，無不以老莊來釋佛（子句）。

不過，若兩個詞、片語或子句之間，彼此都有「連接詞」(conjunction) 時，則不應用逗號。例如：

A利率最終會影響產量（詞）以及（連接詞）所得（詞）與（連接詞）物價（詞）。

B「毋忘在莒」的含義是發奮圖强（片語）和（連接詞）忍辱負重（片語）。

至于兩個以上的詞、片語或子句之末尾加上「等」字時，則應視實際情形，以決定加標點與否。例如：

A功利的社會充滿欺騙、狡詐、逐利、忘義等缺德行爲。（可不加逗點）

B守法、守時、守紀、守分等，都是我們做人的本份。（等之後，加上逗號）

5.句子裏的述詞、賓詞或補充語（complement）排在句首時，應用逗號與主詞分開。例如：

A都快要三十出頭的人了（述詞），你還不長進。

B這三卷錄影帶（賓詞），我全都看過了。

C名醫（主詞補充語），他就是。

D好能幹（賓詞補充語），王經理對她說。

6.以逗號來表達某些省略的字句，使句子更精簡，代替述詞的地位。例如：

春天和秋天是遠足的季節；夏天，踏浪；隆冬，滑雪。（此句每一個「，」號，代替著「是□□的季節」五個字。）

7.感嘆詞、轉置副詞之類，若在句中有明顯的停頓需要（加强語調），應加逗點。例如：

A老天（感嘆詞），他終於悔悟過來了！

B的確（副詞），天之不生仲尼，萬古如長夜。

應注意的是，上述一類詞類，在句中具有連貫性，而無停頓的必要時，大可不必畫蛇添足。例如：

這的確是全案關鍵所在。（「的確」之後，即不需以逗號標開。）

8.句子主詞有兩個「形容詞片語」(Adjective phrase) 排在最前面的，是較次要片語，則此句片語前後，都要用逗號標開。例如：

領航員□□□，經驗很豐富（較次要片語），不會出問題的（主要片語）。

說明：以此句爲例，任一片語，都可與主詞聯爲一句，但排列在一起，就應以主要的形容詞片語爲主。較次要的片語，其功能在加强主要片語的力量。另外，如果排在先的是名詞附加語，功用等于主詞的同位語，則它的前後，亦應用逗號標開。例如：

澳門，東方的蒙廸卡羅（名詞附加語），位於廣東中山縣的最南端。

9.文句裏如有插入語句，則加插語句的前後，應有逗號標開，意思才會清楚明白。例如：

本年度的外匯存底，據中央銀行的統計（加插語句），已達一百三十億美元。

10.「附屬子句」(Subordinate clause) 或較長的「介系詞片語」(prepositional phrase)，放于句首時，其後應加逗號。例如：

A機件蒸洗之後（附屬子句），土炮炮管仍可發射。

B由于政治情勢的影響（介系詞片語），雷根總統決定不訪問菲律賓。

11.文句裏，有兩個意思不直接發生關係的詞句，要用逗號標開。例如：

你所說的話，任何人都不會相信。

12.文句中意思相銜接的複述詞，應用逗號標開。例如：

他一「離開我」，就馬上「飛回臺北」。

不過，如果文句不長，而兩個銜接部分的關係又很接近，則可視實際情形，省去逗號。例如：

你「答應過」就得「遵守諾言」。（如果用逗號，就變成：你「答應過」，就得「遵守諾言」。）

13.複句中間的連接詞（語），應用逗號把後邊的話標開。例如：

他讀書很用功；因此，他考上了政大。

失敗的教訓，令我們知道成功的可貴；所以說，「失敗乃成功之母」。

(二)分號（Semicolon）

分號（支點）（；）用在前後兩個可以獨立，而又意思很密切的句子之間，是句子的「關係符號」。它一方面代表句號，表示前一句的結束；另一方面代表逗號，表示與下一句的意思非常密切。一般用法如下：

1.在複句(Complex sentence)中若有平列、對比的子句，要用分號標開。例如：

年輕力壯的，守在四週；老弱婦孺之輩，趕快逃上山躲避。

上述一句，在分號處，如果用了句號，意思就有中斷的感覺；如果仍用逗號，則又削弱了上下兩句意思的相互關係（註七）。因此，用分號較為適宜。

2.在複句中，有「因此」、「但是」、「所以」、「然後」、「可是」、「不料」與「孰料」等一類副詞，作為語意的承轉，應用分號標開。例如：

事前什麼都談妥了；不料他却臨時變卦反悔。

3.複句的子句很長，而在子句中，又已經用過逗號，則子句與子句之間，應用分號標開，使之層次分明。例如：

由于李院長的協助，本報曾對五十名不良少年的家庭背景作問卷調查；這些調查所得的資料，在某種程度上，揭露了不良少年犯罪的若干主要原因。

4.兩個獨立的句子，在文法上雖然不連接，但在意思上的因果關係是相連的，應用分號標開。例如：

一百塊錢不夠；替我向媽再要五十元。

5.在複句中有一子句的涵義，含有推衍的意思，或表示歸納，則應用分號標開。例如：

萬宗同歸一少林；換句話說，普天之下各家各派的中國功夫，都是從少林寺衍生出來的（推衍）。

物價飛漲，股市滑落，房地產滯銷，資金外流；這一切都是香港年限陰影的影響（歸納）。

6.在複句中，上面是獨立句，下面是舉例說明，其間應用分號標開。例如：

固定支出的費用，叫固定成本；例如機器折舊、廠租、監管人員薪資、保險、稅項之類。

7.凡連接詞要加强語氣的時候，上面的子句，可用分號標開。例如：

他決不會說這種話的；因爲，他是一個啞吧。

㈢句號

句號（句點）「。」，是句子的「休止符」，用于完整的敍述句。凡是一段文字意思已經完結，語氣也完畢時，用句號來表示。例如：

1.汪堯行是全校最高的學生。

2.考試快到了，還不快溫習。

㈣頓號

頓號（頓點、讀點）「、」，是我國獨有的「句子停頓符號」。它的用法如下：

1.文句中有幾個等價（同類）而連排在一起的名詞、片語、子句，應用頓號分開。例如：

居處恭、執事敬、與人忠，雖之夷狄不可棄也。

指、找、拍、排，都是手字旁的。

不過，若係一個完整短句，其中所包含的名詞，已成爲臨時專用名詞，則可不必用頓號標開。例如：

中日韓三國空手道賽，定下月二日舉行。（不必寫成：「中、日、韓三國空手道賽」）

2.數目過長，可用頓號標明它的節位，以利辨認。例如：

我國領土面積共有二、一七三、三五八平方公里。

3.表示次序數目字，應用頓號與正文分隔，以求明瞭。例如：

A世界有名的三大金融中心是：

一、紐約，二、倫敦，三、東京。

B做一個好國民的基本要求有三點：

一、崇法守紀

二、莊敬自强

三、盡忠職守，各就本位報國（註八）

不過，如果所用的數目字，沒有與句中其他部分，有分開之必要時，可不必用頓號標開。例如：

我國最長的河流，第一是長江，第二是黃河，第三是黑龍江。

4.幾個形容詞位于名詞（Noun）之前，用以修飾（Modify）該詞時，應用頓號標開。例如：

A精美、細緻、碧綠的翡翠，它的價格遠較普通的玉爲貴。

B製茶者和品茗者都很注意茶的味道、色澤和香味。不過，倘若最後一個形容詞是用來識別(attribute)名詞，而非修飾名詞時（註九），則不應在其前標註頓號。例如：

早期人類住在細小的石砌洞穴裏。

(五)冒號(Colon)

冒號（綜號，集號）「：」，在文法的結構上，比「分號」（；）有更强的中分意味，但分號所分開的兩部分，通常具有相等的重要性，而冒號則係總結上文，或提起下文的語句（註一〇）。它的用法如下：

1.在直接「提引句」之前，要用冒號標明，以表示下面提引的話（「提引句」尚要加上「引號」）。例如：

國父孫中山先生說：「人生要以服務爲目的。」

如果間接引用他人的意思或說話，則應用逗號，不用冒號。例如：

俞國華認爲，目前不宜輕言調整利率（註一一）。

另外，如果「提引句」倒裝在說者之前，亦不必使用冒號。例如：

「祝大家前途無量：」校長說。

2.用在引起下文的詞句之後；而該段的敍述辭句，通常是作者自己歸納的。例如：

A我國的九年國民義務教育，分兩個階段：六年的國小基本教育，三年的國民中等教育。

B甲骨文大致可分成二類：貞卜文和記事文。

C太極拳的起式有五大作用：瞻前、禦後、左顧、右盼、中守。

D金文的發展過程，有學者分爲四個階段：㈠殷商；㈡西周；㈢東周，包括春秋與戰國；㈣秦漢。

3.用在總結上文詞句之前。例如：

取消圓環，發展捷運系統，增建陸橋，利用調撥車道：這是改善臺北市交通的唯一有效方法。

4.「即」、「亦即」、「例如」、「也就是說」一類字眼，其後應適當地加上冒號。例如：

所謂漢初三傑，就是張良、韓信、蕭何三人。

㈥破折號（Dash）（註一二）

破折號（——）表示意思忽然轉變，前後文不相銜接，故而用破折號將上下不銜接部分標開，使讀者易于瞭解。破折號通常可以冒號或圓括號等代替（註一三），故在新聞稿中，並不常用。它的用法是這樣的：

1.當文句由敍述轉爲議論，或由議論轉爲敍述，應用破折號標開，例如：

A他持著刀，迷迷糊糊的走入一家銀樓，就想搶劫，後面跟了一個刑警，他竟然毫無一點知覺（敍述）——一個人到了「財迷心竅」的時候，也眞無可救藥。（議論）

B禍福無門，爲人自召（議論）——如果當日秦檜不是因爲一念之差，鑄成大錯，他就不會千秋百世爲人臭罵了（敍述）。

2.文句的意思，因「突發事件」而有所轉變時，應用破折號。例如：

正當大伙兒喝得痛快的時候——「澎」的一聲，房門被踢開，警察一湧而入（突發事件）。

3.文句中語氣重複、斷續，或介紹被主要句子重複强調，以及要解釋的字與詞時，應用破折號。例如：

A婉君——求——求妳——答應我的婚事吧！

B廣告就像一隻看不見的手——一隻牽著你皮包走的手。

4.用「雙破折號」代替「夾註號」（括弧），夾註句裏的詞類和語句，以分別「主要子句」(Main Clause)與即使刪去也不影響句子原意的「非限定子句」、片語。例如：

A在他離開這個世界之前，他完成了他的——一個父親的——責任。（「一個父親的」並非爲「限定子句」，省去了，並不影響句子的原意。）

不過，如果句子係不能省略之「限定子句」(definitive clause)，則不應用破折號。例如：

他完成了爲人子女的責任。（「他完成了」爲「限定子句」，省去了，此句即無意義。）

另外，當文句轉變意思，用了一個破折號；幾句話後，又把話題轉回來，接着原來的意思說下去，要再用一個破折號標明，亦即要用「雙破折號」。例如：

你說好了，我會考慮你的提議的。——請等一等，待我把收音機的聲音弄小一點——好！說下去吧！

5.一個句子所包括的幾個概念，若係緊接着後一句的主詞，則應在後一句之前，加一個破折號。例如：

充實國防、穩定民生、加强外交——這些積極的措施（主詞），爲八年的抗日戰爭，奠下了勝利的基楚。

6.字、片語、子句與主詞爲同位格而又屬「非限定」時，應以破折號標開。例如：

政治傳播——凡是與政治制度之功能有實際的或潛在的影響之一切傳播活動——就是政治談論。

不過，倘若同位語能限定名詞的意義時，則不應用破折號。例如：

電視劇（主詞）大執法（同位詞）係由施公案改編。

7.詞、短語自成一獨立段落；其後緊接有二個以上的平行要點，用以補充短句，使成一意思完整的句子；則在短句之後，應有破折號。例如：

民族主義有兩大意義——

一、中國民族自求解放；

二、中國境內各族一律平等。

不過，若上述兩個平行要點，分插在文中而不分行列出，則可免去破折號。例如：

蔡倫造紙的兩大貢獻是：㈠新原料的採用；以及㈡製造方法的改良。

8.破折號可作文句中的說明，表示「到」（至）、「等于」的意思。例如：

A姐姐不時遙望著街上的行人，希望儘快見到那位三年前不辭而別的青年——我那今天應從美國回來的弟弟（說明）。

B粵——就是廣東。（等于）

C　國父在世年代，是清同治五年至民國十四年（一八六六——一九二五年）。（至）

D這三天的行程是：臺北——臺中——臺南，然後回程。（到）

9.破折號可以用來表示語音的連續。例如：

喲——，原來是你！我還以為是誰呢？

10.破折號可以作為引起平行要點的「提引」符號。例如：

尹仲容認為，五十年代前後臺灣經濟發展的背景，有三大特色：

——日據時代，「工業日本，原料臺灣。」

——光復之後，大陸變色，臺灣經濟飽受打擊。

——政府甫到臺灣，收支預算大失。

㈦引號（註一四）

引號又稱「提引號」（「」）是表示「引用語」起迄的符號。它的用法如下：

1.用來標明直接引用他人說的話。例如：

父親說：「男兒志在四方，你去吧！」

應注意的是引號中的說話，必須字字眞實；被引用語句的標點符號要在引號內，而非引號外（註一五）。

另外，與冒號同時使用時，要特別注意下述的錯誤：田中角榮說：我不願置評。

（正確的寫法應是：田中角榮說：「我不願置評。」）

田中角榮說：「他不願置評。」

（應爲：田中角榮說，他不願置評。）

田中角榮說：他不願置評。（冒號應改爲逗號）

2. 用來標出特別著重的專有名詞，特別顯出的重要語句，以及意義特別，甚至相反的詞語。

A 臺灣實行「三七五減租」後，農民生活大爲改善。（專有名詞）

B 「一寸光陰一寸金，寸金難買寸光陰。」「少壯不努力，老大徒傷悲！」（專有名詞）（注意「陰」字後之句號，「悲」字後之驚嘆號，都要在括號內。」

C 維持香港現狀，目的在保障港人的「自由」。（重要語句）

D 大成企業之所以失敗，一方面是財務管理的疏忽，另一方面卻是人事管理的失調，眞是「雙管齊下」。（特別的意義）

應注意的是，引號括出的專有名詞，標點要在引號外。（註一六）

3. 若引號裏再要用引號，則裏面的一個要用雙引號。例如：

教官說：「你們從成功嶺結訓下山後，應將『毋忘在莒』的精神，發揚光大。」

4.如果連續用引號，直接引述他人的話語，如果不間斷，第一句用「始引號」，最後一句才加「完引號」。例如：

父親說：「出外要一切小心，注意起居，不要闖禍。冷了就要加衣服，餓了就要自己找點東西吃。衣服就拿到外面洗吧！家裏雖不富裕，但總還可以寄你些零碎的錢。」

(八)問號(Question Mark)

問號「？」是在表示懷疑、發問、反詰，或詫異的語氣，也可以表示不確定之意。舉例說明如下：

A這眞是他幹的嗎？（懷疑）

B你不是已經答應了嗎？（反詰）

C老師，我該怎麼辦呢？（發問）

D是眞的？我才不相信。（詫異）

E嵇康（公元二二三？—二六二年）

值得注意的是，含有請求意味的禮貌性問句，以及敍述句，不應用問號。例如：

A這次總該讓我作東了吧。

B他不知道父親爲什麼要罵他。（敍述句）

(九)感嘆號(Exclamation Mark)

感嘆號「！」又稱爲「驚歎號」，用以表示强烈的情緒、願望、祈求或命令。新聞稿中並不多用。至于更强烈的「!!」「!!!」「?!」更屬少用。感嘆號用法如下：

A眞可憐！（惋惜）

B一路順風！（願望）

C主呀！求你饒恕我的罪。（祈求）

D三民主義萬歲！（歡呼）

E舉手！不許動！（命令）

F弟兄們！衝呀！（號召）

應注意的是，有些詞句看起來像問句，事實上卻是感嘆語氣，要用感嘆號。例如：

A你都長大了，怎麼還不懂事！（責難）

B那有這種事！（否認）

㈩刪節號（Ellipsis）（註一七）

刪節號「……」又稱爲「省略號」，通常由六個小圓點(Period)組成，但可作比例的延長，表示省節之意，新聞稿中甚少用得上。

A「要是再籌不到錢的話，那我……。」

B衞青、霍去病、岳飛、戚繼光……都是我國歷史上的民族英雄。

C「有什麼打算嗎？」「……我……。」（注意，刪節號應在「」內。）

(十一)夾註號（Parentheses）

夾註號俗稱括弧（toenails），係用以標明各種夾註語句的符號，用以補充或解釋文句。夾註號常用的有「圓括號」「（）」和「方括號」「〔〕」兩種，新聞稿亦不多用，它的用法如下：

A本（十）月十日，舉行國慶酒會。

B「好靚（很漂亮）！」

C張君瑞：〔狂喜而入〕小生有禮了。（劇本）

D說文解字韻譜五卷〔南唐（徐鍇撰）〕

E廣告百萬分率定價（Milline Rate）與報紙發行數有直接關係。（計算法爲以一百萬乘一行之廣告費率，再除以發行數。）

一般說來，在寫新聞稿時，除了段落太長、缺少適當標點符號、或錯用標點符號外；最常見的毛病是逗點用得太多，而少用分號。（當然，如果確實沒有把握時，可以句號替代分號。）此外，就是驚嘆號的「過度使用」。

另外，英文報章用作附註記號的劍號「✦」中文報章甚少採用，通常以「（編者按：……）。」一類的註釋（shirt tail）方式替代。

除了闢欄新聞之外，目前報紙每欄八至十二字不等，通常爲八字或九字；如果不善于運用標點與短句，則除長句會令讀者煩厭外，字與字之間，黑壓壓的排集在一起，沒有一點空白，也會形成閱讀上的困難，更遑論版面的美感了。

附註

註一：參見「聯合報系編採手冊」寫作部分，七十二年九月修訂再版。此處例句，經過改寫。

註二：惟在英屬地方，在案件未明朗前，只能寫成：「混亂中，一名男子被人打傷」，否則可能犯上誹謗、蔑視法庭、妨礙司法公正等罪，不可不慎。

註三：「倒拆金鈎」句：上大學、結婚、發展事業，是人生三部曲。非「倒拆金鈎」句：人生三部曲是：上大學、結婚、發展事業。

註四：以口語化來說，可以作如下區分：晚上「七點」；總共「八小時」。但在寫作上，可以寫成「七時」。

註五：音界號可用作「小數點」，例如：「百分之九八・三」。

註六：書名號加在書名、詞曲及專門論述的左邊，在新聞稿中不用。不過，海外有此報章有以「《》」代替「書名號」，目前臺灣地區某些刊物，也有「〈〉」來作爲「書名號」。私名號加注在人名、地名、朝代和團體等的左邊，在新聞稿中不用。縱然要用，也用引號代替。

註七：有時爲了清楚辨別各項目起見，需以分號代替逗號。例如：各班錄取名額如下：A班，二十名；B班，十二名；C班，五名；D班，八名。

註八：一連串的列舉事實，或一覽表中的各種事項，不論其中是否包括完整的句子，均可省略句號。

註九：大小、黑白之類形容詞來修飾名詞，稱爲："Descriptive Adjective"述說名詞的類別，諸如草造的、木造的和鐵造的之類，稱爲 "Attbributive Adjective"。

註一〇：在日常的應用上，冒號尚可作：

(1)時間的時分之間；如：「二：三五」（二時三十五分）

(2)書信、文告的啓首稱呼語之後；如，「□□仁兄大鑒：」，「親愛的同胞：」

(3) 注釋或參考書目中，亦用冒號。例如，出版地與出版者之間，卷數與頁數之間，用冒號標開；如「臺北：柵美報導社」，「三：七二」（第三卷第七二頁）

(4) 另外，「如左」，「如下」，「如後」等字眼之後，常加冒號；公文中「主旨」，「受文者」一類字句之後，亦加冒號。

註一一：此句不應寫成：「俞國華認為：目前不宜輕言調整利率。」

註一二：破折號通常為一個鉛字長度，若佔二個鉛字長度，則為「長破折號」（Jim-dash），此係一般報章所常用者。

註一三：例如總結上文一小段意思，可以用冒號，亦可以用破折號。比方：賭博、酗酒、滋事、恐嚇——完全是個不良少年的作為。

註一四：引號，英文為Inverted Commas(‘ ’),或Quata tion Marks(“ ”)用法等于單引號「」和雙引號『』。

註一五：例如：父親說：「男兒志在四方，你去吧」！——這就是錯誤的用法。

註一六：例如：如將「『雙管齊下』。」一句寫成「『雙管齊下。』」是錯誤的。另外要注意的是，若是冒號和分號則應用在引號之外。

例如：「風行水上，自然成紋」；好文章在于自然，眞情也在于自然。

註一七：英文通常以"etc.etc"作刪節號用。

第八章　特寫的採訪與訪問

一、採訪與詐術採訪

採訪新聞（cover），報導事實，係記者的天職（註一），舉凡公共記錄、公共利益和大衆興趣（註二），以及所有値得宣揚的事實，都可以加以撰寫報導。記者獲得新聞，有三個方法，卽「現場觀察」(Observation）、「訪問」（Interview）與二手資料的研究（Research）。

由於採訪範圍(Coverage territory)，不同一名記者通常有他的採訪路線(Run / Beat)，此係記者經常性工作(Routine work)。有時，亦要擔負報社交派之其他、突發或計畫性採訪(Assignment)（註三），以完成某一新聞報導，特寫寫作，卽是此類的典型工作。如果此一報導單獨由一位記者完成，稱之爲「專人採訪」(Pool coverage)，如係由若干名記者，分別採訪報導，則稱爲「集體採訪」(Gang coverage)（調查報導卽爲集體採訪）。

不過，非常之不幸，爲了達成採訪的任務，某些要求表現的記者，有時會使用偸閱文件等正規採訪以外令人抨擊手段；而其中最有爭議的，要算「詐術採訪」（化粧/匿名化身採訪）的運用。顧名思義，「詐術採訪」是使用某些手法，例如化粧成某類人物，或冒充某相關單位人員，以求在「封閉」的採訪環境，接近採訪對象，取得所需的資料（註四），而後撰寫特寫專文。

前民族晚報女記者孟莉萍，即曾於民國五十八年四月間，冒險混入火坑，成功地採訪了風化區的實況，寫成「流鶯曲」膾炙人口的特寫（註五）。

英國「每日郵報」(Daily Post) 記者卡麥隆，亦曾冒充游民，進入倫敦史派克游民收容所採訪，寫成調查性特稿，揭發其中弊端（註六）。該報編輯英格利希表示，每日郵報是在：「公衆對社會服務之浮濫，日感不滿的時候」，才進行該項調查。他認爲要挖掘出收容所眞相，只有派記者喬裝游民住進去，方會得到所需資料。因此，這次的「詐術採訪」是必要、合法，而且也符合公衆利益。對於這次事件，「英國報業評議會」(The Press Council) 的裁決則是：「每日郵報如果不用『詐術』，無法把記者送進收容所住那麼多天。」「評議會在裁決書中進一步指出，每日郵報如果牽涉到公衆的利益，或罪惡的揭露，報紙採用詐術是正當的。」

臺北天下雜誌編輯徐梅屏、吳迎春，分別「扮演」病人和女工，於第二期及第四期寫出了「病人難爲」及「一位女工的日記」兩篇「繞過公關人員」，具有强烈眞實性的深入報導。徐佳士（一九八三：六二）對此種「採訪」方式的意見是：「如果傳統規範禁止記者這種工作方式的話，在今天公私團體與個人競相自行製造新聞，把記者當作媒體的情況下，這種禁忌就該取消。」

誠如歐陽醇所說：「記者應是最值得信賴的人。」不過，在新聞的採訪和追踪上，相信任何一位資深的記者，或多或少，都有過被迫「一顯神通」的經驗。如何在公衆利益的大前題下，一盡記者的天職，而又兼顧到專業道德，報社立場，採訪對象的保護，良心的歷練而又不觸犯「不當採訪」等諸多問題，確對記者一大考驗；但在任何情況下超越道德常軌，而動機只圖個人表現、搶新聞、打擊競爭對手的不擇手段作法，都應受到唾棄。

在一個多元化社會中，要發揮强大的報導功能，傳統之「分工」編採結構，似已不足應付實際需要，而須作「路線整合」。記者如果只靠一己之力量，訪問一、兩位「專家」意見，便遽而下筆，則往往流於旁枝末節，報導也將成爲「摸象感言」，無法窺知結局全貌。

所以，比較理想的做法，是取採「路線整合」的彈性運作，對相關專家，作「地毯式」的採訪，然後就彼等所提供的證論，在文章的架構中，整理成大致的理路，再映之以事件的各個層面，報導的觀點和發展的脈絡，方能達到平衡和減少缺失。

二、訪問

在新聞的蒐集(News gathering)中，尤其是特稿寫作，訪問 (Interview) 是一項十分重要的工作。訪問的對象，是與某一事件相關或可提供某種資料的人，希望從受訪人(Interviewee)的口中，獲得記者想要知道的事實與資料。

不管是計畫性的訪問，抑或因現場採訪，而「臨時起意」，記者在訪問之先，應先獲受訪者的同意，不應强行訪問，破壞記者職業道德，甚或產生糾紛。因爲記者與受訪人之間，或許有利害關係（此時應特別小心處理），但就法律之觀點而言，則兩者並無權利義務之關係，僅爲一項口頭承諾之道德行爲。記者可以運用一切正當方式，與受訪對象接觸，但若受訪人拒絕訪問，對某些問題不予作答，或者中途改變主意，不接受訪問，記者只好另行想法。

成功之訪問，應使受訪人有一種「遇故知」的溫馨感覺，認爲接受採訪是一項光榮，從而獲得充分的合作，並建立起良好關係，爲以後再次採訪或訪問時的基礎。因此，選定訪問對象之後，最好能在訪問前，先以電話聯絡，徵得對方同意，約好訪晤時間與地點，並說明欲談論並報導之問題 (on the record)，訪問的目的，訪問資料的運用和大約會談時間，使受訪者能作好準備，增加訪問效果。如果受訪者係記者不認識的人，則萬不能「搞錯對象」，鬧出笑話。

不事先約好，而逕自前往訪問，只是必要時的權宜之計，並非上策。另外，在電約對方之同時，手上應準備擬好之問題，以及紙筆，以防對方「萬一」希望即時在電話中答覆詢問時，不會因沒準備而手足無措（即使沒有準備好，仍應保持冷靜，克服困難。）。

如果受訪者對某些問題，只顧提供背景說明，而記者又答允只作參考不予報導時 (off the record)，則應信守此項承諾。惟如果關係重大，仍應多方面搜求資料，採取較間接方式披露，而不洩露消息的直接來源。因此，有些資深記者，爲了「保護」受訪問者，有時明知某單位有重大新聞，亦會故示不聞不問，等待較合適的時間和場合（例如下班回家後），再向受訪者詢問，以免引致受訪者的不便。

如果受訪者因爲沒有閒暇，而要求記者共進早餐或午、晚餐，只要不是聲色場所、豪華大餐或「另有企圖」，理論上，若能掌握分寸（女記者尤應特別小心），似乎無可厚非。但記者不能主動要求，亦不能接受金錢或主動索取車馬費（紀念小禮品除外——必要時，可向上級或報社請示），並在寫文章時，不受

「飲和食德」的影響。當然，更聰明的做法，是以幽默而間接方式向受訪者表明，此「一頓」飯與寫稿內容，全無關係。另外，如果法律或報社另有規定，則應予以遵守。

在訪問結束後，如係基於受訪者要求，記者可將心目中寫稿的方向和構想，向之略作表達，惟受訪者絕無干涉之權。如果受訪者要求審閱稿件，則除非關係重大，內容不易掌握，有充分時間，而記者又屬自願，則可予以答允；否則，應婉言指出新聞自由之精神所在，而審閱與刊登之權，則在報社有關負責人，卽使受訪人，在文稿未刊出前，亦無權查看記者稿件。有一個要恪守的規則是，千萬不能在受訪者面前拍胸膛，表示所寫之稿一定能見報，因爲刊登與否之權，可能不在記者手上，萬一因各種原因登不出來，記者就蒙上「食言」之寃。

受訪者可對「審閱」過之稿件，提出意見，但不應在稿件上作大幅刪改，甚至連字詞的修改亦不能逾分。如遇到此一情形，記者應與主管商討，以決定處理的辦法。因此，記者通常只以稿件副本，給受訪者過目，而自己則保留原稿備用，以免萬一受訪者將原稿撕毀，便要重新再寫。

進行訪問之時，爲免受訪者否認談話的內容，可帶具小型錄音機一架，將談話內容錄下，以便查證（註七）。當然，錄音前，應向受訪者說明，不能偸偸摸摸進行，有失風度。如果受訪者不同意錄音，就只得作罷，不能勉强。此時要將談話內容，記錄得更爲仔細，以免出錯。與訪問內容相關之資料、圖片與受訪者照片，都應盡量收集，以配合訪問稿刊登和查證。如果資料不外借，也得設法影印重要部分，以備查證。

訪問的種類，約有事實訪問（包括了解背景的訪問）、意見訪問（有時會輔以書面和電話訪問），和人物特寫的訪問三種，不管那一種訪問，都應注意「選樣」的代表性和適當性，否則訪問即無意義。訪問的形式，又分「專訪」(Exclusive interview) 與集體訪問二種。專訪是單獨訪問，希望藉著計畫性之採訪，與面對面的溝通 (Face-to-face talk)，而獲得「獨家新聞」(exclusive/scoop/beat)。有時因時間急迫（或其他原故），則偶可使用「電話訪問」(Telephone Interviewing) 此種方式的好處是快捷、省時，受訪者又可在一個較爲隨便的環境下，回答記者簡單、扼要的問題；而記者在作筆記時，因受訪者並不知悉，故心理負擔較小。不過，記者在對話時，仍應溫和有禮，開始時卽表明身分，並且立刻道明來意。如非必要，晚上九時半以後，早上七時半以前，不要給受訪人打電話，以免受訪人生氣地把電話掛斷或不接受訪問，而使得訪問失敗。當然，如果受訪者是記者「熟人」，彼此事前已有某種程度「諒解」，則又當別論。電話採訪，最好以十五分鐘左右爲度，訪問的問題，最好不要超過十個；否則，最好還是以「面談」爲宜。電話採訪進行前，一定先把問題擬好寫在紙上，並準備好記錄用紙筆，以免臨事周張，不知所措。

集體訪問，係若干報社記者，對某一問題，共同訪問一個或數個採訪對象，以尋求某一問題答案。此種訪問形式，係記者群自動組成，與由採訪對象主動提供之「記者會」(Press conference) 有著主、客之不同。集體訪問，因提問之人較多，故可獲較多新聞，惟記者寫稿時，應注意取材與特色，方能使報導突出。

不論任何一種訪問方式，記者都應大方、穩重、有禮、不卑不亢、語言清晰而有條理，不冷嘲熱諷，並應快速思考，掌握問題核心要點。有關個人隱私問題，不予發問，不竊笑主持者之答案，不强人之所難，不斷章曲解，不作引導式「查詢」，亦不交頭接耳，或喁喁細語。遇有不同觀點時，切忌以先入爲主的結論，來「逼人」同意（此時最好作婉轉的陳達，而非出諸教訓式的口吻）。當然，對受訪者的談話，以及問題答案，仍應仔細思量推敲，以免爲「別有企圖」的人所利用。

㈠訪問前的準備

1.特寫寫作，除即時配合新聞的特稿外，其餘題材多數是已經發生或可能預知的事件，比較上來說，時效性較緩，該有較充裕的準備時間，而加强深廣度的要求。準備有經常性的研究與短期「應變」兩種。經常性的研究，指平日對某些問題的留意，日積月累，一旦問題來臨時，就知道如何處理。短期突發問題的應變，主要是事前資料的急速搜集。先閱讀檔案資料，或以「副訪問」的方法，從其他相關的人士中，了解問題的來龍去脈和癥結所在，並對受訪者的特徵，如年齡、個性、學歷、經歷、社會關係、活動場所、好惡和忌諱、特長等，都有一個大略輪廓，使訪問時能順利進行。這樣作法，尙有兩個好處。其一是記者可以從熟悉的「新聞來源」中，有理性地猜測他們對某些問題的反應。另外，有條理地收集問題的背景，就可以有效地分析有關官員，對解決某些問題的取捨。所以有人認爲，寫一篇特寫，應以百分之五十五的時間去作準備工夫，而只以百分之四十五時間去寫作。

2.就事件想要知道的事實、背景和意義，擬好十來個問題，以便發問時參考（註八）。此之謂「預備性的思考」（Preparatory thinking），除了令訪問順利之外，更可使受訪者有受尊重感覺；惟「臨場」時，所引發的問題，亦應隨時接續追問，此所謂「隨機應變」。

所擬的問題次序，最好是一個「大綱」式的安排，使得思維有邏輯順序，知道重點所在，亦可在寫作時，對資料之選擇，概念之表達，以及文章之自然發展等，都有所幫助。

3.如果可能，訪前設法找得與受訪者相熟的人，介紹與受訪者認識，俾能減少生疏的感覺。

4.準備紙、筆、記事簿、地址電話簿、錄首機、錄音帶、乾電池、攝影機、鎂光燈、底片、記者證、採訪證、手錶、零錢等物備用。必要時，尚應將行踪報告上級單位，以便聯絡。

5.穿著合適衣著。

6.了解交通狀況，絕對不能遲到，最好能早到十分鐘。

(二)訪問進行

1.道出自己身分，說明來意，坐在適當「位次」，以一點點較爲輕鬆但恰當的話語爲開場白，然後漸次以聊天方式進入訪問主題。

2.態度謙和誠懇，言語婉約，尊敬對方，必要時，要使對方意識到，記者所提的問題，並不外行，並且有備而來，但不應故意賣弄，並要作一個耐心的忠實聽衆。

3.除了關鍵數字、專有名詞之外，應盡量用心記，減少筆記，使會談儘量輕鬆。筆記時，可以問答(Dialogical)、記述(Narrative)與描寫(Descriptive)三種方式交互進行。每一問題，應略作「總結」，使受訪者知道自己說過些什麼。如有不清楚的地方，記者有責任協助受訪者說個清楚明白。

4.對付神智不寧、談話紊亂的人、或思想遲鈍、木訥不能卽時發表意見的人，又或三緘其口的怕事之徒，與乎滔滔不絕、離題萬里的「吹牛大王」，以及想利用記者出名的受訪者，都要運用機智和耐心，務求「迫」出受訪者說出眞心話來，並仔細篩淘其答案，以免「上當」。

例如，對于「口沫橫飛」的受訪者，當他「吹噓」一番之後，立刻用「反應性問題」(Reflective Question)，掌握其「話柄」，即時向他提問說：「□□先生，你的意思是……。」

又或者可用「解釋性問題」(Interpretative Question)，幫他作出總結，將他要表達的意思歸納、撮要，然後轉換成一個問題，反過來向他提問，確定自己的了解是否就是他所要說的。因此上述的問題，也可以這樣的問：「□□先生，你是說，如果不是這樣，就變成……。」

5.切實控制時間，儘量不妨害受訪者工作，訪問完畢，稍作少許停留，給予受訪者一些「反問」時間，並留下雙方聯絡方法（以備有必要時，澄清訪問內容，或再訪問之用。）之後，可核對一下受訪者的個人基本資料，卽應致謝告辭。

6.交談時，要進行細心的觀察。例如，注意訪問現場的環境，受訪者自然的「身體語言」(Body Language)（註九），並應設立尋求旁證，支持觀察所得。惟應秉持一個超然的立場，控制自己情緒，並且不以引起對方注意，防碍正確的觀察所得。但聽對方談話時，一定要全神貫注，表示濃厚興趣。在不勉强情形下，不防多注視對方眼神，適當的點頭，表示「欣賞」和「鼓勵」。

7.小心字裏行間的「絃外之音」。如果受訪者經常「故意」重複某些話題和字眼，或規避某些內容，就應對這種「隱喻」(Metacommunication)，有所警惕，並試圖以某些迂迴問題，打破「僵局」。

8.與受訪人告別之前，再仔細想一想，有什麼還沒有問到的，還要補充些什麼呢？有些什麼沒有記清楚的呢？照片拍妥了沒有？

9.立刻發稿，稿件刊出後，寄受訪者一至兩份。亦可寫致謝函（卡）一封，以維繫友誼。

(三)訪問的技巧

訪問的問題，簡單來說，通常可分爲兩大類。第一類是避免受訪者離題萬丈的「封閉式問題」(Close-ended question)，例如：「你是否贊成汽油漲價？」。另一類則係想受訪者自由發表意見的「開放式問題」(Open-ended question)，例如：「你對汽油漲價有什麼意見？」

但不論那一類問題，在訪問時，所提的問題，都應注意下列五項禁忌：

1.問題不能漫無邊際，使對方無法回答。例如：「你認爲十年後的香港，會不會跟現時一樣？」

2.問題不應是不問而知答案，使受訪者根本沒有表達意見的機會。例如：「你這次榮登香港小姐后座，一定很高興吧！」答案一定可想而知。

3.問題必須與受訪者專長、興趣與特定行爲有關，不應只是一般性，誰都可以作答的問題。例如：問一位甫下飛機，來華訪問的美國物理學家：「你覺得臺灣小姐漂亮嗎？」

4.注意受訪者受訪的時間和空間。例如訪問剛自韓國抵臺的吳榮根，所提的問題，自與三個月後，再度訪問他時，所提的問題不應雷同；在國軍英雄館的記者會上，與同鄉會的記者會上，所提的問題，自應不同。

5.刻板式的逐條「烤問」，與「感想」之外，還是「感想」的訪問內容，最不可原諒。

至於問話技巧，杜陵（民五七：二一一）曾提出四個簡單打開話題談話的途徑，頗有參考價值。這四大法寶是：㈠對於繁忙而具水準的受訪者，可用「開門見山」之法，亦卽「直接問題」，對準「六何」發問。㈡遇上世故、性情固執者，可用「旁敲側擊」、「聲東擊西」之法，提出「試探式問題」，以免大家感到尷尬，但要小心使用，尤其不宜用於婦女或青年學生，免招反感。例如：訪問「第四頻道」的用戶時，不言明已經知道他在看「第四頻道」，而只說：「附近幾家人都覺得第四台應該被容許設立，你的意見如何？」于衡亦認爲此類方法，該只是一種特殊方式，非在不得已的情形下，最好不用。㈢如果受訪者有意見但沒有信心表達，則可用「投石問路」方式，亦卽「拋磚引玉」之法，以有效的話語，逗發對方答話的興趣和信心。㈣對健談與不愛講話的人，可用「引水歸渠」的法子引出，整合受訪者的眞誠回答（註一〇）。

一名採訪記者在問及某些敏感性的問題時，他所得到的答案，很可能是：「沒有意見」（No comment）。這種情形，的確會使人感到困擾，但可以試試下述的「勸說」方式：

——告訴採訪對象，使人獲知事實眞象，將會使他獲益；或者就長期來說，對他有所幫助。

——告訴採訪對象，你已經知道與他立場不同的人的觀點，「沒有意見」，可能令得你只能報導對方觀點，對他來說將會是項損失。

——告訴採訪對象，目前你所得的資料，尙未完整，但在現實情勢下，雖然不理想，報館還是會刊登這篇報導的。如果得到他的協助，你的報導會更完整精確。

——令對方知道，你知道的比寫的還多。

——提醒對方，「沒有意見」如果被直接引用，會令讀者誤解他在隱藏些什麼的，而你亦將會繼續求證，以明眞象。

——最後一著，也是最無奈的一著，當然只好向其他方面求證。

訪問結束後，即應整理資料，撰寫新聞或訪問稿。若係撰寫新聞，但內容錯綜複雜，或仍在發展中，可採「綜合報導」(Round-up) 方式，集中處理。如果所觸及問題甚多，則可將問題分類，把性質相同者（例如軍事、外交），單獨寫成一條新聞。使用綜合報導時，爲避免雜亂，文稿中可用㈠、㈡、㈢、㈣一類序次，以免問題混雜。例如：「□□在記者會中指出：㈠……。㈡……。」當然訪問中若有趣味性之「花邊新聞」，亦應單獨撰寫，方能醒目易讀。在寫稿途中，若有疑問，應即查證或再向受訪者詢問，不能馬虎了事。萬一報導有誤，亦應有認錯與更正勇氣。

如果訪問稿，則可用：㈠「高度傳眞」的問答式，將一問一答的口語，以語體文客觀、正確地寫出受訪者的說話和意見，而不加闡釋。這種報導方式，會花較多篇幅。㈡根據受訪者意見撰寫，但隱去其逐一作答痕跡的「報導式」，亦即把問題寫在答案裏。這種寫法是令人讀起來有流暢感，而無一問一答式的機械、死板和疏隔的弊病。但撰寫者，必須有正確闡釋受訪者說話的能力。此外，必要時，尚應以各類統計圖片，作補充說明。

附註

註一：此處該作兩點說明：

⑴記者（Reporter）是社會上，一般人對於從事新聞工作者的統稱，它的定義，却一直是個爭論不休的問題。持廣義論者依據新聞自由憲章，加以演繹，認爲凡以採集新聞，公開報導新聞，以及發表關於新聞的意見爲職業的組織，都

屬於新聞事業。凡在這些機構內，爲新聞而工作的人，都是新聞記者。而狹義論者却認爲「在新聞事業組織內，以編輯或寫作維生者，謂之新聞記者，亦即只有從事編輯或採訪的人，方能謂之記者。我國第一次爲新聞記者所下的官方定義，係民國三十二年三月十五日，在重慶公布之「新聞記者法」，規定「在日報社或通訊社擔任發行人、撰述、採訪或主辦發行及廣告之人」，方能稱爲記者，但此法因故未有實施。目前，雖然我國對於新聞記者的法定名稱，漸次採取廣義的說法，然仍只有日、晚報社、通訊社、廣播公司及電視台等，方能發記者證給外勤記者（不包括廣告、推銷部人員），其他週刊、雜誌雖工作相同，但一律只能發給編輯證件。

(2)新聞記者是「自由職業」（Personal Profession），在一般法律範圍內，記者享有三項職權：

(a)採訪報導權：

我國憲法第十一條，固然規定人民有言論、講學、著作及出版之自由，而出版法第廿七條，更明確列出，新聞紙或雜誌採訪新聞或徵集資料，以及傳遞，政府機關應予以便利。刑法第廿二條亦敍明業務上之正當行爲，不罰。

(b)事實證明權：

我國刑事法規定：「對於所誹謗之事，能證明其爲眞實者，不罰，但涉於私德而與公共利益無關者，不在此限。」不過要證明所報導之事實是否眞實，舉證責任在當事人。至於證據之證明力，得由法院自由判斷。

(c)保守秘密權：

理論上新聞來源保密，是記者信條，也是職業道德，我國民事訴訟法曾提到，證人就其職務上或業務上，有秘密義務之事項受訊問者，得拒絕證言。不過，拒絕證言之當否，由受訴法院於訊問到場之當事人後裁定。如果證人不陳明拒絕之原因、事實，而拒絕證言；或以拒絕爲不當之裁定，已確定而仍拒絕證言者，法院得裁科罰緩。就上述條文所牽涉之解釋範圍，我國記者原則上，確享受保密權益，但一般研究新聞法規的學者專家無不同意，此項權益，並非絕對毫無限制。

註　二：記者只能報導不涉及隱私權之事物。隱私權之全部或部分喪失，通常有下述情形：

(1)當事人曾加發表的事（如向警局報案），則不保有此事之隱私權。

(2)影星、罪犯、公務員和公職候選人等一類公共人物，因其成就、名譽、生活方式與個人行爲，事物及性格能引起公衆興趣，故喪失部分隱私權。此係指「人物製造新聞」（Man makes news），與「名字製造新聞」（Name makes news）之「新聞人物」（Newsmaker）。不過，此類人之私生活，若與公衆興趣無涉，則應具有隱私權。

(3)雖非公共人物，但有朝一日成爲公共注意的新聞當事人後（Man in News）（例如反共義士），隱私權亦有某程度消失。

(4)應恪守的道德規範是，隱私權有時只是暫時消失，當喪失隱私權的條件，不復存在時，則應侵犯隱私權。呂光（民七十：三—六）指出，新聞自由（Freedom of Information）的涵義，包括採訪自由、傳遞自由、發表自由與閱讀及收聽自由四項。惟新聞自由之與國家安全及社會責任，恒有權利與義務之兩面。

註三：「計畫採訪」係適應本身讀者需要，根據新聞的發展，對特定之人、事、物、時，作一有系統之採訪。如果將某一新聞，用特多篇幅，加以詳細報導，則稱爲「重點採訪」，兩者俱屬深度報導範圍。

註四：進一步地說，報社用金錢或其他手段，來獲得新聞、或新聞線索，即所謂之「支票部新聞」（買線）（Check Book Journalism），以至於將採訪對象「藏」起來，以「製造獨家新聞」的做法，屬於違反道德的惡劣手段。

註五：孟莉萍（民五八：一五七—一八〇）：「流鶯曲」，新聞佳作選（新聞叢書第十六册）。臺北：新聞記者公會。孟莉萍現仍任職于臺北「民生報」。

註六：鍾振昇譯（民六一：六二）：「採訪得用『詐術』」，新聞自律第五輯，臺北：臺北市報業新聞評議委員會。

註七：當然，記者取出錄音機剎那，任何受訪人都會有點不自然，說話也會較謹愼，但這却是難以兩全其美的。然而，一名優秀記者，應當養成「用腦去記」的習慣。

註八：如時間充足，所擬之問題，亦可先行寄與受訪者參考，俾先作準備。

註九：任何文字著作，皆是由著者提供畫面（文字），而由閱讀者「自行配音」（誦讀）。因此，一篇人物訪問稿，必須寫得只聞其聲，如見其人，打破死板的問答方式，使文稿充滿生命活力。要做到此點，最實際而簡單的作法，莫如將受訪者的自然動作，表現在文稿內。例如：

他轉身對着窗子，沉默了兩三分鐘。

「………。」他說。

他移了一下雙脚位置，習慣性地敲一下桌面，然後繼續哮着說：

「………。」

他走近書架，架上放了一幅發了黃的照片。

「………。」他的眼睛閃爍着光芒。

註一〇：對個性內向之人，尤須以坦誠的態度，取得他的合作，也不妨適當先談些他得意的事，或他周圍事物，引發他的「談興」，再以迂迴的方式，套取「口供」。此類受訪者每句話，每個小動作都可「入新聞」。但就經驗而言，在談話當中，切忌把筆掏出來記下，令他吃驚，而拒絕談話。另外，在談他「得意的事」之時，千萬注意適可而止，不能過分輕佻，言不及義和高談濶論，而對「口若懸河」的人，或離題太遠時，最好還是適時作有禮貌「介入」。另外，在打電話約人作面談採訪的時候，還是應該先預備好要問的答題，以防對方萬一沒有時間面談，而希望「就在電話談談」的時候，一時間來個措手不及，而變得「啞口無言」。

第九章　專欄與特寫

一、前言

專欄(Column)和特寫一樣，由新聞寫作而衍變，兩者之間關係，甚為密切。

莫特在「美國新聞史」(American Journalism)一書第七章指出，一八七二至九二年間，由資料社供應的主要特稿，大都由專欄作家所提供，所以當時特稿與專欄，原無太大分野，同是以新聞事實為根據，師法短篇小說技巧，並有反映意見、發揮評論作用。其後，由于報紙篇幅的增加，以及對體育和婦女題材的重視，于是將此類素材，作分欄、加題及署名的處理，特稿與專欄，遂在報紙版面上，成了各有其個體的學生兄弟。目前國內所謂「專欄」，可以說是「文人辦報時代遠離後的產品」。(潘家慶，民七三：一三六)

二、一般專欄

除了個人專欄小品之外，一般專欄大致屬「服務性新聞報導」，旨在幫助讀者更有效地認知和運用他們的環境（註一）。

爲了確切符合大多數人的興趣和需要，這類型的報導，每將「調查報導」、「精準新聞報導」和「新新聞」三種寫作方式作綜合運用，以求新穎多變，並以娛樂、生活、健康、人際關係、消費者利益、財經、科技、文教、體育、政治和都市問題作爲探究的取向。一般專欄，可以廣泛地包括社論、通訊、專電、花絮拾錦、（星期）專論、短評、漫畫、方塊、讀者投書，乃至新聞小說等等報章上一切「加框文字」(Boxed Story)。

三、個人專欄

個人專欄，則僅指「專欄作家」(Columnist)（註二），以個人的學養、名聲爲號召，所發表的「加框文章」，內容主要是將不同的問題，作出分析、解釋，甚至發表個人意見；或者將同一論題，發表一系列的看法和主張。在國外，這類專欄的類別多至不可勝數，例如：

——公衆事務專欄(Public affairs column)。又稱爲「署名社論專欄」(Signed Editorial column)，係作者對某些公衆事務的個人意見。李普曼(Walter Lippmann)即是此中佼佼者，他所寫的「今天和明天」(Today and Tomorrow)曾風靡一時。由於這種專欄的號召力，有若明星的叫座，因此有「個人新聞學」(Personal Journalism)之稱，以別于「主筆室」集體寫作的「社團新聞學」(Institutional Journalism)。

——標準專欄(Standard Columns)。通常是以輕鬆筆調，來討論諸如「紐約時報」(New York

Times)的「每日漫談」(Topics of the Day)，「紐約人」(The New Yorker)的「城市閒話」(The Talk of the Town)之類次要的社論題材（註三）。此類專欄，有署名的，有不署名的，也有用筆名的，且經常由集體創作，或輪番執筆。

——幽默專欄(Humour Columns)。用「內幕消息」和幽默、諧趣與諷刺的筆調，嘻笑怒罵地表達對某些事實的看法和意見。皮爾遜(Drew Pearson)的「華府巡禮」(Washington Merry-go-round)曾爲各報廣爲轉載。

——閑話專欄(Gossip Column)。這種專欄，是從「耳熟能詳」(Intimate Revelations)、大衆週知的名人瑣事裏，找出寫作的資料，以滿足某些人希圖獲知名人隱私的一種心態，因此有「瞥伯新聞」(Key-hole Journalism)之諢稱。影、視、歌星藝人的動態欄，卽屬此類報導。如果以一般「小市民」爲閑話的對象，則屬「逸聞專欄」(Ancedote Columns)。

——臆測專欄(The dopester's column)。以含混不確的筆調，對未來事物的發展，如人事變更、股市、黃金、外滙、期貨、市場行情、球賽、拳擊、賽馬、大選、政局演變與國際時勢等公衆關心的事項，予以臆測性的描寫，使讀者「隱約」知道「有那麼回事」，甚至自己作出判斷，採取某種行動。

——顧問專欄(Advice Column)。愛情、育嬰、健康、法律和家事等專欄屬此範圍，目的給讀者一種建議和開導，例如前時聯合報的「傻大姐信箱」，卽屬此類。

此外，尙有攝影、橋牌、園藝、集郵等以提供讀者消閑、娛樂爲目的的嗜好(Hobby Columns)專欄。

至于我國報章上常見的專欄，據陳諤在「新聞寫作學」一書指出，大約有十類：卽評論、新聞解析、內幕、雜談、讀者投稿、論文、專題、家事、嗜好和服務性等專欄。

我國報刊，通常有屬于自己獨有的專欄，以與「報格」相爲表裏，例如監察委員陶百川卽曾爲「徵信新聞報」（註四），撰寫「外交專欄」，各報駐外特派員，除了發布通訊和專電外，也因應需要，及時撰寫分析性或知識性的專欄，來配合新聞的發展。例如聯合報前時駐倫敦特派員周榆瑞、駐東京特派員司馬桑敦和駐義特派員毛樹清等人專欄，曾成爲該報特色之一。近日報導流行之「對談會」（兩人對談），「鼎談會」（三人對談），「座談會」（多人對談），演講記錄稿與就某一問題，而臨時擬設之特種闢欄（例如中國時報解答勞動基準法之「勞資頻道專欄」），則可歸類爲「專題專欄」一類。

另外，我國中央社則有「特約專欄」，每周定期或不定期供各報採用。例如前時林語堂的「無所不談」、李嘉駐東京特派員時的「我在東京」等，都曾傳誦一時。不定期的「特約專欄」，多係針對某些問題，由資深記者、學者專家或權威人士爲文撰寫。

潘家慶（民七三：一三六）認爲，「根據中外一般成例，專欄通常不外有三個類型，一是以專欄作家爲號召的解釋、評論及建議性的定期專文；另一類是以學科分類，由不同的專家或有興趣人士投登的稿件；第三類是本報資深記者、駐外特派員或專門撰述人員所提供的新聞分析稿或譯稿。」而「我們報紙上所謂的專欄大概屬于第二類及第三類。」

四、專欄與特稿

馬克任（民六五：四九九）認爲：新聞＋特寫＋評論＝專欄，已將特寫視爲專欄的一種表現形式，或寫作取向。下面數篇專欄意味甚濃的特稿，似可爲這一說法下一註脚。

(一)專論式特稿

(A)談美國平衡稅制度與我據理力爭之道

自從外電報導美國財政部已初步認定中華民國等七個國家政府將其輸美紡織品、男成衣及童裝給予補貼，是違反美國貿易法後，由于兹事體大，後果堪虞，連日來，我政府貿易主管機構、財政部及業界公會，紛紛表示意見，或否認指控，責備美國財政部作不實之裁定；或檢討現行之獎勵外銷辦法，而呼籲政府當局從速改善租稅結構；大幅度降低關稅和貨物稅。

無疑，這都言之成理，但却嫌流于空泛，未能立刻對現存問題作有效的解決。

由于中美雙方對于法律條文觀點的不同，要和美國政府打這一場官司，實不容易。

首先，我們得充分了解美國人所據論的平衡稅法（Countervailing Duty Law）。

據了解，美國現行的平衡稅法，實際是出現于一八九七年，惟甚少引用。一九〇九及一九一三年，曾迭經修正，迨一九二二年及一九三〇年，美國政府注意到各國政府補貼外銷之事，時有所聞，爲了防止貿易國補貼銷美的商品，而將其條文作大幅度廣義的修訂，而成爲一九三〇年關稅法 (Tariff Act of 1930) 修正第三〇三條，由財政部執行。自此之後，各國政府如獎勵外銷，引致美國業界公會羣相交責，財政部便要採取此一貿易法案的行動。最先而又最轟動的一宗國際訴訟案，厥爲一九七二、七三年間之加拿大輪胎案。

日加產品曾被增課平衡稅

加拿大米其林 (Michelin) 輪胎公司產品，當時被指受加拿大政府補貼運銷美國，引起美商指控，經財政部查證，認爲指證屬實，于是對米其林輪胎課征平衡稅。稍後，日本發展銀行貸款給日本廠商製造電視機接收器(TV reciver)輸美，被美財政部予以調查徵稅。

美國財政部對于指控案件的處理，根據法令，原可以作無限期拖延，但隨着美商責難的轉劇，美國財政部又加强措施，來處理指控案件。一九七四年，又修訂一九三〇年之關稅法，規定調查時間表，卽財政部在收到指控案後，要于某一段時間內將所獲知之指控進行調查，不得拖延。在這種積極的情況下，一九七五年二月，美財政部進行調查之指控，已經有三十宗之多。

七種情況視同補貼

目前，平衡稅法之要義是：

「任何一個國家，對于本國所製造、生產的任何商品，直接或間接地，給予在生產、製造或出口上的任何補助，當這些商品運銷美國時，除了全部要課征關稅外，尙要一律課徵相當于該補助所得的稅額。」

由此看來，所謂平衡稅，尤其是「補貼」(Bounty or Grant) 一詞，根本就「沒有」嚴格的定義。一個國家只要給予商人一些好處，而商人又將貨物運銷美國，美國就可課征平衡稅。而且一旦證明了補助屬實，財政部就非加徵平衡稅不可，沒有轉圜通融餘地。在財政部執行決策時，只有下列二種情形，有不課徵平衡稅的傾向：

——補助的目的是爲了發展某一地區或某一地帶，而非爲了傾銷。

——補貼的數目非常之微小(De-minimus)。(原因是財政部的人力有限，不可能調查所有大大小小的指控。)

此外，平衡稅法與反傾銷法 (Antidumping ACT) 最大的不同點是：平衡稅法，除了免稅品(Duty Free Merchandise) 外，(對免稅品課徵平衡稅，一定要證明有侵害行爲)，並不需要有「侵害」(Injury) 美國廠商的事實。縱然入口商品所訂的價格，高出美國同類商品的價格，但是只要一經被指認爲受有補貼，一律得課徵平衡稅。而反傾銷法，則一定要證明對美國商人的權益有所傷害。按照國際關貿協定(GATT)，凡是該協定的會員國，在課徵平衡稅時，應先證明有侵害權益的事實。美國雖爲GATT會員之一，但是因爲美國的平衡稅立法在先，所以便以「前法」(Grandfather Clause)自居，不理會GATT的規定。

根據美財政部歷來的解釋，「補貼」性質通常有七種，財政部有充分自由加以「解釋」，這七種是：

直接補貼：退稅：優待所得稅，價格支持 (Price Support)：政府支持外銷商，在國內將貨品提高價格；外銷品之原料及零件之進口稅，予以優待；政府儘量支持出口答允賠償外銷虧損，或代購買虧蝕保險；政府在貨幣政策上，予以升值或貶值的支持。

商品一經課徵平衡稅後，便交海關强制執行，直到課徵之原因消滅為主。不過，除「敏感性商品」必徵平衡稅外，其他較不敏感商品，似可透過政府與政府之間的條約談判，來取消平衡稅的課徵。

其次，我們要了解控訴的法律程序，通常此項調查是由美國商會提出，財政部甚少採取主動。當公會將合于形式的狀書 (Countervailing Duty Petitions) 送至關稅部門後，財政部就會一方面展開調查，一方面在聯邦憲報(Federal Register) 上，將所調查之指控予以公布。此後六個月內，財政部會將受理之案件，以問卷方式，展開國內國外的積極調查。此時，被指控國家，應立刻主動的聘請律師，針對其指控，將美我雙方詳細資料（例如事實、法律的不同點與某些案件判例），以政府立場，提出强烈抗辯。一般情況，財政部會透過駐在國大使館關稅參事 (Custom Attache) ，將問卷發送給被指控國家之政府主管機構及廠商作答，根據問卷的內容，來判斷案件。由于問卷是判決的主要根據，所以在設計上非常詭詐，眞有如「請君入甕」一樣，將答案導至肯定。所以除了小心作答外，尙需要附加說明書，加强答辯。縱然這樣做法只能收到解釋效果，至少在日後却可造成一個「把話說明在先」的記錄，而顯得理直氣壯。

法學專家表示務須力爭

如果在海關初步調查中認為指控成立，海關部長 (Commissioner of Customs)就會將整個案件送交財政部審核。如果財政部次長(Assistant Secretary)沒有異議，他就會簽署一項臨時判決書 (Pre-

Liminary Determination)，說明被調查的商品，受有補助，違反美國貿易法。這一項初步判決聲明，同時刊在聯邦憲報和海關報(Customs Bulletin)上。然後再過六個月，最後判決成立，決定應該補償多少入口稅(Import Duty)，課徵平衡稅即成定論。

在第二個六月的期間，財政部會舉辦一個「非正式的聽證」(Imformal Hearing)，由控辯雙方，當面質疑辯論，辯方並可聘請律師出席。在法令上，對這個聽證的效果，沒有明確的規定，但多少，總會產生消極效果。

對美國貿易法案研究有素的丁陳國慈律師在接受記者訪問時，對此案提出她的看法，認爲目前要積極地打這場官司，似乎略失先機。不過，我們仍要盡一切的努力去爭取勝訴。因爲平衡稅的徵收是按國家按產品來計算，一國政府按照美國貿易法的解釋，縱然是全面性的補助外銷產品，不被指控的商品，仍不會被連帶的課徵平衡稅。所以，爲了以後商品的前途着想，一定得苦戰到底，希望將一切資料留有記錄，以後可作抗辯的根據。據她表示，反傾銷法或平衡稅的課徵，兩年之後，可以聲請再審核(REVOTE)，再打官司。

談及該如何去打這場官司時，這位國際事務專家指出，目前除了要繼續延聘律師，收集一切資料出席聽證會，解釋我國法律觀點，陳具事實，否認指控外，最好的方法是：由我政府及有關業界公會，要求與我國貿易的美國紡織品進口商人，聲請行政上訴(PROTEST)，攻擊海關，要求海關減低甚或取消平衡稅，而由我們支持他們打官司。如果敗訴，最終的方法是，向海關法庭(CUSTOM'S COURT)再訴願，要求將財政部所用之調查方法之正確與否重行申請評鑑，希望能證明其非，從而取消所要課徵的稅。不過，這種獲勝機會，希望甚微。

積極談判方有轉圜餘地

我國被指控補貼輸美，已經不是第一次。其中腳踏車內外胎一案，更慘被一案兩訴（反傾銷及平衡稅）。今次我輸美紡織品，係于今年一月廿七日，被美國成衣及紡織工人聯合會（Amalgamated Clothing and Textile Workers' Union）具狀向財政部指控。財政部受理並于一月三十日在聯邦憲報四十三卷二十期第三九六六頁上，公示週知。據我國貿局一位發言人說，當我國獲知是項控訴後，已立刻聘請美籍律師蘇特爾（Socter），代表我國與美國財政部研商，並提出一切答辯。但是，從美國所列具的七項「補貼事實」看來，美國政府顯然對我國法例，起碼未有充分了解，從而顯示我們提供的資料，並不充分，有關單位實難辭其怠忽之咎。

例如，美財政部所指控的第二條文：「我政府對需要高級技術及耐久性設備的廠商給予特別獎勵」為補貼一項，並未明確見諸合於課征平衡稅法的條文上，而竟然成為一項被指控的事實！

再看有關當局一向對于這種指控的態度只是：「堅拒美國一項指控」、「深表關注」、「感到震驚」、「未對任何產品，給予任何津貼」、「歡迎美國財政部對我紡品進行調查」及「希望業者能夠注意，誠實接受調查」等等，完全是處于極端消極的被動狀態。難怪，當紡品初判要課徵平衡稅的消息傳來後，我們的反應是只圖辯說，而鮮思補救之法。

當務之急，應是深切的研究美財政部的指控，據其法律條文闡釋我獎勵外銷條例的意義，運用一切政府及民間力量，積極展開兩國談判。（經濟日報，民67.6.8.，第2版）

(B)操縱美國景氣的奇妙曲線

剛剛踏入了庚申年（一九八〇）正月，香港股市指數即如頑猴般的上躍下跌，成爲一九七三年以來的一次極大波動。財政司夏鼎基爵士爲此發表聲明說：「找不到合理的解釋」。這一句話的涵義，立時引起香港一些投資者的「特別」注意。

有人以近十年香港的經濟發展爲例，將香港的投資景氣，從六五年的銀行擠提，六七年的經濟蕭條，七一年的股市狂升，七三年的股市暴跌，七七年的經濟復甦，以及現時的通貨膨脹等，作了一個綜合的研究，所得的結論是：香港有一條「二至五年的商業投資起伏曲線」（註五）。夏鼎基爵士的話，平添了這些人的興趣。

從過去的事實，歸納成經濟景氣的曲線，從而推論未來的可能演進，在歐美的研究中，最引人注意的，是「鄺積鐵夫曲線」（THE KONDRATIEFF WAVE）。說來奇怪，在姑妄言之，姑妄聽之之下，此一條曲線的週期，也眞似乎默默地在操縱着美國的命運（註六）。

力高尼．鄺積鐵夫（NIKOLAI KONDRATIEFF）原本係蘇聯的一名經濟學家。他在德國的一份社會科學和社會政策雜誌上發表了一篇名爲「商業循環的長期曲線」（THE LONG WAVES OF THE BUSINESS CYCLE）的論文，表示出他對於某些長期性經濟起伏事實的看法。這篇論文使得他在一九三〇年被蘇聯政府放逐到西伯利亞去。

鄺積鐵夫論文初稿係於一九一九年完成，那個時候的人只熟悉二個商業週期。第一個係早在一八八九年，由法人朱拿（C. JUGLAR）提出的，七至十一年的「中期循環週期」（INTERMEDIATE CYCLE），第二個係在一九二三年，由英人傑遷（KITCHIN）所提出的「三年半循環週期」。

鄺積鐵夫根據英、法、德、美四國的價格、利率、銀行有價證券，儲蓄銀行、存款、薪金、產品、田畝、消費和外貿等經濟指標，以及歐西國家一百四十年的整體分析，發覺了若干持續四十八年至六十年的循環移動規律，其中「起升」（UPSWING）期約佔二十至廿五年，「下跌」（DOWNSWING）期大約持續三十年。

當此一「長期曲線」（LONG WAVE）開始的時候，正巧碰上一七八〇年代末期與一七九〇年代早期的工業資本主義的衝力。到鄺積鐵夫發表論文的時候，第三個的「長曲線」，正由「頂峰」(PEAK)邁入「下跌」期。

鄺積鐵夫認爲「長期曲線」有下列特點：

一、這一曲線所表示的意義，起碼適用他所據以研究的四國。因此，此一曲線可能左右着世界經濟的景氣。

二、經濟衰退，雖然同樣會在曲線起升和下跌期發生，但在下跌期出現之經濟不景氣或蕭條，會較爲嚴重和持續得更久的傾向。農業方面，受害最大。

三、在曲線下跌期間，生產技術及運輸。會有多項的發明或發現。不過，這些成就，要等到下一個起升期，方能應用。

四、就世界整個經濟制度來說，在曲線起升初期，黃金產量有增加趨勢，同時由於新立國家的參與，世界市場得以擴大。

五、在曲線起升期間，經濟雖然成長，但頻繁的戰爭與政治大變動，會隨之而來。

鄺積鐵夫極力强調，他的發現完全係由觀察分析而來，他聲稱並不會將這些研究所得，來着手著述「長期曲線的理論」之類的學說，不過，他以爲，這種趨勢曲線的存在是極可能的。他認爲這種現象，係資本主義經濟的各種動力交織而引起，但他並沒有解釋這些動力究竟是那些東西。

值得一提的是，由鄺積鐵夫的「商業循環長期曲線」的「頂峯」，至邁入下跌期的「濁槽」(TROUGH)之前，通常有五至七年與「頂峯」平衡的「齊峯期」(MARGIN OF ERROR)（圖一）。

鄺積鐵夫的論說提出後，並未引起資本主義各國經濟學者的特別注視。一直到四十六年後，亦即一九七二年，一位有經濟學背景的投資銀行家大衞·魯順來(DAVID ROSENAU)，和一位「社會變遷」研究者及作家占士·蘇文(JAMES B SHUMAN)，共同研究分析此一曲線，並在接受NBC電台訪問時，將研究的結果發表，此一曲線的意義，立刻再度成爲美國人研究的熱門話題。

魯順來與蘇文，在進一步修正鄺積鐵夫曲線的時候，基本上保留了它的原來狀態，而將下跌與起升的年距，尖縮起來，取消了所謂的「谷底期」(BOTTOM YEARS)。他們又將齊峰期，延長爲十年，改稱爲「高原期」(PLATEAU)。不過，他們對鄺積鐵夫所說的四個特點，並不重視，而且將討論範圍，局限于美國本土；就不同的循環週期，以社會、政治、文化、經濟和時事爲指標，詳細地加以討論、分析和歸納。對于頂峰年的前後，尤其特別的注意（圖二）。

圖一：鄺積鐵夫的商業循環長期曲線

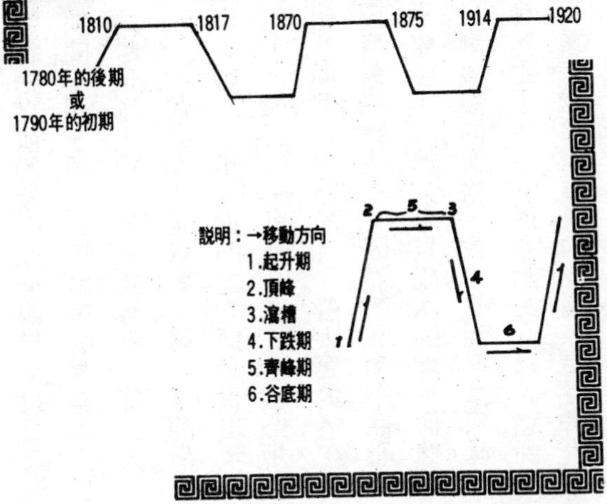

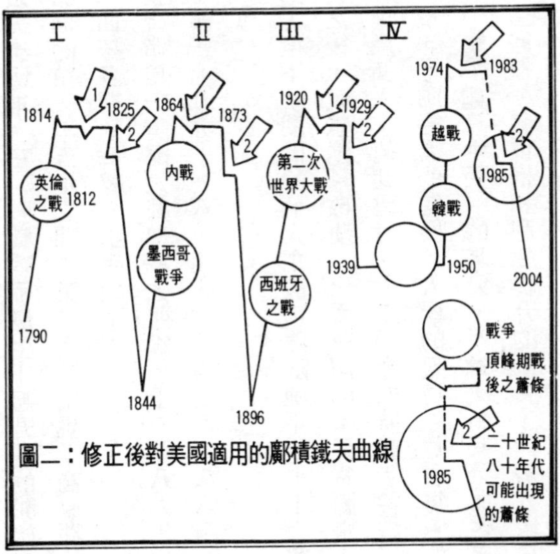

圖二：修正後對美國適用的鄺積鐵夫曲線

魯順來與蘇文又在修正鄺積鐵夫曲線時，曾補充和翻新了若干概念：一、「頂峯」是商品批發價格指標最高的年份，「谷底」是商品批發價格指標最低的一年。二、「濕槽」擴大解釋爲，包括下跌期到達谷底之前的最後二至四年；以及起升期的頭二至四年。三、多數戰爭發生于起升期的開始和頂盛的期間。四、第一次頂峯後的蕭條，出現于高原期的第一至五年之間；第二次則出現于高原期的末期，距離頂峯大約十年。玆將魯、蘇二人。對此一曲線各期的解釋，說明如下：

（一）起升期：根據魯、蘇二人的研究，修正後適用于美國之鄺積鐵夫曲線，于一七八九年出現。此後，約二十年一期的起升期，曾出現過四次：卽一七八九—一八一四，一八四四—一八六四，一八九六—一九二〇，以及一九五〇—一九七四。

起升期開始的時候，一般大衆的情緒是穩定的，但下跌期間的個人主義仍然陰魂不散——大部分人被經濟蕭條唬住了，因而厭戰和不關心世界事。之後，氣氛逐漸改變，出現所謂的「通貨膨脹下的繁榮徵候」——商人會爲成本的增加而懊惱，只有地產商人，値此建材、人工仍廉的時候，最爲得益。日漸高漲的價格、人工及利率漸次滙成一種力量，推動經濟的進展。人民的眼睛注意着每一件經濟事件，由于生意推展順利，令國人感到自滿，有「繁榮如日中天」的豪氣。不過，由繁榮而帶來的期望，會超過經濟發展的步調，使得民衆失望並產生磨擦。與價格和利率提升的同時，一般大衆會趨向于擁護經濟國際化，和自由貿易政策。

然而好景不常，在距離頂峯約尚有十年的時候，「海水開始騰沸了」人們的自滿消失，感到不穩定，缺乏安全感。在起升期的末期，工人示威、暴亂、政治對立、青年不安、代溝以及鼓動社會及經濟地位平等等問題相繼出現。越近頂峯，通貨膨脹越爲猖狂。

戰爭通常在起升期間爆發。不過，魯、蘇二人注意到，若戰爭係於起升期的早期爆發，則民衆的情緒和經濟能力，只求對戰爭應付應付就算了。一八四八年的墨西哥戰爭，一八九七—一八九八年的西班牙之戰，和一九五〇—五三年的韓戰，都如出一轍。但是，如果戰爭爆發於起升期的末期，人民的反應就强烈得多了。一八一二年的英倫之戰，南北戰爭，第一次世界大戰，和越南戰爭，都是明顯的例子。這些戰爭的起因，通常以「聖戰」的狀態出現，在國內經濟尙未過熱之時尙，會生產更多的糧食和武器。財物上的消耗，會導致通貨膨脹的壓力，使得美國政府受到更大的阻力。

（二）高原期：當物價漲到了頂峯的時候，大約會有十年左右，相對的穩定是高原期。高原期的開始，是瘋狂的通貨膨脹，然後，是一個短期的峯後經濟衰退。並且再度於十年後，來一個更嚴重的經濟蕭條。

到目前爲止，美國歷史上一共有過三個如此的高原期：一、一八一五至二四所謂的：「快活世紀」；二、一八六五至七三的戰後重建；以及三、一九二〇至二九的「醉人的二十年代」。

物價、經濟和期望等，經過了二十年的螺升之後，一般人的感覺是：得過正常的生活了。因此，國內問題、個人事業和生活要求得最高。戰時的激昂之氣褪色了，其他重大事項，越不關心越好。衝突、示威與暴力一點都不成氣候。民生日用品豐富，一般人的購買力提高，在在都給人一種生活不算壞的感覺。

第一次峯後經濟衰退發生在一八一九年，第二次發生在一八六五年，第三次發生在一九二〇至二一年，第四次可能發生在一九七三至七五年之間（註七）。

在高原期當中的政治氣候，一向淪于「顯注的保守主義」和「孤立主義」，不參預國際事務，不作軍事回報，但又會出現所謂的「國際主義」的政客。當年參議院之不批准威爾遜總統的第一次世界大戰和平草約，卽係一個極爲明顯的例子。

追溯林肯與甘廼廸總統被刺，約翰生總統被彈劾；尼克森總統之辭職；威爾遜總統受挫于國聯而抑鬱以終；詹森總統受排斥而放棄總統職位之競爭等事實，似乎可以得到這樣的結論：「介乎起升期末期和高原期初期的政治混亂，箭頭都集中在美國總統的身上。」（附錄一）

格蘭特、哈定與尼克森三人幾乎同在曲線的對等位置上，發生下屬的醜聞和貪汚，因而受嫌的「不幸」事件，也加强了此一看法。

短而嚴重的第一次峰後經濟衰退，通常發生在接替自由派入主白宮的保守派總統身上。例如一八一九年的門羅總統，一八六五年的約翰生總統，一九二〇—二一的哈定總統，尼克森和福特總統等，都是有跡可循的。

同樣，更嚴重的第二個峯後經濟蕭條，也通常在保守派總統當政期間出現。比如一八二五—一八二九，一八七三—一八七九，和一九二九—一九三三年的三個經濟蕭條，主政者分別是保守派的亞當斯總統，格蘭特總統，和胡佛總統。魯、蘇二人並不認爲價格和利率的波動與美國政壇的起伏，二者之間，有其特殊的相關性。不過，從自由與保守派人士重覆交織在美國政壇出現的事實來者，的確似乎有一種耐人尋味的趨勢。

在起升期頂峯戰爭獲選為總統的，通常係自由派人士，但隨後即由保守派繼任。因此——

在第一個曲線週期中，保守派的門羅，在一八一六年，繼任自由派的麥廸遜；

在第二個曲線週期中，保守派的約翰生接替自由派的林肯，而承繼他的，乃係保守派的格蘭特；

在第三個曲線週期中，保守派的哈定，在一九二〇年，繼任自由派的威爾遜；

在第四個曲線週期中，甘廼廸係自由派，詹森係自由派，尼克森和福特則可稱為保守派。

魯、蘇二人在高原期特別强調的，歸納起來，大致有二點：一、起升期的各種社會運動，諸如宗教信仰、反托辣斯、服飾與性等，會有某一程度的冷却和鬆弛；二、美國人儘量不參預國外事務；因此銀根雖然寬動，但國會將一致的減少軍事設備的支出。

（三）下跌期：一跌期曾經出現過三次，即一八二五至一八四三，一八七五至一八九五，以及一九三〇至一九四九年，這三段期間。根據曲線來推測，第四次的下跌期可能出現在一九八三至二〇〇四年之間。

由高原期邁入下跌期的頭一個十年，商品價格和利率只輕微上升，聯邦預算平衡，從表面上看任何人都不會預期社會經濟，將會出現急劇的變動。然而，就在此時，經濟從穩定中搖幌了——股票市場反覆、物價下跌、利潤減少、失業數字增大。市民終于「哇！」的叫出來了。過了十年太平盛世的人，眞的不敢相信眼前的現象，也沒有人敢預測這種趨勢會是多壞。不過，「好戲」還在後頭，那較長而又來勢兇兇的第二個峰後期的經濟蕭條，簡直係一連串的超級大地震。

價格瘋狂下跌，嚴重扼殺工商業的成長。面對此一困難，美國工商業界通常採用三種傳統的辦法來對抗：一、降低人工，以減低成本；二、企業合併或聯營，以減少競爭，穩定物價和維持利潤；三、興建新工廠，增加新設備，亟求以較低價格獲得更有利潤的生產。

這些嘗試，在一八二五年至二九年，一八七四至七九年，以及一九二九至三三年，這三個第二個峯後期的經濟蕭條中，普爲應用。從歷史中，上述的應付方法，却在社會及經濟方面，帶來了二個副產品。

工人們通常會採取：一、成立更多工會，鼓勵更多工人參加；二、罷工；以及三、排斥移民進入等，三項態度來保護本身的利益。

——政府則會採取：一、減稅；二、關稅；三、反托辣斯等三項措施來穩定情勢。

總之，下跌期的商業是不景氣的，利率和薪水偶然也會略有起色，但却不能恢復以前的水平了。

（四）溻槽期——四十年代與九十年代

溻槽期指的是十九世紀的四十年代（歷史上所謂的：「飢餓的四十年代」）、九十年代、和二十世紀的四十年代。

經過了二、三十年的經濟蕭條後，人們會較爲注意日常生活的意義了。他們會自己安慰說：「明日可能比今日更壞，所以，今日的確不算太壞。」除了經濟外，人們對于政治、外貿和國家權益等問題，不再像先前的冷寞。

在經濟壞得不能再壞的情形下，商業、價格和利率等開始谷底盤升。政治平穩，人民理智，經濟廻峯突轉，否極泰來。在這情形之下縱有戰爭發生，也只求得過且過。墨西哥之戰、西班牙之戰和韓戰，就是在這種氣氛之下草草完事的。

綜括魯順來和蘇文二人的研究，美國的「國運」似乎眞有一條看不到的曲線在起伏着，她有二十年的起升，有十年的平穩，和二十年的衰敗，在七萬二千個日子裏，循環地影響着歷史的時刻。

如果眞的可以由此一曲線來預測美國情形的話，則在本世紀末期，和廿一世紀的初期，下列幾個情形，將係美國的描寫：一、從今年到一九八三年，美國「國運」仍處在高原期，有高原期裏的各項特徵，大言之，是一切平穩地發展；二、美國第二個峯後經濟蕭條，將發生于一九八三至一九八五年之間，距今年不過三至五年的時間；三、一九八三年以後，美國國勢將一直處于衰退的遞進狀態，要到一九九〇年以後，才能盤旋攀升，步入一個新的、廿一世紀的起升期。四、二〇〇四年以後的最初幾年，美國可能會牽涉于一場較爲嚴重的國際戰爭。

沒有人敢肯定鄺積鐵夫曲線的準確程度，但是從以往事例的顯示，却使不少學者。對其所顯示的意義感到興趣。

一九七五年八月，史坦福大學經濟學博士薛鈴，在接受電視訪問時，對於一九七八—八〇年的看法是：「應如鄺積鐵夫五十年曲線的藍圖一樣，相對的安靜和平穩。」從七八、七九兩年的整個美國來看，的確就是如此。

同年十二月的時代週刊曾經報導說，麻省理工學院的科華士特教授在建立以電腦來預測經濟的模式時，發覺到「與所謂鄺積鐵夫曲線相同的一個五十年的循環週期。」從統計經濟的方法來說，這應該是科學的。

我國議論天下事的人往往說：「唉，天下大勢分久必合，合久必分。」又或者一言以蔽之曰：「治亂興亡强弱盛衰」是也。

又有些人，依循歷史推演的軌跡，從各個角度，將一些現象歸納起來，而有所謂的「歷史律」，經「研究」出來的史律其中有所謂——

一、進化律：我們的生活由石器時代，而演變爲銅器時代，鐵器時代，蒸氣時代，以及現在的電氣原子時代；或者說，由原始的漁獵時期，而演變到現時的農工商時期；猿變人，蛇脫皮，蛙去尾等都可以說是進化。

二、極反律：以爲盛極必衰，物極則反，否極泰來；因此苦盡甜來，大悲而後極樂；艱難生智慧，苦樂來靈感。

三、氣數律：所謂一代興亡歸氣數，衝風之端，不能吹毛髮，强弩之末，不能穿魯縞；治重朝氣，當活力消失，暮氣重的時候，必然由享受，而腐化苟安。

四、因果律：種因必得果，患得亦患失，例如秦皇「焚書已種阿房火，銷鐵猶存博浪錐」；光武尙氣節，流爲品格至上；魏武重能不重品，使禮教精神決堤；漢高祖、漢武帝懼外戚，外戚亡了西漢；明太祖忌宦官，宦官亡了明朝；宋代重文輕武，因而使得「南風不競」。

五、治亂律：亦卽治——亂——盛——衰四個階段。以爲治亂週期，係「分久必合」、「一治一亂」；留得青山在，幾度夕陽紅。成康、文景、貞觀、永徽、開元之治等都係一脈相連的。

鄺積鐵夫曲線，在某一角度上，與上述的史律是類似的，而在推演的方法上，則又過之。它的最大缺點，是把美國摒之於世界其他地方之外，就如批八字的方法一樣，只集中論列個人的生辰八字，而忽略了足以影響一個人的，其他許許多多的外在因素。這似乎是一個靜態的研究，也帶有宿命的色彩。隨世界的進步，國與國間的相互影響與依賴的程度也越大，不論從什麼研究，這都是不容忽視的因素。比如產油國家對美國和整個世界的影響，就可能在預測某些趨勢時，佔了極重要的地位，因爲能源的影響力至鉅且大。

不過，無論時局如何的變遷，在可見的將來，美國仍是自由世界的主要力量之一。更深一層的瞭解美國的現在和將來的可能情形，對我們總有好處。也許，在這曲線上，用以分析的各指標中，已經蘊涵了外在的影響力；因此在推論此一曲線時，得以免除這一個顧忌。並且，如果我們以此一曲線的基礎爲出發，而後就各外在的可能影響而予以探討，則分析將會更爲詳盡週密。再值得一提的是，近期進一步研究此一曲線的學者，大都是美國人，左右研究的偏見因素，應該十分微小。

在全球性的經濟低迷聲中，有人樂觀的預測，美國經濟卽將漸次復甦；有人「後天下之樂而樂」的說，別太樂觀。誰在「盲人騎瞎馬」呢？（註八）（民69.3.19，香港時報經濟版）

(二)解釋性特稿

(A)換滙交易

自我外滙市場成立後，一向未正式作普遍操作的「換滙交易」(Swap Transaction)，經漢華與摩根兩家美商銀行臺北分行，于一月十三日試行操作後；臺灣銀行、臺北市銀行，及美商華友銀行等相繼跟進操作，這種有助於活絡我國外滙市場的交換方式，行將普遍成爲各外滙指定銀行間，另一項新而富于彈性的業務。

有關外滙銀行間進行換滙的操作，是華南銀行于去年十二月底「全國金融業務檢討會」中提出。當時中央銀行有鑑于國內行庫臺幣資金向屬充裕，而持有外滙頭寸的外商銀行，則經常抱怨臺幣資金不足，且在吸納臺幣的途徑方面，又受著多重的限制；因此卽時指出，依據現行條例，指定外滙銀行間進行換滙交易，並非違反法令，只是各行均未靈活運用，乃建議今後各行庫不妨多利用此一操作，以寬鬆臺幣和外滙的頭寸。甫升格爲分行不久的漢華銀行，因持有臺幣頭寸過多，于是決心試行這項操作，藉以解決臺幣「多頭寸」(Long Position)的現象。方法是用臺幣向摩根銀行買入一筆卽期美元，並且以同一滙率，同時將該筆美元在遠期滙市上抛售「軋平」(Square-off)；到期可得回新臺幣資金應用。

因此，所謂「換滙交易」的定義，實係指：「在一個到期日（通常指卽期），用一種貨幣（例如新臺幣），購買另一種貨幣（例如美元）；同時，在另一個到期日（通常指遠期），用已購取之貨幣（例如美元），購回先前因購買此一貨幣而出售之貨幣(例如新臺幣)。」由于這項操作的過程，主要係賣出某一卽期幣別（如美元），同時又在遠期補一回同一幣別（此處指美元），因此有業界稱此項操作爲「補期」。

一項換滙交易，因爲通常都涉及卽期對遠期的操作之故，因此，這一操作的實際效果，就等于「

兩個貨幣市場」的交易，它之所以能活絡外滙市場的主要原因，亦在于此。

通常來說，預計某一「換滙頭寸」(Swap Position) 流入的同時，必使之等于其預計的流出。不過，操作者經常會預期「換滙滙率」(Swap Rate) 並非一成不變；亦卽認爲一種貨幣的卽期滙率，常與其遠期滙率產生「差額」(Gap)，而這一差額，會使換滙操作，有利可圖。在這一情形之下，操作者經常故意使「換滙頭寸」的流入與流出的日期，不盡相同。例如，售賣六個月遠期美鈔一百萬元，以購買新臺幣，又同時以新臺幣預購一個月期美鈔一百萬元的換滙交易，卽係一項「賺利」(Gapping)的操作。「換滙交易」的一個特性，卽在于操作者能將「卽期」和「遠期」作靈活的運用，不致引起「淨外滙頭寸」(Net Foreign Exchange Position) 的變動，並且縱然卽期滙率有所變動，亦不會卽時產生滙率變動的損失。比喻，某一外滙升值了，則因賣出該外幣而招致的損失，亦卽減少了收入本地貨幣的數量，會由買進此同一外幣的交易，而得以彌補過來。

職是之故，能否在「換滙交易」中「賺利」，則最重要的因素，仍在「換滙滙率」的議訂。如果「換滙滙率」的買進價格，大于其賣出價格，則這是一項「貼水」(Discount) 的滙率，亦卽操作者相信，被報價的幣別，其卽期的價格，高于其遠期的價格。反之，如果「換滙滙率」的買進價格，小于其賣出價格，則其所代表的是「升水」(Premium) 滙率，亦卽被報價幣別的遠期滙率價格，高于其卽期滙率的價格。

一般正常的情形下，「換滙」操作，有二種方式。其一是在要求不生產「淨外滙頭寸」，或爲創造「換滙頭寸」，而同時進行「遠期外滙」(Swap-Swap) 買賣時，所用的「單一換滙交易」(Pure

Swap Transactions)。此係指買進與賣出的對手皆爲同一人。「換滙滙率」乃是協商而得，成交時，則以兩種外滙滙率來表示。

另一種則係「多項換滙交易」(Engineered Swap Transactions)。此係指一項換滙的交易，由兩個或幾個交易拼湊起來，而每一個交易對手，並非同一個交易操作員。

到目前爲止，國內銀行的操作，多以「單一換滙交易」爲主，亦卽在本身有買超時，直接向顧客或另一銀行，買入卽期外滙，同時向之賣出等額的遠期外滙，軋平外滙頭寸。如果這項操作，繼續受到鼓勵，則今後「多項換滙交易」行爲，將趨于活絡。

在金融措施比較保守的國家（如印尼），與在金融管制極爲嚴格的國家（如韓國及日本），「換滙」及公開市場操作，都是中央銀行，用來調節貨幣供給額，及本國貨幣利率水準，不可或缺的工具。透過這項操作，中央銀行卽可機動的調節貨幣供給額，適度控制資金的鬆緊；並藉遠期外滙滙率的合理價位，進而求得國內合理的利率水準。當然，中央銀行的基本手段，主要仍在再貼現率的調節、提高，或降低存款準備率。不過，如果「換滙交易」受到鼓勵，則將更收牡丹綠葉，相得益彰之效。

（民72.1.28.，經濟日報，第12版）

(B)港元滙率和恆生指數

正如經濟日報新臺幣有效滙率和發行量加權股價指數一樣，工商貿易界人士，如果要閱讀香港報紙，一定不會錯過港元滙率和恆生股價兩指數，作為了解香港經濟的一個快速指標。本文試就這兩個名詞，作一簡要介述。

所謂港元滙率指數，全名是「港元貿易加權(Weight)實際滙率指數」，作用是反映港元對十五種國際主要貨幣的幣值。

這十五種主要貨幣值是：新臺幣（加權五・四九％），澳洲幣（加權三・四四％），比利時法郎（加權一・四八％），加拿大元（加權一・九七％），僞人民幣（加權一〇・六一％），法國法郎（加權一・三一％），西德馬克（加權七・一二％），意大利里拉（加權一・一二％），日圓（加權一八・八七％），荷蘭盾（加權一・六三％），新加坡元（加權四・五％），韓圜（加權一・七二％），瑞士法郎（加權二・六五％），英鎊（加權一〇・九一％），美元（加權七二・一九％）。

港元滙率的指數基期是一九七一年十二月十八日。原因是史密松寧協議在該日簽訂，協議制定了美元與黃金脫鈎後各國貨幣兌美元的滙率。這一列的兌換率，即成為港元滙率指數的基率。

港元滙率指數的計算法，是在每日外滙市場收市時，把當天的電滙價（買賣中價）收集起來，計算出上述十五種貨幣對美元的滙價，再把這些滙價與基率比較，然後用下列公式計算出港元的實際滙率：

$$\text{港元滙率}=\frac{\text{港元兌美元的升幅或降幅}}{\text{十五種貨幣兌美元的升幅或降幅}}$$

分子為當日港元的電滙價減去港元的指數基率，分母則係當日十五種貨幣的電滙價，減去其兌美元指數基率，然後各乘以權數，再將各積加起來。從上述公式求得之商數，可知港元幣值的趨向。商數超過一百時，表示港元幣值正在上升，而商數低於一百時，則表示港元正處於貶值狀態，其中數碼的波動，則表示了港元滙率升貶值的幅度。

最近急劇下挫的香港恆生指數，實係以一九六四年七月卅一日為基日（卽指數為一百）的「加權資本市值法」。套用統計名詞，此係「拉斯貝爾」式指數（LASPEYRE'S INDEX），以成分股在基日之發行股數為權數，將股票市價乘以發行股數，求得資本市值，再將各成分股的資本市值，和基日的資本市值比較，得出的百分比卽係指數。其計算公式如下：

$$\text{HSI（指數）} = \frac{\sum_{i=1}^{n} Pit \times Qio}{\sum_{i=1}^{n} Pio \times Qio}$$

Pit ＝股份（ i ）在計算日（ t ）之市價

Pio ＝股份（ i ）在基日（ o ）之市價

Qio ＝股份（ i ）在基日（ o ）之發行股數

這一計算公式，可用數字加以說明。

㈠基日

假定選擇三種股票作為「成分股」，而其發行股數及市價如下：

	甲股數	乙股數	丙股數
發行股數	10,000	5,000	8,000
市價（元）	10	15	20

則「成分股」基本資本市值：

$$(\$10 \times 10{,}000) + (\$15 \times 5{,}000) + (\$20 \times 8{,}000) = \$335{,}000$$

$$基本指數 = \frac{\$335{,}000}{\$335{,}000} \times 100 = 100$$

㈡基本指數訂出後的第一日指數

	甲股票	乙股票	丙股票
市價：	$12	$16	$18

「成分股」該日資本市值：

$$(\$12 \times 10{,}000) + (\$16 \times 5{,}000) + (\$18 \times 8{,}000) = \$344{,}000$$

$$則 HSI（指數）\quad 1 = \frac{\$344{,}000}{\$335{,}000} \times 100 = \underline{\underline{103}}（上漲）$$

目前恆生指數共有「成分股」三十三種，包括將來臺設立分行的滙豐銀行，以及知名的和記黃埔、怡和、置地公司、太古洋行、中華電力、電話公司、會德豐、長江實業、恆生銀行、均益倉和東方貨櫃等大集團公司在內。

嚴格說來，恆生指數有三個缺點：

一、恆生指數係于一九六四年製訂，時經十八年的發展，一些成分股的交投，已不復當年活躍。並且目前約有百分之四十五的股票，由大財團控制着，市面流通股數便受到限制。例如滙豐銀行，卽控制了恆生銀行百分之六十股份。

二、指數並沒有包括近年崛起、規模較小但交投活躍的股份。

三、近年來，屢次發生收購事件。例如八〇年的九龍倉事件，八一年的怡和及置地互相持有百分之四十股權等，只是成分股內部股權的變動，但却將指數推高了百分之十五，而市面股份的流通量，却估計減少了百分之十五。因此有人計算，倘若恆生指數報一千一百四十二點時，實際上只有九百四十二點，較報稱指數低二百點才對；股票的高價格，已不能反映實際交投量。問題在于此計算法只和市價有關，與每日總交投却沒有關係。假如成分股內大部分的股票都不活躍，則只要有一、兩個大買家用高價購入小量的股票，指數卽會大幅上升。

事實上，爲了維持公司的控制權，成分股票都是極少交投的。滙豐和恆生就是一例，而此兩家銀行的資本市值，却佔香港整個股市資本值的百分之三十。有人估計，現時香港市場上流通的自由股票，與七九年底比較，下降了百分之三十，而目前市面上流通的自由股票，估計只佔整個市場百分之三十五。

不過恆生銀行的立場，一直在認爲成分股之多寡，並非係指數準確之保證，成分股之代表性最爲重要。例如杜瓊斯工業平均數，從一九二八年至今，一直以三十種股票爲成分股；倫敦金融時報指數，自一九三五年起編製，實際上亦係以三十種工業股爲基礎。

就成分股的組合來說，恆生指數自一九六九年至今，成分股確已作了九次調整。最近一次是八〇年的十二月十二日，以隆豐國際代替亞洲航業爲卅三個成分股之一。（民71.8.16.，經濟日報，第12版）

㈢翻譯特寫

美國食品業强人

保羅·史耐德發跡史

全美國最大食品供應公司之一的尼亞加拉貿易公司(Niagara Trading Co. Inc.)負責人保羅·史耐德(Paul L. Snyder)，曾經幻想着：「一九七八年，中國大陸將會成爲牛肉的出口地，他們需要美國的肉類督察(Meat inspection)在屠房裏，給他們必要的指導。」「如果中共打算將牛肉賣給美國，我希望他們透過我的公司來進行。」

抱着這一美國商人式的「幻想」，他一度訪問了中國大陸，看看牛隻的品質。但是，訪問歸來後却極端失望。此時，他才體認到，一向與他公司有商業來往的中華民國，才是他「幻想」實現的地方。因此，中美的正式外交關係發生變化後，他卽于本年初親自來臺，在此地成立聯絡辦事處，大事購買我國的農業產品、電子產品、紡織品等，以表明支持我國的決心。

史耐德現年四十六歲，原係賓夕法尼亞州曼士斐鎮居民，後來移居紐約水牛城達二十餘年。他畢業于水牛城州立大學，係該校野牛橄欖球校隊的成員，亦係該校摔角隊的主將。

在他大學畢業當年，亦卽一九五八年，他成立了霜后食品公司（Freezen Queen Food Inc.）。不久，該公司卽成爲全美最大的冷凍食品加工廠。霜后食品公司在一九七〇年與拉卑斯高公司(Nabisco Co.）合併。史耐德成爲公司合併後的最大股東。他目前仍是霜后食品公司的總裁及董事長。公餘時，史耐德喜愛家庭育樂活動。因此他在紐約的歌富城（Corfu），營造了全美最好的家庭露營與育樂地區之一的史耐德達利仁湖，以爲休閑之地。

本文係「水牛城新聞雜誌」(The Buffalo News Magazine) 記者安東尼·卡迪尼對他的報導。卡迪尼形容他爲：「不易相處的、兇悍的、積極的一名商人。」這位「兇悍」的商人，于本月初再度來臺，加强與我國業界的聯繫。

——譯者——

在霜后食品總公司一間農舍的後面，一羣黑色的安格斯牛，搖搖擺擺的走到農場柵欄邊，開始從保羅·史耐德的手裏，取食熟透的梨子。

史耐德說：「有一次我曾經騎上這頭公牛的背上，不過今天並不打算表演給你看。」他一邊說、一邊擦着手、一邊走向後園的小屋。這一後園，佔地足有廿一畝。

這並不能說是史耐德心有所懼。這位現年四十六歲的總裁，曾經騎馬狩獵，在澳洲用網捕捉袋鼠，在阿根廷用短衣捕捉駝鳥。

當史耐德進入小屋，看他的秘書是否已經爲午餐作好準備時，在小屋外的火爐上，牛排正烤得吱吱作響。

他解釋說：「這是一個討論正事的好地方，不怕別人聽到你的談話。」

剛到任一個禮拜的秘書蓮娜，正在和香檳酒的瓶塞奮鬥。她想把這一「艱難」的工作交給史耐德。但是，他搖搖手拒絕了。並且開玩笑的說，這也是她工作的一部分呢！

沒有多久，牛排就裝在大碟上，放在冷盤的旁邊。這時只剩下史耐德和他的兩個朋友，也就是兩位水牛城的商界領袖，他們開始一邊呷着香檳酒，一邊嚼着麻花。

史耐德告訴他們：「我想，我還是從頭說起吧。」說着，把他的一條腿擱在酒櫃下的橫木上，手不離杯地站着。

史耐德是坦率的、認眞的，有時說話不免過分露骨。

當他們在酒吧向牛排進攻的時候，其中一位企業家發言說：「保羅，你這種方式。未免太火爆了讓別人替你來說她。讓……。」

史耐德心平氣和的說：「這是我的錢。」

那位企業家繼續說：「你必須小心謹愼。但是保羅，你一向不慣于小心謹愼的。」

「假如那是我的錢，我就要到那裏爲我自己說話。我從未把它當作私人的事——對我來說，那純粹是公事。」

在齊杜瓦嘉鎮克寧頓街上，這幢一八一〇年代的農舍裏，霜后公司執行副總裁朗．乃洛基正在一樓的電腦中心巡視。乃洛基曾在水牛城州立大學作過足球教練，而且有十四年的摔角經驗。保羅．史耐德也曾是那家學校的足球後衛及摔角明星。

由電腦中心望出去，可以看到農場的白色柵欄，但這和電腦中心的機器聲，並沒有不協調的地方。那些在後院吃草的牛羣，象徵著霜后成千員工的使命。

乃洛基沉着地說：「他現在作生意的情形，就和他當年摔角一樣。非常之好鬥、積極，也很精明。如果你要打敗他，你的動作必須夠快。」

在三樓他的辦公室裏，史耐德正關着門打電話。他背對着空空如也的沙發和會議桌，凝視着窗外的景色，蘋果樹、石頭砌成的牆、柱子和鐵門。他正在和一位商界的朋友，談論着這樣的事……。「我告訴你，這些人使我印象深刻，我就希望和這樣的人作生意……，我希望他們記得，他們的夥伴將是誰……，（忽然大笑）胡說八道！你當然得維護我的利益……。」

腰桿挺直，仍有運動員身材的乃洛基，一邊吸着雪茄、一邊帶客人參觀改建後的農舍。在舖了厚厚地毯的樓梯上走上走下，穿過安靜的行銷部、會計部、購買部，和員工的福利餐廳。

乃洛基說：「沒有一丁點是留下來給他的，我眼看着他這些年來大展鴻圖。我與他相處得最久，運動評論家稱他爲殺手，保羅眞不是個能逗着玩的人。」

與熟悉史耐德的人交談，通常都會下這樣的評語：這個從賓州北部小礦鎮來的男人，靠着足球隊獎學金在水牛城大學讀書，當冷凍食品正流行的時候，他立刻以他行銷的知識，投身冷凍食品事業，並且成爲百萬富翁。他在水牛城組織球隊，只是爲了與當地的體育記者和球迷鬥氣。

一九七〇年，史耐德把霜后賣給拉卑斯高公司 (Nabisco Co.)，本身仍兼任霜后公司的總裁，並且成爲拉卑斯高公司最大的股東。他化費了一千二百萬美元，來更新座落于佛曼街的霜后分公司的設備，使該公司成爲霜后公司的總經銷處，員工達一千多人。拉卑斯高的年銷售額，在近兩年已超過二十億美元了。

史耐德在一九七〇年把「水牛城戰士」(Buffals Braves) 足球隊整個買下來。而一九七六年的夏天，在報界攻訐之下，被迫把籃球隊賣給別人，那一陣子，曾有人散佈對他的太太及五個孩子不利的謠言。

史耐德與足球隊相處得並不愉快，他們說他買下足球隊的目的，只是供他玩弄和逃稅。他又過度的運用權勢，在使用場地的問題上，經常與騎兵(Satres) 曲棍球隊發生爭執，並且當足球隊發生虧損的時候，揚言要把球隊搬移他處，以爲威脅。最後，他終于以三百五十萬美元，把足球隊賣給了球隊隊員羅勃·麥雅度。

在史耐德的辦公室裏，他把手肘放在桌上，雙手半掩着面，微白的頭髮梳得很整齊。每日一百五十個仰臥起坐、一百五十個伏地起身和經常打網球的結果，使他富泰的身材，減輕了三十磅之多。

他笑着回答有關足球的問題：「作爲一個球隊的盟主是十分困難的。球員通常都希望能有更高的薪水……詹遜與麥雅度二人都要求五十多萬的年薪。華魯夫·威遜照給了而被人臭駡，我拒絕支付，仍然捱人臭駡。」他捏着手指，輕輕敲着桌子說：「幾個富有的家庭，控制了此城的社交活動。可是，他們一點都不願爲社區化點錢。」

「我想：『老傢伙，我把工作帶到此城和工廠。但是此城的人却對我不好。雖然我是一名富有而又成功的市民，但他們却把我看成次等市民一樣。』我喜愛我的球隊。金錢並不是問題，我付得起。但我受到的攻擊，却影響到我對其他商業的興趣。我十分內向，在我買下足球隊之前，很少人和我碰過面，或者認識我。」

史耐德究竟是否很難相處呢？

他說：「這二年內，我到足球隊辦事處的次數沒有超過十次。我有千餘名的工人，很多人問他們說：『你怎能爲這王八蛋工作呢？』」

縱然如此，他還頑強的表示，如果容許的話，他明天就可買了鈎矛(Buffals Bills)或其他足球隊。

「運動是一切競爭的最高峯」，史耐德把手捧着雙頰，沉思的說：「我就如魔鬼般的咄咄迫人，」他笑了一笑，又說：「如果我的人格有任何缺點，那就是太好鬥了。」他沉默了一會兒，「不管是好是壞，我就是這樣。但我却不想與衆不同。我的兒子也是一樣……。」

自從一九五八年五月某日，史耐德在錫拉鎭一棟房子的底層，圍起圍裙，在煎鍋上親自為顧客示範烤牛排開始，是什麼使得霜后越來越興旺呢？

「那是包裝上的革新。」他解釋說：「冷凍食物係食品工業的一個轉捩點。」

「所有我的努力，都是要使我在貿易界得到成功。我買進來的肉比我的競爭者便宜，我甚至還會把肉賣給他們。」

「阿根廷是我所開拓的第一個市場，然後是巴西與澳大利亞。我最近剛從遠東及澳洲回來。我相信，我們未來的貿易，會集中於那些有某種特產的地區。我們將來要拓展貿易，當然得利用我們的國際關係。尼亞加拉貿易公司係目前除阿根廷以外，最大的肉品出口公司。」尼亞加拉貿易公司、霜后食品公司，和霜后——加拿大三大公司，都係史耐德一手創辦。之後又與拉卑斯高公司合併，並兼任此三家公司的總裁。

史耐德並非沒有受過挫折。加拿大外人投資審核委員會在一九七五年，曾經拒絕批准美商在蒙特婁擁有冷凍食品的加工廠房，使得他在蒙特婁的擴展計畫，受到無情的打擊。

史耐德在達利仁湖四千三百畝的草坪上，養了二十頭水牛。每逢參觀的季節來臨，他得聘用五百五十餘名工人來管理場地，去年前往農場參觀的羣衆，已達一百萬人。

「我經常野心勃勃地想擁有一個私人的牧場，」他有點不好意思的說。「我正想把達利仁鎮的二十個農場合併起來，建造一個高級的私人牧場來避暑，我希望能養到一百頭水牛。」

他說：「水牛將成爲未來冷凍食品工業所用的肉類。飼養水牛的好處是，牠們只吃草，而又比黃牛長得更快。」「那麼缺點呢？」「哈，牠們經常奔出栅欄，我又得捱鎭民的責罵了。」

史耐德達利仁公司，擁有四十家附屬公司。這一財團並正計畫在伊瑪城購買和擴展尚未完成的西方電力公司。

他說，他的計畫是建造與租賃一個包括食品經銷中心、食品加工設備，和冷凍食品倉庫等一貫作業的大型食品供應區。冷凍食品倉庫的建立，不但可爲當地農夫提供一個存放水果和蔬菜的場地，並且可爲尼加拉邊境居民，帶來一項新的工業。全部營運後將須聘用一千餘人。

另外，史耐德在有廿八個銷售部門、年營業額達二億美元的孿姝公司（Twin Fair），有百分之十的股權。最近，他又打算與一家有五百名員工的公司，洽商合併事宜。

這位來自曼士斐的男人，確知他在事業上，已走了很長的一段路。他說：「我的父親起初是一名卡車司機，後來經營一座加油站，我母親則經營一家飯店。他們每星期工作七天，直至去年我把他們送到狄斯奈樂園遊覽爲止，他們一生都沒有休息過。」（譯自水牛城新聞雜誌）（民68.6.3.，經濟日報，第12版）

㈣雜誌稿

(A)香港經濟的回顧與前瞻

百年來，香港的中區，就如紐約的華爾街，英國的倫敦，德國的法蘭克福和日本的東京一樣，一直是個金融的重心。屹立在該區的希爾頓酒店、「中國銀行」和滙豐銀行三個建築物，象徵了香港經濟上的某些意義。

古樸的滙豐銀行，代表着香港人的努力和當權者對香港所採用的放任經濟政策；壯麗的希爾頓酒店，代表了外來的投資；而「中國銀行」却代表了中共對香港的不尋常壓力。三十年來，香港的經濟和貿易就在這三股力量的交互衝擊下，驚濤駭浪地奇跡般發展起來，由一個彈丸之地，一躍而成爲國際知名的金融和貿易投資中心。

近十年來，香港的經濟發展軌跡，經歷了一九六五年的銀行倒閉和擠提風潮；一九六七年左派工人暴動所引起的蕭條；一九七一、七二兩年股市的狂升，恒生指數達一千七百點；七三年股市的暴跌；七四年的世界性經濟衰退，七六、七七兩年的經濟復甦，以至現在感受內部經濟過熱，備受通貨膨脹的壓力。

在世界經濟方面，在這十年當中，亦有柳暗花明的發展：先是西德與日本的外滙力量脫穎而出，與美國鼎足三分；其後由於越戰及內部問題，美國經濟發展減緩，更於七一年宣布中止美元兌換黃金的傳統，使美元在世界的金融地位，一落千丈，反要依賴馬克和日元的支持；七四年石油出口國組織崛起，以石油作武器，威脅了整個世界；與此同時，臺灣和韓國等開發中國家，工業起飛，所生產的輕工業製品，大量運銷各先進國家，限制輸入的保護主義，高唱入雲，這些轉變，亦對香港產生了某一程度的連鎖壓力。

香港雖係英國殖民地，但由於英國面臨着諸如工會的勢力，北愛爾蘭的政治等種種問題，使得她無法兼顧本身以外的地區，香港並沒有從英國，得到特別好處。不過儘管香港對外極端依賴，但由於她的特殊地位和創業、冒險、投機與忍受的時機運用，有時，她並不一定感受到其餘世界憂慮的影響。

由於香港人的努力和開拓，使香港由一個純粹的貿易港，從另一軌道上，蛻變爲一個輕工業消費品製造中心，五百多萬人口中，工人佔了八十餘萬，而成衣、玩具和電子產品等商品，則散佈世界各個角落，MADE IN H.K. 成了一個熟悉的標誌。

據香港統計處的數字，今年頭十個月的商品貿易總值爲一千三百零四億三千五百萬港元，較去年同期增加了百分之四十，其中產品出口總值爲四百四十九億港元，與去年同期比較，增幅爲百分之三十八，入口貨品總值爲六百九十三億零九百萬港元，增幅爲百分之三十九，轉口貨品總值爲一百六十一億三千二百萬港元，增幅達百分之五十三。

從香港成立的出口數字中，顯示香港成衣商已成功地打開了西歐和日本的市場。據統計，今年一至十月，輸西德的成衣總值，增加了八億三千四百萬港元，增幅達百分之四十一，這與輸美之七億五千八百萬港元之增加量（增幅爲百分之十五），幾已處於平衡地位；輸日本的成衣總額，亦增加了二億八千一百萬港元，增幅達百分之六十七。有人估計，今年港貨運銷西歐的增長率，可能會達百分之五十六，而今年至一九八二年，香港生產總值增長率，每年平均爲百分之九，出口和貿易的增長率約在百分之六至九之間，而轉口貿易的增長，則會在百分之九至十三之間。

香港的電子產品，一直具有成爲香港最大出口貨品的潛力。今年輸日的電子鐘錶總值，增加了八千萬港元，增幅高達百分之八十六，實在係一項出人意表的成就。目前香港一般大廠商的政策，係趨向採用全自動或半自動的製作方式，來生產高級的電子產品，諸如各種手提電子遊戲，電腦電話機以及小型電視、收音和錄音三合一的產品等等。香港在發展這類高級產品的一項最難解決的問題，是微型記憶電腦的穩定來源，解決了這個問題，卽可大量地生產。

集中力量，統籌活動，係香港貿易發展局拓展貿易活動的焦點。該局主席簡悅强爵士(Y.K. KAN)

最近卽宣布，今後十五個月內，該局將推行九十多拓展活動，包括：加强對日本的促銷活動，恢復在美國百貨公司內舉行拓展活動，並且向歐美推銷毛皮和家具。其他的貿易重點，尙有波蘭、中美洲和拉丁美洲各地；顯出香港在集中和分散市場方面，已作出了彈性的因應。港美紡織品貿易談判的困難，給了香港商人一個實在的教訓。

一般經濟評論家，對一九八〇年香港國際貿易的展望，大都採取十分保守的態度。原因是，美英日德等香港的主要貿易伴，在某一程度和層面上，已採取了抑制通貨膨脹的措施，試圖保障經濟的發展。由於英德美日這四個主要市場，吸收了香港出口總額百分之六十左右，這些國家抑止通貨膨脹的政策和措施，必然對香港產生不良的影響，減少對港製產品的需求，使香港的製造工業的發展受阻。

賭，主宰了香港大部人的生活。「輸完又嚟（來）賭過。」不知給香港人帶來多少希望。他們賭麻將、賭狗、賭馬、賭股票、賭黃金買賣、炒樓、炒地、炒期貨。在這個賭字當頭之下，到處都是「幻想中的財富」，使經濟患上了「癡肥症」，並且難予治療。尤其是地產、股票及黃金，更是香港經濟「高血壓」（過熱）的三個主要病源。

一九七九年香港政府拍賣的官（公）地，只比七八年度增加了百分之十九，而市區內適合於再發展的地皮却又越來越少，樓宇的供應，遂大大低於港人的需求，迫使樓價和租金的急劇上漲；豐厚利潤，吸引了大量各階層的炒家，一般人相信，今日交出小量定金，幾個月後，就能轉手謀利；在預期通貨膨脹的持續加劇及港元購買力日趨下跌的陰影下，消費者受「投資保值心理」的促使，又掀起了一片購樓狂潮，這二項惡性因果關係，更使得租金樓價如脫韁之馬。

根據一項非正式的統計，一九七九年香港非工業用地售價，平均較七八年上升了百分之七十；私人住宅售價，平均較七八年漲升了百分之五十，而租金方面，亦同時急升了百分之五十以上；使得一間三、四百呎的小單位，售價動輒在二、三十萬港元之間。一間面積六百尺左右的樓宇，租金高至二、三千港元，而在另一方面，香港新落成的樓宇中，却又有三分之一，被囤積居奇。炒樓業界已直接、間接地操縱了樓宇的供應，左右了樓宇的價格，並且閉起眼睛，以一種賭博的心理，不管經濟的起落和利息的高低。

在一般市民叫苦連天之下，香港政府亦不得不稍爲俯順輿情，研擬防止炒樓的辦法和將租金予以管制。香港房屋司署即曾作出：一、縮短對按金和買賣合約簽訂的時間，以減少投機性的轉售機會；二、禁止在買賣合約簽訂後，及正式合約完成前這一階段內，進行樓宇的轉售，迫使投機者作謹愼的考慮；三、樓宇買賣的合約，在香港田土廳註册，防止樓宇買賣合約簽訂後的「非法」交易等三項建議，提交政府考慮施行。此外，香港房屋司格仁亦於日前宣布，將於八〇年初，向立法局提議，除商業樓宇外，立刻全面管制住宅樓宇的租金，第一次出租時，基本租金的多寡不受限制，但以後租金每兩年增加一次，加幅不能超過租値的百分之廿一。

在上述提議未公布前，香港尖沙咀東部，一幅一萬六千一百四十六平方呎的官（公）地，曾以二億六千萬港元賣出，平均每平方呎爲一萬六千一百港元，創下香港官（公）地售價的最高紀錄；在上述提議宣布後，香港郊區沙田新市鎭的兩幅小官地，却仍分別以一千三百萬港元，及七百萬港元的高價成交，另外，位於九龍荔枝角道，樓高十五層，地段面積九千六百呎的「鐘意商業中心」大廈，又以一億五千八百萬港元成交，平均每方呎售價爲一萬六千四百五十八港元，較九龍旺角區，有「地王之王」之稱的榕慶大廈相比，每方呎只差三百港元。可見任何提案，對樓價的影響甚微，香港樓價已經走火入魔了。

論者以爲，港府只着意管制樓宇的租金，而不提供更多可供發展之土地，誠然只係治標之法，加以人口的迅速的膨脹，大量外國公司的湧入，使得樓宇的供求，更形脫節，因此八〇年的香港物業市場，仍然蓬勃。但是，由於八〇年的經濟增長，會轉趨緩慢之故，一般相信，只有包括香港政府在內、資本最雄厚的投機家，才能在這「寸土尺金」般的蕞薾小地上，贏個盤滿砵滿。

儘管一九七三年香港的股票狂潮，給全世界帶來了一連驚異的震撼，六年後的恒生股票指數，又昂然的衝突八百大關，而且遠景看好。和世界各地的股票市場一樣，一般碎股散戶，只是跟紅頂白，仰人鼻息，但却是一股不能忽視的力量。此外，香港的股市，有所謂華資、英資、外資和游資的界限。華資可以以長江爲代表，英資可以怡和集團爲代表，這兩大資本，有時互相「挑戰」，引起一陣風雨，有時又互助合併，共存共榮；外資則包括了美資、日資，和東南亞各國。這些資本，在香港股票市場上，亦有其一定影響力。由於地方特殊的關係，香港總是東南亞熱錢外流的第一站，每當東南亞政治局勢不穩定的時候，熱錢總會到香港股市來歇歇脚，一陣旋風過後，又悄然的「功成身退」。最近伊朗危機和泰越的對峙，造成熱錢的再度流入，使香港的股市暴升不止。

香港一位金融專家，在分析香港股市的暴漲時表示，誘導香港股市上升的原因，一方面係由於股票的投資，與其他的投資比較，股票仍然較爲大衆化；另一方面，支持股值的財產，其價格的上漲，又比股價的上漲爲大，這二原因，造成了股市的回旋攀升，終於再度衝破八百點大關。

論者以爲石油危機和金價的暴漲，很可能分散股市投資者的注意力，但只要泰越突峙不變壞，利率的上升幅度，沒有太大影響性，港元地位穩定，貿易改善，收支平衡，則八〇年的香港股市，仍將十分强勁。

與股市孿生的黃金市場，受國外金價的影響，價格節節上升，大有當年股票「一買就發」之勢，吸引了不少投機者的注意，最瘋狂的一天，價格的上落幾近二百港元，完全係一種賭博姿態，使得香港金銀貿易場等交易機構，不得不調節某些規則，例如提高保證金的數額等，以穩定市場的過分投機。由於美元的疲弱和石油輸出國，放棄以美元爲唯一支付工具，一般黃金買賣者相信，八〇年香港的黃金市況，仍然繼續挺升。

自一九七五年以來，香港實際生產總值，增加百分之六十一，個人生產總值，增加了百分之四十四，個人工資收入則增加了百分之四十五。收入增加，消費需求增加（七九年一至十一月，消費生活指數上漲了百分之十六），帶動了香港物價的普遍上漲。銀行雖然提升放款利率，但利率的漲幅，追不上物價的上升；凡是從銀行借到錢的，都一股腦兒買地產、買黃金和買股票，投資再投資，使整個銀行信用，在過去十二個月，擴張了百分之四十三，高度的通貨膨脹，幾至於一發不可收拾。

七九年首季，香港的通貨膨脹率，已較七八年同期遞升了百分之九，第二季遞升了百分之十二點三，第三季則爲百分之十五，第四季開始的十月底，通貨膨脹率的遞增，雖然放緩至百分之十三，但滙豐銀行以爲，由於燃料、房屋和消費品的漲價，七九年年底的通貨膨脹率，與七八年同期比較，將高出於百分之十一；而全年之通貨膨脹年長率，可能達到百分之十五。

在考慮香港前途的時候，一般人總以「政治形勢穩定」，來自我安慰一番。所謂「政治形勢穩定」，實在係指中共對香港，暫時不會作出任何的壓力而言。許多人以爲，中共要推行四化，一定得借助香港的工商貿易經驗，技術的轉移，以及金融的服務。據估計，中共有三分之一的外滙，係透過香港而獲得的。華國鋒與鄧小平，曾經「保證」，必將考慮香港人的投資利益，而榮毅仁（中共國際信托投資公司總經理），曹云屛（中共廣州市貿易訪問團團長）均曾數度來港推行經濟統戰。習仲勛（中共廣東省革委會主任）在提及廣東省和港澳關係時，表示將於深圳、珠海等處，開闢特區，開放給外商、僑商及港澳人士投資經營。

有經驗的香港商人指出，向中共投資或合作，必得採取一種十分保守的態度。因爲中共不單在設備和技術上，仍然十分落後，而且在政治上，又沒有一個制度，誰來當家，誰就可以作某些「承諾」，一旦下台了，則一切又化爲幻滅。一位曾經參加過中共貿易會的商人就曾經這樣的警告說：以爲香港租貴而想利用大陸的土地，到頭來可能得不償失，鍛羽而回。展望八〇年的香港經濟，也許可以用下列諸點，予以推述：

㈠香港經濟依賴出口，石油加價反映在成本/價格的結構上，這將直接影響工業及每一個人的生活；

㈡地產樓價的哄抬，以及美、英、德等主要國際貿易市場的經濟陰影，將使香港八〇年經濟，存着不穩定的隱憂；

㈢由於租金和工資等生產成本的增加，會削弱港貨的外銷競爭力，同時由於經濟過熱，將導至港元疲弱，在惡性循環之下，因而導至入口貨價上升，繼而加劇香港的通貨膨脹；

㈣外資在香港仍會產生一定幫助，諸如帶來新技術和協助港商打開外國市場等，但一九九七年租約期滿這一個壓力，無論中共如何「保證」，投資者，仍會蒙上一層不肯定的陰影；

㈤香港在可見將來，仍以生產輕工業消費品爲止，中小型工廠係主要生產結構。（民68.12.31.，華商貿易月刊，第一六〇期）

(B)香港「一九九七」大陰影

編按：對香港居民來說，在「大限」的威脅下，任何的風吹草動，都是剝奪生存空間的警告。最近這一個月，香港又發生了三件讓港人寢食難安的事件，面臨強大的離心力，「逃」成為港人的最後一條路。

香港「一九九七」年限的陰影，似已到了「春潮帶雨晚來急」的地步。最近這一個月的發展，即令最樂觀的港人也開始有「日薄西山」的感覺。

三個打擊寢食難安

究竟在這一個月裡，發生了什麼大事呢？根據可靠的消息來源，以下三項是最令港人寢食難安的：

①英國對香港「主權」的讓步

根據鴉片戰爭南京條約的規定，英國擁有香港本土的主權。因此，一九九七年的限期到時，理論上只歸還九龍半島及新界租借部分給中國。然而香港與九龍息息相關，港人雖早已懷疑英國政府會否堅持香港主權的歸屬，但總以爲可以拖延相當時日。不料消息傳來，英國已早在此時放棄了這項「主權」，只是雙方均秘而不宣，瞞住一般的小百姓。至於香港政府的公共開支，則以經濟不景氣的理由大幅收縮。

②「過渡時期」的開始

港人曾透過多種途徑，希望中共多給三十至五十年「過渡時期」，以好作調適「新生活」的準備。針對這一點，最近北平的答覆是：「過渡時期已經開始。」

③英人全面退出香港政府組織

前時盛傳英國爲了面子，曾要求中共在「接收」香港或「港人治港」之時，在各階層政府部門中，留下若干名英人，權充顧問，再「伺機」退出。這一提議，據說亦遭中共一口拒絕。

掌上籌碼任人宰割

這幾件事輾轉流傳，對香港前景產生了關鍵性的影響。不但股市大幅下跌，港元滙率也連續跌到新低點。在投機氣味十足的香港，這些現象並非前所未有；不過，却不曾到達如此嚴重的地步。六月九日，一位由港來臺的觀光客，曾經拿港幣去兌換臺幣，孰料銀行沒有掛牌不兌、旅館不兌，其他的可兌換外幣的單位也不兌。他雖然一再強調情願以較低的滙水兌換，却找不到「敢」要港幣的人。

在香港的居民中，有不少人見過貨幣在一夜之間成爲廢紙。三十多年來，他們在英國的統治下，胼手胝足地工作，圖個兩餐一宿。現在這類人大多數都成家立業，希望晚年不再辛苦了，却又無奈地睜眼看著他們的積蓄，行將面臨又一次化爲烏有的危機。

對香港前途的絕望，甚而表現在青年人的動向上。以香港珠海書院，代教育部主辦的香港僑生大專聯考來看，今年報名投考者，多達二千五百九十二人之譜，爲歷年之最多者，比去年尚多出百餘人。六月七日考試，缺席者寥寥無幾。中共今年二月份亦曾在港招生，但報名「投考」大陸「大學」的實在不成比例。年輕一代的香港青年，已作「能走就走」的打算。

廖承志、柴澤民笑裏藏刀

廖承志的死亡，對某些天眞的港人來說，又是一個「希望」的幻滅。由於「鄉親」的地緣關係，有些港人在徬徨之餘，確曾信過他爲統戰而不得不說的美麗謊言。比如他曾親口對回大陸開會的港商說，中共「收回」香港主權時，一定會「考慮」他們的「提議」，「保障」港人投資的「利益」，「維持」香港的「繁榮」，「港人治港」，並且讚揚臺灣經建的進步，表示今後「經濟學臺北」，大有「你投資，我放心」的暗示。這批港商被大灌迷湯之後，竟有不少人信以爲眞。更可笑的是，一份財經報紙，爲了使大陸能「經濟學臺北」，不惜想盡辦法，收集臺灣經建資料。到後來方知作了大傻瓜，因爲廖承志根本對所有的訂裝資料，連看也懶得看。廖承志只想利用他們，進行對臺統戰的陰謀。

這和柴澤民的笑裏藏刀是一樣的。兩、三年前，柴澤民到夏威夷「訪問」，夏威夷大學一位香港學生，向他問起香港的前景問題。柴澤民笑笑的說：「香港不是問題，臺灣才是問題。」那名香港學生高興了好久才明白過來——柴澤民的意思是，大陸可在任何時間「收回」香港，容不得你多嘴，臺灣嘛，就頭疼了。

「逃」變成港人的心願

英相佘契爾夫人的保守黨在大選中獲勝，對政治有認識的港人來說，似乎不應特別高興。保守黨走的是右派路線，和共產主義並不相謀，鐵娘子跟廣東人一樣，有着寧折不屈的木棉樹性格。使得她在香港問題的磋商上，與中共產生不能妥協的僵局。上次佘契爾大陸之行，已直率的搗破她和五百萬港人的「理想解決方案」。

目前，香港人是以一種「遺民忍死望恢復」（放翁詩）的心情在捱日子。他們盤算着該如何把僅有的積蓄，變成美元，再在香港的美國銀行分行，開個美金存款戶，希望自己縱然用不上，幸運的子子孫孫，或許可以叨點「祖產」的光。這些人經常在看隨手可以買到我們嚴格保密的匪情資料，他們經歷過五十年代的蕭條經濟，看過六十年代逃亡潮，耳聞目見文革時的浮屍，知道什麼叫大躍進、人民公社和三面紅旗；也常常回大陸「遊山玩水」，有時會對着大陸寄來的購物單產生「無力感」。他們也曾想過要「鼓足幹勁、力爭上游，建設偉大的祖國」，但是「中外合資法」、「蛇口工業區」、「深圳特區」的一再失敗，一波又一波的「偷渡者」，「大圈仔」的形象，使得他們不約而同的產生一個共同的想法——逃。

儘早擬定應變計畫

值得指出的是，一旦香港風雲幻變，其影響範圍當及於整個東南亞，對臺灣地區更可能有某一程度衝擊。政府實宜未雨綢繆，方能成竹在胸。比方，中共曾一再發囈語，香港「主權轉移」之後，容不得青天白日國旗在港九飄揚。為了制敵機先，儘早擬訂各種應變計畫，以保障駐港單位安全，照顧港澳同胞，維護資產和聚導香港僑資的流入，似已刻不容緩。

另外，就交通的地理位置與外交的環節而言，如果在東南角受到障礙，則我們與東南亞其他鄰國，諸如韓國和日本，關係將更形密切。這點是在外交的推展中，絕對不能忽視的。（民72.7.10.時報雜誌，第一八八期）

附註

註一：新聞學者華特洛（Waldnop, A. Gayle）曾將專欄稱為「AOT稿」（Stories that can be run any old time），表示其時效性不如社論或純新聞之高。

註二：「專欄作家」起碼包括記者（尤其某些報館專欄組記者），「自由作家」，政府官員與學者專家。另外專欄作家所寫的專欄，只供一家報紙刊載的叫 "nonsyndicated column"，供若干家同時發表的叫 "syndicated column"。

註三：國內大華晚報「今日春秋」，亦屬此類專欄。

註四：「徵信新聞報」，原名「徵信新聞」，側重於工商經濟消息，民國四十九年一月一日，該刊十周年紀念時易名，並以綜合性報紙為編採方針，又于民國五十七年九月一日記者節，亦即易名之後十八年，易名為「中國時報」，沿用至今。

註五：經濟學者熊彼德（J.A. Schumpeter）根據密契爾（W.C. Mitcheal）和波恩斯（A. Burns）早年所著的「商業循環論衡」（Measuring Business Cycles）一書的內容，曾提出一個見解，認為：「經濟衰退，乃係繁榮的一種反應」（Depression is the reaction to what happenens in prosperity）。經濟學者慣用「頂峯」（Peak）和「瀉槽」（Trough）來形容一個國家，在經濟發展或成長過程中，「繁榮——衰退——繁榮」的歷程，而名之為「

商業循環」(Business Cycles/Trade Cycles)。週期性的經濟波動，通常分爲三大類：即三、四年一次的「小循環」(Minor Cycle)；八、九年一次的「大循環」(Major Cycle)；以及五、六十年一次的「長期波動曲線」(Long Wave)。根據美人韓森(Alvin H. Hansen)「經濟循環與國民所得」(Business Cycles and National Income)一書的研究，從一七九五年至一九三七年的一百四十二年之間，美國曾有十七次大循環；從一八〇七年到一九三七年這一百三十年間，曾有三十七次小循環；而自一八六五年至一九三八年的七十三年之中，則有大循環七次，小循環十一次。日本一位從事循環和產業經濟研究的學者篠原三代平，曾將「循環」作爲三分式：即「庫存循環」（短期），「設備循環」（中期），和「建設循環」（長期）。另外，調整經濟循環，刺激景氣復甦，方法固多，要之不外以「投資」爲主。韓生在其書中認爲，因應「經濟循環」所作的投資，並非指抵押、證券和公司股票等「救濟性」的「財務」(Financial)手段；而係指製造工廠、生產設備、住宅樓房、庫存成品、半成品及原料，以及外國投資等「眞正」(Real)投資。製造工廠不單指廠房工地，並包括運輸和其他公用設施。生產設備則包括機器與各項商務、財務和企業的添置物。

註六：經濟循環的理論主要有：一、純貨幣學說(Pure Monetary Theory)；二、過渡投資學說(Over-Investment Theory)；三、消費不足學說(Under-consumption Theory)；四、心理學說，亦即所謂「樂觀的錯誤」(Error of Optimism)與「悲觀的錯誤」(Error of Pessimism)；五、科技的創新(Clustering of Innovations)；六、太陽黑點(Sun Spot)對農產氣候的影響；以及七、外來影響論(External Theory)，與內部問題論(Internal Theory)等七種。另外，杜遜伯力(J.S. Duesenberry)在「經濟循環與經濟成長」(Business Cycles and Economic Growth)一書中，認爲「經濟循環」發生的主要原因，可從兩方面去看。一方面是，當某一經濟系統的生產能量，超過其需求時，企業的利潤和投資，將漸次下降，國民所得，亦連帶降低；經過一段期間中止投資，或經濟結構改變後，景氣即行恢復。另一方，則由于某一經濟體系的生產能量，雖然未超過需求；但若處于投機性的「投資」景氣，貨幣崩潰的疑懼，以及其他相關因素下，亦足以形成經濟景氣的循環。

註七：蘇、魯二人的研究，到一九七二年爲止，七二年以後的趨勢，係美國南伊利諾大學哈里教授(John Hawly)在一九七六年研究此曲線時，所作的預測。哈里敎授將第四個曲線週期的頂峯，訂在一九七四年。當時他的據論是：一越戰和約，已在一九七三年簽署，實際上，美軍在東南亞的參予，已經結束；二、商品的批發價格指數，在七四年的十二月，達到最高；三、一九七五年一月，全美銀行均降低利率。自後價格與利率，不停下降。這些因素，以及一九六九至一九七〇的經濟不景氣，使他相信，一九七三至七五年的經濟不景氣，係第四曲線週期的第一個峯後經濟衰退。

註　八：原文係于一九八〇年三月十九日，首于香港時報以「簡介鄺積鐵夫曲線」爲題，作經濟特稿發表；繼于一九八二年九月十日，以「操縱美國景氣的奇妙曲線」爲題，發表于經濟日報副刊，並略作增刪。本文再據前述二文改寫，並補充若干新資料。

第十章　隱私權、新聞誹謗與報紙審判三詞淺釋

在特寫寫作中，每每牽涉及複雜的人與事之報導。其中，更由于特寫的特殊性質之故，會較一般純新聞報導，更易犯上侵害隱私權、新聞誹謗與報紙審判等爭議。玆分述此三大「問題」名詞之基本解釋于後，俾作下筆行文之參考。

一、隱私權(Privacy)（註一）

按照瓊斯 (John Paul Jones) 的解釋是：「使自己獲得獨立地位的權利。也可以說成，拒絕使個人被不當的曝露在公意面前的權利。或者更可以說，關于未必與社會有關事件，免受不當干涉的權利。」我國法律學者呂光教授更認爲：「若與公意無關，而純屬私人事務，卻引起個人精神上的不安，此卽侵犯了隱私權。」

一般廣義的說，新聞的報導，涉及個人困窘的秘密，令個人受到他人異樣眼色相向，卽侵犯了隱私權。陳石安（民六七：二五四～六）指出：新聞報導之所以涉及私人生活，大致有三個原因：

㈠私人生活行動，如有「新聞價值」，報章便認爲可以當作新聞處理，而予以披露。

㈡報紙爲了「公衆興趣」，報導內容因而涉及私人生活。

㈢報紙以「知名人物」(The Public Figure) 的生活細節，一舉一動都有「新聞價值」，可予披露。

美國報人潘柏 (Don R. Pember) 卽曾解釋：「某些人擔任了公職，或將他們的專長娛樂大衆，或參加一個行動而引起公衆注意之後，他們的大部分私權便告喪失。政治家、行政官員、電影明星、雜技藝員和運動員等，都失掉了他們大部分隱私權。」徐佳士（一九八三：六九）亦指出，一個公衆人物的私人行爲，由于可影響他的「公生活」，不應用隱私權的盾牌來隱藏。這是公衆人物，爲他因從事「公生活」所享受的權利，而不得不付出的代價（註三）。

由于「新聞價值」和「公衆興趣」（註四）概念不但經常含混不清，而且通常涉及主觀的推斷，因此常常發生糾紛。不過，「新聞人物」（亦卽 "Man/name makes news" 的人物），雖然爲勢所「迫」，因「公開露面」，成爲注目焦點，引起各方注意，而失去某一程度的私生活隱密，但記者在追訪這種「新聞」時，仍應適當的注意這些人物的私人權利。廣義的隱私權，尙應包括個人的名譽（人格）權和寧居權。施蘭姆 (Wibur Schramm) 說：「站在新聞界的立場，對突出的重要新聞人物，自然是報導得越詳盡，越受大衆歡迎。不過，任何人都會有不願意告訴他人的秘密，再希望藉新聞成名的人，也不會一無保留。傳播媒介，應該負責把『公衆興趣』，和當事人利害之間的界線劃清楚，以免失去道德上的立場。」誠理之至也。

應當注意的是，在隱私權的涉訟案中，「新聞」的定義，會由法官或陪審團認定。潘柏指出，美國法庭認定「新聞」時，大約有七個準則——

㈠合法的公衆興趣事項。

㈡牽涉入有「新聞價值」的私人事項。（惟刊出的資料必須與「公衆人物」的事件有關。）
㈢「公衆人物」的個人事項。
㈣公文書（Public Records）所紀錄的事項。（但有其中事項有所變動，則會影響能披露的程度。）
㈤如是小說化的筆調，不能確證個人。
㈥刊登與新聞無關的個人照片時，應作審愼的考慮。
㈦涉及私人事務的資料，如無「新聞價值」，則雖「實情」，亦與「刊登權利」無關。

吳恕（民六四：三五一）建議，新聞從業人員，在實際執行工作時，將新聞對象隱私權的處理，應特別注意下列四項原則——

㈠一個人與公共利益及公衆正當興趣無關的事務，不應刊登揭露或公開評論。
㈡一個人牽涉入與新聞有關的事件時，報導時不得超過必要限度，而致引起被報導者精神上的痛苦與不安。
㈢不要侵犯一個人私生活的安寧。
㈣在未得其本人同意前，不得擅自將一個人的姓名、照片、肖像等作商業上的用途。

值得一提的是，徐佳士曾一再指出，涵蓋「言論自由」和「報導自由」的「新聞自由」，經過兩、三百年的演進後，當前談「新聞自由」的理論基礎，應積極維護「傳播權利」。他認爲「傳播權利」的範圍，包括了六點：

㈠任何個人或群體的境況，有被報導爲其他人知道的權利。
㈡任何個人或群體的形象，有不受歪曲報導的權利。

㈢非公衆人物的私人境況，有不被報導的權利。
㈣任何群體的期望和意見，有廣爲週知的權利。
㈤各種不同型式的藝術工作者，有利用大衆傳播媒介發表作品的權利。
㈥各種不同文化品味的消費者，有透過媒介獲得消費滿足的權利。（註五）

二、新聞誹謗（Libel）

美國最高法院認爲誹謗係：「對尊嚴之損害，若無其他正當原因，而故意刊布有害于某人的記載。此種記載又爲虛僞、或對他人屬實，對受害人則否者，亦應負一般的違法責任。」英美誹謗法著重名譽的保護，舉凡「傳述」(Statement) 中，有使某人受到輕蔑 (contempt)、厭惡 (averson)、不恥 (disgrace)、異樣眼色 (induce on evil opinion)，與失去社交者 (deprive someone of friendly intercourse in society)，卽屬誹謗蘊涵的範圍。

誹謗在我國屬告訴乃論。據刑法第三百十條和十三條規定，以文字圖畫，意圖散布于衆而指摘，或傳述足以毀損他人名譽之事，與乎散布流言，或以詐術損害他人之信用者爲誹謗。報紙編輯在處理新聞（尤其社會新聞）時，之所以牽涉誹謗問題主要有四個原因：

㈠報導者報導失實，未經查證而誤信傳言，或者僅憑一時的推測，誇張渲染，甚或虛構故事，編輯未能查察。
㈡記者報導內容有誤，例如某甲爲殺人凶嫌，卻將名字誤寫成無辜的某乙，編輯未能查察。

㈢句語的措詞用字不當。例如在報導中，稱人爲賭鬼、庸醫、江湖郎中、色情狂等等（註六），而編輯又未將此類不妥字句删改。

㈣記者據片面之詞而報導，編輯未加細察遽而取用。

如果誹謗對象是一個團體或機構，卽成「群謗」(Group Contempt)。陳石安（民六七：二三二～三）引述史蒂萊曼 (Walter A. Steigleman) 的解釋，當誹謗涉及團體時，法院的立場大致如下：

㈠、團體越大，此種誹謗引證成立的可能性愈小。

㈡、由法律產生的小團體，比非正式團體的引證效力，來得確定。

㈢、僅指「本城聞人」等，則自詡爲「聞人」者，無法援用此種引證。

㈣、當誹謗性文字涉及小團體，但未明白指定，亦不得以此作爲引證。

㈤、如團體中一會員贏得損害賠償，其他會員不得分享，須經過單獨訴訟。

㈥、卽使對小團體指明誹謗，而不屬故意者，亦不得作爲引證。

㈦、僅稱某團體「部分會員」者，可能免能責任，縱使誹謗成立，亦可能減少賠償。

香港、星、馬等地，因行英國法律，所以尚有所謂「影射（暗示）誹謗」(Libel By Innuendo) 的術語。亦卽所用的言論，表面看不出有誹謗的成分，但一經仔細研究後，其誹謗的暗示，則顯然可見。例如，當記者陳述一件訴訟案時，在內文用上「一個誠實的律師」一句。不過，若此句與內文其他情形配合後，顯然暗示了「一個不誠實的律師」之相反意義時，則此絃外之音可能構成誹謗。又例如記者在報導一宗夫婦失和的打架案件時，籠統的述說「某甲如何毆打他的太太」，使人讀起來有「某甲向來如此」的明顯印象時，卽可能犯了「影射誹謗罪」。因此，有時從以「□」號代替一部分姓名（如李□□或李□志）（甚或假名），但若此一姓名與原告相符，或者所登各項，使認識原告的人，認爲是述說原告者，則仍難免除法律責任。

不過，根據我國刑法第三百十二條規定，對已死之人，犯誹謗罪者，負刑事責任。按香港法律，除刑事外，在民事方面而言，被誹謗之人死後，其權利則隨之而滅，其代理人或子孫無權控告賠償；並且，若原告起訴後而死亡，則其控告卽行消失。另外，關于誹謗中某一類人物（如敎徒、工人、警察、敎員等），苟無逐一指明何人，除刑事外，在法律上不負民事責任。

一位小心謹愼的刊物編輯，在處理諸如重婚、搶匪等罪案名詞，來源不明的引述（例如據說此人……），片面的詞句（例如附近的民衆指出），以及具有明褒暗貶、激烈而帶有攻擊的辭文時，必然極端嚴守分寸，方不致誤蹈誹謗「陷阱」（註七）。

錢震（民六十：五九六～九）在所著「新聞論」一書中，曾擧出五個例子，說明「新聞紀事爲要避免麻煩或無謂糾紛，在許多關係重大的詞語的使用上，也當特別留意，不可給人亂戴帽子，或亂加罪名。」這四個例子是——

㈠、危險寫法：

本市康定路今晨發生凶殺案，一廚司被刺重傷，凶犯□□□已遭逮捕……。

安全寫法：

本市康定路今晨發生凶殺案，一廚司被刺重傷，凶嫌□□□已遭逮捕……。

——注意「凶犯」與「凶嫌」的不同用法。

(二)、危險寫法：

……警察當局說，法官勢將對這批聚衆行凶的人，判處徒刑，以昭炯戒。……。

安全寫法：

……這些聚衆行凶的人，即將移送法院審理。這類案件的刑罰，是一年以下有期徒刑。……。

——警察局主辦案件，但無權定罪。警察局所作的「透露」，縱能證明眞實，倘若出了問題，記者不能免除責任。

(三)、危險寫法：

……這家公司的信用和財務情形，看來是越來越壞，因爲它的股票半年來，都在下跌，而近來則又一連五天都跌停板了。……

安全寫法：

……這家公司的股票昨天賣出七十五元；五天以來，已跌了□□元，半年之前，它還賣□□□元一股。

——應只作事實的報導，不夾雜任何的意見。

(四)、危險寫法：

警察第□分局昨晚搜查一家私娼館，兩名妓女被拘，一名荷花，二十三歲；一名銀珠，十九歲。……

安全寫法：

警察第□分局昨晚搜查一家住戶，逮捕了兩位年輕女子，一名荷花，二十三歲；一名銀珠，十九歲。

她們是被控以應召女郎爲業而拘捕。……

——要注意可能「妨害他人名譽」的字眼。

㈤、危險寫法：

……他有一個患精神病的兒子……。

安全寫法：

……他有一個兒子，現正在□□精神病院住院診療。……。

——注意「有一個患精神病的兒子」，與「他有個兒子，正在精神病院診療」的心理感受。

三、報紙審判

「報紙審判」，譯自"Trial By Newspaper"一詞，從實際情形來看，它蘊涵了兩個層面：

㈠、記者在報導消息，或者撰寫評論時，作主觀的判斷，使讀者產生先入爲主的印象。

㈡、報紙藉其輿論的影響力，對審判前或審判中的案件，發表可能混淆新聞，妨礙司法公正，影響審判結果的言論。

因此尤英夫（民五九：二二）對此詞之解釋爲：「任何民、刑事案件在普通法院審判前或審判時，由一般性或法律性報紙所刊載的消息或意見，不論其是以文字、圖片、漫畫及其他方式，不論其目的是在討論、分析、攻擊、侮辱與案件有關的法官、當事人及其他訴訟關係人，或案件內容及其勝負得失，凡足以影響審判者，都可稱爲報紙審判。」審判終結的案件，則屬可予評論的範圍。

一旦發生報紙審判情形，一般來說，會牽涉下述三個法律問題：

㈠、報章犯「藐視法庭罪」(Contempt of Court)。

㈡、報章犯新聞誹謗罪（註八）。

㈢、與訟者律師，以大衆傳播的報章偏頗，妨礙司法公正爲由，據而向法官陳情，以獲得有利的情勢（註九）。

在通常的情形下，「報紙審判」出現的形式約有五種：

㈠、報章處理新聞的報導時，置客觀事實于不顧，以主觀、推論方式撰寫；又或者新聞的內容，只顧一方面陳述，排斥另一方的答辯，並予批評，忽視平衡報導原則。

㈡、報導社會新聞，尤其牽涉法律案件時，對案情過分肯定地作出結論，形同法院的判決。

㈢、報導中夾雜意見，或透過專欄或評論，對審判中案件，表陳立場和意見，直接或間接地影響辦案人員心理，也在不知不覺中導引了輿論與社會人士觀感。

㈣、報導法律案件，在文字和標題上，對當事人不當地使用判決式的名詞，如對凶嫌逕稱爲殺人犯等，儼然先法院而作出判決。

附註

註 一：例如，論者有謂目前臺北原先在三版「侵犯隱私權的新聞，已開始淨化，但戰場卻移到地方版去。」見「尊重『隱私權』——『九、一』記者節感言」一文，黃河雜誌第九卷第二期（民國七十二年九月），第七頁，社論。

註　二："Privacy"一詞，又稱爲"The Right of Privacy"。一八九〇年哈佛大學法律評論(the Harvard Law Review)曾刊出華倫(Samuel Warren)等人論文一篇，其中提及("The Right to Privacy")一詞，意即"The Right to be let Alone"。此詞的英文解釋爲：

——The State on Condition of being withdrawn from the society of others, or from public interest。

——Absence or avoidance of publicity on display。

——Seclusion。

又徐佳士（一九八三：五～九）認爲，個人「傳播權(The right to communicate)包括：

一、聯繫權(association rights)，即參與決策與商討問題的權利。

二、資訊權(information rights)，即獲得資訊與傳出資訊的權利。

三、文化演進權(culture evolution rights)。此在個人包括「隱私權」，但擴而大之，則指任何文化集團（如種族或國家），都有權利發展本身的固有文化，不受外來文化的干擾。

在上述第二點中，人民對「公衆事務」(Public Affairs)享有「被告之」(to be informed)之權，對資訊來源得以自由接近(access to sources)等諸類「知之權利」(the right to know)，已成爲「資訊自由流通」(free flow of information)的基本理論之一。

註　三：在同一篇文章中，徐佳士感慨指出，目前我國記者，對于社會地位較高人士和公衆人物，在處理「好新聞」時，往往錦上添花；而在處理有關他們的「壞新聞」時，卻十分厚道。不過，對一般「小人物」來說，情形可能兩樣。這是很值得警惕的一個問題。

註　四：「公衆興趣」(Public Interest/General Interest)，有譯爲「公衆利益」。

註　五：見臺北中央日報第四版，民國七二年八月十八日。

註　六：若干年前，香港大律師趙冰，曾在某些大報上列舉。文字誹謗條目，茲摘常見者如下：

惡徒（棍）　完全無用之人　不適于信任以金錢　無力償債　被拒絕加入某俱樂部　曾發表誹謗言論　曾犯謀殺（或其他）罪　有癲狂病　有性病　患痲瘋病　忘恩負義　私生子　未婚生子　（未婚、已婚）不貞潔　（某人）對妻子虐待以致對簿公堂　一度陷于困境　（已婚女人）被其夫控告離婚　（某人）妻子與人通姦　老千（郎中）　責某報紙向政黨或某團體靠攏　行爲卑鄙，不堪與品行端正之人爲友

另外，下述各詞，曾在美國涉及名譽誹謗訴訟，多由原告獲勝（轉摘自「報學」第二卷第五期）：

破產者(Bankrupt)　搗亂份子(Black leg)　精神錯亂(Brainstorm)　賄賂者(Briber)　壞蛋(Crook)　個性彆扭的人(Crooked)　重犯(Felon)　詐欺(Frand)　賭徒(Gambler)　拐子(Humbug)　僞君子(Hypocrite)　半狂人(Impending Insanity)　僞善者(Impostor)　極端惡劣分子　狂人　侮辱女性　可惜的人　說謊　絕不可靠的人物　不良分子　無賴　惡徒　逃避兵役　自殺魔　梅毒　盜賊　暴利商人的幫手

註　七：記者憑單方面的記者會(Press Conference)、報紙啓事、檢舉書或訴訟狀來撰寫新聞時，應特別小心。另外，民意代表在議會中發言，對外不負責任。若記者依據民意代表在議會中發言撰述新聞，一旦牽涉及誹謗，則當事人可以單獨控告報紙新聞誹謗。

註　八：同註一。中華民國東吳大學法學院院長章孝慈教授曾主張用下述兩標準，區分「侵害隱私權」與「誹謗罪」的差異：

(1)若所傳述的事實爲眞實，可免除誹謗罪名，但不能免除隱私權的侵害。

(2)誹謗罪要有具體證明，而隱私權的主張，並不以名譽是否受到損害爲標準。

註　九：美國有「隱私保護法」(Shield laws/Right of the privilege)，或稱爲「憲法第一修正案」(the First Amendent),係傳播媒介體所制定，對新聞當事人(man in news)的姓名或有關事項，不作透露。記者在遭到傳訊時，每每引用此法，拒不作答，產生不少糾紛。

附錄：侵犯隱私權的「報導」舉隅

下面一則闢欄，見諸揷附在臺北一家報紙隨報附送的廣告特刊，標題爲「整容手術改造群星」，內文實在已破壞隱私權（雖然所寫的都是「公衆人物」），摘其數則如下——

整容手術改造群星

向來影歌星的美容整型，被認爲是隱瞞不住的祕密，某位演員的塌鼻子，在出國一趟回來後直挺如山；某位歌星的眼睛突然在一週之後變得又圓又大；某紅星越來越尖的趨勢，種種情況，雖然大家心照不宣，暗地裏却仍十分好奇。是了，這便是整容醫院遍造明星的結果。

胡茵夢，她最漂亮的靈魂之窗和細嫩的皮膚，一爲割雙眼皮，一爲換膚，「老胡」並不隱瞞什麽，當她爲磨皮、等新皮膚長出來時，還在家裏接受記者電話訪問，大談換膚經過及種種好處。

鄧麗君的鼻子，在國父紀念館開個人義演時，也悄悄整高了點，不過，「小鄧」很有分寸，她美的很自然。

影后凌波和李麗華，她們的鼻子很像吧！都是隆準鼻，直而挺，當年，恐怕是在日本同一家整容院做出來的；還有下巴，尖的正好演古裝戲；雙眼皮、額頭，也都加過工了。

楊小萍和妹妹楊雅卉，同樣是雙下巴，包額頭，通天鼻，一臉福相，殊不知這些都是人造美。（下略）

附錄一：作者其他特寫(稿)彙編

一、香港

香港的H大廈工業型態

根據香港工商署的披露，在今年首三個月內，外商對香港工業的投資，增加了四千四百萬港元，比去（一九七九）年同期，增加了百分之十點八；投資機構，則比去年同期，增加了四十六家；使外商在港的投資總額達二十三億四千五百萬港元，而投資的外商機構，則有四百七十六家。

在投資的五大外商中，以美商居首位，佔外商投資總額的十億四千三百萬港元；日本佔五億零九百萬港元，位列第二名；第三名爲英國，佔一億五千五百萬港元；第四名爲瑞士，佔一億二千九百萬港元；最後一名爲德國，佔四千九百萬港元。

在形式上，香港雖然並沒有如我國高雄的加工出口區，但就某種意義而言，分布在全港各處的市區工廠大廈，卻能爲不少的中外投資者，解決了廠地的問題，使香港仍能憑著其本身的特殊條件，諸如沒有外匯管制，工商法規管制較小，稅率低，課稅制度簡單，通訊運輸設備完善，以及便利穩固的金融服務等，吸引外來的投資。

談到香港工廠大廈的歷史，得追溯至五十年代的後期。那時香港甫自動盪的政治形勢中穩定下來，各種輕工業的投資，漸漸熾熱。家庭式工廠以及山邊木屋區之小型工廠，如雨後春筍般設立，蔚成風氣，從這些工廠製造出來之工業產品，時人稱之爲「山寨貨」。由于這種小型工廠，並沒有安全設備，管理亦欠完善，因此時常發生火警和意外。爲了能安置受火災損害工廠，並將之納入管理的緣故，香港政府于是決定建設適合小型工廠之平民工廠大廈，有意無意的設立了多個香港加工出口「區」。

第一座工業大廈係于一九五七年十月在九龍長沙灣區落成。該座大廈爲H型的建築物，佔地九萬三千零六十平方呎，高五層，能容納四百七十個單位；亦卽每層可容納十二點五呎乘十二呎的單位九十四間。地下廠房高十呎七吋，其餘各層樓高，則爲九呎七吋，露台則租與各工廠作曬物之用。工場所需的各種設施，諸如水電、運貨螺旋滑梯及日光燈等，一式俱全。當時租金由底層之每單位七十五港元至四、五層樓之每單位四十五港元不等。由于地點適中，廠租便宜的關係，小型製衣廠、假髮、紙張、糖果、製鞋、玩具、手襪、塑膠以及五金等小型工廠，都趨之若鶩，供不應求。

在急切的需求下，另一座附有烟囱火爐設備工廠大廈，于一九五九年六月，在港島的柴灣區落成。自後，新界荃灣、九龍新蒲崗及牛頭角等地的工廠大廈，紛紛建立，形成了各種新興的工業樓宇。

當這些政府建造的工廠大廈的租用率漸達飽和的時候，若干後期落成的私人工業大廈，却出現了大量空置情形，原因之一是各種工業過度集中，熟練工人搶手而缺乏；原因之二是在某些小商人的心目中，仍喜歡在住宅樓宇內，開設住家式的小型工場，以降低成本和節省上下班的時間。曾經有一個時期，空置的工廠單位，竟達百分之五十。由于在人烟稠密的住宅樓內開設工場，易發生火警、通道阻塞、臭氣和噪音等種種滋擾居住環境問題，在居民極力反對和政府的嚴格管制下，住家工場遷移至工業大廈的風氣，才漸漸普遍起來。至一九七五年後半年，世界經濟的好轉，帶動了香港工業復甦，工業大廈各單位，再度供不應求，售價和租金亦隨地價之上漲而節節攀升。曾經有過一段時期，幾可從分層工廠大廈空置廠房的多寡，來衡量香港經濟好壞的情況。

在工廠大廈內的小型工廠，通常工人不多，帶有濃厚的家庭色彩，生產設備通常十分簡陋，一般工場通常只爲廠家做些零碎的加工工作，比如：小五金零件、塑膠用品、搪瓷製品以及紙皮製品等。尤其是一些有季節性的產銷行業，在旺季時由于人手不足，而廠家又不願（或不能）臨時僱用大批人手時，就常常會將那些主要用手或簡單機器操作的零件或工作程序，交由這些小工場來負責。由于這個緣故，使得小工廠的加工產品，亦有旺淡季之分。爲了應付這種不均衡現象，許多小單位也是彈性的加工多種產品，以爲因應，在某一行業淡季時，則接進另一種正值旺季的商品來加工，頗能維持一定工作量。

目前世界經濟正值全面退縮，海外買家訂單明顯減少，使得很多小型工廠蒙上重重隱憂。根據最近的統計，香港各類輕工業的平均開工率，僅及正常情形的百分之七十。除毛織品及電子製品，因在今年上半年，接獲較多訂單，可以維持至八、九月的生產外，其他香港主要加工產品，包括紡織製衣、針織、塑膠、玩具、紙品等工業，已呈舊單漸空，新單不繼的情形，前途並不十分樂觀。因此，有人對于將在新界荃灣、屯門和沙田三個新市鎮落成的新「I」型工業大廈的前景，表示擔心。這三個地區的工業大廈，將共有四千八百三十個單位。

爲配合機械工具、船外引擎、聚苯乙烯塑膠、紡織化工製造廠及修船廠等特別土地密集的工業，香港政府于一九七六年批准了工業邨的建造計畫，目前已在新界大埔及元朗兩地興建；目的在避免那些可帶來新科技、新產品及新創意的工業，因缺乏廠地而轉移到遠東及其他地方去。不過某些人士擔心，大陸的「經濟特區」，可能在這一個構想上，產生某一程度的威脅。

香港的工業大廈，爲香港的經濟，帶來了很大的貢獻；但在另一方面，由于工廠的過度集中，亦爲環境帶來了汚染，嚴重的影響了工人健康。例如在去年一次的抽樣調查中，在工廠林立地區工作的工人，竟有百分之四十八有呼吸器官毛病，百分之四十八發覺視力衰退，超過百分之五十一患上胃病，百分之四十一患有神經衰弱，而起碼有半數的工人，經常有焦躁不安情形，可見香港的投資與貿易的發展，是香港人犧牲健康所換來的。（民69.6.17.，經濟日報，第2版）

香港發展高級品頗具成效

主動擺脫設限的策略很值得參考

美國駐港總領事，在八月底的一個午餐會上明白的表示，美國現時的經濟衰退，比最初所預料的更爲嚴重，美國紡織業界正面臨着重重的困難，香港紡織品輸美，勢將受到進一步的限制。他指出，美國行政當局，已公開聲明，決心制止在美國經濟行將復甦的最困難時刻，湧來大批進口貨，削弱美國的生產實力。

面對美加限制紡織品入口配額所帶來的威脅，出口高級成衣與發展電子工業，似乎是香港業界，應付這項生死挑戰的一個策略之一，並且已經獲得某一程度的成功。

本月中旬，美加工商界首腦訪港貿易團，到港訪問一週之後，曾在記者招待會上，證明了這個傾向，並發表了下述幾點意見：

——香港應放棄生產低價貨品，以避免在這一方面與中華民國、南韓、馬來西亞及印尼等地區的競爭，而以更高速度來提高港製成衣的品質。

——香港製男裝恤衫的剪裁，比歐洲、臺灣及南韓的產品，更適合美國人的身裁。

——加拿大對成衣配額，只限制數量，而不限制品質及價值。因此一般公司集團，並非向香港尋求大量的低價品，而是高級產品。估計在過去三、四年間，一般公司集團，在增購高級成衣製品方面，增加了百分之十五至百分之廿五。

根據統計，香港今年上半年製衣業的出口總值，超過八十六億港元。雖然出口的數值增加，但在出口的數量上，反而減少了，這一現象，顯示出香港的成衣出口，漸漸以高級製品爲主，符合了上述的事實。

——香港成衣業的將來發展，可能會受到日漸發展的電子工業所影響。已經短缺的勞工，會逐漸脫離製衣業，而轉往電子工業等更高技術性的工業上去，因而使得成衣業的發展受到阻礙。與會者認爲，解決之道，一方面要引進先進國家的科技以配合發展，另一方面，則要步向生產機械化，管理科學化，改良生產力，以發揮各項資源的最有效力。

——美加公司集團，已有加强向香港購買電子玩具及家庭擺設品的傾向。

——預測未來十年內，電子工業將成爲香港最大工業，而玩具工業現正已轉向電子控制種類，因此兩者很容易合併，而成爲香港工業的重要骨幹。

我國在紡織品被設限的問題上，與香港有很相似的地方，香港業界的作法，和上述的幾項意見，對我國業界似乎亦有參考價值。（民69.9.29.，經濟日報，第2版）

香港牛仔褲產銷大不如前

我國牛仔褲外銷，已躍居爲國內外銷成衣的熱門貨品。在香港，牛仔褲亦係出口成衣類目中的一個重要項目，它的產銷情況，對香港的製衣業有一定程度的影響。

去年，香港牛仔褲的產銷情況並不理想。不過，與其他項目的成衣比較，港產牛仔褲的縮減尺度，乃屬輕微。由于歐美地區的經濟仍然黯淡，一般港商對今年牛仔褲的產銷，大都抱持一種審慎的態度。

此地一位著名的牛仔褲製造商指出，今年上半年香港牛仔褲的產銷，相信仍會繼續承接去年淡風，至于下半年度，亦未能過分樂觀。

這位製造商指出，依照往年慣例，耶誕前後是外國買家大量進貨的時刻。但今年情況非常黯淡，到目前爲止，一般牛仔褲製造廠仍只接得一些短期補倉的急單，大宗的長期貨單却遲遲未至。因此他預測，除非春節前後，有大批訂單湧到香港；否則，今年上半年，香港牛仔褲的產銷情況，仍然黯淡。

另一位業者表示，今年上半年度香港牛仔褲外銷之所以不景氣，主要係由于歐美地區的經濟，仍無顯著改善，尤其英美兩國，更長期處于高利率的不利條件之下，使得外國買家在訂貨時，多採觀望態度，寧願以存貨供銷，而不願貿然下單訂購。

在過去一年中，香港牛仔褲主要外銷市場中的英、美和荷蘭等，銷售情況並不理想，而西德市況亦僅屬平穩。因此，一般牛仔褲製造商對今年產銷市況，並未寄予更大厚望。不過，有人相信雷根政府主政後，新經濟政策將使美國的利率更爲回順，美國市場亦會逐漸轉好，從而帶動歐洲市場的回升。此外，據估計，歐美市場存貨已降至要補倉水平，只要消費市場稍爲復甦，「意外」訂單，將會陸續而來。

香港目前的紗價和工廠的經營成本，仍不斷上漲；但由于銷售欠佳之故，部分廠商實行降價出售，以求套現，因此，現時一般新單的價格，仍徘徊于去年水平上，並沒有大幅的波動。

至于內銷方面，目前香港的一般購買心理，都在追求「名牌」，本地貨並不暢銷，而且穿着牛仔褲的浪潮，似乎已經有點黯淡。雖然每年都是加價年。但是八一年的加價，似乎比歷年更令人警惕。在地價、廠租、水電費、工資、機械設備和原料的通漲下，看來很多香港牛仔褲的廠商，只能作最愼重的打算了。（民70.1.31.，經濟日報，第2版）

美國市場不景氣．銀行利息又攀高

香港電子業面臨「外憂」與「內患」

對美國市場倚賴甚重的香港電子產品，由于美國經濟復甦的延緩，已經產生了「令人焦急」的影響，估計本年度香港電子業的營業額，已普遍下降百分之廿五。

根據此地業界的估計，本年度手提電子遊樂機的出口額，減少了百分之三十，收音機及錄音機下降了百分之二十，而曾經蓬勃一時的電子錶，則下降了百分之五。大部分商人對於明年的美國市場，都抱一種悲觀看法。

電子業係香港十多年來有較大發展的一門加工工業。近年來，它的出口總值，只僅次於紡織、成衣和塑膠製品，而成爲第四大的主要出口工業產品。

六十年代末年和七十年代的初期，以美資爲主的外商，覬覦香港較廉宜的勞動力和較充足的工源，便競向香港開設電子加工廠，將電子零件運到香港，加工裝配後，再行運銷各地，利潤可觀。其時，香港工商界見有利可圖，也羣起進行投資，使這門加工工業出現了激烈競爭的情況，並導致華資與外資間的互相勾鬥。

根據香港工商署的統計，一九七四年十二月，外資在香港電子業的投資額，原佔外資在香港製造業的投資總額的百分之三十五點六。然而，這一投資比例，逐年下降。至一九七九年二月，此一比例，已降至百分之廿四點九；而至本年二月，則只佔百分之廿二點九。在此同時，香港電子業增長迅速，反映了華資在投資上的比例，越來越大。六十年代初期，外商在港多生產低價的半導電體（港稱原子粒）收音機；現時則多生產電子零、配件。至于一般華資，則多生產消費性的電子產品，外商雖縱或參與消費性產品的生產與銷售，亦只重于科技的引進，與產品的推銷，而不再着重在資金的投資方面。有人估計，外商在香港電子業的參與趨勢，將會越來越傾向下列兩種方式：

一、外商擬定產品的規格，由港商負責加工生產；然後由外商負責包銷。香港小廠仍佔多數，在人力、物力和財力方面，均難積極向外搜集商業情報。如果由財雄勢厚的外商，來負這一責任，會牡丹綠葉，相得益彰。目前，利用這種方法的港商，已越來越多，業界估計這種合作方式，今後會更加蓬勃。

二、外商將製造權交與港商，由港商自行尋找市場拓銷，外商只收專利權費。目前，香港電子廠商生產的產品，多係專利權已滿期的商品；或者，設法避開給付專利權的費用。不過，如果將來港商一改過去「待新產品的銷路進入高峯時，方加入生產」的投資原則，而「在產品銷路正上升時，卽行投入生產」的話，就得面對專利權的問題。

目前香港天氣似屬溫暖，而由於油價關係，電費又在醞釀上漲，使得各類家庭電器用品如電暖爐、熱水器等銷路非常清淡。一般電器商人，似以電視機、洗衣機等非季節性用品爲主。此外，銀行的高息，增加了商人的營運成本；在在俱打擊着香港的電器業市場。在「外憂」、「內患」的情勢，一般香港廠商，一方面採取審慎的投資和信用政策，另一方面，則只寄望於歐洲和其他市場的開拓了。

（民70.12.8.，經濟日報，第2版）

二、美國

我彩色電視輸美將被設限

美特使代表有一番說辭

美國貿易談判特使署代表富爾康（Steve Falken）在他廿七日返國之前接受本報記者獨家訪問時表示，他這次來華的主要目的，係率領一個四人技術小組，按美國目前對日彩色電視機成品與半成品設限的定義，向中華民國輸美彩色電視機業界詳加解釋，並且說明設限的原因。

美國對中華民國輸美彩色電視機設限，可以說是勢在必行，而設限的重點，則將注重在彩色電視機的成品方面，至于設限的最終數量，將由兩國政府于下月初，在美再次進行談判時，作最終的決定。

富爾康指出，按照一般的設限原則，係以過去三年的平均實績爲基準。照此計算，則我國于民國六十四年輸美的彩色電視機成品總額，按美方的計算數字爲十四萬三千台，六十五年爲二十三萬五千台，六十六年爲三十二萬二千台，三年共輸美七十萬台，平均數爲二十三萬三千台（約），此亦卽美國擬予我國彩色電視機輸美配額的數字。

富爾康看法，設限的基準數目，如果以今（六十七）年我國彩色電視機輸美實績爲基準，非但難予被美國接受，而六十五萬台這一數字的本身，就並非是一個切合現實的數額。

富爾康分析說，美國去年與日本商談設限時，承諾基于國際貿易的公平原則，也將對其他輸美彩色電視機激增國家設限。結果日本對美輸出彩色電視機先作有秩序行銷，並且由一九七七年上半年的一百零九萬五千台，降至本年（一九七八）上半年的六十九萬五千台，因此在市場上造成了一大缺口。這一缺口旋被其他的彩色電視機輸出國家所迅速遞補，使得美國市場所受的壓力，並沒有因而減輕。例如中華民國銷美彩色電視機，由一九七七年上半年的十四萬四千台，在一九七八年上半年增至二十八萬台，而韓國則由三萬一千台，增至十一萬七千台，中韓兩國彩色電視機輸美激增，彌補了日本設限後的缺口，職是之故，用本年度中華民國輸美的實績作爲設限的標準，將與設限的原意並不吻合。

富爾康一再强調，卡特政府一向希望貿易自由，並不樂于見到採取設限措施，不過目前美國國內失業的情況相當嚴重，來自工會的壓力越來越大，因此不能不有所行動。他指出，光是去年一年，美國增你智本公司有五千員工、RCA則有二千員工，因爲銷美彩色電視機在市場上的壓力，被迫暫時停聘。而另一方面，中華民國却有勞工短缺的現象。根據他們非正式的統計，中華民國本年度上半年的失業率爲百分之二點五，而下半年相信可降爲百分之一點五左右。美國工會因此而提出强烈的指責，認爲開放外國產品進口，剝奪了美國工人的就業機會，是一件不可理喻的事情。

一般人都關心銷美彩色電視機半成品的設限問題。關于這一點，富爾康預料，由于半成品的裝配，尚得聘用工人操作之故，可爲工人帶來工作，設限的問題似乎不如成品來的尖銳。

不過他說，按照美國一般的定義，只要係從外地輸入美國的產品，即係進口商品，固不論此等商品在國外投資生產的企業主，係美國公民抑或係外人。準此而論，則美商在華投資回銷美國的商品，諸如大量生產彩色電視機半成品的ＲＣＡ，亦當受到美國今次設限的影響。

富爾康也一再强調，此次對中華民國銷美電視機的設限，主要係基于國際貿易設限的公平原則，及美國國內失業的困擾。美國政府試圖努力解決這個問題，因而有這些「彼此都不快樂」的行動。因爲中華民國係日本以外第二個彩色電視機輸美數量最大的國家，所以，很自然的，中華民國就成爲繼日本之後的另一個設限的對象。並且，在原則上，美國政府是希望中華民國自動設限的。

富爾康預測這些設限措施，只是暫時的，一年半之後，亦卽到了一九八〇年六月的時候，這一局面，將有所突破。因此他相信，就長期來說，中美貿易前途仍將十分樂觀，他形容這些措施是：「退一步，進十步」的計策。

因爲我國銷美彩色電視機的製造商，有外資美商摻雜其中，使得輸美半成品設限的問題，不如日本的來得單純。不過，也就是因爲這個緣故，使得我們對半成品設限的談判，處于一個較爲彈性的地位，如果能予以適當的因應，談判的成果，當較成品的收穫爲大。

至於輸美彩色電視機在「成品」(Complete color television receiver) 與「半成品」(Incomplete color television receiver) 的分類上，又有怎樣的區別？根據富爾康所率領的四人技術小組的解釋，有下列的定義：

——彩色電視機成品：①已完成裝配的彩色電視機成品，包括未經包裝及未經檢驗者；②未經裝配，但可組合成爲整台彩色電視機的整套零組件和配件。

——彩色電視機半成品：①裝上映像管而又具有視聽功能的彩色電視基板（按：卽沒有外殼及與功能無關的配件）；②裝有主要電路基板（包括所有基板組）的彩色電視底盤架，而與下列任何一種或一種以上的組件共同包裝者：選頻器總成、天線、偏向線圈、馳返線圈、映像管固定架、固定底板總成、固定映像管的必需零組件、操作用的零組件（卽使用者可以裝卸的部分如調音鈕、旋鈕、拉桿、按鍵等，惟與選頻器總成連接在一起的零組件除外）、固定選頻器的其他零組件（如螺絲、螺帽、墊片、夾子等）、擴音喇叭。

由於美國要求我國輸美彩色電視機設限的數額中，將包括「成品」與「半成品」，所以兩者的定義必須有很明確的劃分，才能進一步確定設限的數額。目前，我國大同、聯美、聲寶等公司，因爲輸美的彩色電視機都是整台的成品，除了在數量上的爭議外，分類尙不致發生困擾。

不過，美商RCA由於輸美的彩色電視機都屬於半成品，而且在未完成的程度上有很大的差別，他們對於這次美國貿易談判技術小組所提出有關彩色電視機半成品的定義範圍，認爲尙不夠明確，因此，在半成品的定義尙未確切定出以前，籠統的分類和定出配額數量，將來在半成品輸美的統計上，必會發生困擾。

這個技術小組爲了深入瞭解目前臺灣RCA所生產的彩色電視機半成品，亦於日前前往桃園參觀了臺灣RCA的彩色電視機工廠，至於將來在彩色電視機半成品的定義方面，則可能會於下月在美國華府舉行的中美貿易談判會議中，正式提出。

富爾康此行是第一次來華，經過十月廿三、廿四兩天講習會與我國彩色電視機輸美業界的懇切交談後，認爲我國業者都是深懂情理的。雖然我國業者目前對美方所提的設限數額並不同意，但富爾康所率領的四人技術小組這次來華，對下月舉行的中美貿易談判有關彩色電視機配額及分類觀念的溝通方面，却有很大幫助。（民67.10.29.，經濟日報，第2版，陳侃、彭家發聯合採訪）

企業主及資深經理應重視創見

勿輕易接受低標準條件

工業局顧問籲中小業・從速實施再教育

經濟部工業局美籍顧問韋汝林（ALFE. Werolin）接受訪問時，第一句話就是呼籲我國中小業界，儘速擬就資深管理人員的再教育計畫。

莫滿足現狀　須接納嘉言

韋汝林的話，是基於下面見解：目前我國一些中小企業主及年長之經理人員，似乎過于滿足現狀，輕易接受低標準之條件，並且固執于既有的企業營運方式，而不願接受任何改進，使得促進企業管理的創見無由產生，從而影響到企業的發展。

企管日見重要　不能掉以輕心

工業局是透過美商國際企業管理服務團(International Executive Service Corp. IESC)，聘請任職于美國中小企業管理局(Small Business Administration, SBA)的中小企業管理專家韋汝林，來華研究中小企業管理人員的訓練計畫，並且預備于四月間提出報告。韋汝林獲有耶魯大學企管碩士學位，並取得合格執業的經營管理顧問資格，從事經營管理顧問業務已四十餘年。經其輔導之美國駐歐洲地區的中小企業，前後達百餘家之衆。

韋汝林曾于去年年初，應邀來臺作三個月之研究，對我國現行之中小企業輔導措施及當前中小企業問題，有深刻瞭解，並曾擬就報告，向有關單位提出改進的建議，這次是捲土重來。

韋汝林在草擬我中小企業管理人員訓練計畫時，特別强調中小企業在我國經濟發展上地位的重要性。他估計在我國四十三萬一千多家的營利事業中，除七萬一千多家爲製造廠商外，其餘百分之九十六爲企業行號。在這些行號中，中小企業又佔了百分之九十九，中小企業之重要，由此可見一斑。

韋汝林說，目前我國一般的中小企業，仍普遍存在若干經營上的問題，例如：員工薪水不好，工作時間過長，企業利潤微薄及管理不善等。他認爲這些問題都應適當的逐一解決，尤其是在企業的管理方面更千萬不能掉以輕心。

根據美國的統計數字，一萬家中小企業中，在五年內，經營失敗而倒閉者，佔四十家。其中，因管理不善而不得不停止繼續營業者，佔十之八九，可見管理不善，係企業失敗的主要因素。

指出六點事例　為失敗主因

所謂「管理不善」主要係指下列六點：

一、企業人員，並沒有受過良好的管理訓練。

二、企業沒有通盤計畫，或者計畫欠週。

三、企業把資金作不智的使用。例如，本地中小企業，時常將短期的銀行貸款，來購地建廠，和採購生產設備。而事實上，這些借來的短期週轉資金，應用之于購存旺季所需原材料，辦理訓練計畫及改善生產等用途。爲此，韋汝林建議我國中小企業，應該加强租賃廠房或大型生產設備的觀念，以適當的運用資金。

四、行銷觀念落伍，例如：以爲有好的產品，就以爲可以招攬到顧客，而不知如何定價、分銷和促銷。

五、不善運用時間，延誤產品的完工及交貨日期。

六、部屬只根據上級的指示去做，不敢多提意見，多負責任，因而逐漸喪失本身的判斷能力。

韋汝林這次來華的目的一共有三個：一是主持資深管理人員的講習、二是爲企業主舉行一系列的研討會、三是擬訂管理教育的內容，他希望透過這一系列的活動，能將新穎的管理觀念，帶給我國的中小企業。

韋汝林建議政府，應儘速成立一個强有力的「中小企業中心」，爲中小業界提供協助，並且透過這一中心的操作，向世界先進國家，例如英國、法國和西德等，獲取最切實際的經驗。

我業界潛力雄厚　宜積極擴展

談及我國的工商企業教育問題，韋汝林盛讚我國專上學院的教授，都是一流的，且有良好的教育環境。不過他認爲，如果這些教授，在走進課堂授課之前，能有三到五年的實際經驗，則更能收牡丹綠葉、相得益彰之功。

二度來華的韋汝林，盛讚我國朝野各界誠實勤懇，鬥志昂揚，創造了東南亞高的GNP成長紀錄。他指出，大部分美國人，都樂于見到中華民國自立自强，不受共產制度的威脅，並樂于和我國商人，從事貿易活動。他以四十餘年的經驗，肯定我國中小企業的潛力，認爲目前正有許多有利的機會可供改進及擴展中小企業發展。（民68.3.18，經濟日報，第2版）

三、法國

法國興業銀行臺北分行

在不景氣中轉虧爲盈！

臺北正在籌劃興建大規模的鐵路地下捷運系統，曾參與香港地下鐵路融資規劃的法國興業銀行（Societe Generale），已著令臺北分行，準備提供各項的經驗，並且正積極負起聯絡歐系銀行，商討爲這一偉大工程，進行集團貸款的安排。

臺北市民生東路的金融大樓，是多家外商銀行臺北分行辦事處之所在。就在那幢古銅色的建築物旁，有一座並不「奪目」，但卻甚爲「搶眼」的環球商業大廈，法國興業銀行臺北分行，就在這幢大樓內。

一八六四年，興業銀行在巴黎原只是一家財務有限公司，一九四五年成爲國營銀行，一九八〇年的資產總額已超過八百四十九億美元。目前該行是法國第四大銀行，是歐洲第五大銀行，若以全球銀行作比較，則居第七位。它在法國，一共有二千六百多個分支機構，而在世界各地約六十個地區，設有分行或辦事處。

該行臺北分行，于一九八〇年九月二十五日正式成立，由藍克讓 (Bernaro Legrand) 擔任首任總經理，是繼香港、新加坡、東京、馬尼拉和漢城等地之後，另一個亞洲地區的重要分行。不單是當時臺北歐系外商銀行中，規模最大的一家，更是第一個來臺灣開業的外國國營銀行。開幕之時，該行總經理韋耶諾 (Marc Vienot)，親自由巴黎到臺北主持剪綵並藉機與此間政府首長會晤，洽商透過該行多途徑的協助，開拓臺灣、法國實質貿易關係的問題。現時該行員工，已增至五十餘人。

在開幕儀式上，該行總經理藍克讓卽表示，法國興業銀行，除從在臺北從事內外銷融資業務外，更將爲臺灣與法國技術合作，或合資事業提供財務援助。事實上，興業銀行臺北分行還沒有開業，就作成了一筆大生意——該行早于九月十六日，與臺灣著名的遠東紡織公司簽約，貸款美金五百萬元供遠東紡織公司擴大生產設備之用，這筆貸款在由法國銀行聯貸的一千萬美元中，佔了一半。

臺北分行成立後，隨卽邀請國內銀行業界多人，組團于十月初赴法，訪問當地金融市場，促進雙方瞭解，作風積極，引來一時的讚賞和豔羨。

另一場精彩的重頭戲，則在興業銀行總行。爲了促臺灣業界，多買法國產品和吸納有關技術知識，興業總行特別指派其國際財務部顧問吉博（Philippe De Guillebon），到臺北舉辦演講會，解釋法國興業銀行在法國主管外貿機構的批准下，將爲臺灣購買法國產品的業界，提供低于日本銀行及美國進出口銀行的融資，令臺灣的業界得益匪淺。這一貸款辦法的另一好處是，賣方爲了獲得融資，會提供優惠的特別價格；買方並同時可再要求賣方，將財務項目上的費用，減至最低。

根據臺灣中央銀行的統計，一九八一年度法國興業銀行的盈餘幅度，已由十萬美元的虧蝕，轉爲二十五萬美元的盈餘，增幅爲百分之一百二十五。

不過，正如該行總經理藍克讓所說，銀行業界就像羊羣一樣，競爭者往那兒跑，大夥兒就往那裏鑽。在經濟不景氣中，信貸的擴張，卻帶來「呆帳」的「步步驚魂」。興業銀行本年度的業績只屬平常，但該行對臺北經濟前景，仍不減當年的信心。（歐洲日報）

四、西德

我塑膠橡膠初級品　銷西德將極受歡迎

狄特博士鼓勵業者好好去開拓

漢寧．狄特博士（Dr. Henning Dienerichs）是西德國際塑膠與橡膠展覽會的代表，日前專程來華邀請我國業界，前往參加定于今（六十八）年十月十日至十七日，在杜塞道夫舉行的「西德國際塑膠與橡膠展覽會」(International Trade Fair of Plastic & Rubber)。

狄特博士在接受記者訪問時說，西德是中華民國塑膠與橡膠工業初級產品的最好市場。我國塑膠及橡膠業界，一方面應以初級的產品，大力開拓歐洲市場，另一方面則應不時前往歐洲觀摩，以吸取新的技術，並了解當地需要，逐步擴大市場。

他認爲，中華民國業界，已具發展高級塑膠和橡膠工業用件的潛力，因此應踴躍參加西德四年一次的國際展，藉以吸收先進國家的經驗，作爲本國發展的借鏡。

據狄特博士看法，西德目前已停止生產初級的塑膠及橡膠用品，而集中全力生產高級的工業用件。我國業界，可大力塡補此一空隙，以各種日用品向西德市場進軍，前途必定樂觀。他說，初級塑、橡膠產品運銷西歐或其他的歐洲市場，除要支付關稅外，並無其他苛刻的限制，市場潛力十分樂觀。

不過，狄特並不主張我國以高級的工業塑、橡膠用件，運銷德國；因爲德國不生產初級用品，所以他們歡迎價格較低的初級用品。但是如果我國以高級工業用品，作爲銷售的主力，則德國人將會敏感的認爲會損害到他們的工作機會，因此便會採取限制的行動。此外，他認爲初級的塑、橡膠用品，能直接而快速的打進最終消費者市場，這比高級的工業塑、橡膠用件需先經過中間廠商的加工，然後再送到消費者的手中來得直接。他覺得，與最終消費者市場拉得越遠產品售價會越低，利潤相對的減少。

在東南亞國家中，狄特博士肯定我國塑、橡膠初級產品加强銷歐的潛力最大。他分析說，日本的生產水準，已和西德處於相同的地位，同樣生產高級的塑、橡膠工業用件要和西德競爭，打開西德的市場十分困難。據他的了解，我國的塑、橡膠生產機具的設備，在水平上，比韓國爲優，在規模上，比香港為大。香港的人造塑膠花，既在西德擁有很大的市場，他看不出我國為什麼不可以以同性質的產品，開拓和擴大歐洲的市場。

狄特博士對我國輸德產品，提出三項建議，即價格、品質及設計。他說，價格便宜、品質實用固然重要，但歐洲人有一種天生的藝術愛好，因此比較注重產品的設計和包裝。

狄特此行，主要係向東南亞各國塑、橡膠業界，介紹四年一次的西德大展，希望他們都拿些東西來比較比較。不過，他似乎對我國有更大信心。因為，他說：「光是看桃園的中正國際機場，就知道中華民國的業界，是如何能創造奇蹟的了。」（民68.3.10.，經濟日報，第3版）

五、南非

南非駐華商務參事凡維索：

經貿交流仍待加强

受美國主要市場衰退、以及世界經濟普遍持續低迷的循環打擊下，去（七十一）年我國與南非共和國的雙邊貿易，亦未能倖免於萎縮。

據資料顯示，去年一至十一月，我國與南非共和國雙邊貿易額，共計四億二千八百五十萬美元，比前（七十）年同時之六億三千二百六十萬美元，減少了二億零四百一十萬美元，減幅高達百分之四十七·六三。其中我國對南非的輸出，只得二億二千八百二十萬美元，比七十年同期之二億九千四十萬美元，減少了六千二百二十萬美元，減幅爲百分之二十一・四；我國自南非進口爲二億三十萬美元，比七十年同期之三億四千二百二十萬美元，銳減了一億四千一百九十萬美元，減幅亦高達百分之四十一・五。不過，去年這一期間我國對南非的貿易，首次呈現出超現象，出超數額且達二千七百九十萬美元，打破七十年同期五千一百八十美元的入超紀錄，亦在中、斐貿易史上，創下一個嶄新標記。

南非共和國駐華大使館商務參事凡維索在接受訪問時表示，南非共和國主要向我輸出玉米、煤炭、鋼鐵板條和石棉等原料，而輸入我國成衣、鞋類、機械工具、紗線布織、收音機和卡式錄音機等成品。在世界性經濟不景氣的影響下，購買力薄弱，出口低迷，廠家減少存貨，原料與大宗物資的需求，便相對減少，這是中斐二國上一年度貿易額銳減的重要原因。由于成品的附加值尚比原料爲高，因此我國在成品銷斐的貿易上，形成了首次的出超情形。

目前，南非的幣值似未穩定，國際收支問題尤其嚴重。南非政府雖然採用多項經濟措施，效果仍未顯著。凡維索表示，他將致力於中、斐兩國貿易的推廣。不過，展望本年的貿易前景，仍將視美國和歐洲共同市場等主要市場和世界經濟復甦情況而定。

凡維索認爲，我國消費產品、機械工具、電子產品和資訊儀器製品等項目，很可以繼續在南非開拓較大市場；而南非的罐頭食品，亦可以在此地推廣。他以爲口味是食品類推廣的主要因素，南非罐頭在香港的銷售，已十分成功。

凡維索相信景氣終能好轉，不過，在時間上，可能來臨得較晚。他認爲中斐雙方互派貿易訪問團交流訪問，係促進雙方貿易的一個有效途徑。南非已準備于民國七十三年，在臺舉辦一個貿易展覽會。

談及南非士丹特銀行（Standard Bank）在臺開設分行一事，凡維索說，事情早已在洽商中，如果進行順利，可望于今年內在臺北成立分行。凡維索並表示，南非大使館十分樂意提供各項市場資料，協助我國業界前往南非各個城市投資。（民72.1.7.，經濟日報，第3版）

六、沙烏地

沙烏地國家科技中心主任

歐備德讚我科技成就

昨與我經濟部張部長簽合作備忘錄

經濟部長張光世昨天與沙烏地阿拉伯國家科技中心主任歐備德博士，簽署中沙科技合作備忘錄，決定共同設立一聯合科技指導委員會，協調兩國科技合作事宜，我國並同意協助沙國籌組科技中心。

外交部部長沈昌煥，昨日上午代表政府，以大綬景星勛章一座頒贈歐備德博士。

今年三月間，在臺北召開的中沙經技合作會議中，最重要的一點結論是：「加强科技合作」。所以繼農業、財政、交通、電訊及石油等各方面定有中沙合作協定後，沙烏地阿拉伯王國科技中心主任兼董事會主席歐備德博士，又于本月八日來華訪問十一天，積極商討科技合作的有關事宜。

為了充分利用每一秒鐘的時間，歐備德博士行裝甫卸，卽馬不停蹄地前赴各地參觀，拜會我有關部門首長，並且出席正在臺北舉行的「近代工程技術討論會」，積極尋求更進一步科技合作的途徑。

在這數日的時間，歐備德博士已經參觀了國立清華大學、交通大學、工業技術研究院、航空發展研究中心、臺灣省農業試驗所、東港水產試驗所、臺灣大學海洋研究所、臺灣工業技術學院、礦業研究所、中央研究院植物研究所、國科會科資中心等十餘個科技研究單位，以切實瞭解我國科技教育實施情形，以及各項科技研究的績效，接觸面之廣，為歷來來華參觀的沙烏地阿拉伯王國首長所罕見，充分顯示出沙國科技中心對我國科技成就的重視，及其希求與我國科技合作的誠意。

歐備德博士在接受記者訪問時指出：沙國科技中心，係由沙烏地阿拉伯王國王儲法赫德親王所倡議，而于今年元月間成立的一個新的科技研究單位，目的在加强科技發展，以配合沙國的經濟發展計畫。該中心董事會設有主席一人，董事八人，其中四人為非沙國籍的國際著名科學家。我國國立清華大學校長張明哲，卽為該中心董事之一，負有協助該中心發展科技研究的光榮使命。

這位剛過不惑之年的英國伯明罕大學博士進一步透露，他此行的目的有三個：其一是考察我國現時的科技，究竟發展到那一個程度，以便設計將來中沙科技合作的各種計畫；其二是考察我國如何從先進國家引進科技，並且將之普遍化的問題；其三是要出席我國舉辦之「近代工程技術討論會」，以搜求各項有用資料。

歐備德以為，我國各種科技的成就，都有非常突出之表現。雖然，目前我國的科技水準仍不如美國，仍需要從美國或其他先進國家引進，但是實際上，我國的科技，已經超過沙烏地阿拉伯王國若干年。所以，沙國雖然在各項科技上，大都聘有美國學者爲高級顧問，但是由於沙國的科技，現時正在起步階段，一般科技計畫發展的決策者，心裏都明白，與中華民國從事各項科技合作，似乎更合乎沙國實際的條件，更能收到成效，所以中沙兩國的科技合作，前途是一片光明。

歐備德表示，今後數年，中沙兩國的科技合作，將朝下列方式進行：一、今年年底前，中沙兩國再度互派有關人員，彼此考察，切實明瞭沙國所需，及中華民國所能提供的協助；二、按照調查的結果，擬定沙國科技發展的計畫系統，根據這項計畫系統及科技發展的緩急先後，再設計中沙兩國科技合作的項目及內容，然後展開一連串的科技合作；三、中沙兩國經常以各種途徑，互相交換科技專才、意見、資料及敎授學者等，以進行技術來往及合作。

目前，歐備德已經拜會過我國經濟部張部長、敎育部朱部長、國科會徐主任委員、農復會李主任委員及各有關政府首長，商洽各種科技合作計畫的可行性。並且在十七日上午與我經濟部部長張光世，共同簽署了一項「中沙科技合作備忘錄」。主要的內容就是加强中沙兩國學者專家、科技人員及研究機構的科技交流；設置「指導委員會」，以協調合作計畫的實施；並且由我國籌組一科技團前往沙國，予以該科技中心必要的協助。

民國五十七年，歐備德曾經來華訪問過一次，十年之後，臺灣給了他一個完全不同的印象。他驚異臺灣經濟的穩定成長，人民生活水準的提高，也感嘆我們各項建設及科技的發展。其中令他印象最深的是我們的高速公路系統，他認爲那已經是「世界一流的水準了」。（民67.7.8.，經濟日報，第2版）

七、希臘

希臘——將可爲我對歐貿易的橋樑

北希臘代理進口商會主席哈玆薩瓦(Hadjisawas)，自一九七三年與我國做過第一筆生意後，前後來過臺灣三次，每次都有很可觀的成交額。此次，他再度組成一個十四人的觀光貿易團，來臺訪問，心情却有點異常的緊張。

哈玆薩瓦表示，由於產品銷售的競爭關係，目前德、法、英、義等歐洲共同市場國家，雖然尙未正式准許希臘加入歐洲共同市場，但是，預測明（一九七九）年一月，希臘就會獲准成爲歐洲共同市場的會員國之一。如果中、希兩國現時再不加强雙邊貿易，到時，就會失去很多貿易機會。因爲歐洲共同市場的政策是，某些商品會被禁止進口或設限，因而失去了希臘市場。

目前的中希貿易額年約一千八百萬美元，但是我國向希臘的採購額只有五十萬美元。希臘政府不滿這種「不平衡」的貿易，曾經規定不准許我國的水管接頭、機器、燈泡等進口，並且限定某些商品的進口量，企圖刺激我國業界多購希臘產品。他數度來臺目的之一，就是希望加强中希雙方貿易，以平衡貿易逆差。

據了解，希臘向我國採購的商品，爲數甚多。包括：電子通訊設備、紡織品、廚房設備、脚踏車、家庭用具、玻璃器皿和塑膠製品等；而我國向希臘買入的商品，以維他命、抗生素等藥品爲大宗。不過，我國拆船業界每年向希臘買入的大批舊船，却不算是一般的貿易。據哈氏的解釋，那是因爲希臘輪船公司的總部，大都設在紐約和倫敦，所收得的外匯，根本沒有送回希臘，所以希臘政府不能將這些貿易的數字，列入平衡貿易中計算。

哈玆薩瓦表示，隨着國際性的通貨膨脹，希臘也面對着通貨膨脹的威脅，但是，他相信，一般人民的購買力並不會減弱。目前，希臘的主要收入是觀光和商船業務。由于商船業務的蓬勃，國內很少有失業的人，而且又有很多希臘工人在德國工作，他們賺了外匯，便匯回給希臘的家人，使得一般民衆的購買力，保持着一定的水準。

此外，自從狄托准許在國外（主要是德國）工作的工人，將在國外工作所獲得的外匯，帶到其他國家使用後，希臘就成了南斯拉夫人的購物中心。每逢週末，成千上萬的南斯拉夫人，蜂湧而至，搜購各種用品，甚至黃金、首飾都在搶購之列。現時的保加利亞，也有同樣趨勢。所以希臘是一個很有潛力的市場。

哈氏指出：日本人的確是洞燭機先，他們早已知道，當希臘加入歐洲共同市場後，一切銷歐商品，都會受到新的威脅。便早在北希臘的第二大商港薩隆尼加（Thessaloniki/Salonika）設廠生產電池外銷。在薩隆尼加設廠投資有很多好處：第一，它是一個自由貿易港，可以免稅。第二，當地的勞工比較歐洲其他的國家低廉，一個普通的工人，一天的工資約合新臺幣三百五十元。第三，由于它是一個歷史悠久的工商業轉口港，一切航運、儲存設施等都甚便利。目前西歐的商品，都在此地上船，然後運往中東等地銷售。

最重要的是，一旦在希臘設了廠，產品便視同希臘製造，共同市場不予以限制，可以減免關稅，暢銷西歐市場，這是最大的利益。

哈氏表示，經過他們商會的多次介紹，臺灣的產品在希臘的知名度已經提高，幾乎隨處都是臺灣貨。談及一般的貿易往還，哈氏以爲一切都尙稱滿意，過去雖有貨不對樣，延期交貨等的事情發生過，但在有關單位的協調下，一切都獲得了解決。

哈氏這次採購了一大批運動器材（主要是露營和打獵用品）、餐具和卡式錄音機。他覺得有些商品價格是高了點，但一般來說，還是合理。他建議我國多向他們購買酒、棉花等農產品，最好趕快學日本一樣在希臘設廠生產，運銷希臘和西歐各地。（民67.7.5.，經濟日報，第2版）

八、西班牙

西班牙，拓展歐市的好據點

該國遊客多，產品銷路好，就地設工廠，更可享優惠。

美元兌日圓連續挫跌，精明的進出口商人，爲了降低成本，都不約而同的尋求日本以外的其他購買市場。

這對于與日本毗鄰，產品品質不壞，而又價格適宜，以出口爲主的中華民國廠商來說，被認爲是千載難逢的好機會。

來華尋求貿易合作的西班牙五金製品商人柏利智（COMAS PEREX），在接受記者訪問時，就持有這種看法，而極力强調西班牙市場的潛力，希望我國出口商人，利用日圓面臨世界性升值的動盪時刻，加强西班牙的貿易，進而向歐洲各國進軍。

柏利智表示，目前我國出產的建材、地板、合板、竹製家具、衞生設備、手工藝品、塑膠製品以及成衣等，都很有競爭性，實在非常適合西班牙市場。因爲目前西班牙的社會是以中產階級爲主，平均個人所得爲一千三百美元，購買力並不低。一般大衆都喜歡購買新穎的、品質符合標準的，而又價格適宜的物品。此外，由于歷史悠遠、海灘多、氣候良好及生活費用低廉的關係，西班牙長久以來，已經成爲一個歐洲的旅遊中心。平均每年有三百二十萬來自世界各地的觀光客，這也是一個不可忽視的消費能力。所以即使是高品質、高價錢的東西，也同樣可以試銷西班牙。

這位來華尋求貿易合作的西班牙五金製品商人進一步建議，在西班牙設廠生產，也許是更切實的作法，也是西班牙政府所歡迎的。因爲目前西班牙的失業率非常之高，據非正式的統計，全國約有百分之八的勞工失業。西班牙政府很希望能發展新工業，以解決勞工問題。只要符合西班牙政府的規定，在西班牙設廠是絕對沒有問題的。據他了解，西班牙政府似乎只要求在該國設廠的外商，資本額要有百分之四十是西班牙幣之外，並沒有其他的苛求。相反的，當工廠成立了之後，外商可以享受稅負、折舊等的優待。

柏利智認爲，在西班牙設廠，尚有如下好處：一、人工低廉，目前，一名普通工人的每天工資只在四點五美元上下，而一般技工，亦只不過十二、三美元一天，工資不高；二、產品可免除約百分之四十至五十的關稅，使得成本降低，商品因而更具競爭力；三、今後三四年間，西班牙將成爲歐洲共同市場的會員國，到時臺灣產品運銷西班牙，就會受到歐洲共同市場的某些限制，貿易不易推廣。相反地，如果臺灣廠商，能因勢利導，先在西班牙設廠生產，則產品視同西班牙當地製造，產品非但能運銷歐洲各國，並且可享受歐洲共同市場一切的優待。

柏利智指出，目前日本的三洋、日立等大廠，已經在西班牙設立了好幾個工廠，利用西班牙的技術人員，及廉價勞工，大量製造電子產品運銷歐洲各國，成效斐然。就是沒有設廠的日商，也大都在西班牙設有貿易辦事處，搜求商情，伺機而動。據柏利智的了解，甚至有些日本成衣商人，大量購買臺灣及韓國的製品，轉而運往西班牙圖利。他認爲，我國商人把這個成衣市場，拱手讓與日本人，實在可惜。如果我國紡織或成衣商人的產品，能直接運往西班牙，減少了日本商人的中間剝削，價格一定更低廉，不愁沒有銷路。

不過，柏利智也希望我國商人，正視產品的品質改進。在這一方面，他舉了一個很有趣的例子。他來臺北，住在觀光飯店裏，一扭開水龍頭盥洗，水龍頭總是「轟咯、轟咯」的響個不停，造成惱人的噪音。

這位經營水龍頭製造，已歷三世的水龍頭製造專家表示，歐洲人是十分討厭水喉發出的噪音的，所以他們的產品，都經過嚴格的品管，每一個水龍頭，總必達到DIN 52.218 的低噪音標準。他們經常百中抽一，以機器操作，開關試驗的水龍頭三十六萬次，以確定所生產的水龍頭的品質，是否已達所需標準。他以爲我國廠商應正視品質的問題，並且要不斷改進。

柏利智目前是西班牙波達斯（Buades）五金製造公司的負責人，該公司的產品，與西德的漢沙（Hansa）齊名，同爲世界五大五金衞生設備之一。他這次來臺，是尋求銷售該廠出品的高品質水龍頭產品。目前已與薛宗明博士負責的臺北向榮公司，簽訂了銷售合約，由該公司總代理波達斯公司的產品。

聽過我國觀光旅店水龍頭「轟咯」的聲音後，柏氏深信他們所出的產品，必能打進臺灣市場。「光是觀光旅館，就是一個很大的市場，何況臺灣的高級住宅，一天比一天的多，建築商爲了住客的利益，一定會採用這種高級製品。」他對臺灣市場，是充滿信心的，因爲他認爲我們「買得起」。（民67.4.1，經濟日報，第2版）

九、印度

印度人放心與我國貿易

來臺考察的印度塑膠工業考察團一行八十人，已于昨（廿九）日上午離華，前往新加坡訪問。

這一訪問團，係本年度自印來華訪問的第三團。該團團長喬治瑞琪（George Rich），係一位資深的旅行業界人士。他在行前表示，欣聞中華民國開放觀光護照，他回國後將策劃中印間的旅遊觀光活動，並將呼籲各團員，多與中華民國業界接觸，作實質上的增進中印雙方的貿易。

一位來自孟買的買家迪廉·尼瓦提雅(DILEEP NEVATIA）指出，中華民國出產的原料和工業原料，運銷印度市場的潛力非常之大；而印度的各種生產母機，運銷臺灣的可能性亦十分的樂觀。因此，他預期中印貿易的遠景，前途十分的看好。

這位曾經隨團到過泰國、香港及日本考察的印度陽光工業公司（Sunshine Industries）負責人說，臺灣目前的工業水準，無疑是超越了印度，但在某一層面來說，兩國的情況是十分相似的。印度所需要的是原料，尤其是工業原料，需要從國外大量的進口。而印度生產的基本工作母機，外銷多年，不論在價格與品質方面，都很具競爭性，所以非洲各國，都爭相向印度購買，來改革他們的生產能力。他說，一名印度熟練工人，一天的工資，大約只有一點七五美元，光是這一點，就非東南亞開發中的工業國家所能冀望的。

另一位孟買都華鋒工業私營有限公司（Dura Foam Industries Pvt. Ltd.）負責人山地（Shanti H. Doshi），參觀了刻在外貿協會陳列的「臺灣家具展覽」會後，表示了他個人的意見。

山地說，從一個印度人的觀點來說，他覺得印度的手工藝品，例如家具的編造等，在技術上似乎超越過他在這裏所見到的。因爲印度人從事這等手工藝品的製造已歷百餘年歷史，而且，生產的公司，都是父子相傳的家庭式「企業」，所以在經驗和技術上，都十分的老到。印度目前所缺乏的，只是材料。

似乎，這次來訪的團員，在參觀了日本東京的機器工業展覽會後，都或多或少的感受了一點「日本的震撼」。許多團員都承認，日本是一個不能忽視的國家。但是，他們並沒有忽視日本人，爲什麼能夠成功的一面。

綜合他們的意見，大部分團員都覺得日本的「生意人」對他們都十分之謙恭，總是在想辦法拉點生意，毫沒有給他們一種「屚色不同」的感受，而這種感受，他們在東亞各地都領略過。

跟許多人的意見一樣，很多團員都覺得，日本的團隊精神，也許是世界上最强大的，而我國在個人的成就上，却十分之突出。不過從他們的經驗來說，大家都覺得跟我國業界貿易，最能使他們放心，簽好了約之後，一切似乎就很順利，要是和其他東亞地區貿易，就非得步步爲營不可了。他們認爲，那就是「文化啊！」（民67.11.30.經濟日報，第2版）

附錄二：成功的特寫

任何傳誦一時的特寫，總離不開人性的眞摯表露和描寫，欠缺了這一因素，即無感人可言。試品味下列的成功作品的精采片段：

(1)到家後，看見女兒，抱著女兒，我把新聞、工作全抛開了，盡情地和她玩，寸步不離地和她在一起，這一天，媽媽全是她一個人的。

我是絕口不提新聞的事，但是住在新竹的爸爸媽媽每天看中國時報，他們一樣關心「洩題」的事，忍不住問東問西，我只好任他們問什麼、答什麼，休假日時，天大的新聞我都不管的。一個星期的勞累，我必須在這一天完全擺脫後，得以鬆弛。

晚上十點，主任掛長途電話來了……。

「吳媽媽啊！妳的新聞很轟動！今天該怎麼繼續下去呢？」

「主任，就寫調查局開始着手調查吧！拜託您處理了。」

在這個緊要關頭，我實在不應該休假，但是爲了聯考，我已經十天未休假，看不到女兒的心情，只有用「心痛如割」來形容，爲了一釋思念之情，我回家休假了。——吳鈴嬌：「失落的考卷」，頁一一二～三。

(2)卽令經過六年的戰爭，人們還是要活下去。生活雖則簡陋，也得有種勇氣。昨天黃昏，我坐在古老的城垣上，四週圍都是過去轟炸以後沒有清除過的廢瓦頹垣，雜亂無章。在這個並不可愛的中國城市，它的一般生活對我似乎是一件無比重要的事。

也許是因爲我內心的低沉，下午大部分的時間，是同一位深具見地的部長，討論過這個長期被封鎖的國家，有關軍事上、經濟上，和社會上了無窮盡的問題。好像環繞着中國的黑暗障礙，沒有一絲縫隙。敵人似乎佔盡了一切有利優勢，可是在我脚下幾百呎的嘉陵江，却充滿了中國人的生命力，它以不可抵抗的力量升起，也許在一千年來基本上沒有甚麼變化。——黃文範譯：「二次世界大戰新聞報導精華」，頁二一四。（此篇原爲劇評家艾金蓀(Justin Brooks Atkinson)所作，題爲「重慶」，登于一九四三年八月廿一日之「紐約時報」。）

(3)當電台節目不能令他們滿意時，四個職業鼓手登場了，他們繞場一週，拿着帽子向舞自由樂捐，土人會毫不考慮地傾囊相與，也許這點錢可以維持四、五天的生活，但是他們從不做這種深謀遠慮的事，今朝有無今朝醉吧！

他們脫下BATA牌涼鞋（歐洲最有名的一家皮鞋公司，壟斷了非洲的涼鞋生意），隨着狂風暴雨般的鼓聲，將沙土踏向半天，一支舞接一支舞，通宵達旦不會感到疲倦。

起先，女性舞蹈者尚穿着全套衣服裝腔作勢，十支八支舞之後，她們覺得束縛必須解除，紛紛脫掉他們的上衣。上空舞會所表現的原始美感，只有在非洲才能領略。有一次，馬利國家舞蹈團到美國表演，美方希望女性團員能夠穿着衣服，團長慢條斯理地回答：「沒有問題，我們照辦。不過，下月貴國的文化訪問團訪問馬利時，也希望你們女團員入鄉隨俗，脫掉上衣。——商岳衡：「非洲新面貌」，頁四十二。

⑷克拉拍把一支香烟分成兩段，送一半給我。嘉登描摹他的家鄉菜——大豆和醃肉。如果不加上香料，他就不喜歡了：「天啊，都燒在一起罷，不要把番薯，青豆，醃肉分開燒啊。」有人吼叫起來，說如果嘉登還不住嘴，就要將他舂成香料。於是這個大房間完全靜寂了——只有插在兩隻瓶頸裏的蠟燭在閃搖着，還有那砲手時常在吐痰。——傅士明譯述：「西線無戰事」，頁二十五。

⑸比肩作戰浴血鬥爭的人們，彼此間自然而然會滋生一種不能分離的團結，雖然這一小小團體的人數不多，但他們似乎有一種互相篤信、生死不渝的默契。因爲大家同樣經歷了長時期的共同艱苦，而未來的希望又是那樣的縹緲。

有一天下午，是輪着艾佛蘇上士往後方營房裡去休息五天。他曉得當天夜晚這一連人是要前往進攻敵人的。他對席赫說：「連長，我想我還是不去休息的好。如果你需要我的話，我還是留在這裡吧！」

連長說：「我當然是需要你的，但是現在輪着你休息去，你還是休息。如果必要的話，我命令你去休息。」

輪休的那幾個人，是天剛黑時乘卡車走的。此時正細雨霏微，山谷裡瀰漫着霧。敵我雙方的砲彈在天邊閃着光，發出隆隆巨響，暮色蒼茫中充滿着一種沉鬱而不快的景色。

在離去之先，艾佛蘇來看連中的那些老手：當時我也在那兒。當時的情景彷彿是永訣在卽。他和每個人握手，然後說：「祝你們大家平安！」等一會兒又說：「過五天我便回來。」他好像留戀不捨，然後對大家說了一聲再會，緩步走去然後又停止，回頭對大家再說了一聲再會，再說了一聲祝你們平安。

在夜色中，我伴隨着他到車旁，他眼睛凝望着地面，似乎忍不止要哭了。他低沉的聲音對我說：「這是我第一回在作戰時離開這一連。……我眞希望他們都能平平安安地打完這一仗，我覺得我自己好像是臨陣脫逃了一樣。」

他爬上車去，車在夜色中消失了。我回到營房，和其他士兵躺在一起，等待進攻的命令。我在那沉沉的暗陰中默想：我想這艾佛蘇不過是西部的一個牧牛人，而對於同伴能夠如此忠誠；再想到遠在家鄉那萬萬千千的人們，對於在此作戰的人們精誠團結的情形，竟一點兒也不知曉。——于熙儉譯：「大戰隨軍記」，頁一六一～二。

(6)范德佛中校一向作事緊張，有時不免過於緊張。陸軍中許多軍官都有部下給他們的暱名，范德佛却沒有過，他也不願意和其他軍官一樣，與部屬保持一種親密隨便的關係。但諾曼第使這一切都改觀。諾曼第使他成爲李奇威將軍事後所說的：「最勇敢及堅强的戰場指揮官之一。」范德佛帶着一隻斷了的足踝，與他部下並肩作戰了四十天。

范德佛的營部醫官卜納上尉適由別處會集到蘭花園來。他事後仍舊深深記得他第一眼看見范德佛的情況：「他身披雨衣坐着，藉手電筒在看一張地圖。他看到我之後，叫我走近，然後安靜的要我看看他的足踝，但不要出聲。他足踝顯然已經斷去。他堅持將他的傘兵靴穿回去，我只好替他穿回，將靴帶用力繫緊。」然後，在卜納注視之下，范德佛拿起他的步槍當作拐杖，他向前走了一步，回轉頭來對四週的傘兵們說：「走吧！」——何毓衡、葛家瑗譯：「最長的一日」，頁九十一。

(7)徐漢棟參謀告訴我，游擊隊們不怕共黨，不怕緬兵，更不怕野獸；怕的就是這樣月白風清之夜。因爲這樣的月色，將挑動每一個人的鄉愁，以及勾起國破家亡的回憶。他說完話時，低頭無語，我屈指細算，離開臺灣已經整整二十一天，這時的心境，眞有「洞中方七日，世上幾千年」的感覺。

爲了抑止這種哀怨的鄉愁，我們向山下的窪地走去，我們希望能遇到一片平原，但山的下面是澗水，月亮照着澗水，水中映着我們的影子，在不遠的前方，兩個白夷姑娘正在澗水中洗濯衣裳。

「這樣晚了，爲什麼不睡覺，露英（小姐）。」徐操着白夷話問。

「有一批部隊明天要走了！他們的衣服全是泥土，我們來替他洗洗。」一個白夷女郎答。徐說了一聲謝謝，我們從她的身邊走過去。——于衡：「滇緬游擊邊區行」，頁三十七～八。

參考書目

一、中文部分

1. 丁樹南編譯（民七十）：小小說的寫作與欣賞，六版。臺北：純文學出版社。
2. 于熙儉譯（民五四）：大戰隨軍記。臺北：正中書局。
3. 于衡（民五九）：新聞採訪。臺北：臺北市新聞記者公會。
4. 王洪鈞（民五五）：新聞採訪學，六版。臺北：正中書局。
5. ——等（民五六）：新聞寫作分論。臺北：臺北市新聞記者公會。
6. 尤英夫（民五九）：報紙審判之研究。臺北：中國學術著作獎助委員會。
7. 中國時報三十年（民六九）。臺北：中國時報社。
8. 王惕吾（民七十）：聯合報三十年。臺北：聯合報社。
9. 任白濤（民廿二）：應用新聞學，五版。上海：亞東圖書館。
10. 羊汝德主編（民六六）：採訪與報導。臺北：臺灣學生書局。
11. 朱耀龍（民六九）：新聞英文寫作。臺北：三民書局。
12. 余也魯（一九八〇）：雜誌編輯學，香港新訂版。香港：海天書樓。
13. 呂光、潘賢模著（民五十）：中國新聞法規概論，臺修訂三版。臺北：正中書局。

14. ——編纂（民七十）：大衆傳播與法律。臺北：臺灣商務印書館。
15. 余阿勳譯（民六十）：水平思考法。臺北：進學書局。
16. 吳統雄（民七三）：「如何決定抽樣調查中的樣本數」，新聞學研究第三十四集（十二月）。臺北：國立政治大學新聞研究所。
17. 李金銓（民七一）：大衆傳播學。臺北：國立政治大學新聞研究所。
18. 李勇（民六十）：新聞網外。臺北：皇冠出版社。
19. 李茂政（民七四）：新聞傳播事業的基本問題。臺北：國立政治大學研究所。（著者：(Dennis, Everette & Merrill, John C.)
20. 汪琪（民七三）：文化與傳播，再版。臺北：三民書局。
21. 宋楚瑜（民六九）：如何寫學術論文，再版。臺北：三民書局。
22. ——（民七十）：學術論文規範，二版。臺北：正中書局。
23. 杜陵（民五七）：民意測驗學。臺北：經緯市場調查研究社。
24. 李瞻（民六六）：世界新聞史，（增訂）五版。臺北：國立政治大學新聞研究所。
25. ——主編（民七三）：新聞理論與實務。臺北：國立政治大學新聞研究所。
26. ——等編著（民七三）：誹謗與隱私權。臺北：臺北市新聞記者公會。
27. ——主編（民七三）：新聞採訪學。臺北：國立政治大學新聞研究所。
28. 林大椿（民五九）：採訪寫作，再版。臺北：這一代出版社。

29.林友蘭（民六六）：香港報業發展史。臺北：世界書局。
30.林清山（民七二）：心理與教育統計學，九版。臺北：臺灣東華書局。
31.孟莉萍（民五八）：「流鶯曲」，新聞佳作選。臺北：臺北市新聞記者公會。
32.吳駿主編（民六八）：萬里關山仗劍行。臺北：和合文化事業有限公司。
33.季薇（胡兆奇）（民六九）：新聞文學。臺北：水芙蓉出版社。
34.施長要（民六六）：傳播道上。臺北：臺灣中華書局印行。
35.胡殷（一九七三）：新聞學新論，再版。香港：文教事業社。
36.——（一九七九）：新聞文學與寫作。香港：文教事業社。
37.胡傳厚（民五七）：新聞編輯。臺北：臺北市新聞記者公會。
38.高上秦（民七二）：時報報導文學獎，三版。臺北：時報文化出版公司。
39.孫如陵（民五三）：寫作與投稿。臺北：著者。
40.馬克任主編（民六十）：特寫與專欄。臺北：聯合報。
41.——（民六五）：新聞學論集。臺北：華岡出版有限公司。
42.——（民七一）：實用採訪學。臺北：七十年代出版公司。
43.徐佳士（一九八三）：模糊的線。臺北：經濟與生活出版事業公司。
44.祝振華（民六二）：口頭傳播學。臺北：大聖書局印行。
45.——（民六六）：英語新聞特寫精華，再版。臺北：學生書局印行。

46.徐詠平（民六十）：新聞學概論。臺北：臺灣中華書局。
47.———（民七一）：新聞法律與新聞道德。臺北：世界書局。
48.馬驥伸（民六八）：新聞寫作語文的特性。臺北：臺北市新聞公會。
49.張志宏編著（民六十）：新聞寫作實用手册。臺北：耕莘文教院亞洲基金會。
50.曹聚仁（一九七三）：現代中國報告文學選甲編。香港：三育圖書有限公司。
51.黃三儀（民四七）：中國報紙新聞寫作之研究。國立政治大學新聞研究所碩士論文，未印行。
52.程之行譯（民五六）：合衆社採訪實錄（Deadline every minute）。香港：新聞天地社。
53.———（民五七）：新聞原論。臺北：國立政治大學新聞研究所。
54.———（民七十）：新聞寫作。臺北：臺灣商務印書館。
55.張宗棟（民六七）：新聞傳播法規。臺北：三民書局。
56.曾虛白（民六二）：中國新聞史，三版。臺北：國立政治大學新聞研究所。
57.彭歌（姚朋）（民五七）：小小說寫作。臺北：蘭開書局有限公司。
58.———（民五八）：新聞文學。臺北：仙人掌出版社。
59.———（民七一）：新聞三論。臺北：中央日報社。
60.荆溪人（民六七）：新聞編輯學。臺北：臺灣商務印書館。
61.楊月蓀譯（民六六）：冷血，五版。臺北：書評書目出版社。（原著：Capote, Truman.（*In Cold Blood.*））

62.楊孝濚（民六三）：傳播統計學。臺北：國立政治大學新聞研究所。
63.——（民六七）：傳播研究方法總論。臺北：三民書局。
64.楊國樞等（民六九）：社會及行爲科學研究法（上下册），三版。臺北：東華書局。
65.新聞叢書編纂委員會（民五八、五九、六十）：新聞佳作選，三册。臺北：臺北市新聞記者公會。
66.樓榕嬌（民六八）：新聞文學概論，校正再版。臺北：臺灣學生書局。
67.漆敬堯（民五三）：現代新聞學。臺北：海天出版社。
68.劉光炎（日期不詳）：新聞學講話。臺北：中華文化出版社。
69.趙俊邁（民七一）：媒介實務。臺北：三民書局。
70.陳諤（民六十）：新聞寫作學。臺北：著者。
71 陳石安（民六七）：新聞編輯學，六版。臺北：著者。
72 陳世敏等（民六八）：臺北市主要日報地方版內容分析。臺北：中華民國新聞評議委員會編印。
73 賴光臨（民六七）：中國新聞傳播史。臺北：三民書局。
74 ——（民六九）：中國近代報業與報人（上册）。臺北：臺灣商務印書館。
75 趙君豪（民廿九）：中國近代之報業。上海：商務印書館。
76 鄭貞銘（民五三）：新聞集叢。臺北：中央日報社。
77 ——主編（民六五）：新聞學論集。臺北：華岡出版有限公司。
78 ——（民六六）：新聞採訪的理論與實際，四版。臺北：臺灣商務印書館。

79———（民六七）：新聞採訪與編輯。臺北：三民書局。
80潘家慶（民七三）：新聞媒介．社會責任。臺北：臺灣商務印書館。
81葉建麗（民七一）：新聞採訪與寫作。臺北：臺灣新生報出版部。
82歐陽醇（民六六）：實用新聞採訪學，再版。臺北：華欣文化事業中心。
83———（民七一）：採訪寫作。臺北：三民書局。
84黎劍瑩（民七一）：新聞英語，增訂一版。臺北：經世書局。
85錢震（民六一）：新聞論（上下冊），三版。臺北：中央日報社。
86聯合報系編採手冊（民七二），修訂再版。臺北：聯合報社。
87閻沁恒（民六一）：大衆傳播學研究方法。臺北：臺北市新聞記者公會。
88謝然之等（民五四）：報學論集。臺北：中國文化學院。
89戴華山（民六五）語意學，再版。臺北：華欣文化事業中心。
90———（民六九）：新聞學理論與實務。臺北：臺灣學生書局印行。
91顏元叔（民六七）：社會寫實文學及其他。臺北：巨流圖書公司。
92儲玉坤（民卅七）：現代新聞學概論，三版。上海：世界書局。
93鄭瑞城（民七四）：電傳視訊。臺北：國立政治大學新聞研究所。

二、中文期刊部分

1.也魯（民六六）：「傳播事業的明天——兼論新派新聞報導」，報學，第五卷第九期。臺北：中華民國新聞編輯人協會。

2. 武者路（民七四）：「x^2測定法提出統計學大進步」，民生報（一月廿六日）第八版（副刊）。

3. 吳恕（民六四）：「隱私權與大衆傳播」，新聞法律問題。臺北：臺灣學生書局。

4. 皇甫河旺（民六九）：「什麼是新聞文學」，報學，第六卷第五期。臺北：中華民國新聞編輯人協會。

5. 洪瓊娟（民六八）：「邁向精確新聞報導——談社會科學研究方法在新聞報導中的運用」，報學，第六卷第三期。臺北：中華民國新聞編輯人協會。

6. 姚朋（彭歌）（民五四）：「專欄寫作之研究」，報學論集。臺北：中華大典編印會。

7. 徐詠平（一九七〇）：「新聞引子與標題引題」，報學，四卷四期。臺北：中華民國新聞編輯人協會。

8. 徐寶璜（民七）：「新聞學大意」，東方雜誌，十五卷十一號。上海：商務印書館。

9. 馬驥伸（民七二）：「報導性新聞文學創作的分析探討」，報學，第六卷第八期。臺北：中華民國新聞編輯人協會。

10. 程之行譯註（民五五）：「新聞寫作的演進」，報學，第三卷第六期。臺北：中華民國新聞編輯人協會。

11. 彭家發（一九八二）：「導言類變舉隅」，珠海初鳴雙月刊，第二期。香港：珠海書院新聞系。

12. 馮國扶譯（民六九）：「新聞本質四元說」，新聞評議，第七十二期。臺北：中華民國新聞評議會。

13. 荆溪人（民六五）：「新聞文學及其形成」，報學，第五卷第六期。臺北：中華民國新聞編輯人協會。

14. 潘重規（民七三）：「中國古代最偉大的新聞記者」，報學，第七卷第二期。臺北：中華民國新聞編輯人協會。

15.陳勤（民五二）：「新聞小說研究」，報學，第三卷第一期。臺北：中華民國新聞編輯人協會。
16.陳諤（民五五）：「文學與新聞文學」，報學，第三卷第六期。臺北：中華民國新聞編輯人協會。
17.賴國洲（民六九）：「量化研究之新聞報導方」，報學，六卷四期。臺北：中華民國新聞編輯人協會。
18.閻沁恆（民五五）：「語言的傳播功能」，報學，第三卷第七期。臺北：中華民國新聞編輯人協會。
19.鍾振昇譯（民六一）：「採訪得用『詐術』」，新聞自律，第五輯。臺北：臺北市報業新聞評議委員會。

三、英文書刊部分

1. Anderson, David (etc.)
1976 *Investigative Reporting*, Bloomington & London Indiana University Press.

2. Backstrom, Charles H.
1974 *Survey Research*, Tenth Printing. Northwestern Press.

3. Bird, George L.
1948 *Article Writing and Marketing*, N.Y.: Rinehart & Co.

4. Bond, F. Fraser
1954 *Introduction to Journalism*, New York: The Macmillan Co.

5. Bolch, Judith
1978 *Investigative and In-Depth Reporting*, New York: Hastings House.

6. Campell, R. Laurence and Wolseley E. Roland
1961 *How to Report and Write the News*, Englewood Cliffs, N.J.: Prentice-Hall Co.

7. Campbell, Walter S.

1949 *Writing Non-Fiction*, Boston: The Writer Inc.

8. Copple, Neale
1964 *Depth Reporting: An Approach to Journalism*, New Jersey: Prentice-Hall Inc.

9. Dennis, Everette E. (etc.)
1974 *Other Voice: The New Journalism in America*, San Franciso: Canfild Press.

10. Dewitt C. Reddick
1949 *Modern Feature Writing*, New York: Harper & Brothers.

11. Dexter, Lewis Anthony
1970 *Elite and Specialized Interviewing*, Evanton Northwestern University Press.

12. Duffy, G. Thomas
1969 *Let's Write a Feature*, Lucas Brothers Publishers. U.S.A.

13. Fedler, Fred.
1973 *Reporting for The Print Media*, New York: Harcount Brace Jovanorrich, Inc.

14. Fontain, Andrle
1974 *The Art of Writing Nonfiction*, N.Y.: Thomas Y. Crowell Co.

15. Gehman, Richard
1952 *How to Write and Sell Magazine Articles*, New York: Harper & Brothers.

16. Grey, David L.
1972 *The Writing Process*, Caliwadsworth Publishing Co., Inc.

17. Griffith, John L.

1978 *Programmed Newswriting*, N.J.: Edward G. Weston.

18. Harold Evans
    1972 *Newsman's English*, N.Y. Holt Rinehart and Winston Inc.

19. Harris, Julian. (etc.)
    1977 *Fundamentals of News Gathering, Writing and Editing*, 3rd Edition. N.Y.: MacMillan Publishing Co. Inc.

20. Hohenberg, John
    1978 *The Professional Journalist*, 4th Edition. New York: Holt, Rinehart and Winston Inc.

21. Hugh C. Sherwood
    1972 *The Journalistic Interview*, Revised Edition. N.Y.: Harper & Row, Publishers, Inc.

22. Hughes, Helen MacGill
    1980 *News and the Human Interest Story*, New Jersey: Transaction Inc.

23. Hyde Grant M.
    1956 *Newspaper Reporting*, New Jersey: Prentice-Hall Inc.

24. Jones, John Paul
    1958 *The Modern Reporter's Handbook*, third printing, N.Y.: Rinehart & Company. Inc.

25. Johnson, Michael
    1971 *The New Journalism*. The University Press of Kansas.

26. Louis, Alexander
    1975 *Beyound the Facts: A Guide to the Art of Feature Writing*, N.Y.: Guff Publishing

Co.

27. MacDongall, Curtis D.
1972 *Interpretative Reporting*, 6th Edition. New York: The Macmillan Co.

28. Maloney, Murtin & Rubengtein, Paul Max
1980 *Writing for the Media*, N.J.: Prentice-Hall Inc.

29. Melirn, Mencher
1977 *News Reporting and Writing*, Dubuque, Iowa: Wm. C. Brown Company Publishers.

30. Metzer, Ken
1981 *Newswriting Exercise*, N.J.: Prentice-Hall Inc.

31. Mitchell V. Charnley
1966 *Reporting*, 2nd Edition N.Y.: Holt Rinehart and Winston Inc.

32. Mott, George Fox, and Associated Authors
1957 *A Survey of Journalism*, New York: Barnes Noble.

33. Mott, Frank L.
1962 *American Journalism*, New York: The MacMillan Co.

34. Neal, James M. and Brown, Suzoanne S.
1976 *Newswriting and Reporting*, The Iowa State University Press.

35. Patterson, Helen M.
1956 *Writing and Selling Feature Articles*, Rev., Englewood Cliff, N.J.: Prentice-Hall Inc.

36. Ross, Lillian
1981 *Reporting*, N.Y.: Dodd, Mead & Company.

37. R. Thomas Berner
1979 *Language Skills for Journalism*, New Jersey: Prentice-Hall Inc.

38. Ryan, Michael & James W. Tankard, Jr.
1977 *Basic News Reporting*, California: Mayfield Publishing Co.

39. Steigleman, Walter A.
1950 *Writing the Feature Article*, New York: The MacMillan Co.

40. Snyder, Louis, and Richard B. Morris (ed.)
1949 *A Treasury of Great Reporting*, N.Y.: Simon Schuster.

41. Stewart Charles J. (ed.)
1978 *Interviewing-Principles & Practice*, Iowa: Wm. C. Brown Co. Publishers.

42. Strentz, Herbert
1979 *News Reporting & News Sources*, Iowa: Iowa State University.

43. Warren, Carl
1951 *Modern News Reporting*, Revised edition. New York: Harper and Brothers.

44. Williamson, Daniel R.
1975 *Feature Writing for Newspaper*, New York: Hasting House, Publishers.

45. Williams, Paul N.
1978 *Investigative Reporting and Editing*, N.J.: Prentice-Hall.

46. Wolfe, Tom
1973 *The New Journalism*, New York: Harper & Row, Publishers.

47. Yu, Frederick T.C. (etc.)
1981 *Get it Right, Write it Tight*, Hawaii: East-West Communication Institute, East-West Center.

特寫寫作 / 彭家發著. --初版. --臺北市：
臺灣商務, 1986[民75]
面； 公分.

ISBN 957-05-1640-2(平裝)

1.採訪(新聞) 2.寫作法

895 89000495

特寫寫作

定價新臺幣三八〇元

著作者　彭家發
封面設計　謝富智
校對者　陳巧　吳瑞華
出版者
印刷所　臺灣商務印書館股份有限公司
臺北市重慶南路一段三十七號
電話：（〇二）二三一一六一一八
傳真：（〇二）二三七一〇二七四
讀者服務專線：〇八〇〇五六一九六
E-mail：cptw@ms12.hinet.net
郵政劃撥：〇〇〇〇一六五—一號
出版事業登記證：局版北市業字第九九三號

•一九八六年四月初版第一次印刷
•二〇〇〇年二月初版第三次印刷

ISBN 957-05-1640-2（平裝） 23320001

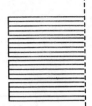

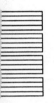

讀者回函卡

感謝您對本館的支持，為加強對您的服務，請填妥此卡，免付郵資寄回，可隨時收到本館最新出版訊息，及享受各種優惠。

姓名：＿＿＿＿＿＿＿＿＿＿ 性別：□男 □女

出生日期：＿＿年＿＿月＿＿日

職業：□學生 □公務（含軍警） □家管 □服務 □金融 □製造
□資訊 □大眾傳播 □自由業 □農漁牧 □退休 □其他

學歷：□高中以下（含高中） □大專 □研究所（含以上）

地址：□□□＿＿＿＿＿＿＿＿＿＿

＿＿＿＿＿＿＿＿＿＿

電話：（H）＿＿＿＿＿＿＿＿（O）＿＿＿＿＿＿＿＿

購買書名：＿＿＿＿＿＿＿＿＿＿

您從何處得知本書？

□書店 □報紙廣告 □報紙專欄 □雜誌廣告 □DM廣告
□傳單 □親友介紹 □電視廣播 □其他

您對本書的意見？（A/滿意 B/尚可 C/需改進）

內容＿＿＿ 編輯＿＿＿ 校對＿＿＿ 翻譯＿＿＿
封面設計＿＿＿ 價格＿＿＿ 其他＿＿＿＿＿＿

您的建議：＿＿＿＿＿＿＿＿＿＿

＿＿＿＿＿＿＿＿＿＿

＿＿＿＿＿＿＿＿＿＿

臺灣商務印書館

台北市重慶南路一段三十七號 電話：（02）23116118・23115538
讀者服務專線：080056196 傳真：（02）23710274
郵撥：0000165-1號 E-mail：cptw@ms12.hinet.net